从汉魏到齐梁：
中古五言诗的经典化研究

Canonization of Five-Character Poems from
Han&Wei Dynasties to Qi&Liang Dynasties

葛志伟 著

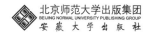

安徽大学出版社

图书在版编目(CIP)数据

从汉魏到齐梁:中古五言诗的经典化研究/葛志伟著.—合肥:安徽大学出版社,2021.12
ISBN 978-7-5664-2247-7

Ⅰ.①从… Ⅱ.①葛… Ⅲ.①五言古诗-诗歌研究-中国-汉代-南朝时代 Ⅳ.①I207.227

中国版本图书馆 CIP 数据核字(2021)第 125617 号

从汉魏到齐梁:中古五言诗的经典化研究
Cong Han-Wei Dao Qi-Liang:Zhonggu Wuyanshi De Jingdianhua Yanjiu

葛志伟 著

出版发行:	安 徽 大 学 出 版 社	
	(安徽省合肥市肥西路 3 号 邮编 230039)	
	www.ahupress.com.cn	
印　　刷:	合肥远东印务有限责任公司	
经　　销:	全国新华书店	
开　　本:	165 mm×238 mm	
印　　张:	22.75	
字　　数:	401 千字	
版　　次:	2021 年 12 月第 1 版	
印　　次:	2021 年 12 月第 1 次印刷	
定　　价:	69.00 元	
ISBN 978-7-5664-2247-7		

策划编辑:李　君		装帧设计:李　军	
责任编辑:李加凯　宋执勇		美术编辑:李　军	
责任校对:龚婧瑶		责任印制:陈　如　孟献辉	

版权所有　侵权必究

反盗版、侵权举报电话:0551-65106311
外埠邮购电话:0551-65107716
本书如有印装质量问题,请与印制管理部联系调换。
印制管理部电话:0551-65106311

国家社科基金后期资助项目
出版说明

后期资助项目是国家社科基金设立的一类重要项目,旨在鼓励广大社科研究者潜心治学,支持基础研究多出优秀成果。它是经过严格评审,从接近完成的科研成果中遴选立项的。为扩大后期资助项目的影响,更好地推动学术发展,促进成果转化,全国哲学社会科学工作办公室按照"统一设计、统一标识、统一版式、形成系列"的总体要求,组织出版国家社科基金后期资助项目成果。

全国哲学社会科学工作办公室

序

徐兴无

我从来没有研究过中古文学，但是志伟当年执意选择"中古五言诗的经典化"作为博士论文的题目，以延续他硕士研究生时期的研究志趣，所以，指导论文的过程，就成了他带着我进入中古五言诗世界的过程。我没有办法给他具体的贡献，只能就其论文的论述形式和文字修辞提些意见而已，倒是自己从中充实了许多中古诗歌和中古史的知识。他毕业了，我也离开了中古五言诗的世界。转眼已过了七年，直到他拿着这部大作来请我写序，我才仿佛又回到过去。检出他的博士论文作了对读，才发现志伟对于这个课题的研究，不仅于论题和论域分别有了相当大的凝练与拓展，而且对材料和方法分别有了相当多的辨析与创新，因而我也有了一次温故知新的机会。之所以交代这个背景，是因为要向读者说明，我的这篇小序还是不能提供什么有价值的学术观点，只能算作读后感和对当年我们之间相互学习的纪念。

讨论经典化的问题，算得上是一个"预流"的课题。正如志伟认为的那样，在中国的经典文化研究传统中，对经典的诠释，对经典如何形成的反思则相对薄弱。就中国古代文学经典化的研究而言，也是近三十年来受到西方后现代文化理论的影响才得以发轫。对此，作者认为尚存在四个方面的不足，即经典化与接受史的含混、对文体合法化问题的忽视、对文学经典内部因素研究的薄弱以及对"反经典"现象的忽视等。有鉴于此，全书的六章内容，恰恰是针对上述不足展开的论述，既勾勒出中古五言诗内在的创作演进与理论话语形成的历程，又揭示了中古五言诗社会文化价值的变迁。应该说，强烈的问题意识是本书的出发点，因为有了这样的出发点，书中的阐论时时闪烁出思考的深度与思想的光彩。

在我看来，本书的研究另具一层价值和意义，即对中国古代文学经典化的文化机制作出了有益的探索。按照阿莱达·阿斯曼（Aleida Assmann）的文化记忆理论，"经典通过三个因素来标示：选择、价值和持续时间。选择意味着决定和权力斗争;价值的归属,则意味着这些东西具有某种光环和神圣不可侵犯的地位;在文化记忆中的持续时间,则是经典化这道程序的核心目标"。因此,经典是经过所谓"将过去当作现在来保存的""主动记忆体制"严格挑选的"文化产品",如同博物馆中的展陈物而不是库存物。① 这样的观点启发我们,经典化的过程,其实是一种社会文化机制的自觉选择过程。

就社会文化机制对中古五言诗的选择而言,书中的关键,是洞察了中古社会文化精英阶层的形成及其文化自觉这一历史现象。随着"寒素""儒素"等符号成为西晋以后文化精英的自我标榜,五言诗从汉魏之际曹魏寒士集团的抒情俗调,转变为他们的文化资本,并以此作为与政治势力抗衡的工具之一。或者说,源自汉代民间乐府与歌谣的"新诗"之所以能够变身为正体与经典,是因为其文体的合法化基于其创作群体社会文化地位的确立。在这个基础上,我们才能解悟玄言诗写作的社会文化价值,解悟谢灵运诗作的升华与突破意义,解悟《诗品》对五言诗与《诗》《骚》内在关系的建构,解悟《文选》《玉台新咏》的选择意图及其成败。这一切都是在一个文化目标的引导下,从创作、理论、交换、传播诸多方面展开的机制化运行过程。这样的研究突破,不仅对一种诗体经典化的文化机制作出了拆解,而且透过这一机制,对中古社会文化研究的深入贡献了新的视角。

善于借鉴和运用西方的经典学理论来观照中古五言诗的经典化过程,是本书在研究方法上的成就之一。但对于问题研究而言,第一义不是印证理论的普适性,而是将理论作为参照,发现事物的特殊性。如此则既可有效地分析具体的问题,又能对理论有所补充与发展。相对于西方"将过去当作现在来保存"的经典化方式,中古五言诗经典化的方式恰恰是"正话反说",可谓"将现在当作过去来保存",即强调传统对经典形成的权威作用。书中剖析中古五言诗创作演进与理论构建的过程时,特别提示了这一经典化的方式——追迹风雅,绍休《诗》《骚》,不仅体现在五言诗创作演进的过程,也体现在魏晋南北朝文学理论的构建过程,至锺嵘《诗品》完成了内在精神传统和传承谱系的叙事。众所周知,中国文化的统一性和延续性,在

---

① 〔德〕阿莱达·阿斯曼:《经典与档案》,参见〔德〕阿斯特莉特·埃尔、安斯加尔·纽宁主编:《文化记忆研究指南》,李恭忠、李霞译,南京:南京大学出版社,2021年版,第127页。

西方文化哲学所说的人类"哲学突破时代"便已经充分体现出来。先秦诸子百家争鸣，互斥异端，但是皆"争托于三皇五帝之书矣"①，借助于过去的历史文化传统使自己合法化。但是我们还要更进一步地认识到，这只是中国经典化方式的一端，另一端，则是在认同传统权威的前提下，对继承权的竞争。从书中对三曹诗、玄言诗、谢灵运、钟嵘《诗品》的阐论，我们便能够理解为什么谢灵运能够通过熔铸时代的新声来追踪上古的风雅；为什么钟嵘能将"炎汉之制"的五言诗跻登"衰周"之上，赓续"诗人"的统绪。正是中古五言诗在实践和理论上的努力创新，才使之获得继承文化传统的能力与资格，进而被推崇传统的文化机制所选择。正如哈罗德·布鲁（Harold Bloom）所强调的那样，"不是选择前辈，而是为前辈所选"②。本书的研究，无疑将助推我们对中国经典化的特殊性作出更加深入的思考。

"经典"与"经典化"已经成为我们讨论经典文化的学术公共话语。不过在我看来，讨论中国的传统经典及其经典化的问题，应该重新审视"文献"的概念。早于战国时代典籍中出现的"经"和东汉典籍中出现的"经典"，或许孔子提出的"文献"概念才是最早、最具影响力的经典观念。《论语》记载孔子论夏、殷之礼，称杞、宋不足征，以为"文献不足故也"。清儒刘宝楠《论语正义》解释道："'文'谓典策，'献'谓秉礼之贤士大夫。子贡所谓贤者识大，不贤者识小，皆谓献也。"③孔子将执掌典籍、履践礼乐的人与礼乐典籍并称为"文献"，透露了中国古代深邃的经典意识。唯能载道，方为经典；唯人能弘道，非道弘人。经典与其阐释者、继承者、创发者不可分割，经典化与人的文化实践不可分割，两者合则为夏、殷，分则为杞、宋，人的文化实践才是经典的真实存在。荀子以天下百王之道和《诗》《书》《礼》《乐》归之于圣人（《荀子·儒效》），刘勰《文心雕龙》阐发"原道""征圣""宗经"的统绪，都是秉持同样的观念，施之于不同的文化实践领域。而人在经典化中的作用，正是本书着重探求的问题。其中既有社会阶层意义上的人，又有作为卓越个体的人，而皆为中国文化中所谓"诗人"，这对于我们审视中国的经典文化或许更具启发价值。

---

① （清）章学诚：《文史通义》，叶瑛校注，北京：中华书局，1994年版，第39页。
② 〔美〕哈罗德·布鲁姆：《西方正典》，江宁康译，南京：译林出版社，2015年版，第9页。
③ （清）刘宝楠：《论语正义》，高流水点校，北京：中华书局，1990年版，第92页。

志伟的思想比较沉稳平实,但其文字颇多才情与灵感。故书中剖析史料、梳理源流则步步为营,条理终始,而赏析诗句、品评风神则多隽语秀句。当年我审读他的博士论文时,偶尔会批上"此数句可入诗话"之类的评语。现在的大作之中,这样的令人会心之处则数不胜数,我也就不再一一拈出加批了。唯在序末,祝愿志伟的学术研究有更大的创发。

2021 年立冬日于江宁翠屏东坡

目 录

绪 论 ·· 1

  第一节 "经典"与"经典化" ························ 1
  第二节 对当代中国古典文学领域文学经典化研究的反思 ········ 5
  第三节 五言诗经典化研究的可行性——以中古时期为例 ······· 10
  第四节 本书的研究思路及意义 ······················ 14

第一章 "新诗"与中古诗坛的演进 ··················· 22

  第一节 新诗:中古诗歌史的隐性坐标 ·················· 22
  第二节 对中古诗坛演进的若干反思 ··················· 48

第二章 中古门阀势力盛衰的侧面考察 ················ 76

  第一节 中古"势族"内涵变迁及其原因 ················· 76
  第二节 南朝社会"素族"的形成及其文化取向 ············· 94

第三章 中古诗坛领导权的转移 ···················· 118

  第一节 汉末士人群体分流与"三曹"建安诗坛领袖地位的确立 ·· 119
  第二节 文学场域视野下的西晋"祖饯""公宴""赠答"诗研究 ··· 140
  第三节 玄言诗与两晋诗坛领导权的转移 ················ 167

第四章 谢灵运诗歌经典化的个案研究 ··············· 211

  第一节 "美人"的离合:论谢灵运诗歌中的经典性因素(一) ····· 211
  第二节 被遮蔽的新声:论谢灵运诗歌中的经典性因素(二) ····· 235

第五章 锺嵘《诗品》与中古五言诗的经典化 ………… 257

  第一节 为谁立言:从锺嵘生平行事论《诗品》的撰写动机 ……… 257
  第二节 《诗品》与五言诗经典谱系的建构 ………………… 274

第六章 经典的影响:《玉台新咏》《文选》重复选诗现象研究
………………………………………………………………… 291

  第一节 《玉台新咏》《文选》重复篇目辑录与分析 ……………… 292
  第二节 典范与秩序:《玉台新咏》所录"往世名篇"的双重价值 …… 301

附 录 新时期中国古典文学领域文学经典化研究成果概览
………………………………………………………………… 334

参考文献 ………………………………………………………… 346

后 记 …………………………………………………………… 353

绪　论

　　至少对于更为遥远的过去来说,文学经典已经被牢固地确立下来,远远地超出怀疑者所容许的程度。贬低莎士比亚的企图,即便它是出自于像托尔斯泰这样一位经典作家也是成功不了的。①

——〔美〕雷乃·威勒克(René Wellek)

第一节　"经典"与"经典化"

　　"经典"作为一种思想观念,在我国古代社会的话语体系中早已有之。它在肇始之时似专指一些流传广泛且得到统治者认同的儒家典籍,如《汉书·孙宝传》云:"周公上圣,召公大贤,尚犹有不相说,著于经典,两不相损。"唐代颜师古注云:"《周书·君奭》之《序》曰:'召公为保,周公为师,相成王为左右,召公不说,周公作《君奭》。'"②此处之《君奭》,即为儒家典籍《尚书》中的一篇。又《后汉书·邓皇后纪》载其"十二通《诗》《论语》……昼修妇业,暮诵经典"③。此处的"经典"根据文意,实指上文提及的《诗经》《论语》等儒家典籍。后来人们也常用"经典"来泛指其他的重要典籍,如唐初陆德明撰《经典释文》三十卷,除解释儒家经典文字音义外,还包括《老子》《庄子》二书。又梁朝僧祐《弘明集》引释道恒、道标《答秦主书》云:"况陛下以道御物,兼弘三宝,使四方义学之士萃于京师,新异经典流乎遐迩。大法之隆,于兹为盛。"④又唐代白居易《东林寺经藏西廊记》云:"一切经典,尽在于内,盖释宫之天禄、石渠也。"⑤伴随着历史的演进,"经典"的内

---

①　转引自〔荷〕D.佛克马、E.蚁布思:《文学研究与文化参与》,俞国强译,北京:北京大学出版社,1996年版,第54页。
②　(汉)班固:《汉书》,北京:中华书局,1962年版,第3263页。
③　(南朝宋)范晔:《后汉书》,北京:中华书局,1965年版,第418页。
④　《中华大藏经》编辑部:《中华大藏经》(汉文部分),第62册,北京:中华书局,1993年版,第880页。
⑤　朱金城:《白居易集笺校》,上海:上海古籍出版社,1988年版,第2751页。

涵愈发丰富，它甚至可用于指称中国古代社会中所有重要的典籍文献，如清代洪颐煊辑《经典集林》三十种，除儒家典籍外还包括占书、农书、医书、兵书、梦书等驳杂内容。①

既然"经典"的概念在中国古代社会是一种客观存在，那么在数千年的学术传统中，以"经典"为中心，理应形成两个完全相反的研究方向：一为探讨经典如何确立，即"经典化"过程；一为阐释经典所蕴含的微言大义，即"经典诠释"过程。然而，中国古代学术的发展在总体成就上却呈现出明显的偏向，并未形成并重的两极。就中国古代学者对待"经典"的态度而言，自西汉以后，历代学术研究的重心似乎都集中在"经典诠释"方面。尽管中国历史上不乏"疑经"传统的存在，但以经、说、注、疏、师说、家法等为主体的学术传统所体现出的尊崇经典的强烈意识，是经典诠释工作的前提，甚至是历代文人士大夫思想观念中某种难以言说的信仰。故近之者则被视为正，远之者则被视为俗，而逆之者则被视为异说。这一点从中国学术史上源远流长的经典注疏传统中，即可窥知一二。

这是一种复杂而有趣的学术史现象。究其原因，笔者认为，这与古代儒家学术传统中尊古宗经思想的深远影响有关。盖先秦儒家对其经典已尊而贵之，如先圣孔子即提倡"述而不作，信而好古"的谨严态度。后来由于汉武帝奉行"罢黜百家，独尊儒术"的文化政策，使得以《诗》《书》《礼》《易》《春秋》为代表的儒家典籍在两汉社会政治生活中占据着至高无上的地位。此种情形，诚如西汉扬雄《法言·吾子》所云："舍五经而济乎道者，末矣。"②舍弃儒家五经而欲获取大道，则必得琐碎之义。凡此种种皆为学术史上之常识，自无须赘言。但与此同时，"道—圣人—经典—诠释者—思想世界"这一思维方式也得以初步形成。众所周知，南朝承继魏晋，已是文学自觉的高级阶段，但刘勰撰写《文心雕龙》时仍将《原道》《征圣》《宗经》《正纬》《辨骚》等五篇作为"文之枢纽"而置于书首。所谓"道沿圣以垂文"，正是这种思维方式的生动体现。当然，后世以"经典诠释"为重心的文化学术研究本无可厚非，因为经典本身确实拥有极为丰富的内涵，具有不可磨灭的光辉。张隆溪先生认为，"长期以来，经典在宗教、伦理、审美和社会生活的众多方面都发挥了重要作用，它们是提供指导的思想宝库。或者用一种更为时髦的说法就是，经典一直都是解决问题的一门工具，它提供了一

---

① （清）洪颐煊辑：《经典集林》，海宁陈氏慎初堂影印本。
② 汪荣宝：《法言义疏》，北京：中华书局，1987年版，第67页。

个引发可能的问题和可能的答案的发源地"①,而"对经典的评注和阐释则是文化传统得以保存和发展的重要手段"②。但是长此以往,这样的思维方式极易造成整个社会对"经典"的膜拜风气,正如刘勰《文心雕龙·宗经》所云:"三极彝训,其书言经。经也者,恒久之至道,不刊之鸿教也。"③由此可见,被称为"经典"的书籍,一般来说都具有某些特权,是神圣而不可非议的存在。事实上不仅儒家经典如此,就是后来其他的宗教经典、文学经典、艺术经典等,对尊崇它们的社会群体来说,也都具有相当的权威性。

一直以来,人们似乎只能生活在"经典"的影响之下,并通过不断诠释"经典"的方式来认识世界、改造世界。在经典意识不断强化的同时,人们很少会去思考,为什么是这些典籍成为了公认的经典?传统的文化学术思维没有让浸润其中的人们养成这种逆向思考的意识。这种逆向思考只会被社会舆论当作对经典权威的挑战与蔑视,而"离经叛道"在传统文化中也往往喻示着贬义的语境。所以我们认为,虽然"经典"的思想观念在中国历史上早已有之,"经典"被遴选、建构、阐释的实例也层出不穷,但作为当代学术话语体系中的"经典化"概念,却实实在在是个"舶来品"。

当前,我国学术界诸多学科领域所流行的文学经典化研究,实际上是受到以美国为首的西方社会某些激进学术思想的影响。不过,当代西方学术界热衷于探讨文学经典化问题也是出于某种偶然的因素。据刘象愚先生研究,对经典问题的论争产生于20世纪70年代的西方社会,"理论界各种后现代思潮盛行,在解构主义大潮裹挟下躁动不安的年轻一代开始用怀疑和叛逆的眼光看待一切传统的东西,'经典'作为传统的一个有机部分,自然首当其冲"。"1979年,一些学者聚集在哈佛研讨'经典'问题,两年后,著名学者莱斯利·菲德勒(Leslie Fiedler)和休斯顿·贝克尔(Houston Baker)将会议论文编辑成书,题名为《打开经典》(*Opening Up the Canon*),此后经典问题的论争就正式进入了美国和西方学术界的主潮"。"他们说经典的形成离不开选择,而这样一个选择显然含有性别歧视、种族歧视以及欧洲中心主义的偏见,不难看出,这种激进的经典观大多是从女性主义、后殖民主义、西方马克思主义立场出发的,其政治和意识形态的意味相当

---

① 〔荷〕D. 佛克马、E. 蚁布思:《文学研究与文化参与》,俞国强译,北京:北京大学出版社,1996年版,第39页。

② 张隆溪:《经典在阐释学上的意义》,收入黄俊杰主编:《中国经典诠释传统(一):通论篇》,上海:华东师范大学出版社,2008年版,第1页。

③ 范文澜:《文心雕龙注》,北京:人民文学出版社,1958年版,第21页。

强烈"①。由此可见,虽然这场论争最初发生在文学研究领域,但它似乎从一开始就已进入了社会学、政治学的研究范畴,文学只是其借以申论的案例。这场论争所产生的深刻影响,促使部分学者对西方社会传统意义上的经典作家作品进行了全方位的再思考,即到底是哪些因素使得它们成为了经典?故对于传统文学经典的看法,即便在当代西方学术界,也是众说纷纭,捍卫者有之,怀疑者有之,调和者有之,解构者有之。②

美国学者约翰·杰洛瑞(John Guillory)认为:"这场论争引发的最有意思的问题仍不为众人所熟知,因为它不涉及诸如文本或作者是否包含在文学经典中的问题,而是提出了为何要把这场争论当作文学研究的危机来看待的问题。"③笔者认为,所谓"文学研究的危机",是指人们不再单纯从文学研究本身来探讨文学经典的形成过程,而是试图找出在此过程中除文学之外的社会、政治、经济因素如何参与其中,文学研究如果远离文学本身则必然会陷入危机之中。于是,激进的经典论者不仅试图通过"去经典化"的口号来打倒传统文学权威,还要通过对经典形成机制的探讨,彻底揭开遮蔽经典的那层神秘面纱。可以说,西方学术界正是在"去经典化"的研究过程中,才发现"经典化"的一般机制与真正价值。二者虽非同步展开,却又相辅相成地进行着。因而西方学术界所谈论的文学经典化问题,事实上并不是对经典权威的誓死捍卫,而恰恰是对其原初意义的一种颠覆。随着文学全球化进程的加快,以及中西学术交流的深入展开,西方学术界自觉探讨文学经典、经典化、去经典化等问题的研究方法在20世纪90年代初便已影响到我国学术界。

1993年9月到10月间,荷兰学者杜威·佛克马(Douwe Fokkema)来华讲学,在北京大学举办系列讲座时曾谈到关于中国文学的经典化问题。目前我国学术界普遍认为,佛克马教授此举促使我们开始真正关注起自己

---

① 论争的具体过程,可参见刘象愚:《经典、经典性与关于"经典"的论争》,载《中国比较文学》,2006年第2期,第54~55页。
② 参见赵一凡等主编:《西方文论关键词》,北京:外语教学与研究出版社,2006年版,第280~292页。
③ 〔美〕约翰·杰洛瑞:《文化资本——论文学经典的建构》,江宁康、高巍译,南京:南京大学出版社,2011年版,第1页。

的文学经典来。① "忽如一夜春风来,千树万树梨花开",在此之后,探讨文学经典化很快就成为我国文艺理论界的热门话题,许多知名学者纷纷撰文参与讨论。特别是进入新世纪以来,我国学术界以"经典""经典化""经典诠释"等为主题的各种国际学术会议更是经常举办。② 通过对这些会议所提交论文的量化分析可知,当前探讨文学经典化问题的相关研究成果主要集中在文艺学、现当代文学、外国文学等学科领域。不过由于这种研究模式存在一定程度上的普适性,因而它也顺势影响到更为传统的中国古典文学研究领域。

第二节 对当代中国古典文学领域文学经典化研究的反思

新时期中国古典文学领域引入文学经典化研究方法不仅可行,而且是必需的。这既是对当代西方学术范式的积极回应,也是与之展开平等对话的有效方式。数千年的中国文学演进史给后人留下了足够丰盛的经典序列。可惜我们对那些被称为"经典"的古代作家作品,似乎只知今生,不解前世。换句话说,究竟是哪些因素促使它们最终成为经典,对此,关注的人并不算多。而在当前中国古典文学研究领域引入"文学经典化"的研究视

---

① 如陈定家《文学的经典化与去经典化》一文认为:"早在1993年荷兰学者佛克马来华讲学时,重点谈及中国文学的'经典化',在此之后,'经典化'的使用频率一路攀升,理论与批评界业已觉醒的经典意识也逐渐亢奋起来。"该文收入高翔主编:《中国社会科学学术前沿(2006—2007)》,北京:社会科学文献出版社,2007年版,第484页。

② 影响力较大的会议有:(1)首都师范大学文学院、北京师范大学文艺学研究中心和《文艺研究》编辑部于2005年5月27日至30日联合主办的"文化研究语境中文学经典的建构与重构"国际学术会议,参见童庆炳、陶东风主编:《文学经典的建构、结构和重构》,北京:北京大学出版社,2007年版;(2)中国社会科学院文学所、《文学评论》杂志社与陕西师范大学等单位于2006年4月26日至28日共同主办的"文学经典的承传与重构学术研讨会",参见刘生良、王荣:《文学经典的承传与重构学术研讨会综述》,载《文学评论》,2006年第5期;(3)中国社会科学院外文所《外国文学评论》编辑部和厦门大学外文学院于2006年10月28日至30日共同主办了"与经典对话"全国学术研讨会,参见严蓓雯:《"与经典对话"全国学术研讨会综述》,载《外国文学研究》,2006年第4期;(4)首都师范大学文学院比较文学系于2007年8月下旬在北戴河主办的"文学经典化问题:文学研究和人文学科制度"国际学术论坛,参见林精华主编:《文学经典化问题研究》,北京:人民文学出版社,2010年版;(5)厦门大学人文学院等于2012年4月27日至28日举办"经典诠释与文学/文化研究"国际学术研讨会,参见林月兰:《"经典诠释与文学/文化研究"国际学术研讨会纪要》,载《高校社科动态》,2012年第4期;(6)复旦大学中国古代文学研究中心和复旦大学中文系于2017年12月1日至4日主办"经典形塑与文本阐释国际学术研讨会",参见马昕:《"经典形塑与文本阐释国际学术研讨会"召开》,载《文学遗产》,2018年第2期。

角及研究方法,正是为了努力寻找那条通往经典前世的路。有学者研究指出:"文学经典化的发生条件,并不存在一个普遍适用的结构原则。我们今天的文学经典,是通过各种不同的经典化机制在不同的历史语境下获得其特权位置的。"①承认经典化机制的多样性是探讨文学经典化问题的重要前提。正因如此,我们对文学经典化问题的探讨注定不会一帆风顺,也绝不会一劳永逸。每一位作家、每一部(篇)作品在其经典化道路上都独具特色,因此试图寻求整体共性法则的行为必将劳而无功。这一点,在当代中国古典文学研究领域表现得尤其突出。

据中国知网检索及笔者研读的论著材料分析,当前中国古典文学研究领域关于文学经典化问题的探讨主要集中在《诗经》《史记》、汉赋、陶渊明、唐诗、宋词、宋诗、明清长篇小说、清词等方面。② 就研究时间而言,可以说横跨整个中国文学史;就研究范围而言,则几乎囊括古典文学研究的各主要分支。这些研究成果既充分显示了当代古典文学研究者开拓进取的决心与勇气,也折射出文学经典化研究所具备的广阔空间。然而研究成果虽然数量较多,但事实上也存在一些十分明显的问题。这在很大程度上可能是出于西方文学经典化理论的隔阂,又或是出于对经典化理论的生搬硬套。简而言之,我们目前所开展的文学经典化研究,与西方学术界相比,似乎并非处在同一话语体系之中。虽然西方学术界的文学经典化研究有其自身的种种缺陷,但我们借鉴其方法而开展的研究同样存在不足,兹列举尤为显著的四个方面概述如下:

(一)研究者常将文学经典化问题与接受史混为一谈。如陈文忠《"长篇之圣"的经典化过程——〈孔雀东南飞〉1800年接受史考察》③、程晶晶《"新妇相思"词的经典化进程——李清照〈一剪梅〉接受史》④等论文,似乎都没有看到二者之间的区别。这种研究思路并非个案,而是一种较为普遍的现象,又或是某种固化的思维方式。事实上,不管从哪个角度而言,文学经典化与接受史都应该是两个既有交叉又有区别的概念。加拿大学者艾文·佐哈尔(Itamar Even-Zohar)认为:"'经典化'(canonized)意味着那些

---

① 朱国华:《文学经典化的可能性》,载童庆炳、陶东风主编:《文学经典的建构、结构和重构》,北京:北京大学出版社,2007年版,第106页。

② 相关研究成果参见附录:《新时期中国古典文学领域文学经典化研究成果概览》。

③ 陈文载于童庆炳、陶东风主编:《文学经典的建构、结构和重构》,北京:北京大学出版社,2007年版,第293~307页。

④ 程文载于《兰州学刊》,2005年第1期。

文学形式和作品,被一种文化的主流圈子接受而合法化,并且其引人瞩目的作品,被此共同体保存为历史传统的一部分。"①这个说法目前已为中外学术界所广泛接受,具有相当的权威性。所谓"接受史",是指"当作品的延续不再从生产主体思考,而是从消费主体方面思考,即从作者与公众相联系的角度思考时"所写出的"文学或艺术的历史"②。从学理层面看,接受史以接受美学为理论依据,其旨归在于要恢复历史作为文学研究的中心地位。文学经典化研究提倡文本与读者并重,而接受史却奉行读者至上原则。可以说,经典化与接受史在内涵、外延上都存在较大差异。比如为某位诗人赢得经典地位的或许只是其部分诗歌而已,而其多数作品平庸而乏味,那么经典化研究对象就应该是他的这部分佳作,但接受史研究对象却既可以是部分诗歌,也可以指向其所有传世作品。甚至对一首诗歌而言,其接受史研究也应包括一系列的经典化、去经典化、经典重构过程。正如上文所言,经典不是一劳永逸的,所以经典化过程也绝不会一帆风顺。

(二)忽视对文体合法化问题的探讨。在当代古典文学研究领域,学者们在谈及文学经典化问题时,最偏爱选取那些公认的经典文体来研究,如汉赋、唐诗、宋词、明清小说等。如此一来,他们就可以不用再花精力去探讨该文体合法性如何取得之类的烦琐问题。但这种研究思路的弊端在于,他们往往忽视了文体合法化正是经典化研究得以展开的前提。因而研究成果多流于表面,难以深入展开。所谓"文体合法化",就是指该文体以其丰富的创作实践而被社会主流文化群体所广泛认同。据笔者管见,只有翁再红《文体的合法化与经典的建构——中国古典小说从"幕后"到"台前"》一文重点讨论了这个问题③,后来王兆鹏先生也提出了"经典文体的确立"这一概念。④ 但除此之外,似无人论及。与此形成鲜明对比的是,西方学者对文体合法化问题则颇为重视。如法国社会学家皮埃尔·布尔迪厄(Pierre Bourdieu)从文学场与权力场对立统一的角度,论述19世纪法国文坛以福楼拜《情感教育》为代表的现实主义小说如何摆脱传统体裁(诗歌与

---

① 转自〔加〕斯蒂文·托托西:《文学研究的合法化》,马瑞琦译,北京:北京大学出版社,1997年版,第43页。
② 〔美〕R. C. 霍拉勃:《接受理论》,周宁译,沈阳:辽宁人民出版社,1987年版,第339页。
③ 翁文载于《北方论丛》,2009年第5期。
④ 参见王兆鹏:《宋词经典的建构》,载《古典文学知识》,2011年第1期。

戏剧)的制约而走向兴盛。① 又如美国学者约翰·杰洛瑞(John Guillory)以英国诗人格雷《墓园挽歌》为例,从俗语文学进入学校文学课程的角度详尽剖析其战胜古典文学课程的艰难历程。② 这些享誉中外学术界的经典研究案例,颇具启发意义。我国古代学者历来也都有强烈的"尊体"意识,总是千方百计将后起文体比附那些更为久远的文学经典。如东汉班固认为赋是古诗之流裔,南朝钟嵘将五言诗推源溯流到《诗经》《楚辞》两个源头,甚至后来金圣叹在评《水浒》时都自觉将其比附《庄子》《离骚》《史记》及杜诗。事实上,中国文学史上任何一种重要文体,都有一个由俗而雅直至被社会主流文化群体所接受(合法化)的过程,特别是早期出现的那些文学样式如楚辞、汉赋、五言诗等,更是与当时社会、政治、思想的变迁保持着千丝万缕的联系。

(三)对文学经典化内部因素的研究较为薄弱。目前不少论者在研究思路上较为一致,具有同质性与单一性的特点,即多从选本、评点、拟作等外部因素的角度来考察文学经典化问题。以选本研究为例,当前学者主要关注的是某选本选了哪些作家作品。如张新科先生《汉赋在明代的经典化途径》一文认为,《文章辨体》《文体明辨》《文翰类选大成》所收录的汉赋作品与《文选》基本相同,"说明这些汉赋作品经过长时间的流传,逐渐被经典化了,被明人认同"③。这种思维方式的存在非常普遍,如誉高槐、廖宏昌《〈乐府诗集〉与李白乐府的经典确认》等论文亦是如此。④ 然而我们不禁要问,既然这些汉赋作品在萧统编选《文选》之时就已为经典,那么很显然这种"经典性"⑤就绝不可能是由这些后代选本所给予的,后者充其量只是有利于经典作品的再传播。学者们往往只关注选本选了什么,而忽视为什么要选这些作家作品、它们具有怎样的价值才得以被选录等更为基本的问题。我们甚至可以固执地认为,正是因为这些作家作品早已成为世人普遍

---

① 参见〔法〕布尔迪厄:《艺术的法则》第一部分《场的三种状态》,刘晖译,北京:中央编译出版社,2011年版,第4~79页。
② 参见〔美〕约翰·杰洛瑞:《文化资本——论文学经典的建构》,江宁康等译,南京:南京大学出版社,2011年版,第77~125页。
③ 张新科:《汉赋在明代的经典化途径》,载《文学评论》,2012年第3期。
④ 该文载于《北方论丛》,2009年第4期。
⑤ 此处所谓"经典性",系由刘象愚先生提出。刘先生说:"我以为尽管有种种复杂的外在因素参与了经典的形成,但一定有某种更为重要的本质特征决定了经典的存在,我们可以把经典这种本质性的特征称之为'经典性'(canonicity)。"详见刘象愚:《经典、经典性与关于"经典"的论争》,载《中国比较文学》,2006年第2期。

认同的文学经典,所以才总会被后人选入各种选本之中。文学经典的形成是经过层层累加的,在传播过程中更会形成一种不可抗拒的文化强力。可见,看似合理的答案转瞬之间就可以成为另一个更加复杂的问题。西方学术界对文学经典化问题的研究,侧重于理论建构,更侧重于通过文本细读来挖掘其内在的"经典性"。如美国学者哈罗德·布鲁姆(Harold Bloom)在其名著《西方正典》中,从"认知的敏锐""语言的活力""创造的才情"等三个层面对莎士比亚戏剧作品的深度阐释,就是一个极好的研究案例。虽然对文学经典内部因素的深度挖掘在理论上已成为学术界的某种共识①,但目前我们对这一方面的探讨确实还显得比较薄弱。

(四)对文学经典化过程中"反经典化"现象的忽视。吴承学、沙红兵在《中国古代文学的经典与反经典》一文中曾反复提醒当代研究者,在古代文学史上"经典与反经典"一直都是一种"共生现象"②。但事实上在众多的研究论文中,似乎只有张新科先生曾注意到这个问题的客观存在。③ 一方面,由于中国文化整体上呈现出从贵族向平民阶层普世下移的发展趋势,因而越来越多的社会阶层拥有了自己的审美话语权和价值评判标准。这里面自然包括对文学"经典"的遴选与认同。所以上引艾文·佐哈尔对"经典化"的定义中特别强调的是,"被一种文化的主流圈子接受而合法化"。另一方面,文学史上各种文体的形成与演进也是不平衡的,存在差异性。因此,文学经典从来就不是一个封闭的、自给自足的整体,而是一个实实在在的建构、解构、重构的循环过程。诚如陶东风先生所云,"文学经典的建构是各种复杂的社会文化力量较量和博弈的产物"④。这种现象不仅存在于现当代文学领域,对古代文学领域来说同样如此。我们今天所讨论的文学经典化问题,实际上说的是在文学经典的建构过程中某个社会群体或某种文学体式对"他者"的征服。其背后隐含着的那些反对或消解的力量在当时只是趋于衰落,却并未彻底消亡。因而我们所指称的"文学经典",注

---

① 童庆炳在《文学经典建构诸因素及其关系》一文中指出,文学经典建构的因素至少有6种,即文学作品的艺术价值、可阐释的空间、意识形态与文化权力的变动、文学理论与批评的价值取向、特定时期读者的期待视野、发现人。见童庆炳、陶东风主编:《文学经典的建构、结构和重构》,北京:北京大学出版社,2007年版,第80页。

② 详见吴承学、沙红兵:《中国古代文学的经典与反经典》,载《文史哲》,2010年第2期,第5页。

③ 见张新科:《唐宋时期汉赋的经典化过程》,载《陕西师范大学学报》,2008年第1期。

④ 陶东风:《精英化——去精英化与文学经典建构机制的转换》,载《文艺研究》,2007年第2期,第16页。

定只能是某个社会群体的经典而已。事实上,也绝不可能存在整个社会公认的普世经典。正如鲁迅先生的形象表述,"贾府上的焦大,也不爱林妹妹的"。不同的时代,不同的阶层,不同的群体,对经典的理解与认同必然存在差异。如果我们能充分考虑到在文学经典化的进程中,不断存在"反经典化"因素的消解作用,并能描述出前者如何战胜后者的艰难历程,那么文学经典化研究的过程无疑将更为细致。

第三节 五言诗经典化研究的可行性
——以中古时期为例

纵观中国文学史演进历程可知,每个时代对文化艺术都有各自主流性质的审美标准或价值评判机制。比如,备受后世指责的东晋玄言诗与南朝后期的宫体诗,在其所属时代却是颇受文人士大夫阶层喜爱的文学样式。因而我们对文学经典化问题的探讨,必须加以时间上的限定。

文学史意义上的"中古"概念,肇自刘师培先生的名著《中古文学史讲义》。从时间上讲,上起汉末建安时期,下迄南朝梁陈之际。这一时间断限,时至今日几乎已成为学术界共识,如王瑶《中古文学史论》、曹道衡《中古文学史论文集》、詹福瑞《中古文学理论范畴》等皆沿用此时间概念。借鉴艾文·佐哈尔的观点,我们认为中国古典文学研究领域中的"经典化",意味着文学史上曾出现过的某些作家作品,被一特定历史时期的社会主流文化群体所接受,其内在价值得到此群体的普遍认同,进而获得超出一般作家作品的独特地位,并且那些优秀的作家作品,被此社会群体保存在已建构的文学传统之中。① 盖此定义有四个核心要素:(1)发生在特定时期;(2)这个时期内存在一个社会主流文化群体;(3)被遴选出的作家作品的价值得到该群体的普遍认同;(4)该群体建构出一个较为稳定的文学传统。如果中古时期五言诗在发展演进过程中,确实能涵盖上述四个核心要素,则探讨其经典化历程就不仅可行,而且能与西方学术界的文学经典化研究保持一种平等对话的态势。笔者截取"中古"这样一个较为独立的时间段来加以研究,主要基于以下两方面的考虑:

一方面,中古时期是中国历史上公认的、最为典型的门阀士族社会。

---

① 笔者此处对五言诗经典化的定义借鉴了加拿大学者艾文·佐哈尔的观点。

在此时期三百多年的历史进程中，门阀士族势力先后经历兴起、巩固、极盛、衰落等四个阶段。然而无论其自身力量如何变化，他们始终都被视为社会的主流文化群体。此群体既是当时主流文化与价值标准的创造者，也是经典作家作品的传播者，同时还是审美风尚变迁的推动者。凡是从事中国古典文学研究的学者，甚至哪怕只是通读过一些中国文学史著作的人，大概都会有这样一个较为直观的印象：即五言诗这种诗歌样式在汉魏时期本为三曹等寒族文人所擅长，但到南朝社会已成为门阀士族阶层最具代表性的诗歌样式。比如，锺嵘《诗品》称曹植为"建安之杰"、陆机为"太康之英"、谢灵运为"元嘉之雄"。倘若就此三人的社会身份而言，则恰好形成了从寒族、地方士族到一流高门的发展脉络。笔者认为，这绝非偶然现象。钱穆先生对此期的学术文化曾有过精辟论断，他说："要以见魏晋南北朝时代一切学术文化，必以当时门第背景作为中心而始有其解答。当时一切学术文化，可谓莫不寄存于门第中，由于门第之护持而得传习不中断，亦因门第之培育，而得生长有发展。"①一代文学之胜的五言诗，作为魏晋南北朝时期文化艺术的重要组成部分，其自身的发展历程亦当与士族门第存有莫大的关系。那么，门阀士族文人为何会大规模介入五言诗创作领域？又是如何介入其中的？介入节点是怎样确立的？介入目的何在？介入之后产生何种文学史影响？或许都是值得深思的问题。

另一方面，兴起于东汉后期的五言诗体在此期快速发展，并最终在南朝齐梁之际蔚然成风，甚至处于"居文辞之要"（锺嵘《诗品序》）的显赫地位，并成为"独秀众品"（萧子显《南齐书·文学传论》）的诗歌体式。与此同时，作为一种文体的五言诗也完成了从"流体俗调"向"诗坛正体"的华丽转身，成为齐梁诗坛最具代表性的诗歌体式。更为重要的是，从江淹拟诗、刘勰明诗、锺嵘品诗到萧统选诗等一系列具有标志性的诗歌史事件中，我们发现经过彼时社会主流文化精英的层层遴选，五言诗体在演进过程中涌现出一些公认的、具有典范意义的作家作品。江淹拟诗的具体时间虽不可确考，但从其不拟谢朓、沈约等萧齐时期著名文人的诗歌看，其《杂拟三十首》最有可能作于宋、齐之际。这是目前学术界较为一致的看法。据葛晓音先生研究，江淹这组杂拟诗具有重要的诗歌史价值，"总结了刘宋以前五言古诗的题材、诗体随时代发展变化的史实"，又"以精炼浓缩的形式总结了五

---

① 钱穆：《略论魏晋南北朝学术文化与当时门第之关系》，收入《中国学术思想史论丛（三）》，北京：生活·读书·新知三联书店，2009年版，第207页。

言古诗的体式特征"①。由此可见,江淹所拟诸人作品在当时似已具有一定的经典性。兹以江淹所拟诗人为基准,以《诗品》所评其人品第、《文选》《玉台新咏》所录其人五言诗的数量为参照,列表如下:

表1 江淹所拟诗人参照表

诗人姓名	《诗品》(品第)	《文选》(首)	《玉台新咏》(首)
无名氏			
李 陵	上品	3	
班婕妤	上品	1	1
曹 丕	中品	3	2
曹 植	上品	22	9
刘 桢	上品	10	
王 粲	上品	10	
嵇 康	中品		
阮 籍	上品	17	2
张 华	中品	5	7
潘 岳	上品	8	4
陆 机	上品	43	16
左 思	上品	11	1
张 协	上品	11	1
刘 琨	中品	2	
卢 谌	中品	4	
郭 璞	中品	7	
孙 绰	下品		2
许 询	下品		
殷仲文	下品	1	
谢 混	中品	1	
陶 潜	中品	9	1
谢灵运	上品	39	2

---

① 参见葛晓音:《江淹"杂拟诗"的辨体观念和诗史意义——兼论两晋南朝五言诗中的"拟古"和"古意"》,收入《先秦汉魏六朝诗歌体式研究》,北京:北京大学出版社,2012年版,第392页。

续表

诗人姓名	《诗品》(品第)	《文选》(首)	《玉台新咏》(首)
颜延之	中品	19	2
谢惠连	中品	5	3
王微	中品	1	2
袁淑	中品	2	
谢庄	下品		
鲍照	中品	18	11
汤惠休	下品		1

据表1所示,江淹所拟三十首诗歌除《古离别》不知作者外,其余诗人在锺嵘《诗品》中都各有品第,其中上品11人、中品13人、下品5人。同样,江淹所拟诸诗除《古离别》外,其余29人中有24人的五言诗作品被萧统《文选》所收录,其中数量排名前三的依次是:陆机43首、谢灵运39首、曹植22首。更让我们感到惊讶的是,在选诗标准以"艳而俗"闻名于世的《玉台新咏》中,竟也有17位诗人的作品被江淹模拟过。显然,这些作家作品的名声、价值、影响力等在当时社会已成为文人群体的某种共识。这种共识的达成,恰恰就是这些诗人及其诗歌作品逐步走向经典化的过程。我们不否认江淹拟诗、锺嵘品诗、萧统选诗等诗歌史事件对某些作家作品的经典化曾作出巨大贡献,但更应引起研究者重视的是许多五言诗在被后人品录之前早已被称为当世名作,如《文选》录谢瞻《九日从宋公戏马台集送孔令诗》一诗,唐代李善注引《宋书七志》云:"高祖游戏马台,命僚佐赋诗,瞻之所作冠于时。"①要知道当时参加这次宴会并且即兴赋诗的还有大诗人谢灵运,但为何最终是谢瞻此诗"冠于时"呢?谢瞻此诗相对于诸僚佐赋诗而言具备怎样的经典价值?又如《文选》录颜延之《北使洛》一诗,李善注引沈约《宋书》云:"义熙十二年,高祖北伐,有宋公之授,府遣一使庆殊命,参起居。延之至洛阳,道中作诗一首,文辞藻丽,为谢晦、傅亮所赏。"②颜延之此诗未被《文选》选录之前已得到当时名流的赏识。可见这些诗歌的经典化进程实际上远较《文选》成书更早。它们得以成为经典诗歌,显然是由其内在的"经典性"因素所决定的,而萧统在组织编纂《文选》时不过是

---

① (梁)萧统:《文选》,(唐)李善注,上海:上海古籍出版社,1986年版,第956页。
② (梁)萧统:《文选》,(唐)李善注,上海:上海古籍出版社,1986年版,第1253页。

"顺水推舟"而已。这种文学现象的大量存在,虽然给探讨此期五言诗的经典化增加了难度,但也因此而更有意义。

综上所述,一方面是中古时期门阀士族大规模介入五言诗体创作领域,推动了其经典化的发生与完成;另一方面,五言诗体本身也完成了其文体合法化的过程而走向蔚为大观。有鉴于此,笔者坚信探讨五言诗在中古时期的经典化历程不但是可行的,而且具有广阔的研究空间。

第四节 本书的研究思路及意义

迄今为止,学术界对中古五言诗的研究已非常成熟,学术成果相当丰富,学术积淀甚为深厚。因而即便引入"文学经典化"这一较为新颖的研究方法,倘若是出于整体通论的叙述,则必然会与当前各种诗歌史、文学史著作重复甚多,研究成果最终也难逃走向平庸的命运。故笔者拟选取在平日读书过程中所遇到的一些具体问题来加以探讨,这样以点带面或许还能保有一些思考的特色。大致说来,五言诗在此时期能得以完成其经典化的历程,不外乎是内部因素与外部因素共同作用的结果。本书拟讨论的这些问题,也可据此标准一分为二。它们既各自独立,又在某种程度上共同指向"中古五言诗经典化历程"这个核心论题,可谓"龙睛龙爪,总不离乎珠"。兹将本书各章内容及撰写意图简述如下:

第一章 "新诗"与中古诗坛的演进。钟嵘《诗品》曾有"五言居文辞之要"的论断。如果就其所处时代而论,此论可谓完全正确。但如果用这样的观点来衡量整个中古诗坛,则实际情形恐怕未必如此简单。盖五言诗体并非从其诞生之初就具有如此显赫的诗坛地位。笔者认为,倘若我们能摆脱先入为主的偏见,重新去审视被后人视为五言诗黄金时代的建安诗坛,就会发现在当时其实并没有人会把擅长创作五言诗作为高人一等的文化资本,亦少有人对此新兴诗歌体式揄扬称颂。更为重要的是,在"五言腾踊"的建安时代,向来作为诗坛主流样式的四言诗体、骚体等也都在应运而变,寻找发展生机。如此一来,既然各种诗体都随时代而变化,那么为何后来五言诗体能够从文体竞争中胜出?关于这个问题,似乎尚未被学术界认真讨论过。五言诗体走向兴盛的原因自然会有很多,但它的实用性逐步获得提升则理应被优先考虑。在时人传统观念中,应该是四言高雅而五言流俗。因而最初的建安诗坛,四言诗体往往都用在比较正式、庄重的场合,而五言诗体肇始之时则多用来"怜风月,狎池苑,述恩荣,叙酣宴"①。此种情形在西晋诗坛表现得更为明显。如应璩《百一诗》曾有"新诗"之别称,裴秀亦有《新诗》传世。观其旨意,皆在讽谏一途。而在魏晋时期用五言诗体来寄寓讽谏必定是较为新颖的创举,故时人才有此称呼。②据逯钦立先生《先秦汉魏晋南北朝诗》收录统计,除应、裴"新诗"外,其在魏晋诗歌中尚出现13次,又在南朝诗歌中出现4次。倘若就此期的诗歌作品而论,在多数语境中"新诗"的出现都意味着诗歌史上新变化的悄然而至。这正是五言诗实用性不断扩大的生动表现。因而,将此类"新诗"置于系统的、连续的中古诗歌发展史中去理解,必然会是一种有趣的文学现象,也会更加接近诗歌史存在的本源。可见此问题其实是我们重新审视中古五言诗经典化历程的一扇窗,即通过论证"新诗"内涵的变迁来阐释锺嵘"五言居文辞之要"说的形成背景。在此基础上,我们才有可能更为深刻地反思魏晋南朝诗坛的传统表述,并尽可能弄清楚五言诗体如何能在南朝社会成为颇受时人重视的一种新型文化资本。本章的设置,旨在通过对魏晋南朝诗坛的重新审视,探讨五言诗从"俗调"到"正体"的转变过程,具有解构的意蕴。对于经典形成来说,解构与建构同样重要,这是五言诗体在中古时期能初步完成经典化历程的重要前提。

第二章　中古门阀势力盛衰的侧面考察。对此种历史现象,历史学界的前贤时彦多有详论。笔者拟通过对中古文献中"势族""素族"等重要概念的阐释推论,为学界已有研究成果提供一些新的补充说明。按"势族""世族""士族""寒素""儒素""素族"等概念多见于中古史乘,盖此类具有特定内涵的称谓名词,本身就是当时社会政治生活的重要组成部分。研究它们曾被广泛运用的具体语境,有助于我们从侧面来把握魏晋南朝政治文化的发展脉络。然而当前学术界对此类词语的具体内涵,似已不能作很好的区分。例如对"势族"与"士族",唐长孺先生曾在《士族的形成与升降》一文中指出:"两者在当时虽有密切的关系,有时可以互通,但毕竟不是同义语。"③可惜唐先生未能进一步申论二者异同。后来学者中亦少有作此概念辨析者。故拟以一节篇幅,权作对唐先生经典论断的注解。但本章更重

---

① 范文澜:《文心雕龙注》,北京:人民文学出版社,1958年版,第66页。
② 葛志伟:《诗歌史的隐性坐标——论魏晋南朝时期的"新诗"》,载《福建师范大学学报》,2014年第1期。
③ 唐长孺:《士族的形成与升降》,收入《魏晋南北朝史拾遗》,北京:中华书局,2011年版,第56页。

要的研究思路在于,通过对"势族""素族"等历史词语在此期内涵变迁的考察,生动展示门阀势力的盛衰情形。晋初刘毅曾有"上品无寒门,下品无势族"的说法。南朝沈约《宋书·恩倖传论》中引此语作"下品无高门,上品无贱族"①。这显然不是简单的同义词更替,而是社会现实的变化赋予了"势族"新的内涵。盖南朝历代统治者对士族多采取抑制政策,如大力扶植寒人势力的做法最为典型。在皇权的支持下,此类出身卑贱的寒人往往能拥有很大的政治权力,从而加快门阀制度与门阀士族的衰落。有鉴于此,势族内涵亦应运而变。另外,西晋时期与"势族""势家"等概念相对应的应该是"儒素""寒素"之人。很多世家大族子弟也以此自居,来傲视那些热衷于争夺朝政大权的"势族"。但在南朝史乘中,高门士族在面对新兴皇权时多以"素族"自居。个中原因何在?从两晋社会的"寒素""儒素"到南朝的"素族",二者间有无某种关系?在笔者看来,南朝士族群体自身势力的衰弱,使得皇权成为真正意义上的"势族",故或有此称。正是在此种时代背景之下,传统世家大族才会积极寻求新的文化资本,顺应时代潮流向文化士族转型。从两汉经学到魏晋玄学,再到南朝文学,世家大族不断调整自身文化学术的兴趣,并懂得如何利用这种文化资本参与社会政治生活,从而实现价值间的转换。本章所讨论的问题,实际上是从当时社会各阶层政治力量此消彼长的角度,推论士族群体在晋宋之际向文化士族转型的历史背景。这是中古门阀士族大规模介入五言诗创作领域的重要因素,因而也是五言诗体后来得以初步完成其经典化历程的重要外部条件。

  第三章　中古诗坛领导权的转移。所谓"诗坛领导权",是指在中古时期能引领诗歌创作风尚并促使其不断发展变化的诗坛主导力量。众所周知,在"五言腾踊"的建安诗坛,引领五言诗创作风尚的是曹操父子。就社会出身而言,"三曹"后来虽贵为皇族,然而体现出的却是寒素文化精神,是典型的寒族文人。此时五言诗这一新兴诗歌体式,尚未被世家大族子弟广泛接受。故当"三曹""七子"逐渐逝去时,五言诗的创作亦趋于式微,代之而起的西晋司马氏是服膺儒教的世家大族,并没有皇室子弟擅长五言诗创作。当时高门子弟多热衷于清谈玄理,并不以能诗为高。此时期诗坛代表人物当推潘岳、陆机等人,但他们似乎也无力独自引领诗坛风气的更新。因为在极度混乱的政治格局之下,他们尚需依附在"势族"周围才能得以生

---

① (梁)沈约:《宋书》,北京:中华书局,1974年版,第2301~2302页。

存,并谋求仕途发展。故贾谧身边有"二十四友",石崇亦能组织"金谷诗会"。但贾谧、石崇这些人自身文学修养有限,不足以独立引导诗坛风气。钱志熙先生认为:"像郭璞这样的寒素文学家的重镇人物,在当时又并不为世所重,不能以其承传的西晋寒素文学精神转移风会。"①从两晋之交的郭璞身上,我们得以窥探西晋寒素文人的辛酸与无奈。他过江前后诗风的转变,正是这种心理的折射。故西晋"典雅""繁缛""绮丽""流靡"等诗风的形成,很大程度上是由于当时各方人士共同参与、相互折中的结果。此时诗坛领导权有向门阀士族转移的明显迹象,但尚未彻底完成。东晋诗坛玄言盛行,郭璞在此过程中扮演了十分重要的角色。从中古诗歌史整体趋势看,玄言诗只是过渡阶段,但晋宋之际的山水诗却又从此间而来,正如刘勰所言"庄老告退,山水方滋"。有必要引起注意的是,最后从事玄言诗写作与最初从事山水诗写作的恰是同一社会群体的文人。擅长写玄言诗的人,自身无疑要具备良好的玄学素养。遍阅两晋史乘,谈玄者几乎都是士族子弟。事实上,在他们用五言诗来表达玄情理趣而大量写作玄言诗之后,由他们所创造的这一诗歌范式又会对诗人的社会身份作出选择。两者之间并非简单的谁决定谁,而是双向互动的关系。正是经过玄言诗风的洗礼,以谢灵运为代表的士族文人后来才能真正独立地引领诗歌风尚。甚至直到齐梁时期的"永明体",也依然是由沈约、王融、谢朓等士族文人所引导。寒族文人因缺乏玄学素养,在玄言诗向山水诗演进这个环节上慢了半拍,故在南朝诗歌发展过程中就始终落后一步,成为名副其实的追随者。本章旨在回答一个重要问题,即为何中古五言诗经典化历程的实现要由门阀士族来完成。

第四章 谢灵运诗歌经典化的个案研究。以刘裕为代表的寒族势力在登上政治权力顶峰时,采用多种手段遏制门阀士族的势力。这一做法后来为南朝历代皇帝所惯用。被钟嵘誉为"元嘉之雄"的谢灵运,正生活在这样一个时代。盖谢灵运不仅是元嘉一朝诗人的代表,更是南朝整个门阀士族文人的代表。沈约曾用"方轨前秀,垂范后昆"(《宋书·谢灵运传论》)概括其经典价值。一方面,谢灵运自身具备良好的玄、佛理论素养,因而他的山水诗创作渊源有自,能够被当时的士族群体所接受;另一方面,由于自然山水的被发现,诗歌与玄理渐行渐远已成为不可逆转之趋势,那些没有玄

---

① 钱志熙:《魏晋南北朝诗歌史论》,北京:北京大学出版社,2005年版,第95页。

学修养的文人也能够再次拿起纸笔，模仿谢灵运的山水诗进行诗歌创作。故谢灵运在被外放永嘉太守之时，"每有一诗至都邑，贵贱莫不竞写，宿昔之间，士庶皆遍"①。事实上，对于南朝诸多士族文人来说，谢灵运诗文中的山水生活为他们所神往。因而在情感层面上，他们与谢灵运的诗歌并不存有隔阂，这就为谢灵运诗歌在南朝时期的经典化提供了相对有利的环境。但真正让谢灵运诗歌具备经典性意义的，是由于他在文学传统与个人才能之间取得了完美的平衡。清代陈祚明云："详谢诗格调，深得《三百篇》旨趣，取泽于《离骚》《九歌》。"②又清代方东树亦云："谢公全用《小雅》《离骚》意境字句，而气格紧健沉郁。"③对陈、方二人之说，笔者将通过研究汉魏六朝诗歌中"美人"意象的具体语境予以申论。盖自屈原《离骚》起，托"美人"以喻其君不仅自有其文学传统，而且具备存在的经典性意义。此文学传统经张衡、曹植、阮籍等得以发扬，然在两晋诗坛却又趋于式微，直到谢灵运的出现才得以接续。对文学传统的自觉回归使得谢诗意蕴深厚，具备广阔的阐释空间。另外，谢灵运诗歌中有大量写景状物的名句。然倘若就此类名句对后世文学的影响而言，应该无有出"池塘生春草"之右者。据《诗品》《南史》等文献记载，此经典名句的流传还伴有灵运"梦惠连"的文坛轶事。此事或属无稽，但其背后所蕴含的文学思想值得重视。特别是钟嵘将本属谢灵运的轶事置于谢惠连条目之下，意味着此名句与风人歌谣颇有关联。南朝诗风代有因革，审美风尚亦随时新变。谢灵运"池塘生春草"句究竟具备怎样的内在"经典性"，才能经得起各派文论家的审美批评？本章以"元嘉之雄"谢灵运为研究对象，立足于对其诗歌"经典性"因素的挖掘，并从中总结出中古五言诗经典化的一些普遍规律。另外通过此个案研究，还试图揭示出士族文人能够引领诗坛风尚的某些内在因素。

第五章 钟嵘《诗品》与中古五言诗的经典化。由于《诗品》专论汉魏以来的五言诗，并从理论层面上确立其文体的合法性地位，因而它对五言诗体在此期的经典化历程的初步完成起着极其重要的作用。盖钟嵘《诗品》在总结江淹《杂拟三十首》、刘勰《文心雕龙·明诗》、沈约《宋书·谢灵运传论》等文献的基础上，建构出一套比附《诗经》《楚辞》的五言诗发展谱

---

① （梁）沈约：《宋书》，北京：中华书局，1974年版，第1754页。
② （清）陈祚明：《采菽堂古诗选》，上海：上海古籍出版社，2008年版，第519页。
③ （清）方东树：《昭昧詹言》，北京：人民文学出版社，1961年版，第129页。

系。此谱系后来对萧统《文选》选录五言诗颇有影响。① 而经由锺嵘、萧统所遴选出的五言诗经典谱系,即便是稍后竭力鼓吹宫体诗风的萧纲、徐陵等亦不能轻易更改。锺嵘撰写《诗品》的原因,从表面上看来是受到时人刘士章的影响,但如果我们被锺嵘的陈述所迷惑的话,那就很难再弄清其撰写《诗品》的真实动机。现存《梁书·锺嵘传》《南史·锺嵘传》等文献皆详载锺嵘生平三件大事,即上书齐明帝、上书梁武帝、撰写《诗品》。由此可见,在史家看来,此三事在锺嵘生平行事中必然占有极为重要的地位。本章据相关史料考释出此三事的始末原委,认为撰写《诗品》很可能是锺嵘一直以来努力维护士族群体利益思想的表现。某种程度上,《诗品》与锺嵘给齐明帝、梁武帝所上二书有殊途同归之处。我们甚至还可以这样思考,即为何"欲为当世诗品"之人是刘绘、锺嵘,而不是王融、谢朓?前者在五言诗成就、家族声望、社会影响等方面都无法与后者相抗衡。况且刘、钟二人在诗歌理论上还有矛盾之处。原因很可能即在于,像刘、钟这样的次等士族更依赖于对文化资本的占有。众所周知,南朝时期门阀士族的整体力量趋于衰微。不过高门士族子弟如王融、谢朓等还有门第可以依赖,而次等士族则对社会形势的剧变更加惶恐。这种现象在《颜氏家训》里表现得尤为明显。因而对于刘、钟这样的次等士族来说,文化资本似乎更值得依赖。而一旦在文化层面被超越,或是被同质化,其家族优越感也就随之消失。五言诗体是这个时代的主流诗歌样式。因此,他们要竭力按照士族群体的审美标准建构出一个经典序列,把价值评判的权力掌握在本阶层手中。文学经典化从某种意义上说,正是对社会话语权力的争夺,因而是谁的经典就显得十分重要。这一点与当代西方学术界对文学经典的认识异曲同工。锺嵘自身的士族思想,自觉地参与五言诗经典谱系的建构。本章旨在回答五言诗经典化的标准是由何人制定、依据是什么、如何建构文学传统、动机何在等重要问题。这些内容理应成为中古五言诗经典化历程得以初步完成的标志。

  第六章　经典的影响:《玉台新咏》《文选》重复选诗现象研究。《文选》与《玉台新咏》是南朝流传下来的两部最重要的文学选本。就后世影响而言,《玉台新咏》自然远不及《文选》。南宋刘克庄甚至认为,"徐陵所序《玉台新咏》十卷,皆《文选》所弃余也"②。这种观点当然经不起推敲,但二书

---

① 顾农:《萧统〈文选〉与锺嵘〈诗品〉》,载《扬州师院学报(社会科学版)》,1995年第4期。
② (宋)刘克庄:《后村诗话》,北京:中华书局,1983年版,第6页。

在选诗标准上存在较大差异,也是不争的事实。按照当前诗歌史或文学史的一般叙述,前者典而雅,代表了古典主义的文学思想;后者艳且俗,代表了革新的流行文学思想。① 但不可否认,就各自入选的五言诗而言,二书重复选录的诗歌竟多达六十四首,且这些重选之诗几乎都集中在刘宋之前。对此现象,曹道衡先生认为,两书"在对待三国至刘宋初的主要诗人时其评价并无显著的分歧。这是因为这些作家的作品流传已久,在人们心目中差不多已有定评"②。徐陵在《玉台新咏序》中明言此书收录的是"往世名篇,当今巧制"。所谓"往世名篇",正是经江淹、刘勰、沈约、锺嵘、萧统等人对历代五言诗作家作品的遴选所得。这些作家作品的经典性已得到彼时社会主流文化群体的认同,按照先后关系形成了一个理想的经典秩序。唐代刘肃《大唐新语》云:"梁简文帝为太子,好作艳诗。晚年改作,追之不及,乃令徐陵撰《玉台集》,以大其体。"③当前学术界对这则材料颇有怀疑,尤其是"晚年改作"云云。萧纲后期确实作有不少艳诗,似乎并无悔其少作之意,那么这"以大其体"该如何解释? 学术界普遍认为萧统与萧纲的文学观念差别很大。故这"以大其体",无非就是按照自己的文学观念与审美标准重构经典序列。那些公认的"往世名篇",在萧纲与徐陵看来正是当下宫体诗的渊源所在,具有典范与秩序的双重价值。《玉台新咏》的最大特点就在一"新"字,而文学趣味的变化总是与重估由经典作家作品所代表的文学传统有关。每一时代都有一些新出现的文学内容,比那些传统题材更具"经典性"。显然,"往世名篇"的入选不过是为了说明"当今巧制"的合法性地位。因而,对经典诗人及其作品的争夺,不仅是建构新经典序列的必由之路,更是为宫体诗人与宫体诗获取经典地位的有效保证。

本书通过六个专题的探讨,最有可能的学术贡献就是:在充分了解西方学术话语体系与遵循中古五言诗发展规律的前提下,将"文学经典化"研究视角引入中古文学这一基础性学术课题之中。通过对五言诗在中古时期的经典化展开探讨,形成一个条理清晰、阐释充分、结论相对可靠的研究范式。同时又在此研究过程中,深入探讨中古五言诗坛领导权转移、门阀士族与五言诗发展演进之关系、《玉台新咏》《文选》重复选诗等问题。毫不

---

① 〔日〕林田慎之助、曹旭:《〈文选〉和〈玉台新咏〉编纂的文学思想》,载《上海师范大学学报》,2006年第1期。
② 曹道衡:《从〈文选〉和〈玉台新咏〉看萧统和萧纲的文学思想》,收入《汉魏六朝文学论文集》,桂林:广西师范大学出版社,1999年版,第139~162页。
③ (唐)刘肃:《大唐新语》,北京:中华书局,1984年版,第42页。

夸张地说，如果后来没有门阀士族文人大规模介入其中，五言诗体在南朝后期似不大可能完成由"俗"入"雅"的转变，并确立起文体意义上的合法性地位。如果文体的合法性地位不能从理论层面得以确立，那么即便其"会于流俗"，盛极一时，最终亦难以完成经典化的漫漫征程。门阀士族文人介入五言诗创作，又与南朝社会各种政治力量的变动密切相关。这一点往往为历来的研究者所忽视。

　　需要特别加以说明的是，本书虽然在某些章节借鉴了一些当前西方学术界的研究视角，比如法国社会学家布尔迪厄的文学权力场、文化资本等概念，但并非无谓地乱贴标签，基本研究方法仍是立足于传统学术意义上的知人论世、诗史互证、文史结合等。本书在注重对诗歌文本内在"经典性"探究的同时，也尝试着让诗歌作品真正回归到当时的社会文化背景中去，进而用文化参与的视角重新予以观照。如果就此意义而论，本书所展开的相关讨论不仅可以拓展当前中古五言诗研究的空间，同时也能够进一步丰富方兴未艾的"文学经典化"理论。这两个方面即为本书学术价值所在。唐代刘禹锡《浪淘沙九首》其八云："千淘万漉虽辛苦，吹尽狂沙始到金。"①倘若我们对此名句作断章取义的理解，则当前人文学科的研究大概亦当如此。然驽钝如我，莫问"真金"何在，唯有付之不懈努力而已。

---

① （清）彭定求等：《全唐诗》，陈尚君补辑，北京：中华书局，1999年版，第4123页。

第一章 "新诗"与中古诗坛的演进

就中国诗歌发展而论,汉魏六朝是一个极为重要的阶段。在此期间,四言诗体、骚体、五言诗体、七言诗体等各种诗歌样式都处在不断的发展变化之中。既然如此,为何五言诗体后来能够从诸种文体的竞争中脱颖而出,并完成最初的经典化历程?关于这个重要的诗歌史问题,似乎向来都没有被学术界所认真讨论过。我们知道建安时期是五言诗发展的黄金时代,但当时社会主流文化群体是否已接纳这种新兴诗歌体式?萧涤非先生曾指出:"五言在当时虽为一种新兴诗体,然在一般朝士大夫心目中,其格乃甚卑,远不如吾人今日所估计。"①由此可见,五言诗体走向兴盛注定是个漫长的过程。可惜萧先生的明达之论,尚未得到系统的阐发。本章拟从此期诗歌作品中较为常见的"新诗"概念入手,辨析当前文学史或诗歌史叙述中的某些常识性偏见,为中古五言诗的经典化研究提供相对可靠的历史空间。

第一节 新诗:中古诗歌史的隐性坐标

在现存汉魏六朝诗歌文本中,"新诗"一词多有所见,尤其是在五言诗中。所谓"新",顾名思义,自有其异于既往诗歌之处。通过对此期"新诗"出现语境的文本诠释,我们可以发现中古诗人群体强烈的自我感知能力,此即"春江水暖"之谓也。就此期诗歌而论,在多数具体的文本语境中,"新诗"一词的出现往往都意味着诗歌史上某些新变化的悄然而至。倘若我们能冷静思考,从这些"新诗"的具体语境中去体验诗人们当日未曾明说的内容,那么我们离诗歌史的存在本源或许就会更近一步。在尊重文本的前提下,将此类"新诗"置于系统的、连续的诗歌发展史中去理解,必将是一种有趣的文学现象。然而非常可惜的是,古往今来,人们几乎众口一词地将"新诗"简单理解为"新写的诗篇",从而忽略了它们在中古诗歌发展史上的"坐标"意义。

---

① 萧涤非:《汉魏六朝乐府文学史》,北京:人民文学出版社,2011年版,第23页。

一、汉魏六朝诗歌中的"新诗"语境

受惠于前辈学者对此期诗歌文献的整理成果，我们在研究过程中可省去不少烦琐的前期准备工作。为论述简明扼要起见，兹以逯钦立先生《先秦汉魏晋南北朝诗》所录为依据，略以时代先后为序，将"新诗"在汉魏六朝诗歌中出现的具体语境，列表如下：

表 2　中古诗坛"新诗"语境统计表

朝代	作者	题名	体式	内容	备注
魏	王粲	《赠蔡子笃诗》	四言	何以赠行，言赋新诗。①	《文选》《古诗纪》作"斯诗"，逯误。
魏	刘桢	《赠五官中郎将诗》	五言	望慕结不解，贻尔新诗文。	
魏	徐干	《赠五官中郎将诗》	四言	贻尔新诗。	
魏	应璩	《新诗》	五言		《百一诗》别称
魏	阮侃	《答嵇康诗》	五言	新诗何笃穆，申咏增慨慷。	
魏	阮籍	《咏怀》	五言	高子怨新诗，三闾悼乖离。	
西晋	傅玄	《历九秋篇》	六言	奏新诗兮夫君，烂然虎变龙文。	
西晋	裴秀	《新诗》	五言		共计 2 首
西晋	张华	《答何劭诗二首》	五言	良朋贻新诗，示我以游娱。	分属 2 首
			五言	援翰属新诗，咏叹有余哀。	
西晋	潘尼	《答陆士衡诗》	四言	口咏新诗，目玩文迹。	
东晋	孙绰	《答许询诗》	四言	贻我新诗，韵灵旨清。	
东晋	袁宏	《咏史》	五言	赵瑟奏哀音，秦声歌新诗。	
东晋	湛方生	《还都帆诗》	五言	寤言赋新诗，忽忘羁客情。	
东晋	陶渊明	《答庞参军》	四言	乃陈好言，乃赋新诗。	
		《移居诗》	五言	春秋多佳日，登高赋新诗。	
齐	谢朓	《怀故人诗》	五言	安得同携手，酌酒赋新诗。	
梁	刘孝绰	《酬陆长史倕诗》	五言	期寄新诗返，相望且相思。	
陈	张正见	《三妇艳诗》	五言	小妇独无事，歌罢咏新诗。	
陈	江总	《内殿赋新诗》	七言		

---

① 逯钦立：《先秦汉魏晋南北朝诗》，北京：中华书局，1983 年版，第 357 页。按本书所引魏晋南朝时期的诗歌，如无特别说明，皆出自逯钦立此书。

由表 2 可知:(1)"新诗"很少在乐府诗中出现,现存文献中只出现过 2 次,即西晋傅玄《历九秋篇》与陈朝张正见《三妇艳诗》;(2)"新诗"多出现在魏晋时期的四言诗与五言诗中,尤以五言诗居多。据此,我们可以提出如下两个问题:第一,众所周知中古的乐府诗创作十分兴盛,但为何"新诗"很少出现于其中?第二,南朝诗歌在理论与实践上多提倡"变",或为通变,或为新变,但为何魏晋文士更喜欢在诗歌创作时运用"新诗"一词?这两个问题都颇为复杂,故本节仅尝试作一番粗浅的探讨,不敢称言必有中,唯希望能抛砖引玉而已。

二、乐府与"新诗"的偏离现象析论

就汉魏六朝乐府诗而言,涉及"新诗"的只有西晋傅玄《历九秋篇》、陈朝张正见《三妇艳诗》两首。然详观两诗内容,皆难以判断此"新诗"究竟何指。如傅玄《历九秋篇》其三云:

> 奏新诗兮夫君,烂然虎变龙文。浑如天地未分,齐讴楚舞纷纷,歌声上激青云。

宋代郭茂倩《乐府诗集》曾收录傅玄此诗,题为《董逃行历九秋篇》。据《乐府诗集》所引崔豹《古今注》、应劭《风俗通》等文献,可知《董逃行》确为汉乐府旧题。郭氏又引《乐府解题》云:

> 古词云:"吾欲上谒从高山,山头危险大难。"言五岳之上,皆以黄金为宫阙,而多灵兽仙草,可以求长生不死之术,令天神拥护君上以寿考也。若陆机"和风习习薄林"、谢灵运"春虹散彩银河",但言节物芳华,可及时行乐,无使徂龄坐徙而已。晋傅玄有《历九秋篇十二章》,具叙夫妇别离之思,亦题云《董逃行》,未详。①

据此可知,傅玄《历九秋篇》在内容上"具叙夫妇别离之思",颇有新意,确与《董逃行》原题旧义不同。据下文"妾受命兮孤虚"(其九)、又"贱妾如水浮萍"(其十)等诗句,则知此诗明系作者托女子口吻而作。如此,则上文夫君于宴会时为宾客所奏之"新诗"必非《历九秋篇》,其意甚明。故此处之

---

① (宋)郭茂倩:《乐府诗集》,北京:中华书局,1979 年版,第 505 页。

"新诗"何指,似殊难判断。又张正见《三妇艳诗》云:

> 大妇织残丝,中妇妒蛾眉。小妇独无事,歌罢咏新诗。上客何须起,为待绝缨时。

当代学者一般认为《三妇艳诗》本是由汉乐府旧题《长安有狭斜行》《相逢行》等衍生而来,是对乐府古辞的艳情化改造。① 据《乐府诗集》所录,此题当是由南朝刘宋皇室子弟——南平王刘铄首创,其后王融、萧统、沈约、王筠、吴均等著名诗人皆有所作。② 可见此调在南朝社会十分流行。然从上所引张诗"歌罢咏新诗"句可知,此"小妇"对于"新诗"咏而不歌,故其亦不当为乐府之作。由此可见,汉魏六朝诗歌中的"新诗"似与乐府诗这一传统体裁无涉。

萧涤非先生曾指出,"世多谓乐府为诗之一体,实则一切诗体皆由乐府生也"③。时至今日,此观点已为学术界所共知。从表面上看来,这与上文所论相左,其实不然。首先,中古士人多将诗与乐府视为两种不同的文体。如西晋陆云《与兄平原书》云:"张公箴诔,自过五言诗耳。但云自不便五言诗耳……诸碑箴辈,甚极不足与校,歌亦平平。"④ 又刘勰《文心雕龙·乐府》云:"昔子政品文,诗与歌别,故略具乐篇,以标区界。"范文澜先生注云:"诗为乐心,声为乐体,诗与歌本不可分,故《三百篇》皆歌也。自汉有《在邹》《讽谏》等不歌之诗,诗歌遂画然两途。"⑤ 钟嵘《诗品》亦以品评文人诗为主,几乎不涉及乐府范畴。由此可见,在诗与乐府辨体明晰的时代,"新诗"概念鲜见于乐府亦不足为奇。其次,汉魏六朝乐府当有两套音乐系统,即魏至西晋时期的汉魏旧乐系统与东晋至梁、陈时期的晋宋新声系统。汉乐府多自然质朴,而魏晋尚文趋新,时人习惯于沿袭旧调而自创新辞。然此时去汉未远,旧调多存,故音乐本身之影响弥深。此时,"辞"仍当受制于"乐"的形式,换句话说,只要"乐"的本体未发生变化,那么"辞"的更新还不足以被称为"新"。因此,在时人乐府诗创作中难见"新诗"。然而东晋南朝的情况与此不同。南朝民间新声如《吴歌》《西曲》等,"其始皆徒歌,既而被

---

① 郭建勋:《从〈长安有狭斜行〉到〈三妇艳〉的演变》,载《文学遗产》,2007年第3期。
② (宋)郭茂倩:《乐府诗集》,北京:中华书局,1979年版,第518~520页。
③ 萧涤非:《汉魏六朝乐府文学史》,北京:人民文学出版社,2011年版,第124页。
④ (晋)陆云:《陆云集》,北京:中华书局,1988年版,第143页。
⑤ 范文澜《文心雕龙注》,北京:人民文学出版社,1958年版,第121页。

之管弦"①。南朝文人对此类民歌可谓辞、曲兼爱,故拟作有过之而无不及。然此民间新声特色鲜明,如文本以四句为主,内容限于男女之事,情不出于相思,颇难出新意,因而"新诗"亦难见于南朝新声乐府之中。

唐代孔颖达《毛诗正义》云:

> 初作乐者,准诗而为声。声既成形,须依声而作诗。故后之作诗者,皆主应于乐文也。②

盖孔氏所论,虽是春秋时情形,然证之以汉魏六朝文献,似同样适用。考《汉书·礼乐志》云:

> 以李延年为协律都尉,多举司马相如等数十人造为诗赋,略论律吕,以合八音之调,作十九章之歌。③

又《汉书·李延年传》云:

> 是时上方兴天地诸祠,欲造乐,令司马相如等作诗颂。延年辄承意弦歌所造诗,为之新声曲。④

又《东观汉记》云:

> 孝章皇帝亲著歌诗四章,列在食举。又制云台十二门诗,各以其月祀而奏之。熹平四年正月中,出云台十二门新诗,下大予乐官习诵。⑤

又裴松之《三国志·魏志·武帝纪》引王沈《魏书》云:

> 御军三十余年,手不舍书。昼则讲武策,夜则思经传。登高必赋,及造新诗,被之管弦,皆成乐章。⑥

---

① (宋)郭茂倩:《乐府诗集》,北京:中华书局,1979年版,第639~640页。
② (唐)孔颖达:《毛诗正义》,《十三经注疏》标点本,北京:北京大学出版社,1999年版,第14页。
③ (汉)班固:《汉书》,北京:中华书局,1962年版,第1045页。
④ (汉)班固:《汉书》,北京:中华书局,1962年版,第3725页。
⑤ 吴树平:《东观汉记校注》,北京:中华书局,2008年版,第159页。
⑥ (晋)陈寿:《三国志》,北京:中华书局,1982年版,第54页。

又曹魏韦诞《景福殿赋》云：

> 又有教坊讲肆，才士布列。新诗变声，曲调殊别。①

音乐曲调的形成最初源于被采集的诗歌文本，即由诗来作乐，所谓"声随辞变"。在音乐曲调定型之后，即归类保存于朝廷所设立的音乐机关，以备随时所需。至此音乐曲调本身就具备了一定的独立性，成为一个自给自足的音乐系统，很少再受原诗歌文本的控制与影响。一首较为固定的音乐曲调，完全可以在各种场合被配以不同的歌诗来演奏，即"以乐系诗"。最著名的例子，如《薤露》本是汉世丧歌，魏武帝曹操乃用之以咏怀时事；又《陌上桑》本为汉世艳曲，然曹氏父子却以之歌咏游仙之事。我们根据郭茂倩《乐府诗集》所录推测，任一汉乐府旧曲，其歌词在后世都可能千变万化。故萧涤非先生认为："吾国诗歌，与音乐之关系，至为密切。盖乐以诗为本，而诗以乐为用，二者相依，不可或缺。是以一种声调之变革，恒足以影响歌诗之全部。"②

从汉末建安到西晋永嘉南渡之前，时逾百年。观其时乐府众作，虽名家辈出，却仍难见新创曲调的踪影。《晋书·乐志》云：

> 汉自东京大乱，绝无金石之乐，乐章亡缺，不可复知。及魏武平荆州，获汉雅乐郎河南杜夔，能识旧法，以为军谋祭酒，使创定雅乐。时又有散骑侍郎邓静、尹商善训雅乐，歌师尹胡能歌宗庙郊祀之曲，舞师冯肃、服养晓知先代诸舞。夔悉总领之。远详经籍，近采故事，考会古乐，始设轩悬钟磬。而黄初中柴玉、左延年之徒，复以新声被宠，改其声韵。及武帝受命之初，百度草创。泰始二年，诏郊祀明堂礼乐权用魏仪，遵周室肇称殷礼之义，但改乐章而已，使傅玄为之词云。③

虽历经汉末社会动荡，然经曹操广泛搜集，汉代雅乐尚得以不亡于世。《文

---

① 韩格平等：《全魏晋赋校注》，长春：吉林文史出版社，2008年版，第81~82页。
② 萧涤非：《汉魏六朝乐府文学史》，北京：人民文学出版社，2011年版，第29页。
③ （唐）房玄龄：《晋书》，北京：中华书局，1974年版，第679页。

心雕龙·乐府》云:"陈思称左延年闲于增损古辞,多者则宜减之,明贵约也。"①所谓左延年等"以新声被宠",应该也只是增损文辞而已。晋初傅玄似乎也只是改其乐章歌辞,以适应西晋新政权所需,并未见其有新创曲调之作。此为魏至西晋朝廷雅乐未曾变化之证,两朝乐府因而具有同源性。《晋书·乐志》又云:

> 相和,汉旧歌也,丝竹更相和,执节者歌……凡乐章古辞,今之存者,并汉世街陌谣讴,《江南可采莲》《乌生十五子》《白头吟》之属也。②

郭茂倩认为,此类汉世歌谣"其后渐被于管弦,即相和诸曲也。魏晋之世,相承用之"③。据《乐府诗集》所录,相和歌主要由相和曲、平调曲、清调曲、瑟调曲等组成。郭茂倩引《古今乐录》云:

> 张永《元嘉技录》:相和有十五曲,一曰《气出唱》、二曰《精列》、三曰《江南》、四曰《度关山》、五曰《东光》、六曰《十五》、七曰《薤露》、八曰《蒿里》、九曰《觐歌》、十曰《对酒》、十一曰《鸡鸣》、十二曰《乌生》、十三曰《平陵东》、十四曰《东门》、十五曰《陌上桑》。④

> 王僧虔《大明三年宴乐技录》:平调有七曲,一曰《长歌行》、二曰《短歌行》、三曰《猛虎行》、四曰《君子行》、五曰《燕歌行》、六曰《从军行》、七曰《鞠歌行》。⑤

> 王僧虔《技录》:清调有六曲,一《苦寒行》、二《豫章行》、三《董逃行》、四《相逢狭路间行》、五《塘上行》、六《秋胡行》。⑥

> 王僧虔《技录》:瑟调曲有《善哉行》《陇西行》《折杨柳行》《西门行》《东门行》《东西门行》《却东西门行》《顺东西门行》《饮马行》《上留田行》《新成安乐宫行》《妇病行》《孤子生行》《放歌行》《大墙

---

① 范文澜:《文心雕龙注》,北京:人民文学出版社,1958年版,第103页。按范《注》正文"左延年"原作"李延年",然文中夹注称"孙云唐写本李作左"。黄侃《文心雕龙札记》、刘永济《文心雕龙校释》、詹锳《文心雕龙义证》皆从唐写本作"左延年",本文亦从之。
② (唐)房玄龄:《晋书》,北京:中华书局,1974年版,第716页。
③ (宋)郭茂倩:《乐府诗集》,北京:中华书局,1979年版,第376页。
④ (宋)郭茂倩:《乐府诗集》,北京:中华书局,1979年版,第382页。
⑤ (宋)郭茂倩:《乐府诗集》,北京:中华书局,1979年版,第441页。
⑥ (宋)郭茂倩:《乐府诗集》,北京:中华书局,1979年版,第495页。

上嵩行》《野田黄爵行》《钓竿行》《临高台行》《长安城西行》《武舍之中行》《雁门太守行》《艳歌何尝行》《艳歌福钟行》《艳歌双鸿行》《煌煌京洛行》《帝王所居行》《门有车马客行》《墙上难用趋行》《日重光行》《蜀道难行》《棹歌行》《有所思行》《蒲坂行》《采梨橘行》《白杨行》《胡无人行》《青龙行》《公无渡河行》。①

《文心雕龙·乐府》云："观高祖之咏大风,孝武之叹来迟。歌童被声,莫敢不协。子建士衡,咸有佳篇,并无诏伶人,故事谢丝管。俗称乖调,盖未思也。"②乐府协律本为应有之义。世俗之人以子建、士衡乐府"并无诏伶人"之举而称其为"乖调",故刘勰讥其"未思"。可见曹植、陆机乐府诗不仅沿袭汉乐府旧曲调,而且协律合乐,只是未交由乐工伶人演奏而已。今观逯钦立先生《先秦汉魏晋南北朝诗》所录三曹、傅玄、陆机等魏晋时人的乐府诗,几不出上述相和旧题之外。萧涤非曾将曹魏乐府分为三类:(1)用旧曲而不用旧题;(2)用旧曲而兼用旧题;(3)自出新题者。所谓"自出新题者","如曹植之《名都》《白马》《妾薄命》、阮瑀之《驾出北郭门行》等,并是因意命题,无所倚傍。疑此类在当时皆未尝入乐,故无须乎袭用旧题为曲牌之标志"③。西晋诗坛模拟之风大盛,乐府诗创作更是规摹汉魏,亦步亦趋,故罕有新调。如石崇《思归引序》云:

  寻览乐篇有《思归引》,傥古人之情有同于今,故制此曲。此曲有弦无歌,今为作歌辞以述余怀。④

石崇颇爱音乐,亦多有乐府创作,但往往只是为旧曲作新辞而已,如《思归引》《王明君词》等。此问题古今论之者甚众,兹不重复。盖以上所论,可为从魏至西晋俗乐曲调鲜有变革之明证。既然魏晋时期雅乐与俗乐的曲调似都未曾有所变革,则此时乐府诗所承载的内容虽屡有变化,但受制于音乐曲调本身的原因,故时人并不把改创歌辞的乐府诗称为"新诗"。

  东晋一朝,罕见文人拟乐府之作。其间缘由,自然是多方面的。然当时乐府曲调经中原丧乱而多有亡佚,或为值得重视的因素。《晋书·

---

① (宋)郭茂倩:《乐府诗集》,北京:中华书局,1979年版,第535页。
② 范文澜:《文心雕龙注》,北京:人民文学出版社,1958年版,第103页。
③ 萧涤非:《汉魏六朝乐府文学史》,北京:人民文学出版社,2011年版,第123页。
④ 逯钦立:《先秦汉魏晋南北朝诗》,北京:中华书局,1983年版,第643页。

乐志》云：

> 永嘉之乱，海内分崩，伶官乐器，皆没于刘、石。江左初立宗庙，尚书下太常祭祀所用乐名。太常贺循答云："……旧京荒废，今既散亡，音韵曲折，又无识者，则于今难以意言于时。"以无雅乐器及伶人，省大乐并鼓吹令。①

朝廷雅乐零落尚且如此，则汉魏俗乐在此时期凋散情形似可想见。然乐府关涉朝廷礼制与威严，故东晋历代帝王多曾致力于乐府曲调的收集，如"太宁末，明帝又访阮孚等增益之"，又"咸和中，成帝乃复置太乐官，鸠集遗逸"，又"永和十一年，谢尚镇寿阳。于是采拾乐人，以备太乐，并制石磬，雅乐始颇具"，又"太元中，破苻坚。又获其乐工杨蜀等，闲习旧乐，于是四厢金石始备焉"②。按"太元"为晋孝武帝年号，其时已是东晋后期。由此可见，想要恢复已散佚的乐府曲调，必然是十分艰难的事情。故直到东晋末年，一些文人才重新开始利用乐府旧题进行创作。如《宋书·乐志》所录，"鼓吹铙歌十五篇，何承天义熙中私造"③。至南朝刘宋时，汉魏旧题乐府渐趋复兴。此后利用汉魏旧题创作者代有其人，甚至还出现了鲍照这样的乐府名家。但不可否认，能代表南朝乐府成就、体现时代精神的，却是《吴歌》《西曲》之类的"清商曲辞"。《乐府诗集》云：

> 清商乐，一曰清乐。清乐者，九代之遗声。其始即相和三调是也，并汉魏已来旧曲。其辞皆古调及魏三祖所作。自晋朝播迁，其音分散。苻坚灭凉得之，传于前后二秦。及宋武定关中，因而入南，不复存于内地。自时已后，南朝文物号为最盛。民谣国俗，亦世有新声。故王僧虔论三调歌曰：今之清商，实由铜雀。魏氏三祖，风流可怀。京洛相高，江左弥重。而情变听改，稍复零落。十数年间，亡者将半。所以追余操而长怀，抚遗器而太息者矣。后魏孝文讨淮汉，宣武定寿春，收其声伎，得江左所传中原旧曲，《明君》《圣主》《公莫》《白鸠》之属，及江南吴歌，荆楚西声，总

---

① （唐）房玄龄：《晋书》，北京：中华书局，1974年版，第697页。
② （唐）房玄龄：《晋书》，北京：中华书局，1974年版，第697~698页。
③ （梁）沈约：《宋书》，北京：中华书局，1974年版，第661页。

谓之清商乐。至于殿庭飨宴,则兼奏之。①

据郭茂倩判断,古之清商实为九代遗声,并汉魏旧曲。然东晋南朝之清商,却主要包括江南吴歌、荆楚西曲。此类民歌尤为当时士大夫所爱,此种情形甚至在崇尚玄言的东晋诗坛即已初见端倪,如谢尚《大道曲》、孙绰《碧玉歌》、王献之《桃叶歌》、沈玩《前溪歌》等。南朝时期此风更为兴盛。今观其自创新调者尚有臧质《石城乐》、刘义庆《乌夜啼》、刘诞《襄阳乐》、刘铄《寿阳乐》、沈攸之《西乌飞》、齐武帝《估客乐》、梁武帝《襄阳蹋铜蹄歌》等。

盖以上所举,皆为东晋南朝文人士大夫仿民间委巷之歌而自创新调者。按两汉旧制,声调变革必然会影响与之有关的诗歌创作。然而此时期的新声乐府最特殊之处就在于,不管采用何种音乐曲调,其形式上都趋于五言四句,内容上多不出男女离别相思范畴。当时的文人士大夫从一开始就对其爱不释手,并竭力模仿民歌文辞,惟恐不肖。事实上他们既不想借新声乐府抒写现实人生,亦不愿以之描摹社会生活。他们的兴趣唯在娱乐消遣,故此时期的新声乐府多是以女性为中心的情歌艳曲。最有名的乐府曲调之一,如谢尚《大道曲》云:

  青阳二三月,柳青桃复红。车马不相识,音落黄埃中。

《乐府诗集》引《乐府广题》云:

  谢尚为镇西将军,尝着紫罗襦,据胡床,在市中佛国门楼上弹琵琶,作《大道曲》。市人不知是三公也。②

又如沈玩《前溪歌》云:

  忧思出门倚,逢郎前溪度。莫作流水心,引新都舍故。

又刘义庆《乌夜啼》云:

  歌舞诸少年,娉婷无种迹。菖蒲花可怜,闻名不曾识。

文人士大夫的自创曲调尚且如此,而其拟作则更是逼真。今观梁武帝所拟

---

① (宋)郭茂倩:《乐府诗集》,北京:中华书局,1979年版,第638页。
② (宋)郭茂倩:《乐府诗集》,北京:中华书局,1979年版,第1061页。

此类新声乐府尚有《子夜四时歌》《欢闻歌》《团扇歌》《碧玉歌》《上声歌》等，文辞情韵置于市井小儿女所歌咏之辞中，几可乱真。《南史·王僧虔传》云：

> 自顷家竞新哇，人尚谣俗。务在噍危，不顾律纪，流宕无涯，未知所极。排斥典正，崇长烦淫。士有等差，无故不可以去礼。乐有攸序，长幼不可以共闻。故喧丑之制，日盛于廛里。风味之韵，独尽于衣冠。①

王僧虔出身于琅邪王氏，他崇尚典正雅乐，对"新哇谣俗"等通俗音乐的盛行极为不满。他认为俗乐的兴盛破坏了社会风气，故对此持严厉的批评态度。然而我们据此可以推测，此类新声乐府在当时社会各阶层中流行的盛况。

魏晋乐府受制于旧乐曲调的潜在影响，故虽有新辞而难称"新诗"。与此相反，南朝新声乐府在内容上则更倾向于模拟未入乐之前的民间徒歌，故虽有新曲调而同样难称"新诗"。以上所论，或可解释为何魏晋南朝乐府诗中极少见到"新诗"这一有趣的文学史现象。

三、汉魏六朝文人诗中的"新诗"

周勋初先生曾将南朝萧梁时期的文学理论分为守旧、趋新、折衷三派，并认为以刘勰、萧统为代表的折衷派提倡"通变"，他们"既反对了守旧派的保守观点，又反对了趋新派的错误倾向。折衷派对理论建设工作的贡献是巨大的"②。但如果就当时文学创作的实际情形而言，趋新派无疑独领风骚。因为诗歌史发展到梁大同之后，几乎就是宫体诗的世界。《南齐书·文学传论》云："习玩为理，事久则渎。在乎文章，弥患凡旧。若无新变，不能代雄。"③此可为趋新派理论之总纲。又《梁书·徐摛传》云：

> 属文好为新变，不拘旧体。④

---

① （唐）李延寿：《南史》，北京：中华书局，1975年版，第594~595页。
② 周勋初：《梁代文论三派述要》，收入《文史探微》，见《周勋初文集》第3册，南京：江苏古籍出版社，2000年版，第97页。
③ （梁）萧子显：《南齐书》，北京：中华书局，1972年版，第908页。
④ （唐）姚思廉：《梁书》，北京：中华书局，1973年版，第446页。

又《梁书·庾肩吾传》云：

> 齐永明中,文士王融、谢朓、沈约,文章始用四声,以为新变。至是转拘声韵,弥尚丽靡,复逾于往时。①

据上所引,可见趋新派在彼时文坛上创作的盛况。然即便如此,"新诗"在南朝传世的诗歌中总共也只不过出现4次,频率远不及魏晋时期。笔者认为,这种现象应该与诗歌史自身的发展演进有关。盖魏晋时期,文人五言诗创作传统尚处于成型期,即便是四言诗与骚体诗,也都处于不断变化之中。诗歌在题材内容方面最易开疆辟土,故多能触处成新。这种新变可通过"新诗"一词的运用语境予以彰显。而南朝诗歌是对魏晋诗歌的继承与发展,与后者相比,它更讲究对技艺的追求,故在题材内容上的变化并不大。无论是山水诗还是宫体艳诗,都能从既往的诗歌传统中找到相对可靠的历史渊源。兹略按时代先后顺序,论之如下。

众所周知,建安(196—220)虽是汉献帝刘协的年号,但文学史意义上的建安文学常被归入曹魏时期,此当已成为历代文学史家的共识,故本书所讨论的"新诗"亦从建安时代开始。论及此时期的诗歌创作,最为后人瞩目者必为"五言腾踊"时代的到来。但如果我们暂时远离文学史家所建构的各种诗歌史叙述,把目光投向整个建安文坛,就会发现在当时似乎并没有人会把擅长写五言诗当作高人一等的文化资本来加以炫耀。比如,魏文帝曹丕在诸多文体中最看重徐干《中论》式的子书创作,而被誉为"建安之杰"的曹植亦将"建永世之功"视为人生的首要目标,故"骋我径寸翰,流藻垂华芳"实乃不得已而为之。当时即便是王粲、刘桢等五言诗俊秀之士,也未见有为此新兴诗歌样式揄扬的言论。客观地讲,五言诗在当时并未获得如南朝齐梁之际"居文辞之要"(《诗品序》)、"独秀众品"(《南齐书·文学传论》)的诗坛地位。传统四言诗体在建安诗坛仍有着非常重要的影响,而且据葛晓音先生研究,"从西汉开始,四言诗其实已经发生变化,并为了适应秦汉以后的语言发展而不断进行体式的自我调整"②。此论颇令人信服。如曹操、嵇康等人的四言诗创作,在当时就属于别开生面的优秀作品。再如王粲名作《赠蔡子笃》一诗,"除了保留送行之本意外,余则与一般的抒情

---

① (唐)姚思廉:《梁书》,北京:中华书局,1973年版,第690页。
② 葛晓音:《汉魏两晋四言诗的新变和体式的重构》,收入《先秦汉魏六朝诗歌体式研究》,北京:北京大学出版社,2012年版,第185页。

咏怀之作殊无二致"①,故明代杨慎《丹铅摘录》引张九成云:"王粲《赠蔡子笃诗》大有变风之思。"②可以说受建安时期社会风气的影响,四言诗与五言诗这两种诗歌体式都在自觉地发生变化,而它们之间的文体竞争则更是贯穿整个魏晋诗坛。其文体优劣的比较要以整个汉魏六朝为时间界限,才能看得分明。这种竞争通过对"新诗"语境的诠释,也可以得到很好的展示。

《三国志·魏志·武帝纪》云:"(建安)十六年春正月,天子命公世子丕为五官中郎将,置官属,为丞相副。"③据此,刘桢《赠五官中郎将诗四首》、徐干《赠五官中郎将诗》皆为赠曹丕之作,且作年必在曹丕官拜五官中郎将之后。刘桢《赠五官中郎将诗》略云:

> 追问何时会,要我以阳春。望慕结不解,贻尔新诗文。

此处"新诗文"即指刘桢所赠曹丕的四首五言诗。以五言组诗的形式赠答,此前已有先例,如汉末秦嘉《赠妇诗三首》等,故此处似无深意可考。徐干《赠五官中郎将诗》,据逯钦立先生辑佚仅得"贻尔新诗"一句,亦难知详情。然一为五言,一为四言,至少能说明在当时诗坛,这两种诗歌体式均可自由地运用于日常赠答题材,且无优劣高下之分。

据唐代李善《文选》注引南朝王俭《七志》,应璩《百一诗》又被称为"新诗"。《初学记》《北堂书钞》《艺文类聚》等初唐文献引应璩《百一诗》,亦称为"应璩新诗"。故逯钦立先生认为,"此新诗即《百一诗》"④。此言甚是。关于"百一"之题的含义,历来都是研究重点,但至今尚无定论。众说纷纭之中,更无人关注这样一个问题:《百一诗》为何又被称为"新诗"?

《文选》所录应璩《百一诗》一首,李善注云:

> 张方贤《楚国先贤传》曰:"汝南应休琏,作百一篇诗,讥切时事,遍以示在事者,咸皆怪愕,或以为应焚弃之,何晏独无怪也。"然方贤之意,以有百一篇,故曰百一。李充《翰林论》曰:"应休琏

---

① 梅家玲:《论建安赠答诗及其在赠答传统中的意义》,收入《汉魏六朝文学新论——拟代与赠答篇》,北京:北京大学出版社,2004年版,第135页。
② (明)杨慎:《丹铅摘录》,清《文渊阁四库全书》本。
③ (晋)陈寿:《三国志》,北京:中华书局,1982年版,第34页。
④ 见逯钦立《先秦汉魏晋南北朝诗》所录《百一诗》的解题部分,北京:中华书局,1983年版,第469页。

五言诗百数十篇,以风规治道,盖有诗人之旨焉。"又孙盛《晋阳秋》曰:"应璩作五言诗百三十篇,言时事颇有补益,世多传之。"据此二文,不得以一百一篇而称百一也。《今书七志》曰:"《应璩集》谓之新诗,以百言为一篇,或谓之百一诗。"然以字名诗,义无所取。据《百一诗序》云:"时谓曹爽曰:'公今闻周公巍巍之称,安知百虑有一失乎?'"百一之名,盖兴于此也。①

李善认为张方贤所谓"百一篇诗"是指诗歌的数量,故下文引《翰林论》《晋阳秋》皆集中在对其篇数的反驳上。此论遂引起后世学者对应璩《百一诗》篇数的持续争论。笔者认为,李善在这里应该是误解了张方贤的原意。盖方贤所说当是应璩作《百一篇诗》,"百一篇"实指诗题而非具体篇数。这与曹植所作《名都篇》《美女篇》《白马篇》等诗题并无本质区别。东晋李充《翰林论》作"百数十篇"是泛指,而孙盛《晋阳秋》作"百三十篇"则是确指,事实上三者并无表述矛盾的地方。《隋书·经籍志》自注云:"应贞注应璩《百一诗》八卷……亡。"②清代姚振宗《隋书经籍志考证》认为,"此因其子贞注本别行,故《七录》著于杂文类中"③。姚氏此论甚是。《三国志·魏志·应璩传》裴松之注引《文章叙录》云:

   曹爽秉政,多违法度。璩为诗以讽焉。其言虽颇谐合,多切时要,世共传之。④

又上引《晋阳秋》亦称"世多传之"。可见应璩《百一诗》在当时流行甚广,因事关时政,必多隐讳,意指难测,故应贞自有为其作注的必要。《隋书·经籍志》录"魏卫尉卿《应璩集》十卷"。据李善引《七志》称"《应璩集》谓之新诗",则《应璩集》包括《百一诗》自不成问题。盖应璩《百一诗》本为讽谏当时执政者曹爽而作,故最初的《百一诗》创作完全是为了寄托讽谏之义,功利性与目的性完全压倒了诗歌的文学性。但后来编入《应璩集》时,则完全是为了保存诗歌作品本身。此时的《百一诗》已不再具有实际意义上的讽谏功能,故能恢复其文学特质。与之前的五言诗相比,应璩此诗最大的特

---

① (梁)萧统:《文选》,(唐)李善注,上海:上海古籍出版社,1986年版,第1015页。
② (唐)魏征等:《隋书》,北京:中华书局,1973年版,第1084页。
③ (清)姚振宗:《隋书经籍志考证》,民国《师石山房丛书》本。
④ (晋)陈寿:《三国志》,北京:中华书局,1982年版,第604页。

点就在于,将五言诗这一新兴的诗歌体式,从"怜风月、狎池苑、述恩荣、叙酣宴"等流行内容中解放出来,赋予其讽谏功能,并让时人得以广而视之。这与"言在耳目之内,情寄八荒之表"(《诗品》)的阮籍《咏怀诗》,又呈现出明显的不同。应璩此举让趋于流俗的五言诗体自觉回归既往传统中的风雅精神,故在别集中将《百一诗》更名为"新诗"。应贞注《百一诗》八卷,南朝梁时尚存于世,则其与《应璩集》自晋世起就当并行,故王俭撰《七志》时对此有所申明。这种以复古为新变的创举,让见惯五言诗创作之态的人们"咸皆怪愕",故恨之者欲"焚弃之",而爱之者则惊叹其"有诗人之旨"。生平略晚于应璩的裴秀,亦有《新诗》两首,或受其影响,亦未可知。据逯钦立先生辑佚,裴秀《新诗》仅存"姬文发号令,哀穷先矜贱。齐景吐德音,益治一国半""渴者易为饮,饥者易为食。方丈日在前"等残句。观其旨意,再结合时人对裴秀"孝友著于乡党,高声闻于远近"(《晋书·裴秀传》)的称赞,似可推测其《新诗》皆意在讽谏,故或可与应璩所作归为同类。

阮侃,字德如,出自陈留阮氏,与名士嵇康为挚友。其《答嵇康诗》云:"新诗何笃穆,申咏增慨慷。"据此,则阮侃所谓"新诗",当指嵇康所赠之诗。嵇康《与阮德如诗》云:

> 含哀还旧庐,感切伤心肝。良时遘数子,谈慰臭如兰。畴昔恨不早,既面伴旧欢。不悟卒永离,念隔增忧叹。事故无不有,别易会良难。郢人忽已逝,匠石寝不言。泽雉穷野草,灵龟乐泥蟠。荣名秽人身,高位多灾患。未若捐外累,肆志养浩然。颜氏希有虞,隰子慕黄轩。涓彭独何人,惟志在所安。渐渍殉近欲,一往不可攀。生生在豫积,勿以休自宽。南土旱不凉,衿计宜早完。君其爱德素,行路慎风寒。自力致所怀,临文情辛酸。

从诗歌题目上看,嵇康此诗为赠阮侃之作自不成问题,但阮氏答诗共有两首,况且其诗才非嵇康之匹敌,何故对方赠诗一首而自答两首哉?今反复吟咏三诗,似可推测当日二人赠答之情形。阮氏当是先赠嵇康诗一首,尔后嵇康答诗一首,阮氏再答一首。后人编诗,遂将阮氏二诗合为一处,总题为《答嵇康诗两首》。这一点似历来无人论及,故为之拈出。为论述明晰,兹引阮诗原文如下:

> 早发温泉庐,夕宿宣阳城。顾盼怀惆怅,言思我友生。会遇一何幸,及子遘欢情。交际虽未久,恩爱发中诚。良玉须切磋,璠

玙就其形。隋珠岂不曜,雕莹启光荣。与子犹兰石,坚芳互相成。庶几行古道,伐檀俟河清。不谓中离别,飘飘然远征。临舆执手诀,良悔一何精。佳言盈我耳,援带以自铭。唐虞旷千载,三代不可并。洙泗久已往,微言谁共听。曾参易箦毙,仲由结其缨。晋楚安足慕,屡空守以贞。潜龙尚泥蟠,神龟隐其灵。庶保吾子言,养真以全生。东野多所患,暂往不久停。幸子无损思,逍遥以自宁。

双美不易居,嘉会故难常。爱处憩斯土,与子遘兰芳。常愿永游集,拊翼同回翔。不悟卒永离,一别为异乡。四牡一何速,征人告路长。顾步怀想象,游目屡太行。抚轸增叹息,念子安能忘。恬和为道基,老氏恶强梁。患至有身灾,荣子知所康。蟠龟实可乐,明戒在刳肠。新诗何笃穆,申咏增慨慷。舒检话良讯,终然未厌藏。还誓必不食,复与同故房。愿子荡忧虑,无以情自伤。俟路忘所次,聊以酬来章。

嵇康答诗称"南土旱不凉,衿计宜早完",盼望他早日返回故乡。据此可知阮侃当是远行南方某地。阮诗首章称"早发温泉庐,夕宿宣阳城",则知此诗为其途中晚宿宣阳所作;次章称"俟路忘所次",则知阮侃二诗必非同时所作。此其一也。又阮诗首章对嵇康"屡空守贞""养生全生"等临别赠言完全赞同,故称"援带以自铭",又云"庶保吾子言"。但嵇康诗却进一步提出"荣名秽人身,高位多灾患。未若捐外累,肆志养浩然"的劝诫,这较之前言显然是更为激进的思想。《世说新语》刘孝标注引《陈留志》云:

  阮共,字伯彦……少子侃,字德如,有隽才而伤以名理,风仪雅润,与嵇康为友,仕至河内太守。①

据此可知,阮侃亦精通名理之学并以之约束言行。故在次章中,他对挚友嵇康的激进思想提出了委婉的告诫,所谓"蟠龟实可乐,明戒在刳肠"。清代陈祚明评阮氏此诗曰:"规诫恳切,既中叔夜之病……"②若二诗为同时所作,则阮侃思想如何会前后不一哉?此其二也。嵇康《与阮德如诗》结尾称"临文情辛酸",盖嵇康之辛酸实源自与德如"别易会良难"之故。阮诗首

---

① 余嘉锡:《世说新语笺疏》,北京:中华书局,2007年版,第789页。
② (清)陈祚明:《采菽堂古诗选》,上海:上海古籍出版社,2008年版,第236页。

章与此无涉,而次章则始终围绕此感伤话题展开,先云"双美不易居,嘉会故难常",当是回应嵇康"别易"之说,又云"还誓必不食,复与同故房",当是安慰嵇康"会良难"之感叹,末复云"愿子荡忧虑,无以情自伤",当是宽慰嵇康辛酸之心情。此其三也。

既如此,则上文所推测阮、嵇三诗之先后关系必不为无据妄说。上文引嵇康诗云:"泽雉穷野草,灵龟乐泥蟠。荣名秽人身,高位多灾患。未若捐外累,肆志养浩然。"从此数句之中,最可蠡测嵇康的处世思想。这一思想亦曾多次出现在嵇康其他诗歌作品之中,如《赠兄秀才入军》之十七云:

　　含道独往,弃智遗身。寂乎无累,何求于人。长寄灵岳,怡志养神。

又《赠兄秀才入军》之十八云:

　　泽雉虽饥,不愿园林。安能服御,劳形苦心。身贵名贱,荣辱何在。贵得肆志,纵心无悔。

可见这是嵇康一以贯之的思想,尤其是"肆志"二字,虽是化用《庄子》典故,却足以让人想见嵇康当时不畏流俗、顾盼生姿之风神。正是由于嵇康诗中多有此种超凡脱俗的玄淡之思,后人才会将其看作最早的玄言诗人。前贤对此论之者多矣,故无须在此复述。① 正是因为嵇康在赠答诗中较早引入玄理成分,借诗情述玄意,化无情远志为深情厚谊,故同样精通名理之学的阮侃才会由衷发出赞叹,所谓"新诗何笃穆,申咏增慨慷"也。

又西晋张华《答何劭诗》云:"良朋贻新诗,示我以游娱。"此处"新诗"实就何劭赠诗而言。何劭,字敬祖,陈国阳夏人,是西晋开国功臣何曾次子。何劭《赠张华诗》云:

　　四时更代谢,万物迭卷舒。暮春忽复来,和风与节俱。俯临清泉涌,仰观嘉木敷。周旋我陋圃,西瞻广武庐。既贵不忘俭,处有能存无。镇俗在简约,树塞焉足摹。在昔同班司,今者并园墟。私愿偕黄发,逍遥乐琴书。举爵茂阴下,携手共踌躇。奚用遗形骸,忘筌在得鱼。

---

① 如葛晓音《八代诗史》、罗宗强《魏晋南北朝文学思想史》等都持这种观点,详见张廷银:《20世纪80年代以来魏晋玄言诗研究述略》,载《文献》,2001年第3期。

张华《答何劭诗》共有三首,今分别引之如下:

> 吏道何其迫,窘然坐自拘。缨緌为徽缰,文宪焉可逾。恬旷苦不足,烦促每有余。良朋贻新诗,示我以游娱。穆如洒清风,焕若春华敷。自昔同寮寀,于今比园庐。衰疾近辱殆,庶几并悬舆。散发重阴下,抱杖临清渠。属耳听莺鸣,流目玩鲦鱼。从容养余日,取乐于桑榆。

> 洪钧陶万类,大块禀群生。明暗信异姿,静躁亦殊形。自予及有识,志不在功名。虚恬窃所好,文学少所经。忝荷既过任,白日已西倾。道长苦智短,责重困才轻。周任有遗规,其言明且清。负乘为我戒,夕惕坐自惊。是用感嘉贶,写心出中诚。发篇虽温丽,无乃违其情。

> 驾言归外庭,放志永栖迟。相伴步园畴,春草郁郁滋。荣观虽盈目,亲友莫与偕。悟物增隆思,结恋慕同侪。援翰属新诗,永叹有余怀。

《文选》卷二十四"赠答"收录何劭赠诗与张华答诗中的前两首,可见它们在南朝即已为公认的赠答名篇。《文选》未收录的张诗第三首,最早见于《艺文类聚》"赠答类"。详察其内容,似为节录后的文本。从"援翰属新诗"可知,"新诗"当指张华此诗而言,似无深意。然所可申论者,唯第一首中之"新诗"。

张华,字茂先,范阳方城人。文才特盛,摇笔散珠,晋时被称为一代文宗,此种声誉自非何劭可以匹敌。故其称劭赠诗"穆如洒清风,焕若春华敷",大概是一种恭维式的客套话。但何劭赠诗云:"既贵不忘俭,处有能存无。"此诗句中所蕴含的是一种全新的玄言理思,历来不见有发覆者。何劭为人骄奢简贵,史书明载。如《晋书·何劭传》云:

> 衣裘服玩,新故巨积。食必尽四方珍异,一日之供以钱二万为限。时论以为太官御膳,无以加之。①

此处"既贵不忘俭"之"俭",并非通常所说生活意义上的节俭,而是一种自我约束之意。东汉许慎《说文解字》云:"俭,约也。"段玉裁注云:"约者,缠

---

① (唐)房玄龄:《晋书》,北京:中华书局,1974年版,第999页。

束也。俭者，不敢放侈之意。"①此言甚是。《晋书·何劭传》称其"优游自足，不贪权势"，又云"及三王交争，劭以轩冕而游其间，无怨之者"，可见其在日常生活上虽骄奢无比，但在纷杂的官场懂得如何自我约束。此即"既贵不忘俭"之大意也。然过多的自我约束，必然会让人觉得失去身心自由，有时甚至会有身在樊笼之感。故张华答诗第一首"吏道何其迫"数句，即此之谓也。辞官归去、栖身山林本是解决此类问题的绝好方法，但是辞官势寡、山林清苦，非何劭这样追求生活享受的达官显宦所向往。因此在何劭看来，解决这一问题的关键就是"处有能存无"。按魏晋玄学的发展脉络，先是王弼、何晏、嵇康、阮籍诸人皆崇尚"贵无"，后裴頠为矫正时弊又提出"贵有"，向秀、郭象注《庄子》则将这种"贵有"思想发挥到极致。诸家观点似乎都将有、无看成对立的、不可调和的两极。何劭并非当时的玄学名家，亦缺乏玄言名士风度，故他诗中"处有能存无"的思想并未引起后人的重视。事实上何劭在肯定"有"的同时，并未彻底否定"无"，而是强调二者之相对性，因而二者完全可以共存。以何劭赠诗所表达的内容为例，如果居官之事为"有"，那么暇日琴书逍遥、举杯痛饮则为"无"；如果琴书逍遥、举杯痛饮为"有"，那么其间之乐趣则为"无"。这种乐趣既可在山林之中，亦可在魏阙之下，本质上并无区别，故何劭诗末云："奚用遗形骸，忘筌在得鱼。"意思是说，哪里需要真的遗弃形骸呢？实现了逍遥就该忘记原本依赖的东西对那些遗弃形骸、归隐山林之人略表嘲讽，而对自己所选择的生活方式则颇为自得。

盖此种思想之魅力，直到东晋中期以后始得以展现，遂成为一代士大夫竞相追逐的精神家园。孙绰为当时名士领袖刘惔作《诔》云："居官无官官之事，处事无事事之心。"②时人以为名言，似可为一证。因而何劭的这种思想在当时不仅是张华闻所未闻，时人亦不知。在一般士大夫的思想观念中，"有"与"无"是一种对立而非共生的关系，生平行事只能在仕与隐之间作出选择。如张华《赠挚仲治诗》云："君子有逸志，栖迟于一丘。"又傅咸《赠何劭王济诗》云："违君能无恋，尸素当言归。归身蓬草庐，乐道以忘饥。"又张载《招隐诗》云："去来捐时俗，超然辞世伪。得意在丘中，安事愚与智。"正是如此，故张华称何劭所作为"新诗"，就并非一般意义上的恭维附和之辞，而是在隐约之间感受到一种神超形越之玄言理趣。

---

① （清）段玉裁：《说文解字注》，上海：上海古籍出版社，1988年版，第376页。
② （唐）房玄龄：《晋书》，北京：中华书局，1974年版，第1992页。

孙绰,字兴公,出身于太原中都孙氏,文才出众,被誉为一代文宗。其《答许询诗》云:"贻我新诗,韵灵旨清。粲如挥锦,琅若扣琼。"此处之"新诗"当指许询所赠之诗。许询,字玄度,出身于高阳许氏,与孙绰齐名于东晋诗坛,皆为当时玄言诗人之杰出代表。可惜许询赠孙绰之诗今已不存,难以窥其原貌。据赠答诗之惯例,许询赠诗当为四言体玄言诗。孙绰《答许询诗》又云:"余则异矣,无往不平。理苟皆是,何累于情。"据此,则许询赠诗当涉及"理"与"情"的关系问题。孙绰认为许诗在玄理上尚有可商榷之处,故所谓"新诗"当是就其文采声韵而言。《晋书·孙绰传》云:"沙门支遁试问绰:'君何如许?'答曰:'高情远致,弟子早已服膺然;一咏一吟,许将北面矣。'"①(《世说新语·品藻》所载略同)倘若《晋书》记载不误,则当时许询胜在高迈,孙绰胜在才藻。故当许询在诗中亦驰骋才藻之时,好友孙绰对此必甚感惊讶,遂称之为"新诗",盖异于平常之意也。在"平典似道德论"的东晋玄言诗中竞逞才藻,或许亦是中古诗歌发展的一种"新变"。

湛方生是东晋诗人,《隋书·经籍志》载《湛方生集》10卷,今已亡佚殆尽。据其《庐山神仙诗序》提到的"太元十一年"一语,可推测他当生活于东晋后期,是孝武帝时人。湛方生《还都帆诗》云:

  高岳万丈峻,长湖千里清。白沙穷年洁,林松冬夏青。水无暂停流,木有千载贞。寤言赋新诗,忽忘羁客情。

按湛方生才秀人微,生平史籍皆不载,其诗江淹不拟、《诗品》不评、《文选》不录。故后世论晋末诗风革新,多称举殷仲文、谢混之功大,然据其现存诗歌作品而论,则方生亦有力矣。方生《后斋诗》云:"素构易抱,玄根难朽。即之匪远,可以长久。"据此,则方生亦为妙言玄理之人。然观上引《还都帆诗》,实为别开生面之作。此诗所叙景物辽阔雄浑,色彩明淡清丽,动静井然有序,人与山水融为一体,可谓得时代风气之先。明代王夫之《古诗评选》称其"纯净无枝叶"②。英国汉学家傅乐山(J. D. Frodsham)认为:"这首诗很值得注意,它不但不像谢灵运那样公然把诗意哲理化,并且避免了当时近乎书钞的用典之累。从其匀称的句法、简洁有力的意象和自然转到个

---

① (唐)房玄龄:《晋书》,北京:中华书局,1974年版,第1544页。
② (清)王夫之:《古诗评选》,北京:文化艺术出版社,1997年版,第200页。

人感受的结尾看来,这首诗简直像是三百年后的作品。"①徐公持先生认为:"至此,山水景物诗已经基本成熟,即使与接踵而至的谢灵运相比,湛方生亦略不逊色。"②钱志熙先生同样认为:"庾(阐)、湛是谢灵运之前山水诗创作数量较多、成就较突出的两位诗人,他们的山水诗对谢灵运的创作有开启先路的作用。"③湛方生是诗人而非文学史家,自然不会有自觉建构诗歌史的意识。然而当他放眼当时玄言笼罩的诗坛,依然能感觉到《还都帆诗》的与众不同之处,故自称"新诗"。

和众多魏晋时期的诗歌史叙述逻辑一样,压轴登场的总是大诗人陶渊明。尽管他在南朝时期的声名地位无法如赵宋以后那般显赫,但无论是江淹还是钟嵘,又或是萧统、萧纲兄弟,都曾注意到其诗歌的独特性。在陶渊明现存诗歌中,"新诗"一词凡两见,且四言、五言各一首。如《答庞参军诗》云:

> 伊余怀人,欣德孜孜。我有旨酒,与汝乐之。乃陈好言,乃著新诗。一日不见,如何不思。

按此诗原有六章,上引为第三章。据上下文意可知,此处之"新诗"当是庞、陶二人在酒席间即兴酬唱之作,而非此首答诗。惜其诗已不存,不得妄作推论,谨聊记于此。又陶渊明《移居二首》云:

> 昔欲居南村,非为卜其宅。闻多素心人,乐与数晨夕。怀此颇有年,今日从兹役。敝庐何必广,取足蔽床席。邻曲时时来,抗言谈在昔。奇文共欣赏,疑义相与析。
>
> 春秋多佳日,登高赋新诗。过门更相呼,有酒斟酌之。农务各自归,闲暇辄相思。相思则披衣,言笑无厌时。此理将不胜,无为忽去兹。衣食当须纪,力耕不吾欺。

此处之"新诗"当是陶渊明与南村邻曲所共赋,而此邻曲即为前首诗中的"素心人"。根据陶渊明诗的描述,"素心人"不仅能抗言高谈、共赏奇文、相析疑义,更重要的是还能躬耕于畎亩、知稼穑之深义。《晋书·

---

① 〔英〕傅乐山:《中国山水诗的起源》,邓仕梁译,香港中文大学中国古典文学翻译委员会:《英美学人论中国古典文学》,香港:香港中文大学出版社,1973年版,第152页。
② 徐公持:《魏晋文学史》,北京:中国社会科学出版社,2007年版,第452页。
③ 钱志熙:《魏晋诗歌艺术原论》,北京:北京大学出版社,2005年版,第307页。

陶潜传》云：

> 义熙二年，解印去县，乃赋《归去来》……顷之，征著作郎，不就。既绝州郡，觐谒其乡亲张野及周旋人、羊松龄、宠遵等。或有酒要之，或要之共至酒坐，虽不识主人亦欣然无忤，酣醉便反。未尝有所造诣，所之唯至田舍及庐山游观而已。①

又宋代陈舜俞《庐山记》卷三《十八贤传》云：

> 张野，字莱民……后徙浔阳柴桑，与陶元亮通婚姻，学兼华竺，善属文。州举秀才、南中郎府功曹、州治中，后征散骑常侍，俱不就……衣食躬自菲薄，人不堪其忧，不改其乐。②

据此可知，张野必属陶渊明所赞许的"素心人"。周旋人、羊松龄、宠遵三人于史籍皆无考，或亦为张野式人物。

关于此诗系年，目前邓安生先生提出的义熙十一年（415年）说影响最大。邓安生先生力驳旧说之误，考证出《与殷晋安别》诗中的殷晋安实为时任晋安太守的殷隐。殷隐又于义熙十二年（416年）离开浔阳东下，故据诗中"去岁家南里"反推出《移居》诗作于义熙十一年。③ 龚斌先生《陶渊明集校笺》亦从此说，甚至认为殷隐亦为"素心人"④。然陶渊明《与殷晋安别》诗明言二人"语默自殊势"，则殷隐既出仕为官，亦躬耕自食否？对此说唯一的证据"去岁家南里"，袁行霈先生曾提出一个看法，即"此句之主语或系殷晋安，意谓去岁殷来居南村遂结邻矣"⑤。这个看法可能更为合理。殷隐不知何许人，据《与殷晋安别序》："殷先作晋安南府长史掾，因居浔阳。后作太尉参军，移家东下……"可见其为官某地即安家某地似乎已是一种习惯。如此，"去岁家南里"的意思就该从袁行霈先生之说，故据孤证断定《移居》必作于义熙十一年（415年）显得非常武断。笔者认为，此诗系年当从丁晏《陶靖节年谱》、杨希闵《陶靖节年谱》之说，在义熙四年（408年）。后来王瑶先生亦从此说。邓安生先生认为："细玩《戊申岁六月中遇火》，渊明旧宅遇火之后，栖身舫舟之上，灌园不辍，并未有徙居之意；钩稽全集，亦

---

① （唐）房玄龄：《晋书》，北京：中华书局，1974年版，第2461~2462页。
② （宋）陈舜俞：《庐山记》，清《文渊阁四库全书》本。
③ 邓安生：《陶渊明年谱》，天津：天津古籍出版社，1991年版，第139~150页。
④ 龚斌：《陶渊明集校笺》，上海：上海古籍出版社，2011年版，第122页。
⑤ 袁行霈：《陶渊明集笺注》，北京：中华书局，2003年版，第159页。

不见遇火后当年有徙居的迹象。"①遂否定丁、杨等人的说法。然陶渊明诗十不存一,显然难以据现存诗歌下此断言。故邓氏反驳之论不足为凭,立论的证据又有争议。笔者认为将此诗系于义熙四年较为合理。盖陶渊明初归田园时,张野等人可能就已定居在南村,故云"昔欲居南村";然陶渊明亦喜爱自己的故居,义熙四年大火之后,遂有移居南村之志,故云"怀此颇有年,今日从兹役"。此时距陶渊明真正归隐田园(即义熙二年作《归园田居》诗)不过两年,他对田园生活还保持着久别重逢的新鲜感,又得以与一群志趣相投的邻人诗酒往来,故自然倍感自由快乐。春秋佳日,相约登高赋诗。傅刚先生说:"'新诗'既指与官场对立的田园生活和景物,反映了陶渊明的自然人格和思想,当然就与巧变的新体诗不同了。"②盖此类"新诗"或为抗言咏史,或为田园真趣,又或为共赏之奇文,然与当时诗坛上玄言未尽的主流诗风必不相同,故陶渊明自我标榜,亲切称之为"新诗",或即有这方面的意思。

又南朝诗人谢朓《怀故人》云:

> 芳洲有杜若,可以慰佳期。望望忽超远,何由见所思。我行未千里,山川已间之。离居方岁月,故人不在兹。清风动帘夜,孤月照窗时。安得同携手,酌酒赋新诗。

《玉台新咏》卷四收录此诗,别题作《赠故人》,清人吴兆宜曾引汉代蔡邕《瞽师赋》"咏新诗以悲歌"句来笺注此"新诗"③。曹融南先生《谢宣城集校注》又引陶渊明《移居》"登高赋新诗"句来作注释。④ 事实上,以上所引蔡、陶二人原句中之"新诗",似都不足以诠释此处"新诗"的内涵。笔者认为欲释此"新诗",则必先考证出此"故人"是谁,而欲知此"故人"则必先考证其创作时间。古今研究谢朓诗文者甚多,却似无人对此诗的写作时间作出详细的考证。《南齐书·谢朓传》云:

> 子隆在荆州,好辞赋,数集僚友。朓以文才,尤被赏爱,流连晤对,不舍日夕。⑤

---

① 邓安生:《陶渊明年谱》,天津:天津古籍出版社,1991年版,第141页。
② 傅刚:《魏晋南北朝诗歌史论》,北京:商务印书馆,2017年版,第198页。
③ (清)吴兆宜:《玉台新咏笺注》,北京:中华书局,1985年版,第173页。
④ 曹融南:《谢宣城集校注》,上海:上海古籍出版社,1991年版,第273页。
⑤ (梁)萧子显:《南齐书》,北京:中华书局,1972年版,第825页。

据《南齐书·武十七王传》,萧子隆任荆州刺史在永明八年(490年),而"亲府州事"在永明九年(491年)。① 故曹融南先生认为永明九年,"朓实随随王赴荆州镇,其行乃在春日,此自虞炎、范云、王融、萧琛、刘绘《饯谢文学》之作与朓和诗多写春景可见"②。现在看来,在谢朓随萧子隆远赴荆州之前,曾有一个较为隆重的私人告别宴会。谢朓在这次宴会上作《离夜》诗,与会和诗者除虞炎、范云、王融、萧琛、刘绘五人外,还有江孝嗣、王常侍(未详何人)、沈约三人。他们的作品俱在,可供比较参阅。谢朓即将远行,故旋又作《和别沈右率诸君》诗。笔者认为谢朓《怀故人》诗必作于此次离别之后不久,且所怀故人即为宴会上赠答唱和的沈约诸人。因为《怀故人》诗不仅在情感内容上与宴会诸诗相似,而且在遣词造句上与后者亦多有雷同。这种一致性如果通过列表来作文本比较,则表现得更为明显。为论述明晰,兹以《怀故人》为基准、宴会诸诗为参照,列表如下:

表3 谢朓《怀故人》与诸文人"宴会诗"文本参照表

《怀故人》	宴会诗
芳洲有杜若,可以慰佳期。	兰杜向寒风(江)/汀洲千里芳(刘)/芳洲转如积(谢)
望望忽超远,何由见所思。	相思将安寄,怅望南飞鸿(萧)/望望荆台下,归梦相思夕(谢)/芳思徒以空(江)
我行未千里,山川已间之。	怀人忽千里(王)/以我茎寸心,从君千里外(沈)/荆吴渺何际,烟波千里通(萧)/汉池水如带,巫山云似盖(沈)
离居方岁月,故人不在兹。	
清风动帘夜,孤月照窗时。	
安得同携手,酌酒赋新诗。	山川不可梦,况及故人杯(谢)/清醑谁复同(江)

据表3所示,"离居方岁月"与"清风动帘夜"两句当为谢朓作《怀故人》诗时的具体情境,故在诸人宴会诗中自然没有可与之相照应的诗句。由此可见,上文推论"此诗必作于此次离别之后不久,且所怀之故人即为沈约诸人"并非无据妄说。荆州距建康远逾千里,此在沈约诸人和谢朓诗中屡有描述。而据谢朓《怀故人》"我行未千里",则此诗必为其随萧子隆出镇荆州途中所作。盖诗人有感于亲友别离、旅途寂寞、前途未卜,遂作此诗。除眼前情境稍有不同外,情感内容则一仍其旧。然而值得注意的是,谢朓所怀之故人多为永明声律说的提倡者。如《梁书·庾肩吾传》云:

---

① (梁)萧子显:《南齐书》,北京:中华书局,1972年版,第710页。
② 曹融南:《谢宣城集校注》,上海:上海古籍出版社,1991年版,第454页。

> 永明中,文士王融、谢朓、沈约,文章始用四声,以为新变。至是转拘声韵,弥尚丽靡,复逾于往时。①

锺嵘《诗品序》论及当时声律盛行之风时亦云:

> 王元长创其首,谢朓、沈约扬其波。三贤或贵公子孙,幼有文辨,于是士流景慕,务为精密。②

又唐代封演《封氏闻见记》卷二"声律"条云:

> 永明中,沈约文词精拔,盛解音律,遂撰《四声谱》。文章八病,有平头、上尾、蜂腰、鹤膝。以为自灵均以来,此秘未睹。时王融、刘绘、范云之徒皆称才子,慕而扇之。由是远近文学,转相祖述,而声韵之道大行。③

永明文学集团的形成与竟陵王萧子良有着密切关系,而此集团在文学理论上的贡献即提出声律论并付诸尝试。如《南史·刘绘传》云:"永明末,都下人士盛为文章谈义,皆凑竟陵西邸,绘为后进领袖。时张融以言辞辩捷,周颙弥为清绮,而绘音采不赡,丽雅有风则。"④据此可知,当时都下讲论声律的风气极为兴盛。沈约、谢朓等人皆为声律论专家,亦为永明新体的代表诗人。而谢朓在永明九年(491年)随萧子隆西去荆州,则已远离此文学集团。事实上,萧子隆对其颇为赏识,所谓"流连晤对,不舍日夕"。可见谢朓西去荆州非无故人,只是暂时没有志同道合、可相与讨论声律学说的故人而已。因此,此处之"新诗"就不能简单当作"新的诗篇",而是暗指当时都下风靡一时的永明新诗体。

刘孝绰,本名冉,字孝绰,彭城人,文章才能为一时名流所重。其《酬陆长史倕诗》云:"度君路应远,期寄新诗返。"据下文"相望且相思,劳朝复劳晚。薄暮阍人进,果得承芳信"两句,则知此当为孝绰所答陆倕之诗。陆倕赠诗今已不存。《梁书·武帝纪》云:"竟陵王子良开西邸,招文学。高祖与

---

① (唐)姚思廉:《梁书》,北京:中华书局,1973年版,第690页。
② 陈延杰:《诗品注》,北京:人民文学出版社,1961年版,第5页。
③ (唐)封演:《封氏闻见记》,北京:学苑出版社,2001年版,第27~28页。
④ (唐)李延寿:《南史》,北京:中华书局,1975年版,第1009页。

沈约、谢朓、王融、萧琛、范云、任昉、陆倕等并游焉,号曰'八友'。"①又萧纲《与湘东王书》云:"至如近世谢朓、沈约之诗,任昉、陆倕之笔,斯实文章之冠冕,述作之楷模。"②可见,陆倕亦为永明文学集团中的重要人物。刘孝绰又为刘绘之子,而刘绘则是永明声律论的忠实追随者。据下文"殷勤览妙书,留连披雅韵"句,则知此处之"新诗"似亦有指永明新体诗之可能。

庾信,字子山,南阳新野人,生于"七世举秀才""五代有文集"之文学家,幼而俊迈,聪敏绝伦。其《谢赵王示新诗启》云:"八体六文,足惊毫翰;四始六义,实动性灵。落落词高,飘飘意远……"③据此,此处之"新诗"当为赵王宇文招所作。《北史·武帝六子传》云:"赵僭王招字豆卢突,幼聪颖,博涉群书,好属文,学庾信体,词多轻艳。"④庾信早年曾是梁代宫体诗的代表人物,绮艳文风更是耸动京师。后奉命出使而被羁留北朝,因文学才华出众,颇受北周最高统治者礼遇,特别是其早年绮艳文风,流播北土仍有不少效仿者,赵王宇文招即可为代表。他不但学庾信轻艳之宫体,而且向庾信展示其成果。宫体诗对庾信来说自不足以称"新诗",但对于生活于北朝的宇文招而言却是十足的新诗体。出于应酬文字的需要,庾信仍戏称其为"新诗"。

江总,字总持,济阳考城人,南朝梁陈之际重要的宫体诗人。在其存世作品中,有《内殿赋新诗》一首。所谓"内殿",一般指皇帝接见大臣和处理国事之处,因在皇宫内进,故有此称。《陈书·江总传》云:

> 后主之世,总当权宰,不持政务,但日与后主游宴后庭,共陈暄、孔范、王瑳等十余人,当时谓之狎客。⑤

又《陈书·张贵妃传》所附魏征论云:

> 后主每引宾客,对贵妃等游宴,则使诸贵人及女学士与狎客共赋新诗,互相赠答,采其尤艳丽者以为曲词,被以新声,选宫女有容色者以千百数,令习而歌之。⑥

---

① (唐)姚思廉:《梁书》,北京:中华书局,1973年版,第2页。
② (唐)姚思廉:《梁书》,北京:中华书局,1973年版,第691页。
③ 许逸民:《庾子山集注》,北京:中华书局,1980年版,第563~564页。
④ (唐)李延寿:《北史》,北京:中华书局,1974年版,第2092页。
⑤ (唐)姚思廉:《陈书》,北京:中华书局,1972年版,第374页。
⑥ (唐)姚思廉:《陈书》,北京:中华书局,1972年版,第132页。

据此,则不必观江总"新诗"的具体内容,亦可知其必为宫体无疑。

综上所论,魏晋南朝时期,从应璩《百一诗》赋予五言组诗以讽谏功能到嵇康较早在赠答诗中引入玄理,从何劭赠张华诗中对玄理新思想的创获到许询在淡乎寡味的玄言诗中竞逞文藻,从湛方生的山水行役到陶渊明的田园歌咏,从谢朓对永明新体的追忆到庾信宫体的由南入北,这些变化中处处都有"新诗"的影子。它们如同一些隐性的坐标,静默在历代诗歌文本之中,然掘其精微,则足可与今日我们所熟知的诗歌史叙述遥相呼应。

汉魏六朝时期,"新诗"一词出现的具体语境与乐府诗创作关系不大,其更多出现在文人诗歌话语之中。盖此类"新诗",往往通过对既往诗人熟悉的创作经验的变更或否定,从而引起诗歌题材或艺术形式的变化。这种变化使得诗歌在题材内容与艺术表现方面,都会呈现出某些新特点,并具有直接而丰富的现实性,而这正是后世建构诗歌发展史的重要元素。笔者认为,这绝非一种巧合,而恰恰是当时诗人及其诗歌作品真正意义上的在场性(Anwesenheit)的重现。这种在场性要早于任何诗歌史的文字叙述。即便中古诗人无法做到像钟嵘《诗品》那样已具备建构诗歌史的自觉意识,但这并不妨碍他们对当时诗坛发展变化的真切感知。这种感知所具备的直接性、无遮蔽性和开放性特征,始终伴随着中古诗歌史的演进历程,远非后世文学史家所能媲美。

第二节　对中古诗坛演进的若干反思

一代有一代文学之胜,清代焦循云:"欲自楚骚以下撰为一集,汉则专取其赋,魏晋六朝则专取其五言诗,唐则专取其律诗,宋则专取其词,元专取其曲。"[①]我们今日所见诸多中国文学史的叙述模式中,魏晋六朝都是五言诗腾跃诗坛、绝唱文苑的黄金时代。这种观点历史悠久,甚至在南朝刘勰《文心雕龙》、钟嵘《诗品》等书中即已有之。盖此时期四言趋于式微,七言文体未显,故五言堪称独步。以至于齐梁之际出现了五言诗"居文辞之要"(《诗品序》)、"五言之制,独秀众品"(《南齐书·文学传论》)一类的经典论断。如果就钟嵘、萧子显等人所处的齐梁时代而论,这些观点自然完全正确。但倘若我们以此来衡量整个汉魏六朝诗坛,则事实恐怕未必如此。

---

① (清)焦循:《易余籥录》,清光绪乙酉德化李氏木犀轩刊本。

不幸的是,我们所熟悉的文学史叙述却常常将钟、萧诸人的论断奉为圭臬。本节即从对锺嵘"五言居文辞之要"的辨析入手,考察此经典论断的具体语境,并以此为切入点重新审视中古诗坛,为五言诗在此时期的经典化历程描绘出相对可信的历史空间。

一、锺嵘"五言居文辞之要"说辨析

锺嵘《诗品》被后世誉为思深意远之杰作。盖此书对早期五言诗的诸多精辟论断,具有相当的权威性,故屡为后世学者所征引。其中,锺嵘论述四言与五言优劣的一段文字,更是我们耳熟能详的文献材料。兹引之如下:

> 夫四言,文约意广,取效《风》《骚》,便可多得。每苦文烦而意少,故世罕习焉。五言居文辞之要,是众作之有滋味者也,故云会于流俗。岂不以指事造形,穷情写物,最为详切者邪?①

按照当前学术界较为通行的观点,此段文字揄扬五言而贬抑四言本不成疑问,上下文意思也很好理解。但此段文字在叙述上存在一个显而易见的逻辑矛盾,即上文称四言诗"文约意广",而下文却云"文烦意少"。对此该如何理解?有学者认为此处"意广"当为"易广"之误,如王叔岷先生《锺嵘诗品笺证稿》云:"四言每句仅四字,易广其词,故曰'文约易广'也。"②又韩国学者车柱环先生《锺嵘诗品校证》云:"作'意'则与下文'意少'乖舛。盖由'易'与'意'声近,又涉下文'意少'而误。"③将"意广"改作"易广"固然可以避免与下文"意少"相矛盾,但是"文约"与"文烦"间的对立又该如何理解呢?显然,此举有顾此失彼之嫌。曹旭先生认为此处"意广"不误,"即文意容易扩大推衍、流传普及",并引《史记·乐书》"广乐以成其教"为证。④ 从字面上讲,"广"当然有扩大传播的意思。从句式上讲,"广乐"系动宾结构,"广"是作为动词使用的,故可以与名词"乐"连用。但上引《诗品》中,"文约意广"与"文烦意少"从句式上讲皆为主谓结构,"广"与"约""烦""少"词性相同,是作为形容词使用的。显然,"意广""广乐"在句式结构上并不一致,

---

① 曹旭:《诗品集注》,上海:上海古籍出版社,2011年版,第43页。
② 王叔岷:《锺嵘诗品笺证稿》,北京:中华书局,2007年版,第70页。
③ 转自曹旭:《诗品集注》,上海:上海古籍出版社,2011年版,第43页。
④ 曹旭:《诗品集注》,上海:上海古籍出版社,2011年版,第44页。

故曹氏此说亦未为确论。那么究竟是钟嵘自身的叙述存在矛盾,还是后人对此句意思的理解失之偏颇呢?

笔者认为,后人对《诗品》此段文字的理解,可能存在一个误区,即我们习惯站在文学史发展的角度而非钟嵘的立场来作文本解读。英国历史学家柯林伍德(Robin George Collingwood)在讨论历史哲学时曾说过:

> 历史并不包含在书本或文献之中;当历史学家批评和解释这些文献时,历史仅仅是作为一种现在的兴趣而活在历史学家的心灵之中,并且由于这样做便为他自己复活了他所讨论的那些心灵的状态。①

尽管柯林伍德探讨的历史哲学问题与本书无关,但他给予我们的重要方法论启示是:要重新考虑钟嵘讲述这番话的历史背景。因为他关注的仅仅是"一种现在的兴趣"。事实上,钟嵘比较四言诗与五言诗的文体优劣,皆是立足于当时诗坛而言,即特指他所生活的齐梁时代。因而这种比较,注定只是一种横向的而非历史的比较。钟嵘显然并不反对以《诗经》为代表的经典四言诗,否则他绝不会将曹植、阮籍等第一流诗人推源溯流到《国风》《小雅》,也不会将诗骚精神作为建构五言诗经典谱系的基本准则。故许文雨先生《钟嵘诗品讲疏》云:"四言至是时早不能抗行《三百》。文亦繁而习亦敝,故仲伟言之云尔。非谓四言本无足为也。"②诚哉斯言。众所周知,在钟嵘生活的齐梁时代,五言诗体已经超越四言诗体而成为一种主流诗歌样式。四言诗体在齐梁时期,研习者较少。兹以永明诗人谢朓为例,予以简要说明。

谢朓,字玄晖,是南朝继谢灵运之后陈郡阳夏谢氏家族涌现出的又一位杰出诗人。《南齐书·谢朓传》云:"朓少好学,有美名,文章清丽……善草隶,长五言诗。沈约常云:'二百年来无此诗也。'"③谢朓出身于东晋南朝第一流高门陈郡谢氏,幼时必然有着较好的文化教养。据曹融南先生《谢宣城集校注》收录,谢朓今存五言诗 130 余首,而四言仅存 3 首。然而这 3 首四言诗,却颇能说明一些问题。按三诗分别题为《侍宴华光殿奉敕为皇太子作》《三日侍宴华光殿曲水代人应诏》《三日侍宴曲水代人应诏》。

---

① 〔英〕柯林伍德:《历史的观念》,何兆武等译,北京:商务印书馆,1997 年版,第 286 页。
② 许文雨:《钟嵘诗品讲疏》,成都:成都古籍书店,1983 年版,第 17 页。
③ (梁)萧子显:《南齐书》,北京:中华书局,1972 年版,第 825~826 页。

据曹先生考证,此三诗当作于建武四年(497年)。① 清代陈祚明《采菽堂古诗选》评此诗曰:"一题顿作三篇,才可谓有余矣。"②观各篇章法次第之井然、择句遣词之雅致,则陈氏此论甚为得当。据各诗题,参加此次宴会的至少有齐明帝萧鸾、太子萧宝卷、两位朝廷大臣、谢朓等五人。然诸诗皆为谢朓代人所作,先是其奉明帝之命为太子代作,随后明帝又命两位大臣继作,而此二人似不能胜任,故复请谢朓代作。此事虽未有明证,然推测当日情事,或理当如此。由此可见,当日参加宴会诸人似已不能在短时间内作出此类应制四言诗。但在君臣宴会这种相对庄重的场合,四言诗又是旧有之制、必备之体,故即便是请人代作也要附庸风雅。谢朓文名远播、才华出众,自为众人代作之首选。且所代之人,其权势地位、社会身份必然远高于谢朓,此据谢朓本人在此场合尚无应诏之作即可推知。按常理讲,宴会场合创作四言诗原本是士大夫群体的必备技能,效仿《诗经》即可随时创作。但当时诗坛的真实情况并非如此。就此次宴会而言,这些上层士大夫似乎鲜有擅长此体者。应诏四言诗可请人代作,而且此行为能得到皇帝的默许,可见创作四言诗已成为少数人的专门之事,故其似已不能广泛流行于当时士大夫群体之中。我们再引另一则文献来作对比,更可见这种变化的客观存在。《三国志·魏志·三少帝纪》云:

> 帝(高贵乡公)幸辟雍,会命群臣赋诗。侍中和逌、尚书陈骞等作诗稽留,有司奏免官。诏曰:"吾以暗昧,爱好文雅,广延诗赋,以知得失,而乃尔纷纭,良用反仄。其原逌等。主者宜勅自今以后,群臣皆当玩习古义,修明经典,称朕意焉。"③

稽留者,实即拖延、迟缓之意。曹魏政权后期,这种行为被视为朝臣的一种罪过。同样是君臣赋诗盛会,然魏高贵乡公曹髦对作诗稽留者虽宽恕其罪却告知以学诗之法,即所谓"玩习古义,修明经典",而不像齐明帝那样默许不能为诗者可请他人代作。笔者认为,这当是因为魏世去汉未远,故四言诗体在现实生活中仍占有重要地位。居官必擅于赋诗,赋诗是统治者知得失的重要途径。这是自《诗经》以来所形成的政治文化传统,因此其标准必从"经典"中来。由此可见,此时创作四言诗乃是士大夫群体必备的文学技

---

① 曹融南:《谢宣城集校注》,上海:上海古籍出版社,1991年版,第460页。
② (清)陈祚明:《采菽堂古诗选》,李金松点校,上海:上海古籍出版社,2008年版,第643页。
③ (晋)陈寿:《三国志》,北京:中华书局,1982年版,第139页。

能,故魏晋时期创作四言诗代有其人,且多有名家名篇传世。但到南朝齐梁之际,这种技能在士大夫群体中似乎已可有可无,甚至整个社会舆论也并不认为不能作四言诗是有失体面的事情。这是因为在君臣宴会或文人士大夫集会的诸多场合,衡量一个人风流雅韵与文学才华的标准,已经转移到对其五言诗创作成就的评判上来。如《梁书·柳恽传》云:

> 恽立行贞素,以贵公子早有令名。少工篇什,始为诗曰:"亭皋木叶下,陇首秋云飞。"琅邪王元长见而嗟赏,因书斋壁。至是预曲宴,必被诏赋诗。尝奉和高祖《登景阳楼》中篇云:"太液沧波起,长杨高树秋。翠华承汉远,雕辇逐风游。"深为高祖所美。当时咸共称传。①

又《梁书·刘孝绰传》云:

> 高祖雅好虫篆,时因宴幸,命沈约、任昉等言志赋诗,孝绰亦见引。尝侍宴于坐,为诗七首,高祖览其文,篇篇嗟赏,由是朝野改观焉。②

按刘孝绰今有《侍宴诗》二首,皆为五言诗。③ 据其间"皇心重发志,赋诗追并作。自昔承天宠,于兹被人爵""邂逅逢休幸,朱跸曳青规"等句,可知此二诗即为梁武帝当时嗟赏之作。一方面作四言诗成为当时少数人的专长,另一方面社会舆论视五言诗创作成就高下为衡量人才的新标准。二者结合起来,应该就是锺嵘《诗品》所涉及的具体历史背景。倘若循此而论,重新解读本节开头所征引的那段文字,就会发现其实锺嵘在叙述逻辑上并不存在任何矛盾,即他所谓"文约意广"式的四言诗是一种最为经典的诗歌体式,是一种取效风骚、本该如此的理想化创作状态。但现实生活中人们所作的四言诗却是"文烦意少",既没有实用价值亦缺乏审美价值,故世人罕习。如上举谢朓代人所作三诗,就篇幅而言分别为九章、十章、九章;就内容而言,无非是颂国运、美贤主、述恩荣,诚可谓"文烦意少"矣。然谢朓诸诗已是"四言之杰构",故等而下之者更可想见。正是经过这样同时代的横

---

① (唐)姚思廉:《梁书》,北京:中华书局,1973年版,第331~332页。
② (唐)姚思廉:《梁书》,北京:中华书局,1973年版,第480页。
③ 逯钦立:《先秦汉魏晋南北朝诗》,北京:中华书局,1983年版,第1825~1826页。

向对比,锺嵘才会得出"五言居文辞之要"的结论。无独有偶,萧子显在《南齐书·文学传论》中亦宣称"五言之制,独秀众品"。萧氏此论亦当作如是观。否则,如果脱离锺、萧二人生活的特定时代,解读此类诗歌史名言恐怕会略失公允。

晚清学者许印芳《诗法萃编》云:"锺氏谓四言'每苦文烦而意少,故世罕习'。此特据魏晋以下而言耳……若夫五言之作……规矩于西汉,恢拓于东京,至建安而始盛。其实乃汉诗之衰,魏诗之盛也。"①又缪钺先生认为:"建安、正始之间,(五言)经曹植、阮籍两大诗人之努力试作,发为伟制,证明此新诗体之于抒情言志,较四言诗及辞赋均便利。操觚之士,靡然从风,魏晋南北朝三百年中,五言诗遂为文学主流。"②诸如此类的诗歌史叙述方式本极为常见,也确实有其合理的地方。事实上,笔者并不否认五言诗体兴起于汉末建安时期。但更值得深思的问题是,从诗歌史演进的角度而言,五言之兴是否意味着四言必衰呢?与此同时,魏晋时人是否已意识到五言诗体在抒情言志方面比传统四言诗、辞赋等经典文体更为优越?兹以建安文坛为例,略作简要说明。

二、建安文坛对中国文学史的另一种贡献

提及建安文坛,人们首先想到的总是"五言腾踊"的盛况。以"三曹"为中心,纵辔骋节;以"七子"为羽翼,望路争驱。君臣同心合力,共同谱写出中国诗歌史上一段辉煌的乐章。然而倘若我们重新审视建安文坛,就会发现在当时没有任何人把能写作五言诗看作高人一等的表现。如最有文士气的曹丕,他生前最看重的并不是诗赋,而是立言著书。其《与吴质书》评徐干《中论》云:

> 成一家之言,辞义典雅,足传于后,此子为不朽矣。③

故曹丕对自己精心建构的《典论》亦自视甚高,并将其视为日后身名不朽的资本。此番心理,观其于黄初间"以素书所著《典论》及诗、赋饷孙权,又以纸写一通与张昭"④等史实亦可推知。又如被锺嵘誉为"建安之杰"的曹

---

① 转自曹旭:《诗品集注》,上海:上海古籍出版社,2011年版,第47页。
② 缪钺:《诗词散论》,上海:上海古籍出版社,1982年版,第14页。
③ (清)严可均:《全上古三代秦汉三国六朝文》,北京:中华书局,1958年版,1089页。
④ (晋)陈寿:《三国志》,北京:中华书局,1982年版,第89页。

植,有着强烈的功名心,一生都在追求"建永世之业,留金石之功"。其《与杨德祖书》云:

> 若吾志未果,吾道不行,则将采庶官之实录,辩时俗之得失,定仁义之衷,成一家之言。①

可见即便是功业未竟,曹植首先想到的也是通过撰述"一家之言"的子书来予以现实补偿。又曹植《文章序》云:

> 余少而好赋,其所尚也,雅好慷慨。所著繁多,虽触类而作,然芜秽者众,故删定别撰为《前录》七十八篇。②

此处之"少而好赋",典出西汉扬雄《法言·吾子篇》③,并非一般意义上的写作之意。因而即便是就文学样式而言,曹植显然也是更看重辞赋。此外,当时即便是王粲、刘桢等后世公认的五言诗才俊,亦未见有为五言诗揄扬的言论。此其一也。建安文坛,曾有两件较有影响的生活琐事颇为当时文人所关注,一为刘勋出妻,二为阮瑀早逝。描写前一题材的文学作品既有曹丕、曹植、王粲三人的《出妇赋》,也有曹丕、曹植二人的五言《代刘勋妻王氏杂诗》;描写后一题材的文学作品既有曹丕、曹植、王粲三人的《寡妇赋》,也有曹丕、曹植二人的六言骚体《寡妇诗》。面对同一题材,当时的文学创作者可以选择为诗,也可以选择作赋。事实上只要能充分表达情感,选用何种文体似乎并不特别重要。又如曹丕的杰作《典论·论文》,其间涉及的文体有奏、议、书、论、铭、诔、诗、赋等"四科八体"。从文体重要性角度来说,这八种文体并无高下之分,都可成为文人声名不朽之所资。故罗宗强先生在论述此时期文学思想时强调:"建安文学创作的总倾向,便是非功利,重抒情。这在此时的差不多所有文学式样的创作实际中都可以得到说明。"④由此可见,当时五言诗体只是文人士大夫感兴趣的一种文体而已。它在抒情言志、叙写描摹、经世致用等方面,恐怕并不会比四言诗、骚体、辞赋等更为优越。此其二也。明乎此,我们始可论建安文坛对于中国文学史的另一种贡献。

---

① 赵幼文:《曹植集校注》,北京:人民文学出版社,1998年版,第154页。
② 赵幼文:《曹植集校注》,北京:人民文学出版社,1998年版,第434页。
③ 汪荣宝:《法言义疏》,北京:中华书局,1987年版,第45页。
④ 罗宗强:《魏晋南北朝文学思想史》,北京:中华书局,1996年版,第18页。

钱穆先生认为:"建安时代在中国文学史上乃一极关重要之时代,因纯文学价值之觉醒在此时期也。"①钱先生学识深厚,此观点亦颇为明达。但我们还应进一步追问,纯文学价值为何会在此时觉醒?此间原因定非一个,但笔者认为此时期文人士大夫对文章著述抱有极大的热情无疑是最为重要的原因之一。如果说纯文学观念的觉醒还只是属于形迹方面的具体表现,那么高度重视文章著述,无疑属于思想观念层面上的巨大变化。

毫无疑问,曹丕《典论·论文》(以下简称"《论文》")是这个时代最具代表性的文学理论文献。《论文》宣称文章为"经国之大业,不朽之盛事",后之论者多引曹丕《与大理王朗书》"唯立德扬名,可以不朽,其次莫如著篇籍"与之相佐证,并进而指出这一思想源自先秦儒家所宣扬的"三不朽"原则。按先秦儒家确有立德、立功、立言三不朽的说法。不过立德乃圣人之事,常人不敢自居,亦难以企及。但立功与立言,却是常人可以努力的目标。有趣的是,曹丕在这里却不言立功一事,而直接以"著篇籍"承"立德"。用"著篇籍"来代替"立言",并将之放置在一个传统话语的表述规范之中,此举自然能极大地提高文章著述的价值。但先秦儒家所谓"立言",与曹丕所谓"著篇籍"显非同指一事。如《左传·襄公二十五年》载仲尼曰:"《志》有之:'言以足志,文以足言。'不言,谁知其志?言之无文,行而不远。"②这里的"言",论者多将其视为口头表述的"辞令"而非文章著述。③言辞作为重要的政治外交才能,在春秋时代受到各国贵族的高度重视,但"只有那些富有教化意义,对时人以及后世子孙为政修德等各方面有普遍的指导价值的言论,才能长久流传,才能算是'立言'"④。曹丕年幼饱读诗书,对此古训及其所指内容自然不会陌生,故此举必非疏忽所致。那么,曹丕高度重视文章著述的思想从何而来?笔者认为当是受东汉思想家王充及其名著《论衡》的影响。《论衡·超奇》篇云:

> 故能说一经者为儒生,博览古今者为通人,采掇传书以上书奏记者为文人,能精思著文连结篇章者为鸿儒。故儒生过俗人,

---

① 钱穆:《读〈文选〉》,载《中国学术思想史论丛(三)》,北京:生活·读书·新知三联书店,2009年版,第101页。
② (唐)孔颖达:《春秋左传正义》,阮刻《十三经注疏》本,北京:中华书局,1979年版,第1985页。
③ 徐兴无先生在《从辞令到文章——泛论〈文选〉中的行政文书》一文中对此问题有所论述,可参阅,载赵昌智、顾农主编:《第八届文选学国际学术研讨会论文集》,扬州:广陵书社,2010年版,第188~199页。
④ 董芬芬:《春秋辞令文体研究》,上海:上海古籍出版社,2012年版,第291页。

通人胜儒生，文人逾通人，鸿儒超文人。①

> 或曰："著书之人……不见大道体要，故立功者希。安危之际，文人不与，无能建功之验，徒能笔说之效也。"曰："此不然。周世著书之人，皆权谋之臣；汉世直言之士，皆通览之吏……"②

据此可知，在王充的思想中，"鸿儒"地位远远超过其他三种人。而为"鸿儒"赢得极高地位的，正是他们"精思著文连结篇章"的才能。可见，王充极为重视文章著述。章太炎先生《文学总略》云：

> 所谓文者，皆以善作奏记为主。自是以上，乃有鸿儒。鸿儒之文，有经传、解故、诸子，彼方目以上第，非若后人摈此于文学之外，沾沾焉惟华辞之守，或以论说、记序、碑志、传状为文也。③

王充的这种思想后来对曹丕产生了较大影响，如曹丕在《与吴质书》中曾竭力揄扬徐干及其《中论》，并对应玚渴望著书却"美志不遂"而感到痛惜。与王充同时代的一些人认为文人多耽于言辞，而无实际事功可言，王充则认为前贤著述本身就包含事功在内，文章著述即为文人事功所在，故又列举商鞅《耕战》、陆贾《新语》、桓谭《新论》等典范予以说明。又《论衡·书解》篇云："管仲、晏婴，功书并作；商鞅、虞卿，篇治俱为。高祖既得天下，马上之计未败，陆贾造《新语》，高祖粗纳采。"④著述内容得以施行即为事功，反之不得施行则为文章。文章与事功，本一体两面。这可谓是对文章价值的最大肯定。《论文》宣称文章乃"经国之大业，不朽之盛事"，恐怕只有从这个角度来理解才能不失偏颇，即文章著述进可为经国之事业，退可为声名不朽之凭藉。曹丕重视徐干及其《中论》，并将《典论》视为获取不朽声名的保证，其原因大概也正在此。但《论文》最引人注目的贡献在于：曹丕能突破王充思想的束缚，看到那些没有实际功用的文章（如诗、赋等）中也有不朽之作。换句话说，具备经国条件的文章自然能不朽，但不具备经国条件的文章也同样可以有不朽的价值。正是后者，不自觉间说出了时代的新精神：

---

① 黄晖：《论衡校释》，北京：中华书局，1990年版，第607页。
② 黄晖：《论衡校释》，北京：中华书局，1990年版，第610~611页。
③ 程千帆：《文论十笺》，收入《程千帆全集》第六卷，石家庄：河北教育出版社，2001年版，第8~9页。
④ 黄晖：《论衡校释》，北京：中华书局，1990年版，第1155~1156页。

> 年寿有时而尽,荣乐止乎其身。二者必至之常期,未若文章之无穷。是以古之作者,寄身于翰墨,见意于篇籍,不假良史之辞,不托飞驰之势,而声名自传于后。①

曹丕撰写《论文》时正身居太子高位,他的这种重视文章著述的思想对一般士人来说,定能起到振聋发聩的作用。因为相对于传统意义层面上的"三不朽"途径,从事文章著述无疑要简单得多。这是一条通向永生、追求不朽的新路。圣贤可以为之,世俗之人亦可为之。故当时人卞兰《赞述太子赋》云:"蹈布衣之所难,阐善道而广之。"②盖布衣阶层之所难,原本就在于无立德建功之可能,亦无法奔走活跃于政治外交场合,声名自然难以不朽,而《论文》为他们指出了获取声名的好办法,即积极从事文章著述,并且著述范围不再局限于传统六艺、诸子等学术领域,其他如奏、议、书、论、铭、诔、诗、赋等文体皆可一展身手。文章著述不再追求教化的价值,不再需要具备普遍的指导意义,它已从春秋时代的"立言"传统中彻底解放出来。正是由于这种思想的感发与激励,故当时人对文章著述无不报以极大的热情。这种热情当然绝非仅为五言诗一种文体所独享,但它对彼时五言诗创作无疑起到极大的推动作用。这种新兴的俗体文学同样蕴含着通向声名不朽的巨大价值,值得文士阶层倾力为之。

曹丕《论文》的文学思想史意义,不仅在于总结了建安文学的创作实绩,更为此群体"尚文辞"的行为找到了合理的文化阐释。事功、文章自此而渐趋两途,人们开始相信文章著述甚至是那些诗赋杂咏,亦能成为他日声名不朽之所资。鲁迅先生有"曹丕的一个时代可说是'文学的自觉时代'"③的经典论断,如果置于这样的思想史语境中加以考察,恐怕会减少很多不必要的争论。此种思想对中国文学在后世的蓬勃发展产生了深远影响,直到今日我们仍对其深信不疑。如《艺文类聚》卷五五"杂文部·一"引刘师知《侍中沈府君集序》云:"遗文余论,被在乎民谣者,斯所以没而犹彰,死且不朽。今乃撰西还所著文章,名为《后集》。"④又明代许梦熊《过南

---

① (清)严可均:《全上古三代秦汉三国六朝文》,北京:中华书局,1958年版,第1098页。
② (清)严可均:《全上古三代秦汉三国六朝文》,北京:中华书局,1958年版,第1223页。
③ 鲁迅:《魏晋风度及文章与药及酒之关系》,载《而已集》,《鲁迅文集》第三卷,北京:人民文学出版社,2005年版,第526页。
④ (唐)欧阳询:《艺文类聚》,上海:上海古籍出版社,1999年版,第999页。

陵太白酒坊》诗云:"莫向斜阳嗟往事,人生不朽是文章。"①以上所举皆是上述思想的具体表述,若揆其源头,则并非为早期儒家的"三不朽",而是始于曹丕《论文》。

按曹丕《论文》重视文章著述的思想与王充《论衡》之关系,已如上所论。但就时间而言,二人相距已近百年,这种影响如何得以产生则尚需考辨。《后汉书·王充传》李贤注引袁山松《后汉书》云:

> 充所作《论衡》,中土未有传者。蔡邕入吴始得之,恒秘玩以为谈助。其后王朗为会稽太守,又得其书。及还许下,时人称其才进。或曰:"不见异人,当得异书。"问之,果以《论衡》之益。②

曾有论者指出这则材料中所言蔡邕、王朗之事未必属实,当出于后人的附会。③然而事虽未必真,理则不必假。考之史料,蔡邕、王朗当时必为熟悉《论衡》之人,否则时人当不会把此等故事附会在他们身上。蔡邕《独断》引《论衡·幸偶》云:

> 王仲任曰:君子无幸,而有不幸;小人有幸,而无不幸。④

又《三国志·吴志·虞翻传》裴注引《会稽典论》略云:

> 初平末年,王府君(朗)以渊妙之才超迁临郡,思贤嘉善,乐采名俊,问功曹虞翻曰:"曾闻士人叹美贵邦,旧多英俊,徒以远于京畿,含香未越耳……士女之名,可悉闻乎?"翻对曰:"……有道山阴赵晔、征士上虞王充,各洪才渊懿,学究道源,著书垂藻,络绎百篇。"⑤

有鉴于此,后人认为"《论衡》最初传世,是由蔡邕、王朗二人"⑥。曹丕与王朗的关系较为亲密,从其《与大理王朗书》《报王朗》《答王朗书》等可见一斑,自毋庸赘言。据《后汉书·蔡邕传》,蔡邕卒于初平三年(192年)。虽

---

① 瞿蜕园、朱金城:《李白集校注》,上海:上海古籍出版社,1980年版,第1852页。
② (南朝宋)范晔:《后汉书》,北京:中华书局,1965年版,第1629页。
③ 参见邵毅平:《论衡研究》,上海:复旦大学出版社,2009年版,第131~145页。
④ (汉)蔡邕:《独断》,清《文渊阁四库全书》本。
⑤ (晋)陈寿:《三国志》,北京:中华书局,1982年版,第1325页。
⑥ 黄晖:《论衡校释·自序》,北京:中华书局,1990年版,第5页。

然此时曹丕仅有六岁,但身边的文人却有不少与蔡邕关系密切。兹援引数例以证之,如曹丕《蔡伯喈女赋序》云:

家公与蔡伯喈有管鲍之好。①

又《三国志·魏志·孔融传》裴注引张璠《汉纪》云:

虎贲士有貌似蔡邕者,融每酒酣,辄引与同坐。②

又《三国志·魏志·王粲传》载蔡邕初见王粲云:

此王公孙也,有异才,吾不如也。吾家书籍文章尽当与之。③

又《三国志·魏志·钟会传》裴注引《博物记》云:

蔡邕有书近万卷,末年载数车与粲。④

又《三国志·魏志·阮瑀传》云:

瑀少受学于蔡邕。⑤

又《三国志·魏志·路粹传》裴注引《典略》云:

粹字文蔚,少学于蔡邕。⑥

上引诸人中既有曹丕的父亲曹操,亦有其好友王粲、阮瑀、路粹等人。诸人虽身份各异,然相同之处在于,他们都曾与蔡邕关系密切。作为汉末一代文宗的蔡邕,正是当时王充思想学说的主要传播者。在这种生活环境的影响之下,曹丕接触到蔡邕的思想本是极为容易之事。通过王朗、蔡邕二人的影响,再加上他"少诵诗论,及长而备历五经、四部,《史》《汉》、诸子百家

---

① (晋)陈寿:《三国志》,北京:中华书局,1882年版,第1325页。
② (晋)陈寿:《三国志》,北京:中华书局,1982年版,第372页。
③ (晋)陈寿:《三国志》,北京:中华书局,1982年版,第597页。
④ (晋)陈寿:《三国志》,北京:中华书局,1982年版,第796页。
⑤ (晋)陈寿:《三国志》,北京:中华书局,1982年版,第600页。
⑥ (晋)陈寿:《三国志》,北京:中华书局,1982年版,第603页。

之言,靡不毕览"①,故其早年接触到王充《论衡》并熟悉其中的某些思想,自然不难理解。

三、作为文化资本的五言诗

自钟嵘《诗品》而下,古今论五言诗者多矣。或考其源流,或论其体制,或辨其风格,或述其演变。文章著作虽汗牛充栋,然诚如钱志熙先生所言,"至于五言为什么会取代四言与骚体而成为正体,关于这个重要问题几乎历来没有认真地探讨过"②。本节所论亦不过冰山一角,主要关注魏晋南朝四言与五言在文体功能方面此消彼长等问题,暂不涉及骚体。众所周知,四言诗体既可追溯到《诗经》这一经典源头,又在此期不断地寻求新变,也曾涌现出曹操、嵇康、陶渊明等一些杰出诗人。其诗坛地位最终被新兴的五言诗体所取代必然是个漫长的过程,绝不可能如某些论者所云完成于建安时期。五言诗体能在此期由俗而雅、蔚为大观,主要得益于其文体功能的不断丰富。通过对《三国志》《晋书》《宋书》《南齐书》《梁书》《陈书》等六代正史引五言诗的归纳分析,可为此种拓展演进觅得一些具体例证。美国学者韦勒克(René Wellek)认为,"当某一文学作品成功地发挥其作用时,快感与有用性这两个基调不应该简单地共存,而应该交汇在一起"③。齐梁之际,五言诗创作才能被视为一种新兴的文化资本,不仅被运用于"怜风月,狎池苑,述恩荣,叙酬宴"(《文心雕龙·明诗》)等场合,更是渗透到社会政治生活的方方面面,"快感"与"有用性"得以交汇共存,成为彼时士大夫身份与才华的文化象征。

(一)问题的提出

钟嵘《诗品》专论汉魏六朝五言诗,对后世诗歌批评与诗歌史建构影响深远。《诗品序》在论述完建安诗坛的空前盛况之后,紧接着就说:"尔后凌迟式微,迄于有晋。"④有意思的是,钟嵘建构早期五言诗史的时候,并未提及或者说有意回避正始年间(240—249)五言诗的创作情况。又刘勰《文心雕龙·明诗》云:"正始明道,诗杂仙心。何晏之徒,率多浮浅。惟嵇志清

---

① (清)严可均:《全上古三代秦汉三国六朝文》,北京:中华书局,1958年版,第1097页。
② 钱志熙:《中国诗歌通史·魏晋南北朝卷》,北京:人民文学出版社,2012年版,第38页。
③ 〔美〕勒内·韦勒克、奥斯汀·沃伦:《文学理论》,刘象愚译,南京:江苏教育出版社,2005年版,第21页。
④ 曹旭:《诗品集注》,上海:上海古籍出版社,2011年版,第24页。

峻,阮旨遥深,故能摽焉。"①按刘彦和于正始诗坛虽标举嵇、阮二公,然似并非专指其五言诗而论。事实上,嵇康诗歌创作更长于四言体,而阮籍亦有四言咏怀诗13首传世。"人才实盛"的西晋诗坛,诗歌创作风格发生较大变化,且存在一种明显的雅化现象。其最显著的表现,就是四言诗创作的再度兴盛。② 葛晓音先生说:"西晋诗中长篇四言泛滥成灾,上至庙堂雅乐歌辞,下至应酬赠答,无不典重奥博,僵死板滞……"③此类四言诗在艺术价值方面或许有所欠缺,然在数量上却颇为可观,最终成为诗歌史上不容忽视的创作潮流。

此外,逯钦立先生还曾注意到西晋诗坛的一个有趣现象。其所编《先秦汉魏晋南北朝诗》在西晋傅玄《又答程晓诗》(此为五言)后有按语云:"晋人于宴赠答等诗篇,率四言、五言并作,已属其时风习。此篇与前四言,《类聚》以序并列,皆歌颂君主之加元服者,知是同题同时之作。"④西晋荀勖有《从武帝华林园宴诗》(此为四言),又有《三月三日从华林园诗》(此为五言)。逯钦立先生亦认为二者为同时之作,"盖一用四言,一用五言也"⑤。此外,诗人潘岳金谷园集会作诗,亦是四言、五言并作。凡此种种似皆可表明,西晋人在创作实践上,尤其是在公共场合,对四言、五言两种文体的选择并无轩轾。然而即便如此,四言作为诗坛正体的观念还是深入人心。如挚虞《文章流别论》云:"夫诗虽以情志为本,而以成声为节。然则雅音之韵,四言为正,其余虽备曲折之体,而非音之正也。"⑥挚虞曾师从大儒皇甫谧,是西晋儒家士大夫的代表人物。今存诗六首,其中五首为四言。据此,则其"雅音之韵,四言为正"之论显非虚言。东晋玄风独盛,诗坛盛宴亦必首推兰亭集会。与会者按规定应兼赋四言和五言各一首,不能者罚酒三斗。参加此次集会者多是王、谢等高门子弟,也是当时社会主流文化群体的代表。启功先生认为,"用四言和五言两种形式,来尝试表现一个相近的主题,这或许就是兰亭诗会中一个比较重要的写作规则,也说明晋朝人当

---

① 范文澜:《文心雕龙注》,北京:人民文学出版社,1958年版,第67页。
② 张朝富:《雅化:西晋诗风的根本成因及其历史功绩》,载《武汉大学学报》,2007年第5期。
③ 葛晓音:《八代诗史》,西安:陕西人民出版社,1989年版,第107页。
④ 逯钦立:《先秦汉魏晋南北朝诗》,北京:中华书局,1983年版,第570页。
⑤ 逯钦立:《先秦汉魏晋南北朝诗》,北京:中华书局,1983年版,第592页。
⑥ (唐)欧阳询:《艺文类聚》,北京:中华书局,1999年版,第1018～1019页。

时非常关心不同体式诗歌的表现功能"①。显然在此群体看来,四言与五言作为两种诗歌体式,"共同承担着精妙玄理的表述与阐发"②。由此可见,五言诗体最终代替传统四言诗体并成为诗坛主流样式,绝不会早于东晋时期。

有学者认为五言诗早在建安时期就已完成对四言诗的超越,并倾向于用数据统计的方法来予以证明。③ 比如建安诗坛四言、五言诗各占百分之多少,四言所占百分比若小于五言,则由此就可以得出如斯结论。但这种研究方法忽略了一个至关重要的因素:魏晋诗歌文本首先由南朝人保存与整理,后者的审美风尚在很大程度上影响着前者的存世形态。德国哲学家海德格尔(Martin Heidegger)认为,"如果作品没有直接寻找保存者从而使保存者应合于在作品中发生着的真理,那么这并不意味着,没有保存者作品也能成为作品"④。换句话说,作品要是没有合格的保存者,被创作的东西也将不复存在。此种理念与中国古代文人对著述"藏之名山,传之其人"(《汉书·司马迁传》)的心理期待可谓不谋而合。南朝文人士大夫事实上并不甚重视四言诗体的创作,或者说创作四言诗并不被社会舆论视为一种值得仰慕的文化身份的标识。钟嵘曾声称齐梁时期的四言诗体"文烦而意少,故世罕习"(《诗品序》)。在此情形下,由于文学审美观念的转变,必然会有许多魏晋四言诗作品亡佚于诗歌文献的整理与流传过程之中。但也正是在南朝近两百年的时间里,尤其是齐梁之际,五言诗创作已是士俗竞逐、蔚然成风。可以说当时整个诗坛,完全为五言诗创作之风所笼罩。诚如萧子显所言,"五言之制,独秀众品"(《南齐书·文学传论》)。此观点在南朝史乘中还有多种间接的表达方式,如《南齐书·谢朓传》云:

    朓善草隶,长五言诗。沈约常云:"二百年来无此诗也。"⑤

---

① 张廷银:《启功先生论魏晋玄学、玄言诗及玄言诗人》,载《北京师范大学学报》,2006年第4期。
② 葛志伟:《东晋玄言诗的第三种价值》,载《福建师范大学学报》,2017年第5期。
③ 许多学者在面对此类问题时都会有这种思维方式,如张朝富先生认为:"(建安)总计约290首,其中五言196首,占总数的近67.6%,四言54首,占18.4%略多。而且除孔融之外的建安六子,四言诗创作基本上是归曹以前完成的,归曹后的作品几乎都采用了五言样式,可见诗坛一时之发展趋势。五言诗的容纳量及表现力都是四言所无法比拟的,四言'文繁而意少',五言'指事造形,穷情写物,最为详切',五言兴盛、四言式微是正常地反映了诗歌的发展趋势的。"参见张朝富:《雅化:西晋诗风的根本成因及其历史功绩》,载《武汉大学学报》,2007年第5期。
④ 〔德〕马丁·海德格尔:《林中路》,孙周兴译,上海:上海译文出版社,2004年版,第54页。
⑤ (梁)萧子显:《南齐书》,北京:中华书局,1971年版,第826页。

又《南齐书·陆厥传》云：

> 厥少有风概，好属文，五言诗体甚新变。①

又《梁书·昭明太子传》：

> （撰）五言诗之善者，为《文章英华》二十卷。②

又《梁书·刘孝先传》云：

> 兄弟并善五言诗，见重于世。③

又《梁书·伏挺传》云：

> 为五言诗，善效谢康乐体。父友人乐安任昉深相叹异，常曰："此子日下无双。"④

又《陈书·张正见传》云：

> 有集十四卷，其五言诗尤善，大行于世。⑤

又《陈书·阴铿传》云：

> 博涉史传，尤善五言诗，为当时所重。⑥

正如上文所论，如果单就诗歌体式而言，五言诗对四言诗的征服并不是一蹴而就的，而是需要一个漫长的过程。在此过程中，作为经典样式的四言诗为寻求发展，也在不断秉持时代风气而进行自我变革，如曹操、嵇康等人的四言诗创作，可谓独具特色。但少数文化精英的努力并不能改变四言诗体创作趋于僵化的形势，因此总体变革结果并不理想。个中原因，前人似已有公允之论。如清初王夫之《古诗评选》云："四言诗《三百篇》在前，非相

---

① （梁）萧子显：《南齐书》，北京：中华书局，1971年版，第897页。
② （唐）姚思廉：《梁书》，北京：中华书局，1973年版，第171页。
③ （唐）姚思廉：《梁书》，北京：中华书局，1973年版，第595页。
④ （唐）姚思廉：《梁书》，北京：中华书局，1973年版，第719页。
⑤ （唐）姚思廉：《陈书》，北京：中华书局，1972年版，第470页。
⑥ （唐）姚思廉：《陈书》，北京：中华书局，1972年版，第472页。

沿袭,则受彼压抑。"①又清代沈德潜《说诗晬语》亦云:"四言诗缔造良难,于《三百篇》太离不得,太肖不得。太离则失其源,太肖只袭其貌也。"②王、沈二人所言颇有见地,但他们只看到了作为经典样式的《诗经》四言体对后世四言诗的影响结果,而未言及具体的影响过程。对于四言诗自身的变革及走向衰败的过程,葛晓音先生指出:

> 汉魏到两晋长达四百年的重构体式的探索中,实字四言所找到的新句序主要是与二二节奏最相配的对偶及排比句的连缀。对偶的单调性和高密度造成了使用单音节虚字和连接词的困难,使四言最适合于需要罗列堆砌的内容,自然就成为颂圣述德应酬说理之首选。于是,向《诗经》的风诗和《小雅》寻求减少对偶、自然承接的句式,就成为必然趋势……而陶渊明复归《诗经》体的成功,却说明实字四言重构体式的失败。③

此番论述与中古诗歌演进实际情形相吻合,作为结论无疑极具说服力。与此同时,四言诗体之所以在诸多文体竞争中渐失优势,在很大程度上要归因于其文体功能的僵化。文体功能的僵化又导致其自身实用价值的逐渐丧失,进而形成文繁意简、世所罕习的创作局面。四言诗体实用性的减弱在汉代已肇其端。汉武帝以后,受经学氛围的影响,西汉四言诗体"仿佛一个坚硬的外壳,只把经学当作内核"④。以韦孟《讽谏》《在邹》、韦玄成《自劾》《戒子孙》等作品为代表的四言诗,给后世读者的整体印象是"诗人之风,顿已缺丧"(《诗品序》),因而始终无法成为一代文学之代表。但起自流俗的五言诗体恰好与之相反,其文体实用性优势在发展演进过程中逐渐显现。

不仅如此,五言诗体还全面继承《诗经》中的赋、比、兴手法,进而可与既往经典——风、雅、颂比肩,缺席的"诗人之风"在该诗体中又得以重现。⑤ 因此到南朝齐梁之际,即钟嵘、萧子显等生活的时代,五言诗体遂能"居文辞之要""独秀众品",最终成为士大夫群体颇为依赖并竞相追逐的新

---

① (清)王夫之:《古诗评选》,北京:文化艺术出版社,1997年版,第83页。
② (清)沈德潜:《说诗晬语》,北京:人民文学出版社,1979年版,第198页。
③ 葛晓音:《汉魏两晋四言诗的新变和体式的重构》,收入《先秦汉魏六朝诗歌体式研究》,北京:北京大学出版社,2012年版,第204页。
④ 田胜利:《汉代经学的演变与四言诗的走势》,载《郑州大学学报》,2012年第4期。
⑤ 葛志伟:《锺嵘〈诗品〉与中古五言诗经典谱系的建构》,载《文学遗产》,2017年第4期。

兴"文化资本"。

(二)隐藏的证据

史传引诗较早可追溯到先秦时期的《左传》《国语》等著作。传统学术观念中的"引诗",主要针对《诗经》而言,是一种对《诗经》的"语用学"色彩浓厚的运用。① 在具体引诗语境中,其文体功能与社会功用得以彰显。此种研究方法为我们探讨中古五言诗文体功能的拓展演进,提供了值得借鉴的新视角。有鉴于此,倘若我们对魏晋南朝六代正史引五言诗的情况进行统计分析②,则中古诗歌创作的一些变化过程,可以更形象、更有说服力地予以揭示。兹略按朝代先后为序,以出处、作者、诗题、内容、性质、作用为纲,对魏晋南朝六代正史引五言诗案例进行归纳,并列表如下:

表4 魏晋南朝六代正史引五言诗统计表

出处	作者	诗题	诗歌内容	性质	作用
《晋书·简文帝纪》	庾阐	从征诗	志士痛朝危,忠臣哀主辱。	传主引诗	抒情
《晋书·潘岳传》	潘岳	金谷诗	投分寄石友,白首同所归。	史官引诗	叙事
《晋书·周处传》	周处	无题	去去世事已,策马观西戎。藜藿甘粱黍,期之克令终。	史官引诗	叙事
《晋书·殷浩传》	曹摅	感旧诗	富贵他人合,贫贱亲戚离。	传主引诗	抒情
《晋书·羊昙传》	曹植	箜篌引	生存华屋处,零落归山丘。	传主引诗	抒情
《晋书·桓伊传》	曹植	怨诗	为君既不易,为臣良独难……推心辅王室,二叔反流言。	传主引诗	言志
《晋书·袁淑传》	范泰	赠袁淑诗	亦有后出隽,离群颇骞骞。	史官引诗	戏谑
《晋书·刘毅传》	刘毅	无题	六国多雄士,正始出风流。	史官引诗	叙事
《晋书·吴隐之传》	吴隐之	无题	古人云此水,一歠怀千金。试使夷齐饮,终当不易心。	史官引诗	叙事
《晋书·顾恺之传》	顾恺之	无题	山崩溟海竭,鱼鸟将何依。	史官引诗	叙事
《晋书·郭澄之传》	王粲	七哀诗	南登灞陵岸,回首望长岸。	传主引诗	讽谏
《晋书·苻朗传》	苻朗	临终诗	四大起何因,聚散无穷已……命也归自天,委化任冥纪。	史官引诗	叙事

---

① 林岗:《论引诗》,载《文艺理论研究》,2007年第4期。

② 按此处所谓各代正史,指《三国志》《晋书》《宋书》《南齐书》《梁书》《陈书》六部史书,其中《三国志》考察范围尚不包括裴松之注所引材料。另外,由于李延寿《南史》较为晚出,且与南朝四部正史多有重合,故此处亦不作考察。

续表

出处	作者	诗题	诗歌内容	性质	作用
《宋书·谢晦传》	谢世基	临终诗	伟哉横海鳞,壮矣垂天翼。一旦失风水,翻为蝼蚁食。	史官引诗	叙事
	谢晦	临终诗	功遂侔昔人,保退无智力。既涉太行险,斯路信难陟。		叙事
《宋书·傅亮传》	傅亮	迎大驾诗	凤棹发皇邑,有人祖我舟……忠诰岂假知,式微发直讴。	史官引诗	叙事
《宋书·刘义綦传》	陆机	赴洛诗	营道无烈心。	他人引诗	戏谑
《宋书·谢弘微传》	谢混	无题	昔为乌衣游,戚戚皆亲侄。	史官引诗	叙事
《宋书·谢灵运传》	谢灵运	赠王琇诗	邦君难地崄,旅客易山行。	史官引诗	叙事
		逆志诗	韩亡子房奋,秦帝鲁连耻。本自江海人,忠义感君子。		叙事
		临终诗	龚胜无余生,李业有终尽。恨我君子志,不获岩上泯。		叙事
《宋书·范晔传》	范晔	狱中赋诗	祸福本无兆,性命归有极……寄言生存子,此路行复即。	史官引诗	叙事
《宋书·王玄谟传》	宋孝武帝	四时诗	堇荼供春膳,粟浆充夏餐。飑酱调秋菜,白醝解冬寒。	史官引诗	叙事
《宋书·沈庆之传》	沈庆之	宴会赋诗	微命值多幸,得逢时运昌……辞荣此圣世,何愧张子房。	史官引诗	文义之美
《宋书·索虏传》	宋文帝	滑台战守弥时遂至陷没作诗	逆虏乱疆场,边将婴寇仇……惆怅惧迁逝,北顾涕交流。	史官引诗	叙事
		北伐诗	季父鉴祸先,辛生识机始……无令齐晋朝,取愧邹鲁士。		叙事
《南齐书·高帝纪》	袁粲	无题	访迹虽中宇,循寄乃沧州。	史官引诗	叙事
《南齐书·顾欢传》	顾欢	无题	精气因天行,游魂随物化。	史官引诗	叙事
《梁书·昭明太子传》	左思	招隐诗	何必丝与竹,山水有清音。	传主引诗	言志
《梁书·柳恽传》	柳恽	捣衣诗	亭皋木叶下,陇首秋云飞。	史官引诗	文义之美
		奉和高祖登景阳楼诗	太液沧波起,长杨高树秋。翠华承汉远,雕辇逐风游。		
《梁书·刘孝绰传》	任昉	答刘孝绰诗	彼美洛阳子,投我怀秋作……子其崇锋颖,春耕励秋获。	史官引诗	叙事

续表

出处	作者	诗题	诗歌内容	性质	作用
《梁书·傅昭传》	虞通之	赠傅昭诗	英妙擅山东,才子倾洛阳。清尘谁能嗣,及尔遘遗芳。	史官引诗	叙事
《梁书·张率传》	梁武帝	宴会赐诗	东南有才子,故能服官政。余虽惭古昔,得人今为盛。	史官引诗	叙事
《梁书·刘孺传》	梁武帝	宴会赋诗	张率东南美,刘孺洛阳才。揽笔便应就,何事久迟回。	史官引诗	叙事
《梁书·王籍传》	王籍	至若邪溪赋诗	蝉噪林逾静,鸟鸣山更幽。	史官引诗	文义之美
《陈书·虞寄传》	释道摽	赠陈宝应诗	送马犹临水,离旗稍引风。好看今夜月,当入紫微宫。	史官引诗	叙事
《陈书·江总传》	刘之遴	酬江总诗	上位居崇礼,寺署邻栖息……下上数千载,扬榷吐胸臆。	史官引诗	叙事
《陈书·谢贞传》	谢贞	春日闲居诗	风定花犹落。	他人引诗	文义之美
《陈书·鲁广达传》	江总	哭鲁广达诗	黄泉虽抱恨,白日自流名。悲君感义死,不作负恩生。	史官引诗	叙事

从表 4 可知,陈寿《三国志》不见征引五言诗。这绝非偶然现象,一方面是由于陈寿本人深受儒家经学思想影响,故引诗、用诗皆以《诗经》为准则①;另一方面,当与五言诗体在当时诗坛创作者少、文体地位不高等情况有关。萧涤非先生在论述建安乐府时曾说过:"五言在当时虽为一种新兴诗体,然在一般朝士大夫心目中,其格乃甚卑,远不如吾人今日所估计。"②倘若我们重新审视建安文坛,就会发现上述判断非常准确。在当时,确实很少有人把写作五言诗看成毕生不渝的追求或者出类拔萃的才华彰显。如魏文帝曹丕,他生前最看重的并不是五言诗,而是子书创作,如《与吴质书》评徐干《中论》云:"成一家之言,辞义典雅,足传于后,此子为不朽矣。"③《典论》作为精心建构的一家之言,曹丕对此亦自视甚高,并将其视为日后身名不朽的资本。此番心理,观其于黄初间"以素书所著《典论》及诗、赋饷孙权,又以纸写一通与张昭"④等史实亦可推知。

---

① 参见房锐、谢俊培:《〈三国志〉引诗探析》,载《四川师范大学学报》,2017 年第 1 期。
② 萧涤非:《汉魏六朝乐府文学史》,北京:人民文学出版社,2011 年版,第 124 页。
③ (清)严可均:《全上古三代秦汉三国六朝文》,北京:中华书局,1958 年版,1089 页。
④ (晋)陈寿:《三国志》,北京:中华书局,1975 年版,第 89 页。

自《晋书》(按唐修《晋书》实以南朝臧荣绪所撰《晋书》为蓝本,此已为学术界常识)起,南朝历代正史对五言诗句(篇)皆有所引用,这说明五言诗的价值已逐渐得到史官的关注。详察各书所引五言诗案例,大致可分为两种情形:一为传主本人引前代诗人的五言诗句;一为史官撰写时引传主生平所赋的五言诗句。简而言之,前者引诗目的多在抒情言志(包括戏谑),而后者引诗目的则多是出于叙事本身的需要;前者是作为史料的客观存在,后者则完全出于史官书写时的选择裁剪;前者的行为当源自先秦时期即已盛行的赋诗言志传统(如《左传》引诗等),后者则似源自早期史官的经典叙事模式(如《史记》《汉书》引汉赋文本等)的影响。由此可见,上述两种情形当属于两种不同性质的引诗类型。

　　赋诗言志的观念与行为在先秦时期十分兴盛。有文化修养的贵族士大夫常在各种社交场合朗诵《诗经》中的经典片段,借以表明自己的立场、观点和情感。此种情形,《左传》《国语》等早期典籍中多有记载。如《左传·襄公二十七年》云:"赵孟曰:'七子从君,以宠武也。请皆赋,以卒君贶。武亦以观七子之志。'"朱自清先生在解读这则材料时认为,"在赋诗的人,诗所以'言志';在听诗的人,诗所以'观志''知志'"[①]。据此,则对于赋诗者来说,赋诗行为就是借诗歌来传达自己的思想感情,即所谓"言志";对于听诗者来说,可以借此观察赋诗者的意图,即所谓"观志"。很显然,赋诗言志活动的顺利开展,必得赋诗者与听诗者同时在场,且双方对所赋之诗的内容必然十分熟悉。这一必要条件与上表中所列各传主引前人五言诗的具体语境相吻合。为避免行文烦琐,兹略举一例,东晋简文帝面对权臣桓温内逼朝廷、朝臣郗超又竭力拥护之的政治局面时,歌咏西晋庾阐《从征诗》"志士痛朝危,忠臣哀主辱"句,就是默认郗超亦熟悉此诗,如此则君臣双方之交流才能得以进行。证之于其余诸例,亦莫不如此。不过春秋战国时期贵族士大夫所赋之诗,几乎都是以《诗经》为代表的四言诗。同时由于《诗经》在当时及后世的崇高地位,这一传统影响非常深远。《汉书·艺文志》将其总结为"古者诸侯卿大夫交接邻国,以微言相感,当揖让之时,必称诗以谕其志,盖以别贤不肖而观盛衰焉"[②],充分肯定了《诗经》的实际效用与政治洞察作用。可以说,赋诗言志是四言诗在当时社交场合实用性的最显著表现。但在魏晋南北朝时期,随着五言诗的逐渐兴起,人们在某些公

---

① 朱自清:《诗言志辨》,南京:凤凰出版社,2008年版,第21页。
② (东汉)班固:《汉书》,北京:中华书局,1962年版,第1755~1756页。

开场合则会通过选择赋诵前人的五言诗句来抒情言志。这一文化行为在本质上与赋诗言志传统并无不同。而且,人们也还是习惯于"断章取义"的赋诗方式,很少在大庭广众之下将整首诗从头到尾机械地高歌一遍,只是所赋内容在某些社交场合却变成了新兴的五言诗。这一显著变化对五言诗文体合法化、主流化的获取至关重要。据上表所引,在此时期各正史传记中被传主引用的诗人有曹植、王粲、陆机、庾阐、曹摅、左思、谢混等。在钟嵘《诗品》序列中,曹植、王粲、陆机、左思位居上品,谢混、庾阐、曹摅厕身中品。可见这些诗人的五言诗在当时流传范围必然十分广泛。此类五言诗文本早已摆脱一己之情,以文化符号的形式走向公开化的社交场合,最终成为某种立场、观点、情感的载体。我们似可推测,当时欲通过赋诵前人五言诗来抒情言志的案例断然不止史书所载数例。可以说五言诗体虽较四言诗体晚出,但其在赋诗言志的功能上已经能够与以《诗经》为传统的四言诗分庭抗礼。这大概是五言诗文体功能不断得以拓展的最好证明。

"史"字本义,按照东汉许慎《说文解字》的看法当是"记事者也。从又持中。中,正也"。清人段玉裁补充解释为"不云记言者,以记事包之也"①。记事记言是中国古代史官的本职工作,而叙事则是古代史书编撰的重要方式之一。选材客观、立论公正、书法不隐是对良史的基本要求,故刘勰《文心雕龙·史传》云:"纪传为式,编年缀事,文非泛论,按实而书。"②对于史官而言,最值得信赖的原始材料莫过于传主本人的笔墨文字。这些文字对于传主来说,有着特定的写作背景,是具体情形下人、事、物、理、情、境的融合。因此为了实现更好的叙事效果,史官在史书编撰过程中往往会引入传主生平的诗文作品来作补充说明。此种方法在《史记》《汉书》中即已多见,后来历代正史编撰皆有因袭。以汉代经典文学样式——汉赋为例,《史记》全文录入者9篇,《汉书》全文录入者24篇,《后汉书》全文录入者12篇。③ 另据笔者初步统计,"前三史"的作者在收录汉赋作品时多立足于文本自身的"讽谏""言志""说理"功能,是描述传主生平思想最可靠的原始材料。然而对于史书作者而言,始终是以利于叙事为旨归,绝非看重作品本身的文辞之美。如《后汉书·边让传》云:"作《章华赋》,虽多淫丽之

---

① (清)段玉裁:《说文解字注》,上海:上海古籍出版社,1988年版,第116页。
② 范文澜:《文心雕龙注》,北京:人民文学出版社,1958年版,第286页。
③ 张新科:《唐宋时期汉赋的经典化过程》,载《陕西师范大学学报》,2008年第1期。

辞,而终之以正,亦如相如之讽也。"①这或是"前三史"所收录汉赋唯一提及文辞如何的一例。史官虽对此赋"多淫丽之辞"表示反对,但最终仍予以收录,其根本原因还在于边让《章华赋》"终之以正"的缘故。从上表所列魏晋南朝时期史官引五言诗的情况来看,叙事功能仍然是他们最为看重的因素。如《宋书·谢灵运传》篇末引其诗云:"韩亡子房奋,秦帝鲁连耻。本自江海人,忠义感君子。"此诗本无题名,谢灵运作此诗的本义,我们也不得而知。沈约引用此诗,应该是为了替谢灵运"逆志"找到某种可靠的佐证。在史官对谢灵运意图的评判之下,后世学者遂按图索骥,让此诗生发出哀庐陵王之意。如黄节先生《谢康乐诗注》引清人陈胤倩语云:"累仕之后,忽发此愤,诚非情实。然吾谓康乐胸中未忘此意,于其哀庐陵信之。"②正是出于叙事而非文饰的目的,故史官所引这一类五言诗多非名家、名篇、名句。

(三)引人注目的历史书写现象

通过对上表各史书引五言诗案例的谨慎归纳,有一种有趣的历史书写现象需要引起重视,即从南朝刘宋开始,史官在某些传记中引人五言诗的动机,似乎不再是为了纯粹叙事,很多场合是为了彰显所引诗歌的"文义之美"。史官关注征引作品的"文义之美"而不是"终之以正"的讽谏劝诫功能,这应该是一种此前从未有过的史书编写新风尚。这种新风尚在南朝后期表现得尤为突出。如《梁书·柳恽传》云:

> 恽立行贞素,以贵公子早有令名。少工篇什,始为诗曰:"亭皋木叶下,陇首秋云飞。"琅邪王元长见而嗟赏,因书斋壁。至是预曲宴,必被诏赋诗。尝奉和高祖《登景阳楼中篇》云:"太液沧波起,长杨高树秋。翠华承汉远,雕辇逐风游。"深为高祖所美,当时咸共称传之。③

又《梁书·王籍传》云:

> 至若邪溪赋诗,其略云:"蝉噪林逾静,鸟鸣山更幽。"当时以为文外独绝。④

---

① (南朝宋)范晔:《后汉书》,北京:中华书局,1965年版,第2640页。
② 黄节:《谢康乐诗注》,北京:中华书局,2008年版,第170页。
③ (唐)姚思廉:《梁书》,北京:中华书局,1973年版,第331~332页。
④ (唐)姚思廉:《梁书》,北京:中华书局,1973年版,第713页。

此外,还有史官不引诗歌内容而亦作揄扬者,如《梁书·文学传·到沆传》云:

> 时高祖燕华光殿,命群臣赋诗,独诏沆为二百字,二刻使成。沆于坐立奏,其文甚美。①

又《陈书·陈君范传》云:

> 初君范与尚书仆射江总友善。至是总赠君范书五言诗,以叙他乡离别之意。辞甚酸切,当世文士咸讽诵之。②

如果说史官对五言诗"文义之美"的关注还只是一种书写现象,那么此现象反复出现的背后,一定有着某种更为深刻的社会因素。笔者认为,其间原因大概就是在此时期五言诗已经成为社会政治生活中一种相当重要的"文化资本"。

所谓"文化资本",最早是由法国社会学家布尔迪厄(Pierre Bourdieu)在研究中提出的一种理论假设。布尔迪厄试图以此来解释,"出身于不同社会阶级的孩子取得不同的学术成就的原因"③。我国学者在此基础上将其概念定义为:"指一种标志行动者的社会身份的,被视为正统的文化趣味、消费方式、文化能力和教育资历等的价值形式。"④与此同时,布尔迪厄还指出:"任何特定的文化能力,都会从它在文化资本的分布中所占据的地位,获得一种'物以稀为贵'的价值,并为其拥有者带来明显的利润。"⑤"物以稀为贵"原本是经济学中价值规律得以发挥作用的基础,是相对于无限度的社会需求而言的。就中古五言诗而论,这种"物以稀为贵"即表现为创作才能的难以获取。如何通过诗歌创作为其才能的拥有者"带来明显的利润"呢?笔者认为,作为文化资本的五言诗具有一种文化稀缺性,"当这种稀缺性与一定的权力体制的合法认同结合在一起的时候,文学必然由于拥

---

① (唐)姚思廉:《梁书》,北京:中华书局,1973年版,第686页。
② (唐)姚思廉:《陈书》,北京:中华书局,1972年版,第361页。
③ 〔法〕布尔迪厄:《文化资本与社会炼金术》,包亚明译,上海:上海人民出版社,1997年版,第193页。
④ 张意:《文化资本》,见陶东风编:《文化研究(第5辑)》,桂林:广西师范大学出版社,2005年版,第267页。
⑤ 〔法〕布尔迪厄:《文化资本与社会炼金术》,包亚明译,上海:上海人民出版社,1997年版,第196页。

有一定的符号资本而表现为一定的符号权力"①。在某些特定的社交场合,诸如帝王、权贵、幕主等参与的宴会或诗会,五言诗创作并不只是一种纯粹的诗歌写作能力的表现,而是与传主的仕途经济密切相关,是他们获取声望进而迈向政治权力场的重要方式。这方面的文献材料在南朝史乘中不胜枚举。兹举数例证之,如《南齐书·萧颖胄传》云:

> 世祖登烽火楼,诏群臣赋诗。颖胄诗合旨。上谓颖胄曰:"卿文弟武,宗室便不乏才。"除明威将军、安陆内史,迁中书郎。②

又《梁书·张率传》云:

> 侍宴赋诗。高祖乃别赐率诗曰:"东南有才子,故能服官政。余虽惭古昔,得人今为盛。"率奏诗,往返数首。其年迁秘书丞,引见玉衡殿。③

又《梁书·王规传》云:

> (普通)六年,高祖于文德殿饯广州刺史元景隆,诏群臣赋诗,同用五十韵。规援笔立奏,其文又美。高祖嘉焉,即日诏为侍中。④

又《陈书·阴铿传》云:

> 世祖尝燕群臣赋诗,徐陵言之于世祖。即日召铿预燕,使赋新成安乐宫。铿援笔便就,世祖甚叹赏之。累迁招远将军、晋陵太守、员外散骑常侍。⑤

盖此类例证,史书记载尤多。《梁书·王承传》云:"时膏腴贵游,咸以文学相尚,罕以经术为业。惟承独好之,发言吐论,造次儒者。"⑥据此可知,当时多数门阀士族子弟似已抛弃安身立命之儒家经术,反而转向"以文学相

---

① 朱国华:《文学权力:文学的文化资本》,载《求是学刊》,2001年第4期。
② (梁)萧子显:《南齐书》,北京:中华书局,1971年版,第665页。
③ (唐)姚思廉:《梁书》,北京:中华书局,1973年版,第475页。
④ (唐)姚思廉:《梁书》,北京:中华书局,1973年版,第582页。
⑤ (唐)姚思廉:《陈书》,北京:中华书局,1973年版,第472页。
⑥ (唐)姚思廉:《梁书》,北京:中华书局,1973年版,第585页。

尚"，因此王承"发言吐论，造次儒者"才独标时异。显然，作为一种文化资本，"文学"表现得比传统儒学经术更有现实价值，因此对膏腴贵游子弟也更有吸引力。

从上引诸例可以推测，文人士大夫擅长创作五言诗的才华若是能得到帝王、权贵、幕主的赏识，则往往会为他们带来社会声望乃至仕途升迁。更有甚者，一些文人还能借此机会而获得超乎寻常的仕途晋升，如《梁书·刘峻传》云："高祖招文学之士，有高才者多被引进，擢以不次。"①此条材料似可为梁武帝《赐张率诗》"东南有才子，故能服官政"句作一注解。这种社会现象对门阀士族与寒门子弟皆具吸引力，故斯风能大盛于世。正因为五言诗创作在当时与文人士大夫的仕途经济多休戚相关，故史官们才会在他们的传记中用充满艳羡的语调特别强调这种"文义之美"，而不是对历史事件本身作纯粹记录。所谓"文义之美"，实际上不仅是社会舆论的导向，也是史官本人的阅读体验。作为文化资本的五言诗，要想在社会交际的不同场域中实现"资本价值"的多重转换，最终还是离不开对以皇权为代表的政治权力的依附。

然而幸运的是，南朝历代帝王自宋武帝刘裕以下，爱赏文义、妙善诗赋者颇多。这为五言诗参与当时的社会政治生活提供了机会，也成为中古诗歌史发展的独特文化景观。《梁书·文学传论》云："高祖聪明文思，光宅区宇，旁求儒雅，诏采异人。文章之盛，焕乎俱集。每所御幸，辄命群臣赋诗，其文善者赐以金帛，诣阙廷而献赋颂者，或引见焉。"②又《陈书·文学传论》云："后主嗣业，雅尚文词，傍求学艺，焕乎俱集。每臣下表疏及献上赋颂者，躬自省览。其有辞工，则神笔赏激，加其爵位。"③刘师培先生早已指出，宋、齐、梁文学之盛，皆由在上者之提倡。④ 此论若专就五言诗体而发，亦不失其通达。

宋、齐、梁三代帝王之中，以梁武帝萧衍文学成就最高，"无论从其自身创作的成就还是对齐梁之际诗风的影响来看，萧衍都是齐梁之际的重要诗人"⑤。梁武帝醉心诗文、热衷文章著述等行为尤为史家所称赞。他不仅自己积极从事五言诗创作，而且还通过宴会赋诗、唱和赠答等方式提携同

---

① （唐）姚思廉：《梁书》，北京：中华书局，1973年版，第702页。
② （唐）姚思廉：《梁书》，北京：中华书局，1973年版，第685页。
③ （唐）姚思廉：《陈书》，北京：中华书局，1972年版，第453页。
④ 刘师培：《中国中古文学史》，上海：上海古籍出版社，2006年版，第63～69页。
⑤ 钱志熙：《中国诗歌通史·魏晋南北朝卷》，北京：人民文学出版社，2012年版，第471页。

好、奖掖后进、擢升才学之士,如《梁书·刘苞传》云:"自高祖即位,引后进文学之士。苞及从兄孝绰、从弟孺、同郡到溉、溉弟洽、从弟沉、吴郡陆倕、张率并以文藻见知,多预燕坐。"①那些天赋才能较为突出者,多受梁武帝侧目青睐,恩赏优渥成为士流美谈,如《梁书·刘孝绰传》云:

> 高祖雅好虫篆,时因宴幸,命沈约、任昉等言志赋诗,孝绰亦见引。尝侍宴于坐,为诗七首,高祖览其文,篇篇嗟赏,由是朝野改观焉。②

与此形成鲜明对比的是,那些才智较弱且陋于为诗者,则多遭时人轻视鄙夷,如《梁书·胡僧祐传》云:

> 性好读书,不解缉缀。然每在公宴,必强赋诗。文辞鄙俚,多被嘲谑。③

对比这两则材料,可见当时善为诗者则"朝野改观",不善为诗者则"多被嘲谑",成为时论笑柄。此当为萧梁时代崇尚五言诗的典型社会风尚。作为一种新兴文化资本的五言诗,正是在梁武帝治下的天监年间(502—519)成为朝野上下争相摹写的诗歌体式。故锺嵘在《诗品序》中感慨道"今之士俗,斯风炽矣"。因而当时文人无论社会出身如何,都试图能更好地掌握五言诗写作技巧。为给"膏腴子弟""后进士子"提供准的可依,锺嵘《诗品》应运而作,其撰写动机当与此社会风尚有关。④ 根据此期史书引五言诗的诸多案例可以推测,文人士大夫唯有尽可能多地占有并利用好这种文化资本,才能在当时的社会政治生活中谋求到更多的社会声望和现实利益。

  当然,诗歌有其自身的审美独立性,它可以直面心灵,抒情言志。作为纯粹私我化而未参与场域间价值转换的五言诗,在当时诗坛亦大量存在。这是我们无法忽视的诗歌史实情。但使独立个体具备社会生活常态的原因,不是其相对于社会的封闭性,而是其对社会进程的多方面参与。而且在作为纯粹私我化的五言诗与文化资本的五言诗之间,并不存在什么难以

---

① (唐)姚思廉:《梁书》,北京:中华书局,1973年版,第688页。
② (唐)姚思廉:《梁书》,北京:中华书局,1973年版,第480页。
③ (唐)姚思廉:《梁书》,北京:中华书局,1973年版,第639页。
④ 葛志伟:《锺嵘生平三事考释——兼论〈诗品〉的撰写动机》,载《社会科学论坛》,2014年第1期。

调和的矛盾。二者皆具有诗歌文本的同源性,使得前者向后者的自由转化成为可能。这种可能性推动中古诗歌"在公共生活与私人化之间、在公共空间与个体空间之间追求某种协调、互动,成为诗歌发展的常态"①。文化资本具有隐蔽性,使得诗人的文学才华很容易成为一种"物以稀为贵"的特殊能力,进而在各种文化权力场中实现价值的自由转换。上引柳恽"亭皋木叶下,陇首秋云飞"、王籍"蝉噪林逾静,鸟鸣山更幽"等诗句皆可为证。盖柳、王诸人当时赋诗,或为初始练笔,或为遇物辄咏,初无舍己为人之心,然因其"文义之美"而获当世赞誉,即成为纯粹私我化的五言诗向隐性文化资本转化的经典个案。

从《三国志》到《陈书》的六代正史,大致能勾勒出中古社会生活的场景。在此时期,五言诗作为一种新兴的诗歌体式,经历了从"俗体流调"到"独秀众品"的艰难转变。促成这种转变的因素自然有很多,但其文体功能不断得以拓展则是其中不应被忽视的一个重要方面。作为新兴的诗歌样式,五言诗能很好地继承四言诗"赋诗言志"的优良传统。与此同时,作为一种史料,诗歌文本也颇受史官信任。魏晋南朝正史所引大量五言诗即可为证。南朝后期五言诗创作蔚然成风,锺嵘《诗品序》为我们描绘出当时的诗坛盛况。五言诗似已成为彼时士大夫身份与才华的象征。五言诗创作作为一种"物以稀为贵"的特殊才能,由于统治者的赏识与社会风尚的驱使,正悄然成为高门子弟与寒素阶层竞相追逐的文化资本。这种文化资本的传递,又成为家族成员之间政治权力、社会地位、文化身份继承性传递的最隐蔽方式。南朝作家的家族化作为一个特殊而重要的文学史现象,其成因或能从此种文化资本的隐性传递中找到更令人信服的解答。

---

① 胡大雷:《论中古诗歌私人化空间的建构》,载《暨南学报》,2017年第1期。

第二章 中古门阀势力盛衰的侧面考察

西方学者勒内·韦勒克(René Wellek)与奥斯汀·沃伦(Austin Warren)在其名著《文学理论》中说:"只有在社会对文学形式的决定性影响能够明确地显示出来之后,才谈得上社会态度是否能变为艺术作品的组成'要素'和艺术价值的一种有效部分的问题。"①证之于中古五言诗的演进历程,此论亦有可资借鉴之处。众所周知,中古是典型的门阀社会,门阀士族是当时社会主流文化的创造者与传播者。钱穆先生曾指出:"要以见魏晋南北朝时代一切学术文化,必以当时门第背景作为中心而始有其解答。当时一切学术文化,可谓莫不寄存于门第中,由于门第之护持而得传习不中断,亦因门第之培育,而得生长有发展。"②五言诗自然包括在"魏晋南北朝时代一切学术文化"之中。门阀士族子弟对五言诗创作由早期的冷漠忽视到后期表现出前所未有的热情,并以群体之审美理想对这一文学形式产生了决定性影响。那么,此种态度的转变因何而生?为何会发生在南朝而不是魏晋?这种变化对五言诗经典化有着怎样的影响?这些都应该是值得进一步探讨的问题。本章拟从"势族""素族"等中古史乘中常见的且具有特定历史内涵的称谓名词入手,从一个侧面剖析魏晋南朝门阀势力的盛衰过程。我们认为此过程所产生的直接影响推动了传统世家大族向南朝文化士族的转型。此种转型某种程度上让更多的士族文人参与五言诗创作。他们迫切希望能引领诗坛风尚,继而维护其在文化领域的优越性。这些内容正是五言诗在南朝社会逐步完成其经典化历程的重要前提。

第一节 中古"势族"内涵变迁及其原因

在当前有关中古史与中古文学的论著中,"世族""士族""势族"是经常

---

① 〔美〕勒内·韦勒克、奥斯汀·沃伦:《文学理论》,刘象愚等译,南京:江苏教育出版社,2005年版,第121页。
② 钱穆:《略论魏晋南北朝学术文化与当时门第之关系》,收入《中国学术思想史论丛(三)》,北京:生活·读书·新知三联书店,2009年版,第207页。

出现并常被混用的词汇。这三个历史称谓虽然同音,然而内涵却颇有差别。对此,一些学者已有较为详细的辨析。一般认为,"世族"的特征在于累世为官、宗风不坠;"士族"更侧重于强调家族的文化传统,并有谱牒等予以认同;"势族"则强调家族的政治权势。相比较而言,"世族"与"士族"的内涵较为稳定,意义也更为接近,而"势族"内涵则最易因时而变。令人感到遗憾的是,当前学术界对"势族"内涵缺乏应有的关注,认识上也趋于表面化。我们认为对此期"势族"内涵变迁的探讨,不仅能帮助我们更好地理解中古门阀制度的兴衰过程,而且还有利于从另一个侧面来把握魏晋南朝政治、社会、文化的发展脉络。

一、问题缘起

西晋初期,时任尚书左仆射的刘毅(216—285)在给晋武帝司马炎上疏讨论当时朝廷实行的人才选拔制度——九品中正制时,曾说过"上品无寒门,下品无势族"这句名言。① 此语形象生动,颇能反映社会现实,似已成为西晋社会制度黑暗不公的代名词,故屡为后人征引。从后世对此语引用的具体情况来看,较早文献如《通典》《太平御览》《册府元龟》《资治通鉴》等,引皆不误;稍晚文献如《通志》《玉海》《群书考索》《文献通考》等,引此皆作"上品无寒门,下品无世族"。特别是元代马端临《文献通考》,前后凡四引刘毅此语,皆作"下品无世族"②。自此以后,究竟是"下品无势族"或是"下品无世族",似乎已不再重要。翻阅当今学者的论著,将刘毅此语随手引作"下品无世族"或"下品无士族"者大有人在。由此可见,"势族"早已脱离其最初的历史语境,从而与"世族""士族"等概念混同起来。这正是"势族"内涵在后世已趋于模糊不清的生动体现。

追源更改刘毅原文的始作俑者,当为南朝有一代文宗之美誉的沈约。沈约在编撰《宋书》时曾对刘毅此语有过引用,《宋书·恩倖传》云:

> 刘毅所云"下品无高门,上品无贱族"者也。③

表面看来,沈约只是将刘毅原文中的"寒门"换成"贱族","势族"换成"高

---

① (唐)房玄龄:《晋书》,北京:中华书局,1974年版,第1274页。
② (元)马端临:《文献通考》,清《文渊阁四库全书》本,台北:(台湾)商务印书馆,1986年版,第610册,第614页、616页、749页;第611册,第536页。
③ (梁)沈约:《宋书》,北京:中华书局,1974年版,第2301~2302页。

门"。但笔者认为,沈约此举与后世学者"信手拈来"的征引方式截然不同。按"势族"一词,先后两见于《宋书》,可见沈约对这个词语并不陌生。通过对《宋书》中"势族"出现的具体语境的辨析,可知沈约对其内涵的历史演变本有着清晰的认识。因而,他对刘毅原文所作的词语替换必然是有意为之。但问题也就在这里,即沈约为何要对原文内容作如此改动呢?

笔者认为,在魏晋南朝三百多年的历史进程中,"势族"一词的内涵不断被历史本身所更新。如果仅就"势族"在此时期文献中出现的具体语境而论,其所指大致先后经历汉末的地方豪族、西晋中央政府中的权势集团、南朝皇权羽翼下的寒人群体等三个阶段。这个变化过程与门阀势力在此时期内的兴起、强盛、衰落基本保持同步。与此同时,"寒门""贱族"等词汇的内涵也都随着时代的发展而有所变化。故到沈约编撰《宋书》之时,不得不根据时代的新变化而对原文作出更换。此举在某种程度上也为意大利历史学家克罗齐(Bendetto Croce)"一切真历史都是当代史"的著名论断①,提供了中国古代史方面的例证。

二、东汉末年的"势族":地方豪族

在现存文献中,"势族"一词最早见于东汉末年赵壹《刺世疾邪赋》。赵壹(122—196),字元叔,东汉后期著名的辞赋作家,生平事迹见《后汉书·文苑传》。赵壹《刺世疾邪赋》云:"故法禁屈挠于势族,恩泽不逮于单门。"范晔《后汉书·文苑传》全文收录此赋。清代王先谦《后汉书集解》引惠栋注云:"单门犹孤门。《论衡》云'充细族孤门'是也。"②不过对此处"势族"究竟何指,则不仅惠、王二人没有作出解释,就是当代学者也很少注意到此,大概是因其意思过于浅显吧,当指有权势的家族。③但我们理应追问下去,这样的家族具有怎样的特征呢?这种"势族"的影响力,是地方性的还是全国性的呢?现存汉代文献中"势族"一词仅见于此,故考察其内涵对于本节的论述显得尤为重要。

有论者称赵壹此赋与《穷鸟赋》作于同时。④ 证之史实,当为可信。按

---

① (意)克罗齐:《历史学的理论与历史》,田时纲译,北京:中国社会科学出版社,2005年版,第5~16页。
② (清)王先谦:《后汉书集解》,《续修四库全书》本,上海:上海古籍出版社,2002年版,第273册,第234页。
③ 费振刚等:《全汉赋校注》,广州:广东教育出版社,2005年版,第896页。
④ 龚克昌:《两汉赋评注》,济南:山东大学出版社,2011年版,第845页。

《后汉书·文苑·赵壹传》云：

> 赵壹字符叔，汉阳西县人也……而恃才倨傲，为乡党所摈，乃作《解摈》。后屡抵罪，几至死，友人救，得免。壹乃贻书谢恩曰……窃为《穷鸟赋》一篇……又作《刺世疾邪赋》，以舒其怨愤。光和元年，举郡上计，到京师。是时，司徒袁逢受计，计吏数百人，皆拜伏庭中，莫敢仰视。壹独长揖而已。逢望而异之……敛衽下堂，执其手，延置上坐，因问西方事，大悦，顾谓坐中曰："此人汉阳赵元叔也。"①

秦汉时期，地方长官年终进京向朝廷汇报情况之行为被称为"上计"，而随同长官同赴京师之底层小吏，往往被称作"上计吏"。从赵壹在汉灵帝光和元年（178年）以上计吏身份入京师与朝中名流袁逢等人的交往情况看，他此前应该并未到过洛阳。否则，司徒袁逢就没有必要向座中众人宣称"此人汉阳赵元叔也"。由此可见，赵壹《刺世疾邪赋》中所谴责的"势族"就不太可能是代指京师的权贵。这一点应该很好理解。又据此《刺世疾邪赋》所附鲁生歌"势家多所宜，咳唾自成珠"及"贤者虽独悟，所困在群愚"等句推断，则赵壹所谓"势族""势家"，当为同义之辞。二者都是指那些能影响乡党舆论的地方豪族，如《后汉书·梁鸿传》云："鸿不受而去，归乡里。势家慕其高节，多欲女之。"②此亦可证当时"势家"之影响范围多在乡里。由于这些豪族在本县、州、郡的政治、经济、文化、吏治、军事等方面都享有特权③，因而足以影响甚至可以左右乡党舆论。众所周知，乡党舆论是当时清议的主要依据，而清议又是东汉察举制得以实行的重要基础。东汉时期，"乡论已经构成了乡里生活秩序的一部分，成为人们普遍遵守的行为规范。如果违背了这个规范，就会遭到乡论的谴责和排斥"④。故赵壹"恃才倨傲"，自然会为乡党所摈，仕途不顺是必然的。从表面上看，赵壹作《刺世疾邪赋》是为了"舒其怨愤"，而实际上则是发泄其对乡党清议的不满。但

---

① （南朝宋）范晔：《后汉书》，北京：中华书局，1965年版，第2628～2632页。
② （南朝宋）范晔：《后汉书》，北京：中华书局，1965年版，第2766页。
③ 详见杨联陞：《东汉的豪族》，北京：商务印书馆，2011年版，第16～37页。
④ 卜宪群：《乡论与秩序：先秦至汉魏乡里舆论与国家关系的历史考察》，载《中国社会科学》，2018年第12期。

乡党清议的权力,在东汉后期几乎都被操控在地方豪族手中,成为他们支配乡里社会、维护家族利益的有力保障。① 据《后汉书》记载,汉末乡党清议的主持者多是州郡"名士"。但据唐长孺先生考证,这些名士们"出于大姓、冠族的恐怕要占颇大的比例",因此由名士们"主持乡党清议来操控选举,实际上也就是当地大姓、冠族操控选举"②。这个结论应该是完全正确的。故在赵壹生活的东汉末年,能够通过乡党舆论而获取朝廷州郡各种举荐资格的人,或是地方豪族之子弟,或是其所赏识而提携者。此种情形,即为《刺世疾邪赋》中"妪媚名势,抚拍豪强"所描绘之内容。恃才傲物的赵壹,必然会落得"偃蹇反俗,立致咎殃"般结局。明乎此,我们始能知晓赵壹怨愤之缘由。

按"势族"在当时指地方豪族,则赵壹《刺世疾邪赋》中所言"法禁屈挠于势族"就更好理解了。学术界历来都认为东汉政权是建立在地方豪族基础之上的,是地方豪族利益的代表者。然而陈苏镇先生却认为,光武帝刘秀当时所依靠的主要力量是南阳地区的豪族集团,而在他建立东汉王朝的过程中其他地区的豪族势力附和者少、反抗者多,故其统一天下的战争在本质上即征服各地豪族。东汉朝廷如何掌控这些地方豪族实为一长期难题,历代帝王在诸多政治措施中最倚仗的方法是强化吏治,即"用严刑峻法规范豪族的行为"③。显然,中央朝廷的这些政策必然会遭到各地方豪族的强烈反对。特别是到了东汉后期,随着中央政府对地方州郡控制力的明显下降,双方之间的矛盾则更为激化。陈先生的精彩论述,为我们讨论"法禁屈挠于势族"提供了一个较为可信的历史背景。仅据《后汉书》记载,东汉后期地方豪族凭借其在乡里的巨大权势,干涉、阻挠、破坏朝廷法禁的事件就屡见不鲜,如《后汉书·阳球传》云:

> 家世大姓冠盖……郡吏有辱其母者,球结少年数十人,杀吏,灭其家,由是知名。④

---

① 唐长孺先生《东汉末期的大姓名士》一文,对此问题论述详尽,结论公允。自可参阅,本文不再重复论证。参见唐长孺:《魏晋南北朝史拾遗》,北京:中华书局,2011年版,第25~52页。
② 唐长孺:《东汉末期的大姓名士》,收入《魏晋南北朝史拾遗》,北京:中华书局,2011年版,第26~27页。
③ 陈苏镇:《东汉的豪族与吏治》,载《文史哲》,2010年第6期。
④ (南朝宋)范晔:《后汉书》,北京:中华书局,1965年版,第2498页。

又《后汉书·党锢列传》云:

> 时宛陵大姓羊元群罢北海郡,赃罪狼籍,郡舍溷轩有奇巧,乃载之以归。(李)膺表欲按其罪,元群行赂宦竖,膺反坐输作左校。①

盖此等事件,皆为东汉地方豪族屈挠国家法禁之实例。

综上所论,赵壹《刺世疾邪赋》中的"势族"当指东汉后期的地方豪族,其影响力往往还局限在各自州郡范围之内。虽然此时在东汉朝廷中已经有累世公卿的大家族出现,且在中央政府中也颇有权势,如治史者都很熟悉的袁、梁、窦、耿、邓等,但从整体数量上来讲毕竟还是少数。正如毛汉光先生所说,此时期"大部分豪族仍然停留在各地方,继续成为地方领袖"②。不过从赵壹那充满愤怒的言辞中,我们依然可以推知,东汉后期的地方豪族正是通过操控乡党清议,抑制单门子弟的仕途出路,从而使其家族子弟尽可能多地获取仕宦的机会。而"累世仕宦",正是后来门阀制度存在的最主要特征。由此可见,东汉末年"强宗大族的士族化"进程,在各地方州郡正悄然进行着。③

三、魏晋时期的"势族":中央政府中的权势集团

魏晋时期,"势族"的内涵较东汉后期似乎又有了新的变化。南朝刘敬叔《异苑》卷六"夏侯玄"条云:

> 寻有永嘉之乱。军还,世宗殂而无子。后有巫见帝涕泗云:"国家倾覆,正由曹爽、夏侯玄诉怨得伸故也。"爽以势族致诛,玄以时望被戮。④

此处称曹爽为"势族",究竟是刘敬叔个人的看法,还是其所据史料原文如此,已难以断言。然而无论是何种情况,曹爽在魏正始年间都是曹魏政权的实际掌控者。盖由于其在朝廷中成功排挤了司马懿集团的势力,从而达到独掌朝政的局面。故在正始十年(249年)高平陵事件发生之前,称曹爽

---

① (南朝宋)范晔:《后汉书》,北京:中华书局,1965年版,第2192页。
② 毛汉光:《中国中古社会史论》,上海:上海书店出版社,2002年版,第82页。
③ 此处借用余英时先生语,见余英时:《东汉政权之建立与士族大姓之关系》,收入《士与中国文化》,上海:上海人民出版社,1987年版,第222页。
④ (南朝宋)刘敬叔:《异苑》,北京:中华书局,1996年版,第52页。

为"势族"可谓名副其实。《三国志·曹爽传》云:

> 初,爽以宣王年德并高,恒父事之,不敢专行。及晏等进用,咸共推戴,说爽以权重不宜委之于人。乃以晏、飏、谧为尚书,晏典选举,轨司隶校尉,胜河南尹,诸事希复由宣王。宣王遂称疾避爽。晏等专政。①

曹爽,字昭伯,为曹操族孙,以谨慎持重深受魏明帝曹睿所赏识,故与司马懿并为顾命大臣。后来曹爽任人唯亲,广植党羽,竭力排斥司马氏势力,从而独掌朝政,权势最为显赫。按曹爽生于京师,长于皇室,且沛国谯县的曹氏更非世家大族。故曹爽被称为"势族",完全是出于其当时对中央朝政大权的绝对控制。在其羽翼之下,何晏、邓飏、丁谧等人皆有权势,都是此"势族"群体中的人物。

"势族"一词在两晋文献中也不多见。但作为一个对此时期政治社会影响巨大的特殊群体,它无疑又是客观存在的。据《晋书·刘毅传》记载,时任尚书左仆射的刘毅在向晋武帝上《论九品有八损疏》时,曾对此有所提及。为论述方便,兹将原文引之如下:

> 今之中正,不精才实,务依党利。不均称尺,务随爱憎。所欲与者,获虚以成誉;所欲下者,吹毛以求疵。高下逐强弱,是非由爱憎。随世兴衰,不顾才实,衰则削下,兴则扶上。一人之身旬日异状。或以货赂自通,或以计协登进。附托者必达,守道者困悴。无报于身,必见割夺;有私于己,必得其欲。是以上品无寒门,下品无势族。②

唐长孺先生在论及此段文字时曾指出:"值得注意的是刘毅谴责不公,除了爱憎之私和接受贿赂外,更重要的是趋炎附势,'高下逐强弱''随世兴衰',势衰就降下,势盛即扶上,以致一人自身随家门兴衰而前后异状。"③这一结论,应该说是成立的。但唐先生接下来并没有进一步讨论"势族"究竟何指,而只是强调"势族"与"世族"两个概念的差异。他认为,二者"在当时虽

---

① (晋)陈寿:《三国志》,北京:中华书局,1982年版,第284页。
② (唐)房玄龄:《晋书》,北京:中华书局,1974年版,第1274页。
③ 唐长孺:《士族的形成与升降》,收入《魏晋南北朝史拾遗》,北京:中华书局,2011年版,第56页。

有密切的关系,有时可以互通,但毕竟不是同义语"①。因此,后来不少学者常把这两个词语的概念搞混淆。② 近来,有学者在辨析"势族""世族""士族"等历史概念的区别时说:

> 西晋的势族除了包括两汉以来的世族大姓,如琅邪王氏、太原王氏、河内司马氏、河东裴氏等等以外,但也包括像石苞、邓艾、邓鉴这样的一些出身寒微的人。也就是说,不管是出身世族还是寒微,只要在当时拥有权势,就是势族。③

上述观点能意识到,"势族"还包括那些拥有实际权势的寒微之人,可谓完全正确。显然,正是在这一点上,"势族"与"世族""士族"等词语皆存在差异。但我们还应在此基础上加以追问,这种权势是体现在地方州郡还是中央朝廷呢?通过何种途径才能获取?很显然,当时许多地方"世族"都不能被称为"势族"。兹举两例予以说明,权当为唐先生关于"势族"与"世族"非同义语这一经典论断作一注脚。

陆机及陆云是西晋文坛上颇为有名的人物,被时人称为"二陆"。自兄弟二人太康末入洛以来,凭借其江东第一流的家世背景及高超的文学修养,迅速与中朝名流取得密切联系。陆机兄弟虽是亡国之臣,但他们的世族身份是无可置疑的。如陆云《答兄平原诗》云:"伊我世族,太极降精。"④又《祖考颂》云:"云之世族,承黄虞之苗绪,裔灵根之遗芳。"⑤这是作者对家族门第的一种自信与追忆。不过这样的出身,在当时却并不能保证他们在中朝政坛上的平流进取。如《晋书·陆机传》称其"好游权门,与贾谧亲善,以进取获讥"⑥。陆机既好游权门,则其本身必属无权势之人。又《晋书·贾谧传》称其"权过人主……开合延宾,海内辐凑,贵游豪戚及浮竞之徒,莫不尽礼事之"⑦。在当时社会,后进士子若能依附朝廷中的当权者,

---

① 唐长孺:《士族的形成与升降》,收入《魏晋南北朝史拾遗》,北京:中华书局,2011年版,第56页。
② 毛汉光认为"所指大同小异,由于各人对同一事实所着重之点不同,遂有名词上的差异",见其《中国中古社会史论》第六篇《两晋南北朝主要文官士族成分的统计分析与比较》注释①,上海:上海书店出版社,2002年版,第141页。
③ 张爱波:《西晋"世族""势族"及"士族"之考辨》,载《北方论丛》,2006年第5期。
④ 逯钦立:《先秦汉魏晋南北朝诗》,北京:中华书局,1983年版,第708页。
⑤ (清)严可均:《全上古三代秦汉三国六朝文》,北京:中华书局,1958年版,第2054页。
⑥ (唐)房玄龄:《晋书》,北京:中华书局,1974年版,第1481页。
⑦ (唐)房玄龄:《晋书》,北京:中华书局,1974年版,第1173页。

则往往能在仕途上获得非同寻常的升迁。此种现象在当时较为普遍。除陆机外,在人格魅力方面屡遭后人讥讽的大诗人潘岳亦是如此。正如时人刘寔《崇让论》所云:

> 官职有缺,主选之吏不知所用,但案官次而举之。同才之人先用者,非势家之子,则必为有势者之所念也。①

此处"势家""权门",当与"势族"同义,但与"世族"则显非同一概念。

曹摅,字颜远,谯国谯人也,魏宗室曹休之后。他生活在魏晋之际,好学善属文,《晋书》有传。据逯钦立先生辑佚,其现存诗歌约十余首。其中,《赠王弘远诗》云:

> 将乘白驹,归于空谷。隐士良苦,乐哉势族。②

按照曹摅诗歌的意思,当是隐士淡泊名利、生活清苦,而"势族"热衷权势、乐在其中。诗人正是通过"隐士"与"势族"的强烈对比,以示对后者汲汲于追逐权势的嘲讽。须引起我们特别注意的是,诗中用了"势族",而非"世族"或"士族"来与隐士作比较。此间深义,值得研究。按曹摅此举可谓非常恰当,因为西晋世家大族子弟中不乏以隐居为乐之人。比较有名的,如"性清虚寡欲,自得于怀"的陈留阮瞻、"有高尚之志"的安定皇甫谧等。又《晋书·隐逸传》中所载生于蜀中名门的谯秀、陇西"世称冠族"的辛谧等。③ 他们道贵无名,德尚寡欲,心崇静谧,本身就是隐士群体的代表人物。有鉴于此,笔者认为,至少在当时观念之中,"势族"与"世族""士族"的区别应该说还是比较明显的。

西晋建国伊始,伴随国家的逐步统一,政治权力也渐向中央政府集中。最为典型者,当推晋武帝实行的州郡罢兵政策与重启五等爵位的分封制。此两种措施的历史意义,陈寅恪先生早已指出。④ 总之,这些措施使得中央政府的权势空前强大。这从诸王早先皆不愿入封国、贾充百般不愿离京为官等重要历史事件中,都可以看出来。因而汉魏时期的地方豪族要想获

---

① (唐)房玄龄:《晋书》,北京:中华书局,1974年版,第1192页。
② 逯钦立:《先秦汉魏晋南北朝诗》,北京:中华书局,1983年版,第752页。
③ 四例分见(唐)房玄龄:《晋书》,北京:中华书局,1974年版,第1363页、1409页、2442页、2446页。
④ 万绳楠:《陈寅恪魏晋南北朝史讲演录》,贵阳:贵州人民出版社,2008年版,第28~38页。

取更好的发展机会,就必须有更多的家族子弟到京城为官,使得京师、故乡俱为一体。这是历史发展的必然选择。毛汉光先生称之为"士族中央化进程"①。在当时的情况下,这个过程的实现一般有两个途径:一为追随司马氏的新兴家族凭借皇权的扶持一跃而起(如贾充、石苞等);一为传统世家大族与司马氏政权积极合作后的稳步提升(如荀勖、王祥、裴秀等)。这一进程的实质,不过是追随司马氏的新、旧家族对朝廷政治权力的公开争夺。可以说在当时的政治形势下,能率先完成"中央化进程"的家族就能在朝廷中占据要路津,从而成为真正的"势族"。但由于各家族之间错综复杂的利益关系,部分家族掌握朝政大权后,又会联合起来形成几个较为稳固的势力群体。如《晋书·冯紞传》云:

> 得幸于武帝,稍迁左卫将军,承颜悦色,宠爱日隆。贾充、荀勖并与之亲善。②

出于各自利益考虑,不同势力群体之间往往矛盾重重,争斗不休。③ 此类群体为巩固既得利益,往往会通过一些方法来排挤、抑制其他家族的"中央化进程",而其间最重要的途径,就是利用权势对中正选拔人才施加影响。

西晋朝廷在官员人才选拔上仍然实行以九品中正制为主体、以传统察举制为补充的基本政策。据唐长孺先生考证,当时州郡"大小中正例由司徒选授"④。据此可见,当时选拔、任免中正的权力由司徒掌控,亦即为中央政府所把持。仅据《晋书》记载,西晋立国后相继任司徒一职者有十三人,分别为:泰始三年(267年)十月,以司空荀颢为司徒;泰始九年(273年)二月,司徒石苞薨;泰始九年五月,以太保何曾领司徒;咸宁四年(278年)九月,以尚书令李胤为司徒;太康三年(282年)十二月,以山涛为司徒;太康四年(283年)十一月,以尚书左仆射魏舒为司徒;太熙元年(290年)正月,以尚书左仆射王浑为司徒;元康七年(297年)七月,以尚书右仆射王戎为司徒;永康元年(300年)三月,以左光禄大夫何劭为司徒;永康元年六月,以梁王肜为太宰领司徒;光熙元年(307年)十二月,以中书监温羡为司

---

① 毛汉光:《中国中古社会史论》,上海:上海书店出版社,2002年版,第87页。
② (唐)房玄龄:《晋书》,北京:中华书局,1974年版,第1162页。
③ 参见仇鹿鸣:《魏晋之际的政治权力与家族网络》第三章第三节"司马氏集团的权力结构与矛盾衍生",上海:上海古籍出版社,2012年版,第184~195页。
④ 唐长孺:《九品中正制考释》,收入《魏晋南北朝史论丛》,北京:中华书局,2009年版,第97~99页。

徒;永嘉二年(308年)五月,王衍时任司徒;永嘉三年(309年)三月,东海王越领司徒;永嘉五年(311年)五月,以太子太傅傅祗为司徒;建兴元年(313年)四月,以卫将军梁芬为司徒。以上诸人,起自寒微有石苞、山涛、李胤,皇室兼领者有司马彤、司马越,其余皆为在朝中颇具势力的世家大族子弟。因而,"势族"群体作为朝政权力的实际掌控者,虽不必亲自参与具体的选官事宜,但能在很大程度上决定由哪些人担任或兼任州、郡两级中正。简而言之,他们虽不能直接选拔人才,但可以推举或任命负责选拔人才的中正。当时段灼向晋武帝上表称:"今台阁选举,徒塞耳目,九品访人,唯问中正。故据上品者非公侯之子孙,则当涂之昆弟也。"①晋武帝之后,惠帝无能,怀愍屡弱,朝中局势更可想见。因此,那些趋炎附势的中正自然要优先考虑并维护好朝中"势族"集团的利益,这样才能保证自己未来官运亨通。《晋书·李含传》云:

> 秦王柬薨,含依台仪,葬讫除丧。尚书赵浚有内宠,疾含不事己,遂奏含不应除丧。本州大中正傅祗以名义贬含。中丞傅咸上表理含曰:"……臣从弟祗为州都,意在欲隆风教,议含已过。不良之人遂相扇动,冀挟名义,法外致案,足有所邀,中正庞腾便割含品……乞朝廷以时博议,无令腾得妄弄刀尺。"帝不从,含遂被贬,退割为五品。②

此段文字常被文史研究者所引用,但有一点似乎未见有论者提及,即李含被退割乡品完全是因为其得罪宠臣赵浚。按赵浚在《晋书》中无传,但史家既突出其"内宠"的身份,则他在当时为"有势者"似可断定。只因李含"不事己",赵浚便上书皇帝将其贬谪。州郡大、小中正皆闻风而动,与之呼应,从而退割李含的乡品。一个"内宠"都足以影响到中正的人才品评,更不用说那些权倾朝野的"势族"了。另外,如果中正所选之人有朝一日得罪了"势族",则为其定品之中正很可能会受政治上的牵连。《晋书·赵王伦传》云:

> 伦素庸下,无智策,复受制于秀。秀之威权振于朝廷,天下皆事秀而无求于伦……司隶从事游颢与殷浑有隙,浑诱颢奴晋兴,

---

① (唐)房玄龄:《晋书》,北京:中华书局,1974年版,第1347页。
② (唐)房玄龄:《晋书》,北京:中华书局,1974年版,第1641~1643页。

伪告颙有异志。秀不详察，即收颙及襄阳中正李迈，杀之。厚待晋兴，以为己部曲督。①

孙秀起自寒微，本是琅邪郡小吏。然善于钻营，遂乘八王之乱的机会，依附赵王司马伦，从而成为权倾一时的人物。石崇、潘岳等人皆死于其手。据上引材料，游颙获罪而牵连到襄阳中正李迈，很可能是因为前者由后者定品之故。惜乎游颙生平不详，难考知其乡里籍贯，故聊作推论如此。

综上所论，随着"士族中央化进程"的不断深入，此时期"势族"指的是在西晋中央政府中掌握实际权势的家族，其间必然以那些积极与司马氏合作的传统大族为主体，但也包括魏晋易代之际少数立下功勋的寒族。由此可见，"势族"与"世族""士族"等虽有密切联系，却并非同义语。这些家族常常联合起来，形成几个势力群体，彼此间虽有矛盾斗争，但共同把持着朝政。这一点在东晋时期更为典型，少数门阀士族甚至获得了与皇权并驾齐驱的地位。诚如田余庆先生所言，"王与马、庾与马、桓与马、谢与马共天下的格局延续多年，始终没有大的变动"②。与汉末赵壹《刺世疾邪赋》中的"势族"相比较，其构成主体似已由地方州郡走向了中央朝廷，因而其内涵也就随之而变。

四、南朝社会的"势族"：皇权羽翼下的寒人群体

"势族"概念在南朝历史文献中也曾出现过。如《宋书·周朗传》云：

> 周朗字义利，汝南安成人也……二女适建平王宏、庐江王祎，以贵戚显官。元嘉末，为吴兴太守……世祖即位，除建平王宏中军录事参军。时普责百官谠言，朗上书曰："凡吏皆宜每详其能，每厚其秩，为县不得复用恩家之贫，为郡不得复选势族之老……"③

汝南安城周氏为魏晋时期的一流高门，特别是东晋时期经周浚、周顗等人的努力，周氏家族的社会地位更是有增无减。④ 如上所引，在刘宋时期，周

---

① （唐）房玄龄：《晋书》，北京：中华书局，1974年版，第1600页。
② 田余庆：《东晋门阀政治》，北京：北京大学出版社，2012年版，第329页。
③ （梁）沈约：《宋书》，北京：中华书局，1974年版，第2089～2099页。
④ 据毛汉光统计魏晋南朝时期汝南安成周氏一族担任五品以上官职的有28人之多。详见其《中国中古社会史论》第三篇《中古家族之变动》所附之表。

朗依旧"以贵戚显官"。据《宋书·孝武本纪》记载,孝武帝即位当年(453年)的八月乙亥,"尚书左仆射建平王弘加中书监、中军将军"①,则周朗此书必上于此后不久。此封上书,诚所谓"民所疾苦,敢不略荐",内容广泛,涉及儒教、农桑、法制、兵役、吏治、释道等。然周朗所上此书中最可引起注意的是,出生于一流高门的周朗居然特别关心起中央朝廷对郡县小吏的任用问题。一方面,据《宋书·百官志》记载,当时郡丞、县尉的官阶分列八、九品②,郡县小吏根本就不在九品官制之中,他们的社会地位非常卑微;另一方面,随着东晋南朝门阀制度的确立、巩固、僵化,"士族进身已不必关心中正给他的品第"③。因为他们凭借家世背景,几乎都能获得"门第二品"的乡品,即沈约《宋书·恩倖传》所说"凡阙衣冠,莫非二品"④。而根据日本学者宫岐市定的研究,当时士人起家官品一般比其乡品低四品,即乡品二品的起家官应为六品官。⑤ 那么很显然,只要是社会承认的门阀士族子弟,就绝无可能去担任郡县小吏这样的贱职。年轻的士族子弟尚且如此,更不用说那些士族中的长者了。因此,综合以上两方面原因推断,周朗上书中所提到的"势族",绝不可能指士族中人。笔者认为,此处"势族"指的正是那些依附于新兴皇权而掌机要的寒人。关于南朝"寒人"势力兴起的问题,前贤论之已极翔实,故此处不拟重复。⑥

钱穆先生认为:"南朝诸帝,因惑于东晋王朝孤微,门第势盛,故内朝常任用寒人,而外藩则托诸宗室。"⑦这个结论大体符合历史实情。但钱先生这里所说的寒人,与南朝史乘中常见的"寒士"区别较大。寒士是相对于高

---

① (梁)沈约:《宋书》,北京:中华书局,1974年版,第113页。
② (梁)沈约:《宋书》,北京:中华书局,1974年版,第1264~1265页。
③ 唐长孺:《九品中正制试释》,收入《魏晋南北朝史论丛》,北京:中华书局,2009年版,第118页。
④ (梁)沈约:《宋书》,北京:中华书局,1974年版,第2302页。
⑤ 〔日〕宫岐市定:《九品官人法研究——科举前史》,韩昇等译,北京:中华书局,2008年版,第63~66页。按宫岐先生所推论的乡品与起家官官品相差四品的结论,只是就大体而论,并非与当时的历史实情完全吻合。对此,我国学者阎步克先生已有所驳正。参见阎步克:《从任官及乡品看魏晋秀孝察举之地位》,载《北京大学学报》,1988年第2期。笔者认为,宫岐氏观点大体可从,但在涉及具体官职时必须参考阎先生的文章,方得不误。本文即循此方法,特以说明。
⑥ (清)赵翼:《廿二史札记》卷八"南朝多以寒人掌机要"条,南京:凤凰出版社,2008年版,第118~119页。此外可参见陈登原:《国史旧闻》第一分册卷二一"寒人与士族"条,北京:中华书局,1958年版,第594~597页;唐长孺:《南朝寒人的兴起》,收入《魏晋南北朝史论丛续编》,北京:中华书局,2011年版,第107~140页。
⑦ 钱穆:《国史大纲》第十六章"南方王朝之消沉",北京:商务印书馆,1996年版,第268页。

门士族而言，本身还是士族的组成部分，如周一良先生认为："梁武帝不同于宋齐皇帝，正是不重用寒人，不依靠寒官，而是依靠徐勉、朱异之类的寒士。"①而寒人则是相对于士族群体而言，二者间有着士庶鸿沟。而这正是南朝社会特别重视的地方。寒人多出身卑微，无门第族望可言。皇帝给予他们一些特殊的权力，既能抑制士族、宗室势力的过度膨胀，也不必担心自己的统治受到威胁。对于寒人来说，在门阀制度已经趋于僵化的南朝社会，如果没有皇权的法外提携，仅凭借自身在仕途上的努力，很难有出头之日。《宋书·恩倖传论》云：

  孝建、泰始，主威独运，官置百司，权不外假，而刑政纠杂，理难遍通，耳目所寄，事归近习。②

但实际上，在宋文帝刘义隆所任用的诸多权臣中，秋当、周纠等人已是"并出寒门"③。而宋孝武帝对寒人的使用，在南朝诸帝中显得更为突出。《宋书·戴法兴传》云：

  上（孝武）于巴口建义，法兴与典签戴明宝、蔡闲俱转参军督护。上即位，并为南台侍御史，同兼中书通事舍人。法兴等专管内务，权重当时。孝建元年……④

孝武帝初即位，就任命戴法兴等人"专管内务"，委以重任。笔者认为其任用戴法兴等寒人掌管内务的时间应该在周朗上书之前，故后者在上书中才会有意提及此事。从周朗的角度来看，"恩家"即受恩之家，"势族"即权势之族。二者并称，都指因依附皇权而在朝廷中颇有权势的寒人。这些人在当时颇为社会舆论所不容。故按照人之常情，他们在朝中得势后，很有可能会提携亲旧，即建立属于自己的势力群体。不过即便如此，被提携之人由于社会身份低微，也只能出任郡县小吏这样的贱职。但长此以往，这些寒人必将在朝廷内外掌握一定的权力。日益强化的皇权政治本身就在刻意抑制士族群体，再加上寒人势力的迅速发展，必然会进一步损害门阀士

---

① 周一良：《论梁武帝及其时代》，收入《魏晋南北朝史论集》，北京：北京大学出版社，2010年版，第313~314页。
② （梁）沈约：《宋书》，北京：中华书局，1974年版，第2302页。
③ （梁）萧子显：《南齐书》，北京：中华书局，1972年版，第972页。
④ （梁）沈约：《宋书》，北京：中华书局，1974年版，第2303页。

族的既得利益。对此,《宋书·恩倖传论》言之甚详:

> 人主谓其身卑位薄,以为权不得重,曾不知鼠凭社贵,狐藉虎威,外无逼主之嫌,内有专用之功,势倾天下,未之或悟。挟朋树党,政以贿成,铁钺创痏,构于筵第之曲,服冕乘轩,出乎言笑之下。南金北毳,来悉方艚,素缣丹魄,至皆兼两。西京许史,盖不足云,晋朝王庾,未或能比。①

沈约认为寒人势力的兴起正是由于当时皇权的有意扶持,可知时人对此现象本抱有非常清醒的认识。纵观整个南朝社会,士族群体对于此类依附皇权而得势的寒人都是深恶痛绝的。正是从此角度出发,我们才能理解为何出身门第如此高贵的周朗,要特意提醒孝武帝"为县不得复用恩家之贫,为郡不得复选势族之老"。盖因其登基伊始,即已流露出重用寒人的种种迹象,如对戴法兴、戴明宝、蔡闲等人的拔擢启用等。

综上所论,晋、宋之际,虽然寒族出身的刘裕成为最高统治者,但整个士族集团依然拥有很大的政治影响力。为抑制并打压士族势力,刘裕及其后来者往往任用一些出身卑微的寒人来巩固统治。由于南朝最高统治者们的恩倖与放权,这些寒人即便是卑官贱职,也能享有很大的政治权势,成为权倾一时的人物,如《宋书·恩倖传》《南齐书·倖臣传》中所记载的人物,莫不如此。总之,随着南朝皇权政治的逐渐巩固与强化,以及其羽翼下寒人势力的日益崛起,"势族"的内涵又发生了新的变化。通过对周朗《上宋孝武帝书》中"势族"一词具体语境的考察,笔者认为南朝社会所谓"势族",正是指这些依附皇权的寒人群体,而其幕后支持者则是已经强大起来的皇权政治。

五、《宋书·恩倖传论》更改刘毅原文的原因

沈约《宋书·恩倖传》将西晋刘毅"上品无寒门,下品无势族"改为"下品无高门,上品无贱族"。从表面上看,只是词语间的简单替换。但笔者认为,这当是沈约有意为之的结果。原因如下:(一)"势族"两见于《宋书》。一者出现在周朗所上书中,前文已有论述。一者出现在其《宋书·恩倖传》

---

① (梁)沈约:《宋书》,北京:中华书局,1974年版,第2302页。

自述两汉时"郡县掾史,并出豪家;负戈宿卫,皆由势族"句中。① 此处"豪家"与"势族"同义,皆指地方豪族,与上文所论汉末"势族"的内涵一致。显然,沈约对于"势族"一词内涵的变迁历程并不陌生;(二)据《梁书·沈约传》,沈约生前曾著《晋书》110卷②,可见他对晋朝文献非常熟悉。刘毅"上品无寒门,下品无势族"在当时已为名言,故自诩为"四代之史"的沈约似乎不可能将其记错;(三)齐梁时期,臧荣绪所撰《晋书》尚保存完好,在沈约编撰《宋书》时应该很容易看到。《文选》将沈约《宋书·恩倖传论》收录其中。唐代李善注其"下品无高门,上品无贱族"句时,即引臧氏《晋书》所载刘毅原文。可见刘毅此语在臧氏《晋书》与唐代官修《晋书》中并无不同。③ 因此不管从哪个角度来考察,沈约对刘毅原文的改动都应是有意为之。

如上所论,一方面随着东晋南朝门阀制度的确立、巩固、僵化,"中正品第只是例行公事,无足轻重"④,士族凭借家世背景几乎都能获得"门第二品"的乡品品第。沈约自己也说过"凡阙衣冠,莫非二品,自此以还,遂成卑庶"的话。另一方面,在沈约生活的南朝社会,朝中掌握较大权势且颇受皇帝信任的多半又是那些出身卑微的寒人。最为典型的例子,如《南史·恩倖传》云:

> (茹)法亮、(吕)文度并势倾天下,太尉王俭常谓人曰:"我虽有大位,权寄岂及茹公?"⑤

王俭(452—489),字仲宝,琅邪临沂人,萧齐时代著名的文学家、目录学家。王俭出身于琅邪王氏,父祖世代为名臣,生世显赫,社会威望极高。齐高帝萧道成甚至说过"天为我生俭也"。然而即便如此,位居太尉的王俭对于茹法亮之流的权势也退避三舍。沈约与茹、吕诸人生既同时,名复相闻,对后者"势倾天下"必感受真切。由于他们多是由"吏"步入仕途,当时是否具有乡品已殊难考证。《宋书·恩倖传》称戴法兴"后为吏传署,入为尚书仓部令史"。⑥ 唐长孺先生曾据《晋书·陈敏传》"今以陈敏(尚书)仓部令史,七

---

① (梁)沈约:《宋书》,北京:中华书局,1974年版,第2301页。
② (唐)姚思廉:《梁书》,北京:中华书局,1973年版,第243页。
③ (梁)萧统编、(唐)李善注:《文选》,上海:上海古籍出版社,1986年版,第2223页。
④ 唐长孺:《九品中正制试释》,收入《魏晋南北朝史论丛》,北京:中华书局,2009年版,第118页。
⑤ (唐)李延寿:《南史》,北京:中华书局,1975年版,第1929页。
⑥ (梁)沈约:《宋书》,北京:中华书局,1974年版,第2303页。

第顽冗,六品下才"句推测,此职位当以"六七品人充"①。可见法兴当时即便有乡品,也必是下品无疑,但其在宋孝武世是"权重当时"的人物。茹法亮"出身为小吏,历斋干扶"(笔者按:《南史》"扶"下有"侍"字),但在萧齐一朝已是"势倾天下"。由此可见,与刘毅生活的时代相比,"势族"的内涵已经发生了很大变化。沈约与时俱进,将刘毅"下品无势族"改成"下品无高门"自然非常恰当。

  吴兴沈氏是南朝社会由武力强宗成功转型为文化士族的典型。② 沈氏家族在南朝宋、齐时期的社会地位并不算高。《南齐书·沈文季传》云:

> 文季风采棱岸,善于进止。司徒褚渊当世贵望,颇以门户裁之,文季不为之屈。③

阳翟褚氏本是魏晋以来一流的高门,晋宋政权更迭之时,褚秀之、褚叔度兄弟又适时投靠刘裕集团,故家族地位长盛不衰。因此褚渊得以用门户裁抑沈文季,并故意称其为"当今将略"。沈约并非出自第一流的高门士族,这已是学术界共识,甚至有学者称其为"寒门"④。当然,这里的"寒门"也仅是相对于褚渊这样的高门而言,可谓"寒而不贱"。据《梁书·沈约传》记载,沈约以"奉朝请"为起家官。⑤ 按"奉朝请"一职,从官阶上看为六品官,根据上引宫岐市定关于起家官与乡品之间的推算法则,沈约的乡品当是二品,乡品二品自然是上品。可见在上品中,并非只有高门士族子弟。在"凡厥衣冠,莫非二品"的时代,只要是官方谱牒承认的士族子弟,几乎都是以六品官起家,因此大家更看重的是以何种六品官起家,如此便有"清官""浊官"之别。"由于名族子弟不满足于奉朝请,所以,要让他们先从名义上的秘书郎、佐著作郎等官起家,以后再寻机会委以有实际职掌的官职"⑥。正是因为高门士族子弟不屑于奉朝请这样的职位,所以像沈约这样的次等士

---

① 唐长孺:《九品中正制试释》,收入《魏晋南北朝史论丛》,北京:中华书局,2009年版,第110页。
② 刘跃进:《从武力强宗到文化士族——吴兴沈氏的衰微与沈约的振起》,载《浙江学刊》,1990年第4期。
③ (梁)萧子显:《南齐书》,北京:中华书局,1972年版,第776页。
④ 参见〔日〕吉川忠夫:《六朝精神史研究》,王启发译,南京:江苏人民出版社,2012年版,第156~178页。
⑤ (唐)姚思廉:《梁书》,北京:中华书局,1973年版,第233页。
⑥ 〔日〕宫岐市定:《九品官人法研究——科举前史》,韩昇等译,北京:中华书局,2008年版,第143页。

族子弟才能以六品奉朝请起家，但像戴法兴、茹法亮一类的寒人在当时绝对是没有这种资格的。一个"贱"字，既能避免吴兴沈氏家族在当时尴尬的社会地位，又足以表明沈约这样的非高门士族对于当时寒人势力兴起的强烈反对态度。毕竟从社会阶层属性层面讲，他们还是士族的组成部分，因而不希望社会身份更为低贱的寒人分割他们的利益。

由此可见，寒门不流于下品，以其本属士族，为其中的素门、素族，绝非贱族寒人之属。势族本当为豪族、士族、高门，却会流于下品，以其中杂入贱族寒人之故。士族指称在沈约看来一方面是社会身份，一方面似已转变为文化象征。现在，如果我们重新审视沈约替换刘毅原文的整个事件，至少能得出如下结论：（一）刘毅"上品无寒门，下品无势族"在当时虽是有感而发，但对于后来的沈约来说，仅仅是一则没有生命价值的客观史料而已；（二）沈约生活在寒人势力迅速兴起的南朝社会，这样的社会生活深刻影响着他的思想形成；（三）沈约编撰《宋书·恩倖传》时，作为无生命史料存在的刘毅原文已被变化着的时代与沈约的思想所共同支配。因此，词语间的替换当是一种必然的行为。

必须指出的是，"势族"一词在唐初姚思廉所撰《梁书》中也曾出现过。如《梁书·韦放传》云："及为北徐州时，有势族请姻者，放曰：'吾不失信于故友。'乃以息岐娶（张）率女，又以女适率子。时称放能笃旧。"①由于文献不足，笔者暂无力考证此"势族"究竟何指。但正因姚察父子在此处语焉不详，李延寿后来才得以在《南史·韦放传》中以己意妄改"势族"为"贵族"②。同样是简单的词语替换，却可以看出唐初史家对"势族"内涵的认识似已开始模糊起来。这一点应该值得我们重视。

综上所论，"势族"一词于中古文献中可谓代有所见，在此期三百多年的历史进程中，其内涵不断被历史本身所更新。同样是指有权势的家族或群体，但各个时代的具体所指不尽相同，从汉末的地方豪族，到西晋中央政府中的势力集团，再到南朝依附皇权而迅速兴起的寒人群体，整个变化过程清晰可辨。而且，这一过程与门阀士族势力在此时期的兴起、盛衰基本保持同步。故到沈约修撰《宋书》之时，不得不根据时代的新变化，在《恩倖传》中将西晋刘毅"上品无寒门，下品无势族"改为"下品无高门，上品无贱族"。从唐代李延寿《南史》开始，"势族"内涵就已有模糊的趋势。南宋以

---

① （唐）姚思廉：《梁书》，北京：中华书局，1973年版，第423页。
② （唐）李延寿：《南史》，北京：中华书局，1975年版，第1431页。

后,由于《通志》《玉海》《群书考索》《文献通考》等重要文献中都将刘毅原文"下品无势族"引作"下品无世族",且随着这些书籍的广泛流传,"势族"的内涵彻底变得模糊不清,而这种影响直到今天似乎依旧存在。

第二节　南朝社会"素族"的形成及其文化取向

翻阅中古史乘,我们有一种直观的感受,那就是当时有许多文人士大夫被称为"寒素"或者"儒素"。不过这种特殊的称谓,在南朝历史文献中出现的频率明显减少。但与此同时,"素族"的概念在南朝社会频繁出现。据此可以推知,此概念在南朝社会应颇为流行。这种出现于特定历史时期、使用频率较高且具有特殊内涵的词汇,其本身就是当时社会生活的重要组成部分。但笔者感兴趣的问题是,在南朝社会生活中"素族"概念是如何形成?它与西晋社会中的"寒素""儒素"群体有无关系?南朝"素族"有着怎样的文化取向?这种文化取向能否推动五言诗的经典化?依笔者管见,前贤时彦对南朝社会"素族"的概念虽多有讨论,但对于上述所提出的四个问题,似未见有详论者。

一、学术界对"素族"探讨的得与失

钱志熙先生曾在研究西晋诗歌时特意提及"素族"的概念,并认为"素族士人也是一个掌握文化、创造文化的阶层,而且是一个主要的阶层"①。然而从其所举例证来看,这个群体实多属于"寒素""儒素",而非"素族"。事实上,"素族"称谓并未见于魏晋,它是南朝社会中的称谓,是一个相对后起的概念,西晋社会中并不存在"素族"文士群体。《宋书·孝武王皇后传》云:

> 江湛孙敩当尚世祖女。上乃使人为敩作表让婚曰:"……如臣素流,家贫业寡,年近将冠,皆已有室。荆钗布裙,足得成礼。每不自解,无偶迄兹,媒访莫寻,素族弗问。"②

现存中古文献中,"素族"一词应始见于此。此后,"素族"在《南齐书》《梁

---

① 钱志熙:《魏晋诗歌艺术原论》,北京:北京大学出版社,2005年版,第155页。
② (梁)沈约:《宋书》,北京:中华书局,1974年版,第1290页。

书》《陈书》中皆多次出现,成为南朝社会引人注目的历史现象。我们据此可以推测,"素族"的概念在南朝社会应颇为流行,而这一现象也早已引起了后世学者的关注。

对"素族"的探讨,当始于清代学者赵翼(1727—1814)。作为乾嘉史学代表人物,赵翼在其名著《廿二史札记》中曾言及此。此书卷十二"江左世族无功臣"条略云:

> 江左诸帝乃皆出自素族。宋武本丹徒京口里人,少时伐荻新洲,又尝负刁逵社钱被执,其寒贱可知矣。齐高自称素族,则非高门可知也。①

赵翼此处虽未对"素族"的内涵作出具体阐释,但有一点应该可以确定,即他默认"素族"当与"高门"相对。究其原意,则齐高帝萧道成所称之"素族"当与寒贱之族为近。

从民国时期开始,对"素族"的理解出现了相反的解读。周一良先生在1938年发表的论文《南朝境内之各种人及政府对待之政策》中,提出"素族"及其同类表达往往是指高门士族,并认为此处"素"并非"寒素"之意。②很显然,此说与赵翼的观点可谓截然相反。

20世纪40年代,王和光与俞启超二位先生在《大公报·文史周刊》上关于"素族"内涵也发生了一场论战。王和光在《东晋和南朝的素族》一文中反驳赵翼的观点,认为此时期的"素族"实则是"高门巨族的雅称,含有素望甚隆的意义在内"③。稍后,俞启超同样在《大公报·文史周刊》撰文反驳王氏观点。俞氏在《〈东晋和南朝的素族〉之我见》一文中认为"赵翼之言未可厚非",并通过一些文献补充论证"素族"即为"卑门寒族"④。随后,王和光又在《大公报·文史周刊》撰文予以回应。王氏在《再论东晋和南朝的素族——兼答俞启超君》一文中,对俞氏所列举的证据一一进行驳斥,并进一步阐述"'素族'之'素'实为'德业儒素'之'素',也就是'被服儒素'之意,

---

① 赵翼:《廿二史札记》,南京:凤凰出版社,2008年版,第175页。
② 周一良:《南朝境内之各种人及政府对待之政策》,原载《中研院历史语言研究所集刊》第七本第四分册,1938年。本文所引出自周一良:《魏晋南北朝史论集》,北京:北京大学出版社,1997年版,第82页。
③ 王和光:《东晋和南朝的素族》,载《大公报》(上海),1947年1月15日,第10版。
④ 俞启超:《〈东晋和南朝的素族〉之我见》,载《大公报》(天津),1947年3月14日,第6版。

如下一定义,则'素族'者,书香世家也"①。

后来,周一良先生又在《魏晋南北朝史札记》中通过列举大量中古史文献进一步阐述"素族"的内涵。他认为,"素族素姓如与皇室王族对待而言,指异姓高门,素者言其为平民家族,与皇室有别也",又"素族如对高门甲族而言,又可用以指门第较低之士族,甚至庶姓寒门。齐高帝遗诏所云,即是此意"②。周一良先生敏锐地意识到"素族"概念所指非一,这种认识更加符合南朝社会的实际情形。所谓"齐高帝遗诏",也是颇有意思的一宗学术公案。据《南齐书·高帝纪》记载,建元四年(482年)三月,萧道成临终前召司徒褚渊、左仆射王俭,诏曰:"吾本布衣素族,念不到此,因藉时来,遂隆大业……"③贵为帝王的萧道成临终前为何自称"布衣素族",古今论之者可谓众说纷纭。

此后唐长孺先生通过对"齐高帝遗诏"的辨析,认为赵翼的看法有误,并在周说基础上进一步指出,"素族"一词"最一般的用法,实即士族的互称,其对宗室或贵戚公侯而称者实际上也是指士族。因此'素族'不但不能理解为寒门,而且恰恰相反"④。正是基于这样的认识,唐先生在探讨"齐高帝遗诏"时,遂称"从这一点看来,萧道成自称'素族',并非谦抑,却有一点高攀"⑤。

陈琳国先生通过考察"庶姓"在先秦汉魏晋时期的含义,认为"庶姓"是相对于王室而言,无贬义色彩,"素族"与"庶族"含义相近,应当是"庶姓之族"的意思。⑥ 祝总斌先生也认为"素族""素姓"主要当依"庶姓""庶族"解为非宗室大臣,在东晋以后门阀制度高度发展的情况下也被用来指高级士族,几乎等于高门的同义语。他同时还指出此时期"素"字被广泛使用为褒词,而"素""庶"二字声韵又相近,故与"庶姓""庶族"含义完全相同的"素姓""素族"等新词方才得以出现并流行。⑦ 黄承炳先生在已有研究成果的基础上,通过分析晋宋之际高门士族处境的变迁及其采取的应对策略,进

---

① 王和光:《再论东晋和南朝的素族——兼答俞启超君》,载《大公报》(天津),1947年5月16日,第6版。
② 周一良:《魏晋南北朝史札记》"素族"条,北京:中华书局,2007年版,第217～219页。
③ 萧子显:《南齐书》,北京:中华书局,1972年版,第38页。
④ 唐长孺:《读史释词》,收入《魏晋南北朝史论拾遗》,北京:中华书局,2011年版,第255页。
⑤ 唐长孺:《读史释词》,收入《魏晋南北朝史论拾遗》,北京:中华书局,2011年版,第255页。
⑥ 陈琳国:《庶族、素族和寒门》,载《中国史研究》,1984年第1期。
⑦ 祝总斌:《素族、庶族解》,载《北京大学学报》,1984年第3期。

一步考察"素族"一词在南朝流行并且主要指代士族尤其是高门士族的原因①,可以说是对周、唐诸先生观点的补充。此外,日本学者对此问题亦有关注。如冈崎文夫先生也否定了赵翼的观点,并且指出"素族"实际上是高门的谦称。② 宫川尚志先生则认为"素族"应是旧族之意,自称"素族"含有一种自豪感,但在部分场合下也用"素门"指代寒门,因而在把这个词等同于特定身份时应谨慎。③

客观而论,南朝传世文献中"素族"一词,经古今学者辨析之后,其概念、内涵及使用语境等,已渐趋明朗。然观前贤时彦所论,似仍有未周。倘若我们在其研究基础上详加考察,则其间尚有如下问题需要进一步探讨:(一)为何南朝高门士族在面对皇权或宗室时多自称"素族"?(二)我们能否依据南朝史乘中的相关文献记载,概括出"素族"之"素"究竟何指?(三)"素族"概念为何不见于魏晋而又突现于南朝,它与魏晋时期的政治文化有无某种内在关联?以上三点遵循了从现象分析到内涵阐释,再到历史溯源的研究方法。明乎此,则南朝社会"素族"概念的全貌,才有可能在更深层面上得以生动呈现。

如上所引,钱志熙先生立足于西晋文人群体的形成及特点,对西晋诗歌的发展变迁进行了非常精彩的描述,但他将西晋社会之"寒素"与"儒素"等同于南朝时期的"素族",实为混淆概念之举。不过,此举却给我们重新思考南朝素族的相关问题提供了某些全新的视角。

笔者认为,南朝社会中"素族"的概念,即源自两晋时期多次出现的"寒素""儒素"。"寒素"与"儒素"在两晋时期多与"势族""势家"等概念相对应而出现。如果说"势家""势族"之"势"依赖于皇权政治才得以形成,那么"寒素""儒素"之"素"则完全依靠自身的道德与学行。这种区分方法与诸人出身的高低贵贱无关,二者都可包括社会各阶层士人,上可至高门大族,下可至寒门庶族。晋宋之际,随着以刘裕为首的寒族势力登上政治舞台的中心,社会各阶层之利益关系得以重新分配。诚如上节所论,"势族"内涵在南朝社会已转变为皇权及其羽翼下的寒人势力。与此相对应,高门士族的势力渐趋衰落。但他们同时又是学术文化、社会风流的承载者与传播

---

① 黄承炳:《再释南朝"素族"——以晋宋之际高门士族的变化为中心》,载《魏晋南北朝隋唐史资料(第三十七辑)》,2018年。
② 〔日〕冈崎文夫:《南朝贵族制の一面》,高瀬博士还历纪念会编:《支那学论丛高瀬博士还历纪念》,弘文堂书房,1928年版,第175页。
③ 〔日〕宫川尚志:《六朝史研究:政治・社会篇》,日本学术振兴会,1956年版,第372页。

者,因而在面对渐趋强化的专制皇权时多自称"素族",一则显示谦卑退让之势,二则显示自尊自重之心。循此而论,南朝社会中次等士族面对高门甲族时自称"素族"似亦当作如是观。

总之,理顺西晋"寒素""儒素"与南朝"素族"之间的关系,使得萧道成临终遗诏中"吾本布衣素族"究竟是谦抑、高攀还是符合实情之说的问题迎刃而解。另外更重要的是,通过分析"素族"内涵的变迁,我们能从一个侧面来把握魏晋南朝政治、文化的发展脉络,特别是有助于理解门阀士族纷纷向文化士族转型的社会现象,甚至对锺嵘《诗品序》中描摹的社会各阶层竞相创作五言诗的盛况,亦能找出其历史缘由。兹结合具体史料,申管见如下。

二、溯源:两晋时期的"寒素"与"儒素"

"寒素"一词,最晚至东汉桓、灵时期即已出现。东晋葛洪《抱朴子·审举》引汉桓灵时谚语云:

> 举秀才,不知书;察孝廉,父别居;寒素清白浊如泥,高第良将怯如蝇。①

按此处之"寒素清白",似为对当时社会没有功名之人的品评。盖此群体政治经济状况为"寒素",道德风貌为"清白"。又《太平御览》卷五一九引《华阳国志》云:

> 杨姬生自寒素,父坐狱。杨涣为尚书郎,告归。姬乃邀道扣涣,言讼父罪……②

杨涣,字孟文,东汉犍为郡武阳人,生卒年不详,以清秀博雅著称,《后汉书》无传。宋人洪适《隶释》卷四载《司隶校尉杨孟文石门颂》一篇,自注云:"《华阳国志》:杨君名涣。"③又据《颂》文"建和二年"云云,可知杨涣亦为东汉桓帝时人。此处之"寒素",实为出身平民、无权势可依之意。由此可见,"寒素"一词在其最初出现时似已具备两层含义:一方面多与其人道德品行相关联;另一方面则在于强调其人政治经济地位的低下。

---

① "蝇"原作"鸡",经杨明照先生考辨当作"蝇"为是,今从此说。参见杨明照:《抱朴子外篇校笺》上册,北京:中华书局,1991年版,第396页。
② (宋)李昉等:《太平御览》,北京:中华书局,1960年版,第2361页。
③ (宋)洪适:《隶释》,北京:中华书局,1985年版,第49页。

西晋建国以来,朝廷常有征召"寒素"之举。此时的"寒素",已成为当时察举之一科。如《晋书·武帝纪》云:

> (太康)九年……诏曰:"令内外群官举清能,拔寒素。"①

又《晋书·纪瞻传》云:

> 永康初,州又举寒素。②

又《晋书·范乔传》云:

> 元康中,诏求廉让冲退、履道寒素者,不计资,以参选叙。③

西晋朝廷征召"寒素"往往是立足于其人的道德品行,丝毫没有政治、经济、社会地位上的轻视之意。如上引太康九年(288年)诏令,就是针对当时部分俸禄为二千石的官员品德秽浊的弊政。又元康年间的朝廷诏令,更是提出破格征召"廉让冲退、履道寒素者"。这与东汉时期"寒素"的指称有所不同。盖"寒"亦可指有德而无势者,而非专指社会地位低下之人。但在实际操作过程中,"德"往往是一个十分虚化的抽象概念,因而社会舆论常用"学"来代为衡量。这一点在当时霍原被举荐为"寒素"的事件中,体现得尤为明显。《晋书·李重传》云:

> 时燕国中正刘沈举霍原为寒素,司徒府不从。沈又抗诣中书奏原,而中书复下司徒参论。司徒左长史荀组以为:"寒素者,当谓门寒身素,无世祚之资。原为列侯,显佩金紫。先为人间流通之事,晚乃务学。少长异业,年逾始立,草野之誉未洽,德礼无闻,不应寒素之目。"重奏曰:"案如《癸酉诏书》,廉让宜崇,浮竞宜黜,其有履谦寒素靖恭求己者,应有以先之。如诏书之旨,以二品系资,或失廉退之士,故开寒素以明尚德之举……沈为中正,亲执铨衡,陈原隐居求志,笃古好学,学不为利,行不要名,绝迹穷山,韫韣道艺,外无希世之容,内全遁逸之节,行成名立,缙绅慕之,委质受业者千里而应,有孙孟之风、严郑之操……原定志穷山,修述儒

---

① (唐)房玄龄:《晋书》,北京:中华书局,1974年版,第78页。
② (唐)房玄龄:《晋书》,北京:中华书局,1974年版,第1819页。
③ (唐)房玄龄:《晋书》,北京:中华书局,1974年版,第2432页。

道,义在可嘉。若遂抑替,将负幽邦之望,伤敦德之教。如诏书所求之旨,应为二品。"诏从之。①

据此,则时任司徒左长史的荀组认为举荐寒素者当包括两个条件,即门寒与身素。门寒表现为"无世祚之资",身素表现为有德礼可闻。霍原袭爵为列侯,则其出身本不为低贱,因而难称门寒。又《晋书·霍原传》称其"年十八,观太学行礼,因留习之"②,可见此处"晚乃务学"当为实情。盖荀组认为霍原"德礼未闻"的原因,就在于其"少长异业",因而难称身素。所谓"先为人间流通之事",意为霍原年少时曾从事商贸牟利活动。这在正统士大夫看来,显然是一种失德行为。可见"德"还是与"学"紧密相关。正是出于此种考虑,司徒府才两次驳回燕国中正刘沈的举荐。但李重奏书则据《癸酉诏书》开宗明义提出,"开寒素以明尚德之举",并未言及霍原门第如何。事实上,门第低下并非应征"寒素"者的必要条件。阎步克先生认为西晋时期"寒素"一科,"举自不及二品之人士,举后则给予二品之第"③。据此,则"寒素"之乡品在当时并不低。正因如此,"寒素"一科并非专为出身卑贱者所设。刘孝标《世说新语·言语》"庾公造周伯仁"条注引虞预《晋书》云:"周𫖮字伯仁,汝南安城人,扬州刺史浚长子也。"孝标又引《晋阳秋》云:"𫖮有风流才气,少知名……举寒素,累迁尚书仆射,为王敦所害。"④又据上引《晋书·纪瞻传》,则纪瞻在永康初亦被举为寒素。按汝南安城周氏为当时第一流高门,而江东纪氏亦世为江南著姓。据此可知,两晋时期也不乏士族子弟应征此科。因而似可断言,对于应征"寒素"者而言,身素比门寒重要得多。从李重奏书中"隐居求志,笃古好学""定志穷山,修述儒道"诸语,可知判断道德的标准依然在学行之上。从最终"诏从之"三字来看,李重所论符合当时朝廷的旨意。据此,则学行与道德才是衡量被举荐者是否具有资格的关键因素。如《晋书·范乔传》记载,尚书郎王琨荐乔为"寒素"时称:"乔禀德真粹,立操高洁,儒学精深,含章内奥,安贫乐道,栖志穷巷,箪瓢咏业,长而弥坚,诚当今之寒素,著厉俗之清彦。"⑤此亦可为明证。

---

① (唐)房玄龄:《晋书》,北京:中华书局,1974年版,第2311~2312页。
② (唐)房玄龄:《晋书》,北京:中华书局,1974年版,第2435页。
③ 参见阎步克:《从任官及乡品看魏晋秀孝察举之地位》,载《北京大学学报》,1988年第2期。
④ 余嘉锡:《世说新语笺疏》,北京:中华书局,2007年版,第109页。
⑤ (唐)房玄龄:《晋书》,北京:中华书局,1974年版,第2432页。

此外,在"寒素"的另一种叙述话语中,其意义也渐向学行与道德转移。盖此类人物多出身平民,但凡被称为"寒素"者,则社会舆论对之多无轻视之意。而史官在叙事时,也多重其学行与道德。如《晋书·车胤传》云:

> 时惟胤与吴隐之以寒素博学知名于世。①

又《晋书·乐广传》云:

> 广孤贫,侨居山阳,寒素为业,人无知者。性冲约,有远识,寡嗜欲,与物无竞。尤善谈论,每以约言析理,以厌人之心,其所不知,默如也。②

又《晋书·石鉴传》云:

> 石鉴字林伯,乐陵厌次人也。出自寒素,雅志公亮。③

又《晋书·陈頵传》云:

> 頵荐同县焦保曰:保出自寒素,禀质清冲,若得参嘉命,必能光赞大猷,允清朝望,使黄宪之徒不乏于豫土……④

按此处"黄宪",即为汉末有"颜子"之称的名士黄叔度(75-122)。当然,当时也有少数因出自寒素而为豪门大族所抑制的个案,如《晋书·王沈传》云:"少有俊才,出于寒素,不能随俗沉浮,为时豪所抑。"⑤王沈有俊才而无德操,与一般寒素之人性喜清冲、志在修身的心态不同。此观其《释时论》之愤世嫉俗即可推知一二,故常为时豪所抑。

从总体上看,被举荐为"寒素"或被称为"寒素"者,学行上多为博通广学之士,道德上多为廉让冲退之人。他们以自身的学行与道德自尊自重,诚如时人李重所言"学不为利,行不要名"。他们是当时文人士大夫群体中较为优秀的一部分人。因而那些能擢引寒素的官员常会得到舆论的赞赏,

---

① (唐)房玄龄:《晋书》,北京:中华书局,1974年版,第2177页。
② (唐)房玄龄:《晋书》,北京:中华书局,1974年版,第1243页。
③ (唐)房玄龄:《晋书》,北京:中华书局,1974年版,第1265页。
④ (唐)房玄龄:《晋书》,北京:中华书局,1974年版,第1893页。
⑤ (唐)房玄龄:《晋书》,北京:中华书局,1974年版,第2381页。

如《晋书·陆玩传》云:"所辟皆寒素有行之士……诱纳后进,谦若布衣。由是搢绅之徒莫不荫其德宇。"① 又《晋书·王蕴传》云:"累迁尚书吏部郎。性平和,不抑寒素。每一官缺,求者十辈,蕴无所是非。"② 反之,那些不能举荐寒素的官员则会受到舆论的指责,如《晋书·王戎传》云:"与时舒卷,无蹇谔之节。自经典选,未尝进寒素,退虚名,但与时浮沉,户调门选而已。"③ 由此可见,当时整个社会上到朝廷百官、下到社会舆论,对此群体都较为尊重。

"儒素"一词,最晚在《三国志》中即已出现。《三国志·魏志·袁涣传》云:"涣从弟霸……恪霸弟徽,以儒素称。遭天下乱,避难交州。"④ 以"儒"饰"素",即有儒学而清白之义。与"寒素"稍有不同的是,"儒素"全然是文化道德身份的标志,而且道德的获取完全取决于自身的儒学修养。然此处之"儒素"概念,究竟是《三国志》作者陈寿首创还是其所据史料原已有之,已殊难判断。两晋时期,"儒素"一词曾反复出现。按"儒素"的指称较"寒素"更为简单。简而言之,即不慕权势、远离纷争,以儒术自守之义。这是其与当时争权夺势的"势族""势家"之最大不同。但是此种"不慕权势、远离纷争",与老庄思想中所宣扬的避世保身思想截然不同。它并不逃避儒家思想中与生俱来的担当意识与社会责任感。如《晋书·郑默传》记载,郑默在答晋武帝问时称,"崇尚儒素,化导之本"。可见"儒素"群体在时人看来,实为国家推行教化之根本所在。简单来说,"儒素"在思想上仍然多是追求入世的,恪守"学而优则仕"的古训。兹举数例如下,如《晋书·谢鲲传》云:

父衡以儒素显,仕至国子祭酒。⑤

又《北堂书钞》卷五三引《山公启事》云:

彭权儒素有学,宜太常选。⑥

---

① (唐)房玄龄:《晋书》,北京:中华书局,1974年版,第2026页。
② (唐)房玄龄:《晋书》,北京:中华书局,1974年版,第2420页。
③ (唐)房玄龄:《晋书》,北京:中华书局,1974年版,第1234页。
④ (晋)陈寿:《三国志》,北京:中华书局,1982年版,第336页。
⑤ (唐)房玄龄:《晋书》,北京:中华书局,1974年版,第1377页。
⑥ (唐)虞世南:《北堂书钞》,北京:中国书店,1989年版,第163页。

又《初学记》卷十一引《晋中兴书》曰:

> 徐邈字景山,以东州儒素,性好学,尤善经传。烈宗始览典籍,招延儒学之士。后将军谢安举以应选。①

儒素之人即便不选择入仕为官,其人也会因自身的学行而闻名于世。如《晋书·卢钦传》云"世以儒业显",史官于该传末尾又评论称"子若之儒素为基"②。又《晋书·孔安国传》云:

> 唯安国与汪少厉孤贫之操。汪既以直亮称,安国亦以儒素显。③

除了以儒学自守外,"儒素"亦重视自身道德修养。如《晋书·颜含传》云:

> 东宫初建,含以儒素笃行,补太子中庶子。④

又《晋书·氾毓传》云:

> 奕世儒素,敦睦九族。客居青州,逮毓七世。时人号其家"儿无常父,衣无常主"。⑤

因而与"寒素"相似,被称为"儒素"之人在当时也是既有学行复有道德的优秀知识分子。如果掌握权势的官员不能尊重并擢引"儒素"之士,则往往也会受到社会舆论的谴责。如《晋书·崔洪传》云:"洪奏恢不敦儒素,令学生番直左右。"⑥又《晋书·阎缵传》引缵《理愍怀太子冤书》云:"每见选师傅下至群吏,率取膏粱击钟鼎食之家,希有寒门儒素如卫绾、周文、石奋、疏广。"⑦阎缵甚至将愍怀太子事件,归因于朝廷用人不当,即不能选取如汉代卫绾等寒门儒素之人来教导太子。

如上所论,"儒素"与"寒素"之间确实存在着一些共同之处。比如,二者都重视其人的学行与道德;社会舆论对其皆抱有一份尊重。从群体构成

---

① (唐)徐坚:《初学记》,北京:中华书局,2004年版,第276页。
② (唐)房玄龄:《晋书》,北京:中华书局,1974年版,第1255页。
③ (唐)房玄龄:《晋书》,北京:中华书局,1974年版,第2054页。
④ (唐)房玄龄:《晋书》,北京:中华书局,1974年版,第2286页。
⑤ (唐)房玄龄:《晋书》,北京:中华书局,1974年版,第2350页。
⑥ (唐)房玄龄:《晋书》,北京:中华书局,1974年版,第1288页。
⑦ (唐)房玄龄:《晋书》,北京:中华书局,1974年版,第1350页。

上看,二者都包括士族子弟与平民子弟。当然,其中最重要的还是第一点。因而在某些特定情况下,二者意义又是相同的,如《晋书·王隐传》云:"王隐,字处叔,陈郡陈人也。世寒素……隐以儒素自守,不交势援,博学多闻。"①此条材料即可为明证。然而进入南朝社会之后,各代正史中"寒素""儒素"这两个词汇的使用语境明显减少,具体情况如下表所示:

表5 魏晋南朝六代正史"寒素""儒素""素族"出现次数统计表

称谓\书目	《三国志》	《晋书》	《宋书》	《南齐书》	《梁书》	《陈书》
寒素	0	20	2	1	3	0
儒素	1	12	1	0	0	0
素族	0	0	2	5	2	2

据表5可知,南朝各代正史中"寒素""儒素"出现的次数合计为7次,远低于两晋时期的33次。但与此同时,"素族"的概念在南朝史乘中则频繁出现,多达11次。这是一种很有趣的历史现象。笔者认为,无论是"寒素""儒素"的概念在两晋社会频繁出现,还是"素族"的概念兴盛于南朝,其间必有特定的历史原因。

首先分析"寒素""儒素"在两晋社会频繁出现的现象。这种现象的产生,与当时"势族""势家"掌控朝政大权密切相关。史籍明载,西晋皇室司马氏本为河内旧族,世代伏膺儒教。陈寅恪先生认为,所谓"伏膺儒教",即"尊行名教,其学为儒家之学,其行必须符合儒家用来维系名教的道德标准与规范"②。故晋朝建国伊始,武帝即修立学校,临幸辟雍,广立博士,兴复儒教。后来,荀崧在晋元帝践祚初期欲简省博士时曾上疏云:

> 世祖武皇帝应运登禅,崇儒兴学。经始明堂,营建辟雍,告朔班政,乡饮大射。西阁东序,河图秘书禁籍。台省有宗庙太府金墉故事,太学有石经古文先儒典训。贾、马、郑、杜、服、孔、王、何、颜、尹之徒,章句传注众家之学,置博士十九人。九州之中,师徒相传,学士如林,犹选张华、刘实居太常之官,以重儒教。③

由此可见,晋初朝廷确有敦奖儒教之举,故能形成"崇儒兴学"之社会风气。盖在朝廷此等尚儒精神的感召之下,社会各阶层士人多能重视儒学。社会

---

① (唐)房玄龄:《晋书》,北京:中华书局,1974年版,第2142页。
② 万绳楠:《陈寅恪魏晋南北朝史讲演录》,贵阳:贵州人民出版社,2008年版,第5页。
③ (唐)房玄龄:《晋书》,北京:中华书局,1974年版,第1977页。

上重视儒学的风气,从《晋书·儒林传》中那些民间大儒动辄门徒成百上千的记载即可管窥一二。那些不慕名利、安贫乐道的儒士普遍会赢得社会舆论的褒奖。事实上,在任何一个时代,真正的儒者都会以其学行与道德赢得世俗社会的一份尊重。在西晋察举制与九品中正制并行的人才选拔制度下,这些学行与道德并重之人,理应被吸收到现行政治体制中,进而成为朝廷所仰仗的"化导之本"。然而,当时的实际情况却并非如此。伴随着西晋政权的建立、巩固,部分地方豪族率先完成"士族"的中央化进程,逐渐掌控了中央政府的实际权力。这就是西晋历史上常见的"势族""势家"。他们彼此之间为争夺利益,必然存在不可调和之矛盾,如先是贾充、荀勖、冯𬘘集团与任恺、庾纯等人之争,随后有杨骏与贾后之争,再后来又有贾后与赵王伦之争,等等,可谓"你方唱罢我登场",但不可否认,朝廷大权始终掌控在这些人手中,不曾旁落。如《晋书·张华传》云:

> 贾谧与后共谋,以华庶族,儒雅有筹略,进无逼上之嫌,退为众望所依。欲倚以朝纲,访以政事。①

可见出身庶族的张华后来能跻身当时政治权力的核心圈子,很大程度上是出于势族群体的合谋。"势族"中人看重张华的,无非是其"进无逼上之嫌",不会打破他们的利益分割。总而言之,晋武帝司马炎最初崇礼尚儒的理想后来并未能实现,可能主要归因于魏晋政权的更迭方式较为特殊。《太平御览》卷九五引虞预《晋书》云:

> 上虽以儒素立德,而雅有雄霸之量。值魏氏短祚,内外多难,谋而鲜过,举必独克,知人拔善,显用仄陋。王基、邓艾、周秦、贾越之徒,皆起自寒门,而著绩于朝。经略之才,可谓远矣。②

这当是冠冕堂皇的官方叙述话语。事实上据陈寅恪先生分析,司马氏政权的取得主要归因于"司马懿父子的坚忍阴毒""豪族强民的支持"和"一些寒族出身的官吏改变立场,站到司马氏一边"③。其中,尤以世家大族支持与寒族官吏改变立场最为重要。因而西晋初期,新兴皇权对这两个群体之有

---

① (唐)房玄龄:《晋书》,北京:中华书局,1974年版,第1072页。
② (宋)李昉等:《太平御览》,北京:中华书局,1960年版,第455页。
③ 参见万绳楠:《陈寅恪魏晋南北朝史讲演录》,贵阳:贵州人民出版社,2008年版,第12～18页。

功者都是优宠甚厚。这些人立身西晋朝廷,无不最大限度地攫取权力,为自己群体牟取私利。晋武帝之后,惠帝无能、怀愍孱弱,再加上八王争权,都更有助于这些权势家族长期掌控中央政府的实际权力。虽说这些"势族""势家"间矛盾不断,愈演愈烈,但在压制那些"寒素""儒素"之人的仕途发展上是不谋而合的。此间原因及主要方式,上文讨论势族内涵变迁时已有说明,兹不再重复。总之,西晋时期社会舆论对"势族""势家"过多地占有权力极为不满,盖因此种行为阻碍了一般士大夫的晋升之路。这种情况在当时官员给皇帝所上的奏书中曾多次出现,如刘毅《论九品有八损疏》、卫瓘《废九品中正制疏》、段灼《上晋武帝表》等。寒素出身的王沈亦曾作《释时论》,以摅忧愤:

> 当斯时也,岂计门资之高卑,论势位之轻重乎!今则不然……百辟君子,奕世相生,公门有公,卿门有卿……多士丰于贵族,爵命不出闺庭……谈名位者以谄媚附势,举高誉者因资而随形。至乃空嚣者以泓噌为雅量,琐慧者以浅利为铨铨,腼胎者以无检为弘旷,偻垢者以守意为坚贞,嘲哮者以粗发为高亮,韫蠢者以色厚为笃诚,庵婪者以博纳为通济,视视者以难入为凝清,拉答者有沉重之誉,嚣闪者得清剿之声,呛哼怯畏于谦让,阘茸勇敢于饕诤。斯皆寒素之死病,荣达之嘉名。①

在此种社会情形之下,普通儒生的出路约略有三条:要么如王沈般不能随俗浮沉,郁郁不得志;要么如范乔般谦退冲让,以儒学自守;要么如陆机般好游权门,依附于"势族"。时人刘寔《崇让论》云:

> 官职有缺,主选之吏不知所用,但案官次而举之。同才之人先用者,非势家之子,则必为有势者之所念也。②

然而人总是社会之人,必然生活在各种复杂的社会关系之中。故在当时特定的时代背景下,依附权门亦不失为士大夫人生出路的一种选择。事实上,依附权门者未必就没有真学问、真才华、真性情,如以西晋第一流文人陆机与潘岳为代表的"二十四友",可谓西晋诗坛上的半壁江山。只是与前

---

① (唐)房玄龄:《晋书》,北京:中华书局,1974年版,第2382~2383页。
② (唐)房玄龄:《晋书》,北京:中华书局,1974年版,第1192页。

者相比,此种儒生汲汲于追求功名,因此在道德操守上常为社会舆论所轻视。在当时,上述三种情形皆不乏其人,而其中唯以儒学自守者最为社会舆论所赞赏。

综上所论,两晋时期"寒素""儒素"群体的最大特征,在于其能不慕名利、以儒学自守。盖此群体之衡量标准即凝练为学行与道德,与其人社会身份之高低贵贱无关。故所谓"素"者,实则是针对个体的学行与道德而言。此二者皆不依赖于皇权赋予而能自我获取,故有此称。彼时社会舆论对此群体亦抱有一种尊重与赞赏。他们也凭借自身的学问知识自尊自重,于内则"独善其身",追求道德的自我完善,于外"谦冲自守",用以对抗现实社会的纷争繁复,成为彼时清流士大夫之代表。

三、南朝"素族"的生存境况及其文化取向

两晋时期"寒素"与"儒素"的概念、特征、内涵等已如上所论。兹再论南朝时期之"素族"。据上文表5所示,"素族"一词在南朝四代正史中先后出现11次,应该是当时社会较为流行的称谓概念。又据唐长孺先生考释,"素门""素流""素宦"等与之意近①,故可归为一类予以讨论。

据笔者考证,"素族"一词最早出现于南朝宋明帝使人为江敩代作的《让婚表》。因而对"素族"概念的推论,亦将始于此。兹略引之如下:

> 臣寒门颛族,人凡质陋,闾阎有对,本隔天姻。如臣素流,室贫业寡,年近将冠,皆已有室,荆钗布裙,足得成礼。每不自解,无偶迄兹,媒访莫寻,素族弗问。②

江敩(452—495),字叔文,出身于济阳考城江氏,为吏部尚书江湛之孙。对其家族的社会地位,《南史》曾记载过一则轶事,即当时权臣纪僧真向齐武帝"乞作士大夫",武帝曰:"由江敩谢瀹,我不得措此意,可自诣之。"③据此可知,济阳考城江氏在门第上自可与陈郡阳夏谢氏并驾齐驱,确为当时第一流高门之代表。但即便是这样一个社会地位极高的士族门第,在面对刘宋皇权时也表现得极为谦卑退让。如江敩面对宋明帝将好妒之临海公主

---

① 唐长孺:《读史释词》"素族"条,收入《魏晋南北朝史拾遗》,北京:中华书局,2011年版,第251~254页。
② (梁)沈约:《宋书》,北京:中华书局,1974年版,第1290页。
③ (唐)李延寿:《南史》,北京:中华书局,1975年版,第943页。

强行婚配给自己一事,既未能严辞抗争,亦不敢微言婉拒,而是听任明帝使人代作《让婚表》。笔者认为,此《让婚表》中那些委曲求全之辞绝不只是君臣之间的礼貌客套用语,而是隐约折射出当时专制皇权与士族群体双方力量对比之实际情形。故此《让婚表》虽是宋明帝使人代江敩所作,然而必定竭力模拟江敩的心理、处境及情感,因而可视为其本人所作。

此处颇可注意者有二,一为"素流",二为"素族"。江敩自称"素流",具体表现为室贫业寡,无权势可依,这直接导致自己将冠难婚。所谓"媒访莫寻,素族弗问",推测江敩之意,当是认为连"素族"都看不起自己,不愿与之结为婚姻。盖"素族"与"素流"本是同类,故江敩对此"每不知解"。当宋明帝诏旨"公主降嫔"时,其自感到"荣出望表"。倘若此处"素族"为有权势之群体,则门户高低本自有别,以贵凌贱更是世间常情,"弗问"之有何不可?故此种推测不仅与"素流"室贫业寡之窘境相左,更与当时语境不符。有鉴于此,笔者认为,此处之"素族"应指无显赫政治权势之群体。

此非无据妄说,兹举数例申论之。如《宋书·谢瞻传》云:

> 吾家以素退为业,不愿干豫时事,交游不过亲朋,而汝遂势倾朝野,此岂门户之福邪?①

又《宋书·谢弘微传》云:

> 志在素宦,畏忌权宠。②

又《梁书·江淹传》云:

> 淹乃谓子弟曰:吾本素宦,不求富贵。今之悉窃遂至于此,平生言止足之事亦以备矣。③

又《梁书·伏挺传》云:

> 挺少有盛名,又善处当世,朝中势素多与交游,故不能久事隐静。④

---

① (梁)沈约:《宋书》,北京:中华书局,1974年版,第1557页。
② (梁)沈约:《宋书》,北京:中华书局,1974年版,第1593页。
③ (唐)姚思廉:《梁书》,北京:中华书局,1973年版,第251页。
④ (唐)姚思廉:《梁书》,北京:中华书局,1973年版,第720页。

在上引诸条史书材料中,"素"总是作为权势富贵的对立面而出现,故其意义甚明。又如《宋书·桂阳王休范传》云:"及太宗晏驾,主幼时艰。素族当权,近习秉政。休范自谓宗戚莫二,应居宰辅。"① 此当是南朝"素族"掌控朝廷政治权力的唯一例证。然而我们不难发现,"素族"只有在皇权衰弱时期才有"当权"可能。故此实属一偶然现象,当不足以反驳上述推论。

中古史上,东晋一朝为门阀政治之最典型代表,士族获得了与专制皇权并驾齐驱的地位,因而"王与马、庾与马、桓与马、谢与马共天下的格局延续多年,始终没有大的变动"②。但门阀政治是"皇权政治的一种变态形式",具有暂时性、过渡性、特殊性,随着以刘裕为首的寒族势力登上政治舞台的中心,皇权与门阀势力之政治地位得以调整,社会各阶层之利益关系得以重新分配。对此,田余庆先生有过精辟论述:

> 东晋门阀政治,终于为南朝皇权政治所代替。南朝皇帝恢复了绝对权威,可以驾驭士族;而士族纵然有很大的社会、政治优势,却绝无凭陵皇权之可能。只是士族有人物风流的优势,皇帝擢才取士,赞礼充使,都离不开士族,甚至还要向士族攀结姻娅。过去优容士族的各种成规还没有立即失效,士族特殊性的消失还有待时日。③

南朝门阀士族的政治势力较之东晋时期,自然有了很大的衰弱。然其家族门第的社会影响力仍在,以门风为代表的家族风流仍在,以家学为代表的文化优势仍在。诚如田先生所说,"士族特殊性的消失还有待时日"。正是由于这些因素的客观存在,使得士族子弟在面对专制皇权时除了表现出一种谦卑退让之外,也还能保有自尊自重的一面。如《宋书·蔡兴宗传》云:

> 吾素门平进,与主上甚疏,未容有患。④

又《梁书·太宗王皇后传》云:

> 父骞字思寂……性凝简,不狎当世,尝从容谓诸子曰:"吾家

---

① (梁)沈约:《宋书》,北京:中华书局,1974年版,第2046页。
② 田余庆:《东晋门阀政治》,北京:北京大学出版社,2012年版,第329页。
③ 田余庆:《东晋门阀政治》,北京:北京大学出版社,2012年版,第345页。
④ (梁)沈约:《宋书》,北京:中华书局,1974年版,第1579页。

门户,所谓素族,自可随流平进,不须苟求也。"①

士族刻意强调与皇权保持距离的情形,料想在当时社会政治生活中必不少见。故《南齐书·王俭传》附史臣论云:"贵仕素资,皆由门庆,平流进取,坐至公卿,则知殉国之感无因,保家之念宜切。"②这当是史官基于彼时诸多历史事实的一种论述。盖南朝士族群体的这种心理形成,至少有两方面原因可提出来探讨:一为官员选拔制度上之保证;二为对家族文化学术世代相承的优越感,尤其是在南朝诸帝多起自寒微、无家学门风可言的情形之下。

南朝时期,历代朝廷在官员人才选拔上依旧实行魏晋以来的九品中正制。不过由于经过两晋社会的发展,门阀制度业已趋于稳定,或者说是某种僵化。因而九品中正制对当时社会的影响力已减弱许多。对此,唐长孺先生认为,当时"士族进身已不必关心中正给他的品第,问题只在于自己的血统……中正品第只是例行公事,无足轻重"③。而沈约《宋书·恩倖传论》所谓"凡阙衣冠,莫非二品",也正是此意。由此可见,在南朝社会,士族子弟在出仕前所获乡品皆为二品,等级都非常高,大家只是在起家官的选择上会有所不同。这就产生了清官、浊官的区别。但无论起家官如何,士族子弟凭借乡品二品迈入仕途则是一种必然现象。这是社会制度发展定型的产物,也是皇权政治短时期内所无法改变的事实。正是由于这种制度的存在,使得那些不愿唯皇权马首是瞻、不愿汲汲于权势富贵的士族官员尚能保持一份尊严。因而,当士族子弟说出诸如"素门平进"之类的言论时,言外之意都很明显,那就是自己的仕途升迁并非拜皇权所赐,而是取决于其家族之社会地位,神情语态之中无不流露出一种自尊自重的态度,以及对皇权政治的刻意疏远态度。

当然,官员人才选拔制度上的保障只是一种外部因素。众所周知,南朝历代帝王多喜任用寒人来压制门阀士族的势力,如《宋书·恩倖传》《南齐书·恩倖传》中所列诸人,莫不如此。但问题在于,寒人身份的官吏在统治集团中始终只占很少一部分,他们并不能构成维持现实政治体制正常运作的主体。其间原因何在?笔者认为,正是由于士族在文化、学术上对皇

---

① (唐)姚思廉:《梁书》,北京:中华书局,1973年版,第159页。
② (梁)萧子显:《南齐书》,北京:中华书局,1972年版,第438页。
③ 唐长孺:《九品中正制度试释》,收入《魏晋南北朝史论丛》,北京:中华书局,2011年版,第118页。

权及其羽翼下的寒人群体仍保持着绝对的优越性,因而他们在社会政治生活的许多方面仍能发挥重要作用。《晋书·谢混传》云:

> 及宋受禅,谢晦谓刘裕曰:"陛下应天受命,登坛日恨不得谢益寿奉玺绂。"裕亦叹曰:"吾甚恨之,使后生不得见其风流。"①

益寿即谢混小字。对于谢益寿之文采风流,一介武夫如刘裕者尚心生爱慕。钱穆先生说:"南朝的王室,在富贵家庭里长养起来,他们只稍微熏陶到一些名士派放情肆志的风尚,而没有浸沉到名士们的家教与门风,又没有领略得名士们所研讨的玄言与远致。"②放情肆志效仿可得,家教门风学而难成。盖家教门风以道德与学行为基本的衡量标准。此二者自非凭借权势与财富所能唾手可得。以道德与学行为标志的门阀士族家教门风,正是南朝历代皇室多所欠缺的,故当时社会才有"士大夫故非天子所命"之类的故事流传。南朝萧齐时人王僧虔《诫子书》云:

> 或有身经三公,蔑尔无闻;布衣寒素,卿相屈体。或父子贵贱殊,兄弟声名异。何也?体尽读数百卷书耳。吾今悔无所及,欲以前车诫尔后乘也。③

按王僧虔出自琅邪王氏,乃南朝无可争议的第一流高门。盖僧虔在此书中特别告诫后辈,清谈只是生活之点缀品,而维系家风不坠之根基却在于子弟需勤读数百卷书。此正是当时士族子弟尤重读书风气的缩影。又《新唐书·柳芳传》云:"过江则为侨姓,王谢袁萧为大。"④盖兰陵萧氏本出自寒微,靠军功得以起家。其后世能与琅邪王氏、陈郡谢氏、陈郡袁氏等传统高门士族齐名,并非完全是依赖两世皇权的威严。⑤ 更重要的原因在于,从梁武帝起,萧氏子弟即自觉向士族群体靠拢,注重读书学问,效仿其家教门风,甚至引领文采风流。梁武帝本人自不必说,《梁书·武帝本纪》云:

> 文思钦明,能事毕究,少而笃学,洞达儒玄。虽万机多务,犹

---

① (唐)房玄龄:《晋书》,北京:中华书局,1974年版,第2079页。
② 钱穆:《国史大纲》,北京:商务印书馆,1996年版,第271页。
③ (梁)萧子显:《南齐书》,北京:中华书局,1972年版,第599页。
④ (宋)欧阳修:《新唐书》,北京:中华书局,1975年版,第5677~5678页。
⑤ 参见周一良:《魏晋南北朝史札记》,北京:中华书局,2007年版,第218页。

卷不辍手,燃烛侧光,常至戊夜。①

就是昭明、简文等亦是特别重视读书。如《梁书·昭明太子传》云:

> 所著文集二十卷;又撰古今典诰文言,为《正序》十卷;五言诗之善者,为《文章英华》二十卷;《文选》三十卷。②

又简文帝萧纲《诫当阳公大心书》云:

> 夫可久可大,莫过乎学。求之于己,道在则尊。③

以帝王之势位而知为学之尊荣,这应该才是兰陵萧氏在后世得以融入士族群体之关键。再如北朝颜之推《颜氏家训·勉学》云:

> 自荒乱已来,诸见俘虏。虽百世小人,知读《论语》《孝经》者,尚为人师;虽千载冠冕,不晓书记者,莫不耕田养马。以此观之,安可不自勉耶?若能常保数百卷书,千载终不为小人也。④

颜之推屡经流离动乱,几度宦海浮沉,终辗转至北齐之地。然以一落魄士族的身份,在教导后辈时依然强调学问之重要,似亦可想见当时士族在家族内部尤重学问的情形。然而在南朝历代皇室之内,真正能在文化层面自觉向士族风尚靠拢的,似乎并不多见。故荒淫无礼者常见于史籍。对此,古今学者多有论述,如清人赵翼曾将其总结为"宋齐多荒主""宋世闺门无礼"等名目,并予以考释⑤。据此可知,士族家门内之尚学风气以及由此而巩固的道德伦理,更是南朝历代皇室所难以企及之处。正是由于对自身家教门风存有优越感,故士族子弟才会对仕途"平流进取"充满自信。因而,这一点复成为士族在面对皇权时尚能保持自尊自重的内在因素。

如上所论,南朝时期之"素族"当有两层含义:一为强调对皇权的谦卑退让;二为强调对自身道德与学行的自尊自重。前者是因为士族群体在社会变革中因皇权打压而权势渐失,后者则源于各自门第代代相传之风流;

---

① (唐)姚思廉:《梁书》,北京:中华书局,1973年版,第96页。
② (唐)姚思廉:《梁书》,北京:中华书局,1973年版,第171页。
③ (唐)欧阳询:《艺文类聚》,北京:中华书局,1999年版,第424页。
④ 王利器:《颜氏家训集解》,北京:中华书局,1993年版,第148页。
⑤ (清)赵翼:《廿二史札记》,南京:凤凰出版社,2008年版,第158~165页。

前者是被动为之,后者是主动为之;前者通过后者来获取心理平衡,后者通过前者而彰显价值。由于南朝士族势力的衰落是一种群体现象,而非一家一族之消亡,故唐长孺先生认为"素族""最一般的用法,实即士族的互称"是有道理的。而正是在此层面上,士族之文化身份似已重于其政治身份。故沈约在《答乐蔼书》中盛称"谢安石素族之台辅",则必为南朝人始有之思想。

南朝门阀士族舍弃两晋时期的"寒素""儒素"等称谓而自称"素族",有着特定的历史缘由。在南朝一些史料中,"寒素"的概念也发生了一些变化。在某些场合,它不再代表学行与道德并存的优秀知识分子,而是预示着其人社会出身的低下。此种情形在两晋时期是极为罕见的。如《宋书·袁粲传》云:

> 师伯见宠于上。上常嫌愍孙以寒素凌之,因此发怒,出为海陵太守。①

又《宋书·刘景素传》引刘琎《上高帝讼宋建平王景素冤书》云:

> 李蔚之,蓬庐之寒素也,王柱驾而讯之。②

又唐代杜佑《通典》卷十四"选举二"引梁武帝天监七年(508年)诏云:

> 于州郡县置州望、郡宗、乡豪各一人,专典搜荐,无复膏粱寒素之隔。③

可见就"寒素"称谓而言,从两晋注重"素"到南朝强调"寒",社会风气之变化在此得以生动展示。南朝社会既是一个极为注重区分士庶之别的时代,又是一个士庶之界限愈发趋于模糊的时代。④ 因而"寒"字往往被赋予更多的社会意义。"寒门""寒士""寒人"等概念在典籍记载中屡见不鲜,士庶之间犹如天堑鸿沟。同时,儒学也不再是南朝门阀士族唯一的文化取向。晋世以来,文学成为时代新宠。萧子显在总结刘宋时期儒业境况时说:"江

---

① (梁)沈约:《宋书》,北京:中华书局,1974年版,第2230页。
② (梁)沈约:《宋书》,北京:中华书局,1974年版,第1864页。
③ (唐)杜佑:《通典》,北京:中华书局,1982年版,第336页。
④ 唐长孺:《南朝寒人的兴起》,收入《魏晋南北朝史论丛续编》,北京:中华书局,2011年版,第107~140页。

左儒门,参差互出,虽于时不绝,而罕复专家。晋世以玄言方道,宋氏以文章闲业,服膺典艺,斯风不纯,二代以来,为教衰矣。"①又《梁书·王承传》云:"时膏腴贵游,咸以文学相尚,罕以经术为业。惟承独好之,发言吐论,造次儒者。"②据此可知,当时多数门阀子弟似已抛弃安身立命之儒家经术,反而转向"以文学相尚",因此王承的"发言吐论"才能独标时异。此外,佛教也成为南朝门阀子弟新的信仰选择。如《南齐书·周颙传》云:"颙音辞辩丽,出言不穷,宫商朱紫,发口成句。泛涉百家,长于佛理。著《三宗论》,言空假义。"③《梁书·谢举传》云:"举少博涉多通,尤长玄理及释氏义。为晋陵郡时,常与义僧递讲经论,征士何胤自虎丘山赴之。其盛如此。"④《梁书·庾诜传》云:"晚年以后,尤遵释教,宅内立道场,环绕礼忏,六时不辍。诵《法华经》,每日一遍。"⑤周颙出自汝南安城周氏,谢举出自陈郡阳夏谢氏,庾诜出自新野庾氏,皆为士族子弟,可见佛教已深入当时士族社会生活的方方面面。南朝士族普遍信仰佛教,很多士族子弟热衷于教义讲论、佛经翻译和佛理著述,在佛教文化建设方面倾注大量精力。⑥ 以上所论,使得南朝门阀士族在面对专制皇权时不可能径自援引两晋"寒素""儒素"等历史称谓指称自我,故其只好从历史观念中拈出一"素"字来。按"素"字早在儒家经典中常作质朴无文解,多具褒义。《礼记·郊特牲》云:"乘素车,贵其质也。"再加上魏晋玄学对"素"的推崇,使得"素"字作为朴素、清白之意在南朝社会生活中构成大量褒义词。⑦ 这应该也是南朝士族乐意选择"素族"指称自我的原因。

对于"素族"的概念,周一良、唐长孺等已多有精辟论述。然二位先生皆未言及此概念从何而来。笔者认为,"素族"与两晋时期的"寒素""儒素"颇有关联,即二者所称之"素"都指向学行与道德,而存在前提也都是暗指无权势可依。因而仅就概念的形成演变而言,"素族"很可能即源自两晋时期的"寒素""儒素"。

盖两晋时期,"寒素""儒素"原本与"势族""势家"等概念相对应。但随

---

① (南朝齐)萧子显:《南齐书》,北京:中华书局,1972年版,第686页。
② (唐)姚思廉:《梁书》,北京:中华书局,1973年版,第585页。
③ (南朝齐)萧子显:《南齐书》,北京:中华书局,1972年版,第731页。
④ (唐)姚思廉:《梁书》,北京:中华书局,1973年版,第530页。
⑤ (唐)姚思廉:《梁书》,北京:中华书局,1973年版,第751页。
⑥ 孙昌武:《南朝士族的佛教信仰与佛教文化》,载《佛教研究》,2008年,总第17期。
⑦ 以上对"素"褒义的论述请参阅祝总斌:《素族、庶族解》,载《北京大学学报》,1984年第3期。

着社会的发展变化,南朝时期皇权政治得到强化,从而成为真正的"势族"。与此同时,原来的"势族"要么在彼此斗争中趋于消亡,要么就在社会变革中失去昔日的权势。因而,当南朝士族再次与皇权相对而言时,其情形就恰如往日"寒素""儒素"与"势族""势家"之相对而言。"寒素""儒素"最显著的特征即在于无权势可依与以道德学行自重。而这两种情况与南朝士族颇为吻合,尤其后者,更是面对寒族皇权政治时的最大优势。由于"寒素"概念在南朝依旧存在,并且在某些场合不再代表学行与道德并存之人,而是预示着其人社会出身的低下。这就使得士族群体不可能径自援引"寒素"指称自我,否则会有自轻自贱之嫌,故其只好从中拈出一"素"字来。以上所论即为两晋时期"寒素""儒素"概念向南朝"素族"转化之大略。如《梁书·江淹传》云:"淹乃谓子弟曰:'吾本素宦,不求富贵。今之忝窃遂至于此,平生言止足之事亦以备矣。'"又《梁书·何点传》云:"点雅有人伦识鉴,多所甄拔。知吴兴丘迟于幼童,称济阳江淹于寒素。"①按江淹出身于济阳考城江氏,与江教等人同宗,显系门第中人,故其自称"素宦"。江淹自称为"素宦",而他人称之以"寒素",又"素宦"与"素族"意近,则结合此两条材料,似也可为笔者上述推论"素族"概念之演变作一明证。

南朝之"素族"已如上所论,现在我们再回到本节开头所提出的问题,即《南齐书·高帝纪》记载萧道成临终遗诏中自称"吾本布衣素族",该作何理解?萧道成自称"素族",究竟是谦抑还是高攀?唐长孺先生认为,"兰陵萧氏本是寒门,宋初,道成族人以外戚起家,道成一房始得以军功显达,列于士族"②,故以将家而称"素族"实有高攀之嫌。但诚如上文所论,"素族"的概念当有两层意思,一为强调对皇权的谦卑退让,二为强调对自身道德与学行的自尊自重。按萧道成本起自寒门将家,自然要在刘宋皇权下讨生活,故回忆往事时对当时的皇权表示谦卑退让实为人之常情。此其一也。又《南齐书·高帝纪》云:

> 儒士雷次宗立学于鸡笼山,太祖年十三,受业,治《礼》及《左氏春秋》。③

---

① (唐)姚思廉:《梁书》,北京:中华书局,1973年版,第251页。
② 唐长孺:《读史释词》"素族"条,收入《魏晋南北朝史论拾遗》,北京:中华书局,2011年版,第255页。
③ (梁)萧子显:《南齐书》,北京:中华书局,1973年版,第3页。

又《南齐书·宗室传》云：

> 衡阳元王道度，太祖长兄也。与太祖俱受学雷次宗。宣帝问二儿学业，次宗答曰："其兄外朗，其弟内润，皆良璞也。"①

据此，则兰陵萧氏虽为寒门将家，但自萧道成兄弟起即已拜师名儒，进德修业，此亦为家族社会地位与阶层属性变更后注重道德与学行之具体表现。此其二也。此两点与我们上文所述南朝"素族"之内涵完全吻合。故萧道成临终遗诏自称为"布衣素族"，既无谦抑之意，亦无高攀之嫌，当属由衷之实情。今申论于此，以示对唐长孺先生经典论断的补证。

"寒素""儒素""素族"等称谓概念常见于中古史乘。笔者认为，此类具有特定内涵的称谓词汇本身就是当时社会生活的组成部分。通过本节的初步考察，"寒素""儒素"等概念在两晋时期特指某个社会群体。盖此群体重视学行与道德，谦冲自守，不慕权势，因而社会舆论对之皆抱有一份尊重。此类概念得以盛行于两晋社会，是由于当时人们对"势族""势家"专权的不满，故揄扬之以示褒贬之意。南朝社会的皇权政治得以恢复并强化，因而士族势力遭到打压并渐趋衰落。士族群体在当时虽仍有很高的社会地位，但日益巩固的皇权无疑才是真正权力的象征。不过累世而成的家学门风，使得士族子弟在面对专制皇权时又总能抱有一份文化自信。这种自信实源自各家族世代传承的道德与学问。此种情形与两晋时期"寒素""儒素"面对"势族""势家"时的境况何其相似。故笔者推测，南朝"素族"的概念当由此而来。虽然指称的内涵发生了变化，但其本质终究还是一脉相承。不过与两晋"寒素""儒素"群体相比，南朝"素族"在文化取向上已经发生新的变化，儒学不再是此群体的唯一选择，而文学则表现出更大的引力。梁代王筠《与诸儿书论家世集》云："史传称安平崔氏及汝南应氏并累世有文才，所以范蔚宗云'崔氏世擅雕龙'，然不过父子两三世耳。非有七叶之中，名德重光，爵位相继，人人有集，如吾门世者也。沈少傅约语人云：'吾少好百家之言，身为四代之史，自开辟已来，未有爵位蝉联、文才相继如王氏之盛者也。汝等仰观堂构，思各努力。'"②无论是王筠的自我夸耀，还是沈约的感叹艳羡，都让我们感受到那个时代对文学才能的追求与向往。在

---

① （梁）萧子显：《南齐书》，北京：中华书局，1972年版，第787页。
② （唐）姚思廉：《梁书》，北京：中华书局，1973年版，第486～487页。

此文化风尚的影响下,刘义庆、萧子良、梁武帝、昭明太子、简文帝等皆有招揽文学之士的举措。刘师培先生曾在梳理南朝文学史实后指出:"自江左以来,其文学之士,大抵出于世族。"[①]正因如此,对于自身势力渐趋衰落的南朝素族来说,文学不仅是一种技艺才能与名士风度的点缀,更是周旋于专制皇权和寒人势力之间值得信赖的文化资本。对于这样一种独具价值的文化资本,他们自然渴望能发挥引领风尚的作用。

---

① 刘师培:《中国中古文学史讲义》,上海:上海古籍出版社,2000年版,第22页。

第三章 中古诗坛领导权的转移

文学不是政治,它的发展演进并不存在严格意义上的领导者。但毋庸讳言,在文学史演进过程中往往会出现一些关键性人物或文学团体,他们通过交游、宴会、酬唱、赠答、论辩、编集等方式,让追随者或同时代人认同其诗歌观念与审美理想,并最终将其内化为诗歌创作的行为准则。这种形式的影响力或许远超政治强权,而且比之更自然,也更为隐蔽。有鉴于此,本章所谓"诗坛领导权"只是一种形象化的概括,其本意是指在中古时期能引领诗歌创作风尚,并促使其不断发展变化的诗坛主导力量。① 锺嵘《诗品序》云:"故知陈思为建安之杰,公干、仲宣为辅;陆机为太康之英,安仁、景阳为辅;谢客为元嘉之雄,颜延年为辅。"② 诗歌既然是一种社会性的语言实践方式,那么其必然会受到社会环境的深刻影响。曹植、陆机、谢灵运自然都是中古诗坛第一流的诗人,但不可否认,卓越诗人巨大成就的背后,总存在一个衬托他们的诗人群体,二者共同构成引领各自时代诗歌创作风尚的主导力量。锺嵘在无意间为后人勾勒出此时期诗坛领导权转移的主要脉络。不过笔者感兴趣的问题是,这种诗坛领导权获取的途径是什么?它与哪些因素有关?它为何会在不同社会阶层之间发生转移?每一次转移对当时诗歌创作产生了怎样的影响?这种影响与五言诗的经典化历程之间存在何种关系?显然,这些都是值得我们深入探讨的重要问题。

---

① "诗坛领导权"是笔者的一种形象化概述。这个概念的提出,最初确实是受到意大利社会学家安东尼奥·葛兰西(Gramsci Antonio)"文化领导权"理论的启发,但与之有着本质的区别。葛兰西"文化领导权"理论的核心在于霸权与斗争,最终实现无产阶级革命的全面胜利(参见蒋先欢:《葛兰西文化领导权理论及其对构建中国话语体系的启示》,载《理论月刊》,2018年第11期);本章所谓"诗坛领导权"其核心在于引领与追随,从引领者所属社会阶层变化的角度揭示中古诗坛风尚转移的轨迹及其原因。

② 曹旭:《诗品集注》,上海:上海古籍出版社,2011年版,第34页。

第一节 汉末士人群体分流与"三曹"建安诗坛领袖地位的确立——兼论曹植"辞赋小道"说的始末原委

中国文学史向来视"三曹""七子"为建安诗坛的杰出代表。诚如锺嵘《诗品序》所言,"降及建安,曹公父子,笃好斯文;平原兄弟,郁为文栋;刘桢王粲,为其羽翼。次有攀龙托凤,自致于属车者,盖将百计,彬彬之盛,大备于时矣"①。在锺嵘看来,此文学群体当以"三曹"为主导、"七子"为羽翼,二者间的文坛地位并不平等。对此,古今学者并无异议。且今日所见诸多文学史著述在论及汉魏诗歌时,亦多暗循此说。此论自无不妥,但却忽略了一个更值得关注的问题,即"三曹"何以能从当时士人中脱颖而出,成为建安诗坛的领导者?中古史意义上的建安,本为一风起云涌之时代,士大夫奔走流动、择良木而栖极为频繁,因而这种诗坛领袖地位的形成,显非仅依赖政治、经济、军事、文化实力。盖此问题不仅涉及"建安七子",更需以汉末整个士人群体在文化领域的分流为考察背景。余英时先生曾撰文详论汉晋之际士大夫群体的自觉问题②,很多结论颇具启发意义。然士人群体主体意识的自觉既为彼时显著的时代特征,则此风所向岂能为曹操父子所独专?更有甚者,出身寒族的"三曹"在当时并非第一流文化的代表,为何最后能成为文坛领袖?正因有此等复杂的时代因素参与其中,故解答此问题不仅能将当前中古诗歌史研究向前推进,更有助于我们从一个侧面来把握汉魏之际社会文化变迁的主要脉络。

一、袁绍集团之重事功与刘表集团之尚经义

陈寅恪先生在论及汉末文化领域总体格局时曾敏锐地指出,"东汉之季,其士大夫宗经义,而阉宦则尚文辞。士大夫贵仁孝,而阉宦则重智术"③。虽然士大夫中也有尚文辞者,如蔡邕、边韶、孔融等人,阉宦中亦有宗经义者,如参与校订"熹平石经"的宦官李巡、赵佑等人,但自其分野之大势观之,则先生所论尤为准确。盖自东汉后期,士大夫集团在与外戚、宦官

---

① 曹旭:《诗品集注》,上海:上海古籍出版社,2011年版,第20页。
② 余英时:《汉魏之际士之新自觉与新思潮》,收入《士与中国文化》,上海:上海人民出版社,2003年版,第251~350页。
③ 陈寅恪:《书〈世说新语·文学类〉钟会撰四本论始毕条后》,收入《金明馆丛稿初编》,北京:生活·读书·新知三联书店,2001年版,第48页。

的争斗中,群体自觉意识日趋明确。但此群体构成十分芜杂,既有地域之分,复有贵贱之别。故当党锢纷争告退之时,此群体实际上并无什么共同的文化信仰。士人群体在意识觉醒之后,依旧要面对混乱的时局、艰难的处境。或如罗宗强先生所言,"士人并未作为一个有共同精神支柱的群体出现,他们正在走向动荡"①。于是,此群体遂有分崩之趋势,特别是在思想层面更是如此。试以此时期最具代表性的三位历史人物为例,来予以说明。

袁绍(? —202),字本初,生于汝南汝阳袁氏,为司空袁逢之子。汝南袁氏家族世代传习孟氏《易》,东汉之季更是号称"四世三公",系汉末最为知名的世家大族。此等儒学世家理应成为维系当时社会主流文化——儒家经学发展的领导者,然事实却并非如此。《后汉书·袁隗传》云:"袁氏贵宠于世,富奢甚,不与它公族同。"②从贵宠于世、富奢过礼等情形推测,此家族在汉末似已不能谨守先祖纯儒之懿行,故袁氏子弟内部遂有分流之势。考《后汉书·袁闳传》云:

> 闳见时方险乱,而家门富盛,常对兄弟叹曰:"吾先公福祚,后世不能以德守之,而竟为骄奢,与乱世争权,此即晋之三郤矣。"延熹末,党事将作,闳遂散发绝世,欲投迹深林……③

心性节操近于袁闳者尚有其弟袁忠、袁弘等,《后汉书》中皆有传。他们多尚名节,能传家学,以儒术自守。而袁绍则是家族中另一类子弟的典范。他爱士养名,不愿皓首穷经,始终把政治事功放在首位。《后汉书·袁绍传》云:

> 绍有姿貌威容,爱士养名。既累世台司,宾客所归,加倾心折节,莫不争赴其庭。士无贵贱,与之抗礼,辎軿柴毂,填接街陌。④

李贤注引《英雄记》云:"绍不妄通宾客,非海内知名不得相见。又好游侠,与张孟卓、何伯求、吴子卿、许子远皆为奔走之友。"⑤习性近于袁绍者还有

---

① 罗宗强:《魏晋南北朝文学思想史》,北京:中华书局,1996年版,第8页。
② (南朝宋)范晔:《后汉书》,北京:中华书局,1965年版,第1523页。
③ (南朝宋)范晔:《后汉书》,北京:中华书局,1965年版,第1525~1526页。
④ (南朝宋)范晔:《后汉书》,北京:中华书局,1965年版,第1523页。
⑤ (南朝宋)范晔:《后汉书》,北京:中华书局,1965年版,第2374~2375页。

其从弟袁术等人。在汉末两次党锢事件之中,袁绍厕身清流,广结志士,声名更为卓著。后遂乘讨伐董卓之机,成为统领中原各路诸侯的盟主,显赫一时,权势无二。南朝范晔论及袁绍时称:

> 袁绍初以豪侠得众,遂怀雄霸之图,天下胜兵举旗者,莫不假以为名。及临场决敌,则悍夫争命;深筹高议,则智士倾心。盛哉乎,其所资也。①

史家盛称袁绍"其所资"者,实为袁氏家族门生、故吏遍天下这一政治资本。而此资本的获取,与其家族累世经学—累世官宦的传承关系密切。这一点史家早已指出,无须多论。但东汉末年,动荡的时局已不能确保累世经学—累世官宦这一文化政治体系的正常运转,士人群体的利益在不同程度上受到损害。故当时士大夫依附袁绍者,多以恢复此体系为目标。然此等事宜似绝非仅通过弘扬儒家经义本身可以解决,而是要在"外伐凶丑,内安社稷"之后方能达成。故袁氏家族世代相传之儒学修养在袁绍身上更多地表现为一种用来招揽人才、扩充势力的政治资本,而非安身立命之文化信仰所在。可以说,追求政治事功始终是袁绍的首选。因而当时聚集在袁绍周围的士人如沮授、田丰、荀谌、许攸、应劭、陈琳等,虽皆为能文之儒生,然似无以此自负者。盖宗主偏好政治事功,宾客谋士莫不景从。然亦有因志向不同而不愿依附者。《后汉书·郑玄传》云:

> 时大将军袁绍总兵冀州,遣使要玄,大会宾客,玄最后至,乃延升上坐……绍客多豪俊,并有才说,见玄儒者,未以通人许之,竞设异端,百家互起。玄依方辩对,咸出问表,皆得所未闻,莫不嗟服。时汝南应劭亦归于绍,因自赞曰:"故太山太守应中远,北面称弟子何如?"玄笑曰:"仲尼之门,考以四科,回、赐之徒不称官阀。"劭有惭色。绍乃举玄茂才,表为左中郎将,皆不就。②

郑玄(127—200),字康成,北海高密人,曾遍注儒家经典,为汉末大儒,名播海内。袁绍邀其至冀州,当是出于为自己网罗人才、增加声望的考虑。然"绍客多豪俊",与郑玄志趣不同,故"未以通人许之"。如汝南应劭曾撰有

---

① (南朝宋)范晔:《后汉书》,北京:中华书局,1965年版,第2425页。
② (南朝宋)范晔:《后汉书》,北京:中华书局,1965年版,第1211页。

《风俗通义》,自属能文之士,但从其与郑玄的简短对话中,即可想见二者志向之差异。又《三国志·魏志·和洽传》云:

> 袁绍在冀州,遣使迎汝南士大夫。洽独以冀州土平兵强,英杰所利,四战之地。本初乘资,虽能强大,然雄豪四起,全未可必也。荆州刘表,无他远志,爱人乐士,土地险阻,山夷民弱,易依倚也。遂与亲旧俱南从表,表以上客待之。①

和洽,字阳士,汝南西平人,汉末名士。他于乱世唯求自保,故宁可与亲旧依附"无他远志"的刘表,也不愿身涉险地接受袁绍的邀请。在如此尚事功的士人群体之中,儒学本身似已失去其文化、学术的基本意义,转而成为一种聚集同类的政治资本。故袁绍虽贵为"汉末士大夫阶层之代表"②,但似已不能在传统儒学范畴内有所创获。他的生平行事,主要是在为恢复一种政治秩序、实现一种政治理想而努力。

刘表(142—208),字景升,山阳高平人,为西汉宗室鲁恭王刘余之后,然谱系久远、父祖无闻,究其家世当与一般士人无异。谢承《后汉书》云:"表受业于同郡王畅。"③据此,则刘表似无家学可言。故其社会身份虽仍属士人阶层,然家世必远逊于袁绍。据上引《三国志·和洽传》,刘表与袁绍最大的不同即在于刘表"无他远志"。这当是时人对刘表的一种共识。《三国志·魏志·荀攸传》云:

> 天下方有事,而刘表坐保江汉之间,其无四方志可知矣。④

又《三国志·魏志·杜袭传》云:

> 袭避乱荆州,刘表待以宾礼。同郡繁钦数见奇于表。袭喻之曰:"吾所以与子俱来者,徒欲龙蟠幽薮,待时凤翔,岂谓刘牧当为拨乱之主,而规长者委身哉?"⑤

---

① (晋)陈寿:《三国志》,北京:中华书局,1982年版,第655页。
② 陈寅恪:《书〈世说新语·文学类〉钟会撰四本论始毕条后》,收入《金明馆丛稿初编》,北京:生活·读书·新知三联书店,2001年版,第48页。
③ (晋)陈寿:《三国志》,北京:中华书局,1982年版,第211页。
④ (晋)陈寿:《三国志》,北京:中华书局,1982年版,第324页。
⑤ (晋)陈寿:《三国志》,北京:中华书局,1982年版,第644~645页。

又《三国志·魏志·裴潜传》云：

> 潜私谓所亲王粲、司马芝曰："刘牧非霸王之才,乃欲西伯自处,其败无日矣。"①

然正是这位"无他远志"式的人物,在当时却足以与袁绍、曹操等豪杰齐名。盖因其在文化、学术领域多有创获,如立学校,兴礼乐,组织编纂《五经章句》,直接推动了荆州学派的形成与发展。《后汉书·刘表传》云：

> 建安三年……关西、兖、豫学士归者盖有千数,表安慰赈赡,皆得资全。遂起立学校,博求儒术,綦毋闿、宋忠等撰立《五经章句》,谓之后定。②

唐长孺先生曾将刘表在荆州的文化、学术活动概括为三类,即"设置学校,开列学官""改定《五经章句》""搜集遗书"。学术界普遍认为"改定《五经章句》"一事,对魏晋时期文化、学术的发展影响深远。如唐先生认为：

> 这是一种经学教本,名为《五经章句后定》,主要是删除被认为不切要的所谓"浮辞",使学者得以在较短时间内通晓经文。早在东汉初桓谭等就已指责章句烦琐。也一直有人进行简化,但只是私人对某一经而作,像这样五经并举,集合许多儒生共同改定章句却还是第一次,为唐初修纂《五经正义》的先河。③

刘表占据荆州后立足于中庸自保的策略,对攻城略地之事远不如袁绍、曹操等热心。个中原因,笔者提出两点意见以便讨论：(一)很可能是因为刘表在本质上只是一个儒生。他的社会身份与东汉累世经学—累世官宦这一文化政治体系相距较远。鉴于无家学传承,因而刘表的志向很可能是先落实在培养累世经学上面。毕竟先有累世经学才有可能确保累世官宦。这当是东汉一般儒生共同向往的,特别是对于中下层士人而言,诗书传家

---

① （晋）陈寿：《三国志》,北京：中华书局,1982年版,第671页。
② （南朝宋）范晔：《后汉书》,北京：中华书局,1965年版,第2421页。
③ 唐长孺：《汉末学术中心的南移与荆州学派》,收入《唐长孺社会文化史论丛》,武汉：武汉大学出版社,2001年版,第3页。

更充满诱惑。(二)《尚书·禹贡》有"三百里揆文教"之说①,孔子亦提倡"远人不服,则修文德以来之"②。故后世不少为政者欲以此法来兴邦治国。刘表主政荆州时广纳贤才、大兴儒术,亦有可能受此种儒家思想的影响。诚如王粲所言,"士之避乱荆州者,皆海内之俊杰也"③。总之,刘表当时将主要精力都倾注在文化、学术领域,这一点当不容置疑。在此集团中,颇具声名者除綦毋闿、宋忠二人外,还有司马徽、谢该、和洽、杜夔、李譔、尹默、王粲等人。对此,唐长孺先生甚至认为,"数以千计的'学士'聚集在荆州使荆州代替洛阳成为全国的学术中心"④。

刘表集团与袁绍集团虽同属士大夫阶层,但二者最大的不同在于前者尚经义,而后者重事功。这或因二人在社会身份上有高下之别。但唯刘表集团尚经义,故能革新汉末经学烦琐、浮华之种种弊端。据《隋书·经籍志》,刘表有《周易章句》五卷、《新定礼》一卷。清人卢弼认为"新定即后定,题小异耳"⑤。对荆州学派的学风,汤用彤先生曾有"守故之习薄,创新之意厚"的评价。⑥ 应该说这是当时文化、学术领域中真正意义上的创获。由此可见,原本该由袁绍集团承担起来的维系社会主流文化发展的重任,现在却改由刘表集团来完成。特别是该学派对《易》学的研究,如果以整个中古学术史为背景,则更能体现其意义。此种意义,前贤如蒙文通、汤用彤等先生已有详述。⑦ 在如此尚经义的群体中,最受重视的必然是言行符合儒家道德标准的士人。而那些言行有违儒家礼法者,则多不能见容于荆州。《后汉书·祢衡传》云:

> 刘表及荆州士大夫先服其才名,甚宾礼之,文章言议,非衡不

---

① (唐)孔颖达:《尚书正义》,《十三经注疏》标点本,北京:北京大学出版社,1999年版,第169页。
② (宋)朱熹:《四书章句集注》,北京:中华书局,1983年版,第170页。
③ (晋)陈寿:《三国志》,北京:中华书局,1982年版,第598页。
④ 唐长孺:《汉末学术中心的南移与荆州学派》,收入《唐长孺社会文化史论丛》,武汉:武汉大学出版社,2001年版,第1~2页。
⑤ (清)卢弼:《三国志集解》,北京:中华书局,1982年版,第227页。
⑥ 汤用彤:《魏晋玄学论稿》,北京:生活·读书·新知三联书店,2009年版,第86页。
⑦ 据《三国志·魏志·钟会传》引《博物记》可知,王粲与族兄王凯一起避难荆州,凯娶刘表女而生王业,业生弼。众所周知,王弼实为魏晋玄学的开创者。他通过摈落象数、专言义理的注《易》新方法,使得汉末经学在后世别开生面。对于王弼与荆州学派之传承关系,前贤如蒙文通、汤用彤等先生已多有详述。参见蒙文通:《经学抉原》,上海:上海人民出版社,2006年版,第77~81页;又汤用彤:《魏晋玄学论稿》增订版,北京:生活·读书·新知三联书店,2009年版,第87~88页。

定。表尝与诸文人共草章奏,并极其才思。时衡出,还见之,开省未周,因毁以抵地。表怃然为骇。衡乃从求笔札,须臾立成,辞义可观。表大悦,益重之。后复侮慢于表,表耻不能容,以江夏太守黄祖性急,故送衡与之。①

所谓"文章言议,非衡不定",或为夸张之辞。然据此亦可推测刘表集团似无多少擅长文章写作之人,故祢衡得以称雄其间,独领风骚。此种情形,应与此群体尚经义、轻文章的学风观念有关。祢衡虽擅长文章写作,却狂放不羁,傲慢无礼,言行颇违儒家礼法之规范。故偶有冒犯,刘表或能谅之,历久则绝不能相容。又《三国志·魏志·王粲传》云:

乃之荆州依刘表。表以粲貌寝而体弱通侻,不甚重也。②

此处"通侻"二字,裴松之注为"简易",亦即无威仪、不讲究繁缛礼节之意。又《三国志·魏志·钟会传》引《博物记》云:

王粲与族兄凯俱避地荆州,刘表欲以女妻粲,而嫌其形陋而用率,以凯有风貌,乃以妻凯也。③

所谓"用率",意为行为轻率,与下文"风貌"相对而言。王粲为刘表受业恩师王畅之孙,亦为世家子弟。据《隋书·经籍志》记载,王粲曾撰有《尚书释问》四卷,自然是出身于儒学世家。但王粲的才华却不在此,而是在文章写作方面。故在此集团中,改定《五经章句》等皆由宋忠等大儒总其事,但撰写《荆州文学记官志》一事非王粲莫属。上引材料或称王粲"通侻",或云其"用率",则其似已不能谨守儒家礼法的规范,倒是与任性、尚通脱的曹操父子在性情上更为接近。王粲的个性与刘表的用人标准相差甚远,故其在荆州时不受重用亦在情理之中。据俞绍初先生《建安七子年谱》,王粲在避难荆州之初已有《七哀诗》这样比较成熟的五言诗,但其后来在荆州期间只有《赠蔡子笃》《赠士孙文始》《赠文叔良》《为潘文则作思亲诗》等规摹《诗经》的传统四言体诗歌。④ 他包括五言诗创作在内的文学才华,"自伤情多"的

---

① (南朝宋)范晔:《后汉书》,北京:中华书局,1965年版,第2657页。
② (晋)陈寿:《三国志》,北京:中华书局,1982年版,第598页。
③ (晋)陈寿:《三国志》,北京:中华书局,1982年版,第796页。
④ 俞绍初:《建安七子集》所附《建安七子年谱》,北京:中华书局,1989年版,第375~397页。

悲怆,"通侻"且"用率"的任真性情,在崇尚经义的刘表幕下很难得到施展。唯有遇到曹操这样的知音,才能创作出不朽的文学篇章。王粲对曹操有不少赞美,如"从军有苦乐,但闻所从谁。所从神且武,焉得久劳师"(《从军行》其一),又如"愿我贤主人,与天享巍巍"(《公䜩诗》),恐不能仅视为阿谀之辞。

总之,刘表集团立足于对汉末经学的改造,客观上却担负起维系社会主流文化向前发展的重任,并对随后的魏晋玄学产生了深远影响。但唯其选贤任能皆尚经义而轻文章,故善属文之士如王粲者在荆州多无用武之地。

二、曹操集团之尚文辞及《典论·论文》的思想史意义

与袁、刘二人相比,曹操的出身最为卑贱。学术界一般称其出自寒族。然曹操早年亦能秉承时代风气,自觉与士大夫同调。故其年少时能见重于桥玄、得名于许劭。不过曹操既无袁绍那样的累世经学,又无刘表那样的崇儒信仰。因而,如此出身注定会使其日后走上了与袁、刘二人完全不同的道路。当士人群体自觉的意识普遍觉醒而又发现无路可走之后,他们便纷纷选择退守到原来的文化信仰中去。盖汉儒治经术,最重通经致用一途。据上文所论,无论是袁绍之重事功还是刘表之尚经义,似皆不出汉儒思想之范畴。曹操当然也崇尚政治功业,史书甚至还称其"能明古学",但这应该只是其步入仕途的必要条件,而非纯粹的文化信仰。事实上他的诸多思想在本质上更接近法家,故西晋傅玄称"魏武好法术,而天下贵刑名"①。因而曹操后来遂沿着自我意识觉醒的道路一直走下去,并将"尚通侻"的思想发扬光大。这既是曹操在文化创造上的劣势,同时也是一种无与伦比的优势。

唯曹操少受儒家伦理道德的束缚,故常能任性而行。《三国志·魏志·武帝纪》注引《曹瞒传》云:

> 太祖为人佻易无威重,好音乐,倡优在侧,常以日达夕,被服轻绡,身自佩小鞶囊,以盛手巾细物。时或冠帢帽以见宾客。每与人谈论,戏弄言诵,尽无所隐。及欢悦大笑,至以头没杯案中,

---

① (唐)房玄龄:《晋书》,北京:中华书局,1974年版,第1317页。

肴膳皆沾污巾帻,其轻易如此。①

曹操轻名节,重世俗享乐,言行不再循规蹈矩。周勋初先生将其称为"转变汉代社会风气的先行者"②。同时在家庭教育上,曹操的作风亦不同于当时的世家大族。他不再谨守儒家经书的信条,而是因时所需,培养子弟多方面的才能。曹丕《典论·自叙》云:

> 余年五岁,上以世方扰乱,教余学射。六岁而知射,又教余骑马,八岁而能骑射矣。以时之多故,每征,余常从。③

又《三国志·魏志·任城王彰传》云:

> (曹操)课彰读《诗》《书》。彰谓左右曰:"丈夫一为卫霍,将十万骑驰沙漠,驱戎狄,立功建号耳,何能作博士邪?"太祖尝问诸子所好,使各言其志。彰曰:"好为将。"太祖曰:"为将奈何?"对曰:"被坚执锐,临难不顾,为士卒先,赏必行,罚必信。"太祖大笑。④

正是在如此宽松的环境中成长,曹丕兄弟方能各修所好,任性而为。盖在曹操诸子弟中,文武之道或因人而异,然"尚通侻"的精神情怀则一脉相承。后世"三曹"并称,除因文学成就之外,其性情上的相似性也当是极为重要的原因。这种思想对于当时文学创作的影响,刘师培先生曾以"迨及建安,渐尚通侻;侻则侈陈哀乐,通则渐藻玄思"⑤予以概括。又曹操父子皆好音乐,强调自然任性,注重情感抒发。他们十分重视文章写作,特别是易于抒发情感的文体,如曹丕"八岁能属文",曹植亦"少而好赋"。唯其好音乐,故对盛行于两汉时期"感于哀乐,缘事而发"的乐府诗尤为喜爱。如曹操"登高必赋,及造新诗,被之管弦,皆成乐章"⑥。又《宋书·乐志》云:"《但歌》四曲,出自汉世,无弦节作伎,最先一人唱,三人和,魏武帝尤好之。"⑦故萧

---

① (晋)陈寿:《三国志》,北京:中华书局,1982年版,第54~55页。
② 周勋初:《魏氏"三世立贱"的分析》,收入《文史探微》,《周勋初文集》第三册,南京:江苏古籍出版社,2000年版,第31页。
③ (晋)陈寿:《三国志》,北京:中华书局,1982年版,第89页。
④ (晋)陈寿:《三国志》,北京:中华书局,1982年版,第555页。
⑤ 刘师培:《中国中古文学史》,北京:商务印书馆,2010年版,第10页。
⑥ (晋)陈寿:《三国志》,北京:中华书局,1982年版,第54页。
⑦ (梁)沈约:《宋书》,北京:中华书局,1974年版,第603页。

涤非先生认为:"(操)以性爱辞章,兼善音乐,故凡心志之所存,情思之所感,皆于乐府焉发之。"①曹丕兄弟秉承父风,亦多有所作。这从他们现存大量的乐府诗中,自可见其端倪。而众所周知,汉魏文人五言诗与乐府诗之间,又有着非同寻常的关系。对此学术界论之已多,无须赘论。上述"尚通侻"、纵情任性等行为,与儒家道德标准背道而驰,故当时正统士大夫如袁绍、刘表等向来轻视之并不愿为之。但是不愿绝非不能,这种区别必须加以强调。因而彼时诸如五言诗这样新兴的文学样式的领导权,由于正统士大夫们的轻视,便顺理成章地落在曹操父子身上。随着袁、刘集团的逐一被消灭,诸多士人遂归入曹操幕下。陈寅恪先生描述其为"士大夫阶级不得不隐忍屈辱,暂与曹氏合作"②。"隐忍屈辱"或许言过其实,毕竟当时倾心曹操者亦大有人在。但多数士人仍伏膺儒教,并未改变其原有文化信仰,确是不争的事实。如《三国志·魏志·袁涣传》云:

> 魏国初建,为郎中令,行御史大夫事。涣言于太祖曰:"今天下大难已除,文武并用,长久之道也。以为可大收篇籍,明先圣之教,以易民视听,使海内斐然向风,则远人不服,可以文德来之。"③

又《三国志·魏志·杜畿传》云:

> 畿乃曰:"民富矣,不可不教也。"于是冬月修戎讲武,又开学宫,亲自执经教授郡中化之。

裴松之注引《魏略》云:"博士乐详,由畿而升。至今河东特多儒者,则畿之由矣。"④充分肯定了杜畿对河东郡儒学推广的贡献。

又《三国志·魏志·华歆传》云:

> 三府议:"举孝廉,本以德行,不复限以试经。"歆以为丧乱以来,六籍堕废,当务存立,以崇王道。夫制法者所以经盛衰,今听

---

① 萧涤非:《汉魏六朝乐府文学史》,北京:人民文学出版社,2011年版,第125页。
② 陈寅恪:《书〈世说新语·文学类〉钟会撰四本论始毕条后》,收入《金明馆丛稿初编》,北京:生活·读书·新知三联书店,2001年版,第49页。
③ (晋)陈寿:《三国志》,北京:中华书局,1982年版,第335页。
④ (晋)陈寿:《三国志》,北京:中华书局,1982年版,第496页。

孝廉不以经试,恐学业遂从此而废。①

此类士人皆能保持固有之文化信仰,故其虽在曹氏幕下出仕为官,但仍能立足于原有之信仰。这使得他们与曹操父子在思想文化层面上始终保持距离。《三国志·魏志·邴原传》引《原别传》云:

> 魏太子为五官中郎将,天下向慕,宾客如云。而原独守道持常,自非公事,不妄举动。②

又《三国志·魏志·崔琰传》云:

> 太祖征并州,留琰傅文帝于邺。世子仍出田猎,变易服乘,志在驱逐。琰书谏曰云云。③

又《三国志·魏志·邢颙传》云:

> 是时太祖诸子高选官属。令曰:"侯家吏宜得渊深法度如邢颙辈。"遂以为平原侯植家丞。颙防闲以礼,无所屈挠,由是不合。④

又《三国志·魏志·鲍勋传》云:

> 勋前在东宫,守正不挠,太子固不能悦……后文帝将出游,猎勋停车上疏曰……帝手毁其表,而竟行猎。⑤

邴、刑、崔、鲍诸人学为儒家之学,行为儒家之行,故在思想文化层面上始终与曹操父子存有隔阂。可以说,他们与袁绍、刘表一类人物在社会身份上是完全相同的。因此,他们或尚事功,或重经义,然多轻视文章写作等技艺,故此群体中善属文者亦少见。《三国志·魏志·王粲传》引《典略》云:

---

① (晋)陈寿:《三国志》,北京:中华书局,1982年版,第403页。
② (晋)陈寿:《三国志》,北京:中华书局,1982年版,第353页。
③ (晋)陈寿:《三国志》,北京:中华书局,1982年版,第368页。
④ (晋)陈寿:《三国志》,北京:中华书局,1982年版,第383页。
⑤ (晋)陈寿:《三国志》,北京:中华书局,1982年版,第385页。

粲才既高，辩论应机。钟繇、王朗等，虽各为魏卿相，至于朝廷奏议，皆阁笔不能措手。①

此则材料或有所夸张，盖钟繇、王朗非不能为文者，但其所反映当时士大夫多不擅长文章写作的现象，应该是真实可信的。同时，也有一些士人为谋求更好的政治前途，在归依曹操之后能主动投其所好，并欣然接受他们的生活方式与文化审美取向，成为他们言行思想的忠实追随者。西晋史官陈寿云："昔文帝陈王，以公子之尊，博好文采，同声相应，才士并出，惟粲等六人最见名目。"②此处"粲等六人"，即指王粲、徐干、陈琳、阮瑀、应场、刘桢。据此，则"才士并出"当是由于曹丕兄弟"博好文采"的缘故。这些士人自然幼习儒术，除王粲有经学著作外，据《隋书·经籍志》记载，刘桢亦有《毛诗义问》十卷传世。但唯其或擅长文章写作，或是性情与曹操父子相近，故能脱颖而出，为其所爱幸。王粲与刘桢，恰好是"七子"中五言诗成就最高的两位。很显然，这并非一种偶然现象。特别是王粲，其在刘表幕下郁郁不得志，《七哀诗》（荆蛮非我乡）与《登楼赋》等即为此时期抒发抑郁牢骚之代表作，然而其在曹操身边却贵为"七子之冠冕"，宾主相从甚欢，如《从军行》中"从军有苦乐，但问所从谁"，又如"虽无铅刀用，庶几奋薄身"，又如"诗人美乐土，虽客犹愿留"等充满感恩色彩的诗句即可为证。此间最重要的原因或在于，刘表集团尚经义、轻文章，而曹操父子则与之相反，从而为王粲性情天赋的发挥创造了一个舒适的社会环境。

班固曾将西汉士大夫分为"公卿大臣"与"言语侍从之臣"两类。③ 钱穆先生也曾认为："武帝外廷所立博士，虽独尊经术；而内朝所用侍从，则尽贵辞赋。大体言之，经术之于辞赋，亦当时学术界一分野也。"④曹操身边的士人分布格局与此颇为相似。一方面是传统士大夫，他们伏膺儒教，言行崇礼，与"三曹"在思想文化层面始终存有隔阂；另一方面也有一些士人虽出自儒学世家，自幼习儒，却能欣然接受曹操父子所喜好的寒素文化，并积极参与其中。此即为当时士人群体分化之大略。

崇尚文辞是以"三曹"为首的士人群体在文化领域的一种显著特征，然使其具备思想史意义的，却是曹丕《典论·论文》（以下简称《论文》）。按曹

---

① （晋）陈寿：《三国志》，北京：中华书局，1982年版，第599页。
② （晋）陈寿：《三国志》，北京：中华书局，1982年版，第629页。
③ （梁）萧统：《文选》，（唐）李善注，上海：上海古籍出版社，1986年版，第2～3页。
④ 钱穆：《秦汉史》，北京：九州出版社，2011年版，第84页。

丕《论文》写作时间在建安二十四年（219年）二月至九月之间①，此时距建安时代的落幕仅有数月，故可视为作者对这个群体长期以来热心于文章著述的一种理论总结。《论文》主旨在于宣称文章为"经国之大业，不朽之盛事"，鼓励人们积极从事文章著述。研究者常引曹丕《与大理王朗书》中"唯立德扬名，可以不朽，其次莫如著篇籍"句与之相应证，进而指出曹丕的这一思想实源自先秦儒家所宣扬的立德、立功、立言"三不朽"传统。"三不朽"在春秋时代实际可表述为：天子立德，诸侯立功，大夫立言。② 古往今来，立德都是天子、圣人之事，普通人自然难以企及。唯有立功与立言二事，向来是常人抱有幻想并可以努力的方向。上文所论袁绍之重事功与刘表之尚经义，正可从此处找到思想的根源。但曹丕所谓"著篇籍"，从今存《论文》的文本内容来看，与刘表在荆州删订儒家《五经章句》等事宜不同。它的重心不在对传统经学的阐释上面，而是更侧重于奏议、书论、铭诔、诗赋等"四科八体"的写作。这一点应该不成疑问。故通过对刘表、曹丕二人关于"立言"内涵的不同认识，我们可以很清晰地看出曹丕对儒家传统信条的改造。盖用"著篇籍"来代替传统意义层面上的"立言"，并将其视为声名不朽的凭藉。此举自然能极大地提高文章著述的价值，激发文人士大夫从事文章著述的热情。这是一条通向永恒、追求不朽的新路。圣贤可为之，凡人亦可为之。诚如时人卞兰《赞述太子赋》所云："蹈布衣之所难，阐善道而广之。"③盖布衣之所难，唯在位卑言轻难获声名不朽。而《论文》为常人指出获取不朽声名的新方法，即积极从事文章著述，并且范围不再局限于传统儒家经学的范畴，其他如诗、赋等文体皆可一展身手，并赋予其不朽之新义。

正是由于这种思想的影响，故历代文人士大夫对文章著述莫不报以极大的热情。如南朝刘师知《侍中沈府君集序》云："遗文余论，被在乎民谣者，斯所以没而犹彰，死且不朽。今乃撰西还所著文章，名为《后集》。"④又明代许梦熊《过南陵太白酒坊》诗云："莫向斜阳嗟往事，人生不朽是文

---

① 参见葛志伟：《再论曹丕〈典论·论文〉的写作时间及缘起》，载《文学评论丛刊》，2013年第15卷第1期。
② 过常宝、高建文：《"立言不朽"和春秋大夫阶层的文化自觉》，载《北京师范大学学报》，2014年第4期。
③ （清）严可均：《全上古三代秦汉三国六朝文》，北京：中华书局，1958年版，第1223页。
④ （唐）欧阳询：《艺文类聚》，上海：上海古籍出版社，1999年版，第999页。

章。"①以上所举皆是上述思想的具体表述,若揆其源头,则非为早期儒家的"三不朽",而是始于曹丕《论文》。因而《论文》的思想史意义不仅在于总结了建安文学的创作实绩,更为尚文辞的行为找到了合理的文化阐释,从而对中国文学后来的发展产生了深远影响。

三、曹植"辞赋小道"说新论

曹植《与杨德祖书》从性质上说,原本只是一封私人信件。然而作者在此封信件中却提出一个公众话题,即"辞赋小道"说,兹引原文如下:

> 辞赋小道,固未足以揄扬大义,彰示来世也。昔杨子云先朝执戟之臣,犹称壮夫不为也。吾虽德薄,位为蕃侯,犹庶几戮力上国,流惠下民,建永世之业,留金石之功。岂徒以翰墨为勋绩,辞赋为君子哉?若吾志不果,吾道不行,则将采史官之实录,辨时俗之得失,定仁义之衷,成一家之言。虽未能藏之于名山,将以传之于同好,非要之白首,岂可以今日论乎?②

如果仅就信件文本而言,曹植在此处确实对辞赋创作流露出颇为轻视的态度。然此种态度不仅与其辞赋写作的杰出成就及文坛地位之间形成巨大反差,更是对建安时期"文学自觉说"的一种否定。这是后世任何文学史家都试图回避却又不得不面对的一则材料。对此,当前学术界大抵有两种看法:一种观点认为曹植的这番言论过分强调对政治功业的热衷,因而未能很好地认识到文章的价值,无深意可供探讨③;另一种观点则认为,曹植此

---

① 瞿蜕园、朱金城:《李白集校注》,上海:上海古籍出版社,1980年版,第1852页。
② (梁)萧统:《文选》,(唐)李善注,上海:上海古籍出版社,1986年版,第1903~1904页。
③ 如朱东润先生认为:"曹植对于文章的价值,显然未能认识……此论薄视文章,谓不足为,其见与子桓异。"参见朱东润:《中国文学批评史大纲》,上海:上海古籍出版社,2001年版,第27页。又敏泽先生认为:"在对待文学事业的态度上、处境上远不如其兄显赫的曹植倒更重视功业的建树。他曾引用扬雄晚年时对辞赋的态度,规劝自己首先应为'建永世之业,流金石之功'而努力,而不应以'翰墨'为主……他对文学地位的强调,是不及曹丕的。"参见敏泽:《中国文学理论批评史》,长春:吉林教育出版社,1993年版,第226页。又罗宗强先生认为:"曹植诗赋,可谓建安文学之冠,但他在理论表述上,似乎不大重视文学的价值。"参见罗宗强:《魏晋南北朝文学思想史》,北京:中华书局,1996年版,第16页。又徐公持先生认为:"不过此段文字的重心,显然还在于表示作者对政治功名的热衷。"参见徐公持:《魏晋文学史》,北京:中国社会科学出版社,2007年版,第58页。

处明显是正话反说,其实他本人并不轻视文章写作。①

笔者认为,上述两种观点都值得商榷。前一种观点只关注曹植说了什么,而忽视他为何要这样说。事实上究其一生行事而言,曹植都颇为重视文章写作。《前录自序》云:

> 故君子之作也,俨乎若高山,勃乎若浮云,质素也如秋蓬,摛藻也如春葩,泛乎洋洋,光乎皞皞,与雅颂争流可也。余少而好赋,其所尚也,雅好慷慨,所著繁多。虽触类而作,然芜秽者众,故删定别撰,为《前录》七十八篇。②

盖"君子之作"可"与雅颂争流"。此当为其删定生平赋作、编撰《前录》的最主要原因。又《学宫颂》云:

> 歌以咏言,文以骋志。予今不述,后贤曷识。③

"歌以咏言"的说法,先秦儒家早已有。故其所谓"予今不述,后贤曷识"者,当指"文以骋志"无疑。赵幼文先生注云:"文,谓文章。志,言情感。"④又《薤露行》云:

> 孔氏删《诗》《书》,王业粲已分。骋我径寸翰,流藻垂华芬。⑤

孔子删《诗》《书》,向来为儒家不朽之盛事。曹植认为自己骋翰流藻,实可继之。又《三国志·魏志·陈思王传》引魏明帝诏书云:

> 且自少至终,篇籍不离于手,诚难能也……撰录植前后所著

---

① 如鲁迅先生认为:"据我的意见,子建大概是违心之论。这里有两个原因,第一,子建的文章做得好,一个人大概总是不满意自己所做而羡慕他人所为的,他的文章已经做得好,于是他便敢说文章是小道;第二,子建活动的目标在于政治方面,政治方面不甚得志,遂说文章是无用了。"参见鲁迅:《魏晋风度及文章与药及酒之关系》,载《而已集》《鲁迅文集》第三卷,北京:人民文学出版社,2005年版,第526页。此派诸多观点皆循此而来,如王运熙、杨明《魏晋南北朝文学批评史》(上海:上海古籍出版社,1989年版,第51~52页)、张少康《中国文学理论批评史》(北京:北京大学出版社,2005年版,第146页)等。
② 赵幼文:《曹植集校注》,北京:人民文学出版社,1998年版,第434页。
③ 赵幼文:《曹植集校注》,北京:人民文学出版社,1998年版,第115页。
④ 赵幼文:《曹植集校注》,北京:人民文学出版社,1998年版,第116页。
⑤ 赵幼文:《曹植集校注》,北京:人民文学出版社,1998年版,第433页。

赋、颂、诗、铭、杂论，凡百余篇，副藏内外。①

此封诏书作于"景历中"，其时曹植已逝，故"自少至终，篇籍不离于手"实为盖棺论定之辞。可见除《与杨德祖书》外，曹植再未流露过轻视文章写作的思想。因而称曹植不能很好地认识文章写作的价值，似与事实不符。

后者虽致力探讨曹植为何要这样说，却终未能通达。比如，鲁迅先生认为"子建活动的目标在于政治方面，政治方面不甚得志，遂说文章是无用了"。这种观点影响很大，今日诸多文学批评史即从此说。但证之史料，此说似殊难成立。严可均、张可礼等人将曹植《与杨德祖书》系于建安二十一年（216年）②，当为可信。众所周知，曹植政治命运的转折点即在与曹丕争夺太子之位的失败。不过据史料记载，太子人选的最终确定在时间上明显较晚，曹操曾多次犹豫不决。据《三国志·魏志·文帝纪》等，建安二十二年（217年）冬十月，曹丕被立为魏国太子。裴松之注引《魏略》云：

> 太祖不时立太子，太子自疑。是时有高元吕者，善相人，乃呼问之……无几而立为皇太子。③

又《三国志·魏志·辛毗传》注引《世语》云：

> 初文帝与陈思王争为太子，既而文帝得立，抱毗颈而喜曰："辛君知我喜不？"④

据此，则曹操对太子人选的问题似乎直到最后才作决定。而曹丕在此之前并无把握，故会有立前生疑、立后狂喜之言行。又《三国志·魏志·陈思王传》注引《典略》云：

> 是时，军国多事，修总知外内，事皆称意。自魏太子已下，并争与交好。又是时临淄侯植以才捷爱幸，来意投修，数与修书。书曰……⑤

---

① （晋）陈寿：《三国志》，北京：中华书局，1982年版，第576页。
② （清）严可均：《全上古三代秦汉三国六朝文》，北京：中华书局，1958年版，第1140页；又张可礼：《三曹年谱》，济南：齐鲁书社，1983年版，第144页；又赵幼文：《曹植集校注》，北京：人民文学出版社，1998年版，第155页。
③ （晋）陈寿：《三国志》，北京：中华书局，1982年版，第57页。
④ （晋）陈寿：《三国志》，北京：中华书局，1982年版，第699页。
⑤ （晋）陈寿：《三国志》，北京：中华书局，1982年版，第558页。

此处所言"魏太子",当为《典略》作者鱼豢追忆时的称谓,可不置论。据此,则建安二十一年(216年)曹植在作《与杨德祖书》时,尚颇受曹操爱幸,故能和曹丕争与杨德祖交好。由此可见,曹植此时在政治上并未有失意之嫌。因而,鲁迅先生认为曹植"政治方面不甚得意"的推测,似与史实不符。

我们在研读曹植《与杨德祖书》时都忽略了一个重要因素,即"对谁说"的问题,而此或为解答这一问题的关键所在。

杨德祖即杨修(175—219),弘农华阴人,汉太尉杨彪之子,以学识渊博名闻天下。弘农杨氏世代习《欧阳尚书》,家世极为显赫。《后汉书·杨修传》注引《华峤书》云:

> 东京杨氏、袁氏,累世宰相,为汉名族。然袁氏车马衣服,极为奢僭。能守家风,为世所贵,不及杨氏也。①

弘农杨氏当日足可与汝南袁氏齐名,实为汉魏之际首屈一指的名门大族。东汉末年,随着群雄争霸局面的形成,曹操"挟天子以令诸侯",维系着名存实亡的朝廷政权。此举最初为其赢得了不少世家大族子弟的支持,如荀彧、崔琰、孔融等人。② 杨修为曹操所用,亦当有此背景。据上文所引《典略》,杨修此时正受曹操重用,总知军国内外大事,颇具权势。杨修得到重用的时间,当在建安十八年(213年)秋七月曹操被册封为魏国公之后,故其能"总知军国内外大事"。从曹植"来意投修"的情形推测,二人交往当始于此时,而且很明显是曹植主动向杨修靠拢。最让我们感兴趣的是,位居藩王尊位、才华横溢的曹植为何要在与名门子弟杨修交往之初阐发这种轻文章、重事功的思想呢?

为使此问题的展开更具普遍意义,我们不妨再引入另一位与曹植关系密切的历史人物——吴质,来作一番对比。吴质(177—230),字季重,兖州济阴人,三国时著名文人。《三国志·魏志·吴质传》注引《魏略》云:

> 始质为单家,少游遨贵戚间,盖不与乡里相浮沉,故虽已出

---

① (南朝宋)范晔:《后汉书》,北京:中华书局,1985年版,第1790页。
② 对此问题的深入研究,可参见田余庆:《曹袁之争与世家大族》,收入《秦汉魏晋史探微》重订本,北京:中华书局,2011年版,第145~162页。

官,本国犹不与之士名。①

"质为单家"犹言吴质出自寒门。吴质年少时即展现出不甘平凡的竞进之心,"游遨贵戚间",故为乡里清议所抑。观其一生行事,尽管自身具备良好的文章写作天赋,但吴质从未以此自负,而是始终保持着追求政治功名的强烈欲望。如其《答东阿王书》云:

> 然一旅之众,不足以扬名;步武之间,不足以骋迹。若不改辙易御,将何以效其力哉?今处此而求大功,犹绊良骥之足,而责以千里之任;槛猨猴之势,而望其巧捷之能者。②

其《答魏太子笺》亦云:

> 臣幸得下愚之才,值风云之会,时迈齿载,犹欲触胸奋首,展其割裂之用也。③

吴质在当时与曹丕、曹植皆多有往来。曹植《与吴季重书》与吴质《答东阿王书》为当时著名的一组私人往来书信,《文选》卷四二"书"类对此皆有收录。④ 据曹植《与吴季重书》中"得所来讯"句推测,当是吴质先有书信寄给曹植,尔后曹植作斯书复之,最后吴质又作书答之。吴质寄给曹植的首封书信虽已亡佚,然其内容似可据曹植《与吴季重书》推知,即吴质认为朝歌小邑难建功业,故希望贵为王侯的曹植能施以援手,将自己调离此地。从上文所引吴质与曹丕、曹植的书信往来看,他在对待文章与事功的态度上,与曹植《与杨德祖书》中所流露的思想相似。张可礼先生在《三曹年谱》中考订出二人上述书信往来的时间在建安十九年(214 年)。⑤ 据此,则在写作时间上,《与吴季重书》比《与杨德祖书》略早两年。但由于曹植在此时期并未失宠于曹操,且亦未见有足以造成其思想剧变的事件发生,故他写作两封书信时的思想应当大致相同。倘若如此推论不错,那么让我们感到意外的是,曹植在《与吴季重书》中对吴质这种"惟事功是重"的人生态度并不

---

① (晋)陈寿:《三国志》,北京:中华书局,1982 年版,第 609 页。
② (梁)萧统:《文选》,(唐)李善注,上海:上海古籍出版社,1986 年版,第 1911 页。
③ (清)严可均:《全上古三代秦汉三国六朝文》,北京:中华书局,1958 年版,第 1221 页。
④ 按曹植封东阿王在魏明帝太和三年(229 年),故此书中"东阿王"三字实为后人所加,可不置论。
⑤ 张可礼:《三曹年谱》,济南:齐鲁书社,1983 年版,第 137 页。

赞同。曹植《与吴季重书》云：

> 其诸贤所著文章，想还所治，复申咏之也。可令憙事小吏，讽而诵之。夫文章之难，非独今也。古之君子，犹亦病诸。家有千里骥而不珍焉，人怀盈尺和氏而无贵矣。

唐代张铣注云："人皆有良马、美玉，以其常有之，不以为珍贵。文亦如然矣，不可轻而不申咏。"①面对吴质的请求，曹植认为古圣贤皆不曾易民而治，朝歌虽小，然亦可施以文治。文治者，非儒家传统意义上的仁义之教，而是申咏讽诵同时诸贤的文章，即文中所谓"可令憙事小吏，讽而诵之"，以此来达到移风易俗的目的。曹植认为文章写作本非易事，而诸贤所作又属上乘，故希望吴质能重视之、申咏之、推广之。此处诸贤所著文章，从吴质《答书》"还治讽采所著，观省英玮，实赋颂之宗、作者之师也。众贤所述，亦各有志"等内容看，实为辞赋之作。而且曹植本人亦有所作，且最为杰出。循此而论，王运熙与杨明先生认为，曹植此处"体现了对文学的重视，并隐然流露出以文章自负的心理"②。这种推测似乎更为合理。于是我们所提出的问题是，为何在面对"惟事功是重"且出身寒族的吴质时，曹植反而要特别强调辞赋写作的价值与意义呢？

杨修与吴质为同时代人，不过前者出自名门，后者生于寒族，此为二人最大之差别。然曹植在给前者的书信中试图否定辞赋写作，而在给后者的书信中则对赋颂之作颇为重视。这种差异通过上述对比论述之后，表现得尤为明显。但考虑到重视文章写作实为曹植一生未曾改变过的思想，我们由此可以推断，曹植《与吴季重书》中流露出的态度应该是真诚的，而《与杨德祖书》中否定文章写作当是其曲为之说。倘若我们能联系杨修出身名门、此封书信写于二人交往初期、曹植主动向杨修靠拢等重要因素，那么曹植曲为之说的背后，必定有着更深层次的历史原因。

曹植《与杨德祖书》作于建安二十一年（216年），此时正是其与曹丕争夺太子之位最为关键的时期。故当杨修总知军国内外之事的时候，二人争相与之交好，以便为自己获取声援。杨修《答临淄侯笺》云：

> 又尝亲见执事，握牍持笔，有所造作，若成诵在心，借书于手，

---

① （梁）萧统：《文选》，（唐）六臣注，北京：人民文学出版社，2008年版，第650页。
② 王运熙、杨明：《魏晋南北朝文学批评史》，上海：上海古籍出版社，1989年版，第52页。

曾不斯须少留思虑。仲尼日月,无得而逾焉。修之仰望,殆如此矣。且以对鹗而辞,作《暑赋》弥日而不献,见西施之容,归憎其貌者也。

唐代李善注云:"曹植作《鹡鸟赋》,亦命修为之,而修辞让。植又作《大暑赋》,而修亦作之,竟日不敢献。"①又《太平御览》亦引杨修《答临淄侯笺》,并注云:"曹植曾作《鹡鸟赋》,命修赋。修虽造,终日不敢作,遂辞不为也。又命作《暑赋》。"②据此,则杨修之前应已见到曹植《鹡鸟赋》《暑赋》,因自惮鄙陋,故前赋辞而不为,后赋弥日不献。考虑到此时尚属二人交往的初期,曹植对杨修只是慕名却并不十分了解。故对杨修不作赋与不献赋等现象,曹植事实上并不清楚其间原委,只当是这位出身名门的权臣故意拒绝自己的作赋请求。对杨修辞而不作《鹡鸟赋》,曹植或许尚能见谅。但《大暑赋》为众人同题所作,刘桢、王粲等皆有作品传世,而曹植亦未曾见杨修所作。鉴于杨修在当时政局中的特殊地位,按人之常情,曹植必然会去思考杨修前后两次拒不作赋的原因所在。这对于亲历汉末文化领域分流的曹植来说,首先能想到的自然是杨修那足可与袁绍相媲美的显赫家世。盖这种出自高门的正统士大夫在当时多重事功,亦如袁绍等人。他们连儒家经义本身都颇为轻视,更不必说等而下之的辞赋之作。故曹植在《与杨德祖书》中会主动视辞赋创作为小道,同时竭力阐明自己渴望建功立业的决心。曹植此举当是试图消除杨修拒不作赋的误会,并以此来获得后者的文化认同与政治援助,故不得不违心抑志,曲为之说。《典略》称杨修"谦恭才博"③。《后汉书·杨震传》赞云:"修虽才子,渝我淳则。"颜师古注:"渝,变也。"④可见,杨修虽出自经学传世之家,然似已偏离传统儒家经义规范,而转以文辞相尚,诚可谓尽改父祖遗风,故《后汉书》有此评语。这一点对于像杨修这样出身一流名门的正统士大夫来说,颇显另类。由于杨修并不轻视辞赋写作,而只是慑服于曹植之才学而不敢贸然造作,所以他在回信中不但委婉反驳了曹植"辞赋小道"的说法,而且大力颂扬其文学才华。如果此番推测尚具合理性,那么我们不得不承认,历史有时就是这样充满着戏剧性。

此桩学术公案的始末原委至此似已十分明朗,即曹植在《与杨德祖书》

---

① (梁)萧统:《文选》,(唐)李善注,上海:上海古籍出版社,1986年版,第1819页。
② (宋)李昉:《太平御览》,北京:中华书局,1960年版,第2703页。
③ (晋)陈寿:《三国志》,北京:中华书局,1982年版,第558页。
④ (南朝宋)范晔:《后汉书》,北京:中华书局,1965年版,第1791页。

中有一些轻视辞赋写作的内容,而他之所以说出这番言论,是因为对杨修先后两次不作赋的误会。此种误会的发生具有一定的偶然性,如杨修事实上已经作了《大暑赋》,只是自惮鄙陋不敢贸然献上,但更有历史的必然性。这种必然性就是,由于汉末文化领域分流现象的客观存在,使得出身迥异的曹、杨二人分属于不同的社会阶层,有着不同的文化认同,并擅长不同的文化创造行为。此种思想在曹植的脑海中早已根深蒂固,因而当杨修不作赋与不献赋等事情发生之后,他最先想到的自然就是这个历史原因;曹植为消除二人之间的误会,并获得杨修的文化认同与政治援助,以期能为自己争夺太子之位增添政治筹码,故不得不说出一些违心的话来。

　　建安诗坛可谓盛况空前。《文心雕龙·明诗》云:"暨建安之初,五言腾踊。文帝陈思,纵辔以骋节;王徐应刘,望路而争驱。"①然而当此群体中人相继离世后,原本盛极一时的五言诗创作忽然落入低谷,难以承继此前的盛况。此种现象或如钟嵘《诗品序》所言,"尔后凌迟式微,迄于有晋"②。这同样是文学史上值得重视的现象。目前学术界普遍认为,玄学的兴起在某种程度上抑制了五言诗的正常发展。③ 但笔者认为任何文学史现象的成因都应该是多元的,此现象亦须将士大夫群体对五言诗创作的态度考虑在内,始能有更可信之解答。盖魏明帝、高贵乡公等人皆好儒术,前者有著名的《策试罢退浮华诏》,后者曾于辟雍教诲群臣"当玩习古义,修明经典,称朕意焉"(《三国志·魏书·三少帝纪》),似已不能传承先祖纵情任性、尚通倪的家风。可以说,新兴的五言诗体忽然之间就失去了在上者的引领,而当时多数出身儒家大族的正统士大夫对此文体又不甚热衷。随后代魏而起的河内司马氏更是"伏膺儒教"的旧家大族,根本不重视五言诗创作。凡此种种,皆不利于激发士人群体对五言诗创作的热情。笔者甚至持有一种基本的判断,即如果缺乏士大夫群体的文体认同与积极参与,特别是如果后来没有社会主流文化群体——门阀士族子弟介入其中,那么五言诗体在魏晋南朝时期就不太可能脱俗入雅,蔚为大观。因而,五言诗体如何能获取门阀士人群体的文化认同,以及后来士族子弟又是如何介入其中,都应该是值得我们深思的文学史课题。

---

① 范文澜:《文心雕龙注》,北京:人民文学出版社,1958年版,第66页。
② 曹旭:《诗品集注》,上海:上海古籍出版社,2011年版,第24页。
③ 钱志熙:《中国诗歌通史·魏晋南北朝卷》,北京:人民文学出版社,2012年版,第24页。钱先生在此书第二章《"正始"与魏代后期的诗歌》中,对此现象有所申论,并特别指出在上者之好文对诗歌创作的引领作用,此论颇具启发意义。

第二节　文学场域视野下的西晋"祖饯""公宴""赠答"诗研究

从中古诗歌发展演进的整体趋势来看,西晋是个十分重要的阶段。其重要性主要表现在此期重新恢复了邺下诗坛群体创作的风气,作家作品较建安时代数量更多,"在文人诗歌史上第一次出现真正具有一代诗人、一代诗风规模的局面"①。西晋诗歌以"繁缛""典雅""绮丽""流靡"等艺术特征著称于世,这大概是历代文学史家对此期诗歌风貌所达成的共识。西晋诗歌尤其是五言诗创作,在总体风貌上迥异于此前的汉魏诗风。南朝江淹《杂拟诗三十首序》云:"魏制晋造,固亦二体。"②初唐陈子昂《修竹篇序》亦云:"汉魏风骨,晋宋莫传。"③然此间亦存有一重要问题,即西晋诗人为何没能全面继承建安风骨,而是改弦易帜、自成新风? 对此问题,古今学者已多有详论。但笔者坚信,任何文学史现象的成因都应该是多元的。倘若我们能放宽眼界,将其与此期诗坛领导权的归属问题相结合,或能有更可信之解答。

约略言之,西晋士人群体可分为三:一为皇室司马氏子弟;二为传统世家大族子弟;三为中下层寒素文人群体。盖河内司马氏本为东汉以来"伏膺儒教"之旧家大族,史籍所载鲜有能诗者;以世家大族子弟为主的上层士大夫当时又多染玄风、崇尚清谈,不以能诗为高;中下层文人群体中多有擅长为诗者,然其身如转蓬,仕途命运尚需依附前两类人物才有施展抱负之可能,如当时第一流诗人陆机、潘岳等,莫不如此。西方学者韦勒克与沃伦在其名著《文学理论》中认为:

> 一个作家的社会出身,在其社会地位、立场和意识形态所引起的各种问题中,只占一个很次要的部分;因为作家往往会驱使自己去为别的阶级效劳。大多数宫廷诗的作者虽然出生于下层阶级,却采取了他们恩主的意识和情趣。④

---

① 钱志熙:《中国诗歌通史·魏晋南北朝卷》,北京:人民文学出版社,2012年版,第179页。
② (明)胡之骥:《江文通集汇注》,北京:中华书局,1984年版,第136页。
③ (唐)陈子昂:《陈子昂集》,北京:中华书局,1960年版,第15页。
④ 〔美〕勒内·韦勒克、奥斯汀·沃伦:《文学理论》,刘象愚等译,南京:江苏教育出版社,2005年版,第104页。

循此而论,这种因社会地位高下而形成的依附关系,在社会生活中必然会对彼时诗歌创作产生一定的影响。若就西晋诗坛的实际参与者而论,则有条件、有能力引领风气者多不擅长为诗,而擅于作诗者又不能自由引领诗坛风气。对此现象,日本学者冈村繁认为:

> 就与清谈相并列的诗歌方面言之,在东晋乃至西晋,它都未必可称是贵族所擅的文化领域,甚至诗人们也只不过是贵族们的娱乐工具。附带指出,在西晋太康时代,当时官廷文化的代表诗人们——二陆、两潘、一左——皆为出生寒门或战败国。这一现象也深有暗示,耐人寻味。①

这种诗坛格局,与此前以"三曹"为主导、"七子"为羽翼的建安诗坛完全不同。可以说西晋诗歌所呈现出的"繁缛""典雅""绮丽""流靡"等艺术风貌,很大程度上是由于彼时各方人士共同参与、相互妥协的结果。因而在西晋士人群体内部复杂而频繁的交往过程中,遂形成了一个以政治权势与社会声望为中心的权力场,以及一个以个体天赋与诗歌创作为中心的文学场。② 而且此权力场与文学场还常常交织在一起,形成一个较为稳定的双重场域结构,在许多场合下共同支配着诗人们的创作活动。这种支配作用,在当时"祖饯""公宴""赠答"类诗歌中表现得尤为明显。有意思的是,此类诗歌恰好又是当时西晋诗歌的大宗。③ 故此种较为稳定的双重场域

---

① 〔日〕冈村繁:《汉魏六朝的思想与文学》,陆晓光译,上海:上海古籍出版社,2008年版,第410页。

② 本文采用的"场""场域"等概念,多出自法国学者布尔迪厄《艺术的法则:文学场的生成与结构》(刘晖译,北京:中央编译出版社,2011年版)一书。按照布尔迪厄的看法,所谓"场"似乎指一种社会空间的逻辑存在。不同的"场"即暗含不同的社会空间,彼此之间依靠各式"资本"的相对价值互相关联,然彼此间地位并不平等。如文学场即从属于权力场,故其在后者中只能占据一个被统治的位置。但文学场本身亦存在一自主原则,驱使其内部成员为之努力,以此提高"资本"的相对价值,从而在其他场域中换取更多的回报。笔者认为,布尔迪厄所提出的这个"场"的概念,有助于我们研究西晋诗坛领导权的归属问题,而此问题亦为中古五言诗经典化过程中不可缺少的一环。故不惮鄙陋,援为己用,以期能更好地解决问题。

③ 本书称此三类诗歌为西晋诗歌大宗,乃有据可依。笔者在此提供两组数据可供参考:(1)西晋现有作品存世的诗人共71人,其中作此三类诗歌者有49人,约占70%;(2)西晋现存文人诗约560首(不包括郊庙类),其中此三类诗歌约208首,占37%。故除去数量众多的文人拟乐府诗,则此三类诗歌自可称为大宗。以上各项数据,皆据逯钦立先生《先秦汉魏晋南北朝诗》(中华书局,1983年版)一书收录统计而得,虽未必精确,然其间所反映出的现象则是可信的。特此说明。

结构与西晋主流诗风的形成之间,颇有可论之处。

正是在此意义上,本节拟以西晋"祖饯""公宴""赠答"三类诗歌为研究对象,以双重场域结构的观照为研究视角,来探讨西晋诗坛领导权的归属成因及其影响等问题。与此同时,对此类问题的深入研究,也有利于我们从另一个侧面来阐释此期诗歌总体艺术风貌的形成问题。

一、《文选》所录潘岳《金谷集作诗》献疑

潘岳,字安仁,河南巩县人,是西晋太康诗坛的代表性诗人。潘岳的诗歌成就可与陆机齐名,后世多合称"潘陆",或云"潘江陆海"。在潘岳今存诗歌中,《金谷集作诗》(以下简称"潘《诗》")尤为后人所称道。特别是被南朝萧统编入《文选》之后,更是借金谷之流风与《文选》之权威,成为后世"祖饯""公宴"类诗歌的典范。对此,古今论之者甚多。如清人吴淇云:"王逸少《兰亭集序》,时人以方《金谷集序》,甚有欣色。则二序之声价,见重于当时何如也? 然皆逸于《选》。至于诗,兰亭之会,作者至二十六人,而金谷至三十人,而入《选》者,仅此一篇,则此诗之品可见矣。"①清人何焯也认为此诗"胜地盛游,兼叙景物。拟建安公宴,尤与应氏为近。"②但笔者认为,萧统在选录此诗时很可能犯了一个错误。盖此诗原本当是潘岳为石崇所编《金谷集》而作,因而从题材及内容上看既不是"祖饯"诗也不是"公宴"诗,故《文选》将其归入"祖饯"类颇值得商榷。

潘《诗》与石崇《金谷诗序》(以下简称"石《序》")之间关系较为密切。曾有一种观点认为,石《序》为潘岳代作,如清代学者桂馥《札朴》卷六"金谷诗叙"条云:

> 《文选》潘安仁《金谷集诗》"王生和鼎宝,石子镇海沂",李善注引石崇《金谷诗序》,即安仁代作,实非崇文。《晋书·王羲之传》:"人以潘安仁《金谷诗叙》比其《兰亭叙》,甚喜。"③

对上述观点,余嘉锡先生曾进行反驳。余先生认为:"夫石季伦非不能文者,何须安仁捉刀? 况他书并无此言,《晋书》单文孤证,恐系记载之误,未

---

① (清)吴淇:《六朝选诗定论》,扬州:广陵书社,2009年版,第180页。
② (清)何焯:《义门读书记》,北京:中华书局,1987年版,第891页。
③ (清)桂馥:《札朴》,北京:商务印书馆,1958年版,第185页。

可便以为据也。"①由于是"单文孤证",故桂馥的观点很难被人接受。

尽管如此,潘《诗》与石《序》间仍有着非同寻常的关系。虽然就文体而言,一为五言诗,一为散文,差别较大,但二者在主要内容、行文结构等方面又是高度一致的。这种一致性如果通过文本比较,则表现得更为直观。为论述明晰,兹以潘《诗》为基准、石《序》为参照,列表如下:

表 6　潘岳《金谷集作诗》与石崇《金谷诗序》文本对照表

潘《诗》②	石《序》③
王生和鼎实,石子镇海沂。	余以元康六年,从太仆卿出为使,持节监青徐诸军事、征虏将军。//时征西大将军祭酒王诩当还长安。
亲友各言迈,中心怅有违。何以叙离思,携手游郊畿。	余与众贤共送往涧中。
朝发晋京阳,夕次金谷湄。回溪萦曲阻,峻阪路威夷。	有别庐在河南县界金谷涧中,或高或下。
绿池泛淡淡,青柳何依依。滥泉龙鳞澜,激波连珠挥。前庭树沙棠,后园植乌椑。灵囿繁若榴,茂林列芳梨。	有清泉、茂林、众果、竹、柏、药草之属,莫不毕备。
饮至临华沼,迁坐登隆坻。玄醴染朱颜,但愬杯行迟。	昼夜游宴,屡迁其坐。或登高临下,或列坐水滨。
扬桴抚灵鼓,箫管清且悲。	时琴瑟笙筑合载车中,道路并作。及往,令与鼓吹递奏。
春荣谁不慕,岁寒良独希。	感性命之不永,惧凋落之无期。
投分寄石友,白首同所归。	
	又有水碓、鱼池、土窟,其为娱目欢心之物备矣。//遂各赋诗,以叙中怀。或不能者,罚酒三斗。//故具列时人官号、姓名、年纪,又为诗著后。后之好事者,其览之哉。凡三十人,吴王师、议郎、关中侯、始平武功苏绍字世嗣,年五十,为首。

据表 6 可知,潘《诗》只有结尾"投分寄石友,白首同所归"在石《序》中无对应文字,而其他内容大体不出石《序》的范围。不过与石《序》相比,潘《诗》在结构上更紧凑、在语言上更精炼、在辞藻上更华美、在描写上更细致,呈现出更高的文学水准。这是其后来得以被萧统选入《文选》的主要原因。但问题在于,二者在内容上为何会存有此种对应关系呢?在写作时间

---

① 余嘉锡:《世说新语笺疏》,北京:中华书局,2007 年版,第 744 页。
② (梁)萧统:《文选》,(唐)李善注,上海:上海古籍出版社,1986 年版,第 977～978 页。
③ (清)严可均:《全上古三代秦汉三国六朝文》,北京:中华书局,1958 年版,第 1651 页。

上究竟孰先孰后？这是我们必须要回答的问题。

就潘《诗》、石《序》创作时间而言，笔者认为，只有石《序》在前之理，而绝无潘《诗》在前之可能。《世说新语·品藻》云："谢公云：'金谷中，苏绍最胜。'"杨勇先生注引晋宋时人戴延之《西征记》云："梓泽去洛城六十里。梓泽，金谷也。中朝贤达所集，赋诗犹存，是石崇居处。"① 又裴松之《三国志·魏志·苏则传》注云："臣松之案：谕子绍，字世嗣，为吴王师。石崇妻，绍之兄女也。绍有诗在《金谷集》。"② 据此，则当日金谷宴集时诸人所赋诗作确曾以《金谷集》形式而流传于世，且最晚在裴松之完成《三国志注》的宋文帝元嘉六年（429 年）之前尚能得见。③ 石崇是当日宴集的东道主。据序中"故具列时人官号、姓名、年纪，又为诗著后。后之好事者，其览之哉"诸语，可知《金谷集》为石崇所编，此序也是其为《金谷集》而作。这一点应该不成问题。又《世说新语·企羡》云：

> 王右军得人以《兰亭集序》方《金谷诗序》，又以己敌石崇，甚有欣色。

余嘉锡先生笺疏云："此以《金谷诗序》与石崇分而言之者，盖时人不独谓两《序》文词足以相敌，且以逸少为兰亭宴集主人，犹石崇之在金谷也。"④ 由此可见，石《序》必是世称名篇，故时人才以王羲之《兰亭集序》方之。假使潘《诗》在石《序》之前，为安仁在宴集时所作，那么石崇序文不过是用散文形式对安仁此诗的适当改写而已，且艺术价值又远逊原诗，有何魅力能让风雅名士王羲之引为同类、倾慕不已？故从此角度推测，只能是潘岳依石《序》而作此诗。更准确地说，潘《诗》应该是用五言诗形式对石《序》的再现与表现。

事实上，此问题的答案在石《序》"又为诗著后"句中已稍现端倪。笔者认为此处"又为诗著后"，当是指石崇在《金谷集》编撰完成之后，又于该集后附诗一首。换句话说，所附之诗当是为《金谷集》而作。此举与王羲之《临河序》中"故列序时人，录其所述"⑤有所不同。我们不能将"又为诗著

---

① 杨勇：《世说新语校笺》，台北：（台湾）正文书局，2000 年版，第 475 页。
② （晋）陈寿：《三国志》，北京：中华书局，1982 年版，第 493 页。
③ 参见中华书局编辑部：《三国志·出版说明》，北京：中华书局，1982 年版，第 2 页。
④ 余嘉锡：《世说新语笺疏》，北京：中华书局，2007 年版，第 743～744 页。
⑤ （清）严可均：《全上古三代秦汉三国六朝文》，北京：中华书局，1958 年版，第 1609 页。

后"的意思简单理解为把诸人宴集所赋诗作著于其人姓名之后。因为石崇编《金谷集》,只是想化解源自"性命不永,凋落无期"的恐惧,而并不是纯粹为了保存宴集所赋诗歌。人生一世,终究难逃一死,但最可悲的是没有人知道我们曾经精彩地活过。因而对于石崇而言,宴集本身之人事远重于所赋之诗。故参与宴集者无论其能否为诗,在《金谷集》中都具列其"官号、姓名、年纪"。而让"后之好事者"知晓当日金谷盛会的最好办法,莫过于让此集在后世能长久流传下去。故石崇需要在此集后附上一首压卷之作,详述此次宴集之始末原委。如此则不假良史之辞,亦可获飞乘之势,从而有利于《金谷集》的传播。而潘岳在当时既是金谷宴集的参与者,也是石崇趣味相投的好友,更是首屈一指的诗人,因而他是作此诗的最佳人选。如此情形之下,石崇请潘岳为其所编《金谷集》作诗,自然是极有可能的事情。

据《晋书·潘岳传》可知,潘安仁本是"趋利""谄媚"之徒,仿已有之序文而另作新诗,既能允好友之来命,又可成宾主之双美,故何乐而不为?此诗末句"投分寄石友,白首同所归",已点明此诗宗旨确是赠答石崇而非送别王诩。这与石《序》所述"时征西大将军祭酒王诩当还长安,余与众贤共送往涧中,赋诗以叙中怀"之说明显不同。对此,清人吴淇说得最为透彻,"此诗石之意单注于王,而潘之意又单注于石"①。这一层意思,石《序》中自然不可能有,而潘《诗》亦不可能无。如此,则上文关于潘《诗》末句在石序中独无对应文字的现象,也就有了较为合理的解释。潘岳此诗与当时一般宴会赋诗不同,即详述宴集原委而不局限于场面之描写。笔者认为此现象亦需置于上述背景之下,始可能有确解。

据上所论,潘岳当是承石崇之请而为《金谷集》作诗,以附于诗集之后,而绝无可能是石崇先仿潘《诗》而后写序文。由于在王羲之生活的东晋时期,《金谷集》尚且传世,因而只需据其编排体例即可看出潘《诗》与石《序》间的内在联系。故时人将《兰亭集序》比作石崇《金谷诗序》时,王羲之能"甚有欣色"。有鉴于此,笔者认为潘岳《金谷集作诗》实应理解为《〈金谷集〉作诗》,不能视其为金谷宴集时所作之诗。逯钦立先生曾据李善《文选注》辑出两首金谷诗残句,即潘岳《金谷会诗》"遂拥朱旄,作镇淮泗"句②与杜育《金谷诗》"既而慨而,感此离析"句③。此二诗皆为四言。这与西晋四

---

① (清)吴淇:《六朝选诗定论》,扬州:广陵书社,2009年版,第180页。
② 逯钦立:《先秦汉魏晋南北朝诗》,北京:中华书局,1983年版,第632页。
③ 逯钦立:《先秦汉魏晋南北朝诗》,北京:中华书局,1983年版,第757页。

言雅颂体在"祖饯""公宴"诗中风靡一时的诗坛实况也颇为吻合。① 因而笔者推测,它们才应该是当日金谷宴集时所赋之诗。

后人多据萧统《文选》,将潘岳《金谷集作诗》视为"祖饯""公宴"类诗歌的典范作品。笔者认为,《文选》的编撰者在面对此诗时很可能犯了一个错误。而此错误的产生,很可能是由于其在编《文选》时《金谷集》已经亡佚。据上文所引裴松之《三国志注》可知,石崇所编《金谷集》最晚在南朝宋文帝元嘉六年(429年)尚且存世。但《隋书·经籍志》(以下简称"《隋志》")中已不曾著录此书,且此后《旧唐书·经籍志》《新唐书·艺文志》等文献中也未见著录。按《隋志》编撰体例,若是"梁有"而隋亡之书目,则必标出。据清人钱大昕的观点,《隋志》所据实为梁代阮孝绪的《七录》。② 如此,则《金谷集》在《七录》中应该也未曾被阮孝绪著录。阮氏《七录序》云:"凡自宋、齐已来,王公搢绅之馆,苟能蓄聚坟籍,必思致其名簿。凡在所遇,若见若闻,校之官目,多所遗漏。遂总集众家,更为新录。"③对此,余嘉锡先生认为:"是则凡当时目录所有,皆加采辑,不必亲见其书,此则阮氏之创例。"④由此可见,阮氏当日所见官、私诸目录中似乎也无《金谷集》的记录。

萧统与阮孝绪为同时代人,倘若我们上述推测不错,那么萧统应该也未曾见过《金谷集》原貌。又阮氏《七录序》云:"齐末兵火,延及秘阁。有梁之初,缺亡甚众,爰命秘书监任昉躬加部集。又于文德殿内别藏众书,使学士刘孝标等重加校进。"⑤可知在齐、梁之际,朝廷秘阁必有大量书籍毁于兵火之中。盖自宋初至齐末,已逾七十年。《金谷集》很可能在此时亡佚,但准确时间难以断定。然而其在梁代已不复存在,则似可成定论。又《隋志》录有"晋黄门郎潘岳集十卷"⑥,且自梁至隋卷帙未见减少,应该保存完

---

① 笔者据逯钦立先生所录西晋诗统计,除潘、杜3首外,在面对"祖饯""公宴"类题材时,有15人在30首诗中选择四言体,分别是傅玄1首、李密1首、应贞1首、王瓒1首、荀勖1首、王济1首、孙楚2首、张华3首、何劭1首、陆机5首、陆云5首、羊孚2首、阮修1首、王赞3首、潘尼2首;有5人在6首诗中选择五言体,分别是荀勖1首、孙楚2首、陆机1首、潘尼1首、王浚1首。可见无论是从诗人分布还是从诗歌数量来说,四言体都是此类题材诗歌的主流样式。关于对西晋诗风雅化现象的论述,可参见葛晓音:《八代诗史》第四章《西晋诗风的雅化》相关内容,西安:陕西人民出版社,1989年版,第103～109页。
② (清)钱大昕:《廿二史考异》卷三四《隋书二·经籍志一》"《周易》二卷"条按语,南京:凤凰出版社,2008年版,第442页。
③ (清)严可均:《全上古三代秦汉三国六朝文》,北京:中华书局,1958年版,第3346页。
④ 余嘉锡:《目录学发微》,北京:中华书局,2007年版,第108页。
⑤ (清)严可均:《全上古三代秦汉三国六朝文》,北京:中华书局,1958年版,第3345～3346页。
⑥ (唐)魏征等:《隋书》,北京:中华书局,1973年版,第1062页。

好。有鉴于此,笔者认为萧统将潘岳此诗录入《文选》时,所据当是其别集,而非《金谷集》本身。这就为其误读此诗提供了可能。盖古人文章只有句读而无标点,故潘岳此诗一旦脱离《金谷集》特定的文本背景,也就失去了与石崇序文之间的内在联系,很容易遭到后人误解。又唐初李善在注《文选》所录谢灵运《南楼中望所迟客》诗时,曾引用过西晋杜育的《金谷诗》,即上举"既而慨而,感此离析"句。《隋志》录有"晋国子祭酒杜育集二卷"①,且两唐《志》所录与此相同。故笔者推测,李善所据应该也是杜育别集。因而此条材料并不能说明《金谷集》至唐初犹存。故综上所述,我们大致得出结论如下:(一)潘岳此诗原本是为《金谷集》而作,故应理解为《〈金谷集〉作诗》,它与石崇《金谷诗序》在主要内容、行文结构等方面的一致性就是证据;(二)由于《金谷集》在梁代已亡佚,故潘《诗》与石《序》之间的关系也由明朗趋向隐蔽;(三)萧统在编《文选》时未能亲见《金谷集》,因而其选录此诗所据当是潘岳别集,这就为误读的发生提供了可能;(四)由于金谷流风与《文选》对后世的巨大影响,后人将此诗视为"祖饯""公宴"类诗歌的典范并不奇怪,但这种误解现在理应得到消除。

如上所论,则《金谷集作诗》显然不是潘岳随意为之的作品,而是其以石崇序文读者的身份,进而用五言诗的形式改写序文内容的产物。故石崇本人虽不曾参与此诗的创作,但其序文内容作为原始素材始终隐藏在诗歌文本之中。因而,石崇希望从中看到哪些内容与潘岳希望石崇从中看到哪些内容,共同影响了潘岳《金谷集作诗》的最终写成。法国社会学家布尔迪厄指出:

> 文化生产场每时每刻都是两条等级化原则即他律原则与自主原则之间的斗争的场所,他律原则有利于那些在经济和政治方面对场实施统治的人,自主原则驱使它的最激进的捍卫者把暂时的失败变成上帝挑选的一个标志,把成功变成与时代妥协的一个标志。②

布尔迪厄的此番言论,对推论潘岳《金谷集作诗》的创作心理颇具启发意义。盖石崇作为金谷集会的东道主及《金谷集》的编纂者,他在此具体的权

---

① (唐)魏征等:《隋书》,北京:中华书局,1973年版,第1063页。
② 〔法〕布尔迪厄:《艺术的法则:文学场的生成与结构》,刘晖译,北京:中央编译出版社,2011年版,第193页。

力场中凭借其高贵的政治身份占据了一个核心位置,而赋诗、编集等活动又将此权力场与文学场紧密联系在一起。石崇之审美趣味、序文内容、期待视野之于潘岳《金谷集作诗》则是一种隐性存在的他律原则,而潘岳本人的艺术涵养、诗歌才能、创作激情则是一种显性存在的自律原则。潘岳此诗只有在得到石崇的认可之后,才能在此特定社会空间中实现其自身价值的转换。我们甚至可以说,潘岳此诗从题材内容到艺术风貌,都是宾主双方妥协折中的结果。

勒内·韦勒克与奥斯汀·沃伦认为:"那些支持作家的贵族保护人,也是一种读者,而且往往是一种苛求的读者,他们不仅要求作家奉承他们个人,同时还要求作家与贵族阶级的规范保持一致。"①这种现象在西晋诗坛极为常见。其中最有代表性的,首推皇家园林——华林园中的人与诗。

二、双重场域结构的典范:华林园中的人与诗

华林园本称"芳林园",是魏晋时期著名的皇家园林,故址在今河南洛阳东面的洛阳故城内。关于华林园的历史沿革、场所建筑、社会功能等,胡运宏先生的系列论文已论之甚详。② 本节拟在这些研究成果的基础上,结合中古文献对西晋时期的历次华林园宴会赋诗作一些考论,以期能通过这一典型个案研究揭示西晋主流诗风形成的若干隐性因素。

《三国志·魏书·文帝纪》裴松之注:"芳林园即今华林园,齐王芳即位,改为华林。"③据此可知,洛阳华林园始名于齐王曹芳。南朝萧统《文选》收录西晋诗人应贞《晋武帝华林园集诗》一首,唐代李善注引《洛阳图经》云:"华林园在城内东北隅。魏明帝起名芳林园,齐王芳改为华林。"④曹魏时期的华林园规模宏大,设施完备,亭台楼阁、池沼苑囿、花鸟树木,无不毕备。尤其是珍异果木众多,更是成为园林一绝。据《艺文类聚》引《晋宫阙名》记载,西晋华林园中有桃、樱桃、柿、枣、胡桃、枇杷、木瓜、葡萄、芭蕉等果木,又有柏、榆、枫香、君子、女贞、长生、木槿、木兰、合欢、栀子等。⑤

---

① 〔美〕勒内·韦勒克、奥斯汀·沃伦:《文学理论》,刘象愚等译,南京:江苏教育出版社,2005年版,第107页。
② 参阅胡运宏、贺俊杰:《六朝华林园史考》,载《北京林业大学学报》,2013年第3期;胡运宏:《六朝第一皇家园林——华林园历史沿革考》,载《中国园林》,2013年第7期。
③ (晋)陈寿:《三国志》,北京:中华书局,1982年版,第84页。
④ (梁)萧统:《文选》,上海:上海古籍出版社,1986年版,第952页。
⑤ (唐)欧阳询:《艺文类聚》,北京:中华书局,1999年版,第1465~1554页。

可谓果木成林、绿树成荫,风景秀丽。据此亦可想象,园中景色必定极为幽美。《初学记》"黄门侍郎"条云:

> （高贵乡公）幸华林,赐群臣酒,酒酣,上援笔赋诗,群臣以次作。二十四人不能著诗,授罚酒。黄门侍郎钟会为上。①

华林园君臣宴会赋诗最早即始于此。自司马炎代魏称帝之后,华林园仍是朝廷君臣宴会之绝佳场所。晋武帝司马炎曾分别于泰始四年（268年）、太康元年（280年）、太康六年（285年）在这里大宴群臣,吟诗作赋以为乐事,成为一时盛事。甚至在永嘉之乱后,晋室南迁,华林盛宴依旧保留在司马氏家族成员的文化记忆之中,故晋成帝咸和七年（332年）修治宫城园囿时,仍径直将其命名为"华林园"。从诗歌史演进角度而言,晋武帝华林园雅集赋诗对西晋诗风的形成有着很大的引领作用,晋武帝君臣对礼乐文化的建构意识、华林园的空间审美指向,均启引着西晋诗人对诗歌审美风格的体认。② 但这种影响显然是间接的、隐性的,它不是通过以帝王为代表的上层贵族士大夫直接参与诗歌创作来完成,而是需要借助于上文所说的双重场域结构来阐释。

据逯钦立先生《先秦汉魏晋南北朝诗》所录,现存西晋时期与华林园相关的诗歌有应贞《晋武帝华林园集诗》、荀勖《从武帝华林园宴诗》《三月三日从华林园诗》、王济《平吴后三月三日华林园诗》《从事华林诗》、程咸《平吴后三月三日从华林园作诗》、闾丘冲《三月三日应诏诗两首》等。西晋君臣于华林园所作之诗虽多有亡佚,然从残存之篇章亦可想见当日把酒言诗之盛况。故通过对华林园中的人与诗进行考证与推论,我们可以较为清晰地看出权力场与文学场这一双重场域结构在此如何形成,又是如何发挥作用并最终影响当时的诗歌创作。

华林园所作诸诗,首推应贞《晋武帝华林园集诗》,不仅是因此诗写成时间较早,更是因其对西晋诗风影响巨大。诚如俞士玲教授所言,"它一变曹魏集团侍宴诗的风格,规范了晋世侍宴诗的形式、章法和风格"③。应贞（234—269）,字吉甫,汝南南顿人,是魏侍中应璩之子。萧统《文选》卷二十"公宴"类录其《晋武帝华林园集诗》一首。李善注引干宝《晋纪》云:"泰始

---

① （唐）徐坚:《初学记》,北京:中华书局,1962年版,第283页。
② 冯源:《晋武帝华林园雅集对西晋诗风的启引》,载《甘肃社会科学》,2016年第5期。
③ 俞士玲:《西晋文学考论》,南京:南京大学出版社,2008年版,第216页。

四年二月,上幸芳林园,与群臣宴,赋诗观志。"又另引孙盛《晋阳秋》云:"散骑常侍应贞诗最美。"①《晋书·应贞传》亦云:"帝于华林园宴射,贞赋诗最美。"②且史臣论曰:"至于应贞宴射之文,极形言之美,华林群藻,罕或畴之。"③据上述材料可知:(一)晋武帝泰始二年(266年)二月于华林园组织的君臣宴会中有赋诗活动,且当时赋诗者不止一人;(二)晋武帝组织群臣赋诗,不仅在于娱乐,更是为了观群臣之志,此举不出先秦儒家"赋诗言志"之传统;(三)应贞此诗在内容上必有超出群臣之处,故得以称"最美"。考虑到此诗作于西晋立国之初,其文义之美又得到当时宴会君臣的共同赏识,故其对西晋时期"公宴"诗的创作具有相当重要的典范作用。为论述方便,兹引全文如下:

  悠悠太上,民之厥初。皇极肇建,彝伦攸敷。五德更运,应箓受符。陶唐既谢,天历在虞。(一章)
  于时上帝,乃顾惟眷。光我晋祚,应期纳禅。位以龙飞,文以虎变。玄泽滂流,仁风潜扇。区内宅心,方隅回面。(二章)
  天垂其象,地耀其文。凤鸣朝阳,龙翔景云。嘉禾重颖,蓂荚载芬。率土咸序,人胥悦欣。(三章)
  恢恢皇度,穆穆圣容。言思其顺,貌思其恭。在视斯明,在听斯聪。登庸以德,明试以功。(四章)
  其恭惟何,昧旦丕显。无理不经,无义不践。行舍其华,言去其辩。游心至虚,同规易简。六府孔修,九有斯靖。(五章)
  泽靡不被,化罔不加。声教南暨,西渐流沙。幽人肆险,远国忘遐。越裳重译,充我皇家。(六章)
  峨峨列辟,赫赫虎臣。内和五品,外威四宾。修时贡职,入觐天人。备言锡命,羽盖朱轮。(七章)
  贻宴好会,不常厥数。神心所受,不言而喻。于是肆射,弓矢斯御。发彼五的,有酒斯饫。(八章)
  文武之道,厥猷未坠。在昔先王,射御兹器。示武惧荒,过亦为失。凡厥群后,无懈于位。(九章)④

---

① (梁)萧统:《文选》,(唐)李善注,上海:上海古籍出版社,1986年版,第952页。
② (唐)房玄龄:《晋书》,北京:中华书局,1974年版,第2370页。
③ (唐)房玄龄:《晋书》,北京:中华书局,1974年版,第2406页。
④ 逯钦立:《先秦汉魏晋南北朝诗》,北京:中华书局,1983年版,第580~581页。

此处依逯钦立先生的意见,将全诗分为九章。揆之内容,当为可信。除应贞诗外,现存同时之作尚有荀勖《从武帝华林园宴诗》。荀勖,字公曾,出自颍川颍阴荀氏,为西晋开国功臣,深受晋武帝赏识。为论述方便,今亦引其诗如下:

> 习习春阳,帝出乎震。天施地生,以应仲春。思文圣皇,顺时秉仁。钦若灵则,饮御嘉宾。洪恩普畅,庆乃众臣。(一章)
> 其庆惟何,锡以帝祉。肆觐群后,有客戾止。外纳要荒,内延卿士。箫管咏德,八音咸理。凯乐饮酒,莫不宴喜。(二章)①

逯钦立先生认为,荀勖此诗与其另一首《三月三日从华林园诗》为同时之作,并进一步指出"盖一用四言,一用五言也"②。事实上,这应是一种误解。按《周礼》已有"仲春二月,会男女之无夫家者"的说法,可见"仲春"特指"二月"是一种约定俗成的说法。据此诗"天施地生,以应仲春"句,则此诗当作于二月,并非三月。且荀勖《三月三日从华林园诗》明言"清节中季春",则三月为季春也。又此诗"顺时秉仁"四字,与应贞诗二章义近。据此,笔者认为荀勖此诗实与应贞《晋武帝华林园集诗》为同时之作。倘若如此推测不错,那么通过比较二诗的文本内容,即可阐释应贞诗"最美"之原因所在。否则,我们便难以理解应贞此诗的独特性与典范性究竟何在。正是在与同时之作一起比较印证的过程中,它的经典性因素才被描述出来,它在文学与权力双重场域结构中的价值才得以彰显。

现在,让我们再次回到诗歌文本。应贞此诗用四章的篇幅论证了晋武帝司马炎拥有天下的合法性地位。这几乎占用了全诗一半的篇幅。虽然这样的表达方式后来已成为西晋应制诗的惯用模式,但在西晋立国伊始,如此表达除了形式意义之外,更具备深刻的现实意义。我们知道西晋政权之取得并非光明正大,而是充满着阴谋与血腥。如《世说新语·尤悔》云:

> 王导、温峤俱见明帝。帝问温前世所以得天下之由,温未答。顷,王曰:"温峤年少,未谙。臣为陛下陈之。"王乃具叙宣王创业

---

① 逯钦立:《先秦汉魏晋南北朝诗》,北京:中华书局,1983年版,第592页。
② 逯钦立:《先秦汉魏晋南北朝诗》,北京:中华书局,1983年版,第592页。

之始,诛夷名族,宠树同己,及文王之末高贵乡公事。明帝闻之,覆面箸床曰:"若如公言,祚安得长?"①

历史上通过阴谋诡计改朝换代之事并不罕见,然如魏晋之间政权嬗变的残忍程度,甚至连司马氏后世子孙闻之亦感到心有不安。此外,晋武帝皇位继承权的取得亦非名正言顺。《晋书·武帝纪》云:

> 初,文帝以景帝既宣帝之嫡,早世无后,以帝弟攸为嗣,特加爱异。自谓摄居相位,百年之后,大业宜归攸。每曰:"此景王之天下也。吾何与焉?"将议立世子,属意于攸。何曾等固争曰:"中抚军聪明神武,有超世之才,发委地,手过膝,此非人臣之相也。"由是遂定。②

司马炎本来并非世子之最佳人选,亦非什么超世之才,史官为尊者讳,将其篡取世子之位归因于群党力争。事实上司马炎执掌朝廷大权的中抚军身份,才是迫使司马昭就范的决定性因素。不仅如此,晋武帝的叔祖司马孚至死都不认同由自己家族所建立的新王朝。《晋书·安平献王孚传》云:

> 及武帝受禅,陈留王就金墉城。孚拜辞,执王手,流涕歔欷,不能自胜,曰:"臣死之日,固大魏之纯臣也。"③

《晋书·安平献王孚传》又云:

> 临终,遗令曰:"有魏贞士河内温县司马孚,字叔达,不伊不周,不夷不惠,立身行道,终始若一,当以素棺单椁,敛以时服。"泰始八年薨。④

以上所举事件,皆为晋武帝所亲历。因而泰始四年(268 年)二月之时,风景宜人的华林园中虽然看起来君臣共宴,其乐融融,然而华林园之外的天地却并不安宁。盖其时内有难驯之家臣,外有不服之邻邦。应贞此时担任

---

① 余嘉锡:《世说新语笺疏》,北京:中华书局,2007 年版,第 1054 页。
② (唐)房玄龄:《晋书》,北京:中华书局,1974 年版,第 49 页。
③ (唐)房玄龄:《晋书》,北京:中华书局,1974 年版,第 1084 页。
④ (唐)房玄龄:《晋书》,北京:中华书局,1974 年版,第 1085 页。

给事中一职,常事皇帝左右以备应对顾问之事,可算是皇帝近臣。他似乎颇善于揣测晋武帝的心思,故不惜用四章篇幅来详论其政权的合法性地位。这正是其做人的高明之处,也是此诗成功的基础。

应贞诗首章云:"五德更运,应箓受符。"此言晋武帝获取政权本是天命所钦,凸显西晋统治的合理性。二章云:"光我晋祚,应期纳禅。"此言晋武登位是顺时而起,解释西晋王朝建立的合法性。三章云:"率土咸序,人胥悦欣。"此言晋武执政本是臣民所向。四章云:"登庸以德,明试以功。"此言晋武凭借自身道德继位本是人心所察。此四点可谓层层推进、句句有理、字字得力,能竭力揣摩武帝所思,减缓其以不正当方式获取帝位的焦虑感。特别是"登庸以德"四字,颇显作者良苦用心。盖用一"德"字不仅能粉饰司马氏家族过往所有的阴谋与血腥,而且能将晋武帝司马炎置于儒家一贯提倡的"明德贤君"的序列之中。同时,"明试以功"四字不仅褒美晋武帝之公正严明,而且更重要的是能暗示在场众人皆为晋朝立国之功臣。昔日之功,是近日诸人忝列华林园中饮酒赋诗为乐的政治凭借。在如此宴会场合,区区八个字而能顾及宾主双方之情绪与心理感受,实可谓诗坛之俊杰。故清人何焯《义门读书记》云:"应吉甫《晋武帝华林园集诗》'登庸以德'二句,此即明聪之实也。"①

相比之下,荀勖《从武帝华林园宴诗》则明显缺少这一层意思。荀诗开头即云:"习习春阳,帝出乎震。"《周易·说卦》云:"帝出乎震。"孔颖达《周易正义》引王弼注云:"帝者,生物之主,兴益之宗,出震而齐巽者也。"孔氏进而认为,"辅嗣之意,以此帝为天帝也。帝若出万物,则在乎震"②。据此,则荀诗所云之"帝",并非特指晋武帝,而只是袭用《周易》陈词,并借此表明宴会之时间而已,似无其他深意。从这里更可以看出应贞诗的独特性与典范性。据上文李善注《文选》所引干宝《晋纪》记载,则晋武帝在立国之初组织此次宴会赋诗活动,是为了观群臣之志,具有一定的政治色彩。然而荀勖《从武帝华林园宴诗》几乎全篇都在描绘宴会欢乐之场景,他似乎已完全沉醉于宴会的喜悦之中。应贞《晋武帝华林园集诗》则与此不同,他在论述完晋武帝政权合法性地位之后,虽也写了一些称颂其政新人和、文治武功的套话,然其诗末章则别有深义。应贞诗云:"示武惧荒,过亦为失。"

---

① (清)何焯:《义门读书记》,北京:中华书局,1987年版,第889页。
② (唐)孔颖达:《周易正义》,《十三经注疏》标点本,北京:北京大学出版社,1999年版,第327页。

所言何事不可详考,或是谏晋武帝不可穷兵黩武,然讽谏之义甚明。又云:"凡厥群后,无懈于位。"寻其文意,当是告诫群臣皇恩浩荡,今后仍需各自努力。如此写来,则能兼顾宴会中君臣双方之所想,从而在某种程度上实现了晋武帝组织此次宴会之真实意图。故从应贞诗末章内容来看,既有代群臣讽谏晋武之意,此则不为佞臣;复有代晋武训导群臣之言,此则不为庸臣。不佞不庸,尽显人臣忠君之大义,此种内容亦为晋武所欲观。应贞之言志与晋武帝之观志,在华林园这一典型的双重场域结构中通过赋诗的形式得以完成。显然,应贞诗所具备的深层意思更是荀勖诗泛述宴会之乐所无法比拟的。应贞《晋武帝华林园集诗》在当时被公认为"最美"之作,《文选》亦曾予以收录,除文辞华美典雅之外,文义含蓄得体或许才是主因。

如泰始四年(268年)二月华林园中的君臣宴会,太康元年(280年)三月三日还曾举行过一次,且亦伴有赋诗活动。盖此次宴会的举行,一则由于三月三日是传统的上巳节,二则缘于平吴之役的胜利。《北堂书钞》载两晋程咸《华林园诗序》云:

> 平原后三月三日从华林园作坛宣宫张朱幕诏延群臣。

此语颇为晦涩,难以句读。逯钦立先生认为:

> 原文盖有序有诗,后有脱落,故不可通。"平原后"乃"平吴后"之讹,"坛宣宫"一下殆是"坛宫张朱幕,有诏延群臣"两逸句也。①

据笔者考证,参加此次宴会的人数不少,有晋武帝、程咸、王济、荀勖、闾丘冲等人。在此次君臣宴会上,晋武帝是否参与作诗不可考。程咸、王济二人的诗题已标明"平吴后三月三日",应无异议。闾丘冲《三月三日应诏诗》中有"蔼蔼华林""德被遐荒""惠此中国,以绥四方"诸语,必当为一时之作。唯荀勖一诗的创作背景,向无定论。按荀勖是晋武帝近臣,常侍左右亦为可信。其《三月三日从华林园诗》云:

> 清节中季春,姑洗通滞塞。玉辂扶绿池,临川荡苛慝。②

---

① 逯钦立:《先秦汉魏晋南北朝诗》,北京:中华书局,1983年版,第552页。
② 逯钦立:《先秦汉魏晋南北朝诗》,北京:中华书局,1983年版,第592页。

此诗最早为唐代徐坚《初学记》所引,只有此四句,应是荀勖原诗的某一片段。"姑洗"者,古代乐律之名也。盖古乐分十二律,姑洗为第五。《史记·律书》云:"三月也,律中姑洗。姑洗者,言万物洗生。"①据此,则此处"姑洗"当代指三月。"苛慝"者,当是邪恶残暴之代称。《左传·昭公十三年》云:"苛慝不作,盗贼伏隐,私欲不违。"②又阮籍《为郑冲劝晋王笺》云:"威加南海,名慑三越。宇内康宁,苛慝不作。"③荀诗所云"通滞塞"及"荡苛慝",应该皆代指平吴之役一事。据此,则荀勖《三月三日从华林园诗》当脱"平吴后"三字。故此诗实与程、王二诗为同时之作。

从现存诗篇看,太康元年(280年)三月三日的这次华林园宴会赋诗活动有一点颇可注意,即四言、五言二体并作。盖程、荀诗为五言体,王济、闾丘冲诗为四言体。五言诗这一新兴诗歌体式虽在建安诗坛已呈腾踊之势,然亦不过为"三曹""七子"等人所独专。萧涤非先生曾说过:"五言在当时虽为一种新兴诗体,然在一般朝士大夫心目中,其格乃甚卑,远不如吾人今日所估计。"④钱志熙先生也认为,"建安时期,诗歌创作者只是北方曹魏集团中的极小部分人"⑤。翻阅《后汉书》与《三国志》,可知二位先生所言不虚。就当时整个士大夫群体而论,多数士人事实上并未倾心于此,故五言诗体的诗坛地位必不甚高。这一点在西晋时期表现得尤为明显。四言诗不仅在创作数量上足可与五言诗相颉颃,而且在时人的诗歌观念中依然占据着正宗的诗坛地位。如挚虞《文章流别论》云:"夫诗虽以情志为本,而以成声为节。然则雅音之韵,四言为正,其余虽备曲折之体,而非音之正也。"⑥《晋书·挚虞传》云:

> 挚虞字仲洽,京兆长安人也。父模,魏太仆卿。虞少事皇甫谧,才学通博,著述不倦。⑦

从师承关系上看,挚虞是西晋大儒皇甫谧的弟子。又《晋书·皇甫谧传》云:

---

① (汉)司马迁:《史记》,北京:中华书局,1982年版,第1246页。
② 杨伯峻:《春秋左传注》,北京:中华书局,2009年版,第1351页。
③ 陈伯君:《阮籍集校注》,北京:中华书局,1987年版,第53页。
④ 萧涤非:《汉魏六朝乐府文学史》,萧海川辑补,北京:人民文学出版社,2011年版,第124页。
⑤ 钱志熙:《中国诗歌通史·魏晋南北朝卷》,北京:人民文学出版社,2012年版,第24页。
⑥ (唐)欧阳询:《艺文类聚》,上海:上海古籍出版社,1982年版,第1018~1019页。
⑦ (唐)房玄龄:《晋书》,北京:中华书局,1974年版,第1419页。

居贫,躬自稼穑,带经而农,遂博综典籍百家之言。沉静寡欲,始有高尚之志,以著述为务……门人挚虞、张轨、牛综、席纯,皆为晋名臣。①

皇甫谧(215—282),字士安,自号玄晏先生,安定朝那人,为西晋一代儒宗。挚虞为其受业弟子。观其师徒生平行事,皆可为当时正统士大夫之代表。按皇甫谧今存《女怨诗》一首,为四言;挚虞今存诗六首,其中五首为四言。据此可见,上引挚虞"雅音之韵,四言为正"之论显非虚言。

太康元年(280年)三月三日平吴后的这次华林园宴会赋诗,就诗歌发展史而言,颇有可值得注意的地方。盖新兴五言诗体与传统四言诗体在君臣宴会这一相对庄重的场合同台竞技,且并没有表现出文体上的高下之别。对于以曹操父子为主导的建安诗坛来说,由于在上者之提倡,公宴诗用五言体式可谓是一种常态,如曹植、王粲、陈琳、刘桢、阮瑀、应玚等人今存的《公宴诗》皆是五言。这是由于作为公宴组织者的曹操父子自身就偏爱且擅长五言诗写作。但河内司马氏乃东汉以来传统的世家大族,在经历汉末文化领域分流之后,并未改变其原有之文化信仰,亦如袁绍、刘表等人。正是因为这种社会属性的一致性,故司马氏家族子弟多不善属文,能为五言诗者则更是少见。据《晋书》记载,两晋时期整个司马氏家族唯有晋明帝司马绍"雅爱文辞"、齐王司马攸"能属文,善尺牍"。因而逯钦立先生《先秦汉魏晋南北朝诗》中辑录的两晋诗歌中,只有宣帝司马懿一首宴会歌辞与孝武帝司马曜一首《示殷仲堪诗》,且皆为四言。除诗歌文本散佚等原因外,我们认为此现象与司马氏家族不善于文章写作(特别是诗歌创作)这一客观因素有关。作为文化权力场这一双重场域结构中较为稳固的一极,具体到晋武帝司马炎来说,他虽不擅长诗歌创作,但还是间接影响了华林园诗风的形成。作为世代"伏膺儒教"的世家大族子弟,晋武帝对于《诗经》这一儒家经典必耳熟能详。故自幼习儒的成长环境,自然会赋予他特定的审美观念与阅读期待。《诗经》四言体作为最经典的诗歌样式,对晋武帝文学审美的影响作用不言而喻。因此,尽管他不擅长作诗,但并不意味着他不擅于读诗或者评诗。作为最高统治者,读诗或评诗正是晋武帝在日常生活中与朝臣士大夫交往的重要活动方式。他会按照惯有的文化心理机制对宴会赋诗进行甄选、评判与褒奖。这就涉及一种真正的文学结构层面的

---

① (唐)房玄龄:《晋书》,北京:中华书局,1974年版,第1409~1418页。

从属关系，它依照不同身份的宴会参与者在双重场域结构中所处的位置，不同程度地施加影响，进而形成一种折衷的诗歌风貌。

三、仪式与情感：二陆赠答诗研究

陆机、陆云兄弟在西晋文坛颇具声名，时人称之"二陆"。在他们现存的诗歌作品中，赠答诗占有相当重要的位置。据学者统计，"西晋五十年间，赠答诗作凡百四十余首，出于二陆之手者，即近五十首，且为《文选》收录者，已有十八首之多，故无论质、量方面，均都有可观"①。因而，二陆赠答诗无论是数量还是质量，都可视为西晋赠答诗的代表。关于这方面的研究，当前学术界已取得一些成果。②但众所周知，二陆皆是由吴入洛，特别是陆机还曾在吴亡后"退居旧里，闭门勤学，积有十年"③。而在此期间，诗坛风气已由邺下之慷慨悲凉转向洛阳之雍容典雅，如上文所论晋武帝称应贞华林园诗为最美即可为明证。故二陆诗歌如何能与洛阳诗风相融合，特别是陆机如何能以亡国之臣的身份渐执诗坛牛耳，则颇有可论之处。

笔者认为，二陆赠答诗中体现了仪式与情感的完美统一。所谓"仪式"，简单而言，指一种文学创作中的程序或形式。这种程序或形式可能来自社会审美风气，也可能来自文学传统的再现。所谓"情感"，指作者在受到人事、环境等外在因素刺激后所作出的心理反应。仪式与情感如何协调整合，主要视赠答对象而言。按赠答对象的不同，我们可将二陆赠答诗分为三类：（一）二陆兄弟间的赠答诗；（二）二陆与长官友僚间的赠答诗；（三）代人所作赠答诗。总体而论，二陆兄弟间的赠答诗往往是情感重于仪式，与长官友僚间的赠答诗偏重仪式，代人所作赠答诗则二者并重。

陆机《与弟清河云诗》及陆云《答兄平原诗》为兄弟之间的一组四言赠答诗，当前学术界一般认为此二诗作于太康二年（281 年）。④其余赠答之作，皆作于二陆入洛之后。故论二陆赠答诗，自当始于这一组四言诗。太

---

① 梅家玲：《汉魏六朝文学新论——拟代与赠答篇》，北京：北京大学出版社，2004 年版，第 177 页。按《文选》所录二陆赠答诗当为 16 首，此云 18 首，恐误。
② 除梅家玲此书外，还有孙明君《二陆赠答诗中的东南士族》，载《北京大学学报》，2007 年第 5 期。
③ （唐）房玄龄：《晋书》，北京：中华书局，1974 年版，第 1467 页。
④ 据郝立权考证，成都王司马颖上表奏请机为平原内史、云为清河内史，事在永宁二年，而此诗作于太康二年，故"清河""平原"当是后人所加。关于此诗作年，还有元康六年一说，如姜亮夫《陆平原年谱》、刘运好《陆士衡文集校注》等。但这种说法难以成立，详见曹道衡、沈玉成：《中古文学史料丛考》，北京：中华书局，2003 年版，第 131～133 页。

康元年(280年)三月,西晋平吴,陆机被虏至洛阳。太康二年,陆机被允许回南。此时陆云正为官寿阳。兄弟二人遂相约会于建业。陆机先至,作《与弟清河云诗》。陆云后至,与兄相聚于建业旧宅十余日,并作《答兄平原诗》①,二者构成一组赠答诗。陆机《与弟清河云诗序》云:

> 余弱年夙孤,与弟士龙,衔恤丧庭。续会逼王命,墨绖即戎。时并蒙发,悼心告别。渐历八载,家邦颠覆。凡厥同生,凋落殆半。收迹之日,感物兴哀。而龙又先在西,时迫,当祖载二昆,不容逍遥。衔痛东徂,遗情西慕。故作是诗,以寄其哀苦焉。

姜剑云先生认为:"陆机诗赋文章中有部分作品不仅有长短不等的序,而且某些序乃事后补写而成,如《思归赋》之序文。"②这是颇具启发性的观点。笔者认为,陆机此序亦为事后追叙补写而成,述作诗之缘由也。若不是补写,则序中"与弟士龙"及"龙又先在西"等句就不该用第三人称表达,而是应换作"君""汝"等第二人称。另外,序中"时迫"意为当时情况紧急,据此也可看出此序实为补作。这种现象在当时并不少见,如曹植《赠白马王彪诗序》,即为后补而成。③ 显然,陆机补作此序的期待读者并非陆云。那么,陆机何以要为此诗补一篇序文呢?

逯钦立先生将陆机《与弟清河云诗》分为十章。首章云:

> 于穆予宗,禀精东岳。诞育祖考,造我南国。南国克靖,实繇洪绩。惟帝念功,载繁其锡。其锡维何,玄冕衮衣。金石假乐,旄钺授威。匪威是信,称平远德。奕世台衡,扶帝紫极。

此章追溯江东陆氏的显赫家世,并彰显父祖辈的文治武功,字里行间尽显家族荣耀。我们必须时刻牢记,这是一首陆机赠送给其弟陆云的诗。陆机、陆云年龄相仿(仅相差一岁),经历相似,可谓同生共长。故陆云对家族历史岂有不知之理?这一点从陆云答诗"伊我世族,太极降精。昔在上代,轩虞笃生……光若辰昴,亮彼公门"等内容即可获悉。那么陆机赠诗为何要用如此篇幅来写家族荣耀及先祖功业呢?有学者认为这是陆机《文赋》

---

① 参见俞士玲:《陆机陆云年谱》,北京:人民文学出版社,2009年版,第37页。
② 姜剑云:《太康文学研究》,北京:中华书局,2003年版,第240页。
③ 曹道衡、沈玉成:《中古文学史料丛考》,北京:中华书局,2003年版,第42～43页。

中"咏世德之骏烈,诵先人之清芬"思想的体现。① 这种观点很容易使人误以为陆机此诗存在着明显的仪式性。但笔者认为此章内容实为下文情感之预演。而且《文赋》作于陆机晚年②,用其晚年之思想来解释其早年诗作似乎并不妥当。其诗二章云:

> 笃生三昆,克明克俊。遵涂结辙,承风袭问。帝曰钦哉,篡戎列祚。双组式带,绶章载路。即命荆楚,对扬休顾。肇敏厥绩,武功聿举。烟煴芳素,绸缪江浒。昊天不吊,胡宁弃予。

关于此章内容,刘运好先生以为"颂美其兄俊德之才与赫赫功勋"③。然对于"三昆"之俊德,陆云亦必明白至极。如其答诗云:"惟我贤昆,天姿秀生。含奇播殊,明德惟馨。"事实上,陆机赠诗的核心问题至此才出现,即"昊天不吊,胡宁弃予"。如此显赫的家世自当代代传承下去,但拥有俊德的兄长们都已不在人世。因而如何维护陆氏家族声誉,是陆机兄弟当时需要面对的现实问题。其诗三章、四章云:

> 嗟予人斯,胡德之微。阙彼遗轨,则此顽违。王事匪监,旍旆屡振。委籍旧戈,统厥征人。祈祈征人,载肃载闲。骙骙戎马,有□有翰。昔予翼考,惟斯伊抚。今予小子,缪寻末绪。
> 有命自天,崇替靡常。王师乘运,席卷江湘。虽□□守,守从武臣。守局下列,譬彼飞尘。洪波雷击,与众同泯。颠跋西夏,收迹旧京。俯惭堂构,仰懵先灵。孰云忍愧,寄之我情。

陆机认为自己能力不足,再者如今已是亡国之臣,"与众同泯",难以承担维护家族荣誉的重任,故云"忍愧"。《晋书·陆云传》云:"刺史周浚召为从事。谓人曰:'陆士龙当今之颜子也。'"④据此,则陆云此时已任职于新朝,且仕途前景远较陆机为优。因而陆机将振兴家族之希望寄托在陆云身上,完全在情理之中。其诗五章云:

---

① 参见孙明君:《两晋士族文学研究》,北京:中华书局,2010年版,第100页。
② 陆机《文赋》作年或有争议,然其为晚年之作则似已为学术界共识。详见逯钦立:《〈文赋〉撰出年代考》,收入《逯钦立文存》,北京:中华书局,2010年版,第445~456页。
③ 刘运好:《陆士衡文集校注》,南京:凤凰出版社,2007年版,第1144页。
④ (唐)房玄龄:《晋书》,北京:中华书局,1974年版,第1482页。

> 伊我俊弟，咨尔士龙。怀袭瑰玮，播殖清风。非德莫勤，非道莫宏。垂翼东畿，耀颖名邦。绵绵洪统，非尔孰崇。依依同生，恩笃情结。义存并济，胡乐之悦。愿尔偕老，携手黄发。

此章写陆云之俊德。正因其有此等俊德，故"绵绵洪统，非尔孰崇"，而陆机也萌生与其"携手黄发"之愿望。然现实却是兄弟二人八载未见，在此期间家邦复遭颠覆。故下文五章内容皆为抒发落魄哀苦之情，今文多不引。

陆机此诗初读之后，颇感其仪式性极强。从内容上看，先述家族荣耀、父祖功业，次述兄弟俊德，再述寄托之意，末述落魄哀苦。从语言上看，此诗深受《诗经》的影响，多处袭用或改用《诗经》中的诗句。然细按文理，则此诗情感始终能超越仪式。诚如清人陈祚明所言，"此平原生平言情之作也"①。陆云答诗在内容上、语言上多与此相对应，体现了赠答诗"礼尚往来"的特点。对此问题，梅家玲先生已多有揭示。然陆云答诗最可注意之处即为其末章内容：

> 谆仁泛爱，赐予好音。晞光怀宝，焕若南金。披华玩藻，华若翰林。咏彼清声，被之瑟琴。味此殊响，慰之予心。弘懿忘鄙，命之反复。敢投桃李，以报珠玉。冀凭光益，编诸末录。

陆云在此并未回应陆机赠诗末章所流露出的哀苦之情，而是转向称颂其兄文采出众，所赠之诗足以"慰之予心"。情感在此明显发生了转折。梅家玲先生认为原因有二：一为陆云对宗族父祖的荣誉感与责任感远不如陆机强烈，二为陆云对其兄文采素来倾倒备至。② 此说虽有其合理处，然终觉未达一间。俞士玲先生据陆云答诗"既至既觐，滞思旷年。旷年殊域，觐未浃辰"等内容，推测陆云答诗作于兄弟相会之后，颇有道理。③ 故至陆云答诗之时，兄弟二人已相处数日，此举足以慰二人八载流离相思之苦。

此后，陆机隐居旧里，闭门勤学，长达十年之久。陆云则被征召入洛，先后任太子舍人、浚仪令等职，并于太康八年（287年）因故去官归乡。但

---

① （清）陈祚明：《采菽堂古诗选》，上海：上海古籍出版社，2008年版，第1356页。
② 梅家玲：《汉魏六朝文学新论——拟代与赠答篇》，北京：北京大学出版社，2004年版，第182页。
③ 俞士玲：《陆机陆云年谱》，北京：人民文学出版社，2009年版，第37～38页。

当太康十年(289年)陆机再次入洛时,已是名满都下。考李善注《文选》引臧荣绪《晋书》云:"机誉流京华,声溢四表,被征为太子洗马。"①又潘岳《为贾谧作赠陆机诗》亦云:"鹤鸣九皋,犹载厥声。况乃海隅,播名上京。"②陆机十三岁就从戎在外,太康元年(280年)被虏至洛阳时,虽是江东名家子弟,但在京师洛阳并无多少声名,故自称"与众同泯"。那么,他何以十年后再入京城之时能有此声望?此等声望又是由哪些人赋予?笔者推测,此当与先其入洛为官的陆云大力推介不无关系。

按陆云此时任职京师,为太子舍人,官职虽不高却能接触到东宫的权贵。从《征西大将军京陵王公会社堂皇太子见命作此诗》等诗题看,陆云当时已经与京都的达官显贵们有所交往。又《晋书·陆云传》云:"爱才好士,多所贡达。移书太常府荐同郡张赡。"③荐张赡文书今存,陆云对东南士人的举荐可谓不遗余力。又陆云《与陆典书书》云:"叔父一兄,故尚未达,想不久至耳。深忧徙际,公私哀罔。旷离山墓,永适异国。"④据此,则此书必作于其入洛初期。"叔父"指陆典书,而"一兄"似指陆机。二人此时虽未出仕,然陆云对其仕途前景却充满自信。陆云《荐同郡张赡文》云:

> 茂德清粹,器虑深通。初慕圣门,栖心重仞。启涂及阶,遂升枢奥。抽灵匮于秘宫,披金滕于玄夏。思乐百氏,博采其珍。辞迈翰林,言敷其藻。⑤

据此,则彼时举荐士人须从道德、文章两方面入手。道德本为一抽象概念,故唯有著述文章可作一客观依据。明乎此,则可推知陆机誉满京师的最可能是其文名。其文章既是陆云推介之所资,亦为陆机本人声望之渊薮。

盖陆机在太康十年(289年)入洛前,所作诗文较少,所可考定者唯《毗陵侯君诔》《吴贞献处士陆君诔》《与弟清河云诗》《辨亡论》《平复帖》《赠顾令文为宜春令》《为周夫人赠车骑》等。根据接受美学的理论,"在作家、作品和读者的三角关系中,读者并不是被动的因素,不是单纯的作出反应的环节,它本身便是一种创造历史的力量。文学作品的历史生命没有能动者

---

① (梁)萧统:《文选》,(唐)李善注,上海:上海古籍出版社,1986年版,第761页。
② 逯钦立:《先秦汉魏晋南北朝诗》,北京:中华书局,1983年版,第629页。
③ (唐)房玄龄:《晋书》,北京:中华书局,1974年版,第1483页。
④ (晋)陆云:《陆云集》,北京:中华书局,1988年版,第170~171页。
⑤ (唐)房玄龄:《晋书》,北京:中华书局,1974年版,第1483~1484页。

的参与是不可想象的"①。试想陆机《与弟清河云诗》经陆云推介而在京师流传之时,正是洛下繁缛典雅诗风初起之际。而京都士大夫群体的审美视野由其学术背景、社会身份等多重因素共同形成。当时即便是擅长清谈的上层士大夫群体,又何尝不是幼年即已熟读儒家经典呢？正是由于这些人在文化权力场中占据核心位置,他们的审美观念才能深刻影响着文学场的内部结构。他们对于文学作品的认可与欣赏,便会累积而成为一种名声,或曰声望。它意味着被认可的作家作品已获取迈入文学场的资格,而这正是文化资本向权力场换取价值的前提。如《晋书·陆机传》云:"至太康末,与弟云俱入洛,造太常张华。华素重其名,如旧相识。"②另外,陆机出身于江东名门,自有家学传承。因而从社会身份上看,他与洛下士人群体并无二致,皆属于儒家士大夫阶层。这一情形对于其诗文传播极为有利。故陆机诗中情感表达的一面容易被人忽视,而辞藻繁缛、文风典雅等仪式性的一面则在读者中间颇具讽刺性地获得了认可。如《晋书·陆机传》云:

  机天才秀逸,辞藻宏丽,张华曾谓之曰:"人之为文,常恨才少,而子更患其多。"③

但有意思的是,正是后者使得陆机成为西晋太康诗坛的代表人物。当然,这应该以其全部的诗文为参照。因而,后来陆机需要为《与弟清河云诗》补写序文,述自己当时作诗之心志。由此可见,序文的潜在读者并非陆云。此序具体补写于何时,难以考定。陆云《与兄平原书》云:"前集兄文为二十卷。"④如前所论,陆机太康十年(289 年)入洛前文章数量并不多,故陆云所辑二十卷必是后来之事。陆机序文或有可能作于此时。

  在二陆现存的赠答诗中,与长官友朋间的赠答之作要占到大多数。这些诗歌从时间上看,应皆作于二陆入洛之后;从体式上看,四言五言并存,且以四言为主;从风格上看,多呈繁缛、典雅之貌;从赠答对象上看,既有东吴旧交,亦有洛下新知。总之,此类诗歌充满了极强的仪式性,且多数诗作难见真情流露。这一点在四言诗中表现得尤为明显。《文选》收录陆机《赠

---

① 〔德〕H.R.姚斯:《文学史作为向文学理论的挑战》,收入《接受美学与接收理论》,周宁、金元浦译,沈阳:辽宁人民出版社,1987年版,第24页。
② (唐)房玄龄:《晋书》,北京:中华书局,1974年版,第1472页。
③ (唐)房玄龄:《晋书》,北京:中华书局,1974年版,第1480页。
④ (晋)陆云:《陆云集》,北京:中华书局,1988年版,第147页。

冯文罴迁斥丘令》及《赠冯文罴》二诗。前者为四言，后者为五言。可见此二诗在南朝已为名篇，因此以其为例予以详论，亦可见二陆赠答诗中仪式与情感二重因素之互动。陆机《赠冯文罴迁斥丘令》云：

> 于皇圣世，时文惟晋。受命自天，奄有黎献。闾阖既辟，承华再建。明明在上，有集惟彦。（一章）
>
> 奕奕冯生，哲问允迪。天保定子，靡德不铄。迈心玄旷，矫志崇邈。遵彼承华，其容灼灼。（二章）
>
> 嗟我人斯，戢翼江潭。有命集止，翻飞自南。出自幽谷，及尔同林。双情交映，遗物识心。（三章）
>
> 人亦有言，交道实难。有頍者弁，千载一弹。今我与子，旷世齐欢。利断金石，气惠秋兰。（四章）
>
> 群黎未绥，帝用勤止。我求明德，肆于百里。金曰尔谐，俾民是纪。乃眷北徂，对扬帝祉。（五章）
>
> 畴昔之游，好合缠绵。借曰未给，亦既三年。居陪华幄，出从朱轮。方骥齐镳，比迹同尘。（六章）
>
> 之子既命，四牡项领。遵涂远蹈，腾轨高骋。庆云扶质，清风承景。嗟我怀人，其迈惟永。（七章）
>
> 否泰有殊，穷达有违。及子春华，后尔秋晖。逝将去我，陟彼朔陲。非子之念，心孰为悲。（八章）

冯熊，字文罴，安平人，为冯纮次子。《晋书·冯纮传》云："纮少博涉经史，识悟机辩……得幸于武帝，稍迁左卫将军。承颜悦色，宠爱日隆。贾充、荀勖并与之亲善。"① 据此，则文罴当生于习儒之家，既是当时典型的势族子弟，亦是洛下士大夫群体之代表人物。他曾与陆机同任太子洗马，故二人交谊深厚。其调任斥丘令，陆机作此诗相赠。② 显然在赠诗之前，文罴的社会身份、人格品质、审美取向、阅读期待等因素，都是陆机要考虑的重要因素。这与二陆兄弟间的诗歌赠答截然不同。关于此诗之结构层次，清人吴淇之分析最为精辟。吴氏认为：首章"颂晋，是得为同僚之因"；二章"美冯，见倾情之有素"；三章"叙事，是得为同僚之缘"；四章"叙情，见二人之交

---

① （唐）房玄龄：《晋书》，北京：中华书局，1974年版，第1162页。
② 刘运好：《陆士衡文集校注》，南京：凤凰出版社，2007年版，第328～329页。

好";五章"冯迁斥丘,分当离别";六章"述旧";七章"言别,叙其道路之行色";八章"存慰,结完赠诗"。① 友朋离别赠诗,本是一件极为私人化的事情。但陆机此诗从"颂晋"开始,将私人空间中的情事通过公共空间的话语叙述予以展示。这在西晋诗歌中并不少见。如陆云《赠汲郡太守》云:"于穆皇晋,豪彦实蕃。天网振维,有圣贞观。"② 又张载《赠司隶傅咸诗》云:"皇灵阐曜,流英敷醇。苞光含素,以授哲人。"③ 显然,公共空间被无可置疑地视为高于私人空间,这是仪式性的具体表现之一。二章"美冯",据《文选》李善注,则"奕奕"出自《诗经》"新庙奕奕","允迪"出自《尚书》"允迪厥德","天保定子""其容灼灼"化用《诗经》"天保定尔""灼灼其华"等句。唯"迈心玄旷,矫志崇邈",似专就文罴而言。《尚书》《诗经》等儒家经典所提供的丰富词汇成为当时士人作诗的公用素材库,以至于可以作为常见套语而独立存在。如陆机《赠武昌太守夏少明诗》云:"穆穆君子,明德允迪。"④ 又《赠潘岳诗》云:"佥曰吾生,明德为允。"⑤ 因而此类华辞丽藻充斥于西晋赠答诗中,并无多少个性色彩可言。这也是仪式性的具体表现。在此之后,陆机此诗才真正进入私人空间,叙二人相识、相交之始末,铺写离别之意。虽亦多有典雅之辞充斥其间,但情感之流露是显而易见的。清人陈祚明云:"通篇情事宛合,用笔轻倩,四言诗须有此隽致,乃佳。章法亦颇条递。"⑥ 陈氏此论显然专就情感而言,似乎并未顾及诗歌仪式性的一面。葛晓音先生曾总结西晋四言赠答诗的特点:"先以一两章以上的篇幅歌咏圣德,再用若干章歌颂对方的德行功业,然后再说到自己与对方的关系,表达彼此感情或祝愿之意。这几乎成为一种定式。"⑦ 对照陆机此诗,诚为公允之论。

又陆机《赠冯文罴诗》云:

昔与二三子,游息承华南。拊翼同枝条,翻飞各异寻。苟无凌风翮,徘徊守故林。慷慨谁为感,愿言怀所钦。发轸清洛汭,驱

---

① (清)吴淇:《六朝选诗定论》,扬州:广陵书社,2008年版,第230~231页。
② 逯钦立:《先秦汉魏晋南北朝诗》,北京:中华书局,1983年版,第701页。
③ 逯钦立:《先秦汉魏晋南北朝诗》,北京:中华书局,1983年版,第738页。
④ 逯钦立:《先秦汉魏晋南北朝诗》,北京:中华书局,1983年版,第670页。
⑤ 逯钦立:《先秦汉魏晋南北朝诗》,北京:中华书局,1983年版,第678页。
⑥ (清)陈祚明:《采菽堂古诗选》,上海:上海古籍出版社,2008年版,第307页。
⑦ 葛晓音:《汉魏两晋四言诗的新变和体式的重构》,收入《先秦汉魏六朝诗歌体式研究》,北京:北京大学出版社,2012年版,第199页。

马大河阴。伫立望朔涂,悠悠迥且深。分索古所悲,志士多苦心。悲情临川结,苦言随风吟。愧无杂佩赠,良讯代兼金。夫子茂远猷,款诚寄惠音。

《唐钞文选集注汇存》云:"熊为斥丘令,机前已作诗赠熊,答讫,机复重赠也。"①据此诗"愧无杂佩赠,良讯代兼金"句看,此说当不误。盖文黑至斥丘后,当有诗答陆机,故陆机复重赠以五言。此诗继承了建安赠答诗的传统,重情感表达而较少受仪式性的束缚,故与上文所论《赠冯文黑迁斥丘令》诗风格迥异。清人陈祚明称此诗"雅调合旨"。笔者认为"雅调"当指此诗遣词造句较为典雅,"合旨"则指内容符合儒家"温柔敦厚"之旨。孙明君先生在论陆机拟古诗时曾提出一个观点,即陆机"有意用士族的审美意识去改造那些被视为标准的范本",这是"对士族艺术趣味的张扬"②。就陆机现存诗歌而言,这个观点应该是准确的。

陆机诗歌相对于建安时期的诗歌,确实存在一种雅化的倾向。如《文选》所录刘桢《赠徐干》诗,虽在内容上与此诗较为相近,然诗风明显不同。刘桢诗云:

谁谓相去远,隔此西掖垣。拘限清切禁,中情无由宣。思子沉心曲,长叹不能言。起坐失次第,一日三四迁。步出北寺门,遥望西苑园。细柳夹道生,方塘含清源。轻叶随风转,飞鸟何翩翩。乖人易感动,涕下与衿连。仰视白日光,皦皦高且悬。兼烛八纮内,物类无颇偏。我独抱深感,不得与比焉。③

同样是面对与友人相隔两地的境况,陆机是"伫立望朔涂",虽有悲情苦言,然终能哀而不伤,末四句尤见温柔敦厚之旨。而刘桢在建安七子中本就是"气过其文"之人,故动情之际往往不能自已,先是"中情无由宣",再者"长叹不能言",特别是"起坐失次第,一日三四迁"句,可谓毫无雅致却最见真情。刘桢赠诗只是为了抒情,始终以"我"为中心,因而诗歌总带有浓厚的主观色彩。这在当时诗歌中并不少见,如秦嘉《赠妇诗》:"虽知未足报,贵

---

① 佚名:《唐钞文选集注汇存》,周勋初辑,上海:上海古籍出版社,2000年版,第298页。
② 孙明君:《两晋士族文学研究》,北京:中华书局,2010年版,第113页。
③ (梁)萧统:《文选》,(唐)李善注,上海:上海古籍出版社,1986年版,第1113~1114页。

用叙我情。"①又刘桢《赠五官中郎将诗》云:"望慕结不解,贻尔新诗文。"②又曹植《赠徐干》诗云:"慷慨有悲心,兴文自成篇。"③又曹植《赠白马王彪》云:"收泪即长路,援笔从此辞。"④即赠诗这一行为的发生,并非渴望对方有答诗往返,而仅仅是"叙我情",因而仪式性并不占据重要位置。今存建安赠答诗以"赠诗"占绝大多数,且多为此时期第一流的诗歌,而题名"答诗"者仅徐干《答刘桢》与曹彪《答东阿王》二诗而已。这种现象的出现,恐怕并非只用文献亡佚所能解释。

陆机《赠冯文罴诗》立足抒情,然事实上至"愧无杂佩赠,良讯代兼金"句时,诗意已趋于完整。末句"夫子茂远猷,款诚寄惠音",更多当是出于仪式性的考虑,即在主观上渴望对方能有答诗往返。可见陆机此诗在注重抒情的同时,尚能兼顾仪式性。以此内容作结的西晋赠答诗较多,如陆机《赠顾令文为宜春令》诗云:"岂有桃李,恧尔琼琛。将子无剋,属之翰林。"⑤又《答潘尼诗》云:"探子玉怀,畴尔惠音。"此亦非一人之诗所独专。⑥ 又陆云《答大将军祭酒顾令文诗》云:"惠音聿来,琼华玉艳。无德不报,念辞惟忝。"⑦又《失题诗》云:"我心爱矣,歌以赠之。无秘尔音,不我是贻。"⑧又曹摅《赠王弘远诗》云:"瑾不匿华,兰不秘馨。何惜纤翰,莫慰予情。"⑨二陆赠答诗,特别是陆机的许多诗歌之所以能在西晋诗坛取得较高的成就,很大程度上要取决于仪式与情感这两方面因素的平衡协调。就此而言,陆机的成就又要高出陆云很多。诚如钟嵘《诗品》所云:"清河之方平原,殆如陈思之匹白马。"⑩

法国学者布尔迪厄认为:"艺术家和作家的许多实践和表现只有参照权力场才能得到解释,文学场本身在权力场内部占据了一个被统治位置。"⑪通过本文所选取的西晋"公宴""祖饯""赠答"诗的一些个案研究可

---

① 逯钦立:《先秦汉魏晋南北朝诗》,北京:中华书局,1983年版,第187页。
② 逯钦立:《先秦汉魏晋南北朝诗》,北京:中华书局,1983年版,第370页。
③ 逯钦立:《先秦汉魏晋南北朝诗》,北京:中华书局,1983年版,第451页。
④ 逯钦立:《先秦汉魏晋南北朝诗》,北京:中华书局,1983年版,第454页。
⑤ 逯钦立:《先秦汉魏晋南北朝诗》,北京:中华书局,1983年版,第670页。
⑥ 逯钦立:《先秦汉魏晋南北朝诗》,北京:中华书局,1983年版,第677页。
⑦ 逯钦立:《先秦汉魏晋南北朝诗》,北京:中华书局,1983年版,第706页。
⑧ 逯钦立:《先秦汉魏晋南北朝诗》,北京:中华书局,1983年版,第716页。
⑨ 逯钦立:《先秦汉魏晋南北朝诗》,北京:中华书局,1983年版,第752页。
⑩ 曹旭:《诗品集注》,上海:上海古籍出版社,2011年版,第302页。
⑪ 〔法〕布尔迪厄:《艺术的法则:文学场的生成与结构》,刘晖译,北京:中央编译出版社,2011年版,第192页。

知,这一理论同样可以用来阐释西晋诗坛的某些现象。盖在当时政治权力场占据核心位置者往往不擅长写诗,而擅长写诗者又需要从文学场迈入权力场来实现社会不同类型资本间的价值转换。可以说西晋繁缛、典雅、绮丽、流靡诗风的形成,无论是四言诗还是五言诗,几乎都是一种"多方参与、相互妥协"的结果。而在此期间,这两种诗歌体式内部都会产生一个更加自主的空间。此空间趋向于分为一个独创区域和一个传统区域。独创区域受制于社会生活的新变化,而传统区域则受制于既往的文学传统。这两个区域之间并没有什么明显的分界线,它们是一种对立共存的关系。如果以"场域"的概念来进行描述,则独创区域更多受社会权力场的影响,而传统区域更多受文学场自身的影响。就西晋诗歌的创作实绩而言,四言诗与五言诗各自对立中的每一个区域都更接近彼此的同源区域,而不是相反的区域。这或许正是西晋典型诗风形成的内在原因。

第三节　玄言诗与两晋诗坛领导权的转移

目前,我们对东晋玄言诗为此后山水诗及说理诗的发展所作出的贡献,已有所了解。[①] 但以往研究过程似乎忽略了一个重要维度——创作者。从中古诗歌发展史来看,玄言诗固然只是一个过渡阶段,但晋宋之际兴起的山水诗又是从此间而来。有必要引起注意的是:最后从事玄言诗写作与最初开创山水诗写作的恰是同一个群体的诗人。擅长玄言诗的文人,无疑要具备良好的玄学素养。然遍阅两晋史乘,可以发现当时擅于谈玄者几乎都是高门士族子弟。事实上,在他们用五言诗体来表达玄情理趣而大量写作玄言诗之后,由他们所创造的这一诗歌范式及审美趣味又会对诗人的社会身份作出选择。两者间并非简单的谁决定谁的问题,而是双向互动的关系。正是经过东晋玄言诗的洗礼,以谢混、殷仲文、谢灵运为代表的士族文人才真正成为五言诗风变革的引领者。甚至直到萧齐时期的"永明体",也依然是由沈约、王融、谢朓等士族文人所主导。寒族文人因为缺乏玄学素养,鲜有以玄言诗著称者,原有的诗歌传统也在永嘉战乱中遭到破

---

① 参见王钟陵《中国中古诗歌史》第八编第三章"应给予双向评价的玄言诗"(北京:人民出版社,2005年版,第332～354页)、张廷银《魏晋玄言诗研究》第五章"贡献与不足参半:玄言诗的文学史地位"(北京:商务印书馆,2008年版,第272～327页)等。另外,其余涉及讨论或评价玄言诗文学史地位的论著还有很多,具体可参见张廷银《20世纪80年代以来魏晋玄言诗研究述略》一文,载《文献》,2001年第3期。

坏。更有甚者,像郭璞这样的寒族诗人代表,永嘉南渡后为获取士流社会身份的认同而主动变更诗风,成为东晋玄言诗的开创者。由于寒族文人在玄言诗向南朝山水诗演进这一环节上慢了半拍,因而在南朝诗歌发展过程中就始终落后一步,从汉魏时期的引领者、西晋主流诗风的参与者,转变为东晋南朝诗坛的追随者。此诗坛格局之演变过程,对中古五言诗的经典化历程至关重要。正是这种演变,让门阀士族文人成为东晋南朝五言诗创作的主体。如果没有该群体大规模介入其中,则五言诗这一诗歌体式在齐梁时期就不太可能会脱俗变雅,蔚为大观。

一、西晋谈玄名士社会出身的考察

魏晋玄学的展开方式有很多具体途径,然当时参与人数最多、最具吸引力的无疑是清谈活动。陈寅恪先生在《陶渊明之思想与清谈之关系》一文中论及魏晋两朝清谈内容之演变时认为:

> 当魏末西晋时代即清谈之前期,其清谈乃当日政治上之实际问题,与其时士大夫之出处进退至有关系。盖藉此以表示本人态度及辩护自身立场者,非若东晋一朝即清谈后期,清谈只为口中或纸上之玄言,已失去政治上之实际性质,仅作名士身份之装饰品者也。①

此观点对后来许多研究者都具有启发性。诚然,清谈作为玄学的一种表达方式,在魏晋易代之际确曾关系到参与者之政治立场问题。但随着司马氏家族势力的逐步强化,政治异己多遭诛杀。据史料记载,正始十年(249年),司马懿杀何晏;嘉平六年(254年),司马师杀夏侯玄;景元三年(262年),司马昭杀嵇康。而众所周知,何晏、夏侯玄、嵇康三人当时不仅是曹魏政权之拥护者,更是前后相继、最具盛名的玄学家。事实上,到晋武帝司马炎太康元年(280年)平吴之役胜利之后,西晋政权在政治、军事、文化等领域才趋于稳定,罕有异己者出现。这就使得此后包括清谈在内的玄学领域很难再涉及政治立场问题。玄学家中不再有司马氏政权的反对者。而玄学发展的核心问题,已变为对渴望"身名俱泰"的士大夫群体如何从理论上寻求安身立命之所的讨论。这是士大夫群体内部较为温和的自我调节,与

---

① 陈寅恪:《金明馆丛稿初编》,北京:生活·读书·新知三联书店,2001年版,第201页。

魏晋之际非此即彼式的对立截然不同。如《晋书·乐广传》云：

> 是时王澄、胡毋辅之等皆亦任放为达，或至裸体者。广闻而笑曰："名教内自有乐地，何必乃尔？"①

又《晋书·裴頠传》云：

> 頠深患时俗放荡，不尊儒术，何晏、阮籍素有高名于世，口谈浮虚，不遵礼法，尸禄耽宠，仕不事事。至王衍之徒，声誉太盛，位高势重，不以物务自婴，遂相放效，风教陵迟，乃著崇有之论以释其蔽。②

又《晋书·王衍传》云：

> 魏正始中，何晏、王弼等祖述《老》《庄》，立论以为"天地万物，皆以无为为本……故无之为用，无爵而贵矣"。衍甚重之。惟裴頠以为非，著论以讥之。而衍处之自若。③

乐广、王澄、胡毋辅之、裴頠、王衍诸人于玄学理论自分属两派，然平日同朝为官，故仍多有往来。此时玄学发展之趋势，既有理论层面之深化，亦可供娱乐消遣之所需。最典型的例子，如《世说新语·言语》云：

> 诸名士共至洛水戏，还。乐令问王夷甫曰："今日戏，乐乎？"王曰："裴仆射善谈名理，混混有雅致；张茂先论《史》《汉》，靡靡可听；我与王安丰说延陵、子房，亦超超玄著。"④

诸名士至洛水边上游戏谈玄，作为一时谈宗的乐广并不关注所谈之具体内容，却要询问王衍对此是否感到乐趣。由此可见，时人对谈玄活动已颇为重视其娱乐性的一面。对此现象，唐翼明先生曾总结称：

> 清谈有学术性的一面，也有艺术性的一面。因为有学术性的一面，所以可供研讨、供切磋、供校练、供学习；因为有艺术性的一

---

① （唐）房玄龄：《晋书》，北京：中华书局，1974年版，第1245页。
② （唐）房玄龄：《晋书》，北京：中华书局，1974年版，第1044页。
③ （唐）房玄龄：《晋书》，北京：中华书局，1974年版，第1236页。
④ 余嘉锡：《世说新语笺疏》，北京：中华书局，2007年版，第100～101页。

面,所以可供娱乐、供消遣、供欣赏、供观摩。这两方面的结合,使清谈成为当时贵族知识分子中一项有益的文化活动及有趣的智力游戏,从而染上相当程度的社交色彩。①

但即便是以娱乐消遣为旨归的谈玄活动,也需要参与者自身具备良好的玄学素养。而玄学素养的获取,或来自家风传承,或源于自我修行。此外似别无他途。显然,这是一种隐性文化资本的积累过程。谈玄活动在当时与其说吸引了一些志同道合的人,倒不如说是拒绝了大多数人参与其中。此举使得看似简易的谈玄活动,实际上带有某种群体性、精英性、排他性色彩。兹据《世说新语》《晋书》等常见典籍,将当日参与玄学活动者略以时间先后为序叙录如下,以此来考察该群体的社会出身。

(一)乐广、裴楷、王戎、卫瓘、王衍

《晋书·乐广传》云:

> 乐广字彦辅,南阳淯阳人也。父方,参魏征西将军夏侯玄军事。广时年八岁,玄常见广,在路因呼与语,还谓方曰:"向见广神姿朗彻,当为名士。卿家虽贫,可令专学,必能兴卿门户也。"方早卒。广孤贫,侨居山阳,寒素为业,人无知者。性冲约,有远识,寡嗜欲,与物无竞。尤善谈论,每以约言析理以厌人之心,其所不知,默如也。裴楷尝引广共谈,自夕申旦,雅相钦挹,叹曰:"我所不如也。"王戎为荆州刺史,闻广为夏侯玄所赏,乃举为秀才……尚书令卫瓘,朝之耆旧,逮与魏正始中诸名士谈论,见广而奇之,曰:"自昔诸贤既没,常恐微言将绝,而今乃复闻斯言于君矣。"命诸子造焉……王衍自言与人语甚简至,及见广,便觉己之烦。②

唐翼明先生认为,在嘉平末(254 年)至太康初(280 年)将近三十年里,因政局剧变,清谈呈空白状态,并在晋武帝平吴之后逐渐复活,而在此绝而复续的过程中,乐广扮演了关键角色。③ 据上引材料,则乐广本非世家子弟。但其年少即受到玄学名士夏侯玄赏识,尤善谈论。这种生活方式使得他在无意间更接近当时上层士大夫群体,而非其原属的社会阶层。此时恰好又

---

① 唐翼明:《魏晋清谈》,北京:人民文学出版社,2002 年版,第 58 页。
② (唐)房玄龄:《晋书》,北京:中华书局,1974 年版,第 1243 页。
③ 唐翼明:《魏晋清谈》,北京:人民文学出版社,2002 年版,第 158 页。

是玄言将绝之际,故偶有机会便能崭露头角,遂能见赏于京师名流,终成一代谈宗。

裴楷(231—297),字叔则,河东闻喜人,为西晋名臣。祖茂,汉尚书令;父徽,魏冀州刺史。河东裴氏,为魏晋时期的名族。裴松之《三国志·魏志·管辂传》注引《管辂别传》云:"冀州刺史裴徽召为文学从事,一相见,清谈终日,不觉罢倦。"①又《晋书·裴楷传》云:"楷明悟有识量,弱冠知名,尤精《老》《易》,少与王戎齐名……楷风神高迈,容仪俊爽,博涉群书,特精理义,时人谓之'玉人'。"②盖裴楷善于谈玄,或是受其父裴徽的影响。

王戎(234—305),字濬冲,琅邪临沂人,"竹林七贤"之一。祖雄,幽州刺史;父浑,凉州刺史。琅邪王氏,为当世第一流高门。《晋书·王戎传》云:"善发谈端,赏其要会。"③据此,则王戎不仅善于挑起谈论的话题,而且能欣赏诸人谈论关键之所在。

卫瓘(220—291),字伯玉,河东安邑人。父觊,为魏名臣,以文章显于世。瓘袭父爵,亦为晋初显宦。《晋书·卫瓘传》云:"性贞静,有名理,以明识清允称。"④又《世说新语》刘孝标注引王隐《晋书》云:"卫瓘有名理,及与何晏、邓飏等数共谈讲。"⑤

王衍(256—311),字夷甫,琅邪临沂人。衍年少曾见赏于山涛、羊祜。《晋书·王衍传》云:"妙善玄言,唯谈《老》《庄》为事。每捉玉柄,麈尾与手同色。义理有所不安,随即改更,世号'口中雌黄'。朝野翕然,谓之'一世龙门'矣。累居显职,后进之士莫不景慕放效。选举登朝,皆以为称首。"⑥王衍不仅是谈玄名士,更是当时士大夫群体的精神领袖,故为士人所景仰。

(二)应贞

受夏侯玄赏识者,除乐广外尚有应贞。《晋书·应贞传》云:"应贞字吉甫,汝南南顿人,魏侍中璩之子也。自汉至魏,世以文章显,轩冕相袭,为郡盛族。贞善谈论,以才学称。夏侯玄有盛名,贞诣玄,玄甚重之。"⑦

(三)山涛

《世说新语·赏誉》云:

---

① (晋)陈寿:《三国志》,北京:中华书局,1982年版,第819页。
② (唐)房玄龄:《晋书》,北京:中华书局,1974年版,第1047页。
③ (唐)房玄龄:《晋书》,北京:中华书局,1974年版,第1231页。
④ (唐)房玄龄:《晋书》,北京:中华书局,1974年版,第1055页。
⑤ 余嘉锡:《世说新语笺疏》,北京:中华书局,2007年版,第515页。
⑥ (唐)房玄龄:《晋书》,北京:中华书局,1974年版,第1236页。
⑦ (唐)房玄龄:《晋书》,北京:中华书局,1974年版,第2370页。

> 人问王夷甫:"山巨源义理何如,是谁辈?"王曰:"此人初不肯以谈自居,然不读《老》《庄》,时闻其咏,往往与其旨合。"刘孝标注引顾恺之《画赞》云:"涛有而不恃,皆此类也。"①

山涛(205—283),字巨源,河内怀县人,"竹林七贤"之一。家贫早孤,当非士族子弟。然其原是司马氏之姻亲,故能跻位宰执,甚至被朝廷评为世人之道德模表。不过由于山涛出身清贫,故为官勤勉,不尚虚无。据上引材料,山涛虽精于此道却不肯以谈玄名士自居,与其出身相符。反之,其虽不以谈玄自居却又精于此道,则与其当时社会地位相符。盖山涛久浸官场,日与名士相周旋,故不能不涉玄风。

(四)裴頠、张华

据上引《世说新语·言语》,王衍答乐广所问时云:"裴仆射善谈名理,混混有雅致;张茂先论《史》《汉》,靡靡可听;我与王安丰说延陵、子房,亦超超玄著。"王衍、王戎已如上所述。裴頠,字逸民,与裴楷同出河东裴氏。《世说新语·赏誉》云:"裴仆射时人谓为言谈之林薮。"刘孝标注引《惠帝起居注》云:"頠理甚渊博,赡于论难。"②

张华(232—300),字茂先,少孤贫,非世家子弟。张华与乐广虽皆出身孤贫,但广受夏侯玄点拨,尤善谈玄。而华则步儒生之通途,学业优博,辞藻温丽,阮籍称其有"王佐之才"。故其谈玄当是入洛为官之后所学。盖其时京师玄风渐盛,谈玄在很大程度上已带有社交色彩。不一定要精通此理,但略知一二,对个人融入上层士大夫圈子总会有所帮助。

(五)裴遐、郭象

《晋书·裴遐传》云:

> 善言玄理,音辞清畅,泠然若琴瑟。尝与河南郭象谈论,一坐嗟服。③

裴遐,字叔道,出自河东闻喜裴氏,为裴楷弟绰之子。此事亦见《世说新语》,记载较此为详。裴遐出身于谈玄世家,本人亦是当时谈玄高手。

郭象(252—312),字子玄,河南洛阳人。父祖无闻,史籍不载,显非士

---

① 余嘉锡:《世说新语笺疏》,北京:中华书局,2007年版,第513页。
② 余嘉锡:《世说新语笺疏》,北京:中华书局,2007年版,第510页。
③ (唐)房玄龄:《晋书》,北京:中华书局,1974年版,第1052页。

族子弟。《晋书·郭象传》云:"少有才理,好《老》《庄》,能清言。"①正因如此,郭象能见赏于喜欢谈玄的上层士大夫。如士人领袖王衍称:"听象语,如悬河泻水,注而不竭。"就其对玄学的贡献来看,则郭象当时不仅能参与谈玄活动,更是玄言理论发展的集大成者。如冯友兰先生称其《庄子注》是"代表玄学发展第三阶段的最后体系"②。

(六)庾敳

《世说新语·赏誉》云:

> 郭子玄有儁才,能言《老》《庄》。庾敳尝称之,每曰:"郭子玄何必减庾子嵩。"③

郭象已如上所述。庾敳(262—311),字子嵩,颍川鄢陵人。父峻,儒学名臣,为世所称。颍川庾氏,魏晋时期人才辈出。从其对郭象的赏誉可知,庾敳平日必对自己的玄学素养自视甚高,故有"郭子玄何必减庾子嵩"之语。

(七)王敦、阮修

《晋书·阮修传》云:

> 修字宣子,好《老》《易》,善清言……王衍当时谈宗,自以论《易》略尽,然有所未了,研之终莫悟,每云:"不知比没当见能通之者不?"衍族子敦谓衍曰:"阮宣子可与言。"衍曰:"吾亦闻之,但未知其亹亹之处定何如耳。"及与修谈言,寡而旨畅。衍乃叹服焉。④

王衍为当时谈宗已如上所论。王敦(266—324),字处仲,亦出自名门琅邪王氏,少历显宦。《晋书·王敦传》云:"性简脱,有鉴裁,学通《左氏》,口不言财利,尤好清谈。"⑤

阮修(270—311),字宣子,陈留尉氏人。陈留阮氏是魏晋时期的名族,善于谈玄者颇多,如阮籍、阮瞻等。"三语掾"典故即出自阮氏子弟,颇受时人称赞。而好《老》《庄》,善玄言,似为其家风所向。

---

① (唐)房玄龄:《晋书》,北京:中华书局,1974年版,第1396页。
② 冯友兰:《中国哲学史新编》第四册,北京:人民出版社,1986年版,第128页。
③ 余嘉锡:《世说新语笺疏》,北京:中华书局,2007年版,第515页。
④ (唐)房玄龄:《晋书》,北京:中华书局,1974年版,第1366页。
⑤ (唐)房玄龄:《晋书》,北京:中华书局,1974年版,第2566页。

(八) 王导、阮瞻

《世说新语·企羡》云：

> 王丞相过江，自说昔在洛水边，数与裴成公、阮千里诸贤共谈道。①

王导(276—339)，字茂弘，出自琅邪王氏，为士人领袖王衍族弟。王导的谈玄活动主要集中在东晋时期，然据此可推知，其年轻时亦必受家风影响而精于此道。裴成公即裴颀，已如上所论。

阮瞻(281—310)，字千里，阮咸之子，出自陈留阮氏。陈留阮氏在魏晋时期人才实盛，如阮瑀、阮籍、阮咸等皆为同族。

(九) 王济、王湛、王承

《晋书·王湛传》云：

> 济尝诣湛，见床头有《周易》，问曰："叔父何用此为？"湛曰："体中不佳时，脱复看耳。"济请言之。湛因剖析玄理，微妙有奇趣，皆济所未闻也。济才气抗迈，于湛略无子侄之敬。既闻其言，不觉栗然，心形俱肃。遂留连弥日累夜，自视缺然，乃叹曰："家有名士，三十年而不知，济之罪也。"②

王济，字武子，太原晋阳人。祖昶，魏司空；父浑，晋司徒。太原王氏，亦为当时第一流高门。《晋书·王济传》称其"善《易》及《庄》《老》，文词秀茂，伎艺过人，有名当世"③。

王湛(249—295)，字处仲，为王武子叔父，冲素简淡，难见才之深浅，故颇为王济所轻视。后叔侄偶尔谈《易》，王济遂对其心悦诚服。

王承(278—313)，字安期，湛之子，亦为谈玄高手。《晋书·王承传》云："清虚寡欲，无所修尚。言理辩物，但明其指要而不饰文辞，有识者服其约而能通。弱冠知名。太尉王衍雅贵异之，比南阳乐广焉。"④

---

① 余嘉锡：《世说新语笺疏》，北京：中华书局，2007年版，第742页。
② （唐）房玄龄：《晋书》，北京：中华书局，1974年版，第1959页。
③ （唐）房玄龄：《晋书》，北京：中华书局，1974年版，第1205页。
④ （唐）房玄龄：《晋书》，北京：中华书局，1974年版，第1960页。

(十)卫玠、王澄、王玄

《晋书·卫玠传》云：

> 玠字叔宝……及长，好言玄理……琅邪王澄有高名，少所推服，每闻玠言，辄叹息绝倒，故时人为之语曰："卫玠谈道，平子绝倒。"澄及王玄、王济并有盛名，皆出玠下。世云："王家三子，不如卫家一儿。"①

卫玠（286—312），字叔宝，河东安邑人，出身名门，为卫瓘孙、乐广女婿、王济外甥。亲友之中虽多有善谈玄之人，然而似乎无人能出其右。

王澄（269—312），字平子，出自琅邪王氏，是王衍的弟弟。王玄，字眉子，为王衍之子。王济已如上所述。《晋书·王玄传》云："少慕简旷，亦有俊才，与卫玠齐名。"②

（十一）谢鲲、胡毋辅之、光逸、荀邃

《晋书·王澄传》云：

> 时王敦、谢鲲、庾敳、阮修皆为衍所亲善，号为"四友"，而亦与澄狎。又有光逸、胡毋辅之等亦豫焉。酣燕纵诞，穷欢极娱。③

谢鲲（281—324），字幼舆，陈郡阳夏人。祖缵，典农中郎将；父衡，以儒素显，晋国子祭酒。此时陈郡谢氏还不能称为一流高门，然亦非寒素之家。《晋书·谢鲲传》云："少知名，通简有高识，不修威仪，好《老》《易》，能歌善鼓琴。王衍、嵇绍并奇之。"④盖因其好《老》《易》，故能为王衍兄弟所亲善。

胡毋辅之（约269—318），字彦国，泰山奉高人。父原，仕至河南令。辅之出身与谢鲲相近，为一般官宦之家子弟。据《晋书》本传记载，王澄曾称"彦国吐佳言如锯木屑，霏霏不绝，诚为后进领袖也"⑤。"佳言"当是玄言之美称，可见其亦是善于谈玄之人。

光逸，字孟祖，父祖无闻，博昌县吏起家，出身较为卑贱。《晋书·光逸传》云："为门亭长，迎新令至京师。胡毋辅之与荀邃共诣令家，望见逸，谓

---

① （唐）房玄龄：《晋书》，北京：中华书局，1974年版，第1067页。
② （唐）房玄龄：《晋书》，北京：中华书局，1974年版，第1238页。
③ （唐）房玄龄：《晋书》，北京：中华书局，1974年版，第1239页。
④ （唐）房玄龄：《晋书》，北京：中华书局，1974年版，第1377页。
⑤ （唐）房玄龄：《晋书》，北京：中华书局，1974年版，第1379页。

邃曰：'彼似其才。'便呼上车，与谈良久，果俊器。"①

荀邃（约282—329），字道玄，颍川颍阴人，亦出自名门，系晋初权臣荀勖之孙、尚书令荀藩之子。《晋书·荀邃传》云："解音乐，善谈论。"②

(十二) 陆机、陆云

《晋书·陆云传》称其夜行遇王弼鬼魂谈《老子》，"云本无玄学，自此谈《老》殊进"③。又虞世南《北堂书钞》卷九八引《抱朴子》云："有客谓二陆兄弟善于谈论，辞少理畅，语约事举，莫不豁然，若春日之泮薄冰，秋风之扫枯叶。"④据此可知，二陆兄弟似亦为善谈玄者。

(十三) 潘京、戴昌、戴若思

《晋书·潘京传》云：

> 潘京字世长，武陵汉寿人也……尚书令乐广京州人也，共谈累日，深叹其才，谓京曰："君天才过人，恨不学耳。若学，必为一代谈宗。"京感其言，遂勤学不倦。时武陵太守戴昌亦善谈论，与京共谈。京假借之，昌以为不如己，笑而遣之，令过其子若思。京方极其言论。昌窃听之，乃叹服，曰："才不可假。"遂父子俱屈焉。⑤

潘京生卒年不详，父祖无闻，出身必不甚高。乐广年少曾受夏侯玄赏识而立志向学，成为一代谈宗之后又以此期许潘京。

戴昌生卒年不详，广陵人，曾官至会稽太守，子戴若思亦为东晋名臣，父子二人在中朝皆善于谈论。就其家世而言，虽非当世高门，然亦是世代官宦之家。

(十四) 温峤

《晋书·温峤传》云：

> 温峤字太真，司徒羡弟之子也。父憺，河东太守。峤性聪敏，有识量，博学能属文，少以孝悌称于邦族。风仪秀整，美于谈论，

---

① （唐）房玄龄：《晋书》，北京：中华书局，1974年版，第1384页。
② （唐）房玄龄：《晋书》，北京：中华书局，1974年版，第1158页。
③ （唐）房玄龄：《晋书》，北京：中华书局，1974年版，第1486页。
④ （唐）虞世南：《北堂书钞》，北京：中国书店，1989年版，第373页。
⑤ （唐）房玄龄：《晋书》，北京：中华书局，1974年版，第2335页。

见者皆爱悦之。①

温峤(288—329),太原祁人,为曹魏名臣温恢的曾孙,西晋司徒温羡之侄。太原温氏汉魏时期已是名门,晋世尤盛,如温羡、温憺等。温峤因善于谈论,故"见者皆爱悦之"。

(十五)庾亮

《晋书·庾亮传》云:

> 庾亮字元规……美姿容,善谈论,性好《庄》《老》,风格峻整。②

庾亮(289—340),颍川鄢陵人,与庾敳同宗,东晋名士。晋明帝于太宁三年(325年)驾崩后,庾亮利用其妹庾太后临朝的机会,与王导等共同辅政,遂总揽朝政大权。

(十六)祖纳

《晋书·祖纳传》云:

> 纳字士言,最有操行,能清言,文义可观。③

祖纳生卒年不详,为祖逖之兄,范阳遒人,官至晋光禄大夫。《晋书·祖逖传》云:"世吏二千石,为北州旧姓。"④因其为世家子弟,具备很好的文义素养,故虽幼时孤贫,然终能为大将军王敦所赏识。

按以上据《晋书》《世说新语》等文献列举西晋一朝谈玄名士,共计31人。与当时实际参与谈玄活动的人数相比,必定相差甚远,但据此亦可说明一些问题:

(一)谈玄名士们的社会身份。就此类人物社会身份而言,多数出身于名族高门,谈玄活动的家族化现象较为明显,如琅邪王氏、河东裴氏等大族。《晋书·裴秀传》云:"裴、王二族盛于魏晋之世,时人以为八裴方八王,徽比王祥,楷比王衍,康比王绥,绰比王澄,瓒比王敦,遐比王导,颁比王戎,

---

① (唐)房玄龄:《晋书》,北京:中华书局,1974年版,第1785页。
② (唐)房玄龄:《晋书》,北京:中华书局,1974年版,第1915页。
③ (唐)房玄龄:《晋书》,北京:中华书局,1974年版,第1698页。
④ (唐)房玄龄:《晋书》,北京:中华书局,1974年版,第1693页。

邈比王玄。"①可见琅邪王氏、河东裴氏正是魏晋之际最为兴盛的两个家族,而他们也培养出了当时最多的谈玄名士。其余裴、王诸子弟未必不谈玄,只是当前未能找到确切的文献记载而已。更有甚者,在一门之中,善谈玄者就能得到额外敬重,如王济对其叔父王湛态度由轻视到景仰的转变。据此亦可想见当时社会风气之所向。东晋袁宏作《名士传》,以裴叔则、乐彦辅、王夷甫、庾子嵩、王安期、阮千里、卫叔宝、谢幼舆等人为中朝名士。如上所述,此八人共同特点之一即为善于谈玄。谈玄已是这些名士日常生活中不可缺少的组成部分。可以说,玄学这一充满学术性与艺术性的文化智力活动,不仅是谈玄者高贵身份的点缀品,亦是各自家族风气的展示标记,更是他们区隔社会中下层士人的隐性屏障。有鉴于此,笔者认为西晋玄学活动始终局限在上层士大夫这样一个较小的文化精英群体中间,从而形成特定的场域。在此场域中,那些谈玄名士被当成典范与标尺,并随着威望与名声的扩大,不断吸引着渴望涌入上流社会的士人。

（二）非世家大族出身的谈玄者。当时亦有一些非世家大族子弟善于谈玄,如乐广、山涛、张华、郭象等。由于谈玄本身所具有的社会学意义,从而使得这些出身低下的士人欲跻身上层圈子,不得不去培养自己的玄学素养,并尽可能通过谈玄活动获取声名。如乐广因擅于谈玄而终达显宦,张华因身居要职而复染玄风,可谓殊途同归。山涛有而不恃,亦此类也。又如《异苑》《水经注》等文献记载二陆与王弼鬼魂谈玄一事,学术界普遍认为其事虽荒诞不经,但透露出他们为入洛求官不得不事先揣摩玄学,以免与京师上层士大夫交往时无法应对自如而为之所笑的心理。② 再如郭象这一玄学理论集大成者,《晋书·郭象传》云:"东海王越引为太傅主簿,甚见亲委,遂任职当权,熏灼内外。由是素论去之。"③郭象言必玄远深邃,行则争权逐势。通过郭象如此"言行不一"的生活态度,我们更可想见玄学对于他这样的文人来说,或许只是一种可以获取政治资本与社会声望的工具。这与上层士大夫对他的期望完全相左,故"素论去之"。精于谈玄是融入上层士大夫群体并最终步入上流社会的终南捷径,当时闻风而悦者必不在少数,但能有所成就者则少之又少。他们在此领域似乎并不具备话语权和创

---

① (唐)房玄龄:《晋书》,北京:中华书局,1974年版,第1052页。
② 参见唐长孺:《读〈抱朴子〉推论南北学风的异同》,收入《魏晋南北朝史论丛》,北京:中华书局,2011年版,第355～358页。又周勋初先生《〈文赋〉写作年代新探》一文对此现象也有所论及,参见《周勋初文集》第3册,南京:江苏古籍出版社,2000年版,第48～49页。
③ (唐)房玄龄:《晋书》,北京:中华书局,1974年版,第1397页。

造活力,只能通过自己的玄言修养,默默地等待着被那些热衷玄理的达官显宦们赏识拔擢,故始终处于从属地位,成为社会风气的追随者。

(三)谈玄与属文的分流。西晋诗歌以"繁缛""典雅""绮丽""流靡"等特点著称于世,似乎并未受到当时谈玄风气的很大影响。对此现象,当前学术界已多有讨论。① 笔者认为造成此现象的原因恐怕还有一个,即西晋社会谈玄名士与诗人群体分属于两个社会阶层,前者以上层士大夫为主,而后者以中下层士人为主。② 刘勰《文心雕龙·时序》云:"晋虽不文,人才实盛。茂先摇笔而散珠,太冲动墨而横锦。岳湛曜联璧之华,机云摽二俊之采。应傅三张之徒,孙挚成公之属,并结藻清英,流韵绮靡。"③这些西晋最杰出的文人群体中虽有少数谈玄活动的参与者,如应贞、张华、二陆等,但多数人并不擅长此道。他们也鲜有出身世家大族者或是身居高位者。这种情况与上文叙录的那些出身名门的谈玄名士正好相反。《世说新语·文学》云:"乐令善于清言而不长于手笔,将让河南尹,请潘岳为表。"④此或为特例,但至少能说明对于上层士大夫群体而言,"清言"比"手笔"更加重要。另外,西晋玄言诗数量与质量亦远较正始与东晋时期为逊,此种现象与当时谈玄名士普遍不善属文有关。西晋时期被当前玄言诗研究者们称为"低潮期"⑤,或"积蓄期"⑥,这是符合中古文学史发展实情的论断。

(四)玄风南移。西晋国祚不长,"永嘉之乱"带来了中原人口的大规模南移。如《晋书·王导传》云:"洛京倾覆,中州士女避乱江左者十六七。"⑦在此南渡的中州人士中,中原士族必然占据了很大比重。陈寅恪先生认为,"南来的上层阶级为晋的皇室及洛阳的公卿士大夫"⑧。颜之推《观我生赋》自注云:"中原冠带随晋渡江者百家,故江东有《百谱》,至是在都者覆

---

① 如葛晓音先生认为原因有两个:(一)西晋玄学很少讨论玄理本身;(二)司马氏政权基础多是东汉以来儒家世家。参见葛晓音:《八代诗史》,北京:中华书局,2007年版,第84~86页。
② 关于西晋文人多出自中下层士人,钱志熙先生在《魏晋诗歌艺术原论》第四章第一节"西晋文人群体的形成与素族之关系"中论之甚详(北京:北京大学出版社,2005年版,第155~165页)。笔者认为,"素族"概念的提法虽难以成立,但指出西晋文人主要来自当时的"寒素"群体,则符合历史实情。
③ 范文澜:《文心雕龙注》,北京:人民文学出版社,1958年版,第674页。
④ 余嘉锡:《世说新语笺疏》,北京:中华书局,2007年版,第299页。
⑤ 王澍:《魏晋玄学与玄言诗研究》,北京:中国社会科学出版社,2007年版,第125页。
⑥ 张廷银:《魏晋玄言诗研究》,北京:商务印书馆,2008年版,第129页。
⑦ (唐)房玄龄:《晋书》,北京:中华书局,1974年版,第1746页。
⑧ 万绳楠:《陈寅恪魏晋南北朝史讲演录》,贵阳:贵州人民出版社,2007年版,第106页。

灭略尽。"①中原士族群体的大规模南移,对随后的东晋文化产生了深远影响。② 其中尤以谈玄一事为最。对此,罗宗强先生认为:"他们在西晋养成的生活方式实在是难以改变,他们在过江之后,只要还有可能,便会恢复他们以往的生活方式。"③所谓"他们",即指南渡的中朝谈玄名士,如上文所举的王导、庾亮、卫玠、温峤、王承等人。正是他们将昔日谈玄之风从繁华的京洛带到了广袤的江南,从而营造出值得留恋的精神家园。故刘勰《文心雕龙·时序》云:"自中朝贵玄,江左称盛。因谈余气,流成文体。是以世极迍邅而辞意夷泰,诗必柱下之旨归,赋乃漆园之义疏。"④我们暂且不去评价刘勰的观点是否准确,但从这段文字中至少能看出,玄言对东晋文学尤其是诗、赋二体的影响,实在是深远。

二、"从俗"的诗人:郭璞过江前后诗风变化考论

郭璞(276—324),字景纯,河东闻喜人,是两晋之交最为重要的诗人。《晋书》本传称其"词赋为中兴之冠"。所谓"中兴",不过是司马氏君臣偏安江南时一种自我安慰的说辞。不过,郭璞为永嘉南渡之后最负盛名的文人,人们历来对此鲜有异议。他博学多才,精通阴阳卜筮方术,文章著述颇丰。具体到文学成就,除《江赋》《南郊赋》等鸿篇巨制外,郭璞更为后人所熟知的是其《游仙诗》。刘勰《文心雕龙·才略篇》云:"景纯艳逸,足冠中兴。郊赋既穆穆以大观,仙诗亦飘飘而凌云矣。"⑤这种"艳逸"特征,贯穿在郭璞过江后的诗赋作品之中。钟嵘又从中发掘"坎壈咏怀"的意蕴,进一步丰富郭璞《游仙诗》的经典性因素。然而对两晋之交这样一位重要历史人物的文学史地位,后世学者却有不同的看法。有人认为他是东晋玄言诗的开创者,如余嘉锡先生称郭璞《游仙诗》"亦滥觞于王、何,而加以变化。与王济、孙楚辈,同源而异流。特其文采独高,彪炳可玩,不似平叔之浮浅,永嘉之平淡尔"⑥。也有学者认为郭璞是"汉魏以来文学之集结,而非东晋

---

① (唐)李百药:《北齐书》,北京:中华书局,1972年,第621页。
② 探讨此类问题的文章很多,可参阅卫绍生、席格:《南渡中原士族对东晋文化的历史贡献》,载《中州学刊》,2008年第6期。
③ 罗宗强:《魏晋南北朝文学思想史》,北京:中华书局,1996年版,第128页。
④ 范文澜:《文心雕龙注》,北京:人民文学出版社,1958年版,第675页。
⑤ 范文澜:《文心雕龙注》,北京:人民文学出版社,1958年版,第701页。
⑥ 余嘉锡:《世说新语笺疏》,北京:中华书局,1983年版,第312页。

文学之开端"①。倘若对此分歧作学术史梳理的话,那么我们就会发现对此问题的争论由来已久,从南朝檀道鸾、刘勰、锺嵘等人的言论中即已开始。然而上述争论很显然忽视了一个细节问题,即作为经历永嘉南渡的文人,郭璞前后两期的生活环境、交游对象、创作心理等都发生了很大变化,这直接导致其过江前后诗歌风貌的变化。就其早期作品来说,我们不否认他对汉魏文学传统的继承;但若是对其过江之后的诗歌创作而言,则又无愧"中兴之冠"的称誉。通过郭璞过江前后诗风的变化,我们可以较为清晰地认识到两晋之际诗坛领导权的转移,即从西晋太康诗坛的多方人士"共同参与、相互折中"过渡到"士族引领"。兹在前贤时彦已有研究成果的基础上,略申管见如下。

(一)远离诗骚:檀道鸾《续晋阳秋》中的郭璞影像

檀道鸾是南朝刘宋时人,撰有《续晋阳秋》二十卷。此书对汉魏晋文学史发展的描述,具有开创性的意义,后来沈约《宋书·谢灵运传论》、刘勰《文心雕龙》中《明诗》《时序》、锺嵘《诗品序》显然均受其影响。②《世说新语·文学》云:"简文称许掾云:'玄度五言诗,可谓妙绝时人。'"刘孝标注引檀道鸾《续晋阳秋》曰:

> 询有才藻,善属文……自司马相如、王褒、扬雄诸贤,世尚赋颂,皆体则诗骚,傍综百家之言。及至建安,而诗章大盛。逮乎西朝之末,潘、陆之徒虽时有质文,而宗归不异也。正始中,王弼、何晏好《庄》《老》玄胜之谈,而世遂贵焉。至过江,佛理尤盛,故郭璞五言始会合道家之言而韵之。询及太原孙绰转相祖尚,又加以三世之辞,而诗骚之体尽矣。③

此段文字较早描述了汉魏晋文学发展的大致脉络,以及檀氏本人对这种情况的态度,历来为研究者所重视。然而前贤时彦又多认为,"至过江,佛理尤盛,故郭璞五言始会合道家之言而韵之",语意含混,不易理解。

为此,不少著名学者都试图对这句话作出阐释。于是从文献异文上校改者有之,如余嘉锡先生在笺疏这则材料时,根据《文选集注》卷六二公孙罗注引檀氏《论文章》"至过江李充尤盛"一语,证明"佛理"原作"李充"。周

---

① 钱志熙:《中国诗歌通史·魏晋南北朝卷》,北京:人民文学出版社,2012年版,第249页。
② 王运熙、杨明:《魏晋南北朝文学批评史》,上海:上海古籍出版社,1996年版,第219页。
③ 余嘉锡:《世说新语笺疏》,北京:中华书局,1983年版,第312页。

勋初先生说:"以为'佛理'原作'李弃',这样始可与上下文义衔接。然而这样改动文字,仍然未能解决问题,因为此一名词纳入过嫌突兀,史籍上也无任何文献记载可以用来说明李充是玄言诗的重要作家。"①李充是否为玄言诗人或可再议,但将其纳入句中确嫌突兀,而且与史实不符。据曹道衡先生考证,李充生年约在西晋后期,卒年不会早于永和末年至升平年间(335—360)。②《论文章》所谓"至过江,李充尤盛",当是指他曾与谢安、王羲之、孙绰等共享"文义冠世"之名③,这在当时是何等的荣耀。包括李充在内的这个士人群体,被胡宝国先生称为"渡江北人的第二代"④。作为后起之秀的李充,纵使文义冠世,又如何能影响到时代更早的郭璞呢?故檀氏《记文章》与《续晋阳秋》中的这段文字,所述或非一事。

另外,从语序着手进行理校者亦有之,如程千帆先生根据古书校勘有上下两句误倒之例,认为"至过江,佛理尤盛"七字误在"故郭璞五言始会合道家之言而韵之"十五字前,当据文义乙正。⑤ 这样调整后的文字应为:

> 正始中,王弼、何晏好《庄》《老》玄胜之谈,而世遂贵焉,故郭璞五言始会合道家之言而韵之。至过江,佛理尤盛……

从文章脉络上说,程先生此番调整无疑使原文语意更加贯通。此观点后来也得到周勋初、钱志熙等先生的认同。⑥ 但这样调整后新问题也随之而来,因为檀氏原来将郭璞"始会合道家之言而韵之"的时间定在过江后,这与《文心雕龙·才略》所载"景纯艳逸,足冠中兴。郊赋既穆穆以大观,仙诗亦飘飘而凌云矣"⑦、《南齐书·文学传论》所载"江左风味,盛道家之言。郭璞举其灵变"⑧等说法可互相印证,而调整后郭璞"始会合道家之言而韵之"的时间则被定在过江前,这又与《诗品》所载"永嘉时,贵黄老,稍尚虚

---

① 周勋初:《文史知新》,南京:凤凰出版社,2012年版,第43页。
② 曹道衡:《中古文学史论文集》,北京:中华书局,2002年版,第322页。
③ (宋)李昉等:《太平御览》,北京:中华书局,1960年版,第1833页。
④ 胡宝国:《晚渡北人与东晋中期的历史变化》,载《北大史学》第14辑,北京:北京大学出版社,2009年版,第98~99页。
⑤ 程千帆:《程千帆选集》,石家庄:河北教育出版社,2000年版,第461页。
⑥ 周勋初:《郭璞诗为"中兴第一"说辨析》,载《文史知新》,南京:凤凰出版社,2012年版,第42页;又钱志熙:《中国诗歌通史·魏晋南北朝卷》,北京:人民文学出版社,2012年版,第249页。
⑦ 范文澜:《文心雕龙注》,北京:人民文学出版社,1958年版,第701页。
⑧ (梁)萧子显:《南齐书》,北京:中华书局,1972年版,第908页。

谈,于时篇什,理过其辞,淡乎寡味……先是郭景纯用儁上之才,变创其体"①不合。陈垣先生曾用"最高妙者此法,最危险者亦此法"②来评价理校法,程先生亦为校勘名家,然改一语而与三种早期经典文献的表述相龃龉,恐义有未周。

可见无论是文字校改还是语序调整,皆未从根本上解决问题。窃以为,从广义叙述学角度看,"至过江……"三句无疑是一个完整的叙述结论,具有内在的逻辑关联,其构成要素包括"过江""佛理""尤盛""郭璞""五言""道家之言"等。"故"字将这些彼此不同的构成要素连为一体,并提供一种符合常理的情节结构。叙述一旦情节化,"事件就有了一个因果——时间序列","构筑成一个具有内在意义的整体"③。此种"内在意义",有待于读者的理解和重构来实现。事实上檀氏所言"至过江,佛理尤盛,故郭璞五言始会合道家之言而韵之",证之史实并非完全无法理解。所谓"过江后,佛理尤盛",隐含着某种比较的意蕴,而与之相比较的对象至少包括两个方面:

(1)纵向:西晋时佛理辩论的相对沉寂。西晋是佛教在中土广泛传播的开端,主要活动仍以译经为主。④ 佛教徒首要任务是译经弘教,少量的佛理辩论主要发生在译经活动中,如竺法护先后两译《首楞严经》,聂承远删正、竺法护译《超日明经》等。⑤ 此期佛理辩论相对沉寂,主要原因是其未能吸引士大夫群体积极参与。河内司马氏世代服膺儒教,自司马懿至司马炎皆敦奖儒术,通过封官进爵、兴礼作乐、大兴庠序等措施,将儒家思想重新打造成社会主流文化。晋武帝在太康年间还曾禁止普通民众出家。⑥ 儒素、寒素等成为士大夫的中坚力量,此群体中信佛、奉佛者甚少。高门子弟更是沉溺玄风,将儒家经术弃置一旁,反而转向更能彰显文化身份的玄言清谈。如《晋书·应詹传》云:"元康以来,贱经尚道,以玄虚宏放为夷达,

---

① 曹旭:《诗品集注》,上海:上海古籍出版社,2011年版,第28~34页。
② 陈垣:《校勘学释例》,北京:中华书局,1959年版,第146页。
③ 赵毅衡:《广义叙述学》,成都:四川大学出版社,2013年版,第15页。
④ 参见黄卓越主编:《中国佛教大观》,哈尔滨:哈尔滨出版社,1994年版,第31页;方立天主编:《中国佛教简史》,北京:宗教文化出版社,2001年版,第30页;〔荷〕许理和:《佛教征服中国》,李四龙等译,南京:江苏人民出版社,1998年版,第81页。
⑤ 汤用彤:《汉魏两晋南北朝佛教史》,武汉:武汉大学出版社,2008年版,第109页。
⑥ 如《法苑珠林·神异篇》"晋抵世常"条略云:"太康中,禁晋人作沙门。"参见周叔迦、苏晋仁:《法苑珠林校注》,北京:中华书局,2003年版,第869页。

以儒术清俭为鄙俗。"①西晋佛教相对三国时期虽有所发展,但其信众主体仍在下层民众。正如荷兰学者许理和(Erik Zürcher)先生在总结西晋佛教发展时所说:"佛教尽管在社会的某一部分或某一层面迅速传播开来,仍没有渗透到士大夫的生活中去,它仍然处于他们的活动与兴趣之外。"②

(2)横向:过江后玄学理论创新难以为继。玄学是魏晋时期最具活力的思想潮流,根据名教与自然的关系,学术界往往将其分为三到四个特征明显的发展阶段。虽然目前在具体分期上还存在分歧,但有一个观点似已成为魏晋玄学研究中的共识,即玄学理论发展到郭象《庄子注》而臻于极盛。冯友兰先生说:"郭象的哲学体系,是魏晋玄学的高峰。高峰之后就是尾声了。"③余敦康先生亦认为:"从某种意义上来说,郭象的独化论意味着玄学的终结。"④康中乾先生则视郭象《庄子注》为魏晋玄学理论的完成标志,并进一步申论:"如果说魏晋玄学发展中,正始玄学和元康玄学重在理论建构的话,那么东晋玄学则重在理论的运用,特别是将郭象'独化'论玄学思想贯彻运用于实际生活中。"⑤上述诸家的判断,与魏晋玄学演进的实情相符。《世说新语·文学》云:"旧云王丞相过江左,止道声无哀乐、养生、言尽意三理而已。"⑥众所周知,"声无哀乐"与"养生"二理源自嵇康《声无哀乐论》和《养生论》,"言尽意"源自欧阳建《言尽意论》。作为过江后的士流领袖与清谈宗主,王导在玄学理论层面未能超越郭象而有所创新,他所热衷的仍是中朝玄言话题。这颇能说明玄学理论经郭象《庄子注》之后,很难再有拓展新变的空间。

"过江后,佛理尤盛"的重要表现,是清谈名士与弘道名僧的合流、玄言理论与佛理教义的会通。此间原因,前辈学者如陈寅恪、汤用彤等先生早已指出,支愍度、康僧渊、支道林等名僧正是参照中土已有之玄学体系,以佛证玄,以玄释佛。⑦佛玄会通能为当时理论拓展难以为继的清谈活动提

---

① (唐)房玄龄等:《晋书》,北京:中华书局,1974年版,第1858页。
② 〔荷〕许理和:《佛教征服中国》,李四龙等译,南京:江苏人民出版社,1998年版,第95页。
③ 冯友兰:《中国哲学史新编》第四册,北京:人民出版社,1986年版,第197页。
④ 余敦康:《魏晋玄学史》,北京:北京大学出版社,2016年版,第407页。
⑤ 康中乾:《魏晋玄学》,北京:人民出版社,2008年版,第264页。
⑥ 余嘉锡:《世说新语笺疏》,北京:中华书局,2007年版,第249页。
⑦ 陈寅恪先生《支愍度学术考》一文认为:"新义者则采用《周易》《老》《庄》之义,以助成其说而已。"参见陈寅恪:《金明馆丛稿初编》,北京:生活·读书·新知三联书店,2015年版,第161页;又汤用彤先生《魏晋玄学流别略论》认为:"支道林以通庄命家,其学疑亦受向、郭之影响。"参见汤用彤:《魏晋玄学论稿》,北京:生活·读书·新知三联书店,2009年版,第54页。

供新谈资,因此能充分调动玄言名士的参与热情。以帝王与清谈名士为代表的士大夫阶层,正以前所未有的热情礼遇名僧,周旋左右,此种情形在西晋社会是难以想象的。如《高僧传》卷一"帛尸梨密多罗"条略云:

> 晋永嘉中,始到中国,值乱仍过江,止建初寺。丞相王导一见而奇之,以为吾之徒也。由是名显。太尉庾元规、光禄周伯仁、太常谢幼舆、廷尉桓茂伦,皆一代名士,见之终日累叹。①

又《高僧传》卷四"竺潜"条略云:

> 晋永嘉初,避乱过江。中宗元皇及肃祖明帝、丞相王茂弘、大尉庾元规并钦其风,德友而敬焉。建武、太宁中,潜恒着屐至殿内,时人咸谓方外之士,以德重故也。②

严耕望先生曾指出:"南方佛事,主要由于西晋覆亡,士大夫渡江,僧徒亦有渡江者,乃建立基础。"③正因有此基础,东晋帝王与士大夫礼佛、奉佛遂成为风尚,而名士与名僧共同参与清谈活动亦成为常态。

再看"故郭璞五言始会合道家之言而韵之"。王今晖先生认为,"郭璞创作五言诗与东晋盛行佛教没有必然联系,檀氏之所以选择郭璞,也只是因为他成就较高,有一定代表性,直接影响了后来孙绰、许询等人的缘故"④。然而从叙事与修辞角度讲,此处"故"字很显然是个表因果关系的连词,如此理解又将置其于何地?况且目前也没有任何文献能证明这里的"故"为衍文。

我们认为,郭璞过江后五言诗选择"始会合道家之言而韵之",正是由于受到"佛理尤盛"的启发。所谓"始",仅仅是针对郭璞自身诗歌创作而言,是与他过江前的诗歌创作相参照,意思是过江后郭璞开始在其五言诗创作中融入道家之言,不能将其理解为玄言诗的开始。在檀道鸾的论述中,"诗骚之体"是基本准则。这种准则由汉至魏一脉相承,甚至在"西朝之末"潘岳、陆机等人的诗歌中尚有所体现。檀氏认为"诗骚之体"的显著式微始于郭璞,因为根据钟嵘《诗品序》描述,郭璞过江前曾是永嘉平淡诗风

---

① (梁)释慧皎:《高僧传》,北京:中华书局,1991年版,第13页。
② (梁)释慧皎:《高僧传》,北京:中华书局,1991年版,第64~65页。
③ 严耕望:《魏晋南北朝佛教地理稿》,上海:上海古籍出版社,2007年版,第267页。
④ 王今晖:《钟嵘〈诗品〉(晋弘农太守郭璞)辨析》,载《中国文学研究》,2003年第2期。

的自觉反抗者,只是"彼众我寡,未能动俗"。檀道鸾紧承郭璞生活的时代,因此锺嵘所说的情况他理应更加熟悉。郭璞过江后诗风发生的明显变化,在檀氏看来正是"诗骚之体"由盛而衰的重要转折点。正是出于这样的考虑,他在此期诗歌史建构中选择了郭璞,而不是中朝时名声更为显赫的"王武子辈",因为后者所创作的那些玄言诗原本就不在"诗骚之体"的范畴之内。

过江后,郭璞以精通卜筮方术始得周旋于帝王与高门士族左右。但他所面临的问题也正出在这里,因为当帝王与显宦们需要郭璞通过卜筮对某事给出意见时,"并不是真正在询问他本人对事件的看法,而是在询问一个茫茫不可知的天命。那么,这时郭璞的作用就跟其他的方士或巫师没什么两样,不同的是他的占筮灵验"①。诚如《晋书》作者对其评论所云:"夫语怪征神,伎成则贱,前修贻训,鄙乎兹道。"②少好经术、博学高才的郭璞自谓宜参士流,而士流领袖却将其视为值得信赖的方士。这种身份错位的苦闷、才高位卑的愤懑,促使其著《客傲》、作《游仙》,以泄其意。因此对于过江后的郭璞来说,如何真正融入士流,尤其是得到王导、温峤、庾亮等士流领袖的文化身份认同,就成为其迫切关心的事情。而在这件事情上,过江名僧主动以佛证玄、以玄释佛使得"佛理尤盛"的做法,无疑给予他很大的刺激。但郭璞对佛理并不感兴趣,佛教典籍常常只是作为博物学知识出现在其著述之中。③ 因此对于郭璞而言,要想融入士流仅仅依靠卜筮方术显然远远不够,唯有效仿佛教徒主动会通玄言、善于妙发玄理等行为,才有可能真正从文化身份上获得当时士流的认同。可惜的是,郭璞似乎缺乏清谈玄言的天赋。

唐翼明先生据《世说新语》等典籍总结魏晋清谈的理想境界是"理、辞俱美,风度优雅,连语音也要漂亮"④。清谈活动中要想技压群雄,玄理、文辞、语音三者都要格外重视。《世说新语》刘孝标注引《郭璞别传》云:

> 璞奇博德通,文藻粲丽,才学赏豫,足参上流。其诗、赋、诔、

---

① 翁頻:《论郭璞身份认同的错位——兼论汉末魏晋时期思想与学术的历史流变》,载《厦门大学学报》,2007年第1期。
② (唐)房玄龄:《晋书》,北京:中华书局,1974年版,第1913页。
③ (唐)释慧琳《一切经音义》卷九五《正诬论》"蹲膜"条注云:"郭璞云:今之胡礼佛,举手加头,称南膜拜者即此也。"参见徐时仪:《一切经音义三种校本合刊》,上海:上海古籍出版社,2012年版,第2128页;又郭璞《山海经·海内经》"有盐长之国有人焉,鸟首,名曰鸟氏"句注云:"今佛书中有此人,即鸟夷也。"参见袁珂:《山海经校注》,上海:上海古籍出版社,1980年版,第448页。
④ 唐翼明:《魏晋清谈》,北京:人民文学出版社,2002年版,第51页。

颂并传于世,而讷于言,造次咏语,常人无异。①

"讷",这里指不善于讲话,说话迟钝。据此可见,郭璞虽然博学多才,但口才并不算好。"造次"意为匆忙、仓促,"咏语"即吟咏、言说。"造次咏语"实指即兴言咏,这对两晋时期的谈玄者来说应是一种基本素质。翻检《晋书》《世说新语》等典籍,未见当时有讷于言辞而能成为清谈名家者。郭璞在这方面既然与常人无异,说明他本身并不具备谈玄的天赋。若以此为标准,那么郭璞可能永远无法像中朝时期乐广、郭象等寒素才俊那样,通过谈玄方式融进清谈玄言的文化圈子。但与他们相比,郭璞也有自己的独特优势,即"奇博德通,文藻粲丽,才学赏豫",而西晋玄学家则普遍不善于文学创作。② 清谈玄言主要依据《老子》《庄子》《周易》,由于精通"五行、天文、卜筮之术",郭璞对此类典籍自然极为熟悉。在此情形下,他唯有扬长避短,充分发挥自身文藻粲丽的优势,将道家之言融入文章著述之中,以新的形式畅谈玄理,主动迎合士流审美喜好,才有可能获得文化身份上的认同。郭璞后来有没有真正融入士流,我们限于史料不得妄下结论。但他过江后包括五言诗在内的文学创作,却正是向此方向转变,而这种转变在当时也得到缀文之士的认同与效仿,进而影响到东晋玄言诗风的形成。当然这种转变并非完全出于自觉,而是被特定的形势所裹挟,其间夹杂着屈辱无奈,再加上作者"文藻粲丽"的杰出才能,遂使其作品风貌别具一格。黄侃先生认为:"据檀道鸾之说,是东晋玄言之诗,景纯实为之前导,特其才气奇肆,遭逢险艰,故能假玄言以写中情,非复抄录文句者所可比拟。"③"假玄言以写中情",季刚先生诚可谓知言矣。这也是檀道鸾仅将郭璞诗歌视为"诗骚之体"始衰而非"殆尽"的主要原因。但毫无疑问,这种新诗风得到当时社会主流文化群体——高门士族的认同。如《与王使君诗》云:

持贵以降,挹满以冲。迈德遗功,于盛思终。④

---

① 余嘉锡:《世说新语笺疏》,北京:中华书局,2007年版,第303页。
② 徐公持先生曾指出:"西晋玄学家多不习文事,而文学之士则少习玄学,因此造成文学与玄学之疏离。"参见徐公持:《魏晋文学史》,北京:人民文学出版社,1999年版,第442页。徐樑博士又将西晋玄学与文学不兼容现象归结为语言本身、文化形态和社会生态三个层面的原因。参见徐樑:《西晋时期玄学与文学不兼容现象之构成》,载《文学遗产》,2018年第6期。
③ 黄侃:《文心雕龙札记》,上海:上海古籍出版社,2006年版,第25页。
④ 逯钦立:《先秦汉魏晋南北朝诗》,北京:中华书局,1983年版,第863页。

又如《答王门子诗》云：

> 遗物任性，兀然自纵。倚荣涸蔼，寓音雅弄。匪涉魏阙，匪滞陋巷。永赖不才，逍遥无用。①

又如《赠温峤诗》云：

> 进不要声，退不傲位。遗心隐显，得意荣悴。尚想李严，逍遥柱肆。②

又《游仙诗》云：

> 啸傲遗世罗，纵情在独往。明道虽若昧，其中有妙象。③

由此可见，虽是赠答、游仙之作，郭璞亦多寄玄远之思。当然，鉴于郭璞的"文藻粲丽"，因而他的诗歌总能将深奥的玄理通过具体情境表达出来，从而彰显出异于一般玄言诗人的艺术魅力。他跳出玄言诗窠臼，将道教追求的隐逸与求仙融入其中，甚至部分诗篇还呈现出个人的情感体验。此举既丰富了诗歌内容，也扩大了玄言的表达空间，故能挺拔峻秀。此即李充《翰林论》所谓"善于遥寄"。盖郭璞此类诗歌有文藻而不乏玄思，有情致而不失典雅，远胜于中朝平淡之体，故天下属文之士皆同宗之。

（二）赓续传统：钟嵘《诗品》中的郭璞影像

相对于檀道鸾立足"诗骚之体"而对郭璞诗歌进行的线性评价，钟嵘《诗品》在这方面无疑要更加丰富。钟嵘不仅揭示郭璞在中古诗歌演进中的位置，又通过追源溯流、寻章摘句等方法凸显其艺术特色。钟嵘对郭璞诗歌的评价，主要有两则材料：一为《诗品序》所云：

> 永嘉时，贵黄老，稍尚虚谈。于时篇什，理过其辞，淡乎寡味。爰及江表，微波尚传。孙绰、许询、桓、庾诸公诗，皆平典似《道德论》，建安风力尽矣。先是郭景纯用隽上之才，变创其体；刘越石仗清刚之气，赞成厥美。然彼众我寡，未能动俗。④

---

① 逯钦立：《先秦汉魏晋南北朝诗》，北京：中华书局，1983年版，第864页。
② 逯钦立：《先秦汉魏晋南北朝诗》，北京：中华书局，1983年版，第864页。
③ 逯钦立：《先秦汉魏晋南北朝诗》，北京：中华书局，1983年版，第866页。
④ 曹旭：《诗品集注》，上海：上海古籍出版社，2011年版，第28～34页。

请注意,锺嵘在论及郭璞诗歌时用了"先是"一词。"先是"当然是表示某种动作或情况发生在前,此处应指发生在"建安风力尽矣"之前,也就是指郭璞变创永嘉平淡诗风一事。那么"先是"究竟是指何时?我们不妨先来看锺嵘此处提及的另一位诗人刘琨的情况。刘琨,字越石,中山魏昌人。据《晋书》本传,其生平行事主要在西晋时期,东晋政权成立后仅一年即已遇害。刘琨在永嘉战乱中未曾渡江,一直留在中原地区进行军事活动。从叙事逻辑上讲,锺嵘将郭璞、刘琨对举,当是着眼于二人在永嘉南渡之前的诗歌创作。所谓"赞成厥美",按曹旭先生的理解,当是指"刘琨以己之'清刚''清拔'诗风,支持辅助郭璞变革之举"①。毫无疑问,郭璞所要变革的对象正是永嘉时"理过其辞,淡乎寡味"的玄言诗风。作为西晋寒素派文学的继承者,郭璞对这种新诗风极为不满。但锺嵘前文强调永嘉时这种"理过其辞,淡乎寡味"的诗风盛行,并伴随士大夫群体的集体南渡而传至江表,故虽经郭、刘二人努力变创,还是"未能动俗"。陈钟凡先生说:"自西晋玄言日昌,诗多枯淡,风骚道尽,遒丽不闻。虽有郭、刘之矫健,不足以振起颓风矣。"②诚为中允之论。等到孙绰、许询诸人立足诗坛并引领风尚之时,建安风力终于消磨殆尽。锺嵘这个说法,实际上与檀道鸾的看法是一致的。如果以上所论成立,那么锺嵘此处很显然并未提到郭璞过江以后的诗歌创作情况。

锺嵘《诗品》将郭璞置于中品之列,对其诗歌评论集中在"晋弘农太守郭璞"条,与《诗品序》可形成互补。为论述方便,先据当前较为通行的版本——曹旭《诗品集注》,引"晋弘农太守郭璞"条内容如下:

> 宪章潘岳,文体相辉,彪炳可玩,始变中原平淡之体,故称中兴第一。//《翰林》以为诗首。//但游仙之作,辞多慷慨,乖远玄宗。而云"奈何虎豹姿",又云"戢翼栖榛梗",乃是坎壈咏怀,非列仙之趣也。③

王叔岷《锺嵘诗品笺证稿》断句亦与之相同,而陈延杰《诗品注》、周振甫《诗品译注》则将"始变永嘉平淡之体,故称中兴第一"视为独立句子,前后皆用

---

① 曹旭:《诗品集注》,上海:上海古籍出版社,2011年版,第37页。
② 陈钟凡:《中国文学批评史》,南京:江苏文艺出版社,2008年版,第48页。
③ 曹旭:《诗品集注》,上海:上海古籍出版社,2011年版,第318~319页。

句号隔开。① 据笔者目力所见,当前凡引用《诗品》此条内容的论著,断句大抵不出以上两种。而这两种断句方法在本质上并无不同,即都将"中兴第一"视为"始变永嘉平淡之体"的必然结果,所以用"故"字来串联。这样断句从字面上看当然可行,但有两个疑问也随之而来:(一)曹旭先生认为"诗首,谓诗中首称,执牛耳者也",王叔岷先生认为"'首'亦'第一'之意",周振甫先生则译为"所以称为东晋中兴第一。《翰林论》认为诗歌中的首位",既然各家都承认"故称中兴第一"与"《翰林》以为诗首"意思相同,那为何还要将两句分开阐述呢?(二)从文章脉络上看,下文"但游仙之作"直到结束,显然都是钟嵘在对某种观点进行反驳,"但"字的转折意蕴十分明显。郭璞"始变永嘉平淡之体"本是钟嵘极力称赞的创举,"中兴第一"又是上述行为的结果,"故称中兴第一"更是与"《翰林》以为诗首"意思相同,那么试问钟嵘到底在反对什么?"但"字的转折意蕴又该如何落实?

晚清俞樾《古书疑义举例》曾列"分章错误例"②。所谓"分章",自然涉及文本断句。我们认为上述两个疑问,正因论者对《诗品》原文分章断句不当而起。当然这种失之偏颇的分章断句由来已久,实非今人首创。宋代陈应行《吟窗杂录》卷二引《诗品》云:"宪章潘岳,文体相辉,彪炳可玩,始变中原平淡之体,故称中兴第一。"③如此断章取义之法,必然会影响后人对《诗品》文本的解读。倘若我们现在将这段文字重新分章断句,则不仅上述两个疑问涣然冰释,就是与檀道鸾所论亦能殊途同归。根据我们的理解,《诗品》"晋弘农太守郭璞"条应断句如下:

宪章潘岳,文体相辉,彪炳可玩,始变中原平淡之体。//故称中兴第一,《翰林》以为诗首。//但游仙之作,辞多慷慨,乖远玄宗。而云"奈何虎豹姿",又云"戢翼栖榛梗",乃是坎壈咏怀,非列仙之趣也。

周勋初先生认为,"钟嵘评郭诗'中兴第一'之后,又称'《翰林》以为诗首',言下之意,当然也是推崇之辞了"。既然是"推崇之辞",那么不妨先看看《翰林》究竟在推崇什么。根据前贤时彦的普遍看法,《翰林》指李充《翰林论》,亦称《翰林明道论》。按《隋书·经籍志》曾著录《翰林论》三卷(注云

---

① 参见王叔岷《锺嵘诗品笺证稿》,北京:中华书局,2007年版,第247页;陈延杰:《诗品注》,北京:人民文学出版社,1961年版,第38页;周振甫:《诗品译注》,北京:中华书局,1998年版,第63页。
② 俞樾等:《古书疑义举例五种》,北京:中华书局,1956年版,第151~152页。
③ (宋)陈应行编:《吟窗杂录》,北京:中华书局,1997年版,第156页。

"梁五十四卷"),后来全书皆亡佚,今有严可均《全晋文》卷五三辑录残文八则,合今人补辑共十三则。① 在仅存的十三则材料中,有一则内容尤为重要。葛洪《神仙传》引李充《翰林明道论》云:"景纯善于遥寄,缀文之士,皆同宗之。"②李充与郭璞为同时代人,其所论必有所据。李充的意思是说郭璞诗歌具有"遥寄"的特点,这个特点为当时许多缀文之士所欣赏,故仿效、取法者甚众。倘若此则材料内容可信,那么郭璞诗风早已为世所宗,钟嵘《诗品序》又何来"未能动俗"之叹?很显然李充、钟嵘二人所关注的创作时间段不同,盖李充当是就郭璞过江后的诗歌影响而言,而钟嵘则针对其过江前诗歌创作而论。遥者,远也;寄者,托也。"遥寄"即为遥远寄托之简称,亦即沈约《宋书·谢灵运传论》论及东晋玄言诗时所说的"寄言上德,托意玄珠",其意思与王羲之《兰亭序》"因寄所托"相近。"寄"是魏晋玄言诗人情感表达的重要方式。作为一种玄化的审美状态,"寄"正是随着魏晋玄学的兴起,在"应物而不累于物"思想的推动下最终才得以在贵族文人手中确立。③

周勋初先生从语法结构角度对《诗品》此条内容的重新解读颇有新意。他认为:"'故称中兴第一。《翰林》以为诗首'二句并非并列结构,非排比句。'中兴第一'之说乃承'始变永嘉平淡之体'而言,'翰林以为诗首'一句为启下之词,实为澄清时人对郭诗的误解而发;联系实际,当是为了防止时人误读葛洪《神仙传》而由此申述的。"④然而在钟嵘生活的齐梁时代,李充《翰林论》与葛洪《神仙传》俱在。如果真如周先生所言,那钟嵘的这种担心似乎过于杞人忧天。因此对周先生的这种推测,学术界已经有人提出了质疑。⑤

但周先生这种提出问题、解决问题的方法与思路都非常新颖,故仍能给予我们深刻的启发。我们认为"故称中兴第一"与"《翰林》以为诗首"是一种并列结构,但是与前面"始变永嘉平淡之体"并无关联。郭璞与刘琨变创永嘉平淡之体的时间,不可能晚至过江以后。因为过江后随着生活境况

---

① 余历雄:《论李充〈翰林论〉的学术渊源与文学观念》,载《中国典籍与文化》,2003年第3期。
② (宋)李昉等:《太平广记》,北京:中华书局,1961年版,第94页。
③ 詹福瑞、赵树功:《论"寄"的审美特征——关于一个古典美学重要范畴的文化考察》,载《文学评论》,2006年第1期。
④ 周勋初:《郭璞诗为"中兴第一"说辨析》,载《文史知新》,南京:凤凰出版社,2012年版,第42页。
⑤ 王今晖:《钟嵘〈诗品〉〈晋弘农太守郭璞〉辨析》,载《中国文学研究》,2003年第2期。

与交游对象的变化,郭璞本人的心态与诗风都已发生很大变化,不仅未能"动俗",反而"从俗"成为玄言诗名家。《世说新语·文学》云:

> 郭景纯诗云:"林无静树,川无停流。"阮孚云:"泓峥萧瑟,实不可言。每读此文,辄觉神超形越。"①

名士阮孚独赏此二句,是因为它形象地描述了一个玄学命题——动静关系。郭象注《庄子·大宗师》"夜半有力者负之而走"句云:

> 夫无力之力,莫大于变化者也。故乃揭天地以趋新,负山岳以舍故。故不暂停,忽已涉新,则天地万物无时而不移也……故向者之我,非复今我也。我与今俱往,岂常守故哉?②

郭璞"林无静树,川无停流"正是对郭象"天地万物无时而不移"的形象化表达。文本关联性和玄学素养使得阮孚很容易从中读出"向者之我,非复今我"的感觉,也就是他说的"神超形越"。郭璞此语与王羲之《兰亭诗》"适我无非新"的意思尤为相近,皆是对郭象"变化日新"理论的体悟。据此残句,可见郭璞玄言诗造诣之高,李充《翰林论》称"缀文之士,皆同宗之"实非过誉。

"故称中兴第一,《翰林》以为诗首"二句作为一种并列结构,说的都是论者对郭璞过江后诗歌创作的评价,因而可将其视为相对独立的一个层次。句中"故称"不应译为"所以称",而应理解为"旧称"。"故"从训诂学角度讲有"旧"的意思。"故称"的这种用法在古籍中虽不多见,却也并非罕见,如北魏郦道元《水经注》云:

> 九河既播、八枝代绝,遗迹故称,往往时存。③

宋代赵彦才注释杜甫《李监宅》诗云:"开元中,迁集州,今岂自集州归?赋诗者尚从故称乎。"④又元代吴师道《赵彦卫补定安公纪后题》云:"初始三年以后下注莽年,如前递数,而书孺子在京师,仍其故称,恐庶几得之。"⑤

---

① 余嘉锡:《世说新语笺疏》,北京:中华书局,2007年版,第303~304页。
② (清)郭庆藩:《庄子集释》,北京:中华书局,1961年版,第244页。
③ (北魏)郦道元:《水经注》,长沙:岳麓书社,1995年版,第163页。
④ (宋)郭知达编:《九家集注杜诗》卷十七,清《文渊阁四库全书》本。
⑤ (元)吴师道:《礼部集》卷十七,清《文渊阁四库全书》本。

限于篇幅,亦不多举。因此"故称中兴第一"并非锺嵘对郭璞诗歌的评论,而是在引用一种过去论者的说法,其性质与引李充《翰林论》相同,因而二者能构成并列关系。将郭璞推许到"中兴第一"高度的评论,或始于刘勰《文心雕龙》。

学术界一般认为《文心雕龙》撰成于南齐末年,《诗品》成书比它晚十多年。① 因此从成书时间上看,锺嵘将刘勰观点视为"故称"也未尝不可。刘勰《文心雕龙·才略》云:"景纯艳逸,足冠中兴。郊赋既穆穆以大观,仙诗亦飘飘而凌云矣。"②"飘飘而凌云"论者皆称其典出《史记》。按《史记·司马相如传》云:"相如既奏《大人》之颂,天子大说,飘飘有凌云之气,似游天地之间意。"③借用牟世金先生的说法,"《游仙诗》写的有仙味,能动人"④。又《文心雕龙·明诗》云:"江左篇制,溺乎玄风。嗤笑徇务之志,崇盛亡机之谈。袁孙已下,虽各有雕采,而辞趣一揆,莫与争雄。所以景纯仙篇,挺拔而为俊矣。"⑤《游仙诗》之所以能在玄风独盛的东晋诗坛"挺拔而为俊",正是因为袁宏、孙绰等玄言诗大家的诗歌"辞趣一揆",而郭璞却能利用艳逸辞藻"把对老庄的崇尚及领会,变成了出世隐逸的成仙意念,又进一步描绘成缥缈玄虚、有景有色的神仙境界"⑥。概括而论,如果说锺嵘更关注郭璞诗歌中的"建安风力",那么刘勰则更重视"列仙之趣";如果说锺嵘更关注诗人情感的表达,那么刘勰则更重视诗人才华的展示。《文心雕龙》论及郭璞者凡六处,除上引两例外,还有"景纯绮巧,缛理有余"(《铨赋》),"景纯注雅,动植必赞"(《颂赞》),"景纯《客傲》,情见而采蔚"(《杂文》),"景纯文敏而优擢"(《时序》),似皆为彰显才华之证。

锺嵘与刘勰二人身既同时,名复相当,似不宜直接点名批评,所以用"故称"代替。事实上锺嵘并不否认郭璞过江后诗风的变化,也不反对刘勰称郭璞"足冠中兴"、李充称郭璞"缀文之士,皆同宗之",但不能认同他们仅将郭璞诗歌视为技艺高超的玄言诗或宣扬"列仙之趣"的说法,因此要对这些观点进行反驳。锺嵘认为郭璞《游仙诗》多有慷慨之辞,与崇尚平淡、阐发玄妙的玄言诗大异其趣。尤其是"奈何虎豹姿""戢翼栖榛梗"等诗句,重

---

① 王运熙:《锺嵘诗论与刘勰诗论的比较》,载《文学评论》,1988年第4期。
② 范文澜:《文心雕龙注》,北京:人民文学出版社,1958年版,第701页。
③ (汉)司马迁:《史记》,北京:中华书局,1959年版,第3063页。
④ 陆侃如、牟世金:《文心雕龙译注》,济南:齐鲁书社,2009年版,第614页。
⑤ 范文澜:《文心雕龙注》,北京:人民文学出版社,1958年版,第67页。
⑥ 张廷银:《魏晋玄言诗研究》,北京:商务印书馆,2008年版,第167页。

在抒发困顿失志的情感,与"列仙之趣"有着很大的不同。"奈何虎豹姿",意为虽有虎豹雄姿却又能如何;"戢翼栖榛梗",意为收敛翅膀栖息于荆棘丛生之地。此种心理的描述刻画,与上文所论郭璞过江后汲汲周旋于高门士族左右的情形何其相似,我们也因此不得不佩服钟嵘寻章摘句的艺术水准。郭璞要想真正融入士流,获取士流领袖在文化身份上的认同,就必须在言行举止与审美风尚上与清谈名士保持一致。此举对于郭璞来说,显然意味着彻底地自我转变。屈心抑志在所难免,牢骚满腹不能明言,这应该就是《游仙诗》中那些"坎壈咏怀"之作的情感源泉吧!这种"坎壈咏怀"让郭璞的诗歌从"灵变""艳逸"等既往评价中剥离出来,承接汉魏文学的优良传统,进而获取更为丰富的经典意蕴。

刘勰《文心雕龙·时序篇》云:"文变染乎世情,兴废系乎时序,原始以要终,虽百世可知也。"[①]作为两晋之交时期的重要诗人,郭璞不可避免地要受到"世情"的影响。他渡江前后的"文变",正反映其生活境况的变化。虽然我们不宜过分夸大郭璞诗歌创作对两晋诗坛诗风变迁的影响,但是,这种影响在郭璞的作品中确实有所体现。从玄言诗风的"变创"者,到玄言诗风的"开创者",郭璞以其诗歌创作实绩串联起两晋诗坛。他将道教追求的隐逸与求仙甚至个人的情感体验融入玄言诗中,扩大了玄言诗的表达空间,成为一代文宗。可惜由于诗歌观念的偏见,以钟嵘为代表的文学史家往往格外重视郭璞"坎壈咏怀"之作,并将其与汉魏文学传统联系起来,赋予其经典的意蕴。事实上,郭璞得名于上层士大夫群体之中的恰恰是那些文藻繁丽、有列仙之趣的作品。这些作品再现了郭璞所经历的社会生活与情感体验,是寒素文人向高门士族靠拢、文学天才与时代风尚妥协的产物。就郭璞诗歌的经典化历程而言,它们与那些"坎壈咏怀"之作同样重要。

三、东晋玄言诗与诗坛领导权转移的完成

东晋玄风独盛,然而本该成为一代文学之胜的玄言诗,却在南朝时期遭到沈约、刘勰、钟嵘等人的批评。与此同时,因南朝人对玄言诗的轻视态度,使得大量玄言诗文献在此期趋向亡佚。对于建构中古诗歌史而言,后

---

① 范文澜:《文心雕龙注》,北京:人民文学出版社,1958年版,第67页。

者的负面影响或许比前者更为深远。① 但诚如王锺陵先生所言,"玄言诗阶段的重要意义并不在它本身诗歌的成就,而在于它在诗歌发展过程中的作用"②。随着中古诗歌史研究的不断深入,学术界对玄言诗价值的探讨也多有创获。概括而论,研究者一般认为,东晋玄言诗的贡献在于,促进了南朝山水诗的真正形成,以及为哲理诗的发展提供了创作经验。③ 这些观点自然值得肯定。但在中古诗歌演进历程中,东晋玄言诗还存在着易被后人忽视的其他价值。这种价值可简述为:在推动中古文学创作主体由魏晋寒素阶层向南朝文化士族转变的过程中,东晋玄言诗发挥了较为重要的作用。这种作用甚至可以说是无可替代的。具体表现为:(一)主观上激发士族群体的诗歌创作热情;(二)客观上提升五言诗体的诗坛地位。以上两点在王羲之编撰的《兰亭诗集》中表现得尤为明显。南朝文化士族后来"终朝点缀,分夜呻吟"(《诗品序》),甘心驰骛于五言诗衢,即以上述表现为前提。时至今日,关注创作主体阶层属性的变更,勾勒出一条符合诗歌史实况的演进轨迹,亦可为已有的中古诗歌史建构提供新的研究思路。

(一)"孙许优劣"论与东晋士人社会的新风尚

用诗歌谈玄说理之风实由正始年间的阮籍、嵇康所开,然玄言对诗歌的影响在西晋诗坛表现得并不明显。④ 不仅如此,有学者还敏锐地意识到:西晋时期的玄学家很少兼善文学,同时文学家也很少兼长玄学,两者之间的不兼容现象相当明显。⑤ 可见,玄言诗后来能盛行于东晋一朝,绝非一种偶然现象。它的兴盛,可谓是东晋玄言名士群体重视吟咏的社会新风尚的集中体现。《晋书·孙绰传》云:

---

① 正如先秦时期的思想与文化由汉朝士人整理一样,东晋玄言诗文献亦由南朝士人整理。但南朝士人对其多持否定态度,这无疑不利于相关文献的保管与流传。钱志熙先生认为:"在整个南北朝甚至更长的时期,具体的诗歌创作实践中对玄言余波的汰除与诗史家的史观、诗歌文献家的删落等几方面互相影响,导致东晋诗歌史文献大量失落,使我们无法为玄言诗建立其自身的比较具体微观的诗史系统。"(参见钱志熙:《中国诗歌通史·魏晋南北朝卷》,北京:人民文学出版社,2012年版,第256页。)这一观点颇具启发性。盖南朝人不仅为后世确立了玄言诗批评的典范话语,更因自身的否定态度而忽视了对玄言诗文献的保存,从而使得后人试图重构东晋玄言诗史的愿望趋于落空。
② 王锺陵:《玄言诗研究》,载《中国社会科学》,1988年第5期。
③ 张廷银:《魏晋玄言诗研究》,北京:商务印书馆,2008年版,第272~273页。
④ 葛晓音:《山水方滋 庄老未退——从玄言诗的兴衰看玄风与山水诗的关系》,载《学术月刊》,1985年第2期。
⑤ 徐楳:《西晋时期玄学与文学不兼容现象之构成》,载《文学遗产》,2018年第6期。

> 绰字兴公,博学善属文。少与高阳许询俱有高尚之志……绰与询一时名流,或爱询高迈,则鄙于绰,或爱绰才藻,而无取于询。沙门支遁试问绰:"君何如许?"答曰:"高情远致,弟子早已服膺。然一咏一吟,许将北面矣。"①

《晋书·孙绰传》中的这段文字已为历代文学史家所熟知。研究者在解读此则材料时,几乎都将其视为文学创作上"许不如孙"的有力证据。②《隋书·经籍志四》著录《许询集》三卷,自注梁八卷、录一卷;《孙绰集》十五卷,自注梁二十五卷。③ 而据逯钦立先生《先秦汉魏晋南北朝诗》所辑,今孙绰存诗仅十一首,许询仅存三个残句。文献的大量散佚,使得后代学者根本无法判断出孙绰、许询二人在文学尤其是诗歌创作方面的才华优劣。又《世说新语·文学》云:"简文称许掾云:'玄度五言诗,可谓妙绝时人。'"刘孝标注引《续晋阳秋》云:"询有才藻,善属文。"④又孙绰《答许询诗》云:"贻我新诗,韵灵旨清。灿如挥锦,琅若扣琼。"⑤可见许询当日不仅善于为诗,而且文辞、义理、声韵兼备,其高超的诗歌技艺甚至连孙绰本人也为之侧目。以残存之诗篇来判定孙、许二人优劣,恐失之偏颇。

倘若循此而论,则上引《晋书·孙绰传》更值得关注的其实是如下问题:在玄风大盛、清谈流行的东晋社会,孙绰为何要将象征名士风流的"高情远致"推给许询,而自己甘愿选择"一咏一吟",且自得之意溢于言表?《晋书》载其"少与高阳许询俱有高尚之志",可证孙绰并不轻视"高情远致",事实上这也是玄言名士必备的文化素养。最合情理的解释是,孙绰在"高情远致"与"一咏一吟"之间,更倾心于后者。换句话说,对于孙绰这样的玄言名士而言后者显然更具魅力。所谓"一吟一咏",当是由"吟咏"一词铺衍成文,意思是"吟诗作赋"⑥。此种释义在《晋书》中绝非孤例,而是一种较为常见的表达方式。如《文苑·顾恺之传》云:"恺之矜伐过实,少年因

---

① (唐)房玄龄:《晋书》,北京:中华书局,1974年版,第1544页。
② 王建国:《论孙绰的文学贡献》,载《山东师范大学学报》2006年第5期;卞东波:《清谈家·隐士·玄言诗人——东晋名士许询的生平与创作》,载《古典文学知识》2016年第2期。
③ (唐)魏征等:《隋书》,北京:中华书局,1973年版,第1067页。
④ 余嘉锡:《世说新语笺疏》,北京:中华书局,2007年版,第310页。
⑤ 逯钦立:《先秦汉魏晋南北朝诗》,北京:中华书局,1983年版,第900页。
⑥ 蒋宗许等:《〈世说新语〉大辞典》,上海:上海古籍出版社,2015年版,第395页。又《辞源》"一吟一咏"条亦将之释为"吟诗作赋",北京:商务印书馆,1998年版,第13页。

相称誉以为戏弄。又为吟咏,自谓得先贤风制。"①唐代孔颖达《毛诗正义》亦云:"动声曰吟,长言曰咏,作诗必歌,故言吟咏情性也。"②据此,则孙兴公所争之"一吟一咏",极有可能是指理涉玄思、体兼诗文的言语表达方式,其所重者应在文辞、声韵、义理、情性等方面。

按孙绰出自太原中都孙氏,许询出自高阳新城许氏,二人皆为魏晋时期的高门子弟。③ 彼时与之交往者,不是清谈名士就是贵族名流,他们所代表的也恰是东晋社会最为活跃的士人群体。此群体间倾心于"一吟一咏"并以此相高者,显非个别现象,而是一股新的社会审美风尚。《晋书·孙绰传》云:

> (绰)绝重张衡、左思之赋,每云:"《三都》《二京》,五经之鼓吹也。"曾作《天台山赋》,辞致甚工。初成,以示友人范荣期,云:"卿试掷地,当作金石声也。"荣期曰:"恐此金石,非中宫商。"然每至佳句,辄云:"应是我辈语。"④

《晋书》编撰者或是为了印证孙绰所言不虚,遂将此段文字紧承在"孙许优劣"论之后。《天台山赋》是孙绰颇以为豪的赋作,词旨清新,音韵铿锵。故当此赋初成之时,孙绰即以之示好友范荣期。后者初则轻视,略有嘲讽之意,然每至佳语即称"应是我辈语"。那么,此处"我辈"二字当如何理解?《晋书·范启传》云:

> 启字荣期,虽经学不及坚,而以才义显于当世。于时清谈之士庾龢、韩伯、袁宏等并相知友。为秘书郎,累居显职,终于黄门侍郎。父子并有文笔传于世。⑤

范启出自南阳范氏,系尚书右丞范坚之子,与名士范汪、范宁同宗,亦是门阀士族子弟。然与其父相比,荣期的经学修养远不及之,唯以才义名于世,

---

① (唐)房玄龄:《晋书》,北京:中华书局,1974年版,第2405页。
② (唐)孔颖达疏:《毛诗正义》,《十三经注疏》标点本,北京:北京大学出版社,1999年版,第15页。
③ 王伊同先生《五朝门第》附《高门权门世系婚姻表》,列中古高门士族75家,其中即有太原中都孙氏、高阳新城许氏两家。本文即据此而论。参见王伊同:《五朝门第》,北京:中华书局,2006年版。
④ (唐)房玄龄:《晋书》,北京:中华书局,1974年版,第1544页。
⑤ (唐)房玄龄:《晋书》,北京:中华书局,1974年版,第1990页。

据此可见南阳范氏一族家学门风的悄然变化。荣期交往的朋友主要包括庾龢、韩伯、袁宏等谈玄名士。按庾龢出自颍川庾氏,为晋中兴名臣庾亮的少子。《晋书·庾龢传》云:"好学,有文章。"①韩伯,字康伯,家世虽无文献可征,然系当时清谈领袖殷浩的外甥,故在注重婚宦二途的东晋社会,亦得置身名流。《晋书·韩伯传》云:"及长,清和有思理,留心文艺。"②袁宏,字彦伯,出自陈郡袁氏,系前朝侍中袁猷之孙。《晋书·袁宏传》云:"有逸才,文章绝美。"③据此,则荣期所称之"我辈",实指这样一个群体:既有清谈名士之身份,复具属文之士的美名,且多为当世高门子弟。《世说新语·雅量》"谢太傅盘桓东山"条刘孝标注引《中兴书》云:"(谢)安元居会稽,与支道林、王羲之、许询共游处,出则渔弋山水,入则谈说属文,未尝有处世意也。"④此处"谈说"与"属文"连用,似亦可为证。可知此名士群体多出自世家大族,但对文辞著述的态度,较之西晋时期的谈玄先辈们,已有明显不同。

钱志熙先生认为,西晋士人群体中存在"势族"与"素族"的分界,"与文章之士多出于寒素形成鲜明对照的是,西晋玄学名士多出于上层士族"⑤。不仅如此,对于西晋士人群体而言,清谈玄言在许多社交场合更是一种家学门风、一种显性的文化资本,故家族化倾向较为明显,如河东裴氏(裴楷、裴頠、裴遐)、琅邪王氏(王戎、王衍、王导、王澄、王玄)、太原王氏(王济、王湛、王承)、陈留阮氏(阮修、阮瞻)、河东卫氏(卫瓘、卫玠)、颍川庾氏(庾敳、庾亮)等。⑥客观而论,西晋玄学名士中鲜有不能为文者,这归功于上层士族世代相传的家学门风。但此名士群体中确实也少有以文辞著称者,此亦为客观事实。盖文义之事在他们乃至当时整个社会舆论看来,远不及清谈玄言、名士风度重要。如《世说新语·言语》"卫洗马初欲渡江"条刘孝标注引《卫玠别传》云:

　　玠颖识通达,天韵标令,陈郡谢□舆敬以亚父之礼。论者以

---

① (唐)房玄龄:《晋书》,北京:中华书局,1974年版,第1925页。
② (唐)房玄龄:《晋书》,北京:中华书局,1974年版,第1993页。
③ (唐)房玄龄:《晋书》,北京:中华书局,1974年版,第2391页。
④ 余嘉锡:《世说新语笺疏》,北京:中华书局,2007年版,第437页。
⑤ 钱志熙:《魏晋诗歌艺术原论》,北京:北京大学出版社,2005年版,第163页。
⑥ 详见本节第一部分《西晋谈玄名士社会出身的考察》。

为出王眉子、平子、武子之右,世咸谓"诸王三子,不如卫家一儿"。①

"三王"俱出名门,皆是西晋玄学名士,且文才出众。据《晋书》记载,王济"文词俊茂,伎艺过人"、王澄"辩慧有才藻"、王玄"少慕简旷,亦有俊才"。然只因其谈玄水平不及"颖识通达"的卫玠,故世咸谓"诸王三子,不如卫家一儿"。从时人舆论之中,亦可想见彼时社会风气之所尚。正是由于以世家大族子弟为主体的西晋玄言名士群体未能倾心于诗文创作,所以其时的玄言诗无论是数量还是质量,显然都远逊于东晋一朝。

清谈玄言的风气虽波及两晋社会,但相比较而言,东晋名士更加注重吟咏,并以此相高下,从而引领一种崇尚文辞的审美新风尚。此种风尚的形成,当与玄学理论在此期无甚拓展新变有关。众所周知,引佛理入玄言是东晋玄学的重要内容,但前辈学者如陈寅恪、汤用彤等先生早已指出,支愍度、释道安、支道林等名僧正是参照中土已有之玄学体系,以佛证玄,以玄释佛,唯有如此,才能吸引名士群体积极参与其中。② 冯友兰先生认为:"郭象的哲学体系,是魏晋玄学的高峰。高峰之后就是尾声了。"③这个判断自然与玄学演进的实情相符。如《世说新语·文学》云:"旧云王丞相过江左,止道声无哀乐、养生、言尽意三理而已。"④王导过江后所感兴趣的三个玄学命题,皆来自中朝名士的谈玄活动。由此可见,一方面玄言理论在郭象《庄子注》之后确已无甚拓展空间,另一方面谈玄之风却更甚于中朝。这是东晋玄言名士真实的文化生存空间。在此社会情形之下,谈什么似乎并不特别重要,而如何巧妙地表达玄理才能从群体中脱颖而出,就在客观上成为当时名士追求的目标。《世说新语·文学》云:"支(道林)通一义,四坐莫不厌心。许(询)送一难,众人莫不抃舞。但共嗟咏二家之美,不辩其理之所在。"⑤观赏清谈而不辩玄理所在,欢呼雀跃而不知所宗,唯共嗟咏

---

① 余嘉锡:《世说新语笺疏》,北京:中华书局,2007年版,第111~112页。
② 陈寅恪先生在《支愍度学术考》一文中认为:"新义者则采用《周易》《老》《庄》之义,以助成其说而已"。参见陈寅恪:《金明馆丛稿初编》,北京:生活·读书·新知三联书店,2015年版,第161页;又汤用彤先生在《魏晋玄学流别略论》一文中认为:"支道林以通庄命家,其学疑亦受向、郭之影响。"参见汤用彤:《魏晋玄学论稿》增订版,北京:生活·读书·新知三联书店,2009年版,第54页。
③ 冯友兰:《中国哲学史新编》第四册,北京:人民出版社,1986年版,第197页。
④ 余嘉锡:《世说新语笺疏》,北京:中华书局,2007年版,第249页。
⑤ 余嘉锡:《世说新语笺疏》,北京:中华书局,2007年版,第269页。

二人文辞音韵之美,似亦可为上述推论提供一旁证。支道林不仅善于谈玄,同样也热衷于吟咏,《隋书·经籍志》著录《支遁集》八卷。唐代诗僧皎然在《支公诗》中赞叹道"山阴诗友喧四座,佳句纵横不废禅"(《全唐诗》卷八二〇)。所以在支道林面前,孙绰心甘情愿地以"一吟一咏"自居,恰是此种社会风气的生动再现。

(二)玄言典范《兰亭诗》的诗史意义

东晋玄言名士重视文辞吟咏的审美新风尚,集中体现在晋穆帝永和九年三月三日的兰亭雅集之上。王羲之《兰亭序》称当日盛况为"群贤毕至,少长咸集"。四十一位名士席间赋诗以为乐,不能者则罚酒三觞。后人一般将此次宴会赋诗称为《兰亭诗》。随着中古诗歌史研究的推进,学术界对《兰亭诗》的认识也不断深化。有研究者认为,这些诗歌"将玄言诗的创作推向了高峰"①。当前学术界对《兰亭诗》虽已多有关注,然在现有研究成果中,有两个基本问题却未能得到很好的说明:第一,传世《兰亭诗》的版本特点;第二,兰亭名士四言、五言二体同作的诗歌史意义。

1.传世《兰亭诗》的版本特点。孙绰是此次兰亭雅集的参加者,其席间所赋五言诗云:"携笔落云藻,微言剖纤毫。"②王羲之《临河叙》云:"故列其时人,录其所述。右将军司马太原孙丞公等二十六人,赋诗如左。"③据此,则当日诸名士似为次序吟咏、各书其诗,待二十六人诗成之后,羲之作为宴会组织者又录为一集,亲为之序。从后世实际影响来看,一方面,《兰亭诗》为"畅叙幽情"之作,对玄理、玄境、玄风的追求,影响了其文学价值的呈现;另一方面,《兰亭诗》笔墨又非出自羲之一人之手,使得其书法价值亦较为有限。这应该是后世"诗不如序"的主要原因。今存最早的《兰亭诗》版本,据南宋桑世昌《兰亭考》记载,系初唐弘福寺沙门怀仁所集王羲之墨迹而成的"集字本"④。怀仁善于集字,对王羲之书法颇有研究,曾奉唐太宗旨意借内府所藏王羲之墨宝,集摹而成《唐集右军圣教序并记》。其集《兰亭诗》或与此有关。桑氏《兰亭考》所录《兰亭诗》即以怀仁集字本为据。明代冯惟讷《古诗纪》所载《兰亭集诗》,从文本内容、著录体例等方面看,皆近于桑氏此书。后来,逯钦立先生编《先秦汉魏晋南北朝诗》又以冯氏《古诗纪》为

---

① 陈顺智:《东晋玄言诗派研究》,武汉:武汉大学出版社,2003年版,第80页。
② 逯钦立:《先秦汉魏晋南北朝诗》,北京:中华书局,1983年版,第901页。
③ (唐)房玄龄等:《晋书》,北京:中华书局,1974年版,第2099页。
④ 桑氏此书在收录《兰亭诗》文本后有注记云:"宏福寺沙门怀仁集写晋王右军书。"参见(宋)桑世昌:《兰亭考》,杭州:浙江人民美术出版社,2013年版,第23页。

底本,并将明代董其昌《戏鸿堂法帖》所录初唐陆柬之临王羲之《兰亭诗五首》的内容补入其中,同时删去原文中的"其一""其二""其三""其四""其五"字样,将其文字融为一体,开一首五章之先例,遂成今日最通行的版本。

但笔者认为,怀仁"集字本"绝非《兰亭诗》原貌。① 这是显而易见的,因为《兰亭诗》并非成于一人之手。按唐人所书《兰亭诗》,尚有托名柳公权者。北宋宣和年间,由宋徽宗组织编撰的《宣和书谱》曾著录此书。明代董其昌又将其刻入《戏鸿堂法帖》,后藏入清朝乾隆皇帝的内府,为著名的《兰亭八柱帖》之第四柱。柳公权所书《兰亭诗》经文物专家徐邦达先生考辨,已断定为伪书。徐先生同时亦指出,从书法特征、艺术水平来鉴别,此书大体还未脱离唐代风格,与唐褚庭海书《程伯显墓志铭》墨拓本、杜牧书《张好好诗帖》墨迹等大略相近。② 将怀仁"集字本"与伪柳书《兰亭诗》进行比较可知,除少数异文、著录体例外,包括诗人数量、各人诗句数量、总体作品数量等,均表现出一致性。据此似可推测,怀仁与托名柳公权者所见《兰亭诗》的文本内容应基本一致。不过值得注意的是,伪柳书《兰亭诗》篇首云:

> 四言诗,王羲之为序。序行于代,故不录。其诗文多,不可全载。今各裁其佳句而题之,亦古人断章之义也。

其下节录王羲之等人的四言诗十四首。而在四言、五言之间,则是孙绰的《后序》。孙绰《序》后有小字云:

> 文多不备载,其义略如此。其诗亦裁而掇之,如四言焉。

据此可知,托名柳公权者所临摹《兰亭诗》当是一种"节录本"。其体例是"各裁其佳句而题之",即从原作中选取佳句书写。诗句之"佳",当是就各人所作诗歌而言,并不作横向比较,所以有名士虽通篇谈玄,但仍择其佳者而存之。那么,怀仁集字所据的《兰亭诗》底本,似亦当作如是观。此种节录标准,很显然是侧重于原《兰亭诗》中的山水景致描绘,故此类模山范水

---

① 日本学者小尾郊一也曾意识到"原来所作的诗与现在流传的诗之间是有变化的",但他怀疑的是《兰亭诗》数量的变化,而非文本的删节,与本文研究路径不同。另外,笔者认为,当前学术界对王羲之兰亭雅集作诗数量存在误解,此处不便展开,自当撰文另述。参见小尾郊一:《中国文学所表现的自然与自然观》,邵毅平译,上海:上海古籍出版社,2014年版,第96页。

② 徐邦达:《古书画伪讹考辨(上卷:文字部分)》,南京:江苏古籍出版社,1984年版,第127页。

的佳句多有存者。这也是诸多名士诗歌仅有四句、六句的原因所在,兹举两例证之:

> 松竹挺岩崖,幽涧激清流。消散肆情志,酣畅豁滞忧。(王玄之)
> 丹崖竦立,葩藻映林。绿水扬波,载浮载沉。(王蕴之)

王玄之与王蕴之的作品经过裁选,几乎被改造成了标准的山水诗。这种现象的出现,跟后世诗歌观念的变迁不无关系。《兰亭诗》本是东晋玄言诗的典范,但由于时代文风的差异,后者在南朝时期即遭到沈约、刘勰、锺嵘等人的严厉批评。此番态度在唐初时期仍能得到回响,如《隋书·经籍志四》"总集"云:"永嘉已后,玄风既扇,辞多平淡,文寡风力。降及江东,不胜其弊。"①正是由于后人对玄言诗的轻视态度,导致《兰亭诗》在后世传播过程中,除王羲之、谢安、孙绰等少数知名诗人的兰亭诗文本未被大幅删节外,其余诸人诚可谓仅存"佳句"而已。今日所见《兰亭诗》,实为原诗的"节录本"。因"义略如此",故应有不少玄言相近的成分遭到汰除,这直接导致有些名士仅存数句山水风景诗而已。今观上引玄之、蕴之所作,皆短小精悍,景物描写形象生动,尤注重炼字,如"挺""激""竦""映"等字,颇见雕琢功力,读后确让人有"庄老告退,山水方滋"之感慨。德国哲学家海德格尔认为,"在作品中,真理被投向即将到来的保存者,亦即被投向一个历史性的人类"②。但是后来者并无义务彰显前代作品的全部魅力。诗歌观念伴随着时代变化而变化,后来者显然更倾心于保存那些被当时人认为重要的文本。

具体到《兰亭诗》而言,这些"佳句"的裁选更多体现的是后人的审美批评态度,并不能很好地呈现出兰亭名士当时的思想状况与诗歌水准。对此,读者必须有清醒的认识,否则,倘若据现存的文本率尔立论,极有可能会在无形中产生一种偏见。这种偏见在当前有关《兰亭诗》的研究文章中,并不少见,如有学者认为,"兰亭诗在本质上应该是一种山水文学"③;也有学者在论述《兰亭诗》时认为,"如果在政治及思想领域越没名气,写的诗就越少,而且诗句也越短"④。凡此种种误读皆出于对今存《兰亭诗》为"节录

---

① 魏征等:《隋书》,北京:中华书局,1973年版,第1090页。
② 〔德〕马丁·海德格尔:《林中路》,孙周兴译,上海:上海译文出版社,2004年版,第63页。
③ 邓福舜:《东晋兰亭诗艺术经验论》,载《求是学刊》,2001年第3期。
④ 张廷银:《〈兰亭序〉真伪及〈兰亭诗〉创作的文化意义》,载《中国典籍与文化》,2000年第4期。

本"这一客观事实的忽视。

2.《兰亭诗》二体同作的诗歌史意义。对于《兰亭诗》的艺术价值,历来评价皆不高。明代胡应麟《诗薮》云:"永和修禊,名士尽倾,而诗佳者绝少,由时乏当行耳。"①然而《兰亭诗》作为东晋时期玄言诗的典范,对其诗歌史意义的深入探讨,实远较纯文本分析更有价值。启功先生认为,"用四言和五言两种形式,来尝试表现一个相近的主题,这或许就是兰亭诗会中一个比较重要的写作规则,也说明晋朝人当时非常关心不同体式诗歌的表现功能"②。笔者认为,以高门士族为主的名士群体对四言、五言这两种诗歌体式表现功能的关心,既能在主观上激发其诗歌创作的热情,又可在客观上提升五言诗体的诗坛地位。

首先,是士族文人诗歌创作热情得到激发。张廷银先生认为,《兰亭诗》"往往表现为四言提出基本的思想,而五言则加以展开和阐释"③。由于理论层面难以开拓,故诸人所谈玄理在本质上并无多大差别。这一点在《兰亭诗》中表现得尤为明显。但对于如何表达玄理,却有很大的发挥空间。如有人借歌咏古圣贤荡涤情志,更多人则选择寓玄理于山水之中。如上所言,兰亭周围的美景昭昭可见,如何巧妙措辞才能力避雷同,无形中就成为宴会诸名士的一种创作焦虑。正是这种焦虑,在宴会娱乐中激发了名士诗歌创作的热情。兹举一例,如"鱼跃水中"是当日兰亭集会时最常见的景象,也很容易让人联想到一种自由轻快、无拘无束、全真远害的心理状态。这与当时诸名士游戏水滨之情形暗合,故多位名士的诗中有所涉及。但细读文本,可知诗人们在描绘此番景象时的匠心独运,如"腾鳞跃清泠"(谢万)、"游鳞戏澜涛"(孙绰)、"绿波转素鳞"(王宿之)、"游鳞戏清渠"(王彬之)、"回波萦游鳞"(谢怿)等。其中,鱼有"腾鳞""游鳞""素鳞"之称,水有"清泠""澜涛""绿波""清渠""回波"之异,瞬间动作有"跃""戏""转""萦"之别。风景不殊而文辞各异,名士们穷力追新的创作心理表现得尤为明显。另外,关于王献之等人不能为诗的原因,宋人黄彻《碧溪诗话》云:

> 今观所传诗类,皆四言、五言而又两韵者尔。四韵者无几,四言二韵止十六字耳。当时得预者往往皆知名士,岂献之辈终日不

---

① (明)胡应麟:《诗薮》,上海:上海古籍出版社,1979年版,第148页。
② 张廷银:《启功先生论魏晋玄学、玄言诗及玄言诗人》,载《北京师范大学学报》,2006年第4期。
③ 张廷银:《〈兰亭序〉真伪及〈兰亭诗〉创作的文化意义》,载《中国典籍与文化》,2000年第4期。

能辞于十六字哉？窃意古人持重自惜,不欲率尔,恐贻以远讥,议不如不赋之为愈。①

所谓"四言两韵",显然是对文本节录的忽视,而"持重自惜"又似曲为之说。当日兰亭集会,诸如王羲之、谢安、孙绰诸贤皆四言、五言并作,难道说他们就是夸伐耀世的人吗？献之辈当日不能为诗,可能是年纪较小的缘故,更重要的原因极有可能是,自觉言玄理无甚新意,措文辞又难以争雄,故宁可充当观众,搁笔受罚。

其次,是五言诗体的诗坛地位得到提升。刘勰称建安为"五言腾踊"之时代。然从时人观念与创作情况来看,五言诗体彼时并未彰显出远超众体的优势。如魏文帝《典论·论文》即标举"四科八体",且视之为士大夫身名不朽之所资。他本人更是将此类著述视为声名不朽的资本。从文体重要性的角度来说,"八体"之间并无轩轾。萧涤非先生认为,"五言在当时虽为一种新兴诗体,然在一般朝士大夫心目中,其格乃甚卑,远不如吾人今日所估计"②。此论颇为可信,当时世家大族子弟及传统儒生,确少有擅作五言诗者。钱志熙先生也曾指出,"建安时期,诗歌创作者只是北方曹魏集团中的极小部分……其中写作五言诗者,更是寥寥可数"③。西晋拟古之风大盛,四言雅诗再度流行。五言诗创作者虽渐趋增多,但诗体地位未有改观,总体而言仍较为低下。如挚虞《文章流别论》云:"雅音之韵,四言为正。其余虽备曲折之体,而非音之正也。"④永嘉南渡后,玄言名士在注重文辞吟咏的时代风尚驱使下,出于畅谈玄理的需要,无意间将其审美理想融入此种诗体创作之中。此举从某种程度上刺激了玄言诗在东晋时期的兴盛。兰亭集会上,诸名士四言、五言二体同作,可见在时人观念中,这两种诗歌样式在表达功能方面已无优劣之分。宴会赋诗现场,竞逞辞藻之激烈尤在五言,如只作一首诗的名士中,作五言诗者多达十一人,而作四言诗者仅有三人。这充分说明,在玄理无甚开拓的前提下,五言比四言更容易施展才华,出奇制胜。正是由于玄言名士将作诗的重点落实在玄言理思而不在诗歌本身,故五言诗体得以借玄言之力,与正统四言诗体并驾齐驱,共同承担着对精妙玄理的表述与阐发功能,从而在客观上摆脱了诗坛俗体的尴尬地位。

---

① 丁福保:《历代诗话续编》,北京:中华书局,1983年版,第398页。
② 萧涤非:《汉魏六朝乐府文学史》,北京:人民文学出版社,2011年版,第23页。
③ 钱志熙:《中国诗歌通史·魏晋南北朝卷》,北京:人民文学出版社,2012年版,第24页。
④ (唐)欧阳询:《艺文类聚》,北京:中华书局,1999年版,第1018~1019页。

士族群体认同五言诗体并积极参与其中,使得五言诗体在南朝尤其是齐梁时期,成为士庶阶层竞相追逐的新型文化资本,终至蔚为大观。中古五言诗体由俗变雅的诗歌史节点,或即在此。

(三)东晋玄言诗与诗坛领导权的转移

兰亭赋诗再现了东晋士族阶层的生活态度与审美追求[1],是整个东晋诗坛玄言诗兴盛的缩影。由于多方面因素,高门士族首次成为诗歌创作的主体,从而获取了诗坛领导权。本书所谓"诗坛领导权",指能引领诗歌创作风尚并促使其不断发展变化的主导力量。《诗品序》云:"故知陈思为建安之杰,公干、仲宣为辅;陆机为太康之英,安仁、景阳为辅;谢客为元嘉之雄,颜延年为辅。"[2]诗坛宗主从曹植到陆机,再到谢灵运,锺嵘无意间已勾勒出此期诗坛领导权转移的主要脉络。但不可否认,卓越诗人的背后总存在一个衬托他们的文人群体,二者共同构成引领各时代诗歌风尚的创作主体。

汉末建安时代,诗坛风气为"三曹""七子"所引领,但二者的实际地位并不等同。《诗品序》云:"降及建安,曹公父子,笃好斯文;平原兄弟,郁为文栋;刘桢王粲,为其羽翼。"[3]对此,古今学者并无异议。然而出身寒族的曹氏父子在当时并非第一流文化的代表,为何能获取诗坛领导权呢?我们认为有如下原因值得重视:(一)以袁绍、刘表为代表的正统士大夫群体力行通经致用,或重事功,或尚经义,然皆轻视文章写作,特别是五言诗这一新兴的诗歌样式,因而主动放弃对诗坛领导权的获取;(二)曹氏父子内无崇儒信仰,外无家学传承,较少受到儒家伦理道德的束缚,故能形成纵情通倪、颇重文辞的家风;(三)部分士人(如"七子")为谋求政治前途,欣然接受其所代表的寒素文化,客观上成为他们诗歌创作的追随者,从而形成"怜风月,狎池苑,述恩荣,叙酬宴"之盛况。正是上述因素的共同作用,促使曹氏父子顺理成章地获取了建安诗坛的领导权。[4] 然当此群体逐渐凋零之后,原本繁盛一时的五言诗创作忽然步入低谷。锺嵘称其"尔后凌迟式微"。当前,研究者一般认为,正始玄学的兴起在某种程度上抑制了五言诗的正

---

[1] 孙明君:《兰亭雅集与会稽士族的精神世界》,载《陕西师范大学学报》,2010年第2期。
[2] 曹旭:《诗品集注》,上海:上海古籍出版社,2011年版,第34页。
[3] 曹旭:《诗品集注》,上海:上海古籍出版社,2011年版,第20页。
[4] 葛志伟:《汉末士人群体分流与"三曹"建安诗坛领袖地位的确立》,载《文学研究》,南京:南京大学出版社,2015年第1期。

常发展。① 但此种现象与彼时士大夫群体对五言诗创作的轻视态度,亦颇有关联。一方面,魏明帝、高贵乡公等曹氏子孙皆好儒术,前者有著名的《策试罢退浮华诏》,后者曾于辟雍教诲群臣"当玩习古义,修明经典,称朕意焉"(《三国志·魏书·三少帝纪》),似已不能传承曹氏先祖们纵情任性、崇尚通侻的家风。渐趋强盛的河内司马氏又是世代服膺儒教之旧族,并不重视吟咏性情的诗文创作。另一方面,当时多数士大夫对五言新体又不甚热衷,除阮籍、嵇康等数人外,鲜有所作。新兴的五言诗体在此期既失去了引导者,又缺乏追随者。凡此种种,皆使五言诗演进脱离了既有之轨道,渐趋式微。

西晋士群可略分为三:一为皇室贵族;二为高门士族;三为中下层寒素文人。河内司马氏多迹沉儒雅,务深方术,故史籍所载鲜有能诗者;以高门士族为主体的上层士大夫多尚玄谈、崇尚清谈,不以能诗为高;寒素文人中虽多有以诗名世者,然其身如转蓬,位卑言轻,仕途命运尚需依附前两类人物才有施展之可能,如诗人陆机、潘岳、左思等,莫不如此。资质平平的贾谧却能依靠显赫权势将太康文坛精英网罗左右,形成"鲁公二十四友",正是这种依附关系作用的结果。此间情形,诚如刘寔《崇让论》所云:"官职有缺,主选之吏不知所用,但案官次而举之。同才之人先用者,非势家之子,则必为有势者之所念也。"② 西方学者韦勒克认为:"一个作家的社会出身,在其社会地位、立场和意识形态所引起的各种问题中,只占一个很次要的部分;因为作家往往会驱使自己去为别的阶级效劳。大多数宫廷诗的作者虽然出生于下层阶级,却采取了他们恩主的意识和情趣。"③ 这种因社会地位高下而形成的依附关系,在社会生活中自然会对文学创作产生影响。若就西晋诗坛而论,则有条件、有能力引领风气者,如皇室贵族、势族权臣、清流领袖等,多不擅为诗,而擅长作诗者如"三张、两潘、二陆、一左"等,又往往表现出一定的依附性。这种诗坛格局,与此前以"三曹"为主导、"七子"为羽翼的建安诗坛明显不同。西晋诗歌之所以会呈现出"繁缛""典雅""绮丽""流靡"等艺术风貌,在很大程度上是因为各士人阶层共同参与、相互妥

---

① 钱志熙:《中国诗歌通史·魏晋南北朝卷》,北京:人民文学出版社,2012年版,第24页。钱先生在此书第二章"正始"与魏代后期的诗歌》中,对此现象有所申论,并特别指出"在上者"之好文对诗歌创作的引领作用,此论颇具启发意义。
② (唐)房玄龄:《晋书》,北京:中华书局,1974年版,第1192页。
③ 〔美〕勒内·韦勒克、奥斯汀·沃伦:《文学理论》,刘象愚等译,南京:江苏教育出版社,2005年版,第104页。

协的结果。因而西晋士人在复杂而频繁的交往过程中,遂形成一个以政治权力为中心的权力场,以及一个以诗歌创作为中心的文学场。而且,此权力场与文学场还常常交织在一起,形成一个较为稳定的双重场域结构,在"公宴""祖饯""赠答"等场合共同支配着诗人们的创作活动。如《文选》卷二十"公宴"类录应贞《晋武帝华林园集诗》一首,李善注引干宝《晋纪》云:"泰始四年二月,上幸芳林园,与群臣宴,赋诗观志。"又引孙盛《晋阳秋》云:"散骑常侍应贞诗最美。"①既云"赋诗观志",则晋武帝之审美趣味、期待视野对于宴会群臣而言,就是一种隐性的存在。而宴会群臣的艺术涵养、诗歌才能、创作激情等,则是一种显性的存在。晋武帝在本质上不仅是一名欣赏者,还是一名苛刻的评判者。他希望看到的诗歌不只是奉承褒美、歌功颂德,而是在审美趣味方面具有内在一致性。因此,宴会中诸人所赋之诗只有在得到晋武帝的认可之后,才能实现其自身的文学价值。此种由各士人阶层共同参与、相互妥协而形成的折中诗风,在西晋赠答诗中亦有所体现。西晋主流诗风所呈现出的典雅繁缛等特点,与此颇有关联。这一点学术界已有所论及,故不复赘言。②

永嘉之乱中,寒素文人多无力南迁,丧身殒命者不计其数。《文心雕龙·时序》云:"前史以为运涉季世,人未尽才。诚哉斯谈,可为叹息。"张立斋《文心雕龙注订》云:"人未尽才者,上文所举,皆晋知名之士,以乱世浮沉,多不能善终,如张、潘、二陆,皆以诛死,惜长才之未尽,故结语有叹息之言也。"③除刘勰所提及文士外,如《晋书·曹摅传》云:"曹摅字颜远……好学善属文……永嘉二年……军败死之。"④又《晋书·邹捷传》云:"捷字太应,亦有文才……永嘉末卒。"⑤太康、元康时代的寒素文人群体至此几乎凋零殆尽,故永嘉南渡之后,虽谈玄名士尚多,而善属文者颇少。西晋时期原有的以寒素文人为主体、各士人阶层共同参与的诗坛格局遭到破坏。更有甚者,如郭璞等寒素诗人在南渡后自觉转变诗风以迎合上层社会的审美

---

① (梁)萧统:《文选》,(唐)李善注,上海:上海古籍出版社,1986年版,第952页。
② 梅家玲:《二陆赠答诗中的自我、社会与文学传统》,收入《汉魏六朝文学新论——拟代与赠答篇》,北京:北京大学出版社,2004年版,第158~200页。梅氏在论文中采用"自我"与"社会"这一组社会学对立概念,与本文所提出的"双重场域结构"有异曲同工之处,都旨在揭示社会因素对西晋诗风形成的影响。
③ 张立斋:《文心雕龙注订》,北京:国家图书馆出版社,2010年版,第388页。
④ (唐)房玄龄:《晋书》,北京:中华书局,1974年版,第2333~2335页。
⑤ (唐)房玄龄:《晋书》,北京:中华书局,1974年版,第2380页。

需求。① 对此,陈顺智先生认为:"渡江之后,原有诗人不得渡江而造成的诗歌创作主体的断层,与高门士族能够渡江而形成的社会文化背景的巨大改变,导致了诗骚诗歌传统的中衰,玄言诗才由在西晋时的潜流发展成为东晋时期的主流而得以蔚成大国。"② 这一判断基本符合诗歌史演进实况。西晋时期谈玄名士与属文之士分流的局面,至此已不复存在。同时,永嘉南渡后内外交困的政治局面、玄言理论的难以开拓,使得玄言名士也乐于接受在诗文中畅谈玄理的新型谈玄模式。

　　东晋一朝,谈玄名士与属文之士身份的合流,造就了特殊的玄言诗人群体,此群体在事实上也成为东晋诗坛的创作主体。建安时期慷慨任气、磊落使才的诗风自不必说,甚至洛下繁缛典雅、绮丽流靡的富贵气息都已消失殆尽。由高门士族所构成的玄言诗人群体,有着自己独特的审美趣味。他们标榜旷达,追求闲适,崇尚平淡的诗风。他们通过酷不入情的玄言诗,荡涤情志。后来,钟嵘批评东晋玄言诗"淡乎寡味",殊不知"淡"正是一代名士在诗歌创作中的最高美学追求。③ 在他们熟练运用诗歌来表达玄情理趣之后,由他们所创造的这一诗歌范式及审美趣味,又会对诗人本身的才学修养、知识储备等作出选择。那些没有玄学素养的寒素文人便会遭到某种隐性的排斥,他们要想跻身上层士人社会,或渴望获取社会舆论的广泛认同,就必须在行为举止、审美观念、文学创作等方面表现出内在的一致性。正因如此,东晋后期诗人少有不涉玄言者。大诗人陶渊明自不必说,陈寅恪先生甚至视其为将玄学核心问题——名教与自然之关系解决得最为彻底的中古时代之大思想家。④ 即便是当时声名无闻而今日颇受关注的湛方生,其诗歌创作亦带有浓厚的玄言色彩。湛方生家世背景与生卒年均不详,诗风平淡,不少诗歌带有玄言气息,殷仲文、谢混等士族文人的诗歌作品有类似之处。如《诸人共讲老子诗》云:

　　　　吾生幸凝湛,智浪纷兢结。流宕失真宗,遂之弱丧辙。虽欲返故乡,埋翳归途绝。涂除非玄风,垢心焉能歇。大矣五千鸣,特

---

① 如《南齐书·文学传论》云:"江左风味,盛道家之言。郭璞举其灵变,许询极其名理。"(梁)萧子显:《南齐书》,北京:中华书局,1972年版,第908页。
② 陈顺智:《论东晋玄言诗兴盛的原因》,载《社会科学研究》,2005年第6期。
③ 王锺陵:《中国中古诗歌史》,北京:人民出版社,2005年版,第332～338页。
④ 陈寅恪:《陶渊明之思想与清谈之关系》,收入《金明馆丛稿初编》,北京:生活·读书·新知三联书店,2015年版,第228～229页。

为道丧设。鉴之诚水镜,尘秽皆朗彻。①

此诗之玄理色彩远较兰亭诸诗为重,十二句中有十句涉及玄言,然而所陈之玄理却较为平常,不过是借老子《道德经》涤除身心尘秽之意。对玄言诗这一诗歌范式,寒素身份的湛方生似乎并无任意驰骋的权力。他只能按照约定俗成的诗歌范式进行写作,而这个范式却是由当时高门士族所共同创造的。因而即便是要革新诗风,也只能是由士族文人来完成。《宋书·谢灵运传论》云:"仲文始革孙、许之风,叔源大变太元之气。"②其中,殷仲文出自陈郡殷氏,谢混出自陈郡谢氏,皆为当时高门子弟。他们本身即为出色的玄言诗人,故能入室操戈,引领诗风转向。

刘师培先生认为,"自江左以来,其文学之士,大抵出于世族"③。此种情形与汉魏晋文学之士多出于寒素阶层相比,堪称巨变。转变的关键环节,就在于东晋一朝的玄言诗创作。正是由于高门士族的审美喜好,玄言诗才能风行一时。且经过玄言诗风的洗礼,以谢灵运为代表的士族文人终于掌握了晋宋之际的诗坛领导权。后来南朝诗歌史的发展也足以证明上述结论所言不虚,如齐梁之际的"永明体"即由沈约、王融、谢朓等士族子弟所引导。即便是宫体诗的兴起,也依然离不开徐陵、庾信等士族文人的积极参与。寒素文人群体在永嘉南渡前后零落殆尽,导致汉魏文学传统陡然中断。当高门士族文人带着清谈玄言的先天优势引领诗歌创作时,寒素文人因为缺乏玄学素养,无力与之抗争,故鲜有善作玄言诗者。他们在玄言诗向山水诗过渡的环节上,无形中慢了半拍,因而在南朝诗歌演进过程中就始终落后一步,从而成为时代诗风的追随者。此种诗坛格局之演变,要以整个中古诗歌史为限才能看得分明。美国学者 M.H.艾布拉姆斯曾提出文学的四要素,即作品、艺术家(作者)、世界(社会)、欣赏者(读者)。④如今,此观点已被学术界普遍采用。与之呼应的中国文学史编写,也呈现出多样化的特点,如侧重作品的分体文学史,关注社会与文学外部环境的文学编年史,以及突出读者的文学接受史等。唯独对于作者这一要素的考察,就中国文学史编写而言,似乎还有所欠缺。因此,注重考察各时期创作

---

① 逯钦立:《先秦汉魏晋南北朝诗》,北京:中华书局,1983年版,第945页。
② (梁)沈约:《宋书》,北京:中华书局,1974年版,第1778页。
③ 刘师培:《中国中古文学史》,北京:商务印书馆,2010年版,第94页。
④ 〔美〕M.H.艾布拉姆斯:《镜与灯——浪漫主义文论及批评传统》,郦稚牛等译,北京:北京大学出版社,2004年版,第5页。

主体社会身份的变更,揭示此种变更对彼时文学创作、评判、传播带来的影响,并以此勾勒出一条文学史演进脉络,我们认为不仅可行,而且颇具学术价值,具有广阔的研究空间。

　　钱穆先生曾在《略论魏晋南北朝学术文化与当时门第之关系》一文中指出:"魏晋南北朝时代一切学术文化,其相互间种种复杂错综之关系,实当就当时门第背景为中心而贯串说之,始可获得其实情与真相。"①诗歌作为中古学术文化的重要组成部分,就其经典化历程而言,我们亦当作如是观。以往的文学史研究表明,自汉末以来诗歌创作风气多由寒素阶层所引领。世家大族或恪守经学之旧传统,或醉心玄言之新风尚,未能及时成为诗坛引导者。西晋永嘉南渡后,旧有寒素文学传统遭到破坏。与此同时,由于玄言理论趋于固化,玄言名士开始重视玄理的表达方式,如注重文辞吟咏。谈玄名士与属文之士身份的合流,很大程度上促进了东晋玄言诗的盛行。永和九年(353年)三月三日的兰亭赋诗,堪称典范。此后,由门阀士族文人创造的这一诗歌范式及审美趣味,客观上又对诗人的社会身份、才学修养等提出某些隐性要求。中古诗歌发展到此阶段,经过玄风洗礼,一方面以高门士族为代表的社会主流文化群体掌握了诗坛的领导权,另一方面五言诗体又借玄言之力提升其文体在诗坛的地位。东晋玄言诗在中古诗歌经典化的过程中,确保并加速了文学创作主体由魏晋寒素阶层向南朝士族群体的转变。此种转变激发了士族文人的诗歌创作热情,对五言诗体在南朝成为"居文辞之要""独秀众品"的诗坛主流样式有推动作用。这意味着五言诗体及其经典作家"被一种文化的主流圈子接受而合法化,并且其引人瞩目的作品,被此共同体保存为历史传统的一部分"②。此期江淹拟诗、刘勰明诗、钟嵘品诗、萧统选诗等重要的诗歌史事件,似皆可为证。与此同时,此种转变的核心要素在于中古诗坛创作主体阶层属性的变化。对创作者的关注,是当代文艺批评的焦点之一。这也为笔者探讨中古五言诗的经典化提供了新思路。

---

① 钱穆:《中国学术思想史论丛(三)》,北京:生活·读书·新知三联书店,2009年版,第207页。
② 转自〔加〕斯蒂文·托托西:《文学研究的合法化》,马瑞琦译,北京:北京大学出版社,1997年版,第43页。

第四章　谢灵运诗歌经典化的个案研究

对于南朝第一流诗人谢灵运的诗歌作品,我们今日似乎并不能轻易欣赏到它们的魅力所在。即便博学如黄晦闻先生,也唯有感慨于"康乐诗不易识也,徒赏其富艳"①。然而对于南朝时期的士族文人来说,谢灵运诗歌所流露出来的情感具有群体的、历史的意蕴。这是谢灵运能在南朝诗坛享有盛名的重要原因。有西方学者认为:"'经典化'(canonized)意味着那些文学形式和作品,被一种文化的主流圈子接受而合法化,并且其引人瞩目的作品,被此共同体保存为历史传统的一部分。"②就南朝社会而言,士族文人无疑是当时精英文化的创造者、传播者、评判者,他们的交往形成"一种文化的主流圈子"。他们服膺谢灵运的诗歌才华,效其风格、拟其体式,并将其纳入前代第一流诗人的经典谱系之中,进而成为此历史传统的一部分。诚如沈约《宋书·谢灵运传论》所言,谢灵运诗歌"方轨前秀,垂范后昆"③。倘若就此意义而论,则谢灵运诗歌在南朝时期的经典化历程是极为清晰的。盖大谢诗之文采风流、关注对象与表达方式,能满足士族文人对现实人生及艺术世界的思考,亦符合他们的期待视野及审美风尚。换句话说,谢灵运诗歌具备了许多经典性因素,能够引起士族文人群体的共鸣。故本章拟选取谢灵运诗歌作个案研究,探讨其经典性因素所在。

第一节　"美人"的离合:论谢灵运诗歌中的经典性因素(一)

意象是文学作品的重要组成部分。所谓"意象",就是客观物象经过作者独特的情感活动而创造出来的一种艺术形象。从理论上讲,文学作品中所有的意象都应该是平等的。但事实并非如此,总有一些文学意象比他者

---

① 黄节:《谢康乐诗注》,北京:中华书局,2008年版,第3页。
② 转自〔加〕斯蒂文·托托西:《文学研究的合法化》,马瑞琦译,北京:北京大学出版社,1997年版,第43页。
③ (梁)沈约:《宋书》,北京:中华书局,1974年版,第1779页。

更具魅力。盖此类意象不能仅被简单描述成某个艺术形象,它所蕴含的空间的、时间的、社会的、文化的意义,也必须同时得到阐释。显然在此类意象的序列中,"美人"必将占据一个十分重要的位置。探寻先民对"美人"的歌咏,最早可以追溯到《诗经》时代。如《邶风·简兮》云:"云谁之思,西方美人。彼美人兮,西方之人兮。"汉儒毛亨传此二句云:"乃宜在王室。"郑玄笺云:"我谁思乎,思周室之贤者。以其宜荐硕人,与在王位。"①在汉儒看来,此处之"美人"实为周室贤臣。但笔者认为,真正使"美人"意象从一般性意义升华为一种文学传统的,必然首推屈原及《楚辞》中"托美人以喻其君"的创作实践。东汉王逸在《楚辞章句》中更凝练地总结为"灵修美人以媲于君"②。自此"美人"意象之于中国文学传统,便具有了某种原型性与典型性特征。最有说服力的例子,如宋代朱熹在《诗集传》中注《邶风·简兮》时云:"西方美人,托言以指西周之盛王。如《离骚》亦以美人目其君也。"③对同一"美人"意象,毛、郑注之以"贤臣",而朱子则释之为"盛王"。汉儒自然也熟读《离骚》,但相比之下,《诗经》显然更具权威性,故其注诗时不引《离骚》为证。宋儒同样也尊经,但《离骚》因其广泛传播已与《诗经》并称,同样具有较高的权威性,故朱子注诗时敢于引之而另立新说。由此可见,托"美人"以喻其君不仅自有其文学传统,而且具备存在的经典性价值。故自屈原之后,作为文学经典性意象的"美人",便屡见于历代文学作品之中。汉魏六朝时期,社会风俗剧变,文坛亦各有兴衰。世俗的"美人"形象不断在颠覆其经典性意义的存在。故郭建勋、仲瑶《汉魏六朝诗歌中的美人意象与政治托寓》一文认为,"美人"意象"在两晋南朝诗歌中的政治托寓色彩日渐消亡。这一传统意象与政治的关系日益疏离,向世俗化、审美娱乐化的方向发展。它意味着我国诗歌香草美人传统的一个时代性终结"④。此论自有其合理性,"美人"的经典性意义在魏晋南朝诗坛确曾有所淡化。然而此文不知何故,征引材料时竟未论及南朝首屈一指的大诗人谢灵运。事实上,谢灵运的诗歌中同样有多处对"美人"的深情呼唤。笔者根据相关史料认为,谢诗中的"美人"形象是对其经典意义的有力回归。通

---

① (唐)孔颖达:《毛诗正义》,《十三经注疏》标点本,北京:北京大学出版社,1999年版,第165页。
② (宋)洪兴祖:《楚辞补注》,北京:中华书局,1983年版,第2页。
③ (宋)朱熹:《诗集传》,北京:中华书局,1958年版,第24页。
④ 郭建勋、仲瑶:《汉魏六朝诗歌中的美人意象与政治托寓》,载《湖南大学学报》,2008年第5期。

过对谢诗中"美人"意象的阐释,我们可以发现谢灵运诗歌"酷不入情"的背后,却是对既往优秀文学传统的自觉继承。

一、经典的形成:汉魏诗歌中的"美人"意象

就文学作品而言,某个意象的经典性意义总是从其普遍性意义中诞生,并不断与后者展开竞争,以维护其经典性地位。"美人"意象的发展演进也不例外。《楚辞》中"美人"意象凡八见,且所指多有不同。据东汉王逸《楚辞章句》,其中"美人"代指君王者有四次,如"惟草木之零落兮,恐美人之迟暮"(《离骚》)、"结微情以陈词兮,矫以遗夫美人"(《抽思》)、"与美人抽怨兮,并日夜而无正"(《抽思》)、"思美人兮,揽涕而伫眙"(《思美人》)。有鉴于此,王逸遂得出"灵修美人以媲于君"这个经典性论断。故从《楚辞》时代始,托"美人"以喻其君的经典性意义就从其普遍性意义中脱颖而出,进而升华为一种文学传统。

汉代虽不以诗歌闻名后世,但"美人"意象的经典性意义多有所见。如汉乐府鼓吹曲辞《铙歌·君马黄》云:

> 君马黄,臣马苍。二马同逐臣马良,易之有骍蔡有赭。美人归以南,驾车驰马,美人伤我心。佳人归以北,驾车驰马,佳人安终极?①

又《铙歌·圣人出》云:

> 圣人出,阴阳和。美人出,游九河。佳人来,骈离哉何。驾六飞龙四时和,君之臣明护不道。美人哉,宜天子,免甘星筵乐甫始。美人子,含四海。②

逯钦立先生认为,《圣人出》中"美人""佳人"对举,乃分言君臣,且所据即为《君马黄》一诗。③ 笔者按:"美人"代指君王,其义甚明。然"佳人"似非指臣子而言。如《九章·悲回风》云:"惟佳人之永都兮,更统世而自贶。"又云:"惟佳人之独怀兮,折芳椒以自处。"此两处"佳人",王逸《楚辞章句》分

---

① 逯钦立:《先秦汉魏晋南北朝诗》,北京:中华书局,1983年版,第159页。
② 逯钦立:《先秦汉魏晋南北朝诗》,北京:中华书局,1983年版,第160页。
③ 逯钦立:《先秦汉魏晋南北朝诗》,北京:中华书局,1983年版,第160页。

别注为"怀、襄王""怀王"①。又司马相如《美人赋》云:"独处室兮廓无依,思佳人兮情伤悲,有美人兮来何迟?"②歌此句者为女子,则此处"佳人"与"美人"义亦相同。可见在汉人的思想观念中,"美人""佳人"并无不同。故《君马黄》一诗当是说君王忽南忽北,行迹不定,而臣子虽有良才却难以追随左右。《圣人出》一诗中,"圣人""美人""佳人"当是同义。"圣人"亦可指君王。如《周易·说卦》云:"圣人南面而听天下,向明而治。"③又《礼记·礼器》云:"是故圣人南面而立,而天下大治。"④又董仲舒《春秋繁露·奉本》云:"三代圣人不则天地,不能至王。"⑤故文中虽有三种称谓,篇末实归为一义。萧涤非先生认为:"《铙歌》既为一种新兴之胡曲,故汉时特见风行,凡属于人之事者,殆莫不用焉。"⑥据此,则汉代《铙歌》在当时应用范围甚广,且颇受人喜爱。观《圣人出》,君王一义而饰以三词,当为音声错落有致而又便于歌咏之用,并非其义有所别。

东汉张衡(78—139),字平子,南阳人,少善属文,博通经籍,堪称一代文宗。顺帝永和二年(137年)张衡作《四愁诗》,托"美人"以喻其君,文温以丽,最得屈子深义。梁启超先生云:"志微而婉,夺胎《楚辞》而自有他的风格。"⑦其《诗序》云:

> 时天下渐弊,郁郁不得志,为《四愁诗》。依屈原以美人为君子,以珍宝为仁义,以水深雪雰为小人,思以道术相报,贻于时君,而惧谗邪不得以通。⑧

此《诗序》乃后人伪托,宋人王观国《学林》卷七"四愁诗序"条辨之甚详。⑨然《文选》已著录此序,则其所出亦不为晚。观"美人"所赠诗人之物,有"金错刀""金琅玕""貂襜褕""锦绣段"。"金错刀",据《文选》李善注引谢承《后

---

① 分别见于(宋)洪兴祖:《楚辞补注》,北京:中华书局,1983年版,第156页、第157页。
② 逯钦立:《先秦汉魏晋南北朝诗》,北京:中华书局,1983年版,第99页。
③ (唐)孔颖达:《周易正义》,《十三经注疏》标点本,北京:北京大学出版社,1999年版,第327页。
④ (唐)孔颖达:《礼记正义》,《十三经注疏》标点本,北京:北京大学出版社,1999年版,第752页。
⑤ 苏舆:《春秋繁露义证》,北京:中华书局,1992年版,第278页。
⑥ 萧涤非:《汉魏六朝乐府文学史》,北京:人民文学出版社,2011年版,第48页。
⑦ 梁启超:《中国之美文及其历史》,北京:东方出版社,1996年版,第196页。
⑧ (梁)萧统:《文选》,(唐)李善注,上海:上海古籍出版社,1986年版,第1356~1357页。
⑨ (宋)王观国:《学林》,北京:中华书局,1988年版,第224~225页。

汉书》,当是君主赐功臣之物。"金琅玕",据《文选》李善注引《尚书·禹贡》,当是诸侯进贡王室之物。"貂襜褕"及"锦绣段",据《文选》李善注所引,当皆为华美衣物。而观诗人所欲赠答"美人"之物,有"英琼瑶""双玉盘""明月珠""青玉案",皆为玉质器物。《礼记·聘义》引孔子答子贡问云:"昔者君子比德于玉焉,温润而泽仁也。"可见诗人所欲赠"美人"之物,实为一种美好品德的象征。所赠所答原本皆有深义,非为后世拟作中男女的定情信物可以比拟。故张衡《四愁诗》即便无序以申其意,也不会被当作男女相悦的情诗流传。然据伪序"依屈原以美人为君子"云云,则伪作此序者览诗即知张衡效仿屈原之深义。由此更可见此《离骚》文学传统之深远影响。

又张衡《定情赋》云:"大火流兮草虫鸣,繁霜降兮草木零。秋为期兮时已征,思美人兮愁屏营。"①逯钦立先生视此数句为诗,并在《汉魏晋南北朝诗》中予以收录。陶渊明《闲情赋序》云:"初张衡作《定情赋》,蔡邕作《静情赋》,检逸辞而宗澹泊。始则荡以思虑,而终归闲正。将以抑流宕之邪心,谅有助于讽谏。"②则在陶渊明之世,时人尚能明张衡《定情赋》之旨归。故有学者认为,"作者以定情为赋名,用男女喻君臣,表达了对贤君的期盼与信任"③。将此处之"美人"视为贤君之代称,应该是合理的。蔡邕《静情赋》有目无文,难以蠡测。当然汉代存世的文学作品中,"美人"的一般性意义也不少见。如张衡《舞赋》云:"美人兴而将舞,乃修容而改袭。"④不过,此种一般性的"美人"意象并不在我们所讨论的文学传统之中。

文学史意义上的建安诗歌通常都被归入曹魏时期,此已为历代文学史家的共识,此时期"美人"意象,亦时常出现在文学作品中。然而真正能继承此文学传统的,正是大诗人曹植。其乐府《种葛篇》云:

> 种葛南山下,葛藟自成阴。与君初婚时,结发恩意深。欢爱在枕席,宿昔同衣衾。窃慕《棠棣》篇,好乐如瑟琴。行年将晚暮,佳人怀异心。恩绝旷不接,我情遂抑沉。出门当何顾,徘徊步北林。下有交颈兽,仰üp双栖禽。攀枝长叹息,泪下沾罗衿。良马知我悲,延颈对我吟。昔为同池鱼,今为商与参。往古皆欢遇,我

---

① 逯钦立:《先秦汉魏晋南北朝诗》,北京:中华书局,1983年版,第178页。
② 袁行霈:《陶渊明集笺注》,北京:中华书局,2003年版,第448页。
③ 费振刚等:《全汉赋校注》,广州:广东教育出版社,2005年版,第759页。
④ 费振刚等:《全汉赋校注》,广州:广东教育出版社,2005年版,第760页。

独困于今。弃置委天命,悠悠安可任?①

郭茂倩《乐府诗集》将《种葛》归入"杂曲歌辞"类,并称其"或因意命题,或学古叙事"②,则其是否为汉乐府旧题,已难以考证。关于《种葛》之篇名,黄晦闻先生认为当取自《诗经·唐风·葛生》,并称"子建此篇,盖从《笺》意,作妻思夫之辞"③。郑玄《毛诗笺》云:"夫从征役,弃亡不反,则其妻居家而怨思。"④然诗中之"佳人"实为"怀异心",而非"亡不返"。故黄先生此说或有可商。笔者认为《种葛》篇名当出自《诗经·王风·葛藟》。该诗云:"绵绵葛藟,在河之浒。终远兄弟,谓他人父。"《诗序》云:"《葛藟》,王族刺平王也。"⑤据此,则曹植此篇寓意似已可见,即讽谏曹丕即位后恩爱薄于兄弟之事,即所谓"往古皆欢遇,我独困于今"也。萧涤非先生认为此诗作于魏文帝黄初年间,循其文义,当可信从。⑥又此诗虽通篇托词于夫妇,然据"窃慕《棠棣》篇"句亦能见其主旨。《诗经·小雅·棠棣》云:"妻子好合,如鼓瑟琴。兄弟既翕,和乐且湛。"《诗序》云:"《常棣》,燕兄弟也。"郑玄《笺》云:"周公吊二叔之不咸,而使兄弟之恩疏。召公为作此诗,而歌之以亲之。"⑦兄弟友爱实为曹植之所愿,故云"窃慕"。据此,则诗中"怀异心"之佳人,当喻刻薄寡恩之魏文帝。

又曹植《杂诗》有"佳人在远道,妾身单且茕"句。黄晦闻先生将此诗内容与曹植所作《求自试疏》《陈审举疏》等文献相比照后,认为:"此诗盖太和三年徙封东阿后怀明帝作也。"⑧所论甚详,信而有征,不遑多论。据此,则此处"在远道"之"佳人",当指魏明帝。

然曹植现存诗歌虽多言及"佳人"意象,但托此以喻其君者似仅《种葛》《杂诗》两例。其他诗歌作品中的"佳人"意象,则各有所指,未必有深意,故并不在此文学传统之中。如《妾薄命行》云:"览持佳人玉颜,齐举金爵翠

---

① 逯钦立:《先秦汉魏晋南北朝诗》,北京:中华书局,1983年版,第435~436页。
② (宋)郭茂倩:《乐府诗集》,北京:中华书局,1979年版,第885页。
③ 黄节:《曹子建诗注》,北京:中华书局,2008年版,第140页。
④ (唐)孔颖达:《毛诗正义》,《十三经注疏》标点本,北京:北京大学出版社,1999年版,第400页。
⑤ (唐)孔颖达:《毛诗正义》,《十三经注疏》标点本,北京:北京大学出版社,1999年版,第264页。
⑥ 萧涤非:《汉魏六朝乐府文学史》,北京:人民文学出版社,2011年版,第142页。
⑦ (唐)孔颖达:《毛诗正义》,《十三经注疏》标点本,北京:北京大学出版社,1999年版,第568页。
⑧ 黄节:《曹子建诗注》,北京:中华书局,2008年版,第83页。

盘。"萧涤非先生认为,此诗作于魏武帝时期,实写"长夜狂欢"。故此处之"佳人",当为某侍宴之女子。① 又《美女篇》云:"佳人慕高义,求贤良独难。"元代刘履《选诗补注》认为,此诗"托处女以寓怨慕之情焉……夫盛年不嫁,将恐失时,故惟中夜长叹而已"②。此说较为通达,故此处之"佳人"实为自喻。又《杂诗六首》之四云:"南国有佳人,容华若桃李。"此处之"佳人",黄晦闻先生认为代指其弟曹彪,余冠英先生则认为是自伤之辞,然非喻其君似可断言。③

此后正始诗坛本已衰微,善于作诗者更少。其中成就最高者,当首推阮籍。而"佳人"意象,在阮籍诗歌中亦有所见。如《咏怀》之十九云:

> 西方有佳人,皎若白日光。被服纤罗衣,左右佩双璜。修容耀姿美,顺风振微芳。登高眺所思,举袂当朝阳。寄颜云霄间,挥袖凌虚翔。飘飘恍惚中,流眄顾我傍。悦怿未交接,晤言用感伤。④

此诗旨归,前贤论之极详,如刘履《选诗补注》云:"西方佳人,托言圣贤,如西周之王者,犹《诗》言'云谁之思,西方美人'之意……此嗣宗思见贤圣之君而不可得,中心切至,若有其人于云霄间恍惚顾盼,而未获际遇,故特为之感伤焉。"⑤阮诗向以难解著称,然此诗之深义,此论却得之。故后来黄晦闻、陈伯君诸先生亦从此说。据此,此处之"西方佳人"当指诗人幻想中的贤君。又《咏怀》之八十云:

> 出门望佳人,佳人岂在兹?三山招松乔,万世谁与期?存亡有长短,慷慨将焉知?忽忽朝日隤,行行将何之?不见入秋草,摧折在今时。⑥

此诗内容奇特,五句而设有四问,则诗人之彷徨心情可以想见。然四问唯有秋草"摧折在今时"之一答,则诗人之悲怆心情亦可想见。清代曾国藩评

---

① 萧涤非:《汉魏六朝乐府文学史》,北京:人民文学出版社,2011年版,第140页。
② (元)刘履:《风雅翼》,清《文渊阁四库全书》本。
③ 黄节:《曹子建诗注》,北京:中华书局,2008年版,第26页。又余冠英:《汉魏六朝诗选》,北京:人民文学出版社,1978年版,第115页。
④ 陈伯君:《阮籍集校注》,北京:中华书局,1987年版,第280页。
⑤ (元)刘履:《风雅翼》,清《文渊阁四库全书》本。
⑥ 陈伯君:《阮籍集校注》,北京:中华书局,1987年版,第401页。

此诗云:"望佳人而不见,招松乔而不来,将抱孤芳而长逝耳。"①诗人的悲剧皆源自"佳人"的缺席。故此处之"佳人",亦当指诗人幻想中的明君贤主。盖嗣宗身处乱世而享有天下重名,故曹氏、司马氏皆愿拉拢之以增声望。就当时政治局势而言,此双方皆为一己之私利而作殊死搏斗,无一可称明君。《晋书·阮籍传》云:"籍本有济世志,属魏晋之际,天下多故,名士少有全者。籍由是不与世事,遂酣饮为常。"②盖阮籍空有济世之志而不得施展,究其原委,实为世无明君之故。故其《咏怀诗》多有所咏,以寄其哀思。此亦为托"美人"以喻其君的传统之发扬。

在与阮籍齐名的嵇康诗歌中,"佳人"意象凡两见。如其《赠秀才入军》之五云:"伊我之劳,有怀佳人。寤言永思,实钟所亲。"③又十五云:"仰慕同趣,其馨若兰。佳人不在,能不永叹?"④然根据文意,此处所谓"佳人",皆指其兄嵇喜而言。

综上所论,由《楚辞》所开创的托"美人"以喻其君的文学传统,在汉魏诗歌中得到了进一步继承与发展。虽然此时期"美人"的一般性意义使用范围仍十分广泛,但在诸多文人的文学作品中其经典性意义得以维系不衰。特别是一些大诗人如张衡、曹植、阮籍等,能自觉接续传统,在个人独特的生活经历和政治追求里,婉转抒写怀抱,故其诗歌作品中"美人"意象更值得关注。汉魏古诗流传至今,虽十不存一,但经过上述诗人的创作实践,不仅"美人"的经典性意义得以巩固,文学传统亦因此而得以传承。换句话说,"美人"的经典性意义并未从此文学传统中缺席。

二、经典的偏离:两晋诗歌中的"美人"意象

西晋繁缛、典雅诗风的形成,实始于傅玄、张华二人。⑤故我们讨论两晋诗歌中"美人"意象的运用,亦当从此二人开始。盖本节所论"美人"意象,皆以现存两晋时期全部的诗歌为基准。非仅略择一二,以申己意而已。

---

① (清)曾国藩:《十八家诗钞》,长沙:岳麓书社,1991年版,第34页。
② (晋)房玄龄:《晋书》,北京:中华书局,1974年版,第360页。
③ 逯钦立:《先秦汉魏晋南北朝诗》,北京:中华书局,1983年版,第482页。
④ 逯钦立:《先秦汉魏晋南北朝诗》,北京:中华书局,1983年版,第483页。
⑤ 如王钟陵认为,"西晋诗歌走过傅玄、张华相续而成的梯impl,来到了藻思罗开、词采绮合的太康时代"。参见王钟陵:《中国中古诗歌史》,北京:人民出版社,2005年版,第242页。又钱志熙认为,"傅玄、张华之所以在文学上影响了整个西晋诗坛,确定了西晋文学的基本风格和发展方向,就是因为他们在功业上的成就吸引了寒素文士,因而被他们视为典范"。参见钱志熙:《魏晋诗歌艺术原论》修订本,北京:北京大学出版社,2005年版,第166页。

傅玄(217—278),字休奕,北地泥阳人,性刚劲亮直,博学善属文。今存《拟四愁诗》,为模拟东汉张衡之作。关于二诗优劣,明代王世贞《艺苑卮言》云:"平子《四愁》,千古绝唱。傅玄拟之,致不足言,大是笑资耳。"①嘲讽之意,溢于言表。然傅玄本人却并不这么认为,其《拟四愁诗序》云:

> 昔张平子作《四愁诗》,体小而俗,七言类也。聊拟而作之,名曰《拟四愁诗》。②

傅玄的这篇序言非常重要,从中可以窥探西晋文人拟作兴盛一时的缘由。此处"体小而俗"四字,理应有两层意思:一为张衡《四愁诗》有此特征,二为当时的七言诗体亦是如此,故可归为一类。对后一层意思,葛晓音先生论之甚详:

> 晋人傅玄称七言"体小而俗",所谓体小,非指篇制的长短,而在于七言到魏晋时在叙述和抒情方面仍然应用不广,少见佳作,更谈不上满足"诗言志"的要求。所谓"俗",指七言在汉魏更多地应用于各种非诗的押韵文,适宜于俳谐、祝颂、字书、镜铭、谣谚等俗文字的需求。③

然而对于"体小而俗"的前一层意思,学术界似乎罕有深论者。④《晋书·陆喜传》云:"余不自量,读《幽通》《思玄》《四愁》而作《娱宾》《九思》,真所谓忍愧者也。"⑤明代王世贞称张衡《四愁诗》为"千古绝唱";清代陈祚明亦认为此诗"情深必不可拟,以拟作者不能出本辞范围之外"⑥;葛晓音先生也

---

① 罗仲鼎:《艺苑卮言校注》,济南:齐鲁书社,1992年版,第118页。
② 逯钦立:《先秦汉魏晋南北朝诗》,北京:中华书局,1983年版,第573页。
③ 葛晓音:《早期七言的体式特征和生成原理》,收入《先秦汉魏六朝诗歌体式研究》,北京:北京大学出版社,2012年版,第226页。
④ 对此问题,多数研究者都未能作深入探讨,如赵敏俐《论七言诗的起源及其在汉代的发展》认为,"傅玄之所以把张衡的《四愁诗》称之为'体小而俗',也从另一个角度说明七言诗体的不成熟,远没有展现出它的诗体魅力",载《文史哲》,2010年第3期。事实上,据傅玄《拟四愁诗序》,他所谓"体小而俗"主要是针对张衡《四愁诗》而言,正是因为对其有所不满,故一方面将之归入当时俗体七言类,另一方面又"聊而拟之",以图改进。这原本就是两个问题,自然不能混而为一。
⑤ (晋)房玄龄:《晋书》,北京:中华书局,1974年版,第1486页。
⑥ (清)陈祚明:《采菽堂古诗选》,上海:上海古籍出版社,2008年版,第98页。

承认它是"用七言抒情的成功尝试"①。盖张衡《四愁诗》上继楚骚精神,托"美人"以喻其君,文辞哀婉,义归雅正。故很少有人会将其与"体小而俗"联系起来。后世公认的经典名篇,傅玄为何却对其颇有微词呢?

《晋书·傅玄传》云:"博学善属文……撰论经国九流及三史故事,评断得失,各为区例,名为《傅子》。"②傅玄在当时不仅善于属文,更是一位博学之士。故其对张衡《四愁诗》中所运用名物典故的理解,应该不存在任何障碍。又傅玄《连珠序》云:"其文体辞丽而言约,不指说事情,必假喻以达其旨,而览者微悟,合于古诗劝兴之义。"③据此,傅玄对古诗比兴之法亦深为熟谙。此外,傅玄对张衡之道德学问皆敬而有加,《七谟序》盛称张衡为"通儒大才"④。如此说来,若是傅玄读张衡《四愁诗》而不知其寓意所在,显然有悖常理。故最为合理的解释是,傅玄对《四愁诗》所写内容有所不满。对"体小而俗"四字,窃以为研究重心应落实在第一层意义上。为论述方便,兹引原作与拟诗各一章如下。张衡《四愁诗》云:

  一思曰:我所思兮在太山,欲往从之梁父艰,侧身东望涕沾翰。// 美人赠我金错刀,何以报之英琼瑶,路远莫致倚逍遥。// 何为怀忧心烦劳。⑤

又傅玄《拟四愁诗》云:

  我所思兮在瀛洲,愿为双鹄戏中流。牵牛织女期在秋,山高水深路无由。// 愍余不遘婴殷忧,佳人贻我明月珠。何以要之比目鱼,海广无舟怅劳劬。寄言飞龙天马驹,风起云披飞龙逝,惊波滔天马不厉。// 何为多念心忧世。⑥

从一章之内的结构层次看,张衡诗七句可分三层,首三句写欲往泰山见所思之人而不能遂愿的悲伤;中间三句写无法报答"美人"馈赠的失望;末句是对上文悲伤与失望心情的重复。傅玄诗十二句亦分为三层来写,结构与

---

① 葛晓音:《早期七言的体式特征和生成原理》,收入《先秦汉魏六朝诗歌体式研究》,北京:北京大学出版社,2012年版,第224页。
② (晋)房玄龄:《晋书》,北京:中华书局,1974年版,第1317~1323页。
③ (唐)欧阳询:《艺文类聚》,北京:中华书局,1999年版,第1035页。
④ (唐)欧阳询:《艺文类聚》,北京:中华书局,1999年版,第1020页。
⑤ (梁)萧统:《文选》,(唐)李善注,上海:上海古籍出版社,1986年版,第1357页。
⑥ 逯钦立:《先秦汉魏晋南北朝诗》,北京:中华书局,1983年版,第574页。

张诗完全一致。但二诗差别也较为明显,即张诗一句之意常被傅诗用两句来表达。如张诗首句仅写所思之人的方位,而傅诗却在此基础上补充一句写出所思的具体内容。张诗之情感跳跃易于让人产生联想处,傅诗总是将其铺陈写实。从后人的审美标准看,傅玄此举往往有伤古诗含蓄蕴藉之美,故清代沈德潜《古诗源》云:"休奕诗,聪颖处时带累句,大约长于乐府,而短于古诗。"①当然,我们说这是后人的评价。就傅玄本人而言,显然是不满于张诗表述得过于简单。又据《晋书·陆喜传》,陆喜亦曾读班固《幽思赋》、张衡《思玄赋》《四愁诗》而作《娱宾》《九思》。由于陆喜作品今已不存,故笔者推测《九思》或为拟《四愁》之作。盖张衡《四愁》诗中所谓"一思""二思"云云,且在《文选》中就有此文字,很有可能原作即如此。倘若如此推测不误,则陆喜之《九思》当是广《四愁》而为之。"忍愧"之说当为自谦,实际上可能还是嫌其内容过于简单。故笔者认为,傅玄视张衡《四愁诗》"体小",应该是据其篇幅短小、描写简单而言。

再看二诗具体内容,张诗中"美人"与诗人赠答之物皆有深义,已如上所论。但傅诗中"佳人"与诗人赠答之物,先后为"明月珠""比目鱼""兰蕙草""同心鸟""苏合香""翠鸳鸯""羽葆缨""影与形",几乎都是世俗男女定情往来之信物。尤其是傅玄诗"愍余不遭"句,将张衡原诗之韵味全改。盖"佳人"之所以赠物于诗人,不再是由于双方间的默契,而完全出自一种同情怜悯之心。我们难以想象博学如傅玄者会不理解张衡《四愁诗》中托"美人"以喻其君的深义。很可能是这一文学传统在其生活的时代早已司空见惯,且傅玄所见多为无病呻吟之辞。正是在此层面上,傅玄称之为"俗",故在拟作中将那些富有深义的词汇完全替换。此举客观上导致了对原有文学传统的偏离。傅玄是晋武帝司马炎的"近臣",颇受赏识。司马炎即位之初,进玄"爵为子,加驸马都尉",最后傅玄官拜侍中。因此,君臣际会并不是傅玄最为关注的问题。从其现存诗歌中可知,傅玄对妇女问题最感兴趣,如其最受好评的乐府诗《苦相篇》《秋胡行》《怨歌行》《吴楚歌》等,皆涉及此内容。

又傅玄《美女篇》云:"美人一何丽,颜若芙蓉花。一顾乱人国,再顾乱人家,未乱犹可奈何。"②按《美女篇》本创自曹植,傅玄借用西汉李延年《北方有佳人》的歌辞改之。郭茂倩认为曹植《美女篇》,"美女者,以喻君子。

---

① (清)沈德潜:《古诗源》,北京:中华书局,2006年版,第128页。
② 逯钦立:《先秦汉魏晋南北朝诗》,北京:中华书局,1983年版,第565页。

言君子有美行,愿得明君而事之"①。可见"美女"在曹植诗中尚有比兴之意,然而至傅玄的《美女篇》,似已完全变成世俗美女之称。

张华(232—300),字茂先,范阳方城(今河北固安)人,年岁较傅玄略晚,然其对西晋诗坛之影响更甚。如据《晋书·张华传》称,陆机兄弟"初入洛,不推中国人士,见华一面如旧,钦华德范,如师资之礼焉"②。又陆云《与兄平原书》云:"往日论文,先辞而后情,尚洁而不取悦泽。尝忆兄道张公父子论文,实欲自得,今日便欲宗其言。"③"尚洁"指文辞言简意赅,"悦泽"指文采光润悦目。这是陆云在未见张华之前的论文标准。然而在听到张华父子论文的标准后,便打算"宗其言"。据此,则张华父子论文至少有三点可以推知,即情辞并重、尚繁缛、尚文采。这些特点在张华《情诗五首》中表现得最为明显,而其对"佳人"的描写也恰好云集于此。

此五首《情诗》为组诗,"佳人"意象凡四见。然是否存有内在逻辑,则殊难考实。④ 笔者认为此五首或皆为张华拟托思妇之辞。如其第一首云:"北方有佳人,端坐鼓鸣琴。终晨抚管弦,日夕不成音。"此处之"佳人",实为思妇自称之辞。盖此"佳人"因夫君远赴徭役而独守空房,遂愿托晨风之翼飞越万里而侍夫。又第二首云:"寐假交精爽,觌我佳人姿。巧笑媚欢靥,联娟眸与眉。"此处之"佳人",实代指夫君。盖思妇静夜难眠,久之入梦忽见夫君之神采,然梦醒后终归于心悲。又第三首云:"佳人处遐远,兰室无容光。襟怀拥虚景,轻衾覆空床。"此处之"佳人",还指夫君。盖思妇夜深不寐,因夫君远赴徭役而倍感寂寞,卒至心伤。又第五首云:"兰蕙缘清渠,繁华荫绿渚。佳人不在兹,取此欲谁与?"此处之"佳人",亦指夫君。余冠英先生认为此首系男赠女之作。然此夫君既是远赴徭役,则边地多苦辛,似不当有"游目""逍遥"之事。窃以为此诗大意当与唐代王昌龄名句"忽见陌头杨柳色,悔叫夫婿觅封侯"相近。此论或为一己之见,但《情诗》所写皆为世间儿女之情是历代学者之共识。钟嵘《诗

---

① (宋)郭茂倩:《乐府诗集》,北京:中华书局,1979年版,第912页。
② (晋)房玄龄:《晋书》,北京:中华书局,1974年版,第1077页。
③ (晋)陆云:《陆云集》,北京:中华书局,1988年版,第138页。
④ 如余冠英先生认为"张华《情诗五首》系夫妇相赠答之辞",第五首(游目四野外)为"男赠女"。参见余冠英:《汉魏六朝诗选》,北京:人民文学出版社,1978年版,第143页。然循此而论,则第一首(北方有佳人)当亦为"男赠女"之作,这与该诗"君子寻时役""束带侍衣衾"等句相矛盾。又逯钦立先生《先秦汉魏晋南北朝诗》录此五首《情诗》后下按语云:"《诗纪》以清风、游目、北方、明月、君居等为次"。据此,则《诗纪》所录与此序迥异。又张溥《汉魏六朝百三家集》所录次第与《古诗纪》同。因而是否存在一个内在逻辑结构,殊难考实。

品》将之置于中品,并品评云:

> 其源出于王粲。其体华艳,兴托不奇。巧用文字,务为妍冶。虽名高曩代,而疏亮之士犹恨其儿女情多,风云气少。谢康乐云:"张公虽复千篇,犹一体耳。"①

《诗品》"儿女情多,风云气少"八字,足可为上文所论之"佳人"意象作一注解。这当是张华诗歌的一个主要特征。故曹旭先生认为,张华用"私我化"的儿女情悄悄改变建安诗歌的主题基调,促进了诗风由"魏制"向"晋造"的转变。②

傅玄、张华是开西晋一代诗风的重要人物,他们以各自的创作实践与理论主张,为即将到来的太康诗坛作出了表率。钱志熙先生认为:

> 傅玄、张华这些人,一开始就选择了与司马氏政权积极合作的道路,政治上比较顺达,缺乏曹植、阮籍那种身心困厄的体验。所以深沉不足,缺乏感人的力量,并最终脱离了言志寄兴的诗歌传统,走上了叙柔情、玩文藻的诗歌创作道路。③

此论应该说符合中古文学史发展实情。仕途上的顺风顺水,确实消磨了傅玄、张华这些人的不平之气。据上所论,托"美人"以喻其君的文学传统在傅玄、张华二人的诗歌中,似已难寻踪迹。他们都是当时首屈一指的儒雅博学之士,当然知道此种文学传统的前世今生。只是所处的时代变了,他们对何为第一流的诗歌作品有了新的认识。

陆机是西晋诗坛第一流的大诗人,被钟嵘誉为"太康之英"。在陆机现存诗歌中,"美人"或"佳人"意象似皆取其一般性意义。如《日出东南隅行》云:"濯足洛水澜,蔼蔼风云会。佳人一何繁,南崖充罗幕。"④此篇当拟汉

---

① 曹旭:《诗品集注》,上海:上海古籍出版社,2011年版,第275页。按"兴托不奇",曹旭先生据宋代诗话,认为作"兴托多奇"为是,并据改。笔者认为此结论似有不妥。盖钟嵘论诗,最重兴、比、赋,曾云"斯三义,酌而用之"。若张华诗果真"比兴多奇",则下文自不当有"虽名高曩代"之语。此其一也。又王粲五言诗本就不以比兴见长,故张华得其华艳之体。此其二也。钟嵘对张华诗风略有不满,此从疏亮之士与谢灵运的评语中自可得见。此其三也。故本文所引《诗品》,虽据曹旭先生斯书,而不从此说,特此说明。
② 曹旭:《张华〈情诗〉的意义》,载《文学评论》,2012年第5期。
③ 钱志熙:《魏晋诗歌艺术原论》,北京:北京大学出版社,2005年版,第169页。
④ 逯钦立:《先秦汉魏晋南北朝诗》,北京:中华书局,1983年版,第652页。

乐府《陌上桑》(又名《艳歌罗敷行》)而成。郭茂倩认为陆机此诗"但歌美人好合,与古词始同而末异"①,实为公允之论。又《拟兰若生朝阳》云:"美人何其旷,灼灼在云霄。"②又《拟西北有高楼》云:"佳人抚琴瑟,纤手清且闲。芳气随风结,哀响馥若兰。"③又《拟庭中有奇树》云:"芳草久已茂,佳人竟不归。"④观此处诸"佳人"意象,或为怀之思妇、或为思乡之游子,然始终不离闺怨哀思。又《为顾彦先赠妇诗》云:"东南有思妇,长叹充幽闼。借问叹何为,佳人眇天末。"《文选》李周翰注云:"妇自借问,以发诗情。佳人,则彦先也。眇然极望,若在天之末畔,盖思远也。"⑤据此,则陆机的诗歌虽不乏"美人",但似乎皆与托"美人"以喻其君的文学传统无关。陆云《与兄平原书》云:

> 云再拜:尝闻汤仲叹《九歌》。昔读《楚辞》,意不大爱之。顷日视之,实自清绝滔滔。故自是识者,古今来为如此种文,此为宗矣。视《九章》时有善语,大类是秽文,不难举意。视《九歌》便自归谢绝。思兄常欲其作诗文,独未作此曹语。若消息小佳,愿兄可试作之。兄复不作者,恐此文独单行千载间。尝谓此曹语不好,视《九歌》,正自可叹息。⑥

据陆云此书似可推知如下内容:(一)陆机兄弟对《楚辞》都比较熟悉;(二)陆云对《楚辞》唯重其清绝滔滔之辞;(三)陆机平时作诗文较少受《楚辞》影响;(四)陆云对陆机的文学才华充满信心。同样是熟读《楚辞》,但陆机兄弟之态度与汉人司马迁、刘向、王褒、王逸等"作赋骋辞、以赞其志"完全不同。此条材料或许能为陆机与托"美人"以喻其君的文学传统渐行渐远的现象,找到一个合理解释。

又张载亦曾作《拟四愁诗》。其首章云:"我所思兮在南巢,欲往从之巫山高。登崖远望涕泗交,我之怀矣心伤劳。佳人贻我筒中布,何以赠之流黄素。愿因飘风超远路,终然莫致增想慕。"⑦揆之篇幅,在张衡、傅玄二诗

---

① (宋)郭茂倩:《乐府诗集》,北京:中华书局,1979年版,第410页。
② 逯钦立:《先秦汉魏晋南北朝诗》,北京:中华书局,1983年版,第687页。
③ 逯钦立:《先秦汉魏晋南北朝诗》,北京:中华书局,1983年版,第688页。
④ 逯钦立:《先秦汉魏晋南北朝诗》,北京:中华书局,1983年版,第689页。
⑤ (梁)萧统:《文选》,(唐)六臣注,北京:人民文学出版社,2008年版,第375页。
⑥ (晋)陆云:《陆云集》,北京:中华书局,1988年版,第139页。
⑦ 逯钦立:《先秦汉魏晋南北朝诗》,北京:中华书局,1983年版,第742页。

之间。从"筒中布""流黄素"等词语来看,张载显然是在拟傅玄之诗,旨意与张衡原作相差甚远。故"佳人"所指,似无深义可寻。又张协《杂诗》云:"君子从远役,佳人守茕独。"①此处"佳人"与"君子"对举,显指感时念远之思妇,其意甚明。

永嘉南渡之后,东晋一朝玄风独振。一时名家如孙绰、许询、谢安、桓温、庾亮辈,作诗唯以柱下为旨归。可谓风骚难继,兴寄几绝。具体到充满世俗情愫的"美人"意象,更是少之又少。以笔者管见,似仅有两例可供讨论。如谢混《游西池》诗云:

> 悟彼蟋蟀唱,信此劳者歌。有来岂不疾,良游常蹉跎。逍遥越城肆,愿言屡经过。回阡被陵阙,高台眺飞霞。惠风荡繁囿,白云屯层阿。景昃鸣禽集,水木湛清华。褰裳顺兰沚,徙倚引芳柯。美人愆岁月,迟暮独如何。无为牵所思,南荣诫其多。

《文选》李善注此诗云:"思与友朋相与为乐也。"详绎诗意,此论当为可信。其中"美人愆岁月,迟暮独如何"句,虽为化用屈原《离骚》"惟草木之零落兮,恐美人之迟暮"而成,可惜寓意全改,差之万里。《文选》刘良注云:"美人,谓友人也。愆,过也。言友人迟晚不至,我将如之何?"②盖如此良辰美景,惜乎"良游常蹉跎",颇伤诗人雅致,故末句以南荣自诫。

又陶渊明《拟古九首》之七云:

> 日暮天无云,春风扇微和。佳人美清夜,达曙酬且歌。歌竟长叹息,持此感人多。明明云间月,灼灼叶中花。岂无一时好,不久当如何?③

陶渊明在南朝时期虽诗名未盛,然此篇却久称佳作。南朝两大文学总集《文选》《玉台新咏》皆予以收录,足见其影响之大。盖陶渊明诗尚自然,不染俗韵,故当时悦此者较少。唯此诗辞采华美,情理俱佳。故钟嵘《诗品》特标此诗,并叹其"风华清靡,岂直为田家语耶"④。关于此诗之主旨颇有异说,因而"佳人"所指亦各有不同。如《文选》刘良注云:"此言荣乐不常。"

---

① 逯钦立:《先秦汉魏晋南北朝诗》,北京:中华书局,1983年版,第745页。
② (梁)萧统:《文选》,(唐)六臣注,北京:人民文学出版社,2008年版,第334~335页。
③ 袁行霈:《陶渊明集笺注》,北京:中华书局,2003年版,第332页。
④ 曹旭:《诗品集注》,上海:上海古籍出版社,2011年版,第337页。

故《文选》吕向注云:"佳人,贤人也。"①又元代刘履《选诗补注》云:"此诗殆作于元熙之初乎。'日暮'以比晋祚之垂没。'天无云'而风微和,以喻恭帝暂遇开明温煦之象。"②据此,则此处之"佳人"似又代指晋恭帝。刘氏所论虽无明证,然亦言之有理,故两存之。

综上所论,两晋诗坛"美人"意象出现的频率虽远较汉魏时期为多,然而托"美人"以喻其君的文学传统似已趋于衰落。在诸如傅玄、张华、陆机、张载、张协等著名诗人的诗歌作品中,"美人"变得越来越贴近世俗人间。缺少比兴寄托的"美人"形象,虽然美丽依旧,却难以打动人心。或许当时的诗歌作品时至今日已多有亡佚,然通过对上述这些大诗人传世作品的分析,我们依然能够得出如下结论:"美人"意象的经典性意义在两晋诗坛终究难得一见。

三、经典的回归:从归隐心态看谢诗中的"美人"意象

两晋以后,谢灵运秉独善之资登上诗坛。在其现存诗歌中,"美人""佳人"意象凡四见。其中有模拟乐府旧题而似无深义者,如《日出东南隅行》云:"美人卧屏席,怀兰秀瑶璠。皎洁秋松气,淑德春景暄。"③也有确有所指而难以深论者,如《南楼中望所迟客》云:"登楼为谁思,临江迟来客……圆景早已满,佳人殊未适。"④然而真正值得我们关注的却是另外两例。笔者认为,托"美人"以喻其君的文学传统在历经两晋时期的式微之后,得以重新活跃在谢灵运诗歌之中。谢灵运以其独特的人生经历,自觉继承前代优秀的文学传统。这是其诗歌后来能完成经典化的重要内在因素。

谢灵运《石门新营所住四面高山回溪石濑茂林修竹》诗云:

> 跻险筑幽居,披云卧石门。苔滑谁能步,葛弱岂可扪?袅袅秋风过,萋萋春草繁。美人游不还,佳期何繇敦。芳尘凝瑶席,清醑满金尊。洞庭空波澜,桂枝徒攀翻。结念属霄汉,孤景莫与谖。俯濯石下潭,仰看条上猿。早闻夕飙急,晚见朝日暾。崖倾光难留,林深响易奔。感往虑有复,理来情无存。庶持乘日车,得以慰

---

① (梁)萧统:《文选》,(唐)六臣注,北京:人民文学出版社,2008年版,第477页。
② (元)刘履:《选诗补注》,清《文渊阁四库全书》本。
③ 顾绍柏:《谢灵运集校注》,郑州:中州古籍出版社,1987年版,第207页。
④ 顾绍柏:《谢灵运集校注》,郑州:中州古籍出版社,1987年版,第116页。

营魂。匪为众人说,冀与智者论。①

此处之"美人",《文选》六臣注云:

> 善曰:《楚辞》曰:"望美人兮未来。"又曰:"与佳期兮夕张。"《方言》曰:"敦,信也。"翰曰:美人,友也。敦,厚也。言友人远游不还,而佳期何时复得敦厚而相叙也。览此,故思友人也。②

这种说法得到当代注释者们的认同,如黄晦闻先生《谢康乐诗注》即全引李善注文。又叶笑雪、顾绍柏等人皆认为此处"美人"即指友人。又谢灵运《石门岩上宿诗》云:

> 朝搴苑中兰,畏彼霜下歇。暝还云际宿,弄此石上月。鸟鸣识夜栖,木落知风发。异音同至听,殊响俱清越。妙物莫为赏,芳醑谁与伐。美人竟不来,阳阿徒晞发。③

此处之"美人",叶、顾诸先生同样作"友人"解。此说表面看来文从字顺,似无不妥之处,但如果我们能考虑到此二诗皆作于谢灵运第二次归隐之后④,或许对"美人"的理解会有所不同。盖此次归隐与宋少帝景平年间主动辞官归乡明显有别。考《宋书·谢灵运传》云:"上不欲伤大臣,讽旨令自解。灵运乃上表陈疾,上赐假东归。"⑤据此,宋文帝所谓"不欲伤大臣"云云,无非是一种体面的借口而已。故谢灵运"上表陈疾",实为揣摩圣意、迫不得已之举。灵运本为极聪明之人,自然能意识到此次"奉旨"归隐很可能意味着自己政治生涯的终结。故临行前向宋文帝上奏著名的《劝伐河北书》:

> 将行,上书劝伐河北曰……臣卑贱侧陋,窜景岩穴,实仰希太平之道,倾睹岱宗之封。虽乏相如之笔,庶免史谈之愤。以此谢

---

① 顾绍柏:《谢灵运集校注》,郑州:中州古籍出版社,1987年版,第174页。
② (梁)萧统:《文选》,(唐)六臣注,北京:人民文学出版社,2008年版,第465页。
③ 顾绍柏:《谢灵运集校注》,郑州:中州古籍出版社,1987年版,第183~184页。
④ 关于此二诗之作年,顾绍柏《谢灵运集校注》、李雁《谢灵运研究》等皆系于元嘉七年(430年)。笔者认为,此论可从。参见顾绍柏:《谢灵运集校注》,郑州:中州古籍出版社,1987年版,第443页。又李雁:《谢灵运研究》,北京:人民文学出版社,2005年版,第172~173页。
⑤ (梁)沈约:《宋书》,北京:中华书局,1974年版,第1772页。

病京师，万无恨矣。久欲上陈，惧在触胃。蒙赐恩假，暂违禁省。消渴十年，常虑朝露。抱此愚志，昧死以闻。①

此书虽是书生论政，然实为谢灵运生平处心谋划之大事，是其振兴家门、获取声望的寄托。从"久欲上陈"可知，其一生之政治理想当全在于此。盖灵运出身于东晋第一流高门士族陈郡谢氏，谢安、谢玄等先辈更是功勋卓著，彪炳史册。此份荣耀时刻激励着他这一生要做大事，立不朽之功，然后效仿谢玄那样功成身退，逍遥山水之间。如其早年《撰征赋》云：

敦怙宠而判违，敌既勋而国圮。彼问鼎而何阶，必先贼于君子……谢昧迹而托规，卒安身以全里。②

此处灵运以东晋功臣王敦与谢安之不同结局作比，虽为告诫刘裕之辞，然亦可见其自取之义。又《述祖德诗序》云：

太元中，王父龛定淮南，负荷世业，尊主隆人。逮贤相徂谢，君子道消，拂衣蕃岳，考卜东山。事同乐生之时，志期范蠡之举。③

但灵运自入仕以来，武帝雄威强权以驭左右，少帝安娱而任权臣。朝廷唯以文义处之，始终未有重用之举。故灵运常怀愤懑。少帝景平中，灵运遭司徒徐羡之等人排挤而出守永嘉，"遂肆意游遨，遍历诸县，动逾旬朔，理人听讼，不复关怀"，甚至不顾族人谢晦、谢曜、谢弘微等人的劝阻，在职一年即辞官归乡，可见其态度之坚决。此次主动归隐很可能是因为灵运意识到少帝刘义符非贤君令主，遂以退为进，蛰伏故乡等待时机。《宋书·谢灵运传》云："每有一诗至都邑，贵贱莫不竞写。宿昔之间，士庶皆遍，远近钦慕，名动京师。"④据此，灵运虽归隐始宁，但其诗歌仍能源源不断传播到京师，为都邑士人所膜拜。此时期灵运所写诗歌当然是以山水游览为主，但倘若我们能抛开对山水诗人的固定看法，或许就会品味出此期诗歌中所蕴含的渴望被人赏识的情感。兹据顾绍柏先生《谢

---

① （梁）沈约：《宋书》，北京：中华书局，1974年版，第1772～1774页。
② （梁）沈约：《宋书》，北京：中华书局，1974年版，第1747页。
③ 顾绍柏：《谢灵运集校注》，郑州：中州古籍出版社，1987年版，第104页。
④ （梁）沈约：《宋书》，北京：中华书局，1974年版，第1754页。

灵运生平事迹及作品系年》，举数例如下：

> 良缘迨未谢，时逝不可俟。（《石壁立招提精舍》）
> 赏心不可忘，妙善冀能同。（《田南树园激流植援》）
> 不惜去人远，但恨莫与同。孤游非情叹，赏废理谁通。（《于南山往北山经湖中瞻眺》）
> 握兰勤徒结，折麻心莫展。情用赏为美，事昧竟谁辨？（《从斤竹涧越岭溪行》）

在此时期所作的其他文学作品中，灵运亦流露出同样的情感，如《伤己赋》云："始春芳而羡物，终岁徂而感己。"① 精美绝伦的文字背后，竟然深藏着"恨无知音赏"的淡淡哀伤。包括叶笑雪、顾绍柏诸先生在内的多数论者，往往都将此种情感理解为怀念友人。但《宋书》本传称谢灵运归隐后，"与隐士王弘之、孔淳之等纵放为娱，有终焉之志"②。又谢灵运《与庐陵王义真牋》云："若王弘之拂衣归耕，逾历三纪；孔淳之隐约穷岫，自始迄今；阮万龄辞事就闲，纂成先业。浙河之外，栖迟山泽，如斯而已。"③ 显然，王弘之、孔淳之、阮万龄诸人在谢灵运看来是真正的隐士。故谢灵运若有心真隐，则自当与他们志同道合，又终日"纵放为娱"，何来在诗中屡屡有时光飞逝、无人赏识之叹？我们并不否定谢灵运在很多场合对隐逸追求的真诚，但至少上述诗文中流露出的情感同样值得重视。再观其《述祖德诗》，恐怕并非只是叙述谢玄的功业而已，更多的还是在寄寓自己的政治理想。

在谢灵运归隐始宁之际，京师政局亦是风云突变。排挤谢灵运出守永嘉的权臣徐羡之、傅亮等被新即位的宋文帝刘义隆诛杀。文帝虽雄才决断，然亦能重用士族子弟。如《资治通鉴·宋纪八》"元嘉二十八年"条云："帝之始亲政事也，委任王华、王昙首、殷景仁、谢弘微、刘湛，次则范晔、沈演之、庾炳之，最后江湛、徐湛之、何瑀之及（王）僧绰凡十二人。"④ 对于士族群体而言，此种政治局面远较武帝、少帝两朝为优厚。而且就在文帝登祚伊始，便向远在始宁的谢灵运抛出了橄榄枝，征其为秘书监。《宋书·谢

---

① 顾绍柏：《谢灵运集校注》，郑州：中州古籍出版社，1987年版，第317页。
② （梁）沈约：《宋书》，北京：中华书局，1974年版，第1754页。
③ 顾绍柏：《谢灵运集校注》，郑州：中州古籍出版社，1987年版，第307页。
④ （宋）司马光：《资治通鉴》，（元）胡三省注，北京：中华书局，1997年版，第1017页。

灵运传》云:"再召不起,上使光禄大夫范泰与灵运书敦奖之,乃出就职。"又云:"既自以名辈,才能应参时政。初被召,便以此自许。"①《宋书》看似矛盾的叙述中,恰能透露出谢灵运归隐始宁的真实目的。宋文帝征召谢灵运的动机可能有多种。② 然而有一点可以肯定,即其流传至京师的那些诗歌必定起到了积极作用。宋文帝未必是谢灵运苦苦等待的知音,他充其量还只是在欣赏谢灵运身上所具备的文采风流。但在再次得到朝廷征召的谢灵运看来,或许情况正与此相反。宋文帝重用士族子弟,使得他误以为自己即将得到施展才能的机会,可惜最终还是被以文义见接。

这种巨大的心理落差较之武帝、少帝两朝更大。谢灵运再次用放诞的行为宣泄着自我存在感,而且此事件就发生在天子脚下。这显然是对宋文帝用人政策的公开不满。作为"条禁明密,罚有恒科"的一代雄主,宋文帝自然无法容忍此类事情的发生,遂下旨令谢灵运自解归乡。谢灵运的放诞行为不仅没有引起文帝对人才的重视,反而遭到勒令自解归乡。这当是他始料未及的结果。为缓解双方矛盾,争取皇帝收回成命的机会,他在临行前向宋文帝上了《劝伐河北书》。陈恬仪先生认为:

> 灵运本为积极主战的人,临行前写一个劝北伐的(书)上给一个有志的皇帝,实在是希望皇帝引以为用,让他参与北伐之事,以一展抱负宏图,故此书可以算是他对自己政治前途的最后尝试。③

灵运是否为好战派或可再议,但将此文视为"对自己政治前途的最后尝试",确是颇具说服力的论断。有学者认为,谢灵运此文中的态度在一定程度上缓解了文帝与谢灵运之间的矛盾。④ 笔者认为事实可能未必如此。考之史实,宋文帝既没有采纳他的建议,也未收回成命予以挽留。但此时谢灵运对自己的政治生命还抱有幻想。如其《入东道路诗》云:

---

① (梁)沈约:《宋书》,北京:中华书局,1974年版,第1772页。
② 叶笑雪在《谢灵运诗选》所附《谢灵运传》中,提出了三点推测,可参阅。叶笑雪:《谢灵运诗选》,上海:古典文学出版社,1957年版,第168页。
③ 陈恬仪:《〈劝伐河北书〉的相关问题——论谢灵运之北伐主张与晋宋之南北情势》,载《东华人文学报》(台湾),2007年第11期。
④ 孙明君:《谢灵运〈劝伐河北书〉辨议》,载《北京大学学报》,2011年第3期。

> 整驾辞金门,命旅惟诘朝。怀居顾归云,指涂溯行飙。属值清明节,荣华感和韶。陵隰繁绿杞,墟囿粲红桃。鹭鹭翚方雏,纤纤麦垂苗。隐轸邑里密,绵邈江海辽。满目皆古事,心赏贵所高。鲁连谢千金,延州权去朝。行路既经见,愿言寄吟谣。①

此诗作于元嘉五年(428年),所谓"入东道路",指灵运辞官后由建康向东南方的故乡——始宁进发之道路。此诗写景极美,颜色醒目,动静宜人,"绿杞""红桃""翚雏""麦苗"等自然意象装饰着宁静的归途。然此诗"行路既经见"句最难理解,可惜向来无论之者。② 按"经见"本谓见于经典。如《史记·封禅书》云:"其语不经见,搢绅者不道。"③又《晋书·舆服志》云:"义不经见,事无所出。"④又《宋书·礼志》云:"自甘泉、后土、雍宫、五時神祇兆位,多不经见。"⑤那么,行路之事如何能见之于经典?《周易·复卦》云:

> 复,亨。出入无疾,朋来无咎。反复其道,七日来复,利有攸往。⑥

"复"者,返也,有返回、恢复的意思。复卦本是论述无往不复、物极必反的哲理,阴气盛极而阳气生。气候达到寒冷之极点,就开始向暖回转。矛盾双方对立统一,周而复始,循环往复。因此,复卦就是一个由阴极变阳的转折点,为吉卦。灵运在东归路上吟诗,忽觉自己之行为与《周易·复卦》所含哲理暗合,故云"行路既经见,愿言寄吟谣"。历来皆以归隐二字解释灵运的"愿言",但笔者认为,他的愿望当是"复",亦即重返庙堂。这种心理通过对《周易》的巧妙运用得以展示。此时灵运尚未被罢官,临行前又给文帝上了精心撰成的《劝伐河北书》,故对重返京师仍抱有很大的希望。然而灵

---

① 顾绍柏:《谢灵运集校注》,郑州:中州古籍出版社,1987年版,第161页。
② 按此句黄节注"行路"为行路之人,叶笑雪无注,顾绍柏则模糊阐释大意为"一路上想起古人古事",似离题较远。
③ (汉)司马迁:《史记》,北京:中华书局,1982年版,第1359页。
④ (唐)房玄龄:《晋书》,北京:中华书局,1974年版,第765页。
⑤ (梁)沈约:《宋书》,北京:中华书局,1974年版,第420页。
⑥ (唐)孔颖达:《周易正义》,《十三经注疏》标点本,北京:北京大学出版社,1999年版,第111页。

运东归之后仍不知自我约束,依然"游娱宴集,以夜继昼",遂遭时任御史中丞的傅隆弹奏而罢官。从这种意义上说,谢灵运的"最后尝试"是失败的。他再一次回到了故乡始宁,重新过起隐居生活。只是将两次归隐的心境作比较,这一次无疑要更忧伤一些。唐代诗人白居易《读谢灵运诗》云:

> 吾闻达士道,穷通顺冥数。通乃朝廷来,穷即江湖去。谢公才廓落,与世不相遇。壮志郁不用,须有所泄处。泄为山水诗,逸韵谐奇趣。大必笼天海,细不遗草树。岂惟玩景物,亦欲摅心素。往往即事中,未能忘兴谕。因知康乐作,不独在章句。①

以诗人之心相互印证,白乐天所论最为深刻。"壮志郁不用"与"未能忘兴谕"两句,实则是对谢灵运诗歌言外之意的准确把握。故对诗人此时期的某些诗歌,我们不能流连于山光水色之中而忘其兴谕之志。以上所论即为《石门新营所住四面高山回溪石濑茂林修竹》《石门岩上宿诗》等作品的写作背景。

以抒情见长的《楚辞》对谢灵运诗歌创作具有重要影响。对谢灵运诗歌与《楚辞》之关系,古今已有不少学者论及。如清代陈祚明云:"详谢诗格调,深得《三百篇》旨趣,取泽于《离骚》《九歌》。"②又清代方东树亦云:"谢公全用《小雅》《离骚》意境字句,而气格紧健沉郁。"③日本学者铃木敏雄《由谢灵运诗与〈楚辞〉的关系看他的表现特色》、香港学者简汉乾《谢灵运诗与〈楚辞〉》等论文亦多有论述。④ 盖谢诗取效《楚辞》者,无论是从化用句式之数量,还是情感表达之方式,下面所引两诗皆足以当之。兹整合前贤时彦对《石门新营所住四面高山回溪石濑茂林修竹》《石门岩上宿诗》二诗的注释成果,列表如下:

---

① 朱金城:《白居易集笺校》,上海:上海古籍出版社,1988年版,第369页。
② (清)陈祚明:《采菽堂古诗选》,上海:上海古籍出版社,2008年版,第519页。
③ (清)方东树:《昭昧詹言》,北京:人民文学出版社,1961年版,第129页。
④ 〔日〕铃木敏雄:《由谢灵运诗与〈楚辞〉的关系看他的表现特色》,李红译,载《世界华学季刊》,1982年第6期。又简汉乾:《谢灵运诗与〈楚辞〉》,载《许昌学院学报》,2003年第6期。

表 7　谢灵运"石门"二诗与《楚辞》文本对照表

篇目	谢诗	《楚辞》
《石门新营所住四面高山回溪石濑茂林修竹》	袅袅秋风过,萋萋春草繁。	袅袅兮秋风。(《九歌·湘夫人》)//春草生兮萋萋。(《招隐士》)
	美人游不还,佳期何繇敦。	望美人兮未来。(《九歌·少司命》)//与佳期兮夕张。(《九歌·湘夫人》)
	芳尘凝瑶席。	瑶席兮玉瑱,盍将把兮琼芳。(《九歌·东皇太一》)
	洞庭空波澜,桂枝徒攀翻。	洞庭波兮木叶下。(《九歌·湘夫人》)//攀援桂枝兮聊淹留。(《招隐士》)
	晚见朝日暾。	暾将出兮东方。(《九歌·东君》)
	庶持乘日车,得以慰营魂。	载营魄而登霞兮,掩浮云而上征。(《远游》)
《石门岩上宿诗》	朝搴苑中兰,畏彼霜下歇。	朝搴阰之木兰兮。(《离骚》)//微霜降而下沦兮,悼芳草之先零。(《远游》)
	暝还云际宿。	夕宿兮帝郊,君谁须兮云之际。(《九歌·少司命》)
	木落知风发。	袅袅兮秋风,洞庭波兮木叶下。(《九歌·湘夫人》)
	美人竟不来,阳阿徒晞发。	与女沐兮咸池,晞女发兮阳之阿。望美人兮未来,临风怳兮浩歌。(《九歌·少司命》)

中古诗歌史上,谢灵运诗歌向来以善于描写山水景物著称,但上述二诗则几无具体的写景状物之句。诗人似乎无心于石门周围的美丽景色,所写内容皆为独处幽僻之地的心理活动。诗人反复感慨着"美人"的缺席,淡淡的哀伤弥漫在字里行间。盖谢灵运此次归隐实属被迫之举,其情形与历史上屈原的二次放逐颇具相似性。相似的人生经历,共同的理想追求,或为《楚辞》意境频现于谢诗之深层情感因素。唯一不同之处在于,屈原徘徊求索于光怪陆离的虚幻世界,而灵运却独自面对幽美冷清的自然山水。

涵咏诗篇,我们发现谢灵运把这自然山水写得越美丽,越精雕细琢,他的心境就越凄凉,他的人生失意也就更无处安放。虽然他也曾多次歌咏过隐居生活,但那是在功成名就之后的愉悦选择,而非此刻被迫式的遨游山水。"结念属霄汉,孤景莫与谖""妙物莫为赏,芳醑谁与伐",这也许就是谢灵运式的哀伤吧。而这一切又是他周围的那些真隐士所难以理解的,故唯有寄希望于"智者"来倾诉怀抱。蒋寅先生认为:"当山水这意味着精神自由的空间填满了他生命的时间时,他失意的人生就得到了意义的装饰和价值的提升。"①仔细品读，洵为的论。故《石门新营所住四面高山回溪石濑茂林修竹》《石门岩上宿诗》二诗中的"美人"，虽然未必实指逼其归隐的宋文帝刘义隆，但作为诗人特定心绪下精心运用的文学意象，尤其是置于浓郁的《楚辞》意境中，我们将其视为诗人理想中的"明君"形象，无疑要准确得多。

钟嵘《诗品》称谢灵运"源出于陈思"，而曹植正是汉魏时期将"美人"意象的经典性意义运用得最为娴熟的大诗人。从某种意义上说，正是由于政治仕途上的失意，无形中拉近了谢灵运与曹植之间的心理距离。看似酷不入情式的模山范水，实则不过是另一种"不平则鸣"罢了。而谢诗中的"美人"意象，正是对自《楚辞》以来托"美人"以喻其君的文学传统的自觉回归。"美人"意象在历经两晋时期的式微之后，再次回归其经典性意义上来，并且还出现在当时第一流诗人的诗歌作品之中。它意味着优秀文学传统的传承，这种影响力远非那些末流诗人所可比拟。

在中国文学史上，托"美人"以喻其君不仅自有其文学传统，而且具备存在的经典性意义。从战国时代的屈原，到后来的张衡、曹植、阮籍，再到谢灵运，当他们因身处乱世而壮志难酬或政治仕途坎坷失意之时，"美人"的经典性意义往往就会在文学作品中出现。这些大诗人及其诗歌作品不仅构成了文学史上的显著坐标，亦传承着各种优秀的文学传统。特别是谢灵运，在两晋诗坛"美人"的经典性意象趋于式微之后，能自觉回归此文学传统中去。正因如此，谢灵运诗歌才能成为文学传统的一部分，并时刻分享着既往经典所赋予的荣光，进而获取经典的意蕴。《宋书·谢灵运传论》称其"方轨前秀，垂范后昆"，正是着眼于其对文学传统的传承，应该是最公正合理的评价。英国文学评论家托马斯·艾略特认为，人们在称赞某个诗人的时候多立足于其异于前人之处，但是"如果我们不抱这种偏见来研究一个诗人，我们将往往可以发现，在他的作品中，不仅其最优秀的部分，而且其最独特的地方，都可能是已故的诗人、他的先辈们所强烈显示出其永存不朽的部分"②。可惜这一研究思路在谢灵运诗歌的研究史上，表现得并不很明显。我们习惯于探究谢灵运为诗歌史贡献了哪些新的元素，而往往忽略其对既往文学传统的传承。殊不知经典作家作品的诞生，在很大程度上要取决于文学传统与个人才能之间的完美平衡。

---

① 蒋寅：《超越之场：山水对于谢灵运的意义》，载《文学评论》，2010年第2期。
② 〔英〕托马斯·艾略特：《传统与个人才能》，转引自伍蠡甫、胡经之：《西方文艺理论名著选编》下卷，北京：北京大学出版社，1987年版，第40页。

第二节 被遮蔽的新声:论谢灵运诗歌中的经典性因素(二)
——以"池塘生春草"生成语境的诗歌史考察为中心

谢灵运之前并不是没有描写山水的诗作,只是没有诗人像他那样倾心于自然山水,也很少有人在山光水色中倾注如此沉重的感情。因此,称谢灵运是南朝山水诗的不祧之宗,谅非过誉之辞。从谢灵运现存的百余首诗歌看,有大量写景状物的名句。钟嵘《诗品》称其"名章迥句,处处间起"①,可谓知言。然若就此类名句对后世文学之影响而言,应该无有出"池塘生春草"(《登池上楼》)之右者。后世服膺灵运此句者,尚不乏李白、苏轼等诗坛俊杰。故金代元好问《论诗绝句》云:"池塘春草谢家春,万古千秋五字新。"②正因如此,后人对此佳句的赏析评论亦是络绎不绝。关于历代对此诗"何以为佳"的各种说法,李壮鹰先生《论"池塘生春草"》一文,曾分四种情况予以详论,兹无需赘言。③事实上,本节所要关注的问题并不在此,而是从经典建构的角度来谈此诗句的生成语境,并对其蕴含的经典性因素予以探讨。具体而言,本节主要涉及三个问题:(一)钟嵘《诗品》为何将本属谢灵运的轶事置于谢惠连条目之下?(二)"池塘生春草"最有可能的生成语境是什么?(三)南朝诗风代有新变,为何"池塘生春草"能成为经典名句?盖此类问题与谢灵运诗歌在南朝时期的经典化颇具关联,且是解释这一现象的重要突破口。

一、《诗品》引谢灵运"梦惠连"说新论

时至今日,我们自然不能再相信诗人梦惠连而得此佳句的神奇故事,但这并不代表此佳句的生成语境与谢惠连无关。事实上,正是这个荒诞不经的梦,启迪我们重新探讨"池塘生春草"的生成语境。理清"池塘生春草"的生成语境,勾勒士大夫群体介入晋宋新声的早期形态,对于中古五言诗的经典化研究,无疑具有重要的学术价值。

谢灵运梦族弟谢惠连而得"池塘生春草"佳句的故事,最早见于《谢氏家录》。后来钟嵘《诗品》"宋法曹参军谢惠连诗"条对此有所征引。按《谢

---

① 曹旭:《诗品集注》,上海:上海古籍出版社,2011年版,第201页。
② (金)元好问:《元好问全集》,姚奠中主编,太原:山西古籍出版社,2004年版,第339页。
③ 李壮鹰:《论"池塘生春草"》,载《文艺研究》,2003年第6期。

氏家录》这本书，《隋书·经籍志》《旧唐书·经籍志》《新唐书·艺文志》等目录文献皆不见著录，可知其亡佚已久。然既云"家录"，或当出自某位陈郡谢氏子弟之手。《诗品》所引《谢氏家录》云：

> 康乐每对惠连，辄得佳语。后在永嘉西堂，思诗竟日不就，寤寐间，忽见惠连，即成"池塘生春草"。故常云："此语有神助，非吾语也。"①

又李延寿《南史·谢惠连传》亦云：

> 惠连年十岁，能属文，族兄灵运嘉赏之云："每有篇章，对惠连辄得佳语。"尝于永嘉西堂思诗，竟日不就，忽梦见惠连，即得"池塘生春草"，大以为工。尝云："此语有神功，非吾语也。"②

李延寿所撰《南史》较为晚出，且好采杂史、小说家言，故论者多以为此书所载之事或本自《诗品》。③ 当今学术界普遍认为，《谢氏家录》所载谢灵运"梦惠连"一事实属无稽之谈。盖灵运当时于永嘉太守任上作《登池上楼》诗时，与惠连尚无交往之可能。④ 此类考证皆翔实可信，本文亦无异说。不过，我们所关注的问题是：钟嵘《诗品》在"宋法曹参军谢惠连诗"条引此故事的意图何在？是否真如某些论者所云，仅为点缀炫奇而已？

谢灵运《山居赋》云："国史以载前纪，家传以申世模。"⑤作为家传的《谢氏家录》最早载此轶事，本意似在强调谢灵运对"池塘生春草"意境高远、如有神助的惊喜，或借此夸耀谢氏子弟杰出的文学才华。从任一角度而言，谢灵运都是此故事的中心人物。但有意思的是，钟嵘将本属谢灵运的故事置于谢惠连条目之下。此举乍看似与《诗品》惯用的故事征引体例

---

① 曹旭：《诗品集注》，上海：上海古籍出版社，2011年版，第372页。
② （唐）李延寿：《南史》，北京：中华书局，1975年版，第537页。
③ 曹道衡、沈玉成：《中古文学史料丛考》卷三"谢灵运与谢惠连"条，北京：中华书局，2003年版，第265~266页。又曹旭：《诗品集注》"宋法曹参军谢惠连诗"条，上海：上海古籍出版社，2011年版，第377页。
④ 按持此说者极多，如上引曹道衡、沈玉成、曹旭等先生即从此说。此外，丁福林先生《东晋南朝的谢氏文学集团》一书亦从此说。参见丁福林是书第四章《谢氏文学集团的中坚——谢灵运》，哈尔滨：黑龙江教育出版社，1998年版，第110页。李雁先生虽认为二谢结识可能早在义熙十一年（415年）前后，即惠连父方明为刘道怜长史、灵运为刘道怜记室参军的时候，但同样认为"梦得"说不可信。参见李雁：《谢灵运研究》，北京：人民文学出版社，2005年版，第58页。
⑤ 顾绍柏：《谢灵运集校注》，郑州：中州古籍出版社，1987年版，第333页。

不符,如"宋临川太守谢灵运"条引其被送养于钱塘杜明师家的事、"齐光禄江淹"条引郭璞梦中索彩笔的事等,皆为钟嵘对所品评诗人背景信息的正面补充。如此张冠李戴之法,实则出于钟嵘苦心孤诣的安排。

钟嵘《诗品》"宋法曹参军谢惠连诗"条云:

> 小谢才思富捷,恨其兰玉夙凋,故长辔未骋。《秋怀》《捣衣》之作,虽复灵运锐思,亦何以加焉。// 又工为绮丽歌谣,风人第一。《谢氏家录》云……①

谢惠连十岁即能属文,《秋怀》《捣衣》二诗皆托意高妙、一往清绮。因此就算是大诗人谢灵运的精心构思之作,恐怕亦不能过之。钟嵘《诗品序》更是盛称其《捣衣》诗为"五言之警策"。由此可见,《秋怀》《捣衣》二诗皆为惠连才思富捷之有力证据。此外,惠连还善写"绮丽歌谣",且成就特高,影响甚广,故钟嵘有"风人第一"之品评。何为"风人"? 王运熙先生认为,原为《诗经·国风》作者,这里借指写民歌体诗篇的诗人。② 曹旭先生则认为,"风人"是当时流行的民歌体裁,人多爱作,其本风俗之言,如《子夜歌》《读曲歌》等皆是。故此句谓惠连善于写绮丽的乐府诗,风人诗体,得风气之先,成就在当时亦首屈一指。③ 可见"风人"无论是指诗人还是诗体,皆与当时盛行的民间歌谣有关。《诗品》"宋监典事区惠恭"条云:

> 惠恭本胡人……时谢惠连兼记室参军,惠恭时往共安陵嘲调,末作《双枕诗》以示谢。谢曰:"君诚能,恐人未重,且可以为谢法曹造,遗大将军。"见之赏叹,以锦二端赐谢。谢辞曰:"此诗公作长所制,请以锦赐之。"④

据此可知,谢惠连在刘宋时期颇具诗名,且尤善于《双枕诗》一类诗歌的写作。故当惠恭作成《双枕诗》后首先呈送给惠连,一则示以同好,二则以期揄扬。谢惠连出于惜才之意,甘愿为此志同道合之小吏向彭城王刘义康邀取声名赏赐。惠恭《双枕诗》虽已亡佚,然"双枕"既为房中之物,且寓夫妇

---

① 曹旭:《诗品集注》,上海:上海古籍出版社,2011年版,第372页。
② 王运熙:《谢惠连体与〈西洲曲〉》,收入《乐府诗述论》,上海:上海古籍出版社,2006年版,第506页。
③ 曹旭:《诗品集注》,上海:上海古籍出版社,2011年版,第376页。
④ 曹旭:《诗品集注》,上海:上海古籍出版社,2011年版,第552~553页。

团圆相思之意,则其内容似不难推测。作为一种诗歌意象,"双枕"最早即出自晋宋新声之中。① 如《子夜四时歌》云:"春别犹春恋,夏还情更久。罗帐为谁褰,双枕何时有?"② 惠恭《双枕诗》或即脱胎于此。盖此类吴歌西曲,为江南水乡所特有之民间歌谣。惠恭本为北方胡人,辗转流离之际,忽偶遇此等文辞艳丽、情感浓烈之歌谣,自当心旷神怡,欣喜之余不免有所拟作。而惠连恰好是世人公认的善于创作此类诗歌的诗人,故惠恭作诗以示之。由此可知,钟嵘称惠连"风人第一",并非过誉之辞。又《南史·谢惠连传》云:"元嘉七年,方为司徒彭城王义康法曹行参军……灵运见其新文,每曰:'张华重生,不能易也。'"③ 谢灵运品评谢惠连"新文"的时间在元嘉七年(430 年),此年月与后者向刘义康呈送惠恭《双枕诗》正好相近,而西晋张华诗文恰又以"儿女情多,风云气少"著称。故谢灵运所叹"新文",或亦为惠连效仿民间歌谣而成。

谢惠连在当时既享有此等盛名,则其"绮丽歌谣"类诗歌数量必不在少数。《隋书·经籍志》著录《谢惠连集》有六卷,而宋代陈振孙《直斋书录解题》云:"《谢惠连集》一卷,宋司徒参军谢惠连撰。本集五卷,今惟诗二十四首。"④ 据此,则惠连诗歌在振孙之世已亡佚殆尽,仅存二十四首。梁简文帝萧纲有《戏作谢惠连体十三韵诗》云:

  杂蕊映南庭,庭中光景媚。可怜枝上花,早得春风意。春风复有情,拂幔且开楹。盈盈开碧烟,拂幔复垂莲。偏使红花散,飘扬落眼前。眼前多无况,参差郁相望。珠绳翡翠帷,绮幕芙蓉帐。香烟出窗里,落日斜阶上。日影去迟迟,节华咸在兹。桃花红若点,柳叶乱如丝。丝条转暮光,影落暮阴长。春燕双双舞,春心处处扬。酒满心聊足,萱枝愁不忘。⑤

清代陈祚明评萧纲此诗云:"未见惠连有此体,其诗应不传。要是《西洲曲》

---

① 由于宋人郭茂倩在《乐府诗集》中对"清商曲辞"概念的矛盾表述,后人对此内涵所指争论不休,可参见曾智安:《清商曲辞研究》第一章"'清商'内涵的历史衍变",北京:北京大学出版社,2009 年版,第 9~64 页。为避免陷入对"清商曲辞"概念的烦琐辨析,本文将此时期以吴歌西曲为代表的民间歌谣统称为"晋宋新声",这也是学术界的常见表述。
② 逯钦立:《先秦汉魏晋南北朝诗》,北京:中华书局,1983 年版,第 1044 页。
③ (唐)李延寿:《南史》,北京:中华书局,1975 年版,第 537 页。
④ (宋)陈振孙:《直斋书录解题》,上海:上海古籍出版社,1987 年版,第 556 页。
⑤ 逯钦立:《先秦汉魏晋南北朝诗》,北京:中华书局,1983 年版,第 1942 页。

之余音,以萦䌁见致。"①陈氏所论,颇能得之。王运熙先生又据此诗与江淹《杂拟三十首》之《谢法曹赠别》进一步推论,"所谓谢惠连体的特色,当即指运用顶针修辞格而言……从谢惠连喜欢运用顶针辞格,也可以看出他的一部分诗篇与民间歌谣存在着密切的联系"②。可惜惠连诗歌文献散佚过甚,今日已很难窥见这种密切联系的踪影。然当时人既云"谢惠连体",则惠连此种风格的诗歌在当时必十分流行,故钟嵘得以称其"又工为绮丽歌谣,风人第一"。

另据曹旭先生《诗品集注》所附校勘记,"又"字在《诗品》传世的各种版本中并无异文。此处用一"又"字,足以表明在钟嵘看来,此类"绮丽歌谣"与前文所标举的《秋怀》《捣衣》等"才思富捷"类诗歌,在体式风貌方面差异较大,但二者并行不悖,共同构成当时谢惠连诗歌作品的主体。倘若就此意义而论,则惠连此类诗歌创作实为其后鲍、休美文先驱。

然"风人第一"之论诚可谓高矣,尤其是对一位仅置身中品的诗人而言更是如此,钟嵘还需为此品评找到足以令人信服的证据。于是在"风人第一"之后,他旋即征引《谢氏家录》中谢灵运梦惠连而得佳句一事予以说明。钟嵘此举旨在强调此故事与谢惠连"绮丽歌谣"之间的某种内在关联,从而为其"风人第一"的论断提供佐证。换句话说,谢灵运"池塘生春草"在这里已成为钟嵘品评谢惠连绮丽歌谣的重要证据。他正是要借此名句将读者带入某种诗歌史语境,进而增强自身的叙事力量和辩驳效果。但这种语境带入的合理性,由于后来惠连绮丽歌谣亡佚殆尽,已渐为后世读者所遗忘。正因如此,"池塘生春草"—绮丽歌谣—谢惠连三者之间的逻辑关联在客观上遭到破坏。但这种关联性,倘若我们通过对谢灵运"池塘生春草"生成语境的溯源考察,依然能够见其端倪。

二、"池塘生春草"与晋宋新声

萧统《文选》卷二二"游览"类收录谢灵运《登池上楼》一诗。在唐代李善注与五臣注中,都曾将"池塘生春草,园柳变鸣禽。祁祁伤豳歌,萋萋感楚吟"四句作为一个整体进行注释,如五臣注云:"善注同。良曰:塘,堤也。鸣禽,莺也。铣曰:《诗·豳风》云'春日迟迟,采蘩祁祁';《楚辞》曰'王孙游

---

① (清)陈祚明:《采菽堂古诗选》,上海:上海古籍出版社,2008年版,第708页。
② 王运熙:《谢惠连体与〈西洲曲〉》,收入《乐府诗述论》,上海:上海古籍出版社,2006年版,第506~507页。

兮不归,春草生兮萋萋'。"①这很可能是由于"生春草"与"萋萋"同出自淮南小山《招隐士》"春草生兮萋萋"的缘故,文本之间的关联性使其难以被分开注释。时至今日,仍然有学者相信此句系化用《楚辞》典故而来。② 从字面上看确有此可能,特别是下文"萋萋感楚吟",更增强了这种用典的可信度。但中古诗文化用《楚辞·招隐士》"王孙游兮不归,春草生兮萋萋"者代不乏人。如陆机《悲哉行》云:"萋萋春草生,王孙游有情。"③又东晋孙绰《游天台山赋》云:"藉萋萋之纤草,荫落落之长松。"④又灵运《石门新营所住四面高山回溪石濑修竹茂林》诗云:"裊裊秋风过,萋萋春草繁。"⑤可见包括谢灵运在内的诸多中古文人,对《招隐士》中的这个名句皆十分熟悉。但问题在于,如果"池塘生春草"真是化用典故而来,那么诗人面对《楚辞》中人人习见之陈句,还有什么值得惊喜与炫耀呢?

我们认为"池塘生春草"并非化用《楚辞》典故,更非出自梦中。它最有可能的生成语境就是以吴歌西曲为代表的晋宋新声。它与谢惠连绮丽歌谣之间具有共同的艺术源泉,这是钟嵘得以用此名句佐证后为为"风人第一"的根本原因。晋宋新声中,吴歌的兴起时代要早于西曲。吴歌至晚在东晋中叶已受到文人士大夫的喜爱,模拟创制之风日盛,如谢尚《大道曲》、孙绰《碧玉歌》、王献之《桃叶歌》等。《世说新语·言语》记载云:"桓玄问羊孚:'何以共重吴声?'羊曰:'当以其妖而浮。'"⑥所谓"妖而浮",意为艳丽又轻佻。这正是吴歌的主要风格,西曲亦与之相近。此种风气愈演愈烈,《南齐书·萧惠基传》云:"自宋大明以来,声伎所尚,多郑卫淫俗,雅乐正声,鲜有好者。"⑦杨生枝先生认为,此处"所谓郑卫淫俗,指的就是南方民间的吴声、西曲"⑧。那么作为此时期第一流诗人的谢灵运,有没有受其影响呢?答案自然是肯定的。谢灵运《行田登海口盘屿山》诗云:

依稀采菱歌,仿佛含矉客。

---

① (梁)萧统:《文选》,(唐)六臣注,北京:中华书局,2012年版,第408页。
② 董龙光:《谢灵运"池塘生春草"新解》,载《兰州教育学院学报》,2018年第9期;陈兴焱:《"池塘生春草"并非"神助"辨》,载《河南教育学院学报》,2008年第4期。
③ 顾绍柏:《谢灵运集校注》,郑州:中州古籍出版社,1987年版,第236页。
④ (梁)萧统:《文选》,(唐)李善注,上海:上海古籍出版社,1986年版,第497页。
⑤ 顾绍柏:《谢灵运集校注》,郑州:中州古籍出版社,1987年版,第207页。
⑥ 余嘉锡:《世说新语笺疏》,北京:中华书局,1983年版,第157页。
⑦ (梁)萧子显:《南齐书》,北京:中华书局,1972年版,第811页。
⑧ 杨生枝:《乐府诗史》,西宁:青海人民出版社,1985年版,第225页。

谢灵运《道路忆山中》诗云：

> 采菱调易急，江南歌不缓。

周勋初先生又曾据灵运《山居赋》"卷《敀弦》之逸曲，感《江南》之哀叹"及自注"《敀弦》是《采菱歌》，《江南》是《相和曲》"等内容判断，"他对当时的江南民歌也曾加以注意"①。

晋宋新声中清浅秀丽的风格、遇景得情的表现手法，确实曾对谢灵运诗歌产生过影响。这种影响从其现存诗歌作品看，可分为两种模式，一种是显性的，即如东晋士人一样，谢灵运在诗歌创作中也曾直接模仿过晋宋新声的体制形式。其《东阳溪中赠答二首》云：

> 可怜谁家妇？缘流洒素足。明月在云间，迢迢不可得。
> 可怜谁家郎？缘流乘素舸。但问情若为，月就云中堕。②

余冠英先生根据诗中的赠答模式推断，"这两首诗自是模仿当时江南的民歌，在谢集中很显得别致"③。坦率质朴的语言、五言四句的体式、真挚奔放的情感，一反大谢诗富艳精工的风格，在其诗集中确实显得别具一格。另一种影响则是隐性的，即诗人从晋宋新声中汲取养分，提升自己对山水景物描摹的技巧。明代谢榛《四溟诗话》云："谢灵运'池塘生春草'造语天然，清景可画，有声有色，乃是六朝家数，与夫'青青河畔草'不同。"④《青青河畔草》是《古诗十九首》中的名篇，马茂元先生认为："这些未被采录的诗歌，无疑地单独在社会上流行；再加上一部分原已入乐而失去了标题、脱离了音乐的歌词，后人无以名之，只得泛称之为'古诗'。古诗和乐府除了在音乐意义上有所区别而外，实际是二而一的东西。"⑤余冠英先生亦认为："《古诗》大多数是文人模仿乐府民歌而作，其中有许多是入乐的歌辞。"⑥虽然"池塘生春草"与"青青河畔草"从字面上看较为相似，但二者的生成语境实有本质上的不同。谢榛之所以能意识到这种不同，是因为前者体现出

---

① 周勋初：《论谢灵运山水文学的创作经验》，载《文学遗产》，1989年第5期。
② 顾绍柏：《谢灵运集校注》，郑州：中州古籍出版社，1987年版，第102页。
③ 余冠英：《吴声歌曲里的男女赠答》，收入《汉魏六朝诗论丛》，北京：商务印书馆，2010年版，第48页。
④ （明）谢榛：《四溟诗话》，北京：人民文学出版社，1961年版，第46页。
⑤ 马茂元：《古诗十九首初探·前言》，西安：陕西人民出版社，1981年版，第2页。
⑥ 余冠英：《汉魏六朝诗选·前言》，北京：中华书局，2012年版，第10页。

鲜明的"六朝家数",而后者的音乐背景却是汉乐府民歌。受此启发,我们对此处"六朝家数"的理解似乎也应回到当时的民间歌谣中去。

晋宋之际,流传下来的汉魏旧曲虽仍时有模拟传唱之举,但已很难再满足士人群体的娱乐需求。从庙堂之上到市井之中,当时流行的主要是以吴歌西曲为代表的民间新声。明代胡应麟《诗薮·内编》云:"若《子夜》《前溪》《欢闻》《团扇》等作,虽语极淫靡,而调refer古质。至其用意之工,传情之婉,有唐人竭精殚力不能追步者。"①萧涤非先生亦曾对此期流行的《吴声歌》《神弦曲》《西曲歌》有所详述,并引"遇景得情,任意落笔"(明代曹安《谰言长语》卷二)八字为此类歌谣作一总结。② 就笔者反复阅读今存晋宋新声的文本感受而言,此八字确为不刊之论。盖此类民间歌谣多为五言四句,真情婉转,自然传神。特别是《子夜四时歌》,结构层次最为明显,多是前两句写景、后两句抒情,情景交融,相映成趣。其写景艺术水准之高,绝不在谢灵运之下。兹举数例如下:

> 绿荑带长路,丹椒重紫茎。(《春歌》)③
> 青荷盖绿水,芙蓉葩红鲜。(《夏歌》)
> 金风扇素节,玉露凝成霜。(《秋歌》)
> 朔风洒霰雨,绿池莲水结。(《冬歌》)

现在,让我们带着"六朝家数"的直观印象,回过头来重新审视谢灵运"池塘生春草"的生成语境。宋代叶梦得《石林诗话》云:

> 世多不解此语为工,盖欲以奇求之耳。此语之工,正在无所用意,猝然与景相遇,借以成章,不假绳削,故非常情所能到。诗家妙处,当须以此为根本,而思苦言难者,往往不悟。④

关于谢灵运此句之妙处,叶氏所言诚能得之。观此间意象,唯有池塘、春草,皆为人人习见之物象,故其意蕴实由"生"字而来。盖"生"为自生,非人力之所迫,赖造化之神功。涵咏再三,则与东晋郭璞"林无静树,川无停

---

① (明)胡应麟:《诗薮》,上海:上海古籍出版社,1979年版,第106页。
② 萧涤非:《汉魏六朝乐府文学史》,北京:人民文学出版社,2011年版,第201页。
③ 逯钦立:《先秦汉魏晋南北朝诗》,北京:中华书局,1983年版,第1043页。按本节所引南朝清商曲辞较多,皆出自逯钦立先生此书,为避免行文烦琐,下文不再出注。
④ (清)何文焕:《历代诗话》,北京:中华书局,2004年版,第426页。

流"(《幽思诗》残句)有异曲同工之妙,读后令人神超形越。寻常物象中蕴含的勃勃生机,对久病初愈的诗人来说何其可贵,"这春草正好传导出观赏者心中的一种难以言喻的对生命的惊喜"①。此佳句之所成,皆为灵运天才之功,自不待言。然倘若仅就意象组合及与"生"字缀而成章的情况看,则此种句式在当时吴歌西曲中亦多有所见。兹就笔者目力所及,举与灵运此句意近者如下:

表 8　谢灵运"池塘生春草"与晋宋新声文本对照表

谢灵运诗	晋宋新声
池塘生春草	春园花就黄,阳池水方绿。(《子夜四时歌·春歌》)
	黄蘖向春生,苦心随日长。(《子夜四时歌·春歌》)
	不复出场戏,蹋场生青草。(《江陵乐》)
	阳春二三月,草与水同色。(《孟珠》)
	暂出后湖看,蒲菰如许长。(《孟珠》)
	紫草生湖边,误落芙蓉里。(《读曲歌》)

据上表可知,"水边""生""草"等词汇在晋宋新声中并不少见。只是相比较而言,后者的文本略显笼统粗糙。不过民间歌谣本就重在抒情,吴歌西曲更是如此,写景状物非其命意所在,故其上下句对仗、整体意境营造等方面未能如谢灵运诗歌那般浑然天成。然灵运诗意,后者实已尽说之。如果我们整合"阳池水方绿""蹋场生青草""紫草生湖边"等句,则其意正复与灵运"池塘生春草"句接近。不仅如此,"园柳变鸣禽"句亦可作如是观:

表 9　谢灵运"园柳变鸣禽"与晋宋新声文本对照表

谢灵运诗	晋宋新声
园柳变鸣禽	山林多奇采,阳鸟吐清音。(《子夜四时歌·春歌》)
	杜鹃竹里鸣,梅花落满道。(《子夜四时歌·春歌》)
	林鹊改初调,林中夏蝉鸣。(《子夜四时歌·夏歌》)
	三月寒暖适,杨柳可藏雀。(《上声歌》)
	仰头看春花,杜鹃纬林啼。(《月节折杨柳歌》)
	折杨柳,百鸟园林啼。(《读曲歌》)

---

① 罗宗强:《魏晋南北朝文学思想史》,北京:中华书局,2006 年版,第 144 页。

这里的"杜鹃竹里鸣""林中夏蝉鸣""杨柳可藏雀""百鸟园林啼"等句不正是谢灵运诗"园柳变鸣禽"的另一种表达方式吗？据此可见，谢灵运不仅从晋宋新声中汲取景物描摹的技巧，还从中获得意境营造的养分。关于乐府民歌与作家作品的关系，周扬先生在《新民歌开拓了诗歌的新道路》一文中说过："民歌是文学的源头，它象深山的泉水一样无穷无尽地流着，赋予各个时代的诗歌以新的生命，哺育了历代杰出的诗人。"①我们对谢灵运"池塘生春草"生成语境的探讨，正可为此观点作一生动注脚。从晋宋新声的文本语境中孕育而生的名句"池塘生春草"自然独具魅力，这种魅力带给诗人一种从未有过的审美体验。元代王若虚《滹南诗话》引宋人张九成语云："灵运平日好雕琢，此句得之自然，故以为奇。"②可见这种审美体验是对一种特殊风格的因袭，绝非巧妙用典、炼字炼句所能给予，难怪诗人自己也要惊叹此语如有神助！

三、"池塘生春草"与晋宋诗歌史的演进

当代学者在论及晋宋之际诗歌史演进时，往往都会引用清代沈德潜"诗至于宋，性情渐隐，声色大开，诗运一转关也"③这一经典论断。虽然学术界对"性情如何隐""声色何以开"等问题的探讨仍存有分歧，但视晋诗、宋诗为中古诗歌史发展的两个不同阶段则已成为共识。明代徐祯卿《谈艺录》云："降自桓灵废而礼乐崩，晋宋王而新声作，古风沉滞，盖已甚焉。"④清代王士祯《带经堂诗话》亦云："降及江左，古意寖微，而清商继作；于是楚调、吴声、西曲、南弄，杂然兴焉。"⑤很显然，汉魏诗歌传统的式微与晋宋新声的兴起有很大关系。钱志熙先生在论晋宋诗歌因革时说："齐梁诗歌艺术系统从其音乐基础和民间母体来考察，其渊源正应追溯到晋宋新声，晋宋之际则是这个系统由民间转入文人手中的关键时期。"⑥这个判断非常准确，可以说晋宋新声的兴起并被引入文人诗创作，既是此期诗运转关的外在表现，也是推动晋宋诗歌史发展的内在力量。至于晋宋之际这个系统

---

① 周扬：《新民歌开拓了诗歌的新道路》，载《红旗》，1958年第1期。
② （元）王若虚：《滹南诗话》，北京：人民文学出版社，1962年版，第53页。
③ （清）沈德潜：《说诗晬语》，北京：人民文学出版社，1979年版，第203页。
④ （清）何文焕辑：《历代诗话》，北京：中华书局，1981年版，第771页。
⑤ （清）王士祯：《带经堂诗话》，北京：人民文学出版社，1963年版，第27页。
⑥ 钱志熙：《魏晋诗歌艺术原论》，北京：北京大学出版社，2005年版，第375页。

如何由民间转入文人手中,以愚管见似鲜有详论者。① 我们认为谢灵运通过借鉴晋宋新声而写出名句"池塘生春草",是这个系统由民间转入文人手中的重要标志。而此前东晋士人对吴歌西曲的模拟创作,尚停留在体制形式层面,对诗歌史影响甚微。兹分两个阶段论之:

(一)东晋士人对吴歌的模拟

东晋社会流行的民间新声以吴歌为主,文人士大夫对其学习模拟亦不绝于世。比较有名的作品如沈充《前溪歌》、谢尚《大道曲》、孙绰《碧玉歌》、王献之《桃叶歌》、王廙《长史变歌》等。此类诗题虽为文人自创,然观其五言四句之形式,吟咏内容之格调,则无疑皆本于吴歌。东晋士人对吴歌体制形式的喜爱与模拟,原因约略有三:

一是吴歌内容俚俗淫艳,可供戏谑。吴歌主要内容是抒写市井男女情爱,在这些情歌中往往藏有色情描写,透露出不健康的生活气息。这些内容刚好能满足少数士人的猎艳心理,可供其戏谑玩乐。如据王运熙先生考证,《情人碧玉歌》本为"性统率,好讥调"的孙绰代晋汝南王司马义为其爱妾碧玉所作。② 然孙绰在诗中却竭力模拟女子口气,所言"感郎""羞郎""抱郎"等闺中狎昵情事如同亲见,戏谑之意显而易见。故钱志熙先生认为,"现存东晋名士谢尚、王献之、王珉及献之情人桃叶、王珉嫂婢谢芳姿等人的诗,所作吴声相昵好,其风格正属于咏谑之流"③。

二是吴歌声调婉转绮丽,可助清谈。《大子夜歌》云:"歌谣数百种,子夜最可怜。慷慨吐清音,明转出天然。"这是吴歌对自身声调的形象描述,而此类歌谣的吟咏声调与东晋清谈的审美风尚颇为接近。这一点学术界已有较为深入的论述,如蔡彦峰先生认为,东晋文人学习吴歌的风气由谢尚、孙绰等清谈士人开启绝非巧合,"更为关键的是吴声歌婉转绮丽,与东晋清谈影响下讲究声音、辞藻之美的风尚相契合,这是吴声歌流行于上层士人的重要原因"④。

三是吴歌情感奔放浓烈,可资娱情。东晋玄言诗有个重要特点,即作者借助于吟咏方式祛除情累,进而体悟玄妙。如许询《农里诗》云:"亹亹玄

---

① 近年来,有一些论文已涉及此问题,但往往论之过简,且均忽略了谢灵运、谢惠连这个环节。可参阅张广村、徐传武:《刘宋文人对吴歌、西曲的接受与宫体诗产生》,载《求索》,2011年第12期;吴大顺:《吴歌西曲的传播与南朝诗风嬗变》,载《中国文学研究》,2016年第4期。

② 王运熙:《吴歌西曲杂考》收入《乐府诗述论》,上海:上海古籍出版社,2006年版,第72页。

③ 钱志熙:《中国诗歌通史·魏晋南北朝卷》,北京:人民文学出版社,2012年版,第281页。

④ 蔡彦峰:《东晋清谈与吴声歌的流行及其诗史意义》,载《文学遗产》,2016年第2期。

思得,濯濯情累除。"①孙绰《答许询诗》云:"理苟皆是,何累于情。"②王玄之《兰亭诗》云:"消散肆情志,酣畅豁滞忧。"③玄言诗在本质上与"情"是隔阂的,尤其是世俗情感更不宜渗入其中。然而东晋士人偏偏又是多情的一代,《世说新语·言语》云:"谢太傅语王右军曰:'中年伤于哀乐,与亲友别,辄作数日恶。'王曰:'年在桑榆,自然至此,正赖丝竹陶写。'"④所谓"丝竹陶写",考虑到永嘉之乱后汉魏乐府曲调零落较多、东晋文人拟乐府之作甚少等事实,恐怕指的正是渐趋流行的吴歌一类音乐。又谢尚"着紫罗襦,据胡床,在市中佛国门楼上弹琵琶,作《大道曲》"⑤。此举不全是名士风度的体现,更为重要的原因是,"车马不相识,音落黄埃中"这样的哀思情调绝不会出现在玄言诗中,故此种情感唯有通过模拟民间新声的形式予以传达。

赵敏俐先生认为,此时期"民间歌诗的消费领域还很有限,也没有对文人的歌诗创作产生实质性的影响"⑥。证之东晋一朝史实,我们认为此说较为可信。东晋士人对吴歌的模拟确实还只停留在体制形式的阶段。亦步亦趋的背后,其实是唯恐不肖的心理焦虑。在满足戏谑、清谈、娱情等需求后,未能更进一步将吴歌情景交融、新鲜活泼等风尚融入玄言诗创作。玄言诗与这些新声拟作在雅俗观念之间仍各行其道,如此自然无法推动晋宋诗歌向前发展。但东晋士人对吴歌新声的喜爱与拟作,使得这些市井歌谣得以登上大雅之堂,获得更大的生存空间。这在客观上又成为晋宋诗歌史演进的新起点。

(二)谢灵运对晋宋新声描摹技巧的借鉴

王瑶先生在为余冠英《汉魏六朝诗论丛》所撰写的"前记"中说过,"文人开始向一种民间诗体拟作或学习的时候,他的作品立刻就会从民间文学中吸收到多量的健全的血液,使他的作品显得异常光辉生色"⑦。谢灵运山水诗在当时独具特色,其原因离不开对吴歌西曲的学习借鉴。除上文所论《东阳溪中赠答二首》、"池塘生春草,园柳变鸣禽"明显受吴歌西曲影响外,我们还能再举一例来说明。比如,谢灵运山水诗名句中喜欢使用"媚"

---

① 逯钦立:《先秦汉魏晋南北朝诗》,北京:中华书局,1983年版,第894页。
② 逯钦立:《先秦汉魏晋南北朝诗》,北京:中华书局,1983年版,第900页。
③ 逯钦立:《先秦汉魏晋南北朝诗》,北京:中华书局,1983年版,第911页。
④ 余嘉锡:《世说新语笺疏》,北京:中华书局,2007年版,第121页。
⑤ (宋)郭茂倩:《乐府诗集》,北京:中华书局,1979年版,第1061页。
⑥ 赵敏俐:《中国古代歌诗研究》,北京:北京大学出版社,2005年版,第299页。
⑦ 余冠英:《汉魏六朝诗论丛》,北京:商务印书馆,2010年版,第5页。

字,传世名句如:

> 潜虬媚幽姿,飞鸿响远音。(《登池上楼》)
> 乱流趋正绝,孤屿媚中川。(《登江中孤屿》)
> 白云抱幽石,绿筱媚清涟。(《过始宁墅》)
> 江山共开旷,云日相照媚。(《初往新安至桐庐口诗》)

按"媚"字见于诗歌吟咏可谓由来已久,如东汉蔡邕《饮马长城窟》云:"入门各自媚,谁肯相为言。"①但此类诗句皆取其本义,"媚"的对象多为人或神,未见特殊修辞手法。"媚"在后世文人诗中的拟人化用法,最早应见于上引谢灵运诸诗。不过"媚"的这种用法虽未见于早期文人诗,却在晋宋新声《子夜四时歌》中多有所见。如:

> 妖冶颜荡骀,景色复多媚。(《春歌》)
> 鲜云媚朱景,芳风散林花。(《春歌》)
> 春林花多媚,春鸟意多哀。(《春歌》)
> 握腕同游戏,庭含媚素归。(《秋歌》)

谢灵运诗歌中"媚"字的使用方式,无论是作为动词连接两个名词,还是作为形容词置于句尾,在《子夜四时歌》中都能找到同类例证。以上所举《子夜四时歌》中的作品,虽然逯钦立先生将之皆归入《晋诗·清商曲辞》,但其创作时间未必就一定在谢灵运诸诗之前。不过这些例证至少能够说明,晋宋新声中蕴含着丰富的艺术养分。无论是写景状物还是意境营造,它们都可为谢灵运山水诗创作提供借鉴。

正是通过对晋宋新声的借鉴,谢灵运山水诗创作在中古诗坛"显得异常光辉生色"。明白这一点后,我们对钟嵘《诗品》"宋临川太守谢灵运诗"条所载内容将会有新的认识:

> 其源出于陈思,杂有景阳之体,故尚巧似,而逸荡过之,颇以繁芜为累。嵘谓若人学才多博,寓目辄书,内无乏思,外无遗物,其繁富,宜哉。然名章迥句,处处间起;丽曲新声,络绎奔会。譬犹青松之拔灌木,白玉之映尘沙,未足贬其高洁也。②

---

① 逯钦立:《先秦汉魏晋南北朝诗》,北京:中华书局,1983年版,第192页。
② 曹旭:《诗品集注》,上海:上海古籍出版社,2011年版,第201页。

曹旭先生在总结前人观点的基础上认为:"譬犹"三句"喻谢诗虽有'繁芜'之弊,然多'名章迥句''丽曲新声',故不当以'灌木''尘沙'之繁冗,贬'青松'之'高''白玉'之'洁'。"①然而视大谢诗"颇以繁芜为累"当是时人俗见,锺嵘对此已有辨析。他并未将"繁富"视为诗歌创作的一种缺点,如《诗品》"晋太仆傅咸"条云:"长虞父子,繁富可嘉。"②有鉴于此,我们就不能将"灌木""尘沙"与谢诗"繁富"的艺术特点联系起来,曹氏观点值得推敲。从逻辑上讲,青松与灌木、白玉与尘沙之所以能形成类比,是因为二者之间存在一种从属关系。前者皆出自后者,如此类比实则含有一种出类拔萃、青出于蓝的意蕴。谢诗中一些"名章迥句"与"丽曲新声",其生成语境正是当时盛行的吴歌西曲。然而锺嵘对此类民间歌谣又向来较为轻视,故有"未足贬其高洁"之论。

《南史·颜延之传》云:"延之尝问鲍照己与灵运优劣,照曰:'谢五言如初发芙蓉,自然可爱。君诗若铺锦列绣,亦雕缋满眼。'"③相对于体裁绮密、典雅质朴的颜延之诗歌,同样从晋宋新声中获益匪浅的鲍照在审美心理上自然更倾向于选择谢灵运。其"初发芙蓉"的印象式论断当源自谢灵运"泽兰渐被径,芙蓉始发池"(《游南亭诗》)这一名句。揆其生成语境似亦为吴歌西曲,如《夏歌》云:"芙蓉始结叶,花艳未成莲。"又《娇女诗》云:"芙蓉发盛华,绿水清且澄。"《宋书·谢灵运传》云:"自谓才能宜参权要,既不见知,常怀愤愤……出为永嘉太守。郡有名山水,灵运素所爱好。出守既不得志,遂肆意游遨……所至辄为诗咏,以致其意焉。"④正是由于仕途失意、心怀愤懑,故谢灵运在面对晋宋新声时能自觉摒弃其中的艳情内容,转而借鉴其山水景物描摹的技巧。此举不仅在一定程度上提升了诗人的诗歌技艺,还推动晋宋诗歌向着正确的方向"转关",其意义不容忽视。

四、"池塘生春草"与南朝诗歌崇尚自然的审美风尚

无论是接受美学的追随者还是文学经典化的研究者,都非常重视读者在文学作品传播或经典化过程中的作用。接受美学的创始者姚斯甚至认

---

① 曹旭:《诗品集注》,上海:上海古籍出版社,2011年版,第213页。
② 曹旭:《诗品集注》,上海:上海古籍出版社,2011年版,第500页。
③ (唐)李延寿:《南史》,北京:中华书局,1975年版,第881页。
④ (梁)沈约:《宋书》,北京:中华书局,1974年版,第1753~1754页。

为:"文学作品的历史生命没有接受者能动的参与是不可想象的。"①事实上在文学作品经典的建构过程中,读者同样是不可或缺的因素。按照读者的组成性质,大致可分为文学批评者与普通读者两种,且后者之阅读喜好在很大程度上又会受到前者言论的影响。由此可见,文学批评者作为时代审美风尚的引领力量,在文学作品经典化过程中无疑发挥了极其重要的作用。众所周知,南朝一百六十余年恰是中国古代文学批评史上最为光辉灿烂的时期,尤其是《文心雕龙》《诗品》两部杰作,更是将传统的诗文评论推至高峰。但与此同时,南朝著名文学批评者如刘勰、钟嵘、沈约、萧子显、萧统、萧纲、萧绎等人对文学的看法又各有新见,多有不同。因而这里所要讨论的问题是谢灵运"池塘生春草"这一名句与此时期文坛各派审美风尚之关系。换句话说,它到底具备了怎样的艺术魅力,从而能经得起各派不同审美标准的检验。

谢灵运《登池上楼》诗云:

> 潜虬媚幽姿,飞鸿响远音。薄霄愧云浮,栖川怍渊沉。进德智所拙,退耕力不任。徇禄反穷海,卧疴对空林。衾枕昧节候,褰开暂窥临。倾耳聆波澜,举目眺岖嵚。初景革绪风,新阳改故阴。池塘生春草,园柳变鸣禽。祁祁伤豳歌,萋萋感楚吟。索居易永久,离群难处心。持操岂独古,无闷征在今。②

关于此诗之作年,据顾绍柏先生考订,当在宋少帝景平元年(423年)初春时节。盖此次出守永嘉,实非谢灵运本意。《宋书·谢灵运传》云:"郡有名山水,灵运素所爱好。出守既不得志,遂肆意游遨……所至辄为诗咏,以致其意焉。"③而谢灵运"所致"之"意"亦当有两端,一为遨游山水之欣喜,一为外放陋邦之苦闷。此两种心情的反复交替,即为谢灵运此时期山水诗的情感主旋律。这在《登池上楼》诗中亦有呈现。关于此诗之意蕴、结构、章法、句法等,前贤时彦论之极详,自无须赘言。我们要做的是在这些研究成果的基础上,总结灵运"池塘生春草"句的艺术魅力:(一)发于自然、不事雕琢。如《文镜秘府论》评"池塘生春草,园柳变鸣禽"句云:"诗有天然物色,

---

① 〔德〕H.R.姚斯:《文学史作为向文学理论的挑战》,收入《接受美学与接收理论》,周宁、金元浦译,沈阳:辽宁人民出版社,1987年版,第24页。
② 顾绍柏:《谢灵运集校注》,郑州:中州古籍出版社,1987年版,第63~64页。
③ (梁)沈约:《宋书》,北京:中华书局,1974年版,第1753~1754页。

以五彩比之而不及。由是言之,假物不如真象,假色不如天然。"①(二)情在言外。如唐代皎然《诗式》云:"情者如康乐公'池塘生春草'是也。抑由情在言外,故其辞似淡而无味。常手览之,何异文侯听古乐哉?"②(三)意境浑然天成。如元代方回《文选颜鲍谢诗评》所言,具体内容详见上文所引。盖南朝诗风虽代有因革,审美风尚亦随时而变,然而以上所举内容却是各派文学批评者大致都认同的一些基本审美标准。

最早对谢灵运诗歌作出评价的,应该是鲍照或汤惠休。鲍照卒于宋明帝泰始二年(466年)。惠休卒年不详,《诗品》称为"齐惠休上人",故其生平行事或至萧齐之世。据此可见,二人生平较灵运略晚。考锺嵘《诗品》引其从祖员正郎钟宪所云"大明、泰始中,鲍休美文,殊已动俗",此间所谓"鲍休美文",据曹旭先生的看法,当指二人学习江南乐府民歌所写的绮丽歌谣。③又萧子显《南齐书·文学传论》云:"颜谢并起,乃各擅奇。休鲍后出,咸亦标世。"④可见,在颜、谢退出文坛之后,鲍照、惠休实为一时所宗。唯因其年代略晚于谢灵运,故其所论有较高的参考价值。《南史·颜延之传》云:

> 延之尝问鲍照,己与灵运优劣。照曰:"谢五言如初发芙蓉,自然可爱;君诗若铺锦列绣,亦雕缋满眼。"⑤

又《诗品》"宋光禄大夫颜延之"条云:

> 汤惠休曰:"谢诗如芙蓉出水,颜如错彩镂金。"颜终身病之。⑥

上引鲍照、惠休二人所言,扬谢抑颜,几无差别。揆之文意,很可能是同一个故事的不同流传版本。盖颜延之所问之人究竟是鲍照还是惠休,已不再重要。我们所要关注的是,以鲍照、惠休为代表的这个诗人群体对谢灵运诗歌的接受情况。他们独标"初发芙蓉"或"芙蓉出水",来概括谢灵运诗歌

---

① 王利器:《文镜秘府论校注》,北京:中国社会科学出版社,1983年版,第295页。
② 李壮鹰:《诗式校注》,北京:人民文学出版社,2003年版,第153页。
③ 曹旭:《诗品集注》,上海:上海古籍出版社,2011年版,第583页。
④ (梁)萧子显:《南齐书》,北京:中华书局,1972年版,第908页。
⑤ (唐)李延寿:《南史》,北京:中华书局,1975年版,第881页。
⑥ 曹旭:《诗品集注》,上海:上海古籍出版社,2011年版,第351页。

的整体风格,实质意在"自然可爱"四字上。此印象式的论断如上所论,应源自谢灵运《游南亭》诗。兹引之如下:

> 时竟夕澄霁,云归日西驰。密林含余清,远峰隐半规。//久痗昏垫苦,旅馆眺郊岐。//泽兰渐被径,芙蓉始发池。//未厌青春好,已观朱明移。戚戚感物叹,星星白发垂。药饵情所止,衰疾忽在斯。逝将候秋水,息景偃旧崖。我志谁与亮,赏心惟良知。①

此诗之作年,据顾绍柏先生考订,当在宋少帝景平元年(423年)初夏时分。可见此诗与其《登池上楼》诗几为同时所作。此诗写的是诗人苦于久病之身,遂散步郊外,忽见兰草渐被幽径,芙蓉始生清池。由无意间偶遇景物的变化,抒发年华老去欲求归隐故里的淡淡哀思。这种叙述方式与《登池上楼》如出一辙,故其"泽兰渐被径,芙蓉始发池"与"池塘生春草,园柳变鸣禽"无论是在意象选择上还是在表达方式上,都有异曲同工之妙。但鲍、休一派诗人之所以独标"芙蓉"而弃"春草",或取其艳丽醒目之意。这与他们"雕藻淫艳,倾炫心魂"的诗歌风格倒也基本相符。宋代叶梦得《石林诗话》云:

> 汤惠休称谢灵运为"初日芙渠"……最当人意。初日芙渠,非人力所能为,而精彩华妙之意,自然见于造化之外。灵运诸诗,可以当此者亦无几。②

此言当为不诬。不加雕琢而浑然天成如"芙蓉始发池"者,在谢诗中诚不多见。但如果就诗句意境高下而论,则"池塘生春草"足以与之相媲美。甚至在"自然可爱"的审美层面上,更是有过之而无不及,故谢灵运本人都叹为如有神助。不过谢灵运之诗,虽名章迥句处处间起,然或有孤凄之辞闪烁其间,或时有不拘难辨首尾,或语涉玄言意有所隔,这已是历代文学史家之共识。由此可见,鲍、休一派文人对灵运诗歌风格之概括,实际上是按照其自身审美风尚而作出的以偏概全式的评判,并不完全符合实情。但据上所论,我们仍然可以得出结论:谢灵运"池塘生春草"句能完全符合鲍、休一派文人的审美标准。

---

① 顾绍柏:《谢灵运集校注》,郑州:中州古籍出版社,1987年版,第82页。
② (清)何文焕:《历代诗话》,北京:中华书局,2004年版,第435页。

谢灵运"池塘生春草"不仅能从印象上给人以美的享受,更能在严谨细致的学理层面上经得起时代批评者的审美检验。毫无疑问,刘勰是这个时代最伟大的文学批评者。其《文心雕龙·物色篇》专论文人在文章中应如何描写自然景物的问题。盖此篇思考之缜密、方法之得中、态度之公允,一直以来都受到研究者的肯定。故我们尝试着以刘勰所提出的创作经验,来检验谢灵运"池塘生春草"的艺术水准。刘勰在《物色篇》中明确提出一些意见,有些是肯定的态度,有些是否定的态度。兹择录其要者如下:

> 物色之动,心亦摇焉……四时之动物深矣。①
> 情以物迁,辞以情发。
> 以少总多,情貌无遗。
> 凡摛表五色,贵在时见。若青黄屡出,则繁而不珍。
> 巧言切状,如印之印泥。不加雕削,而曲写毫芥。
> 四序纷回,而入兴贵闲。物色虽繁,而析辞尚简。使味飘飘而轻举,情晔晔而更新。
> 目既往还,心亦吐纳……情往似赠,兴来如答。

刘勰首先肯定四时物色之萌动足以感发人心,使其产生创作的愿望。所谓"一叶且或迎意,虫声有足引心",与谢灵运见草生池中、禽鸣林下而生归隐之心的意境正好相似。然物色之形容因时而变,人之情感亦当与之宛转,故文辞自然会因情感变化而有所不同。但世间万物之形容不可能尽加描绘,过多的辞藻堆砌很可能会破坏整体美感,造成对自然美的遮蔽。这是文人在创作中不可避免的问题。对此,刘勰提出"以少总多,情貌无遗"的解决方法。"以少总多"是指用简洁而有代表性的物象将所欲描述之整体情境表达出来,而"情貌无遗"则是指一种追求形神兼备的艺术效果。至于细节方面,刘勰认为在描写自然景物时五色之词贵在偶然一见,不宜多用,多用则浅俗而不为人所重。刘勰特别反对"巧言切状"式的景物描写,并将其形容为如"印之印泥",毫无生气可言,亦难见作者情志。面对四季轮回、物色繁杂之象,作者应以一种从容的心态入感,并尽量选取简要言辞来描

---

① 范文澜:《文心雕龙注》,北京:人民文学出版社,1958年版,第683页。以下所引六条皆出自范文澜此书,为避免行文烦琐,不再一一出注。

述物象最本质的特征,达到物色尽而情常新的艺术境界。① 总之,作者对于景物之描写要做到目与心同时并用。盖作者心、目与自然物象之关系,亦如良朋密友之诗文赠答。此举诚如王达津先生所言:"必须把自己之情融入客观大自然的景物中,又从对充满了自己激情的大自然景色的欣赏与描绘中更深一步寄托自己的情怀。"② 倘若将谢灵运"池塘生春草"句与刘勰上述诸观点相比照,则二者自当若合一契。揆之诗意,灵运屈居陋邦,身心俱疲,忽病起即目,方知冬去春来。惊心节物之际,心亦与之徘徊。阳春散布德泽,万物生其光辉。灵运于千娇百媚之大自然中,独取"春草""鸣禽"二物寄托情志,其文中既未用丽词巧语,也未作曲写毫芥,故能给人以清新满怀、飘飘轻举之美感,诚所谓"以少总多""析辞尚简"之典范。盖灵运初起愧怍之情复经此二句洗礼,似已消失殆尽,故结尾处自觉比肩高蹈避世之往古圣贤。《文心雕龙·时序》云:"颜、谢重叶以凤采。"刘勰此书称许灵运诗文唯见于此。不过据上所论,至少在如何描写自然景物方面,灵运"池塘生春草"句足可为刘勰《物色篇》中的诸观点作一绝好注脚。

南朝能与刘勰齐名的文学批评家当推锺嵘。其《诗品》专论汉魏以来的五言诗,被后世学者誉为"思深意远"之杰作。锺嵘将谢灵运置于上品,并称之为"元嘉之雄"。可见锺嵘对其诗风之推崇。他对"池塘生春草"句虽无直接评述,但在论谢惠连诗歌成就时,此句是作为传世名句而被摘出的,并作为惠连"风人第一"之明证。除此之外,灵运"池塘"句与锺嵘之审美标准也多有契合之处。如锺嵘论诗亦主物色感人、摇荡性情之说,故特别重视自然景物描写。对于如何描写自然景物,锺嵘提倡"直寻",反对用事、用典:

  至乎吟咏情性,亦何贵于用事。"思君如流水",即是即目;"高台多悲风",亦唯所见;"清晨登陇首",羌无故实;"明月照积雪",讵出经史。观古今胜语,多非补假,皆由直寻。③

所谓"直寻",意为直书所见,即景会心。其所举例证中,"明月照积雪"即出自谢灵运《岁暮》一诗。据此而言,则谢灵运"池塘生春草"句与此类直寻名

---

① 关于"四时纷回"句之诠释,参见罗宗强:《读文心雕龙手记》"释'人兴贵闲'"篇,北京:生活·读书·新知三联书店,2007年版,第110～125页。
② 王达津:《刘勰论如何描写自然景物》,载《光明日报》,1960年8月20日。
③ 曹旭:《诗品集注》,上海:上海古籍出版社,2011年版,第220页。

句亦相仿佛。既无故实之累,亦不出于经史,只似诗人唯目所见、自写怀抱而已。又锺嵘论诗不仅关注作者的创作,更重视读者涵咏之后的感受,特提出"使味之者无极,闻之者动心,是诗之至也"的观点。如果我们从读者层面来看谢灵运"池塘生春草"句之意蕴,则其所要表达的内容或许比其已表达的内容更为丰富多彩。此种情形从历代文人墨客对此句反复化用即可推知一二,可见此句完全能达到"诗之至也"的艺术境界。

南朝齐武帝永明年间(483—493),诗坛盛行讲求声律的新诗体。贵公子孙王融创其首,谢朓、沈约复扬其波,一时士流仰慕,云响景从。尤其是贵为一代文宗的沈约在《宋书·谢灵运传论》中,虽赞许谢灵运之兴会标举、垂范后昆,亦微讽其未睹声律之奥妙。从声律论角度看,谢灵运"池塘生春草"句似乎未能满足此派文人的审美需求。但据颜之推《颜氏家训》引沈约语云:"文章当从三易:易见事,一也;易识字,二也;易读诵,三也。"① 在沈约看来,追求声律当是文学进化的必然选择。但将声律说引入诗文创作之中,不是为了形成艰深晦涩、佶屈聱牙一类的风格,而应以"三易"为发展方向。可见讲求声律,即涵盖在"易诵读"的范畴之中。如果据此而论,则谢灵运"池塘"句除声律外完全能满足沈约此类要求。

在中国古代文论史上,选本是一种重要的文学批评方式。② 盖选家之文学主张、审美标准皆可通过选录文学作品予以表达。萧统《文选》作为南朝最重要的文学总集,其经典性与权威性自不言而喻。且《文选》所录谢灵运诗歌达40首,为南朝诗人之最,可见编选者对其诗歌风格与诗坛地位的推崇。在所选诸诗中,《登池上楼》一诗被系于"游览类"。萧统《文选序》以"事出于沉思,义归乎翰藻"为选文定篇之准的,论诗更持"丽而不浮,典而不野,文质彬彬,有君子之致"的观点。显然在萧统看来,灵运《登池上楼》诗与此相符,故得以入选。由此可见,"池塘生春草"句所代表的美学风格自当与萧统所主张的审美标准相一致,而其经典名句的地位亦因《文选》之权威性而愈发巩固。

萧子显《南齐书·文学传论》也是南朝后期比较重要的文学批评文献。作者从史官与文人的双重视角出发,不仅分析了自刘宋以来文坛所形成的三种流派及各自弊端,而且提出了自己对文学创作的独特看法:

---

① 王利器:《颜氏家训集解》,北京:中华书局,1993年版,第272页。
② 张伯伟:《中国古代文学批评方法研究》,北京:中华书局,2002年版,第277～278页。

若夫委自天机,参之史传。应思俳来,勿先构聚。言尚易了,
文憎过意。吐石含金,滋润婉切。杂以风谣,轻唇利吻。不雅不
俗,独申胸怀。①

又其《自序》亦云:

每有制作,特寡思功,须其自来,不以力构。②

据此可知,萧子显在论诗文创作时反对苦思冥想,提倡兴之所至;反对文辞
艰涩,提倡"言尚易了";反对文过其意,提倡抒写胸怀。此外,他还提倡音
韵铿锵,学习民歌,追求"滋润婉切"。不论萧子显论文出于何种目的,至少
这些都是较为中肯的意见。揆之谢灵运"池塘生春草"句,本身即被附会为
神来之句,自然非苦思力构而成。语言清浅而自有神韵,似亦效仿民歌,整
合而成。故与上述所列举萧子显"杂以风谣""不雅不俗"等审美标准皆能
相吻合。

当然,谢灵运诗歌在南朝时期亦曾遭到少许批评,如锺嵘《诗品》虽置
之于上品,但仍指出其诗"颇以繁芜为累"。又《南齐书·萧晔传》引萧道成
语云:"康乐放荡,作体不辩有首尾。"③又萧纲《与湘东王书》亦云:"谢客吐
言天拔,出于自然。时有不拘,是其糟粕。"④这些论述对谢灵运诗歌在南
朝时期的经典化来说,显然是一种不可忽视的解构力量。论者多以为所谓
"繁芜""不辨首尾""时有不拘"等意思相近,盖指灵运诗歌因学多才博而在
遣词造句时多有芜词累句之故。⑤ 毋庸讳言,芜词累句确是谢灵运诗歌中
的微瑕。不过谢灵运"池塘生春草"句显然不存在此种缺陷。事实上,它恰
是深为后人所赞叹的"吐言天拔,出于自然"一类诗歌的杰出代表,故以上
所引时人言论尚不足以构成对其经典名句地位的消解与颠覆。

南朝诗歌在总体风格上呈现出与汉魏晋诗不同的特点,这是历代文学
史家之共识。但这种诗运转关的最重要原因何在?对此问题,钱志熙先生
认为之所以出现这种情况,是因为二者之间存在一个南朝民间乐府的新声
系统。此新声系统与之前的汉魏旧乐系统差别明显,遂导致齐梁诗与魏晋

---

① (梁)萧子显:《南齐书》,北京:中华书局,1972年版,第908~909页。
② (唐)姚思廉:《梁书》,北京:中华书局,1973年版,第512页。
③ (梁)萧子显:《南齐书》,北京:中华书局,1972年版,第625页。
④ (唐)姚思廉:《梁书》,北京:中华书局,1973年版,第691页。
⑤ 王叔岷:《锺嵘诗品笺证稿》,北京:中华书局,2007年版,第199页。

诗整体风格的不同,而刘宋时期实乃一过渡阶段。① 此观点从谢灵运"池塘生春草"句与南朝诗学之关系中,我们即可窥其一斑。盖谢灵运作为当时第一流诗人,其作品具备双重经典性因素,既追踪风雅兴寄之传统,亦熔铸晋宋新声之潮流。南朝诗风虽代有因革,审美风尚亦随时新变,但谢灵运的诗歌总能彰显出独特的魅力。另外,由于晋宋新声音乐系统的客观存在,且与当时的文人五言诗创作关系日益密切,遂使得南朝各派文学批评者大致都能认同一些基本的审美标准,如反对过多用典、不喜精雕细琢、崇尚情景交融、追求自然意蕴等。而这些特点,"池塘生春草"这一经典佳句都能一一予以满足。

---

① 钱志熙:《魏晋诗歌艺术原论》"再版绪论"部分,北京:北京大学出版社,2005年版,第9~13页。

第五章　锺嵘《诗品》与中古五言诗的经典化

　　锺嵘《诗品》专论汉魏至齐梁的五言诗，思深意远，妙达文理，向来与刘勰《文心雕龙》并称。清代学者章学诚认为："论诗论文而知溯流别，则可以探源经籍，而进窥天地之纯、古人之大体矣。此意非后世诗话家流所能喻也。"①章学诚推崇《诗品》，在很大程度上是由于其能"知溯流别"。所谓"探源经籍"，具体到《诗品》而言，则是指锺嵘将五言诗这一诗歌体式上溯到《诗经》《楚辞》两大经典系统，并通过考察诗人之间的渊源关系形成了一个较有秩序的经典序列。五言诗体从此得以比附既往经典，其文体的合法性地位亦随之得以确立。它不再被视为诗坛上的俗体流调，而是获得"居文辞之要"的显赫地位。这是探讨其经典化的重要前提。经典的遴选与确立是那些参与社会生活的文化精英群体所达成共识的一部分。锺嵘此举与班固"赋者，古诗之流"具有相似的文学史价值，因而对于中古五言诗的经典化起着极其重要的作用。除此之外，锺嵘在《诗品》中还试图回答以下问题：（一）《诗品》为谁而作？（二）谁是当时诗坛风气的主导者？（三）哪些因素参与了经典作家作品的建构？（四）被确立为经典的标准由谁制定？（五）遴选经典的动机是什么？此类问题皆关涉中古五言诗经典化的方方面面，当前学术界虽已有一些探讨，但仍有未周，亟待进一步研究。

第一节　为谁立言：从锺嵘生平行事论《诗品》撰写动机

　　锺嵘，字仲伟，颍川长社人，是中古时期重要的文学批评家。其所撰《诗品》专论汉魏以来五言诗的发展演进，成就足可与刘勰《文心雕龙》比肩。自来论锺嵘《诗品》者多，而论其生平者少。论其生平者，又多用力于对其家族谱系、士族身份、生卒年代等问题的考证上。至于对锺嵘生平行事的深入探讨，则较为少见。究其缘由，莫过于事迹湮灭、史料不详。但即便如此，现存《梁书·锺嵘传》《南史·锺嵘传》等文献皆详载其生平三件大

---

　　①　叶瑛：《文史通义校注》，北京：中华书局，1985年版，第559页。

事,即上书齐明帝、上书梁武帝、撰写《诗品》。由此可见,至少在史官看来,此三事在锺嵘生平行事中理应占有极为重要的地位。故我们探究此等事件的始末原委,对于今后锺嵘及《诗品》研究工作的深入,自然是颇为重要的。本节拟据相关史料,以考释此三事的始末原委为目标,揭示出在南朝齐梁时期门阀士族势力渐趋衰落的时代背景下,锺嵘竭力维护士族群体利益的思想动机。显然,这是由南朝社会士族群体的特殊地位所决定的。同时,由于齐梁之际君主多爱雕虫之技,故吟咏之士云集于宫廷之中。民间亦以能诗为高,并逐渐成为一种通过五言诗创作来彰显文化身份的标识。毫不夸张地说,五言诗这一诗歌体式在此时已成为一种重要的文化资本,士庶阶层积极参与其中。故锺嵘撰写《诗品》表面上是给年轻一代的士族子弟在五言诗创作方面提供"准的可依",然究其真实动机,极有可能是为了帮助士族子弟更好地占有这种文化资本,进而维护士族群体在文化领域的先进性与优越性。只是与之前两次给皇帝的上书行为相比,锺嵘维护士族利益的思想在《诗品》中变成了一种隐性的存在方式。然殊途同归,二者在本质上并无多少不同。兹申管见如下。

一、论锺嵘《上齐明帝书》

东晋是门阀制度最为鼎盛的时代,甚至有"王与马共天下"之说。世家大族势力的强盛,无疑会削弱皇权专制的威严。故自宋武帝刘裕起,南朝历代皇帝有鉴于东晋时士族专权的历史现象,对门阀士族多采取抑制的政策。根据钱穆先生的归纳,南朝皇帝们抑制士族最常见的方式无外乎"内朝常任用寒人,而外藩则托付宗室"[1]。故门阀士族虽仍能保持较高的政治地位及社会声望,但事实上很难再真正掌握朝政实权,尤其是兵权。翻阅魏晋南朝历代正史,我们发现"寒人"一词不见于《晋书》,而在《宋书》《南齐书》中各出现5次。可见宋齐之际,"寒人"在社会政治生活层面确实形成了一股势力,从而引起了史家的重视。对此现象,后来学者如赵翼、陈登原、唐长孺等前贤均有过精辟的论述,兹不多论。[2] 面对新兴皇权支持下的寒人阶层渐趋强大、不断分权的危急局势,南朝门阀士族群体的既得利

---

[1] 钱穆:《国史大纲》,北京:商务印书馆,1996年版,第268页。
[2] (清)赵翼:《廿二史札记》卷八"南朝多以寒人掌机要"条,南京:凤凰出版社,2008年版,第118~119页;陈登原:《国史旧闻》第一分册卷二一"寒人与士族"条,北京:中华书局,1958年版,第594~597页;唐长孺:《南朝寒人的兴起》,收入《魏晋南北朝史论丛续编》,北京:中华书局,2011年版,第107~140页。

益必然会受到很大的影响。如《南史·恩倖传》云:"(茹)法亮、(吕)文度并势倾天下,太尉王俭常谓人曰:'我虽有大位,权寄岂及茹公?'"①"茹公"即茹法亮,吴兴武康人,家世寒微,早年起家为小吏,又做过书僮,出家为道人,此等经历为士族子弟所不齿。然风云际会,深受萧齐诸帝赏识,终至权倾朝野。出身琅邪王氏、贵为太尉的士流领袖王俭在谈及茹法亮时,尚且感慨自己手中权势形同虚设,由此可见当时社会的一般情形。但倘若就整个士族群体而论,门阀士族依然还是政治权力场中的特权阶层。其中极重要的理由就是,当时的门阀士族群体牢牢控制着掌管官吏铨选、任免、考课等实权的尚书吏部。尚书吏部诸官职中又以吏部尚书、吏部郎最为显要,"吏部尚书掌管高级官吏,称为'大选'",又"吏部郎掌管下级官员……此称为'小选'"②。在讲究门第与出身的南朝社会,由士族掌控着尚书吏部既能保证士族子弟顺利迈入仕途,又能确保其步入仕途后的稳步晋升。这自然是士族维护其自身权利的重要法宝。今仅以锺嵘《上齐明帝书》的南齐时代为限,从《南齐书》中摘录曾任职于尚书吏部的官员名单,以资佐证:

表10 《南齐书》载尚书吏部官员名录一览表

姓名	郡望	职务	时间	出处
何戢	庐江何氏	吏部尚书	建元元年	《南齐书》卷三二
徐啸嗣	东海徐氏	吏部郎 后转吏部尚书	建元初	《南齐书》卷四四
王俭	琅邪王氏	左仆射领选 卫将军参掌选事 国子祭酒领吏部	建元二年 永明元年 永明四年	《南齐书》卷二三
江谧	济阳江氏	掌吏部	建元三年	《南齐书》卷三一
褚炫	河南褚氏	吏部尚书	永明元年	《南齐书》卷三二
王晏	琅邪王氏	吏部尚书	永明七年	《南齐书》卷四二
谢瀹	陈郡谢氏	吏部郎 吏部尚书	建元初 永明中	《南齐书》卷四三
庾杲之	新野庾氏	吏部郎,参大选	永明中	《南齐书》卷三四
江斅	济阳江氏	掌吏部	郁林即位	《南齐书》卷四三
陆慧晓	吴郡陆氏	吏部郎	建武初	《南齐书》卷四六
何昌寓	庐江何氏	吏部尚书	建武二年	《南齐书》卷四三
王思远	琅邪王氏	吏部郎	建武中	《南齐书》卷四三
谢朓	陈郡谢氏	吏部郎	建武四年	《南齐书》卷四七

---

① (唐)李延寿:《南史》,北京:中华书局,1975年版,第1929页。
② 〔日〕宫岐市定:《九品官人法研究》,韩昇等译,北京:中华书局,2008年版,第268页。

上表所列萧齐时代的吏部尚书或吏部郎，从家族门第上看皆为当时士族高门子弟。鉴于萧齐一朝仅有 24 年的历史，即便上述统计稍有出入，但其间透露出的信息还是较为可信的，即当时门阀士族子弟完全占据着尚书吏部的要职。这对于当时士族子弟的出仕、升迁、考核等尤为重要。当时的实际情况应该亦是如此，如《南齐书·王俭传》称，王俭在永明四年（486 年）以国子祭酒的身份领吏部之后，"世祖深委仗之，士流选用，奏无不可"①。

然而门阀士族掌控尚书吏部的美好时代，到齐明帝时受到了严重的破坏。虽然从上表中我们仍能看到，齐明帝时担任吏部尚书、吏部郎等官职的还是琅邪王氏、陈郡谢氏等高门子弟，但事实上他们所能动用的权力正在急速消失。如《南史·锺嵘传》云：

> 建武初，（嵘）为南康王侍郎。时齐明帝躬亲细务，纲目亦密。于是郡县及六署九府常行职事，莫不争自启闻，取决诏敕。文武勋旧，皆不归选部，于是凭势互相通进。人君之务，粗为繁密。嵘乃上书言："古者明君揆才颁政，量能授职，三公坐而论道，九卿作而成务，天子可恭己南面而已。"②

齐明帝萧鸾（452—498）以庶出身份而篡夺大统，刻薄少恩，猜疑心重。所谓"躬亲细务"，一则表明其精力旺盛，二则表明其确实具有较高的吏治才华。这本非坏事，且皇帝励精图治，上行下效，足以形成良好的政治风气。如《南史·循吏传》云："明帝自在布衣，达于吏事。及居宸扆，专务刀笔，未尝枉法申恩，守宰由斯而震。"③但锺嵘似乎对齐明帝的这种表现极为不满。个中缘由，恐非曹旭先生所认为的"建议明帝'量能授职'，不必躬亲细务，应讲究领导艺术"④。

从表面上看，锺嵘此篇《上齐明帝书》无疑是不带有个人情感的，完全是以儒家理想化的君主统治模式来劝诫齐明帝。但实际上最让锺嵘感到焦虑不安的，恐怕还是"文武勋旧，皆不归选部，于是凭势互相通进"。换句话说，齐明帝凭借着皇帝手中至高无上的特权直接绕过吏部，自由任免朝

---

① （梁）萧子显：《南齐书》，北京：中华书局，1972 年版，第 1929 页。
② （唐）李延寿：《南史》，北京：中华书局，1975 年版，第 1778 页。
③ （唐）李延寿：《南史》，北京：中华书局，1975 年版，第 1697 页。
④ 曹旭：《诗品集注》，上海：上海古籍出版社，2011 年版，第 3 页。

廷官员,以至于形成"文武勋旧,皆不归选部"的局面。此举让朝廷的人事铨选、任免等权力逐渐摆脱尚书吏部的掌控,直接听从皇帝的诏敕,从而损害了士族群体的既得利益。更重要的是,那些依附皇权的"寒人"阶层一旦得势,便又会汲引其子弟亲旧以为羽翼,即所谓"凭势互相通进"。如纪僧真本是《南齐书·倖臣传》中的首要人物,出身卑微,善于权术。在其得势之后,齐明帝"欲令僧真治郡,僧真启进其弟僧猛为镇蛮护军、晋熙太守"①。据此,则僧猛获得官位升迁的机会与尚书吏部毫无关系,完全是凭借其兄僧真向齐明帝的片言举荐而已。

不仅如此,齐明帝还十分轻视当时的门阀士族子弟,认为他们只知读书,难堪重任。如《南齐书·倖臣传》云:"明帝曰:'学士辈不堪治国,唯大读书耳。一刘系宗足持如此辈五百人。'其重吏事如此。"②又《南史·恩倖传》云:"武帝常云:'学士辈不堪经国,唯大读书耳。经国一刘系宗足矣。沈约、王融数百人于事何用?'"③刘系宗为丹阳(今安徽当涂)人,父祖无闻,家世不显,少善书画,多能鄙事,《南齐书·刘系宗传》又称其"以寒官累迁至勋品"。这足以说明刘系宗本出自寒门。然而此语究竟系齐武帝或齐明帝所言,今已难以考实,故不妨将其视为萧齐诸帝之共性。

所谓"学士辈",实指当时以沈约、王融等为代表的士族子弟,这一点应毋庸赘言。据此可知,在具体行政事务层面,重吏事而轻学士可以说是当时皇帝的共同倾向。如果任由齐明帝将尚书吏部的人事铨选任免权架空的话,那么士族群体的利益必将会受到更大的损害。正是在竭力维护士族利益思想的驱使下,锺嵘才不顾自己"位末名卑"的身份,积极向齐明帝进言,希望他能轻吏事而重人才,恭己南面,坐享太平。但齐明帝获取天下,本就名不正言不顺,如《南齐书·萧坦之传》云:"明帝取天下已非次第,天下人至今不服。"④萧坦之所言已在明帝去世之后。可见齐明帝统治时期,社会矛盾相当尖锐。因此,齐明帝才希望将一切权力都牢牢掌控在自己手中,或是交由自己信任的"寒人"。锺嵘则站在士族的立场向皇帝上书,全然不顾当时的客观形势,故其意见必然不会被采纳。

不过锺嵘的这篇《上齐明帝书》,却代表着当时整个门阀士族群体的呼

---

① (梁)萧子显:《南齐书》,北京:中华书局,1972年版,第974页。
② (梁)萧子显:《南齐书》,北京:中华书局,1972年版,第976页。
③ (唐)李延寿:《南史》,北京:中华书局,1975年版,第1927页。
④ (梁)萧子显:《南齐书》,北京:中华书局,1972年版,第74页。

声,因而能得到其他士族官员的大力支持。如出自吴郡著姓顾氏的顾
暠①,时任太中大夫。据《南史·锺嵘传》记载,当齐明帝对锺嵘此文怒不
可遏,并向他询问锺嵘是何许人时,顾暠郑重回答道:"嵘虽位末名卑,而所
言或有可采。且繁碎职事,各有司存。今人主总而亲之,是人主愈劳而人
臣愈逸,所谓代庖人宰而为大匠斫也。"②显然,顾暠与锺嵘的立场完全一
致。正是由于钟、顾二人都属于士族群体,具备某种相同的社会属性,亦有
着某种共同的价值取向,因而当士族群体的利益受到皇权政治打压与侵害
之时,才会不顾自身安危团结起来进行抗争。

二、论锺嵘《上梁武帝书》

齐永元之季,东昏侯萧宝卷(483—501)骄奢淫逸,不修德行。朝廷矛
盾重重,境内叛乱四起。萧衍乘机从襄阳起兵,沿长江顺流而下直抵建康,
推翻萧宝卷的残暴统治。但他并没有立刻登上皇位,而是先拥立年仅四岁
的萧宝融为齐和帝。萧衍此举可谓十分谨慎,充分展示了一个精明政治家
的手腕。他清楚如果自己要称帝的话,除了依靠自身强大的军事实力外,
还必须得到具有广泛社会影响力的门阀士族群体的大力支持。据《梁书·
武帝纪上》记载,萧衍在中兴二年(502年)二月丙寅日向齐和帝上表云:

> 且夫谱谍讹误,诈伪多绪,人物雅俗,莫肯留心。是以冒袭良
> 家,即成冠族;妄修边幅,便为雅士……故前代选官,皆立选簿,应
> 在贯鱼,自有铨次。胄籍升降,行能臧否,或素定怀抱,或得之余
> 论,故得简通宾客,无事扫门……愚谓自今选曹,宜精隐括,依旧
> 立簿,使冠履无爽,名实不违,庶人识涯涘,造请自息。③

在这份给小皇帝的表文中,萧衍重点谈到了士族群体所关心的官员选拔问
题,并对当时因"谱谍讹误"、冒充冠族等原因而造成的朝廷铨选失次的状
况,表示了强烈的不满。同时,他还提出革除此类弊端的方案应该是"依旧
立簿,使冠履无爽,名实不违"。这些内容对于刚刚五岁的齐和帝来说,无
疑如同天书。这充分说明,萧衍上书不过是个幌子,他要借此机会打探以
门阀士族子弟为主体的朝臣的态度。众所周知,萧衍此表中提到的谱牒、

---

① 邓国军、王发国:《〈南史·锺嵘传〉顾暠其人考》,载《文学遗产》,2006年第3期。
② (唐)李延寿:《南史》,北京:中华书局,1975年版,第1778页。
③ (唐)姚思廉:《梁书》,北京:中华书局,1973年版,第22~23页。

选簿、胄籍,正是当时社会区别士庶的客观依据。而所谓"依旧立簿",实际上是对前朝士族地位、声望及特权的公开承认。南朝门阀士族子弟特别讲究士庶之别,此为治魏晋南北朝史者所习知。如《南史·王球传》云:

> 时中书舍人徐爰有宠于上(宋武帝)。上尝命球及殷景仁与之相知,球辞曰:"士庶区别,国之章也,臣不敢奉诏。"①

又《宋书·王弘传》云:

> 符伍虽比屋邻居,至于士庶之际,实自天隔,舍藏之罪,无以相关。②

唐长孺先生在《南朝寒人的兴起》一文中认为:"士庶区别的严格化发生在此时正因为士庶有混淆的危险,所以这里并不表示门阀势力的强大,相反的倒是由于害怕这种新形势足以消弱甚至消除他们长期以来引以自傲的优越地位。"③揆之齐梁二朝史实,此观点洵为的论。很显然,在萧衍掌握军政大权而又未登帝位之前,向齐和帝上这样一份维护门阀士族利益的表书,自然会得到士族群体的大力支持与热情拥护。对于自身势力渐趋衰落的士族群体而言,朝代间的更替往往意味着政治利益的重新分配。在南朝门阀士族子弟眼中,家族利益很多时候是凌驾于国家之上的。而萧衍的这篇表文,无疑让深陷困境的他们看到了新的希望。据《梁书·范云沈约传》记载,范云、沈约二人在萧衍称帝前都曾有过极力怂恿之举,如沈约对萧衍说:

> 士大夫攀龙附凤者,皆望有尺寸之功,以保其福禄。今童儿牧竖悉知齐祚已终,莫不云明公其人也……天心不可违,人情不可失。④

沈约言辞虽略显陈旧,然内情不必尽伪。可见如范云、沈约辈的门阀士族子弟对于萧衍称帝,已迫不及待了。循理而论,同是士族出身的钟嵘,对此局面自然也会感到欢欣鼓舞。

---

① (唐)李延寿:《南史》,北京:中华书局,1975年版,第630页。
② (梁)沈约:《宋书》,北京:中华书局,1974年版,第1318页。
③ 唐长孺:《魏晋南北朝史论丛续编》,北京:中华书局,2011年版,第126页。
④ (唐)姚思廉:《梁书》,北京:中华书局,1973年版,第234页。

《梁书·钟嵘传》云："天监初,制度虽革,而日不暇给。"①(按:此处《南史·钟嵘传》作"制度虽革,而未能尽改前弊",可互相发明)据此,则梁朝立国伊始,事务繁忙的萧衍对齐末弊政的改革并不理想。与此同时,摆在梁武帝与士族群体面前的是一个更为严峻的现实问题:对协助梁武帝起兵的那些中下层军官该如何妥善安置？这些底层军官多出自兵家将门,当初为取得他们的支持,萧衍在起兵之初就许下诺言。《梁书·武帝纪上》云："卿等同心疾恶,共兴义举,公侯将相,良在兹日,各尽勋效,我不食言。"②为论述方便,现仅就《梁书·武帝纪上》中出现的此类军官事迹稍显者列表如下:

表11 《梁书·武帝纪上》载随萧衍起兵者名录一览表

姓名	籍贯	起兵时职务	姓名	籍贯	起兵时职务
张弘策	范阳方城	辅国将军、军主	邓元起	南阳当阳	中兵参军、冠军将军
王茂	太原祁	长史	张法安	不详	中兵参军
吕僧珍	东平范	中兵参军	王世兴	不详	军主
柳庆远	河东解	别驾	田安之	不详	军主
吉士瞻	不详	功曹史	张惠绍	义阳	水军主
萧颖达	兰陵兰陵	冠军将军	朱思远	不详	水军主
曹景宗	新野	竟陵太守	席阐文	安定临泾	卫尉
杨公则	天水西县	辅国将军	韦叡	京兆杜陵	上庸太守
郑绍叔	荥阳开封	骁骑将军	康绚	华山蓝田	镇威将军、华山太守

通过上表,我们可以很清楚地看到,随梁武帝萧衍在襄阳起兵的这些中下层军官组成成分比较复杂。然而有一点可以确定,就是其中鲜有门阀士族出身的人。更有一些底层军官籍贯史籍无载,出身情况不得而知。他们当时选择追随萧衍起兵,自然不会是为了实现大济天下苍生的鸿鹄之志,无非就是希望在事成之后能在新政权里分得权力的一杯羹汤。而门阀士族在积极拥护萧衍称帝的背后,也希望能通过改朝换代的方式来巩固并获取更多的现实利益。因而,在政治利益瓜分的层面上,门阀士族与这些靠军功起家的中下层军官就必然会发生冲突。而在各自社会属性的层面上,二者间亦存在着士庶之别的天堑鸿沟。正是在此等背景下,钟嵘给梁

---

① (唐)姚思廉:《梁书》,北京:中华书局,1973年版,第694页。
② (唐)姚思廉:《梁书》,北京:中华书局,1973年版,第4页。

武帝上了一份奏书,积极为之出谋划策。《南史·锺嵘传》云:

> 永元肇乱,坐弄天爵。勋非即戎,官以贿就。挥一金而取九列,寄片札以招六校。骑都塞市,郎将填街。服既缨组,尚为臧获之事;职唯黄散,犹躬胥徒之役。名实淆紊,兹焉莫甚。臣愚谓永元诸军官是素族士人,自有清贯,而因斯受爵,一宜削除,以惩浇竞。若吏姓寒人,听极其门品,不当因军遂滥清级。若侨杂伧楚,应在绥抚,正宜严断禄力,绝其妨正,直乞虚号而已。①

锺嵘《上梁武帝书》的前半部分内容,洋洋洒洒,语重心长,说的无非是齐永元年间朝廷的种种弊政。事实上,对于此时期的政治状况,萧衍作为亲历者,应该比任何人都更清楚。锺嵘此处再次提及这些情况,显然不是为了向梁武帝简单地回顾历史。

日本学者宫崎市定认为,锺嵘"虽然将滥授军勋全都归咎于东昏侯,其实是婉转地针砭梁朝的军人功臣"②,确实是慧心独到之论。盖锺嵘认为,自齐永元二年(500 年)冬随萧衍起兵的中下层军官中,凡是"素族士人"(即出身士族者),即便其后来立下军功,也不当以此加官晋爵,而应按照其固有之门第与出身来获得仕途的晋升;对于那些"吏姓寒人"(即出身庶族者),绝不能让他们仅凭军功,就获得只有士族子弟才能担任的那些清要官职;对于那些身份更为低下的"侨杂伧楚",直接赏赐给他们一些没有实权的将军虚号,稍作赏赐抚慰就可以了,以防他们破坏已有的社会阶层秩序。③ 在锺嵘看来,士族群体内部少数人的自坏清规,与吏姓寒人、侨杂伧楚对现有士族簿录制度的破坏同样严重。故只有"安内"与"攘外"并用,才可能更好地维护门阀士族自身的纯粹性和长远利益。据《梁书·武帝纪中》记载,梁天监元年(502 年)四月甲戌日,即萧衍称帝后的第九天,下诏略云:

> 顷因多难,治纲弛落,官非积及,荣由幸至。六军尸四品之职,青紫治白簿之劳。振衣朝伍,长揖卿相,趋步广闼,并驱丞郎。

---

① (唐)李延寿:《南史》,北京:中华书局,1975 年版,第 1778 页。
② 〔日〕宫岐市定:《九品官人法研究》,韩昇等译,北京:中华书局,2008 年版,第 185 页。
③ 〔日〕宫岐市定:《九品官人法研究》,韩昇等译,北京:中华书局,2008 年版,第 186 页。

遂冠履倒错,珪甑莫辨。静言疚怀,思返流弊……①

此篇诏书的内容与不久前锺嵘所上之书十分相近。倘是梁武帝的诏书颁布在前,且态度如此明确,则锺嵘自无重复上书的必要。故此处很可能是在梁朝伊始之际,锺嵘亲见梁武帝未能尽革前朝人事铨选任免之种种弊政,甚至更有混淆士庶悬隔之可能,遂主动向其上书,以示提醒与规劝。而梁武帝在采纳了锺嵘的建议之后,又以诏书的形式将之付诸实施。在萧衍即位不到九天的时间里,锺嵘就向其上书言事,可见他的心情是何等的迫切。锺嵘认为,门阀士族的高贵身份、政治地位、仕途升迁、社会声望等,不是仅靠军功就可以换取的,它与家族门第高下紧密相关。他向梁武帝上书,正是要其能兑现此前的诺言,即"依旧立簿,使冠履无爽,名实不违"。如此举措遂能分清士庶,有条不紊,从而能维护士族群体自身的纯粹性与优越性。

三、《诗品》撰写动机新论

梅运生先生《锺嵘的身世与〈诗品〉的品第》一文认为"锺嵘确是出生于士族,但是在他评诗定品时是以其审美标准为依据,而不是以门第高下分优劣的",又"锺嵘虽出身于士族,但没有把门第偏见带进诗歌评论中来"②。曹旭先生对此文颇为赏识,评价很高。③ 大凡读过锺嵘此书的人都知道,梅运生的这种说法确有一定的合理性。《诗品》所论及的作家作品中,似乎并没有体现任何门第观念。但通过上文对锺嵘上书齐明帝、梁武帝二事的考释,足以说明在锺嵘生平行事中,维护门阀士族利益的思想是根深蒂固的。那么其精心撰写的《诗品》,是否真的会与这种思想毫无关联呢?笔者窃以为,《诗品》同其上齐明帝、梁武帝二书一样,都是这一思想驱使下的产物。换句话说,锺嵘撰写《诗品》,也是为了维护士族群体的利益。苏利海先生认为,"钟氏编选《诗品》,并非一般诗歌选本,而是南朝士族在经历东晋门阀的高潮后,身处没落期的一种身份自觉的反映,其背后隐含着张扬士族利益、进入政治场域、维护政治特权的意图"④。如果说得更具

---

① (唐)姚思廉:《梁书》,北京:中华书局,1973年版,第37~38页。
② 梅运生:《锺嵘的身世与〈诗品〉的品第》,载《安徽师范大学学报》(哲学社科版),1984年第4期。
③ 曹旭:《中日韩〈诗品〉论文选评》,上海:上海古籍出版社,2003年版,第347页。
④ 苏利海:《"文"的自觉与"士"的自觉——以〈诗品〉为例》,载《文学评论》,2018年第2期。

体一些，锺嵘此举很可能是为了维护年轻一代的士族子弟在五言诗创作领域的优越性。因为齐梁之际，由于君主们的赏好文义，吟咏之士多云集于朝廷，民间亦以能五言诗者为高，直接导致"庸音杂体，人各为容。致使膏腴子弟，耻文不逮，终朝点缀，分夜呻吟"（《诗品序》）局面的形成。五言诗这一诗歌体式，齐梁之际已成为一种社会各阶层中公认的、重要的新型文化资本。只不过与此前两篇上皇帝书相比，锺嵘的这种思想在《诗品》中是一种隐性的存在。然殊途而同归，二者并无多少本质的不同。只是锺嵘在评诗定品时出于现实的考虑，遂自觉地将之隐藏，所以后人在其《诗品》中便很难捕捉到这种思想的踪迹。此间缘由，颇有可论之处。

锺嵘《诗品序》云："近彭城刘士章……欲为当世诗品，口陈标榜，其文未遂。嵘感而作焉。"后人常据此认为，锺嵘撰写《诗品》的直接动机是受刘士章的感发。① 刘士章即刘绘（458—502），彭城人，博学善属文，言吐有风气。按刘士章"欲为当世诗品"的时间，今之学者一般将之定在齐永明六年、永明七年之间（488—489），这个结论大致可信。② 而根据锺嵘"不录存者"的撰写体例，《诗品》动笔时间不可能早于梁天监十二年（513年）。③ 锺嵘何故如此驽钝，直到近二十五年之后才"感而作焉"？况且，钟、刘二人对诗歌理论的见解并不一致，如锺嵘不喜声律之论，提倡自然英旨，而刘士章却是永明声律说的热情追随者。此皆为不合情理处。故对于锺嵘撰写《诗品》的真实动机，必然还要到他所生活的那个时代中去探寻。

南朝社会是典型的门阀士族社会，南朝士族亦向来被称为"文化士族"，家族内部家学门风的代际传递成为一种美谈。文化上的巨大优越感，确曾是士族子弟用来骄人傲人、区分士庶的可靠保障。如《梁书·王筠传》引其《与诸儿书论家世集》云：

> 史传称安平崔氏及汝南应氏，并累世有文才，所以范蔚宗云崔氏"世擅雕龙"。然不过父子两三世耳。非有七叶之中，名德重光，爵位相继，人人有集，如吾门世者也。沈少傅约语人云："吾少

---

① 曹旭：《诗品集注》，上海：上海古籍出版社，2011年版，第74页。
② 张伯伟先生在《锺嵘年表简编初稿》中将之定在永明六年（488年），参见张伯伟：《锺嵘诗品研究》，南京：南京大学出版社，1993年版，第14页；曹旭先生在《锺嵘年表》中将之定在永明七年。曹旭：《诗品研究》，上海：上海古籍出版社，1998年版，第354页。
③ 《诗品》所录诸诗人卒年最晚的沈约卒于此年。按曹旭先生认为《诗品》当动笔于刘士章卒后不久，而完成于沈约卒后，这一观点并无证据。故本文仍采用目前学术界较为通行的看法。

好百家之言,身为四代之史,自开辟已来,未有爵位蝉联、文才相
继如王氏之盛者也。"汝等仰观堂构,思各努力。①

安平崔氏及汝南应氏均为汉末第一流的门第,在当时以善属文著称,故范晔在《后汉书》中予以褒扬。但随着历史进程的发展,这些家族在南朝早已退居次席,难以为士流社会贡献出更多的优秀才俊。故在文学创作上,当时第一流门第的琅邪王氏显然更具优势。事实已是如此,王筠还要与冢中枯骨一争高下,并勉励诸儿继续努力,将崇文风气发扬光大。这充分体现出琅邪王氏家族的文学自信与对保持这种优越性的自觉态度。但随着宋齐时期"更多的寒人地主和正在向地主转化的商人正以各种手段挤入士族行列,以便享受特权"②,士族群体在现实利益分配上便大不如从前。与此同时,他们在文化创造领域上的优越性也正在悄然消失。如《南史·王僧虔传》云:

> 僧虔上表曰:"今之《清商》,实由铜爵,三祖风流,遗音盈耳,京洛相高,江左弥贵……自顷家竞新哇,人尚谣俗……排斥正曲,崇长烦淫……故喧丑之制,日盛于廛里;风味之响,独尽于衣冠。"③

王僧虔(426—485)出身于琅邪王氏,为东晋名相王导玄孙、侍中王昙首之子。据其此篇表文,雅乐在民间新声俗乐的强大冲击下不断趋于衰落,甚至到了"风味之响,独尽于衣冠"的程度,而此种经洛阳传至江左的雅乐,正是高门子弟如王僧虔辈所独擅。又《隋书·百官上》云:"旧国子学生限以贵贱,(梁武)帝欲招来后进,五馆生皆引寒门俊才,不限人数。"④按当时国子学招收生徒本"限以贵贱",即凡公卿子弟始得以入选。如《宋书·礼志一》引国子祭酒殷茂所上书云:"臣闻旧制,国子生皆冠族华胄,比列皇储。"⑤又如《南齐书·礼志上》云:"永明三年正月,诏立学,创立堂宇,召公卿子弟下及员外郎之胤,凡置生二百人,其年秋中悉集。"⑥而梁武帝却打

---

① (唐)姚思廉:《梁书》,北京:中华书局,1973年版,第486~487页。
② 唐长孺:《魏晋南北朝史论丛续编》,北京:中华书局,2011年版,第126页。
③ (唐)李延寿:《南史》,北京:中华书局,1975年版,第594~595页。
④ (唐)魏征等:《隋书》,北京:中华书局,1973年版,第724页。
⑤ (梁)沈约:《宋书》,北京:中华书局,1974年版,第1778页。
⑥ (梁)萧子显:《南齐书》,北京:中华书局,1972年版,第143页。

破陈规旧制,招引所谓"寒门俊才"入学,且不限人数。盖国子学入学权对社会各阶层的平等开放,寒门俊才亦有机会接受精英教育。这颇能说明士族群体在文化学术层面上对寒门子弟的优越性亦处在无形消解之中。

在锺嵘生活的齐梁时代,五言诗这一诗歌体式的创作也正经历着同样的命运。众所周知,五言诗在汉魏时期本是如三曹这样的寒族所擅长的诗歌形式。但历经两晋社会的变迁,特别是经过东晋一朝玄言诗风的洗礼,其诗坛领导权在刘宋时已牢牢掌握在颜延之、谢灵运等门阀士族子弟的手中。他们的审美倾向足以左右诗坛风尚。王侯以此相高,士人为此钦慕。故五言诗在当时似已成为一种极为重要的文化资本。要之,到齐梁之际,文坛上五言诗创作极为繁盛,则是不争的事实。故锺嵘《诗品序》称之为"今之士俗,斯风炽矣"。其原因古今论之者甚多,但梁武帝的个人因素必然发挥着重要的作用。《梁书·文学传》云:

> 高祖聪明文思,光宅区宇,旁求儒雅,诏采异人,文章之盛焕乎俱集。每所御幸,辄命群臣赋诗,其文善者赐以金帛,诣阙廷而献赋颂者,或引见焉。①

据此,则在当时善为诗者极易受到皇帝的赏识,更有甚者可因此而获得仕途超乎寻常的升迁。这对于梁武帝萧衍来说,是一种爱才、惜才、选才、用才的方式,但对士流社会乃至寒门俊才来说,却是一条获取声誉、仕途进取的新路。如《梁书·刘峻传》云:

> 高祖招文学之士,有高才者多被引进,擢以不次。②

正是由于萧衍笃好诗文,赏识文士,高才者才能得以破格任用,故《南史·梁武帝本纪》称:

> 自江左以来,年逾二百,文物之盛,独美于兹。③

在梁武帝的朝廷之上,作为文化资本的五言诗能源源不断地通过文化权力场转化为政治资本,从而实现不同资本间的价值转移。如此利禄之途既

---

① (唐)姚思廉:《梁书》,北京:中华书局,1973年版,第685页。
② (唐)姚思廉:《梁书》,北京:中华书局,1973年版,第792页。
③ (唐)李延寿:《南史》,北京:中华书局,1975年版,第226页。

开、崇文风气日盛,自然会激发社会各阶层,尤其是那些无家世背景的寒门俊才积极投身五言诗创作的热情。

在此种背景之下,弄清楚《诗品》究竟是为谁而作,就显得特别重要。《诗品》"梁太常任昉诗"条云:

> 但昉既博物,动辄用事,所以诗不得奇。少年士子效其如此,弊矣。①

据此,笔者认为钟嵘撰写《诗品》的预设读者正是此间的"少年士子"。《梁书·武帝纪中》云:"(天监)四年春正月癸卯朔,诏曰:'今九流常选,年未三十,不通一经,不得解褐。'"②故少年而得称士子者,必是将来只要按家族门第就可迈入仕途的年轻士族子弟。如此,则我们对《诗品序》中的这段耳熟能详的内容就要作重新解读:

> 今之士俗,斯风炽矣。才能胜衣,甫就小学,必甘心而驰骛焉。于是庸音杂体,人各为容。至使膏腴子弟,耻文不逮,终朝点缀,分夜呻吟。独观谓为警策,众观终沦平钝。次有轻薄之徒,笑曹刘为古拙,谓鲍照羲皇上人,谢朓今古独步。而师鲍照终不及"日中市朝满",学谢朓劣得"黄鸟度金枝"。徒自弃于高听,无涉于文流矣。嵘观王公搢绅之士,每博论之余,何尝不以诗为口实。随其嗜欲,商榷不同,淄渑并泛,朱紫相夺,喧议竞起,准的无依。近彭城刘士章,俊赏之士,疾其淆乱,欲为当世诗品,口陈标榜,其文未遂。嵘感而作焉。③

考齐、梁诸史乘,"膏腴"一词多指称士族。如《南齐书·张敬儿传》载沈攸之呈送萧道成书云:"凡废立大事,不可广谋。但袁褚遗寄,刘又国之近戚,数臣地籍实为膏腴,人位并居时望……"④又《梁书·王承传》云:"时膏腴贵游,咸以文学相尚,罕以经术为业,惟承独好之,发言吐论,造次儒者。"⑤据此,则所谓"膏腴子弟"当指年轻的士族子弟。如果这里钟嵘所言不虚,

---

① 曹旭:《诗品集注》,上海:上海古籍出版社,2011年版,第418页。
② (唐)姚思廉:《梁书》,北京:中华书局,1973年版,第41页。
③ 曹旭:《诗品集注》,上海:上海古籍出版社,2011年版,第65~69页。
④ (梁)萧子显:《南齐书》,北京:中华书局,1972年版,第46页。
⑤ (唐)姚思廉:《梁书》,北京:中华书局,1973年版,第585页。

那么与年轻的士族子弟在五言诗创作上展开竞争的,正是此等"俗人",亦即寒门子弟。而与后者相比,年轻的士族子弟在五言诗创作上并无什么优势可言,从而导致"独观谓为警策,众观终沦平钝"的现状。

钟嵘认为,出现上述情况的根本原因是他们学诗不得法,未能取法乎上,即所谓"师鲍照终不及'日中市朝满',学谢朓劣得'黄鸟度金枝'"。但"子不教,父之过",故钟嵘把此间责任完全推给那些"王公搢绅之士"。他们出自名门,久居权要,官位显赫,享有盛名,足以引领诗坛风气,却"随其嗜欲,商榷不同",不能为少年士子提供一些切实可行的五言诗创作准则,从而使得后者"准的无依"。

刘士章欲为当世诗品在齐永明六年、永明七年之间,此时正是"永明体"初盛而诗坛对声律的看法又存有分歧的时候,如陆厥就曾与沈约对此有过激烈的争论。《南齐书·陆厥传》记载甚详,今文多不引。据此,此处"王公搢绅之士"很可能是指沈约、谢朓、王融、陆厥等人。作为当时"后进领袖"的刘士章在齐永明年间就意识到这个问题的重要性,遂欲创立准则,可惜"其文未遂"。我们还可以思考,为何"欲为当世诗品"的是刘绘、钟嵘这样的次等士族文人,而不是王融、谢朓这样的高门子弟?前者在五言诗成就、家族背景上似乎都无法与后者相媲美。况且此二人在诗歌理论上还有矛盾。笔者认为原因即在于,像刘、钟这样的次等士族往往更依赖于对文化资本的占有。南朝社会,士族群体的整体力量趋于衰微,这已是历代研究者的共识。但高门士族如琅邪王氏、陈郡谢氏等还有显赫的门第可以依赖,还有较高的社会声望可以凭借,而次等士族如刘绘、钟嵘等则对社会形势的急剧变化更加惶恐。这在《颜氏家训》里颜之推对其子弟的谆谆教诲,表现得尤为明显。如《勉学篇》云:

> 自荒乱已来,诸见俘虏。虽百世小人,知读《论语》《孝经》者,尚为人师;虽千载冠冕,不晓书记者,莫不耕田养马。以此观之,安可不自勉耶?若能常保数百卷书,千载终不为小人也。①

就家族门第在当时社会的影响力而论,颜之推与刘绘、钟嵘皆应归为次等士族的类别。盖此群体与庶族比较接近,稍有不慎即有可能失去门阀士族的特权。他们对文化资本更加依赖,对士庶悬隔更为讲究。故此举不仅仅

---

① 王利器:《颜氏家训集解》,北京:中华书局,1993年版,第148页。

是针对五言诗而言。他们一旦在文化方面被庶族子弟超越,或是被同质化,其家族门第的优越感也就随之消失。直到今日,我们还是无法判定沈约等人是在何种思想的驱使下,将永明声律说引入五言诗的创作实践中。但这一诗歌技艺的新探索,在锺嵘看来不过是将诗歌创作从艺术变成了技术,其危害则是将诗歌创作技术化、普及化,变成人人可为之事。因而在创作五言诗时,士族子弟不能凭此而进,世俗之人亦不得因此而退。锺嵘在《诗品序》中所谓"至平上去入,余病未能。蜂腰鹤膝,闾里已具",或许正是此意。这在某种程度上,自然会弱化士族群体自刘宋以来在五言诗创作上所积累起来的优势。最高统治者甚至不必再对士族子弟的文采风流倾心不已,为满足审美需要而广引四方才俊。如此,则士族群体在文化领域的优越性也会随之减弱。这正是锺嵘不满永明声律论的深层次原因。因此,锺嵘对自颜延之、谢庄以来直至其时任昉、王融等人大肆用典之风的深刻批判,也就在情理之中。

这种新诗风至梁天监初盛而不衰,且愈演愈烈。有鉴于此,锺嵘才会萌生撰写《诗品》的强烈愿望。因为在他的心中有一以贯之的维护士族群体利益的思想存在,所以他在评诗定品时才会有一种责任感与使命感。小而言之,他要通过品评以往的名家名作,为当时年轻的士族子弟提供一些确切可行的五言诗写作准则;大而言之,他要维护士族群体在此文化领域的优越性。如此一来,他必然会在评诗定品时竭力避免被自己的主观思想所干扰。所以尽管他最爱曹植的诗歌,但亦能正视陆机、谢灵运对各自时代的巨大影响,从而严肃认真地品评了120多位诗人的五言诗;尽管他对永明诗风颇为反感,却能注意到永明体代表诗人沈约、谢朓诗歌本身的价值;尽管他有着根深蒂固的士族思想,却能尊重诗歌自身的艺术成就,从而将出身卑微的左思、鲍照分列"上品""中品"进行评价。对于所品诗人及其代表作品,他既能推源溯流,又能析其优劣,让少年士子在模拟此类诗人五言诗时既能知其所长,复能识其所短,真正做到有准的可依。他努力做到公平公正,最有说服力的例子就是把他的恩师王俭放在下品进行品评。正是如此,我们从《诗品》中几乎看不到锺嵘的士族思想,当然也就难以觉察其"门第观念"了。王瑶先生曾经认为:

> 锺嵘的生活与地位,和沈约他们那个高贵的文人圈子,是有相当的差距和距离的。他位末名卑,而且始终没有爬到上面来;他不大懂得王公缙绅之士对于文学的要求和他们的生活底关系。

这就是他底和当时风气不大同的文学主张的来源。①

近来亦有一些学者撰文声称,锺嵘在对五言诗品评之时持一种布衣文学观念,即敢于打破门第观念,不拘一格选录诗人。② 甚至有学者认为,"锺嵘《诗品》在评价上基本上做到了客观公正,不分政治立场,网罗各个阶层的诗人,这给庶族诗人巨大鼓舞,也让庶族出身的文人们更有信心投入诗歌创作当中"③。然而通过上述分析,我们就能发现作者隐藏在文字背后的真实动机。盖此类观点大多是就《诗品》论《诗品》,就文学论文学,未能紧扣特定的时代背景并结合锺嵘生平行事予以系统论述,更不曾将《诗品》当作锺嵘某种思想驱使下的产物,因而都是值得商榷的。

南朝社会随着皇权的不断强化与寒人势力的崛起,门阀士族的力量在某种程度上受到了抑制,其既得利益也受到了损害。生活在这样的时代,作为士族出身的锺嵘,自然要处处以维护士族群体利益为己任。这种情感贯穿在其生平行事之中,或显或隐,但总是客观地存在着。通过本节的考释可知,锺嵘上齐明帝书是为了维护门阀士族所掌控的人事任免权不被侵夺,故不惧与齐明帝所代表的皇权相抗争;其上梁武帝书,是为了维护士族群体自身的纯粹性,既反对士族子弟因军功受爵而自坏清规,亦反对非士族成员凭借军功而挤入士族,从而混淆士庶之别。此种思想对于锺嵘来说,是与生俱来、根深蒂固的。循此而论,《诗品》也正是这一思想驱使下的产物。《诗品》的撰写自然是以当时五言诗创作的极大繁荣为背景,所谓"今之士俗,斯风炽矣"。正是"士俗"的共同参与让锺嵘感到焦虑,因为"膏腴子弟"在竞争中虽然非常努力,但未能占据优势,甚至有"终沦平钝"之弊。王公缙绅之士作为真正意义上的诗坛领袖,对诗歌创作并未提供准的。由于齐梁之际,五言诗在事实上已成为一种新兴的文化资本,故锺嵘撰写《诗品》表面上是为了给年轻的士族子弟在五言诗创作上提供"准的可依",实际上其动机或许是为了更好地占有这种文化资本,进而维护门阀士族在此文化领域的先进性与优越性。不过与两次上皇帝书相比,锺嵘维护士族群体利益的思想在《诗品》中却是一种隐性的存在。然殊途同归,二者在此方面似乎并无本质上的不同。

---

① 王瑶:《隶事·声律·宫体——论齐梁诗》,收入《中古文学史论》,北京:商务印书馆,2011年版,第303页。
② 方志红:《论锺嵘的布衣文学观》,载《求索》,2008年第2期。
③ 谢兴润:《锺嵘〈诗品〉对庶人文学作家的接受》,载《韶关学院学报》,2014年5期。

第二节 《诗品》与五言诗经典谱系的建构

钟嵘《诗品》是中国文学理论批评史上的不朽之作,被后人誉为"百代诗话之祖",其重要性可与刘勰《文心雕龙》相媲美。《诗品》中的许多经典论断,直到今天仍然被许多研究者反复引用。鉴于《诗品》丰富的思想内涵及重要的学术价值,故历来论之者多对之赞赏有加。然尽管如此,后代学者对其品第裁定、源出祖袭等方面的表述也颇有微词,如《四库全书总目》云:"近时王士禛极论其品第之间多所违失。然梁代迄今,邈逾千祀。遗篇旧制,什九不存,未可以掇拾残文定当日全集之优劣。惟其论某人源出某人,若一一亲见其师承者,则不免附会耳。"① 按四库馆臣对王士禛观点的批驳堪称得理。不过他们认为钟嵘"某人源出某人"诸语多有附会之辞,难免又陷入自相矛盾的论证怪圈。因为这种判断同样是建立在中古诗歌文献大量散佚这一客观事实之上。而对钟嵘《诗品》所建构的这套谱系的质疑,早在明代胡应麟《诗薮》、王世贞《艺苑卮言》等书中即已有之。② 要而言之,前贤所论似乎可以归为一类,即《诗品》建构此谱系的准确性问题。但本节不拟重复以上讨论,而打算从前人不甚重视的另一个角度切入——《诗品》为何要建构此诗歌谱系,来阐释钟嵘这一文学批评行为本身的意义,以及由此而形成的诗歌史价值。笔者认为,钟嵘通过比附既往经典、彰显文体优势、建构经典谱系等三种方式,建构起一套理想化的中古五言诗秩序,体现出十分明显的"尊体"意识。盖钟嵘此举将五言诗体推崇到"居文辞之要"这样一个无以复加的诗坛地位,从而为此文体正名。这在中古五言诗的经典化历程中,是至关重要的一个环节。文学的经典化必须以文体的经典化为前提,这是我们的基本观点。

一、《诗品》之前五言诗谱系建构得失

五言诗是中国古典诗歌的主要形式之一。但对五言诗这一诗歌体式

---

① (清)永瑢等:《四库全书总目》,北京:中华书局,1965年版,第1780页。
② 如《诗薮·内编》云:"萧统之选,鉴别昭融。刘勰之评,议论精鉴。钟氏体裁虽具,不出二书范围。至品或上中倒置,词则雅俚错陈,非萧、刘比也。"参见:(明)胡应麟《诗薮》,上海:上海古籍出版社,1979年版,第40页。又《艺苑卮言》云:"吾览钟记室《诗品》,折衷情文,裁量事代,可谓允矣。词亦奕奕发之。第所推源出于何者,恐未尽然。"见罗仲鼎:《艺苑卮言校注》,济南:齐鲁书社,1992年版,第155页。

的源起,当前学术界并无定论。不过,目前将东汉中叶至建安时期视为其诗体之成立期,似已为多数研究者所接受。① 五言诗在当时虽是一种新兴的诗歌体式,但诚如本书第四章部分内容所论,其格调甚为低下,故虽有"五言腾踊"之表象,亦有三曹、七子等俊杰参与其中,然实未能被正统士大夫广泛接受,获取如四言诗之诗坛"正体"地位。比如魏正始时期,应璩将传统风雅精神中的讽谏功能赋予五言诗而创作《百一诗》时,时人"咸皆怪愕",恨之者尽欲"焚弃之",而爱之者则叹"有诗人之旨"②。由此可见诗体创新之不易。以至于五言诗在相当长时期内,只能与"怜风月、狎池苑、述恩荣、叙酣宴"等题材为伍。又西晋挚虞《文章流别论》亦云:"夫诗虽以情志为本,而以成声为节。然则雅音之韵四,四言为正,其余虽备曲折之体,而非音之正也。"③挚虞师从大儒皇甫谧,可谓彼时士大夫之代表人物,他的观点与西晋四言雅诗复兴不无关系。甚至直到南朝刘勰《文心雕龙》仍然认为:"若夫四言正体,则雅润为本;五言流调,则清丽居宗。"④何为"流调"或有可商,然"正体"二字却无可争议。⑤ 由此可见,四言诗作为诗坛正体的观念影响非常深远。

但与此同时,五言诗在魏晋南朝众多诗人的积极探索之下,从题材内容到表现手法都处在不断发展之中,以至于出现荀绰《古今五言诗美文》这样的专门选本。⑥ 又据钟嵘《诗品序》所云:"谢客集诗,逢诗辄取。"考《隋书·经籍志》,谢灵运撰录《诗集》五十卷、《诗集钞》十卷、《诗英》九卷。⑦ 历来《诗品》注释者多以此释之。而所谓"逢诗辄取",大概是说谢灵运在撰录诗歌时并不作文体上的甄别,只要是诗即选入其中。据此,则谢灵运《诗集》中自当选有不少五言诗作品。又《隋书·经籍志》还录有宋侍中张敷、袁淑《补谢灵运诗集》一百卷,选诗方式或与前者相同。《宋书·王淮之传》云:"淮之尝作五言。范泰嘲之曰:'卿唯解弹事耳。'淮之正色答:'犹差卿

---

① 逯钦立:《汉诗别录》,收入《逯钦立文存》,北京:中华书局,2010年版,第53页。又萧涤非:《汉魏六朝乐府文学史》,北京:人民文学出版社,2011年版,第23页。
② 葛志伟:《诗歌史的隐性坐标——论魏晋南朝的"新诗"》,载《福建师范大学学报》,2014年第1期。
③ (唐)欧阳询:《艺文类聚》,上海:上海古籍出版社,1999年版,第1018~1019页。
④ 范文澜:《文心雕龙注》,北京:人民文学出版社,1958年版,第67页。
⑤ 罗宗强:《读文心雕龙手记》释"五言流调"篇,北京:生活·读书·新知三联书店,2007年版,第63~72页。
⑥ (唐)魏征等:《隋书》,北京:中华书局,1973年版,第1084页。
⑦ (唐)魏征等:《隋书》,北京:中华书局,1973年版,第1084页。

世载雄狐。"①"雄狐"典故出自《诗经·齐风·南山》"南山崔崔,雄狐绥绥"句。郑玄《笺》云:"雄狐行求匹耦于南山之上,形貌绥绥然。"②揆之文意,当是王淮之借此羞辱范泰家族多淫秽之事。按王淮之出自琅邪王氏,范泰出自南阳范氏,皆为南朝高门士族,何至于因一句玩笑话而恼羞成怒?不过,我们据此可见彼时士族子弟多重视五言诗写作并常常以此相高下,以至于范泰的嘲讽换来王淮之的谩骂。不过尽管当时五言诗体获得了很大发展,文人士大夫对之也更为青睐,但似乎无人从理论上为其文体的合法性地位作一番辩护。

第一次作如此尝试的当推横跨宋、齐、梁三代的大诗人江淹。江淹(444—505),字文通,济阳考城人氏。其有《杂体诗》三十首,均为五言诗。此组诗是后世诗评家、诗选家公认的江淹代表作,具有较高的艺术水准。《文选》全文收录列入"杂拟"类。此三十首拟作分别为拟汉诗3首、魏诗6首、晋诗13首、宋诗8首。清代学者何焯论云:

> 所拟既众,才力高下,时有不齐。意制体源,罔轶尺寸。爰自椎轮汉京,迄乎大明、泰始,五言之变,旁备无遗矣。③

"五言之变,旁备无遗",也就是说在何焯看来,江淹不仅模拟了前人的诗歌文本,而且在拟诗中呈现出自汉及宋五言诗体的风格演变轨迹。据此组拟诗,我们可以看到江淹本人所认为的早期五言诗发展传承脉络。其自撰《杂体诗序》云:

> 五言之兴,谅非夐古。但关西邺下,既已罕同;河外江南,颇为异法。④

"关西邺下",指的是西汉都城长安与曹魏都城邺城,代指汉魏时期。显然在江淹看来,五言诗体的兴起就在汉世,而并不是很久远之前的事情。这与其反对"贵远贱近"的文学主张相符。显然,这是一种较为理性的看法,但缺乏论证的理性在很多时候并不能让人信服。今观江淹所拟三首汉诗,

---

① (梁)沈约:《宋书》,北京:中华书局,1974年版,第1624页。
② (唐)孔颖达:《毛诗正义》,《十三经注疏》标点本,北京:北京大学出版社,1999年版,第341页。
③ (清)何焯:《义门读书记》卷四七"江文通杂体诗"条,北京:中华书局,1987年版,第938页。
④ 逯钦立:《先秦汉魏晋南北朝诗》,北京:中华书局,1983年版,第1569页。

分别为《古离别》《李都尉陵从军》《班婕妤咏扇》。根据美国学者宇文所安先生的看法，江淹此处将《古离别》置于李陵诗之前，并非由于其写成时间更早，而是在建构早期诗歌史时无法合理地安置这些"古"诗，最终只好将之放在第一个有名有姓的作者——李陵之前。① 这个推论应该是合理的。据此可知，江淹是将西汉李陵当成五言诗的第一个代表诗人，而且很可能是其心目中五言诗的源头。江淹在客观上总结了刘宋之前五言诗发展变化的主要脉络，对早期五言诗史的建构可谓功莫大焉。② 不过江淹此举对五言诗体文坛地位的提升，似乎并无多大帮助。盖略逊风骚的李陵将军还不足以支撑起后世繁复庞杂的五言诗谱系，并且其文体的合法性也未能得到理论层面上的阐释。

宗经思想在我国历史上可谓由来已久，特别是经过两汉官方"独尊儒术"的思想强化之后，更是如此。诚如刘勰《文心雕龙·宗经》所云：

> 经也者，恒久之至道，不刊之鸿教也。故象天地，效鬼神，参物序，制人纪，洞性灵之奥区，极文章之骨髓者也。③

盖经典文本的权威浸润日久，以至于人心趋同，形成一种较为稳固的思维模式。考察早期的主流文体如楚辞、汉赋等，其文坛地位的最终确立都离不开人们从理论层面上对既往经典的比附。如《史记·屈原列传》云：

> 《国风》好色而不淫，《小雅》怨诽而不乱。若《离骚》者，可谓兼之矣。④

又东汉王逸《离骚经叙》云：

> 夫《离骚》之文，依托《五经》以立意焉。⑤

司马迁、王逸二人都自觉将《离骚》比附儒家经典，此举为《离骚》最终能跻

---

① 〔美〕宇文所安：《中国早期古典诗歌的生成》，北京：生活·读书·新知三联书店，2012年版，第49页。
② 参见葛晓音：《江淹"杂拟诗"的辨体观念和诗史意义——兼论两晋南朝五言诗中的"拟古"和"古意"》，载《晋阳学刊》，2010年第3期。
③ 范文澜：《文心雕龙注》，北京：人民文学出版社，1958年版，第21页。
④ （汉）司马迁：《史记》，北京：中华书局，1982年版，第2482页。
⑤ （宋）洪兴祖：《楚辞补注》，北京：中华书局，1983年版，第49页。

身经典的行列提供了合法性依据。① 又班固《两都赋序》云:"赋者,古诗之流也。"并在列举西汉辞赋家名目之后又云:"或以抒下情而通讽谕,或以宣上德而尽忠孝。雍容揄扬,亦雅颂之亚也。"② 又《晋书·孙绰传》亦云:"绝重张衡、左思之赋,每云《三都》《二京》,《五经》之鼓吹也。"③ 班固、孙绰二人亦将赋体比附既往经典,这对于汉赋作品在汉魏六朝时期的经典化大有益处。④ 据此可知,将某种文体比附既往经典向来是提升其文坛地位的最好方法。可惜江淹通过所拟三十首《杂体诗》而建构起的五言诗谱系,并未言及于此,故五言诗尚未能摆脱其"俗体"地位。

在江淹之后,具备自觉建构诗歌史意识的应该是刘勰。其《文心雕龙·明诗》往往被后世学者视为早期诗歌发展的权威论述。在专论古今诗歌演进的《明诗》中,刘勰提到了对五言诗源起的讨论:

> 至成帝品录,三百余篇。朝章国采,亦云周备。而辞人遗翰,莫见五言,所以李陵、班婕妤见疑于后代也。按《召南·行露》,始肇半章;孺子《沧浪》,亦有全曲;《暇豫》优歌,远见春秋;《邪径》童谣,近在成世。阅时取证,则五言久矣。⑤

据此,则对李陵、班婕妤二人作有五言诗之事,在刘勰之前已有人持怀疑态度。但刘勰对这些怀疑者的言论颇感诧异,并随即举出四个实例予以反驳,从而指出五言诗体由来已久这一历史事实。可见刘勰不仅不怀疑李陵、班婕妤二人作五言诗之真实性,而且将五言诗的起源向前推进了一大步,从春秋时代到西汉皆有所作。这或许是对江淹"五言之兴,谅非复古"说的反驳。特别具有反讽意味的是,最早指出五言诗源头的人不是刘勰,而是西晋时期最轻视五言诗体的儒家学者挚虞。其《文章流别论》云:

> 古诗率以四言为体,而时有一句二句杂在四言之间,后世演之遂以为篇……五言者,"谁谓雀无角,何以穿我屋"之属是也。⑥

---

① 参见刘向斌:《两汉时期屈原的崇高化与〈离骚〉的经典化历程》,载《西北大学学报》,2008年第4期。
② (梁)萧统:《文选》,(唐)李善注,上海:上海古籍出版社,1986年版,第3页。
③ (唐)房玄龄等:《晋书》,北京:中华书局,1974年版,第1544页。
④ 参见张新科:《汉赋的经典化过程——以汉魏六朝时期为例》,载《人文杂志》,2004年第3期。
⑤ 范文澜:《文心雕龙注》,北京:人民文学出版社,1958年版,第66页。
⑥ (唐)欧阳询:《艺文类聚》,上海:上海古籍出版社,1982年版,第1018页。

不过挚虞虽然指出五言源自《诗经》，但其真实意图是揄扬四言正体而贬抑五言俗调。这一点与刘勰明显不同。盖刘勰为五言诗寻找源头，只是为了充分证明其历史久远，后世不应轻易怀疑。至于四言、五言之间的文体优劣，刘勰似乎并不太在意。最有说服力的证据，如其虽然以四言为正体、五言为流调，但随后即宣称：

  华实异用，惟才所安。故平子得其雅，叔夜含其润，茂先凝其清，景阳振其丽，兼善则子建、仲宣，偏美则太冲、公干。①

擅长四言还是五言，诗风华美还是朴实，主要取决于诗人自身的才情。因而在刘勰看来，张衡、嵇康、张华、张协、曹植、王粲、左思、刘桢等都是优秀诗人的代表。但刘勰此举并不能为五言诗体正名，一则其仍默认四言为正体，二则尚未能明确四言与五言之关系。盖五言诗体只有被证明在特定时代背景下比传统四言诗体更为优越，才能在文坛上名正言顺地占据主流地位。而这些工作，刘勰显然并没有完成。五言诗依旧与四言诗交织在一起，甚至还包括杂言诗、离合诗、回文诗、联句诗在内，它们共同支撑起刘勰心目中的早期诗歌发展谱系。另外，刘勰虽然有着浓厚的宗经观念，但大多是就所有文体的宏观之论，带有方法论层面上的指导意义。倘若就《文心雕龙》而言，他似乎并没有具体阐释五言诗是如何"宗经"的言论。

  在锺嵘之前，除江淹"杂拟"、刘勰"明诗"之外，涉及五言诗发展历程的还有一代文宗沈约。沈约对古今文学发展的观点集中体现在《宋书·谢灵运传论》之中。不过沈约此论多言赋体演进，且意图似乎更在于为其倡导的声律论张本，因而对于建构早期五言诗发展谱系的作用并不大。不过在叙述完以曹植、王粲为代表的建安文人所引领的文体新变之后，沈约接着说：

  是以一世之士，各相慕习。源其飙流所始，莫不同祖《风》《骚》。徒以赏好异情，故意制相诡。②

建安文学本兼有众体，然尤以诗、赋二体最为兴盛。故所谓"同祖《风》《骚》"者，自然应包括新兴的五言诗体在内。沈约无意间说出了五言诗体

---

① 范文澜：《文心雕龙注》，北京：人民文学出版社，1958年版，第67页。
② （梁）沈约：《宋书》，北京：中华书局，1974年版，第1778页。

与既往经典之间的内在联系,只是迫于行文需要未能作进一步阐发。笔者认为这正是沈约对早期五言诗歌史建构所作出的贡献,尽管此举未必是一种自觉的行为。故张伯伟先生认为,沈约在探讨文学变迁时所持有的这种追本穷源的历史眼光,对后来锺嵘《诗品》"推源溯流"法的产生有积极的影响。①

要而言之,江淹通过拟诗的方式大体上罗列出一个古今重要诗人的脉络,并通过拟作呈现出诗歌风格的演进轨迹;刘勰将五言诗的源头上溯至先秦时期,并以此来证明流传后世的李陵、班婕妤诗歌的真实性;沈约对早期五言诗不甚关注,但无意间说出了五言诗体与既往经典《诗经》《离骚》间的潜在关系。显然,这些分散的论述都是建构五言诗发展谱系的重要组成部分。但直到这里,我们都应该明白,以上内容并不能证明五言诗体较传统四言诗体更具优越性,因而它们尚不能从根本上提升五言诗体的文坛地位。这就是在锺嵘《诗品》出现之前,五言诗史建构的大致情况。

二、《诗品》对五言诗经典谱系的建构

就当前学术界已有研究成果而言,关于对《诗品》谱系建构的讨论,多是将其所品评的重要诗人依据"源出"之不同归为《国风》《小雅》《楚辞》三大系统。但这种简单归类的方式显然只是研究的第一步。概括而言,已有研究探讨的是锺嵘建立了怎样的谱系,这种谱系是否准确合理。而我们所要关注的问题在于,锺嵘为何要建构这样一个诗歌谱系?他将五言诗溯源至《诗经》《楚辞》的真实意图是什么?

通过对《诗品序》的深入解读,我们发现锺嵘的诗歌演进观念并非凭空而来,而是有着鲜明的时代特色。他对江淹、刘勰、沈约等人的观点汲取甚多,并重新进行整合与细化,从而形成一个较为严密的早期五言诗发展谱系。如《诗品序》云:

> 昔《南风》之辞,《卿云》之颂,厥义夐矣。夏歌曰:"郁陶乎予心。"楚谣云:"名余曰正则。"虽诗体未全,然略是五言之滥觞也。②

---

① 张伯伟:《中国古代文学批评史上"推源溯流"法的成立及其类型》,收入《钟嵘诗品研究》,南京:南京大学出版社,1993年版,第297~298页。
② 曹旭:《诗品集注·序》,上海:上海古籍出版社,2011年版,第6页。

这种追述五言诗源头的叙述模式,显然与刘勰《文心雕龙·明诗》如出一辙。虽然所列举的证据有所不同,但本质上完全一致,即证明五言之体起源甚早,为其文体合法性的确立提供了历史依据。又《诗品序》云:

> 逮汉李陵始著五言之目。古诗眇邈,人代难详。推其文体,固是炎汉之制,非衰周之倡也。①

钟嵘亦认为西汉李陵是历史上第一个真实可信的五言诗作者。但对于古诗,他采取了与江淹相似的办法,即在正文叙述中将之置于李陵位置之前。此举显然不是因为它的产生真早于李陵诗歌,而是一种出于无奈的安置方法。但与其他人最大的不同之处在于,钟嵘自始至终都体现出一种虔诚的、自觉的建构意识。他的论证意图十分明显,就是要证明五言诗体比传统的四言诗体更为优越。他的见识真正能超越前人之处,应该始于下面这段文字:

> 自王、扬、枚、马之徒,辞赋竞爽,而吟咏靡闻。从李都尉讫班婕妤,将百年间,有妇人焉,一人而已。诗人之风,顿已缺丧。②

汉代以赋闻名于后世,王褒、扬雄、枚乘、司马相如堪称杰出代表。但钟嵘认为这些人只擅长辞赋创作,而见窘于诗歌吟咏。显然在钟嵘看来,诗、赋文体殊途,相差甚远。又云从李陵到班婕妤近百年之间,《诗经》时代的优秀传统(即"诗人之风")在此期顿然衰落中断。对钟嵘的这一说法,后代学者多有反对意见。如古直先生《钟记室诗品笺》云:

> 《汉书·艺文志》"歌诗二十六家,三百一十四篇"……此岂得云"非诗人之风邪"?仲伟于是为失辞矣。③

我们很难说出身士族家庭、受过良好教育、身仕齐梁两朝的钟嵘不熟悉《汉书·艺文志》的内容。笔者认为钟嵘不谈西汉三百余篇歌诗作品,盖意在突出五言诗体对传统"诗人之风"的接续,故自觉将汉代的辞赋、四言诗(如韦孟《讽谏》《在邹》、韦玄成《自劾》《戒子孙》等)、歌诗排除在外。钟嵘当然

---

① 曹旭:《诗品集注·序》,上海:上海古籍出版社,2011年版,第10页。
② 曹旭:《诗品集注·序》,上海:上海古籍出版社,2011年版,第14页。
③ 转自曹旭:《诗品集注·序》,上海:上海古籍出版社,2011年版,第18页。

尊重《诗经》的权威性,但他并不认为西汉的辞赋以及四言诗能传承《诗经》的风雅兴寄精神。故这种传承在汉代辞赋与四言诗中"顿已缺丧",只能由当时的五言诗体来维系。这应该就是钟嵘在此处的潜台词。可见钟嵘此语非但不是一种"失辞"行为,反而恰恰是尊崇五言诗体意识的自觉流露。

《诗品序》接下来的内容,表现出与沈约《宋书·谢灵运传论》、刘勰《文心雕龙·明诗》等相似的叙述逻辑。因为在他们生活的时代里,总有一些前代杰出诗人是必须要被提及的。正是由于他们的存在,让文学传统具备了现实的意义。但钟嵘随即提出并回答了一个最为重要的问题——五言诗体为何比四言诗体优越。这是一个江淹、刘勰、沈约等人都没有意识到的新问题。当然,钟嵘并不敢贸然挑战《诗经》四言体的权威。①他用来与五言诗作比较的是他生活时代的四言诗:

> 夫四言,文约意广,取效《风》《骚》,便可多得。每苦文烦而意少,故世罕习焉。五言居文辞之要,是众作之有滋味者也,故云会于流俗。岂不以指事造形,穷情写物,最为详切者邪?②

许文雨先生《钟嵘诗品讲疏》云:"四言至是时,早不能抗行《三百》,文亦繁而习亦敝,故仲伟言之云尔。非谓四言本无足为也。"③此论当最契钟嵘之心。西方经典的捍卫者哈罗德·布罗姆也认为:"每一时代里都有一些体裁比其他文体更具经典性。"④既然传统的四言诗体在汉代已经不能传承《诗经》精神,汉代以后的四言诗就更不足而论。在这种情形下,钟嵘便水到渠成地表明自己"五言居文辞之要"的观点。钟嵘指出当时五言诗之所以能"会于流俗",成为士庶竞相追逐的诗歌样式,是因为其优势在于指事造形、穷情写物最为详切。但此尚非五言诗能居文辞之要的根本原因。因为单就"指事造形""穷情写物"等特点来说,七言诗的句式更长,篇幅更大,变化更多,如此岂不更胜一筹吗?故《诗品序》紧接着又云:

---

① 有学者认为钟嵘为达到确立五言诗体为诗之正宗的目的,必然要从体制上否定《诗经》所代表的四言体。参见陈应鸾:《论钟嵘对四言诗的态度》,载《四川大学学报》,1997年第4期。笔者认为这或许是一种误解,盖《诗品》整个经典谱系的建构都依赖于《诗经》与《楚辞》诗学传统的支撑。钟嵘全部的论证都在说明,五言诗体如何传承缺失的"诗人之风"并自觉回归诗骚精神。由此可知,钟嵘并没有去挑战《诗经》四言体的权威性,因为它是五言诗体经典性确立的文学源泉。
② 曹旭:《诗品集注·序》,上海:上海古籍出版社,2011年版,第43页。
③ 许文雨:《钟嵘诗品讲疏》,成都:成都古籍书店,1983年版,第17页。
④ 〔美〕哈罗德·布罗姆:《西方正典》,江宁康译,南京:译林出版社,2011年版,第17页。

> 故诗有六义焉：一曰兴，二曰比，三曰赋……弘斯三义，酌而用之。干之以风力，润之以丹采，使味之者无极，闻之者动心，是诗之至也。①

"诗有六义"的说法，出自《毛诗序》，即"风""雅""颂""赋""比""兴"。曹旭先生引唐代孔颖达《毛诗正义》云：

> 然则风、雅、颂者，诗篇之异体；赋、比、兴者，诗文之异辞耳。大小不同而得并为六义者，赋、比、兴是诗之所用；风、雅、颂是诗之成形。用彼三事，成此三事。是故同称为义，非别有篇卷也。②

循此而论，则钟嵘本意当是五言诗能全面继承《诗经》中赋、比、兴的表现手法，进而可比肩既往经典风、雅、颂，故此处亦当有"用彼三事，成此三事"之意。可见，钟嵘心目中最理想的五言诗与《诗经》的关系至为密切。此举在某种程度上，也回应了上文对汉代辞赋与四言诗的批判，即缺席的"诗人之风"在五言诗体中又得以重现。这正是其文体的合法性、经典性所在。而此种意义却为前人所忽视，故钟嵘在下文充满自信地写道：

> 陆机《文赋》，通而无贬；李充《翰林》，疏而不切；王微《鸿宝》，密而无裁；颜延论文，精而难晓；挚虞《文志》，详而博赡，颇曰知言。观斯数家，皆就谈文体，而不显优劣。至于谢客集诗，逢诗辄取；张骘《文士》，逢文即书。诸英志录，并义在文，曾无品第。嵘今所录，止乎五言。③

陆机等诸家论文皆不曾评骘文体优劣，而钟嵘所论"止乎五言"。这本身就表明一种推崇五言诗体的明确态度。一方面是社会上五言诗体"会于流俗"的繁荣现状，同时又不能摆脱"俗体""流调"的尴尬地位；另一方面，传统四言诗体文烦意少，缺失"诗人之风"，而五言诗体则能直接传承《诗经》精神。故在此种情形下，建构一个既比附《诗经》而又自成体系的五言诗经典谱系，就很有必要了。若非如此，则既不足以正其体，亦不能彰其用。而这正是《诗品》所要阐述的中心内容。

---

① 曹旭：《诗品集注·序》，上海：上海古籍出版社，2011年版，第47页。
② 曹旭：《诗品集注·序》，上海：上海古籍出版社，2011年版，第50页。
③ 曹旭：《诗品集注·序》，上海：上海古籍出版社，2011年版，第236页。

美国学者哈罗德·布罗姆在研究西方经典的形成时提出,那些作家作品成为经典的原因常常在于陌生性(strangeness),这是一种无法同化的原创性。① 但这一法则对于钟嵘所建构的五言诗而言并不适用。在《诗品》中,钟嵘对《诗经》《楚辞》等既往经典表现出特别的依赖与信任。他完全忽视汉乐府等文学样式对五言诗的影响,反而千方百计为之寻找某种高贵的源头。他从古今 120 多位五言诗人中遴选出 36 家,分别归入《国风》《小雅》《楚辞》3 个系统之中。其中,"古诗"、曹植诗直接源自《国风》;李陵诗直接源自《楚辞》;阮籍诗直接源自《小雅》。其余 32 位诗人又源出上述 4 家。

于是在这里,我们便看到了中国诗歌史演进的一条重要脉络:从《诗》《骚》到五言诗。既往经典《诗经》《楚辞》不仅是一个客观存在的优秀诗学传统,更是一个文化的、心理的、历史的、意象的话语典范。因而,钟嵘所建构的诗歌谱系所要表达的并非确切的师承关系,而是诗学风格的隐性传递轨迹。

根据苏联学者 B. M. 日尔穆蒙斯基的观点,只有把"风格"的概念引入诗学,这门学科的基本概念体系才算是最终建立起来,这些风格在零散的、文学史的研究中组成统一的要素。② 与此同时,钟嵘编撰的这个谱系也传达出这样一个信念:后世作家作品越接近《诗》《骚》精神,就越具备经典性。比如曹植,这是钟嵘寄托其最高审美理想的典范诗人。钟嵘称其"情兼雅怨,体被文质"。"雅怨"一词,《诗品》中仅见于此。而所谓"情兼雅怨",在萧华荣先生看来,正是由于曹植诗除具有《国风》系的雅情之外,还兼有《楚辞》系的怨情。③ 故其离《诗》《骚》精神的本源较其他诗人显然更近一步。而相比之下,"文多凄怆"的李陵,虽贵为五言诗人之首,但其诗歌总体而言,怨多雅少,难称最高典范。此举与诗人生活时代的先后无关。故张伯伟先生认为:"他要通过诗派的组合排列,形成新的理论秩序,并指出一个符合其审美理想的创作方向。"④而这个符合审美理想的创作方向,正是以五言诗的新形式完成了对诗学传统中《风》《骚》精神的回归。这种比附既往经典从而建构新经典序列的自觉意识,在同时代谢赫《古画品录》、姚最

---

① 〔美〕哈罗德·布罗姆:《西方正典》,江宁康译,南京:译林出版社,2011 年版,第 2 页。
② 〔苏联〕B. M. 日尔穆蒙斯基:《诗学的任务》,转引自伍蠡甫、胡经之:《西方文艺理论名著选编》下卷,北京:北京大学出版社,1987 年版,第 396~400 页。
③ 参见萧华荣:《钟嵘〈诗品〉的诗歌批评体系》,载《文学评论》,1985 年第 4 期。
④ 张伯伟:《钟嵘诗品研究》,南京:南京大学出版社,1993 年版,第 113 页。

《续画品录》、梁武帝《围棋品》、庾肩吾《书品》等书中难以觅见。① 这正是锺嵘《诗品》的高明之处。他提出了关于五言诗体的根本问题并完美地解决了该问题,他的论述无论准确与否,都能自成体系。至于锺嵘为何要选择36家,或如曹旭先生所云,锺嵘精通《周易》,故此举当与"易数"有关,即以此36家代表全部诗人的整体。②

三、《诗品》建构五言诗经典谱系的诗史意义

由于对诗学传统的自觉回归,锺嵘所建构的五言诗谱系不再是一种个人的主观审美体验,而是处处流露出经典合法性美学特征的必然要求。五言诗体的诗坛地位从而得到充分的论证。此点通过对颜延之与谢灵运在南朝诗坛地位之升降考察,可予以清晰揭示。

锺嵘《诗品》将谢灵运置于上品,而将颜延之置于中品,并在《序》中称"谢客为元嘉之雄,颜延年为辅"。二人虽皆为五言之冠冕,然其诗歌成就实有高下之分。而在此之前,颜、谢二人向来都是齐名于世的。如《宋书·颜延之传》云:"延之与陈郡谢灵运,俱以词彩齐名。自潘岳、陆机之后,文士莫及也。江左称'颜谢'焉。"③故沈约《宋书·谢灵运传论》云:"爰逮宋氏,颜谢腾声。灵运之兴会标举,延年之体裁明密,并方轨前秀,垂范后昆。"④甚至有时颜延之的声誉较谢灵运更高一些,如《南史·颜延之传》云:"(颜谢)俱以辞采齐名,而迟速悬绝。文帝尝各敕拟乐府《北上篇》。延之受诏便成,灵运久之乃就。"⑤又《南齐书·萧晔传》引齐太祖萧道成云:"康乐放荡,作体不辩有首尾,安仁、士衡深可宗尚,颜延之抑其次也。"⑥故高华平先生认为文学史上第一个对颜、谢明确区分高下的正是锺嵘及其

---

① 历来论者对锺嵘《诗品》与其他著作之间的趋同性多有精辟论述,即指出二者在结构安排、思维方式、品评用语、遣词造句等方面的互相影响。参见逯钦立:《〈诗品〉考实》,收入《逯钦立文存》,北京:中华书局,2010年版,第387~391页。又〔日〕兴膳宏:《〈诗品〉和书画理论》,载《中国文艺思想史论丛(第二辑)》,北京:北京大学出版社,1985年。又蒋祖怡:《〈画品〉与〈诗品〉——锺嵘"诗品"探源》,载《杭州大学学报》,1986年第3期。但对《诗品》与《画品》等书所流露出撰写者思想层面上的差异,一直没有看到进一步的阐发。笔者认为这种差异性,最显著的一点即在于撰写者是否具有一种自觉建构经典谱系的意识。限于篇幅,此处不拟展开。
② 参见曹旭:《诗品集注·序》,上海:上海古籍出版社,2011年版,第15页、第32页。
③ (梁)沈约:《宋书》,北京:中华书局,1974年版,第1904页。
④ (梁)沈约:《宋书》,北京:中华书局,1974年版,第1778~1779页。
⑤ (唐)李延寿:《南史》,北京:中华书局,1975年版,第881页。
⑥ (梁)萧子显:《南齐书》,北京:中华书局,1972年版,第625页。

《诗品》。① 对于此间原因,高华平认为就整体创作倾向而言,颜偏于"笔"而谢长于"文",由于齐梁时期批评界存在重"文"轻"笔"的倾向,故锺嵘扬谢抑颜实为南朝文学观念演变过程中的应有之义。此说自有其合理性,但笔者认为,锺嵘此举与其谱系建构及诗学理想亦颇有关联。

首先,从《诗品》所建构的五言诗谱系上看,谢灵运所属序列为"《国风》—曹植—谢灵运",而颜延之所属序列为"《国风》—曹植—陆机—颜延之"。二人虽皆源出曹植一系,但颜延之与曹植之间,尚隔着陆机这一环节。诚如上文所论,曹植诗歌具有"情兼雅怨"的特征。这是锺嵘所称五言诗审美理想的最高典范。而陆机虽源出曹植,但似乎只传承了"雅情"的一面,如《诗品》"晋平原相陆机"条称"才高辞赡,举体华美""咀嚼英华、厌沃膏泽"。因而虽同为上品诗人,但陆机五言诗在整体成就上要低于曹植。《诗品》"魏陈思王植"条称"孔氏之门如用诗,则公干升堂,思王入室。景阳潘陆,自可坐于廊庑之间",即暗含此种意思。颜延之诗歌又源自陆机,自然是"雅情"的传承者。观颜延之今存的五言之作,除《五君咏》"忽自秀于它作"②之外,余者多为铺锦列绣、典雅严整的"廊庙之体"。这已成为文学史研究者的共识。故《诗品》亦称其"经纶文雅"。与颜延之相比,谢灵运除源出曹植之外,尚"杂有景阳之体"。对此,曹旭先生认为:"曹植源出《国风》,张景阳源出王粲,王粲源出《楚辞》,则谢灵运一人兼得《国风》《楚辞》两系。"③怨情在谢灵运诗歌中并不少见,如《宋书·谢灵运传》云:

> 司徒徐羡之等患之,出为永嘉太守。郡有名山水,灵运素所爱好。出守既不得志,遂肆意游遨,遍历诸县……所至辄为诗咏,以致其意焉。④

蒋寅先生认为,自然山水不过是作为谢灵运游览行为的背景而存在,是一种形象化的超越之场,"当山水这意味着精神自由的空间填满了他生命的时间时,他失意的人生就得到了意义的装饰和价值的提升"⑤。故谢灵运在此种情形下的所作,与曹植诗歌"情兼雅怨"自当更为相近。再如前文所

---

① 参见高华平:《从"文笔之辨"到重"文"轻"笔"——〈诗品〉扬谢抑颜原因新解》,载《华中师范大学学报》,1996年第1期。
② 罗仲鼎:《艺苑卮言校注》,济南:齐鲁书社,1992年版,第134页。
③ 曹旭:《诗品集注》,上海:上海古籍出版社,2011年版,第208页。
④ (梁)沈约:《宋书》,北京:中华书局,1974年版,第1753~1754页。
⑤ 蒋寅:《超越之场:山水对于谢灵运的意义》,载《文学评论》,2010年第2期。

论,《楚辞》中托"美人"以喻其君的文学传统,在曹植之后历经两晋诗坛,而在谢灵运的诗歌中得以重现。① 由此可见,颜、谢二人虽齐名于世,但在钟嵘所精心建构的诗歌谱系中,谢灵运较颜延之更接近于传统意义上的《诗》《骚》精神。故钟嵘才会对二人作细微的高下之分。

其次,从钟嵘的诗学理想上看,谢灵运诗歌无疑更符合标准。钟嵘论诗虽秉持传统的《诗》《骚》精神,但他从来就不是一个彻底的复古论者。在《诗品》中,处处体现出对美学经验本身的尊重。《诗品序》云:

> 至乎吟咏情性,亦何贵于用事?"思君如流水",既是即目;"高台多悲风",亦唯所见;"清晨登陇首",羌无故实;"明月照积雪",讵出经史。观古今胜语,多非补假,皆由直寻。颜延谢庄,尤为繁密。于时化之,故大明、泰始中,文章殆同书抄。近任昉、王元长等,辞不贵奇,竞须新事。尔来作者,寖以成俗。遂乃句无虚语,语无虚字,拘挛补衲,蠹文已甚。但自然英旨,罕值其人。②

钟嵘认为,"直寻"是古今诗歌胜语的共同特点。所谓"直寻",意为诗人直接抒写他所感受到的东西。曹旭先生将之视为钟嵘诗歌创作论之核心内容。③ 盖钟嵘拈出此二字,并非出于一己之审美体验,而是从总结"古今胜语"的创作经验中所得。且通过"直寻"的方法,诗歌创作可达到"自然英旨"的理想境界。所谓"自然英旨",意为在诗歌创作中不假雕饰地呈现自然万物之美和人的真情实感。据以上所引,"直寻"二字正是针对前文"至于吟咏性情,何贵于用事"而发。钟嵘向来反对在诗歌中过多用典,因其影响诗歌情感的表达。而具有讽刺意味的是,用典居然是颜延之诗歌创作的显著特征。因而,钟嵘对颜延之的品评为"喜用古事,弥见拘束"。不过由于其博学多才,故用典繁密之弊尚不明显。相比之下,谢灵运诗歌的创作经验无疑更贴近"直寻"。钟嵘对谢灵运的品评为"学多才博,寓目辄书,内无乏思,外无遗物"。此处"寓目辄书",自当与"直寻"同义。对颜、谢二人的诗歌风格,钟嵘亦有评判。如《诗品》"宋光禄大夫颜延之"条云:

---

① 参见本书第四章第一节《"美人"的离合:论谢灵运诗歌中的经典性因素(一)》相关论述。
② 曹旭:《诗品集注》,上海:上海古籍出版社,2011年版,第220~228页。
③ 曹旭:《诗品集注》,上海:上海古籍出版社,2011年版,第236页。

> 汤惠休曰："谢诗如芙蓉出水，颜如错彩镂金。"颜终身病之。①

又《南史·颜延之传》云：

> 延之尝问鲍照己与灵运优劣。照曰："谢五言如初发芙蓉，自然可爱；君诗若铺锦列绣，亦雕缋满眼。"②

上引两则材料稍有不同，盖颜延之所问究竟是鲍照还是汤惠休，事实上并不特别重要。因为休、鲍二人向被视为同派诗人。寻《南史》所引，鲍照对颜、谢诗风优劣似并未作明确品评。但《诗品》用"颜终身病之"诸语，清楚地表明锺嵘区分高下的态度。从此，"初发芙蓉"比之于"错彩镂金"，就成为一种更高的美学境界。③

要而言之，锺嵘《诗品》对五言诗经典谱系的建构具体表现在四个方面：（一）通过与西汉辞赋及齐梁四言诗相比，彰显五言诗的文体优势；（二）比附既往经典，将五言诗推源溯流至《诗经》《楚辞》系统，为文体合法性寻求历史依据；（三）在《诗》《骚》精神与五言诗体之间，锺嵘遴选出一些个人才能与诗学传统相结合的绝佳典范；（四）通过典范诗人建构起五言诗的经典谱系，形成一个既保守又开放的新秩序。此举所呈现出的文学史意义至少有两个方面：（一）尊体意识。在锺嵘之前，五言诗虽已十分盛行，但其文体合法性地位仍未得到承认，故尚难摆脱"俗体""流调"之称。而在锺嵘手中，五言诗已从文体自身、历史源流、诗学精神等层面全方位展示其较传统四言诗体更为优越的特质；（二）掎摭利病。锺嵘论诗既重视传统《诗》《骚》精神之传承，亦尊重美学经验之本身。因而通过建构此谱系，不仅能总结五言诗发展史上的有益创见，更可批判诗坛不正之风，使之百变不离《诗》《骚》之宗。

如上所论，五言诗这一诗歌体式在中古时期的经典化确实是个漫长的过程。在锺嵘之前，江淹、刘勰、沈约等人在客观上已经为之作出了某些贡献，只是尚未形成自觉的诗歌史建构意识。而锺嵘《诗品》正是在他们已有成果的基础之上，建构出一套早期五言诗发展演进的经典谱系，并从理论层面充分证明了五言诗体的合法性与优越性。这个经典谱系很快就在萧

---

① 曹旭：《诗品集注》，上海：上海古籍出版社，2011年版，第351页。
② （唐）李延寿：《南史》，北京：中华书局，1975年版，第881页。
③ 宗白华：《美学散步》，上海：上海人民出版社，2005年版，第60页。

统组织编撰的《文选》中得到了回应。如被锺嵘视为早期五言诗歌史上显著坐标的"建安之杰"曹植、"太康之英"陆机、"元嘉之雄"谢灵运,《文选》收录他们诗歌的数量分别为22首、43首、39首。毫无疑问,此三人的入选诗歌数量在《文选》中是位居前三的。这显然不是一种偶然现象。盖《诗品》对《文选》选录五言诗的影响,已有学者撰文予以讨论,故此处不拟展开。①本节之所以提及这一点,是想说明此五言诗经典谱系对后来文学史发展的深远影响。

众所周知,南朝两大文学总集《文选》《玉台新咏》在选诗标准上差别很大。按照一般文学史的叙述,前者典而雅,后者艳且俗。但不可否认,如果就各自入选的五言诗而言,二书重选篇目竟达64首,且这些重选诗歌几乎都集中在刘宋之前。徐陵在《玉台新咏序》中明言此书收录"往世名篇,当今巧制"。而所谓"往世名篇",正是经江淹、刘勰、沈约、锺嵘、萧统等人对历代五言诗的遴选所得。这些作家作品已经形成了一个理想的经典秩序。《玉台新咏》的最大特点就在一"新"字,而文学趣味的变化总是与重估由经典作家作品所代表的文学传统有关。每一时代都有一些新出现的文学内容比那些传统题材更具"经典性"。显然"往世名篇"的入选不过是为了说明"当今巧制"的合法性地位。因而,对经典诗人及其作品的争夺,不仅是建构新经典序列的必由之路,还是宫体诗人获取经典地位的保证。

英国评论家托马斯·艾略特认为:"任何诗人,任何艺术家,都不能有他自己的完全的意义。他的意义,他的评价,就是对他与已故的诗人和艺术家的关系的评价。"②若循此而论,那么很显然,锺嵘对于五言诗歌史上那些经典作家作品的把握无疑相当准确。理由很简单,他抓住了中国诗学传统中的精髓——《诗》《骚》精神。诗体形式的改变并不影响诗学精神的传承,故锺嵘可以在既往经典《诗经》《楚辞》的庇护之下,安心建构新的经典谱系。与此同时,他还竭力营造出一种观念性的秩序,即越靠近此诗学传统,越有可能成为新经典。但相对于建构谱系时的自信,锺嵘对自己所建构起来的谱系却表现出少有的谦逊。《诗品序》云:"至斯三品升降,差非定制。方申变裁,请寄知者尔。"③锺嵘此举可为这个经典谱系在后世的传

---

① 顾农:《萧统〈文选〉与锺嵘〈诗品〉》,载《扬州师院学报》(社会科学版),1995年第4期。
② 〔英〕托马斯·艾略特:《传统与个人才能》,转自伍蠡甫、胡经之:《西方文艺理论名著选编》下卷,北京:北京大学出版社,1987年版,第40页。
③ 曹旭:《诗品集注》,上海:上海古籍出版社,2011年版,第244页。

播,争取到更大的话语空间。因而无论是新的作家作品的加入,还是旧的作家作品的亡佚,都不会影响到此谱系的完整性与权威性。诚如美国学者约翰·杰洛瑞认为:"如果说新的诗人有可能改变不朽作品的现有秩序,也就是说,有可能加入到经典作家行列中的话,那么,他们就必须表现出一致的举止。"①正是在此种意义上,笔者认为:锺嵘及其《诗品》对五言诗经典谱系的建构,昭示着五言诗经典化历程在中古时期的初步完成。

---

① 〔美〕约翰·杰洛瑞:《文化资本——论文学经典的建构》,江宁康等译,南京:南京大学出版社,2011年版,第134~135页。

第六章 经典的影响:《玉台新咏》《文选》重复选诗现象研究

唐代杜牧《题宣州开元寺水阁》云:"六朝文物草连空,天澹云闲今古同。"①六朝繁华早已消失在历史深处,然幸运的是,《文选》《玉台新咏》这两部最重要的文学典籍却被较好地保存下来。二书皆诞生于南朝梁时,分别由萧统和萧纲主持编纂。② 从性质上说,《文选》兼容并包,具有文学总集的特点,《玉台新咏》则是一部纯粹的诗集。然而倘若就后世影响而言,《玉台新咏》显然远不及《文选》。清代纪容舒云:"《文选》盛行,《玉台新咏》则在若隐若显见,其不亡者幸也。"③南宋刘克庄甚至认为,"徐陵所序《玉台新咏》十卷,皆《文选》所弃余也"④。刘氏的观点自失之偏颇,经不起严密推敲,但二书在选诗标准上存有较大差异也是不争的事实。按照当前文学史或诗歌史的一般叙述,盖《文选》典雅,而《玉台新咏》艳俗。后世关于二书的比较研究,侧重点往往皆在其内容差异性方面。有趣的是,选诗标准差异甚大的两部典籍居然有不少共同选录的诗歌。此现象古代学者早已指出,如清代吴兆宜云:"孝穆所选诗八百七十章,其入昭明《选》者六十有九,宋刻不收者一百七十有九。"⑤可惜吴氏点到为止,并未再作发覆。今人在此基础上作专题探讨且有所创获,如曹道衡先生《从〈文选〉和〈玉台新咏〉看萧统和萧纲的文学思想》⑥、张蕾教授《并非偶然的巧合——〈玉台新咏〉与〈文选〉选诗相重现象析》⑦、台湾学者颜智英《〈昭明文选〉与〈玉台

---

① (清)冯集梧:《樊川诗集注》,上海:上海古籍出版社,1978年版,第202页。
② 按《玉台新咏》的成书时间当前学术界尚有争议,对此傅刚先生在《〈玉台新咏〉与南朝文学》第二章《〈玉台新咏〉编纂研究》"《玉台新咏》的编纂及编制时间"中有较为详细的梳理与论述。笔者赞同傅刚先生的观点,认为此书当成于梁中大通四年至大同元年(532—535)之间。这也是本章立论的基础,特此说明。参见傅刚:《〈玉台新咏〉与南朝文学》,北京:中华书局,2018年版,第43~59页。
③ (清)吴兆宜:《玉台新咏笺注》,北京:中华书局,1985年版,第543页。
④ (宋)刘克庄:《后村诗话》,北京:中华书局,1983年版,第6页。
⑤ (清)吴兆宜:《玉台新咏笺注》,北京:中华书局,1985年版,第535~536页。
⑥ 曹道衡:《汉魏六朝文学论文集》,桂林:广西师范大学出版社,1999年版,第133~155页。
⑦ 张蕾:《并非偶然的巧合——〈玉台新咏〉与〈文选〉选诗相重现象析》,载《郑州大学学报》,2003年第6期。

新咏〉之比较研究》①等,皆已从不同角度展开论述。然观其所论似仍有未周,如萧衍为何默许萧纲组织编纂《玉台新咏》,重复选录的诗歌为何集中在刘宋以前,书中"往世名篇"与"当今巧制"的逻辑关系如何等,尚有继续探讨的空间。这些问题倘若将其置于中古五言诗经典化的脉络中分析,或能有更为可信的答案。

第一节 《玉台新咏》《文选》重复篇目辑录与分析

虽然当前学术界对《文选》《玉台新咏》二书的成书时间还存在一些争议,但有一点似已达成共识,那就是《玉台新咏》的成书时间要晚于《文选》。② 萧纲在组织编纂《玉台新咏》时,《文选》已经成书,因此他可以从容参阅《文选》中入选的诗歌篇目,并有针对性地作出取舍。这种"取舍"行为具有严格意义上的单向性。有鉴于此,我们辑录二书中的重复篇目时,选择以《玉台新咏》为基准,以《文选》为参照,以此折射出萧纲文学集团的诗歌观念与审美理想。

一、篇目辑录

根据古今学者的研究成果,《文选》《玉台新咏》的传播都存在各自复杂的版本系统。但相比较而言,《文选》版本的差异性主要在注释系统方面,入选的正文篇目相对较为稳定,而《玉台新咏》版本的差异性主要在入选的诗人名录与正文篇目方面,如明代郑玄抚刻本系统较宋代陈玉父本系统新增诗人22人、诗歌170余首③(笔者按:实为178首)。从版本的价值及恢复斯书原貌角度看,陈玉父本无疑更为突出。如明末清初钱谦益云:"《玉台新咏》宋刻本出自寒山赵氏本,孝穆在梁时所撰……今流俗本为俗子矫乱,又妄增诗二百首。赖此本少存孝穆旧观,良可宝也。"④今日通行的清代吴兆宜笺注、程琰删补《玉台新咏》,以明代赵均小宛堂覆宋本为底本,显

---

① 颜智英:《〈昭明文选〉与〈玉台新咏〉之比较研究》,新北:(台湾)花木兰文化出版社,2008年版,第124~126页。
② 根据傅刚先生的研究,《文选》编纂始于522年至525年,成书于527年至529年,《玉台新咏》编纂时间约为532年至535年。参阅傅刚:《〈玉台新咏〉与南朝文学》,北京:中华书局,2018年版,第106页。
③ 胡大雷:《〈玉台新咏〉编纂研究》,北京:人民文学出版社,2013年版,第175~178页。
④ (清)吴兆宜:《玉台新咏笺注》,北京:中华书局,1985年版,第542页。

第六章 经典的影响：《玉台新咏》《文选》重复选诗现象研究

然属于陈玉父本系统。他们将每卷中明人滥增的作品退至每卷之末,力求恢复宋版原貌,当时即有人称其为"善本"。有鉴于此,我们的辑录即以此为依据,而《文选》则选择较为通行的南宋尤袤刻本。对于宋刻不收且与《文选》选诗重复者,谨附缀于后。

卷一：

古诗《凛凛岁云暮》,此系《文选》"杂诗·古诗十九首"之十六。

古诗《冉冉孤生竹》,此系《文选》"杂诗·古诗十九首"之八。

古诗《孟冬寒气至》,此系《文选》"杂诗·古诗十九首"之十七。

古诗《客从远方来》,此系《文选》"杂诗·古诗十九首"之十八。

枚乘《杂诗》"西北有高楼",此系《文选》"杂诗·古诗十九首"之五。

枚乘《杂诗》"东城高且长",此系《文选》"杂诗·古诗十九首"之十二。

枚乘《杂诗》"行行重行行",此系《文选》"杂诗·古诗十九首"之一。

枚乘《杂诗》"涉江采芙蓉",此系《文选》"杂诗·古诗十九首"之六。

枚乘《杂诗》"青青河畔草",此系《文选》"杂诗·古诗十九首"之二。

枚乘《杂诗》"庭前有奇树",此系《文选》"杂诗·古诗十九首"之九。

枚乘《杂诗》"迢迢牵牛星",此系《文选》"杂诗·古诗十九首"之十。

枚乘《杂诗》"明月何皎皎",此系《文选》"杂诗·古诗十九首"之十九。

苏武《留别妻》(结发为夫妇),此系《文选》"杂诗"苏子卿《诗四首》之三。

班婕妤《怨诗》(新裂齐纨素),此系《文选》"乐府"班婕妤《怨歌行》。

蔡邕《青青河边草》，此系《文选》"乐府"无名氏《饮马长城窟行》。

卷二：

曹植《杂诗》"明月照高楼"，此系《文选》"哀伤"曹子建《七哀诗》。

曹植《杂诗》"西北有织妇"，此系《文选》"杂诗"曹子建《杂诗六首》之三。

曹植《杂诗》"微阴翳阳景"，此系《文选》"杂诗"曹子建《情诗》。

曹植《杂诗》"南国有佳人"，此系《文选》"杂诗"曹子建《杂诗六首》之四。

曹植《美女篇》，此系《文选》"乐府"曹植《美女篇》。

魏明帝《乐府诗》（昭昭素月明），此系《文选》"乐府"无名氏《伤歌行》。

阮籍《咏怀》（二妃游江滨），此系《文选》"咏怀"阮嗣宗《咏怀》十七首之二。

阮籍《咏怀》（昔日繁华子），此系《文选》"咏怀"阮嗣宗《咏怀》十七首之四。

张华《情诗》（清风动帷帘），此系《文选》"杂诗"张茂先《情诗二首》之一。

张华《情诗》（游目四野外），此系《文选》"杂诗"张茂先《情诗二首》之二。

潘岳《悼亡》（荏苒冬春谢），此系《文选》"哀伤"潘安仁《悼亡诗》三首之一。

潘岳《悼亡》（皎皎窗中月），此系《文选》"哀伤"潘安仁《悼亡诗》三首之二。

石崇《王昭君辞》，此系《文选》"乐府"石季伦《王明君词》。

卷三：

陆机《拟古七首》（拟西北有高楼），此系《文选》"杂拟"陆士衡《拟古十二首》之十。

陆机《拟古七首》（拟东城一何高），此系《文选》"杂拟"陆士衡《拟古十二首》之九。

第六章　经典的影响:《玉台新咏》《文选》重复选诗现象研究　295

陆机《拟古七首》(拟兰若生春阳),此系《文选》"杂拟"陆士衡《拟古十二首》之七。

陆机《拟古七首》(拟迢迢牵牛星),此系《文选》"杂拟"陆士衡《拟古十二首》之三。

陆机《拟古七首》(拟青青河畔草),此系《文选》"杂拟"陆士衡《拟古十二首》之五。

陆机《拟古七首》(拟庭中有奇树),此系《文选》"杂拟"陆士衡《拟古十二首》之十一。

陆机《拟古七首》(拟涉江采芙蓉),此系《文选》"杂拟"陆士衡《拟古十二首》之四。

陆机《为顾彦先赠妇诗二首》,此系《文选》"赠答"陆士衡《为顾彦先赠妇二首》。

陆机《艳歌行》,此系《文选》"乐府"陆士衡《乐府诗十七首》之十五《日出东南隅行》。

陆机《前缓歌声》,此系《文选》"乐府"陆士衡《乐府诗十七首》之十六《前缓歌声》。

陆机《塘上行》,此系《文选》"乐府"陆士衡《乐府诗十七首》之十七《塘上行》。

陆云《为顾彦先赠妇往返四首》之二,此系《文选》"赠答"陆士龙《为顾彦先赠妇二首》之一。

陆云《为顾彦先赠妇往返四首》之四,此系《文选》"赠答"陆士龙《为顾彦先赠妇二首》之二。

张协《杂诗》(秋夜凉风起),此系《文选》"杂诗"张景阳《杂诗十首》之一。

陶潜《拟古诗》(日暮天无云),此系《文选》"杂拟"陶渊明《拟古诗》。

王微《杂诗》(思妇临高台),此系《文选》"杂诗"王景玄《杂诗》。

谢惠连《七月七日咏牛女》,此系《文选》"杂诗"谢惠连《七月七日咏牛女》。

谢惠连《捣衣》,此系《文选》"杂诗"谢惠连《捣衣》。

刘铄《代行行重行行》,此系《文选》"杂拟"刘休玄《拟古二首》之一。

刘铄《代明月何皎皎》，此系《文选》"杂拟"刘休玄《拟古二首》之二。

卷四：

颜延之《秋胡诗》，此系《文选》"咏史"颜延年《秋胡诗》。

鲍照《玩月城西门》，此系《文选》"杂诗"鲍明远《玩月城西门解中》。

鲍照《拟乐府白头吟》，此系《文选》"乐府"鲍明远《白头吟》。

谢朓《同王主簿怨情》，此系《文选》"杂诗"谢玄晖《和王主簿怨情》。

陆厥《中山王孺子妾歌》，此系《文选》"杂歌"陆韩卿《中山王孺子妾歌》。

卷五：

江淹《古离别》，此系《文选》"杂拟"江文通《杂体诗三十首》之一《古离别》。

江淹《班婕妤》，此系《文选》"杂拟"江文通《杂体诗三十首》之三《班婕妤咏扇》。

江淹《张司空离情》，此系《文选》"杂拟"江文通《杂体诗三十首》之十《张司空离情》。

江淹《休上人怨别》，此系《文选》"杂拟"江文通《杂体诗三十首》之三十《休上人别怨》。

沈约《咏月》，此系《文选》"杂诗"沈休文《应王中丞思远咏月》。

卷九：

张衡《四愁诗》四首，此系《文选》"杂诗"张平子《四愁诗四首》。

魏文帝《燕歌行》（秋风萧瑟），此系《文选》"乐府"魏文帝《燕歌行》。

张载《拟四愁诗》，此系《文选》"杂拟"张孟阳《拟四愁诗》。

又宋刻不收者与《文选》选诗重复辑录如下：

卷三：

陆机《拟行行重行行》，此系《文选》"杂拟"陆士衡《拟古十二首》之一。

陆机《拟明月何皎皎》,此系《文选》"杂拟"陆士衡《拟古十二首》之六。

卷四:

鲍照《东门行》,此系《文选》"乐府"鲍明远《东门行》。

谢朓《铜雀台妓》,此系《文选》"哀伤"谢玄晖《同谢咨议铜雀台诗》。

卷五:

江淹《潘黄门述哀》,此系《文选》"杂拟"江文通《杂体诗三十首》之十一《潘黄门悼亡》。

据以上所录,《玉台新咏》与《文选》二书重复入选的诗歌作品为64首,宋刻《玉台新咏》不收且与《文选》重复者5首,共计69首。《玉台新咏》中宋刻不收的诗歌皆为后人增补,故此处不拟讨论。

二、归纳分析

本节的归纳分析以宋刻《玉台新咏》与《文选》重复收录的64首诗歌为范围。客观而论,64首诗歌的数量不论是对于《玉台新咏》还是对于《文选》而言,都在书中占了不小的比例。因此,此种重复选诗的行为绝非偶然事件,理应引起重视。为更好地说明问题,兹对这64首诗歌进行必要的归纳分析。

(一)重复入选作品的作者分析

《玉台新咏》《文选》重复入选诗歌的作者共27人:无名氏(古诗)、枚乘、苏武、班婕妤、蔡邕、张衡、魏文帝、曹植、魏明帝、阮籍、张华、潘岳、陆机、石崇、陆云、张协、张载、陶潜、王微、谢惠连、刘铄、颜延之、鲍照、江淹、沈约、谢朓、陆厥。

其中两汉时期的作者6人(无名氏、枚乘、苏武、班婕妤、蔡邕、张衡)、魏晋时期的作者12人(魏文帝、曹植、魏明帝、阮籍、张华、潘岳、陆机、石崇、陆云、张协、张载、陶潜)、刘宋时期的作者6人(王微、谢惠连、刘铄、颜延之、鲍照、江淹)、萧齐时期的作者3人(沈约、谢朓、陆厥)。①

---

① 此处统计以作家入选作品的创作时间为准,无关卒年先后。如江淹入选的作品主要是杂拟诗,这些作品据现代学者的判断作于作者早年,大概在刘宋后期(葛晓音:《江淹"杂拟诗"的辨体观念和诗史意义——兼论两晋南朝五言诗中的"拟古"和"古意"》,载《晋阳学刊》,2010年第4期),而沈约《咏月》,《文选》明确记载为《应王中丞思远咏月》,按王思远卒于齐东昏侯永元二年(500年),则必作于萧齐时期。

据此可见,二书重复入选诗歌的作者从汉代到齐梁时期皆有。相比较而言,汉魏晋时期的作者数量略多(18人),南朝刘宋以后的作者较少(9人)。

此27位作者在各自时代乃至中古诗歌史的建构谱系中皆非无名之辈,其中很多皆颇具声名。他们中间有23人在钟嵘《诗品》中皆占据重要位置,入选诗歌数量占比超过85%,其中位居上品者有无名氏(古诗)、班婕妤、曹植、阮籍、潘岳、陆机、张协;位居中品者有魏文帝、张华、陆云、石崇、陶潜、颜延之、王微、谢惠连、鲍照、谢朓、江淹、沈约;位居下品者有魏明帝、张载、刘铄、陆厥。另外,枚乘、苏武、蔡邕三位汉代作者未曾被钟嵘《诗品》品评,主要原因大概是由于诗歌作品的归属权问题,张衡未被品评则是因其《四愁诗》不符合钟嵘的品评体例。可以说,正是这些作者及其作品的存在,构成了早期诗歌史的发展脉络。他们的经典价值广获认同,因此即便是以"新变"为特色的《玉台新咏》也无法回避其经典意义。

(二)重复入选作品的类别分析

诗歌作品的编纂体例与内容分类是中古文献研究的重要内容。然而,中古别集亡佚殆尽,很难窥探文本体例原貌。宋代陈振孙《直斋书录解题》卷十九《薛道衡集一卷》提要云:"隋内史侍郎河东薛道衡元卿撰诗凡十九篇,本集三十卷,所存止此。大抵隋以前文集存全者亡几多,好事者于类书中钞出以备家数也。"① 因此,诸如萧统《文选》根据诗歌内容对入选诗歌作品"以类相分",就具有重要的参考价值。②《玉台新咏序》称所收录作品皆为"艳歌",则这些重复选录的诗歌类别自不待言。值得我们重视的是,此类诗歌在《文选》中的分布亦颇具特色。兹将64首诗歌在《文选》中的分类列表如下:

表12　重复选诗在《文选》中的类别分布表

类别	杂诗	杂拟	乐府	赠答	哀伤	咏怀	杂歌	咏史
数量	29	15	10	4	2	2	1	1

据上表可知,这些重复入选的诗歌主要集中在《文选》中的"杂诗""杂拟"两类,共计44首,占比达68.9%。

重复入选的诗歌集中于此,或有其特殊原因。我们首先分析"杂诗"。何为"杂诗"? 唐代李善《文选》卷二九王仲宣《杂诗》题下注云:"杂者,不拘

---

① (宋)陈振孙:《直斋书录解题》,上海:上海古籍出版社,1987年版,第557页。
② 胡大雷:《〈文选〉诗以"类"相分的形成及影响》,载《广西师范大学学报》,2004年第1期。

流例,遇物则言,故云杂也。"①事实上,按照《文选》编纂者的最初观念,"杂诗"不仅可作为某些作品的诗题,亦能作为诗歌的一个划分门类。胡大雷先生认为,这些诗歌"情感抒发都指向概括化的人生问题",又云"题目上的由具体而为概括,也体现在内容上的抒情由具体而概括,这就是题名'杂诗'的作品与其他题目的作品在抒情上的区别"②。但是我们也要客观地看到,诸如陆机《园葵诗》、曹颜远《思友人》以及谢灵运、谢朓、沈约等人的"杂诗",其间或所涉人、事、景、物、情等相当具体,并不存在"概括"的现象。有趣的是,这部分指涉较为具体的"杂诗",《玉台新咏》则并未予以收录。其与《文选》"杂诗"重复的诗歌,主要是那些作者不明或者原题即为《杂诗》的作品。如李善《文选》卷二九《古诗十九首》题下注云:"并云古诗,盖不知作者,或云枚乘,疑不能明也。"③又清代吴琪《六朝选诗定论》认为曹植《杂诗》,"不专指一事,亦不必作于一时。称物引类,比兴之意为多,故题名曰'杂诗'"④。故有学者提出《文选》中的"杂诗","只是编辑时的权宜之计……更多地用于诗题脱佚时的替代"⑤。正是这些不知作者的"古诗",以及那些虽知道作者却又难以把握其创作动机的"杂诗",给予《玉台新咏》编纂者重新阐释文本乃至建构艳诗传统的可能。"杂拟"类的情况与"杂诗"基本相似。所谓"杂",亦谓非一类也。从"杂拟"诗的具体情况看,主要是陆机、陶潜、刘铄拟古诗之作,共十首,也包括江淹《杂拟三十首》中的四首及张载《拟四愁诗》一首。"古诗"与张衡《四愁诗》原本指涉就不明了,文本间蕴含着多义的可能。江淹所拟《古离别》《班婕妤咏扇》《张司空离情》《休上人怨别》的对象虽然明确,但或其原作关涉艳情,或其作者尤善写儿女之情。最重要的一点是,这些作品不受具体时空、人事、情感的拘束,《玉台新咏》编纂者可以按照自己的诗歌标准与阅读经验将其重新归类。

此外,二书重复入选的诗歌作品在《文选》中有十首可以归入乐府诗范畴。考察这些诗歌的内容,可知其多少皆与女性有关。或其作者为女性,如《咏扇》作者为班婕妤,《塘上行》作者或云甄皇后;或其歌咏对象为女性,如《白头吟》相传与汉代卓文君有关,《日出东南隅行》描写罗敷,《王明君辞》叙写王昭君;或代女性抒发情感,如魏文帝《燕歌行》与无名氏《饮马长

---

① (梁)萧统:《文选》,(唐)李善注,上海:上海古籍出版社,1986年版,第1359页。
② 胡大雷:《文选诗研究》,北京:世界图书出版公司,2014年版,第341页。
③ (梁)萧统:《文选》,(唐)李善注,上海:上海古籍出版社,1986年版,第1343页。
④ (清)吴琪:《六朝选诗定论》,扬州:广陵书社,2009年版,第113页。
⑤ 颜庆余:《"杂诗"的文献学考察》,载《文学遗产》,2019年第2期。

城窟行》皆以女性视角写相思离恨。无论这些作品的内容是什么,至少在关涉女性情感这一点上与《玉台新咏》不谋而合,故得以入选其中。

(三)重复入选作品的差异性分析

萧统与萧纲为同胞兄弟,年龄仅相差两岁,真正是生活在同一个时代。因此,他们组织编纂书籍时能够利用的文献资料理应大致相当。然而《玉台新咏》《文选》中重复入选的这64首诗歌,在作者、诗题、文本等方面却存在一些明显的差异。倘若我们对这些差异进行归纳分析,就会发现一些非常有趣的现象。透过这些现象,或能窥探《玉台新咏》编纂者独特的思想观念。具体来说:

第一,相对于《文选》选诗,《玉台新咏》更倾向于将其作者"固化"。刘勰《文心雕龙·明诗》云:"古诗佳丽,或称枚叔。其《孤竹》一篇,则傅毅之词。"①钟嵘《诗品·古诗》云:"旧疑是建安中曹王所制。"②可见,这些古诗的作者是谁,在齐梁时代众说纷纭,汉魏诗坛第一流文人都有可能是其作者。因此,《文选》在收录这些古诗作品时,并未题其作者姓名。《文选·古诗十九首》李善注云:"昭明以失其姓氏,故编在李陵之上。"③但是《玉台新咏》明确将其中八首归于汉代文人枚乘名下。又如《文选》"乐府"类所录《饮马长城窟行》《伤歌行》二首,皆不题作者。郭茂倩《乐府诗集》著录这两篇作品时皆云"古辞",亦视其为无名氏所作。但《玉台新咏》将其分别归于蔡邕和魏明帝名下。枚乘有没有创作古诗,蔡邕和魏明帝是不是《饮马长城窟行》《伤歌行》的作者,向来都有很多学者参与讨论。④然而我们所关注的问题是,《玉台新咏》将那些作者具有争议的"往世名篇"信息固化的行为本身,具有怎样的现实意义?《玉台新咏》编纂者未必就不知道这些作品的署名充满争议,在他们生活的时代,能够提供不同作者信息的文献并不难寻,至少刘勰《文心雕龙》、钟嵘《诗品》等书中即已提供异说。因此,我们认为这种做法在本质上是一种自觉的文学传统建构行为,《玉台新咏》编纂者渴望比《文选》提供更多早期诗歌的发展演变信息。作者信息的"固化"无疑有利于文学传统历史性与准确性的提升。

---

① 范文澜:《文心雕龙注》,北京:人民文学出版社,1958年版,第66页。
② 曹旭:《诗品集注》,上海:上海古籍出版社,2011年版,第91页。
③ (梁)萧统:《文选》,(唐)李善注,上海:上海古籍出版社,1986年版,第1343页。
④ 如赵逵夫:《〈玉台新咏〉所收"枚乘杂诗"作时新探》,载《西北师大学报》,2010年第4期;郭铁娜、张世超:《〈饮马长城窟行·青青河边草〉"蔡邕作"献疑》,载《古籍整理研究学刊》,2009年第5期。

第二，相对于《文选》选诗，《玉台新咏》更倾向于将其诗题"艳化"。在中国古代诗学观念中，诗歌的题目往往会交代作者写诗的事由，具有一定的叙事功能，是读者准确解读文本的重要依据。① 如潘岳《悼亡诗》、陆机《为顾彦先赠妇诗》、谢惠连《七月七日咏牛女》等。根据这些题目的信息提示，我们在解读诗歌时不至于与作者原意发生大的偏差。在《玉台新咏》与《文选》重复入选的64首诗歌中，诗题不一致的现象并非个案。当然有些诗题的变化，不影响我们对作品本身的理解，如《文选》录石崇《王明君辞》；《玉台新咏》作《王昭君辞》；《文选》录谢朓《和王主簿怨情》，《玉台新咏》作《同王主簿怨情》。但是有些作品题目的差异，对于我们阅读理解文本则容易产生一定的影响。如《文选》录苏武《诗四首》，原本并无具体题目，《玉台新咏》选录第三首时则命名为《留别妻》；又《文选》录班婕妤《怨歌行》，《玉台新咏》作《怨诗》，将原本乐府曲调改为文人式的抒情诗题；又《文选》录沈约《应王中丞思远咏月》，《玉台新咏》改作《咏月》，将原诗题中指向明确的创作信息弃置不顾，模糊其写作背景，而简单的《咏月》诗题加上文中"思妇""洞房"等意象，显然易于让读者产生艳情化的阅读想象。总之，诗题的"艳化"某种程度上不仅能扩大选录范围，而且给读者提供误读的空间，从而将更多的"往世名篇"选录其中。

根据上述篇目辑录与归纳分析，我们可以得出如下结论：（一）《玉台新咏》与《文选》重复入选的诗歌共64首，这个数量无论是对《玉台新咏》还是《文选》而言，都占不容忽视的比例；（二）有些重复选录的诗歌在两书中存在差异，《玉台新咏》更倾向于将作品的作者"固化"、诗题"艳化"，此举不仅能扩大选录范围，而且给读者提供误读的空间；（三）这些重复选诗现象并非偶然，它很有可能是《玉台新咏》编纂者一种自觉的行为。如此行为自然有利于《玉台新咏》的流传，扩大艳诗传统的现实影响，为宫体诗风盛行提供历史依据，因此其背后的文学观念与审美理想值得我们深入探究。

第二节 典范与秩序：《玉台新咏》所录"往世名篇"的双重价值
——以"重复选诗"现象为研究视角

《玉台新咏》最早著录于《隋书·经籍志》，虽署名为徐陵撰，但其更多

---

① 何跞：《中国古典诗歌的隐含叙事：诗题、诗序和诗集系年》，载《中华文化论坛》，2016年第6期。

体现出的应是组织者萧纲的文学思想。萧纲在入主东宫后虽有太子之名，但其父梁武帝萧衍仍总揽朝政。因此《玉台新咏》的编纂成书首先应不违背萧衍的文学思想，某种程度上甚至可以说体现出他的思想观念。徐陵《玉台新咏序》云："但往世名篇，当今巧制，分诸麟阁，散在鸿都，不借篇章无由披览。于是燃脂暝写，弄墨晨书，撰录艳歌，凡为十卷。"①倘若对《玉台新咏》所录诗歌加以分类，则徐陵所谓"往世名篇"与"当今巧制"无疑是最合理的二分法。据上文篇目辑录统计，《玉台新咏》《文选》重复选诗（以下简称"重复选诗"）中时代最晚的作品是沈约作于齐代的《咏月》，故皆可归入"往世名篇"的范畴。曹道衡先生认为，两书"在对待三国至刘宋初的主要诗人时其评价并无显著的分歧。这是因为这些作家的作品流传已久，在人们心目中差不多已有定评"②。但是64首广为传颂的经典诗歌被保存在取舍标准不同的两部文学总集之中，自然会形成不同的解读语境，甚至会影响到文本异文的出现与选择。③ 这恰恰说明文学经典自身具有丰厚的内涵，可资不同的文集编纂者各取所需，进而建构各自的文学传统。以萧纲、徐陵为代表的士大夫作为当时精英化的诗歌生产者与传播者，在建构"新变"诗歌传统的经典秩序中发挥了关键作用。齐梁时期的文人能够对诗歌"定评"的是其文学价值，而不是其具体的文本解读。然而从当前《玉台新咏》研究现状看，学术界对书中"当今巧制"的重视程度远远不及"往世名篇"。此种现象自然跟宫体诗在后世遭受的严厉批评有关，但似乎有违《玉台新咏》的编纂宗旨，而且易于忽视二者间的关联。因此，以"重复选诗"现象为研究视角，对《玉台新咏》中选录的"往世名篇"进行整体性考察，阐释"往世名篇"与"当今巧制"之间的复杂关系，无疑有助于推动《玉台新咏》研究工作的深化与拓展。

一、萧衍、萧纲父子与《玉台新咏》的编纂

简文帝萧纲与《玉台新咏》编纂的关系，时至今日已逐渐成为中古文学史常识。用曹道衡先生的话概述，"即使《玉台新咏》成书于陈代，但它和萧

---

① （清）吴兆宜：《玉台新咏笺注》，北京：中华书局，1985年版，第13页。
② 曹道衡：《从〈文选〉和〈玉台新咏〉看萧统和萧纲的文学思想》，收入《汉魏六朝文学论文集》，桂林：广西师范大学出版社，1999年版，第139～162页。
③ 田晓菲：《〈玉台新咏〉与中古文学的历史主义解读》，载《华东师范大学学报》，2016年第2期。

纲的文学思想确有共同之处的事实并不会因此改变"①。唐代刘肃《大唐新语》云:"梁简文帝为太子,好作艳诗。境内化之,浸以成俗,谓之'宫体'。晚年改作,追之不及,乃令徐陵撰《玉台集》,以大其体。"②又宋代晁公武《郡斋读书志》卷二"玉台新咏十卷"条引唐代李康成云:"昔陵在梁世,父子俱事东朝,特见优遇。时承平好文,雅尚宫体,故采西汉以来词人所著乐府、艳诗以备讽览,且为之序。"③要之,无论是"以大其体"还是"以备讽览",都说明在唐代一些文人的观念中,《玉台新咏》的编纂自有其深意,绝不只是一部仅供宫廷女子无聊消遣的诗歌总集。

萧纲好作艳诗由来已久,但艳诗与宫体诗之间颇有些差异。诚如刘师培所言,"宫体之名,虽始于梁,然侧艳之词,起源自昔"④。从诗歌史演进角度而论,则艳诗的内涵与外延远远大于宫体。这大概也是徐陵在序文中径称"艳歌"而不云"宫体"的缘由吧。据《梁书》记载,萧纲"幼年聪睿,令问夙标,天才纵逸,冠于今古"⑤。他雅好题诗,曾自序云:"余七岁有诗癖,长而不倦。"当然这种对诗歌创作的热忱并非与生俱来,而是受到侍读徐摛的影响。梁天监八年(509年),即在萧纲七岁的时候,梁武帝封其为云麾将军,领石头戍军事,并为之量置佐吏。《梁书·徐摛传》云:

> 属文好为新变,不拘旧体。起家太学博士,迁左卫司马。会晋安王纲出戍石头,高祖谓周舍曰:"为我求一人,文学俱长兼有行者,欲令与晋安游处。"舍曰:"臣外弟徐摛,形质陋小,若不胜衣,而堪此选。"高祖曰:"必有仲宣之才,亦不简其容貌。"以摛为侍读。⑥

很显然在周舍看来,外弟徐摛在属文、学问、德行三方面皆是梁武帝为晋安王萧纲所寻的最佳人选。此时徐摛"属文好为新变,不拘旧体"的风格已经形成。许多学者会将这则材料与宫体诗联系起来,但此处的"新变"没有任何文献能证明即为艳情题材。梁武帝也是非常看重其文学才华,比之为

---

① 曹道衡:《兰陵萧氏与南朝文学》,《曹道衡文集》卷五,郑州:中州古籍出版社,2018年版,第217页。
② (唐)刘肃:《大唐新语》,北京:中华书局,1984年版,第42页。
③ (宋)晁公武:《郡斋读书志校证》,上海:上海古籍出版社,2011年版,第97页。
④ 刘师培:《中国中古文学史》,北京:商务印书馆,2010年版,第95页。
⑤ (唐)姚思廉:《梁书》,北京:中华书局,1973年版,第109页。
⑥ (唐)姚思廉:《梁书》,北京:中华书局,1973年版,第446~447页。

"建安七子"冠冕的王粲,并擢其为晋安王侍读。由此可见,梁武帝对徐摛属文"好为新变""不拘旧体"等特点并不反感,而擢升为侍读的背后似乎还隐含着某种文学观念的认同。自此,七岁的萧纲遇到他生命中不可或缺的文学导师,诗才因之而兴,诗癖因之而成。有学者称,"庾肩吾入府的时间大致和徐摛同时。七岁的幼童如同一张白纸,被画上的图画当然是徐、庾的工笔重彩"①。"工笔重彩"的说法自然可以理解,但这是否即意味着绮靡艳丽诗风的影响?我们很难想象两位饱读诗书的中年士大夫会对年仅七岁的萧纲进行绮艳诗风的熏陶,更不用说引导他去追求绮艳生活的纵情享乐。所谓"诗癖",无非指对诗歌创作充满热忱并积极为之,并不意味着萧纲从七岁开始即对艳诗题材创作充满兴趣。因此,徐、庾二人对萧纲的早期影响大概只限于属文方式与态度上,即"好为新变,不拘旧体"。这种影响对萧纲后来文学观念的最终形成无疑相当重要。在此后萧纲"威惠外宣"的岁月里,无论是驻节荆州、江州,还是雍州,抑或扬州,徐、庾二人多伴其左右,在文学创作上施以积极引导,客观上也为此种文学观念的持续提供了可能。

据傅刚先生研究,萧纲最初写作艳情诗是在雍州。② 又据吴光兴先生《萧纲萧绎年谱》所述,萧纲担任雍州刺史在普通四年(523年),时年二十一,《玉台新咏》编纂者徐陵此时年十七,始入晋安王幕府。③ 萧纲在雍州时期创作了不少艳诗,《玉台新咏》所录其作品中可确定作于这一时期的有《和徐录士见内人作卧具》《雍州曲》《从顿暂还城》等。但这种判断显然是依据萧纲现存作品而论,事实上他开始创作艳诗可能更早。据笔者推测,这个时间很有可能始于萧纲担任荆州刺史时期。据《梁书·简文帝纪》记载,萧纲于天监十三年(514年)担任荆州刺史,时年十二岁。荆州是南朝乐府民歌——西曲最为兴盛的地方。郭茂倩《乐府诗集》卷四七"清商曲辞·西曲歌"引《古今乐录》云:

西曲歌有《石城乐》《乌夜啼》《莫愁乐》《估客乐》《襄阳乐》《三洲》《襄阳蹋铜蹄》《采桑度》《江陵乐》《青阳度》《青骢白马》《共戏乐》《安东平》《女儿子》《来罗》《那呵滩》《孟珠》《乐药》《夜度娘》

---

① 曹道衡、沈玉成:《南北朝文学史》,北京:人民文学出版社,1991年版,第239页。
② 傅刚:《〈玉台新咏〉与南朝文学》,北京:中华书局,2018年版,第10页。
③ 吴光兴:《萧纲萧绎年谱》,北京:社会科学文献出版社,2006年版,第108页。

《长松标》《双行缠》《黄督》《黄缨》《平西乐》《攀杨枝》《寻阳乐》《白附鸠》《拔蒲》《寿阳乐》《作蚕丝》《杨叛儿》《西乌夜飞》《月节折杨柳歌》三十四曲……按西曲歌出于荆、郢、樊、邓之间,而其声节送和与吴歌亦异,故其方俗而谓之西曲云。①

萧纲现存的诗歌作品中尚有一些西曲歌辞,如《采桑》《乌夜啼》等。此类作品虽然未必作于这个时期,但年少的诗人受此种环境、氛围的影响自不可避免。西曲歌辞中奔放的情感与跳动的旋律,叩开了诗人的心扉,再加上徐摛等人陪伴引导,使得西曲歌辞成为萧纲生命中不可或缺的文化基因。他后来倡导呼吁的"新变"文学观念,至少有一部分应源于此。

远离朝政与权力中心位置的萧纲,无论是在江州还是在雍州,或是在扬州,他创作艳诗始终都只是一种个人爱好,难以形成"境内化之,浸以成俗"的示范效应,自然也不会引起梁武帝的重视。但是这种情形在中大通三年(531年)发生了根本性的变化。《梁书·昭明太子传》云:"三年三月,寝疾,恐贻高祖忧,敕参问辄自力手书启。及稍笃,左右欲启闻,犹不许,曰:'云何令至尊知我如此恶?'因便呜咽。四月乙巳,薨,时年三十一。"②萧统的离世让梁武帝有些措手不及,物色新太子人选成为当日朝政的主要议题。《梁书·孔休源传》云:"昭明太子薨,有敕夜召休源入宴居殿,与群公参定谋议,立晋安王纲为皇太子。"③当时按照太子继位的秩序,首选者应是萧统的长子萧欢。《南史·梁武帝诸子传》云:"欢既嫡孙,次应嗣位,而迟疑未决。帝既新有天下,恐不可以少主主大业,又以心衔,故意在晋安王,犹豫自四月上旬,至五月二十一日方决。"④梁朝建国于天监元年(502年),至此已有三十年之久,萧衍称"新有天下"自然是一种托词,而"心衔"的真正原因又无法坐实,故其为何"意在晋安王"实在难以蠡测。总之,萧纲就在这种情形下被册立为皇太子,从藩镇走向了政治舞台的中心,但当时政局的掌控者毫无疑问仍是梁武帝。

自古以来政治权势都不是一个孤立的存在领域,而是居于所有社会生活的核心位置,以隐性或显性的方式发挥作用,产生影响。这种作用或影响,对于中古诗坛而言,表现得尤为明显。萧纲成为皇太子之后,其对艳诗

---

① (宋)郭茂倩:《乐府诗集》,北京:中华书局,2017年版,第998页。
② (唐)姚思廉:《梁书》,北京:中华书局,1973年版,第169页。
③ (唐)姚思廉:《梁书》,北京:中华书局,1973年版,第521页。
④ (唐)李延寿:《南史》,北京:中华书局,1975年版,第1313页。

创作的喜好似乎并未顿衰，反而愈演愈烈。《隋书·经籍志四》云："梁简文之在东宫，亦好篇什。清辞巧制，止乎衽席之间；雕琢蔓藻，思极闺闱之内。后生好事，递相仿习，朝野纷纷，号为'宫体'。"①同样是艳诗创作，此时所产生的示范效应远非昔日可比，以至于在朝野上下形成一股新风尚。自此，"宫体"的名声才日益传播出去。因此所谓"宫体"，对于萧纲来讲，必然是其入主东宫以后的事情。概括而论，宫体可谓艳诗发展的特殊阶段，或如日本学者兴膳宏所述"宫体期的艳诗"②。萧纲继位皇太子之后，徐摛等仍伴随左右。《梁书·庾肩吾传》云："及居东宫，又开文德省，置学士。肩吾子信、摛子陵、吴郡张长公、北地傅弘、东海鲍至等充其选。"③除徐摛外，这些人的诗歌作品在《玉台新咏》中皆有所录，可见宫体诗的壮大与传播绝非萧纲一人之功。但梁武帝似乎对此时"宫体"所产生的影响颇为不满。《梁书·徐摛传》云："摛文体既别，春坊尽学之，'宫体'之号，自斯而起。高祖闻之怒，召摛加让。"④梁武帝为何会"闻之怒"，学者们有许多推测，如兴膳宏先生认为，"也许是文辞的过度淫丽刺激了老皇帝的缘故"⑤；曹道衡先生认为，萧衍"作为帝王，尤其是一个自命为佛教信徒的帝王，不能不摆出一副道貌岸然的面孔"⑥；刘宝春先生认为，从梁武帝之"怒"可见"徐摛发起了宫体诗风，并直接影响到了萧纲的创作"⑦；胡大雷先生认为，"怒不在其为艳曲而在音律与'丽靡'"，"怒的原因还在于'立朋党'之虞"⑧。

  论者多认为，梁武帝萧衍所动怒并加以责备的对象是徐摛。从表面来看，诚然如此，但徐摛还有一个极其重要的身份，那就是萧纲自七岁以来的侍读业师。"春坊尽学之"，这里面自然包括刚刚被册封为太子的萧纲。萧衍曾在《立晋安王纲为皇太子诏》中声称，"晋安王纲，文义生知，孝敬自然，威惠外宣，德行内敏，群后归美，率土宅心，可立为皇太子"。但萧纲入主东宫以后，其言行举止并未如萧衍在诏告中所言，相反却成为艳诗创作的积极倡导者，成为宫体诗风形成并传播的核心人物。萧纲继位太子本就有违

---

① （唐）魏征等：《隋书》，北京：中华书局，1973年版，第1090页。
② 〔日〕兴膳宏：《六朝文学论稿》，彭恩华译，长沙：岳麓书社，1986年版，125页。
③ （唐）姚思廉：《梁书》，北京：中华书局，1973年版，第690页。
④ （唐）姚思廉：《梁书》，北京：中华书局，1973年版，第447页。
⑤ 〔日〕兴膳宏：《六朝文学论稿》，彭恩华译，长沙：岳麓书社，1986年版，第345页。
⑥ 曹道衡、傅刚：《萧统评传》，南京：南京大学出版社，2001年版，第56页，
⑦ 刘宝春：《徐摛与梁代宫体诗的兴盛》，载《齐鲁学刊》，2011年第6期。
⑧ 胡大雷：《〈玉台新咏〉编纂研究》，北京：人民文学出版社，2013年版，第8～12页。

礼制，朝野争议亦尚未散去，即便是萧衍本人不反对艳诗创作，恐怕此时也未免不合时宜。但由于太子贵为一国储君，若贸然加以责备，一方面恐有损太子威信的树立，另一方面也容易给当初的反对者们落下口实。在此情形下，萧衍唯有"召摛加让"，间接给萧纲施加压力，敦促其诗风转变。

梁武帝萧衍的做法无疑对萧纲产生了直接影响，也使其感受到巨大的政治压力。时过境迁，艳诗写作不再是个人或群体的文化消遣行为，反而被提升到政治层面。但与此同时，萧纲并不打算屈从父亲的意志，而是要为这种顺应时代发展潮流的新诗风（这至少是萧纲一派主张"新变"文士的普遍看法）找到存在的合理性依据。这种心理或许正是其令徐陵编纂《玉台新咏》的缘由，而所谓"晚年改作，追之不及"云云，很有可能是其回应梁武帝的托词，"以大其体"才是努力的方向。从最后的结果看，毫无疑问是萧纲说服了他的皇帝父亲，否则萧衍绝不会允许萧纲授意徐陵编纂《玉台新咏》，并默许他们将自己的一些诗歌选录其中。

二、从"重复选诗"看"以大其体"的实施策略

诸如《玉台新咏》这样一部涵盖古今、风格鲜明的诗歌总集，似乎不能被还原为孤立的历代诗人的集合体，或被视为同类作品简单的聚合体。它更像一个强力磁场，看似无形，实质有着较为严密的组织体系。换言之，它可以被描述为某个时期具有共同文学审美观念的诗人彼此吸引的共生土壤。这些诗人通过赠答、唱和等活动，汇聚成一股崇尚新变的文学潮流，以此对抗既往的文学传统。关于《玉台新咏》的编纂，日本学者铃木虎雄曾提出一个大胆的推论，他认为"此书最初可能只收梁代流行的艳诗，后来更进一步选录了前代的同类诗篇。这样看来，本书梁代部分系简文为太子时所编，而梁代以前的部分则是简文晚年所编"[1]。铃木先生的这种推论，建立在他对刘肃《大唐新语》"晚年改作，追之不及，乃令徐陵撰《玉台集》，以大其体"等内容充分信任的基础上。但众所周知，萧纲为太子的时间较长，大约从中大通三年（531年）29岁直到太清三年（549年）47岁，如果此处"晚年"是指萧纲40岁左右，那么可推测《玉台新咏》当成书于大同八年（542年）前后。[2] 然诚如上文所述，梁武帝在萧纲入主东宫伊始且宫体诗风刚

---

[1] 转自〔日〕兴膳宏：《六朝文学论稿》，彭恩华译，长沙：岳麓书社，1986年版，第330页。
[2] 穆克宏：《试论〈玉台新咏〉》，载《文学评论》，1985年第6期。

盛行的时候,就表示不满并采取措施敦促其改变诗风,何以十年间还能允许他从容编纂当朝艳歌总集,甚至还默许其将自己的一些诗歌收录其中?因此我们认为,萧纲授意徐陵编纂《玉台新咏》进而达到"以大其体"一事,当发生在梁武帝"召摛加让"后不久。事实证明,萧纲"以大其体"的策略相当成功。

"以大其体"究竟何指,学术界历来说法不一。最常见的说法是,"扩大宫体诗的范围和影响"①,或者"将宫体诗推广到前代,将历代同类言情之作也收录进来,使这个选本既包括了宫体,也包括了其他一些流派和风格,这样就扩大了艳诗的范围和影响,为宫体诗找到了历史的依据"②。这些解释自有其合理性,然而"大"不仅仅指选诗范围或作品数量上的扩大,至少还应包括风格上的推崇。所谓"大",当然是相对于"小"而言,也就是《玉台新咏》录西晋傅玄《拟四愁诗序》所云"张平子作《四愁诗》,体小而俗"的意思。正因为萧纲等人热衷的艳歌"体小而俗",才会招来一些非议,故"以大其体"实为当时情形下的最上之策。"艳诗"概念由来已久,汉乐府相和歌中即已有之,如《艳歌罗敷行》《艳歌何尝行》等。但萧纲等人流连忘返的是吴歌西曲。自东晋以来,以吴歌西曲为代表的民间歌谣颇受文人士大夫喜爱。被之管弦者有之,模拟创作者更甚,其情形或如王僧虔《论三调歌》所云:

> 今之《清商》,实由铜雀,魏氏三祖,风流可怀,京、洛相高,江左弥重。谅以金县干戚,事绝于斯。而情变听改,稍复零落,十数年间,亡者将半。自顷家竞新哇,人尚谣俗,务在嗫危,不顾律纪,流宕无涯,未知所极,排斥典正,崇长烦淫。士有等差,无故不可以去礼;乐有攸序,长幼不可以共闻。故喧丑之制,日盛于廛里;风味之韵,独尽于衣冠。③

当然王僧虔是立足于儒家正统"乐教"观念而言,故称其为"新哇""谣俗""排斥典正,崇长烦淫",言辞相当激烈。但倘若就诗歌创作而论,此间不无益处。对此,萧涤非先生论云:"溯自东晋开国,下迄齐亡,百八十余年间,

---

① 曹道衡、沈玉成:《南北朝文学史》,《曹道衡文集》卷六,郑州:中州古籍出版社,2018年版,第287页。
② 张涤华:《古代诗文总集选介》,上海:上海古籍出版社,1985年版,第29~35页。
③ (梁)沈约:《宋书》,北京:中华书局,1974年版,第533页。

民间乐府已达于其最高潮;而梁武以开国能文之主,雅好音乐,吟咏之士,云集殿庭,于是取前期民歌咀嚼之,消化之,或沿旧曲而谱新词,或改旧曲而创新调,文人之作,遂盛极一时。"①

尽管齐梁时期文士拟作盛极一时,却并没有人来为这样一种诗风正名,使其脱俗变雅,以至于很多场合中对这些艳诗的非议之声不绝如缕。如刘勰《文心雕龙·乐府》云:"若夫艳歌婉娈,怨志诀绝,淫辞在曲,正响焉生?"②清代纪晓岚评曰:"此乃折出本旨,其意为当时宫体竞尚轻艳发也。观《玉台新咏》,乃知彦和识高一代。"③刘勰论诗向来较为公允,然而对艳歌却颇有微词。梁武帝最初对萧纲入主东宫后倡导的诗风感到不满,大概也正是出于这样的考虑。因此,萧纲要想说服梁武帝,必须首先解决这个问题,即从文体演进阐释艳歌绝非"体小而俗",而是自汉世以来诗歌不断新变的必然结果,如此才能真正在京师推广这种新诗风。日本学者兴膳宏认为,"《文选》是从过去的诗文中采撷堪为创作楷模的英华,而《玉台新咏》则是以编者所属的文学团体的诗风为基准对过去进行剪裁。总之,此书实际上新辟了一个从来总集所未曾有的天地"④。以现行的诗风为基准对过去进行剪裁,确是《玉台新咏》"以大其体"的创举。如何对过去的作家作品进行剪裁,才能达到预期效果呢?萧纲与徐陵对此也进行了积极的探索。

在萧纲与徐陵生活的时代,五言诗体已经完成了从"流体俗调"向"诗坛正体"的转变。萧子显《南齐书·文学传论》所云"五言之制,独秀中品"与钟嵘《诗品》所云"五言居文辞之要,是众作之有滋味者也",更像上述转变的结果。无论是当时流行的吴歌、西曲,还是萧纲、徐陵等人的艳歌作品,莫不以五言诗体为主。五言诗作为梁代诗坛最重要的诗歌体式,萧纲并不想放弃对其新变的领导权。故"以大其体",首先要完成的就是五言艳诗发展谱系的历史建构,尤其是对其起源的界定至关重要。

齐梁时期,五言诗体经过江淹拟诗、刘勰明诗、钟嵘品诗、萧统选诗等文学行为的遴选建构,其发展谱系已经基本确立起来,但人们对五言诗早期阶段的发展情形仍知之甚少。最典型的就是"古诗"。无论是江淹还是刘勰,抑或钟嵘、萧统,都无法为"古诗"提供准确的文学史信息。古诗起源

---

① 萧涤非:《汉魏六朝乐府文学史》,北京:人民文学出版社,1998年版,第243页。
② 范文澜:《文心雕龙注》,北京:人民文学出版社,1958年版,第102页。
③ 转引自范文澜:《文心雕龙注》,北京:人民文学出版社,1958年版,第113页。
④ 〔日〕兴膳宏:《六朝文学论稿》,彭恩华译,长沙:岳麓书社,1986年版,第342~343页。

甚早,因为西晋陆机已经对其进行大规模的拟作。但究竟早到什么时间,则又无人知晓。这样一组广泛传播的经典诗歌既无具体的创作时间,又无确切的创作者,但在诗歌史中又具有非常重要的位置,无疑给文本的重新阐释带来便捷,故能成为各种诗歌史或文学史建构的重要环节。重新阐释的文本自然具有明确的形态效用,而这种效用则往往由编纂者选择什么样的作家作品进行重新评价来决定。

"古诗"是《玉台新咏》《文选》重复选诗的重要组成部分,具有典型意义。在《玉台新咏》中,萧纲与徐陵等人一方面保存了部分"古诗"(8首),另一方面又将部分"古诗"(9首)置于枚乘名下。与锺嵘《诗品》一样,没有署名的"古诗"被置于卷首,但锺嵘没有提及古乐府,而《玉台新咏》紧接着"古诗"的是同样没有作者署名的古乐府(6首)。事实上这些被反向追溯而整合的早期诗歌作品越多越杂,诗歌史的源头问题就越严谨越可信。然而要想理顺五言诗体的源头及早期演变历程并非易事,齐梁时代的这些文人士大夫对此已无法给予确切的描述。《玉台新咏》的编纂者对此采取了同样的策略,如《凛凛岁云暮》《冉冉孤生竹》《孟冬寒气至》《客从远方来》等篇目,皆被视为无名氏作品。对于没有作者约束的诗歌文本来说,以意逆志形同虚设,知人论世更是无从谈起。这些诗歌摆脱了特定的历史背景,转变成自给自足的文本系统。而把古诗视为自己"新咏"的源头,实际上是对想象中诗歌传统连续性的有力支持。以《凛凛岁云暮》为例:

> 凛凛岁云暮,蝼蛄多鸣悲。凉风率已厉,游子寒无衣。锦衾遗洛浦,同袍与我违。独宿累长夜,梦想见容辉。良人惟古欢,枉驾惠前绥。愿得长巧笑,携手同车归。既来不须臾,又不处重闱。亮无晨风翼,焉能凌风飞?眄睐以适意,引领遥相睎。徙倚怀感伤,垂涕沾双扉。①

一般来说,中国古典诗歌具有多义性。所谓"多义"并不是暧昧和含糊,而是丰富和含蓄。②《凛凛岁云暮》正是这样的作品。诗中"游子"关联着"思妇","良人"则预示着妻子的叙事视角,"重闱"意味着闺门香榻,"感伤"与"垂涕"则引导着文本的情感走向。这些词汇聚合在一起,构成自给自足的

---

① (清)吴兆宜:《玉台新咏笺注》,北京:中华书局,1985年版,第2页。
② 袁行霈:《中国古典诗歌的多义性》,收入《中国诗歌艺术研究》,北京:北京大学出版社,1987年版,第5页。

文本阐释体系。隋树森《古诗十九首集释》引清代方廷珪云："此篇见人不可忘旧姻。推之弃妇思夫,逐臣思君,同此心胸眼泪。哀而不伤,怨而不怒,和厚直追《三百篇》。"①文本所指意义虽不必如方氏所言,但"推之"二字实妙。田晓菲教授说:"虽然文字表面上直白透彻,不过其角色多变的特质却考验着读者的想象,因为我们很难断定谁是抒情主人公,又对谁倾诉了什么款曲。"②因此无论是《文选》还是《玉台新咏》,其编纂者都可以从诸如《凛凛岁云暮》这样的文本中汲取所需。

相对于这些无名氏的古诗来说,《玉台新咏》中更值得关注的是将9首古诗置于汉代枚乘的名下。这9首诗有8首与《文选》重复。西汉枚乘有没有创作这些古诗,这个问题在齐梁时期即已难以回答。《文心雕龙·明诗》云:"又古诗佳丽,或称枚叔,其《孤竹》一篇,则傅毅之辞。"③在刘勰生活的时代已经有人宣称古诗的作者是枚乘,这并不是《玉台新咏》编纂者的首创。但刘勰很显然对此并不认同,他唯一确定的是《冉冉孤生竹》为东汉傅毅所作。可惜这个观点大概也属臆测,因此并未在锺嵘、萧统等人那里得到响应,此诗仍被后人视为古诗中的一首。然而"或称"的观点在《玉台新咏》中却成为某种不容置疑的诗歌史事实。后人对枚乘作此类古诗基本持否定态度。④ 原因很简单,因为西晋陆机曾模拟过14首古诗,文本俱在,这9首古诗都在其中。可见在陆机生活的时代,尚未有枚乘作古诗的说法,否则陆机所拟应作《拟枚乘诗》。相对于枚乘作古诗的可靠性问题来说,我们更感兴趣的是:《玉台新咏》编纂者为何要将这些诗歌归于枚乘名下?这样的做法有何现实的意图?或者说,如此处理对《玉台新咏》这部诗歌总集有何积极的作用?

毋庸讳言,这9首古诗具有很高的艺术水准。在《玉台新咏》编纂者看来,其作者绝不可能是历史上的无名之辈,同时作者生活的年代应当相当久远,至少要比李陵、苏武更早一些。众所周知,枚乘是西汉初期著名的辞赋家。《汉书·枚乘传》称其"久为大国上宾,与英俊并游,得其所好,不乐郡吏,以病去官。复游梁,梁客皆善属辞赋,乘尤高"⑤,而《七发》更是汉大赋体制初成的典范。枚乘所具有的人生经历、文学才华、声名与影响力,与

---

① 隋树森:《古诗十九首集释》,北京:中华书局,2018年版,第45页。
② 田晓菲:《高楼女子:〈古诗十九首〉与隐/显诗学》,卞东波译,载《文学研究》,2016年第2期。
③ 范文澜:《文心雕龙注》,北京:人民文学出版社,1958年版,第66页。
④ 赵逵夫:《〈玉台新咏〉所收"枚乘杂诗"作时新探》,载《西北师范大学学报》,2010年第4期。
⑤ (汉)班固:《汉书》,北京:中华书局,1962年版,第2365页。

《玉台新咏》编纂者对古诗作者的期待若合一契。正是出于这样的考虑,他们最终选择枚乘作为古诗的作者,从而将"或称"变成了肯定的叙事。枚乘成为这9首古诗的作者,对《玉台新咏》的编纂来说非常重要,它至少在以下三方面具有积极的作用:

(一)稳定艳诗的早期源头。《文选》李善注云:"并云'古诗',盖不知作者。或云枚乘,疑不能明也……昭明以失其姓氏,故编在李陵之上。"①按照李善的解释,萧统将"古诗"置于李陵诗歌之上,不是由于其时代更早,而是在无法系年情况下的权宜之计。但《玉台新咏》则明确将9首古诗系于枚乘名下,这至少是将文人创作艳诗的时间提早到西汉初年。由于《诗经》《楚辞》在齐梁时代已经成为诗歌经典,具有不容置疑的神圣色彩,因此艳诗的源头无论如何都不能直接出于其间。而西汉又是五言诗体肇始的时代,故将9首古诗系于枚乘名下实则意味着这样的创作传统诞生在五言诗体肇始之初。随着枚乘在文学传统中位置的确定,由苏武、辛延年、班婕妤等汉代文人联袂而成的艳诗早期源头才更为稳定,也更为可信。

(二)获取经典作品的阐释空间。署名枚乘的9首古诗中,确实包含了一些艳丽的词汇(双鸿鹄、颜如玉、罗裳衣、红粉妆等),或隐或显出现了一些女性的身影,流露出感伤哀婉的情感。这些内容在陆机、刘铄等人的拟作中也得到了充分的回应。但是在《玉台新咏》之前,尚未有人对此作出明确阐释。换言之,这些作品写了什么内容在世人眼中并不十分重要,重要的是其"惊心动魄,一字千金"的艺术价值。由于古诗文本中所表达的思想并没有得到前人充分的阐释,于是《玉台新咏》的编纂者顺理成章地将此类作品纳入体系之中,进而获取新的阐释空间。这种占用的方式,反过来把古诗丰富的思想内容表述为艳诗的早期形态。这样的早期形态对于梁代中后期诗坛来说,无疑是一种光辉的足迹。

(三)建构新的诗歌传统。中国古代的诗歌传统,包括语言本身,不仅折射出人们对所处时代诗歌风尚的理解,也成为诗人跨越时空交往的可能。然而诗歌传统是一个想象中的作品整体概念,没有哪个文学流派能获取作为一个整体的全部经典作品。徐陵《玉台新咏序》云:"曾无忝于雅颂,亦靡滥于风人,泾渭之间,如斯而已。"②忝者,愧也。从"无忝于雅颂""靡滥于风人"等叙述口吻看,徐陵对所录艳歌颇有期待。以《古诗十九首》为

---

① (梁)萧统:《文选》,(唐)李善注,上海:上海古籍出版社,1986年版,第1343页。
② (清)吴兆宜:《玉台新咏笺注》,北京:中华书局,1985年版,第13页。

代表的古诗在中国诗歌史上占有独特而异常重要的位置。明代陆时雍更是在《古诗镜》中作出"《十九首》谓之风余,谓之诗母"①的极高评价。然而因无法提供创作时间与创作者,这些古诗很难参与早期诗歌传统的建构。因此,《西北有高楼》等9首古诗被遴选出来并系于枚乘名下,进而为早期的诗歌史经典篇目的入选提供了潜在的秩序。

三、基于艳诗传统建构的"重复选诗"探究

汉儒董仲舒在讨论儒家经学时曾引用过一段名言,他说:"所闻'《诗》无达诂,《易》无达占,《春秋》无达辞',从变从义,而一以奉人。"②随后刘向《说苑》亦云:"传曰:《诗》无通诂,《易》无通吉,《春秋》无通义。"③无论是"《诗》无达诂"还是"《诗》无通诂",说的都是《诗经》文本的多义性。这是汉儒从阐释《诗经》实践中总结出来的诗学命题。汉代齐、鲁、韩、毛四家诗的形成与传授,正是这个诗学命题的具体表现。事实上诗歌的多义性不仅存在于《诗经》这样一部公认的儒家经典之中,在中古时期其他诗歌体式中也多有体现。有学者指出,"诸多文学作品的内涵都是兴发于此,而义归于彼,而从读者的角度出发,又有诸多因素制约主体的鉴赏和判断,作品成了开放的作品,鉴赏也被赋予了浓重的时代色彩"④。这些开放的诗歌作品与后世读者在阅读中相互作用,其意义便借助于诗歌本事、意象、双关语、比兴手法等在具体阅读过程中产生。因此在确定艳诗传统的源头之后,《玉台新咏》编纂者将汉魏至齐梁时期公认的经典作家收录其中,在完成诗歌传统建构的同时,也宣示着"新变"诗风的历史维度与合理性。反之,如果没有这些经典作家的参与,一则始于汉代的艳诗传统因此中断而无法建构,二则"新变"诗风也会失去历史依据。换句话说,这些经典作家作品不仅为《玉台新咏》的编纂提供文献材料,亦是其自身价值与意义的载体。

流传至今的"苏李诗",现代学者恐怕很少有人认为其作者是西汉时期的苏武与李陵,但齐梁时代诸如江淹、刘勰、钟嵘、裴子野等对此却没有怀疑。⑤按苏武《留别妻》是《玉台新咏》《文选》共同选录的一首五言诗。不

---

① (明)陆时雍:《古诗镜》卷二,清《文渊阁四库全书》本。
② (汉)董仲舒:《春秋繁露》,北京:中华书局,2012年版,第97页。
③ (汉)刘向:《说苑》,北京:北京大学出版社,2009年版,第308页。
④ 张晶、刘璇:《中西文学接受思想的异曲同工——"诗无达诂"说与接受美学理论的比较》,载《学习与探索》,2019年第2期。
⑤ 刘跃进:《有关〈文选〉"苏李诗"若干问题的考察》,载《文学遗产》,1996年第2期。

同之处在于,《玉台新咏》有具体诗题,而《文选》泛称为"苏子卿诗"。这样一首诗就文本而言,自然充满着夫妇间的离愁别恨,诸如"夫妻""恩爱""嬿婉""相思"等词汇在某种程度上确定了这种情感的真实性。事实上,《文选》编纂者也未必视其为苏武、李陵两位男性友人之间的赠答诗,因为《文选》将其编录在"杂诗"类而不是"赠答"类。但对于当时流行的观点,《文选》编纂者显然又无力辩驳,故仍系之于苏武名下。《玉台新咏》的做法是为其寻求一个与内容高度契合的诗题,无论是所依据资料已如此还是自行拟定,至少其编纂者认同这首诗是苏武告别妻子时候的作品。据苏武的生平经历看,他确有别妻远去的可能。《汉书·苏武传》云:"武年老,子前坐事死,上闵之,问左右:'武在匈奴久,岂有子乎?'武因平恩侯自白:'前发匈奴时,胡妇适产一子通国,有声问来,愿因使者致金帛赎之。'上许焉。"①苏武滞留匈奴本属突发之事,不太可能与结发妻子缠绵不舍如此态,因此归汉之日留别为其产子的"胡妇"显然更符合情理。然而无论这首诗有多少种解读的可能,对读者来说都不如据其本事更值得信赖。这首诗既有此本事可循,《玉台新咏》将其诗题定为《留别妻》就自无不可,而它也就顺理成章地成为艳诗的早期经典。

  班婕妤《怨诗》也是《玉台新咏》《文选》共同入选的一首五言诗。不过诗题稍有不同,《文选》题为《怨歌行》。《怨歌行》属于乐府旧题,故《文选》将其置于"乐府类"。李善注引《歌录》云:"《怨歌行》,古辞。然言古者有此曲,而班婕妤拟之。"②班婕妤拟诗或与其遭汉成帝见弃失宠的经历有关,也有可能仅仅是依曲填词。萧统将其选入《文选》,最主要原因还是其自身具备的艺术价值。《玉台新咏》则与此不同。相比较而言,后者多了一篇诗序,曰:"昔汉成帝班婕妤失宠,供养于长信宫,乃作赋自伤,并为怨诗一首。"③从叙事方式上看,这篇序文显然是后人所加。然而无论是《玉台新咏》编纂者所依据文本既已如此还是自行增加了序文,唯一可以确定的是,序文传达的意义得到编纂者的认同。为消解班婕妤依曲填词的可能,编纂者把诗题改为《怨诗》,将其从乐府诗中解放出来,成为一首严格意义上的文人诗。为了巩固其艳诗的性质,编纂者又以序文的方式交代此诗的创作背景,将其原本不太明确的情感固定在诗人失宠自伤上面,从而解构

---

① (汉)班固:《汉书》,北京:中华书局,1962年版,第2468页。
② (梁)萧统:《文选》,(唐)李善注,上海:上海古籍出版社,1986年版,第1280页。
③ (清)吴兆宜:《玉台新咏笺注》,北京:中华书局,1985年版,第26页。

了文本的多义性。

蔡邕《饮马长城窟行》在《文选》中被视为无名氏古辞,《玉台新咏》则置于蔡邕名下。现存各版本《蔡中郎集》也都将其收录其中。蔡邕究竟是不是这首诗的作者,当前学术界仍有争议。① 但我们关心的是:蔡邕对这样一首经典诗歌拥有署名权的合理性。蔡邕成为《饮马长城窟行》的作者,这个说法确实始于《玉台新咏》。这是编纂者有所依据还是自行拟定,我们已无从得知。但蔡邕作为《饮马长城窟行》作者,对艳诗传统的建构至关重要。首先,蔡邕是东汉后期极其重要的文士,当时有一代文宗之称,《三国志·魏书·王粲传》云:"时邕才学显著,贵重朝廷,常车骑填巷,宾客盈坐。"②其次,蔡邕与建安时期邺下文士集团联系密切,诸如曹操、孔融、王粲、阮瑀、路粹等,或有交往,或从其授业,或受其影响,因此对建安诗风的形成颇具影响。③ 最后也是最为重要的一点,就是《饮马长城窟行》与蔡邕传世诗歌作品的总体风格不一致,有学者即据此怀疑此诗署名的真实性。但我们换个角度看,如此差异正可说明此诗呈现出鲜明的"新变"特征,这或是《玉台新咏》编纂者最为看重的。

曹植是建安诗坛的杰出代表,《文选》收录曹植诗30首,《玉台新咏》收录10首,其中重复入选者5首,分别是《杂诗》(明月照高楼),《文选》作《七哀诗》;《杂诗》(西北有织妇),《文选》同;《杂诗》(微阴翳阳景),《文选》作《情诗》;《杂诗》(南国有佳人),《文选》同;《美女篇》,《文选》同。《宋书·谢灵运传论》云:"子建仲宣以气质为体,并标能擅美,独映当时。是以一世之士,各相慕习。源其飙流所始,莫不同祖风骚。徒以赏好异情,故意制相诡。"④曹植诗歌无论是"气质"还是"赏好",皆与其生存境况、政治遭遇等内容有关。后世论者在解读曹植诗歌的时候,往往倾向于阐发其文本背后的隐喻义。如《杂诗》(明月照高楼)一诗,清人丁晏《曹集铨评》云:"此其望文帝悔悟乎?结尤凄婉。"⑤又如《杂诗》(西北有织妇),元代刘履《选诗补

---

① 赵敏俐、刘跃进等赞成蔡邕为此诗作者,参见赵敏俐:《汉代文人的乐府歌诗创作及其意义》,载《乐府学》第一辑,北京:学苑出版社,2006年版,第177页;刘跃进:《蔡邕的生平创作与汉末文风的转变》,载《文学评论》,2004年第3期。也有学者反对此说,参见傅如一:《乐府古辞〈饮马长城窟行〉考索》,载《文学遗产》,1990年第1期;郭铁娜、张世超:《〈饮马长城窟行·青青河边草〉"蔡邕作"献疑》,载《古籍整理研究学刊》,2009年第5期。
② (晋)陈寿:《三国志》,北京:中华书局,1982年版,第597页。
③ 刘跃进:《蔡邕的生平创作与汉末文风的转变》,载《文学评论》,2004年第3期。
④ (梁)沈约:《宋书》,北京:中华书局,1974年版,第1778页。
⑤ (清)丁晏:《曹集铨评》,清同治十一年(1872年)金陵书局本。

注》云:"此自言才华之美,而君不见用,如空闺织妇,服饰既成,而良人从军久而不归者也。"①对曹植诗中的情感作如此推测,虽不能简单归之为穿凿附会,但亦可谓无甚确证。《玉台新咏》在面对这些诗歌文本的时候,关注点仅限于文本,故能成功将诗歌阐释从私我化的方向转至大众化,最终与这些经典诗歌形成一种奇特的和睦共处。如文本中"愁思妇""孤妾""妾心""君怀""织妇""叹息""空房""佳人""朱颜""皓齿""素手""皓腕""罗衣""玉体"等辞藻,很容易使读者形成一种感性阅读体验。这种阅读体验从模糊的古诗开始,顺势而下,参与了艳诗早期传统的建构。曹植这五首诗歌中,只有《杂诗·微阴翳阳景》从字面上看不到艳诗的印记。为论述方便,兹引诗如下:

  微阴翳阳景,清风飘我衣。游鱼潜渌水,翔鸟薄天飞。眇眇客行士,徭役不得归。始出严霜结,今来白露晞。游者叹《黍离》,处者歌《式微》。慷慨对嘉宾,凄怆内伤悲。②

这首诗的情感基调无疑是"凄怆"与"伤悲",寻其事由则是"徭役不得归",故即便面对良辰美景亦是悲不自胜。不得归是"游者"与"处者"皆需面对的残酷现实,而"处者"显然隐喻着妻子的身份。妻子虽未直接出场,但有着想象中的歌声。《式微》出自《诗经·邶风》,西汉刘向《列女传》中明确指出此诗是黎庄公夫人与其傅母之间的对唱。③若是稍作意义的转移,则"处者"除相思悲歌而外,似乎还承载着"终执贞壹,不违妇道,以俟君命"的道德意蕴。

  魏明帝《乐府诗》(昭昭素月明)在《文选》中作无名氏《伤歌行》,位于"乐府"类《古乐府》三首之二。郭茂倩《乐府诗集》亦作《伤歌行》,并视其为古辞,解题云:"古辞伤日月代谢,年命遒尽,绝离知友,伤而作歌也。"④然而这首诗中并未出现"日月代谢"及"年命遒尽"等内容。《文选》称其为《古乐府》似乎更为稳妥。而在《玉台新咏》中,它却被系于魏明帝名下。如同上文所讨论的诸多作品一样,这样的署名是否准确我们自然无法验证。但这样署名之后,能够给《玉台新咏》的编纂带来很多好处:(一)将一首内涵

---

① (元)刘履:《风雅翼·选诗补注》,清《文渊阁四库全书》本。
② (清)吴兆宜:《玉台新咏笺注》,北京:中华书局,1985年版,第61页。
③ 张敬:《列女传今注今译》,台北:(台湾)商务印书馆,1994年版,第139页。
④ (宋)郭茂倩:《乐府诗集》,北京:中华书局,2017年版,第1295页。

丰富的乐府诗艳情化。此诗与阮籍《咏怀》（夜中不能寐）较为接近，但多了一些艳情的想象，如"微风冲闺闼"句中的"闺闼"，指女子所居内室的门户。据此，则"我床"位置、"忧人"所指、"所思"之人、"舒愤"之事，皆表述得相当明确；（二）彰显"新变"诗风。虽然郭茂倩称这首诗作《伤歌行》古辞未必妥当，但他提供的古辞内容十分珍贵。倘若"日月代谢，年命遒尽，绝离知友"等确系古辞所有，那么这首诗以女性口吻诉说闺怨情思，则无疑是一种题材内容上的突破；（三）壮大艳诗的创作力量。魏明帝以帝王之尊被遴选入艳诗的早期传统之中，足以表明艳诗的魅力非同凡响。萧纲与徐陵等或以此来回应梁武帝对宫体盛行的质疑。更有甚者，魏明帝的艳诗创作上接曹植《杂诗》，下启阮籍《咏怀》，宣示艳诗传统的连续性。

阮籍是正始时代最著名的诗人，其诗歌主要是《咏怀》82首。《玉台新咏》录2首，《文选》录17首。《玉台新咏》所录的2首为《二妃游江滨》与《昔日繁华子》，皆与《文选》所录重复。这是《玉台新咏》编纂者利用诗歌多义性建构艳诗传统的典型个案。盖阮籍作《咏怀》诗，正如锺嵘《诗品》所言"厥旨渊放，归趣难求"①。陈伯君先生《阮籍集校注·序》说："阮籍《咏怀》诗的意旨成了一个'谜'，而'谜底'则随着他的死去而湮没，永远无法核对。"②因此，后世不论是"忧生之嗟"的断言还是立足史实的本事考索，实际上都具有揣测的意味。《玉台新咏》则完全立足于文本，遴选出最具艳诗特质的作品参与诗史建构。如《二妃游江滨》，这首诗从开头至"膏沐为谁施，其雨怨朝阳"，皆写男女遇合之事，其故事原型在西汉刘向《列仙传》与韩婴《韩诗外传》中记载得非常详细；又如《昔日繁华子》，这首诗的意旨从唐代李善注《文选》开始，皆视其为讽喻之作，至于到底在讽喻什么则又众说纷纭。然而此诗涉及人物——"安陵与龙阳"，属于古代娈童男宠自无可疑，录为艳诗亦颇合情理。《玉台新咏》所录不乏此类作品，如吴筠《咏少年》、萧纲《娈童诗》、刘遵《繁华应令》、刘泓《咏繁华》等。萧纲《金楼子·著书》甚至还载有《繁华录》一帙三卷，可见南朝士大夫群体中确有此种风气蔓延。

张华是西晋初期最重要的诗人。据《晋书》《世说新语》等记载，太康诗坛诸如陆机、陆云、褚陶、左思、何劭、束皙、挚虞、成公绥等人皆得到他的奖掖或提携。日本学者林田慎之助认为，"在文学史上，常常只占西晋文坛一

---

① 曹旭：《诗品集注》，上海：上海古籍出版社，2011年版，第151页。
② 陈伯君：《阮籍集校注·序》，北京：中华书局，2015年版，第6页。

隅位置的张华,其作用也许要比想象的大得多",故将其视为"占据魏晋南朝文学坐标"的重要人物。①《玉台新咏》录其诗7首,《文选》录6首,重复者2首,即《情诗·清风动帷帘》与《情诗·游目四野外》。从所写内容上看,这两首诗皆属言情之作。言情大概是张华诗歌最具特色的地方,钟嵘《诗品》称:"其体华艳,兴托不奇。巧用文字,务为妍冶。虽名高曩代,而疏亮之士,犹恨其儿女情多,风云气少。"②"华艳"者,华为辞藻,艳为内容,用华丽的辞藻描写艳丽的内容,结合起来则呈现出"儿女情多,风云气少"的艺术风貌。另外,张华《情诗》尚有"新变"的特质,是汉魏诗风向晋宋诗风转型的标志性人物。曹旭先生曾撰文论之:

> 至西晋,写作《情诗》的张华,上承《楚辞》"香草美人"之遗绪,近把汉末"古诗"旷夫思妇之主题;学习王粲、曹植抒情的新因素;用私我化的"情多",改变汉魏以来慷慨抒情的诗风;在诗中镶嵌大量对偶句;以"赋法"铺排改变传统的"比兴"写法;用"描叙"代替"叙述";放慢诗歌的节奏和速度,使汉魏诗的质实、刚健和慷慨多气,向西晋的"悦泽""绮靡"和重视文采的方向转变;把硬朗的"汉风""魏制",一步步变成绮靡的"晋调"。③

无论是艳丽的儿女之情还是趋于"新变"的诗风,皆与《玉台新咏》的审美标准相近,再加上张华所具备的诗坛影响力,自然要将之纳入艳诗传统之中。

潘岳《悼亡诗》有三首,《玉台新咏》录其第一、第二首,《文选》全部收录,并置于"哀伤"类。这些作品内容指向明确,情感真挚动人,是潘岳最具盛名的诗歌,被两书重复收录亦在情理之中。石崇《王明君辞》入选《玉台新咏》,一则其所咏对象为著名女性人物——王昭君,二则此诗具有"新变"特质。如《王明君辞序》云:"昔公主嫁乌孙,令琵琶马上作乐,以慰其道路之思。其送明君亦必尔也。其新造之曲,多哀声,故叙之于纸云尔。"④据此,石崇此诗系模拟公主远嫁乌孙路上所奏之琵琶乐曲。既云"新造",则此调自属首创。所谓"新",大概体现在对抒写情感的改造上,即"多哀声"。

---

① 〔日〕林田慎之助:《占据魏晋南朝文学坐标的张华》,曹旭译,载《中国诗歌研究(第十一辑)》,北京:中华书局,2014年,第16~32页。
② 曹旭:《诗品集注》,上海:上海古籍出版社,2011年版,第275页。
③ 曹旭:《张华〈情诗〉的意义》,载《文学评论》,2012年第2期。
④ (清)吴兆宜:《玉台新咏笺注》,北京:中华书局,1985年版,第88页。

盖旧曲既云"以慰其道路之思",则必不得多有伤心之辞,否则徒增哀怨何以能慰？石崇创新调,改其辞,故《王明君辞》颇具"新变"特质。

得益于古诗的入选,《玉台新咏》选录陆机《拟古》7首并不意外。这7首《拟古》均在《文选》所录12首之中。虽然陆机在古诗基础上对辞藻、句式、用典等进行明显的雅化,但其所拟内容与情感表达仍一脉相承。高楼上素手抚琴的女子,都市中愿只身化作河曲鸟的女子,闺阁里坚贞守信的女子,河流边远望思人涕如沾露的女子,绮窗前中夜叹息悲不自胜的女子,林渚畔踟蹰徘徊以待夫君的女子,山野间无心采琼蕊独自叹息的女子,交织成一幅轻艳靡丽、凄恻动人的痴情群女图。对陆机这组拟古诗,除锺嵘许以极高之评价外,前人多不甚重视,如清代贺贻孙《诗筏》云:"陆士衡《拟古》,将古人机轴语意,自起至迄,句句蹈袭,然去古人神思远矣。"①然而内容上的"句句蹈袭"并不意味着形式上没有新变。有学者指出,陆机《拟古诗》"从古籍中提炼语言以至使用典实,讲求声音色泽之美和辞句的偶对,以及出于对情景位置的经营而使诗歌结构工整规范化,都使拟作呈现出一种技巧的和审美的观念"②。陆机《文赋》"虽抒轴于予怀,怵他人之我先"③,亦流露出鲜明的、自觉的创新精神。为了将这组经典的拟古诗纳入其中,《玉台新咏》的编纂者甚至不惜牺牲枚乘对9首古诗的所有权。盖陆机所拟的这7首古诗,其原作皆为署名枚乘的诗歌,然而陆机并未声称其所拟系枚乘诗歌。此外,《玉台新咏》录陆机《为顾彦先赠妇二首》,与《文选》所载重复,其弟陆云有同题之作。顾彦先即顾荣,史称"机神朗悟",素好琴,入洛之初与陆机兄弟并称"三俊",《晋书》本传载其书奏、言语若干,似非不能文者。又上篇代顾彦先赠妇,下篇代妇赠顾彦先,据此往返结构推测,陆机所作《为顾彦先赠妇诗》或具戏谑之性质。陆机还有乐府诗3首为《玉台新咏》《文选》重复选录。其中《艳歌行》(《文选》作《日出东南隅行》)歌咏罗敷事,《前缓声歌》言及宓妃、瑶台女、湘川娥诸女神,《塘上行》叙写孤妾祈愿,仅就文本而论皆与女性有关,故可纳入艳诗传统。陆机诗歌为两书重复选录者多达12首,数量居所有重复选录诸诗人之首,完全符合其"太康之英"的崇高地位。这样一位诗人,自然是《玉台新咏》编纂者在

---

① 郭绍虞编:《清诗话续编》,上海:上海古籍出版社,1983年版,第153页。
② 白勇华:《规制下的创建——论陆机〈拟古诗〉》,载《重庆邮电学院学报》,2004年第1期。又可参阅谢丹:《论陆机〈拟古诗〉的雅化及影响》,载《绥化学院学报》,2018年第6期。
③ 刘运好:《陆士衡文集校注》,南京:凤凰出版社,2007年版,第33页。

建构艳诗传统时竭力争取的对象。

陆云亦有《为顾彦先赠妇往返四首》，《玉台新咏》全部录入，其中第二、第四首与《文选》所录重复。如此频繁地代顾彦先夫妇作诗，戏谑娱乐性质似乎更加明显。两书重复选录的两首诗皆是以女性口吻作，但《玉台新咏》还增补了代顾彦先所作两首，四首之间往返赠答印记明显，情感变化有迹可循。这或是"以大其体"的另一种表现方式。

张协在西晋太康诗坛是与陆机、潘岳齐名的一流诗人，锺嵘《诗品》将其置于"上品"，并称其"风流调达，实旷代之高才"①。《玉台新咏》仅录其《杂诗·秋夜凉风起》1首，《文选》则选录10首。这10首《杂诗》中言及男女之情的仅此1首，可见《玉台新咏》对艳诗选录把握得相当准确。然有这首诗，足以将张协这样一位著名诗人纳入艳诗的传统之中，进而壮大艳诗创作的队伍。

陶潜《拟古》（日暮天无云）是《玉台新咏》《文选》共同选录的作品。一方面得益于《古诗》与陆机《拟古诗》等早期经典入选《玉台新咏》，陶潜的这首诗可谓渊源有自，故纳入艳诗传统并不突兀；另一方面，这首诗呈现出某种新变特质，符合《玉台新咏》的审美标准。锺嵘《诗品》"宋征士陶潜"条云："笃意真古，辞兴婉惬。每观其文，想其人德。世叹其质直。至如'欢言醉春酒''日暮天无云'，风华清靡，岂直为田家语邪？古今隐逸诗人之宗也。"②陶潜的诗歌多言及田家语，"笃意真古，辞兴婉惬"是其最主要风格，但《读山海经》（欢言酌春酒）、《拟古》（日暮天无云）则呈现出风华清靡的特色。这显然是一种新变，无论是对于其个人诗歌创作还是整个晋宋之交诗坛皆是如此。然《读山海经》（欢言酌春酒）未涉艳情，与《玉台新咏》选录标准不符。严格说来陶潜现存诗歌中并无艳诗，唯《拟古》（日暮天无云）有"佳人美清夜，达曙酣且歌"数句稍涉艳丽，《玉台新咏》编纂者对文本的理解又不喜附会，故巧妙运用诗歌多义性特点将其选录。

王微《杂诗》（思妇临高台）亦为《玉台新咏》《文选》共同选录。就题材内容而论，则不出闺怨哀思。故既可谓艳诗典范，亦可云玉台正体。揆其文意，则思妇登临高台长想夫君，满腹幽怨终化为哀歌一曲。锺嵘《诗品》称"其源出于张华"，盖就此类作品而言。

谢惠连在刘宋时期颇具诗名，《玉台新咏》《文选》共同选录其《七月七

---

① 曹旭：《诗品集注》，上海：上海古籍出版社，2011年版，第185页。
② 曹旭：《诗品集注》，上海：上海古籍出版社，2011年版，第336～337页。

日咏牛女》《捣衣》二诗。从叙写对象看,前者歌咏织女留情牵牛之事,后者描写闺中思妇,尤其是"微芳起两袖,轻汗染双题"两句,语涉轻艳,实与宫体相近。从诗歌风格上看,谢惠连的诗歌亦有"新变"之风。《南史·谢惠连传》云:"元嘉七年,方为司徒彭城王义康法曹行参军……灵运见其新文,每曰:'张华重生,不能易也。'"①所谓"新文",指显示出一种与众不同的风格,这种风格注重对儿女情事的描写,故谢灵运将其与张华相比。而张华,如上所述,正是艳诗传统中的重要人物。

刘铄是宋文帝第四子,好学有才名,《玉台新咏》《文选》共同选录其《代行行重行行》《代明月何皎皎》(《文选》题为《拟古二首》)。所谓"代",实为拟。《南史·南平王刘铄传》云:"铄未弱冠,拟古三十余首,时人以为亚迹陆机。"②宫体诗风的另一位代表人物——梁元帝萧绎在《金楼子》中甚至认为"(铄)《拟古》胜乎士衡"③。既云"胜乎士衡",则想必在宫体诗人看来,刘铄《拟古诗》呈现出更多符合此群体审美标准的诗风。钱志熙先生认为,"但观其风格,实较陆机更多抒情"④;于欧洋博士认为,刘铄《拟古诗》"更加讲究语辞的锻炼修饰,显示出刘宋中晚期诗歌辞彩竞华的风格特征"⑤。要之,无论是"更多抒情"还是"更加讲究语辞的锻炼修饰",无疑都是"新变"的具体内容。

颜延之既是刘宋时期第一流诗人,文章之美为当时之冠,又是一位具有经纶文雅之才的正统儒士,曾鄙薄汤惠休诗歌为"委巷中歌谣"。像颜延之这样的正统诗人,实际上并没有创作真正的艳诗,但《玉台新咏》仍收录其《秋胡行》一诗。此诗亦收入《文选》,并归入"咏史"而不是"乐府"类。按《秋胡行》本属于汉乐府相和歌,本事在《西京杂记》《列女传》等书中皆有记载。郭茂倩《乐府诗集》在此题下载录 32 首(颜延之此诗被视为 9 首),始于曹操《秋胡行》。日本学者高桥和已认为,《文选》将颜氏此诗归入"咏史"而不是"乐府"类充分说明其作为一首叙事诗的特质。⑥ 而从曹操《秋胡

---

① (唐)李延寿:《南史》,北京:中华书局,1975 年版,第 537 页。
② (唐)李延寿:《南史》,北京:中华书局,1975 年版,第 395 页。
③ (梁)萧绎:《金楼子》,北京:中华书局,2011 年版,第 654 页。
④ 钱志熙:《中国诗歌通史·魏晋南北朝卷》,北京:人民文学出版社,2012 年版,第 364 页。
⑤ 于欧洋:《南朝皇族文学研究》,东北师范大学 2010 年博士论文(指导老师:曹书杰教授),第 130 页。
⑥ 〔日〕高桥和已:《论颜延之的〈秋胡行〉——兼谈中国的叙事诗》(节译),王则远译,载《齐齐哈尔师范学院学报》,1996 年第 2 期。

行》开始,魏晋人之作,多变为抽象说理,甚至离开秋胡本事。① 相对于魏晋时期的其他《秋胡行》,颜延之此诗自觉回归本事,完整叙述秋胡悲剧故事的全过程,呈现出新变的特质。这种新变既有别于颜延之的主流诗风,亦不同于此前的《秋胡行》创作,再加上其描写对象为女性,故纳入艳诗传统自无不可。而颜延之参与艳诗传统的建构,也显示此诗歌传统的开放性特征。

《玉台新咏》选录鲍照诗歌17首,《文选》选录鲍照诗歌18首,其中重复选录者为《玩月城西门》《拟乐府白头吟》。曹道衡先生认为,鲍照《玩月城西门》"只是一首闲适的写景诗,和艳情并无联系",徐陵选录此诗"多少有意识在提倡那种纤细绮丽的风格"②。但是诗中"千里与君同"之"君",正是结尾"留酌待情人"之"情人"。作为客游士子的情感寄托,此"情人"内涵较为模糊,既可为志同道合之友朋,如五臣注《文选》中刘良注云:"情人,友人之别离者也。"③亦可是千里之外的红颜知己。若作后一种解释,则此诗自可归入男女离别相思的传统范畴。正是这种诗歌多义性,给予《玉台新咏》重复选诗的可能。鲍照《拟乐府白头吟》系一首拟诗,原作即为托名西汉卓文君之《白头吟》,本事详见《西京杂记》。由于《玉台新咏》卷一《古乐府六首》中已选录无名氏《皑如山上雪》(一作《白头吟》),故鲍照《拟乐府白头吟》的选录既是对经典的回应,亦为内容新变提供了参照。

谢朓《同王主簿怨情》、沈约《咏月》(《文选》题为《应王中丞思远咏月》)为《玉台新咏》《文选》共同选录。谢朓与沈约既是永明体代表人物,亦是宫体诗人的述作楷模。萧纲在《与湘东王书》中称:"近世谢朓、沈约之诗,任昉、陆倕之笔,斯实文章之冠冕、述作之楷模。"④又《梁书·文学上·何逊传》载萧绎论诗云:"诗多而能者沈约,少而能者谢朓。虽有迟速多寡之不同,不害其俱工也。"⑤宫体诗人推崇谢朓、沈约,一则是其诗歌体现新变特质,二则是宫体发端于永明体。《梁书·庾肩吾传》云:"齐永明中,王融、谢朓、沈约,文章始用四声,以为新变。至是(萧纲为太子)转拘声韵,弥为丽

---

① 钱志熙:《中国诗歌通史·魏晋南北朝卷》,北京:人民文学出版社,2012年版,第338页。
② 曹道衡:《从〈文选〉和〈玉台新咏〉看萧统和萧纲的文学思想》,收入《汉魏六朝文学论文集》,桂林:广西师范大学出版社,1999年版,第147页。
③ (梁)萧统:《文选》,(唐)五臣注,南京:凤凰出版社,2018年版,第389页。
④ (清)严可均辑:《全梁文》,北京:商务印书馆,1999年版,第116页。
⑤ (唐)姚思廉:《梁书》,北京:中华书局,1973年版,第693页。

靡,复逾往时。"①曹道衡先生认为,"从南齐初经过永明体到宫体,实际上是诗歌发展同一个潮流的不同发展阶段"②。如此,则《玉台新咏》在建构艳诗传统的时候,自然要将其诗歌纳入其中。以谢朓《同王主簿怨情》、沈约《咏月》为例,二者皆为同性友人间的应和之作,故诗中情感不必当真。观其文辞,或哀怨,或轻艳,然皆具游戏娱乐色彩,实为宫体之滥觞。此种创作心理,与萧纲"立身先须谨慎,文章且须放荡"(《诫当阳公大心书》)如出一辙。

陆厥《中山王孺子妾歌》亦为《玉台新咏》《文选》共同选录。五臣注《文选》李周翰注云:"厥作是诗,以刺人情变移也。"③然末句"君子"者,女子谓夫之通称,故将此诗视为宫人宠衰绝望之辞未尝不可。

江淹《杂拟》共有30首,其中《古离别》《班婕妤咏扇》《张司空离情》《休上人怨别》为《玉台新咏》《文选》重复选录。江淹有意通过对历史上早期重要诗人的选择和模拟,表达他个人对五言诗史建构的自觉意识。而在早期五言诗史中,艳诗传统是其中的重要内容。从古诗到江淹生活的时代,艳诗传统未曾中断,并不断涌现出代表性诗人,如班婕妤、张华、汤惠休等。这4首重复选录的诗歌,叙写内容皆与男女情事有关,可视为早期艳诗传统的缩影。与此同时,江淹拟诗尚具有新变的特质。钟嵘《诗品》称,"文通诗体总杂,善于摹拟"④。尽管如此,江淹拟诗还是呈现出鲜明的时代特色与艺术个性。无论是《古离别》还是《班婕妤咏扇》,或是《张司空离情》与《休上人怨别》,在意象选择、句式转换、体式风貌等方面,都体现了江淹作为后来者对原诗的革新。事实上,江淹无论是模拟何人诗歌,最后都写成了自己的诗歌,具有鲜明的时代特色,程章灿先生曾用"三十个角色与一个演员"⑤作比,最为形象生动。

四、"重复选诗"与新经典的形成

宫体诗在中国古代诗歌史上所具有的名声往往是负面的,历来评价较

---

① (唐)姚思廉:《梁书》,北京:中华书局,1973年版,第690页。
② 曹道衡:《江淹、沈约和南齐诗风》,收入《汉魏六朝文学论集》,桂林:广西师范大学出版社,1999年版,第448页。
③ (梁)萧统:《文选》,(唐)五臣注,南京:凤凰出版社,2018年版,第366页。
④ 曹旭:《诗品集注》,上海:上海古籍出版社,2011年版,第403页。
⑤ 程章灿:《三十个角色与一个演员——从〈杂体诗三十首〉看江淹的艺术"本色"》,载《中山大学学报》,2010年第1期。

低,但不可否认它在梁陈时期是显赫一时的经典诗歌体式。这样的经典虽然不具备永恒的艺术价值,但也真实存在于短暂的诗史建构之中。傅刚先生认为:"当日诗人几乎都卷入这个创作浪潮中,它不仅在当时产生了轰动和影响,对后世、隋至初唐以及晚唐都有极大的影响。"①《玉台新咏》的编纂始于宫体盛行之初,用梁启超先生的话说,"《新咏》为孝穆承梁简文意旨所编,目的在专提倡一种诗风,即所谓言情绮靡之作也"②。这种新诗风的提倡,主要通过遴选当时代表性作家作品来获取典范意义。曹道衡先生说,《玉台新咏》的主要目的在于"开来",而不像《文选》那样只是"继往"③。可惜后来陈后主与他的东宫学士们未能恪守萧纲"立身先须谨慎,文章且须放荡"的告诫,遂使宫体诗创作旨归发生转向,最终彻底沦为色情文学的别称,并从此背负诗坛恶名。对于后世读者而言,趋于堕落的陈朝宫体诗还具有回溯的效用,进而影响到对《玉台新咏》性质与价值的判断。通过"重复选诗"现象,我们认为《玉台新咏》的编纂旨在确立一种新的诗歌经典,具体来说:

(一)"重复选诗"蕴含着"新变"特质

《周易·系辞下》云:"《易》穷则变,变则通,通则久。是以自天佑之,吉无不利。"④汉魏六朝是中国古代文人诗创作传统奠定与发展的重要时期,无论是作品的题材内容、表达技巧还是艺术形式,皆可印证《周易》中"变则通"的道理。笔者曾对魏晋南朝诗歌文本中的"新诗"概念进行分析,发现在多数语境中,"新诗"的出现往往意味着诗歌史上新变化的悄然而至。⑤如果说,这样的"新诗"概念在具体文本中还有迹可循,那么很多真实存在的"新变"则需要结合作品仔细甄别。《玉台新咏》《文选》中重复选诗多达64首,这些诗歌作者早自西汉枚乘,晚到齐梁沈约,根据可靠的诗歌史背景来看,多数诗歌在其所处的时代具有新变的特质。如署名东汉蔡邕的名篇《饮马长城窟行》云:

青青河畔草,绵绵思远道。远道不可思,宿昔梦见之。梦见

---

① 傅刚:《魏晋南北朝诗歌史论》,北京:商务印书馆,2017年版,第350页。
② 转自(清)吴兆宜:《玉台新咏笺注》,北京:中华书局,1985年版,第551页。
③ 曹道衡:《从〈文选〉和〈玉台新咏〉看萧统和萧纲的文学思想》,收入《汉魏六朝文学论文集》,桂林:广西师范大学出版社,1999年版,第136页。
④ 黄寿祺、张善文:《周易译注》,上海:上海古籍出版社,2004年版,第402页。
⑤ 葛志伟:《诗歌史的隐性坐标——论魏晋南朝时期的"新诗"》,载《福建师范大学学报》,2014年第1期。

在我傍,忽觉在他乡。他乡各异县,展转不相见。枯桑知天风,海水知天寒。入门各自媚,谁肯相为言。客从远方来,遗我双鲤鱼。呼儿烹鲤鱼,中有尺素书。长跪读素书,书中竟何如?上言加餐食,下言长相忆。①

这首诗《文选》题作无名氏"乐府古辞",郭茂倩《乐府诗集》亦视其为古辞。对此,现代学者多持否定意见。如傅如一先生认为,"署名陈琳的《饮马长城窟行》是汉乐府民歌",是该曲调"真正的古辞"②。盖此诗主旨在于男女相思别离之事,与诗题毫无关联。这是论者质疑最多的问题。署名建安诗人陈琳的《饮马长城窟行》一诗则很好地回应了诗题,出现了"长城""马骨"等标志性词汇,不仅句式为五七言杂糅,而且对话体的叙事方式更接近"感于哀乐,缘事而发"的汉乐府民歌。相对于后者的"切题",则前者的"离题"无疑是一种内容上的新变。从内容上看,此诗明显受到《古诗》的影响,很多句子间表现出审美趣味的一致性,如"青青河畔草,绵绵思远道"与"青青河畔草,郁郁园中柳"(《古诗》)、"客从远方来,遗我双鲤鱼……上言加餐食,下言长相忆"与"客从远方来,遗我一书札。上言长相思,下言久离别"(《古诗》)等。无论此诗作者是否为蔡邕,其文本中蕴含的"新变"特质都不容抹杀。至于署名汉末一代文宗蔡邕的缘由,上文亦有所述,兹不赘言。

(二)"新变"诗风的倡导与实践

徐陵《玉台新咏序》云:"无怡神于暇景,惟属意于新诗。"③"新诗"盛行离不开"新变"理论的倡导。张蕾教授认为《玉台新咏》"深层用意则是以编选选本的方式参与当前追求新变的文坛变革"④。"新变"是南朝文学理论与创作实践中颇为引人注目的现象,屡屡出现在文献之中。如萧子显《南齐书·文学传论》云:"习玩为理,事久则读。在乎文章,弥患凡旧。若无新变,不能代雄。"⑤"新变"自然是相对于已有文学传统而论,目的则在于"代雄",呈现出积极的诗学自信。这种诗学自信很大程度上来源于永明诗人的集体努力。《南齐书·文学·陆厥传》云:"好属文,五言诗体甚新变。"⑥

---

① (清)吴兆宜:《玉台新咏笺注》,北京:中华书局,1985年版,第33~34页。
② 傅如一:《乐府古辞〈饮马长城窟行〉考索》,载《文学遗产》,1990年第1期。
③ (清)吴兆宜:《玉台新咏笺注》,北京:中华书局,1985年版,第12~13页。
④ 张蕾:《试论明刻本增补〈玉台新咏〉的价值》,载《文学遗产》,2004年第6期。
⑤ (梁)萧子显:《南齐书》,北京:中华书局,1972年版,第908页。
⑥ (梁)萧子显:《南齐书》,北京:中华书局,1972年版,第897页。

又《南齐书·张融传》云:"吾文体英绝,变而屡奇。"①又《梁书·文学上·庾肩吾传》云:"齐永明中,文士王融、谢朓、沈约文章始用四声,以为新变,至是转拘声韵,弥尚丽靡,复逾于往时。"②"至是"指的是萧纲入主东宫后宫体始盛之时。由皇太子萧纲倡导的新诗风建立在永明诗风基础之上。因此,这种新变具有两方面的意义:一方面是对当时京师盛行诗风的颠覆。萧纲《与湘东王书》云:"比见京师文体,儒钝殊常,竞学浮疏,争事阐缓。既殊比兴,正背风骚。"③所谓"京师文体",根据许多学者的看法,主要是指以萧统为代表的复古思潮。刘跃进先生指出:"尽管昭明太子本人及其门下深受永明诗风影响,但对于永明作家所倡导的清丽文风及其所造成的余波流蕴是有所不满的,所以倡言古体,恢复太康。元嘉之风,以纠正永明诗风的偏颇。"④但是这样一种努力,在萧纲看来却是一种与"比兴风骚"背道而驰的做法。一方面是对永明诗风的革新。日本学者兴膳宏先生认为,"对艳情诗的关注是'永明体'诗人在某种程度上共同的倾向"⑤。萧纲虽然一度视沈约、谢朓等人为楷模,但革新永明诗风的理想并未动摇。所谓"转拘声韵,弥尚丽靡",即在形式与内容上更进一步,将永明体多元化的题材内容集中到对女性容貌、姿态、心理、服饰、器具等内容的精细描绘上来。"新变"作为一种广泛传播的诗歌理论,当时还渗透到宫体诗人的创作思想之中,如《玉台新咏》卷八录邓铿《奉和夜听妓声》云:"新歌自作曲,旧瑟不须调。"⑥又如徐陵《走笔戏书应令》云:"曾经新代旧,那恶故迎新?"⑦这些宫体诗人在诗歌作品中所流露出的新旧观念,正是当时文坛"新变"思想的折射。

(三)"重复选诗"与艳诗传统的建构

美国学者约翰·杰诺瑞认为,"在任何历史语境中,改变大纲都不可能不意味着颠覆经典,因为每一次对大纲的建构就是再次开始经典建构的过程"⑧。尽管约翰·杰诺瑞谈论的话题在本质上跟我们的并不相同,但仍

---

① (梁)萧子显:《南齐书》,北京:中华书局,1972年版,第729页。
② (唐)姚思廉:《梁书》,北京:中华书局,1973年版,第690页。
③ (清)严可均辑:《全梁文》,北京:商务印书馆,1999年版,第115页。
④ 刘跃进:《门阀士族与文学总集》,北京:世界图书出版公司,2014年版,第282页。
⑤ 〔日〕兴膳宏:《六朝文学论稿》,彭恩华译,长沙:岳麓书社,1986年版,第138页。
⑥ (清)吴兆宜:《玉台新咏笺注》,北京:中华书局,1985年版,第348页。
⑦ (清)吴兆宜:《玉台新咏笺注》,北京:中华书局,1985年版,第356页。
⑧ 〔美〕约翰·杰洛瑞:《文化资本——论文学经典的建构》,江宁康等译,南京:南京大学出版社,2011年版,第27页。

能从其相关论述中获得启示。盖迫于梁武帝对宫体诗风盛行的不满与质疑，萧纲及其追随者在不愿改变诗风的前提下，所能做的大概就是为此新诗风寻求历史依据，对于建构可靠的艳诗传统则是最有效的方法。相对于新兴的诗坛风尚，回溯而成的艳诗传统无疑更趋于稳定。但艳诗传统的建构并非只是简单罗列一些作家作品，而是要通过作家作品的遴选，勾勒出该传统发展演进的大致历程。此传统建构至少须满足三个要素：

第一，建构出更久远的历史。傅刚先生认为，随着萧纲被立为太子，"他以这一种新诗风来与故太子萧统提倡的诗风相抗衡，从而提高自己的政治地位"①。若如其所述，则《玉台新咏》的潜在颠覆对象自然是萧统《文选》及其倡导的诗风，因此拟定的艳诗传统必须要比《文选》所建构的诗歌传统更为悠久，如此在梁武帝面前才更有说服力。于是，在包括《文选》在内的诸家对古诗产生时间莫衷一是的前提下，我们看到《玉台新咏》编纂者将九首古诗非常确定地系于西汉著名文士——枚乘名下，从而将艳诗传统的起点牢牢定格在西汉初期阶段。有趣的是，古诗为枚乘所作的观点并非《玉台新咏》独创，刘勰《文心雕龙》亦有"或称枚叔"的说法，只不过他并不十分确定。《玉台新咏》编纂者将传闻视为可靠的材料，很大程度上是出于建构艳诗传统的需要。

第二，呈现出更丰富的内容。为印证宫体的合理性，萧纲及其追随者还须从既往传统中甄选大量的同质性诗歌，也就是他们所称的"往世名篇"。此类作品一旦被视为从西汉伊始延伸到南朝梁代的同质性和跨时空的艳诗经典，它们的阐释途径就会发生根本性变化。这种变化当然有误读的可能，但很大程度上是基于诗歌文本的多义性。相对于《文选》，《玉台新咏》所建构的艳诗传统在内容上无疑呈现出更为丰富的特点。仅以汉代为例，自枚乘以下，又遴选出李延年、苏武、辛延年、班婕妤、宋子侯、张衡、秦嘉夫妇、蔡邕等汉代作家，此外还包括《古乐府六首》《汉时童谣》《古诗为焦仲卿妻作》等无名氏作品，从而显示出艳诗创作的广度与深度。

第三，表现出更巧妙的遴选。艳诗传统的建构始于对既往作家作品的建构。而建构一个相对连贯的艳诗传统，从而使后代很多同质化的作品更容易被理解，这或是萧纲及其追随者编纂《玉台新咏》的出发点之一。事实上，艳诗传统不仅是诗歌创作的传统，也是审美意义上的传统。我们在词

---

① 傅刚：《〈玉台新咏〉与南朝文学》，北京：中华书局，2018年版，第48页。

汇、意象、视角、情感、格调等细微方面察觉到宫体诗渐成气象的演进轨迹,一种隐约的审美意识在从西汉至齐梁的历史时空中浮现。为了将这种演进轨迹与隐约浮现的审美意识固定下来,对既往作家作品的精心遴选过程自然必不可少。然而,遴选过程既不意味着与传统的决裂,也不属于彻底地另起炉灶。《玉台新咏》对既往作家作品的遴选非常巧妙,比如"古诗"系列。《玉台新咏》编纂者将《古诗八首》置于卷首,同时还选录陆机《拟古七首》、陶潜《拟古一首》、刘铄《拟古四首》。这些作品既共同参与艳诗传统的建构,又呈现出各自"新变"的特质,而此类诗歌的演进轨迹也在不断的拟作中趋于分明。

总之,《玉台新咏》中"重复选诗"部分基本囊括了各个时代较有影响的作家作品。虽然艳诗传统的建构以其自身形成的审美观念为中心,但它不可能将诗歌史上那些公认的经典作家作品弃置不顾,否则该传统就会失去应有的效能或引发同时代人的质疑。

(四)影响焦虑之下的"当今巧制"

《玉台新咏》中大量"往世名篇"的选录,在给宫体诗风盛行提供历史依据的同时,也对其自身价值的彰显构成了挑战。历史上没有一位诗人愿意在伟大的传统面前失去自己的独特风格,萧子显"若无新变,不能代雄"的论断更像宫体诗人的集体宣言。此诗人群体之所以竭力鼓吹"新变",正是上述艳诗传统影响下的焦虑意识的生动再现。尽管齐梁时期诗歌创作呈现出私我化的趋势,但"往世名篇"投下的阴影仍无处不在,而且这种影响很显然并不以后代诗人的主观意志为转移。因此严格意义上的"新变"并不存在,所谓"当今巧制"亦不过是一种诗歌史上的重影。但当时宫体诗人对这些"当今巧制"充满自信,并视之为美的极致,具有比肩经典的价值。《玉台新咏序》云:"曾无忝于雅颂,亦靡滥于风人,泾渭之间,若斯而已。"①徐陵既是《玉台新咏》编纂的执行者,也是当时最重要的宫体诗人。他对这些艳歌皆许以极高的评价,甚至认为其可比肩《诗经》。宫体诗的趣味和魅力,在每个宫体诗人身上都得以体现。如《玉台新咏》卷八选录刘缓《敬酬刘长史咏名士悦倾城》云:

不信巫山女,不信洛川神。何关别有物,还是倾城人。经共陈王戏,曾与宋家邻。未嫁先名玉,来时本姓秦。粉光犹似面,朱

---

① (清)吴兆宜:《玉台新咏笺注》,北京:中华书局,1985年版,第13页。

色不胜唇。遥见疑花发,闻香知异春。钗长逐鬟发,袜小称腰身。夜夜言娇尽,日日态还新。工倾荀奉倩,能迷石季伦。上客徒留目,不见正横陈。①

这是一首非常著名的艳诗,后世诸如《古诗纪》《古乐苑》《古诗归》《采菽堂古诗选》等重要选本皆予以选录。但作者在题中明言"敬酬",显然是对刘长史所赠《名士悦倾城》的回应。刘长史为安西湘东王长史刘之亨,曾与刘缓同时仕于湘东王萧绎幕下。②《梁书·文学上·刘昭传》云:"缓字含度,少知名,历官安西湘东王记室。时西府盛集文学,缓居其首。"③西府指萧绎主政的荆州,是当时艳诗创作的另一个中心。此诗题在萧纲、萧绎兄弟之间也有唱和。萧纲《和湘东王名士悦倾城》诗选录在《玉台新咏》中,萧绎原作已不存。可见"名士悦倾城"已是当时非常流行的艳诗题材。"名士"者,诗人自谓也;"悦"者,心理状态也;"倾城"者,描写内容也。在刘缓的诗歌中,读者可以看到很多前代经典诗文的影子,如前八句将《登徒子好色赋》《高唐赋》《洛神赋》《北方有佳人》《陌上桑》等名篇串联起来,可谓集众美于一身。但作者并不满足于泛泛而谈,于是接下来八句遂从粉面、朱唇、体香、发饰、腰身、娇语、媚态等方面展开描写。此处借鉴美国学者罗哈德·布鲁姆的观点,"这是一种以逆向对照的方式对前驱的续完,诗人以这种方式阅读前驱的诗,保留原诗的词语,但使它们别具他义,仿佛前驱走得还不够远"④。从"新变"意义上说,罗列引用诸多往世名篇与其说是致敬,倒不如说是一种创作心理的叛离,因此开头连用两个"不信"。影响的焦虑与超越的欲望,最终融合成"新变"的内驱力量,这就是结尾两句的独特魅力。"上客徒留目,不见正横陈"二句虽屡遭后人诟病,却能成功将读者引入一个新鲜的、刺激的、生动的感官世界。这个感官世界独具魅力,无论是用词、语气还是愉悦刺激的幻想,都来自宫体诗人标榜的"新变",显示出作者颠覆经典后的精神亢奋,从而在诗歌史上留下印记。

(五)"新经典"的形成

宫体诗人在艳诗传统影响下,创造出新的诗歌体式。他们遴选出代表

---

① (清)吴兆宜:《玉台新咏笺注》,北京:中华书局,1985年版,第345~346页。
② 詹瑛:《〈玉台新咏〉三论》,收入《语言文学与心理学论集》,《詹瑛全集》卷六,石家庄:河北教育出版社,2016年版,第19页。
③ (唐)姚思廉:《梁书》,北京:中华书局,1973年版,第692页。
④ 〔美〕哈德罗·布鲁姆:《影响的焦虑》,徐文博译,北京:中国人民大学出版社,2019年版,第11页。

性作家作品,建构"新经典"序列。梁启超认为,"《新咏》为孝穆承梁简文意旨所编,目的在专提倡一种诗风,即所谓言情绮靡之作也"①。然"言情绮靡"的观念始于西晋陆机《文赋》,萧纲的意旨相对于陆机来说,无论如何都算一种"新变"。《玉台新咏》卷一至卷六所录属于"往世名篇",卷七、卷八所录属于"当今巧制",卷九、卷十则既有"往世名篇"亦有"当今巧制"。虽然"往世名篇"在数量上占有优势,但毫无疑问"当今巧制"才是《玉台新咏》最重要的内容,是梁代诗坛对中古诗歌史的独特贡献。根据兴膳宏、沈玉成、傅刚诸先生的考证,《玉台新咏》前六卷每卷以作家卒年先后排序,卷七、卷八改以按职位大小排序,卷九、卷十则先以卒年、后以职位高低排序。② 将当代作者置于已故作者之后的编纂体例提醒我们,一个立足当下、面向未来的新经典序列已经诞生。曹道衡先生指出,《玉台新咏》主要目的在于"开来",而不像《文选》那样只是"继往"③。既然是"开来",则必然要为后世提供学习仿效的典范。这个新经典序列始于梁武帝萧衍——一个曾对宫体诗风盛行颇为不满的帝王,这极具反讽意味。傅刚先生认为,"萧衍很显然是被拉来作大旗的,他不可能参加萧纲的宫体诗唱和"④。萧衍虽然不可能参加萧纲文学集团的宫体诗唱和,但他后来对《玉台新咏》的编纂成书无疑是默许的。否则他绝不会允许像《玉台新咏》这样的艳诗总集在其执政期间成书、传播,更不会允许将其诗歌选录其中。萧衍入选《玉台新咏》的诗歌多达 41 首,数量上仅次于萧纲。萧衍及其诗歌的入选具有重要的现实意义,最显著一点即为《玉台新咏》的编纂乃至传播提供了文化权力层面的保障。兴膳宏先生认为,在卷七、卷八中"以皇太子为主、湘东王为副的文学同人们亦即宫体诗派的健将,通过互相的交友关系所咏篇章乃是这两卷作品的一大主轴"⑤。围绕这个主轴,我们看到属于此文士群体的诗歌经典已经形成。萧纲入选诗歌多达 76 首,是《玉台新咏》中"当今巧制"的典范。萧纲论诗崇尚吟咏性情,其《答新渝侯和诗书》云:

---

① 转自(清)吴兆宜:《玉台新咏笺注》,北京:中华书局,1985 年版,第 551 页。
② 参见〔日〕兴膳宏:《六朝文学论稿》,彭恩华译,长沙:岳麓书社,1986 年版,第 332~339 页;沈玉成:《宫体诗与〈玉台新咏〉》,载《文学遗产》,1988 年第 6 期;傅刚:《〈玉台新咏〉与南朝文学》,北京:中华书局,2018 年版,第 50~60 页。
③ 曹道衡:《从〈文选〉和〈玉台新咏〉看萧统和萧纲的文学思想》,收入《汉魏六朝文学论文集》,桂林:广西师范大学出版社,1999 年版,第 136 页。
④ 傅刚:《〈玉台新咏〉与南朝文学》,北京:中华书局,2018 年版,第 5 页。
⑤ 〔日〕兴膳宏:《六朝文学论稿》,彭恩华译,长沙:岳麓书社,1986 年版,第 341 页。

第六章 经典的影响:《玉台新咏》《文选》重复选诗现象研究　331

> 垂示三首,风云吐于行间,珠玉生于字里。跨蹑曹左,含超潘陆。双鬟向光,风流已绝;九梁插花,步摇为古。高楼怀怨,结眉表色;长门下泣,破粉成痕。复有影里细腰,令与真类;镜中好面,还将画等。此皆性情卓绝,新致英奇。①

萧纲这番言论虽是对新渝侯萧暎赠诗的褒奖,实则可谓夫子自道。从"双鬟向光"到"镜中好面"的精彩描述,完全就是萧纲自身艳诗创作的主要内容。他之所以提倡宫体并垂范世人,正是看中此类诗歌具有"性情卓绝"的特点。唯诗人的性情达于极致,不矫揉造作,不回避俚俗,方能外生珠玉之辞、内呈风云之气,达到"新致英奇"的艺术效果。如其名作《咏内人昼眠》云:

> 北窗聊就枕,南檐日未斜。攀钩落绮障,插捩举琵琶。梦笑开娇靥,眠鬟压落花。簟纹生玉腕,香汗浸红纱。夫婿恒相伴,莫误是倡家。②

这首诗不仅是萧纲的代表作,大概也算得上整个宫体诗的代表。诗歌的内容并不复杂,卓绝性情即隐藏在"夫婿"对妻子昼眠的细致观察之中。此"夫婿"虽未必是萧纲本人,但无疑具有他的思想情感。妻子昼眠本是日常生活中最普通不过的场景,但在诗人眼中充满诗意及美的幻想。这种情感的出发点应是夫妇之间一种深挚的爱恋,而非单纯视妻子为玩物器具的变态心理。尽管玉腕簟纹、红纱香汗等卧榻之上的景象易于让读者想入非非,但作为全知全能叙事者的萧纲不会允许诗意向此方面流动,故结尾处逆转其意并庄严宣示,"夫婿恒相伴,莫误是倡家"。这种卒章反转既是诗意的收缩,亦是情感的接续。陈寅恪先生认为,"吾国文学,自来以礼法顾忌之故,不敢多言男女间关系,而于正式男女关系如夫妇者,尤少涉及。盖闺房燕昵之情意,家庭米盐之琐屑,大抵不列载于篇章,惟以笼统之词,概括言之而已"③。就中国文学史演进历程而论,陈先生所论极是。然以"笼统之词"叙写男女情事的传统方式在萧纲生活的时代发生了短暂的变化,描摹妻妾美貌体态、神情心理、服饰用具等诗歌作品不断涌现。除萧纲《咏

---

① (清)严可均辑:《全梁文》,北京:商务印书馆,1999年版,第115页。
② (清)吴兆宜:《玉台新咏笺注》,北京:中华书局,1985年版,第314页。
③ 陈寅恪:《元白诗笺证稿》,上海:上海古籍出版社,1978年版,第99页。

》内人昼眠》外,比较有名的如萧纲《和徐录事见内人作卧具》、徐君倩《共内人夜坐守岁》、刘孝威《都县遇见人织率尔寄妇》、王筠《闺情二首》、庾肩吾《爱妾换马》等。此类诗歌往往注重细节描绘,极尽艳情妍态,强调感官刺激,使得诸多妻妾形象的塑造远离传统式的朦胧描摹,成为这个时代诗歌生发新变的重要标识。

加拿大学者艾文·佐哈尔认为:"'经典化'意味着那些文学形式和作品,被一种文化的主流圈子接受而合法化,并且其引人瞩目的作品,被此共同体保存为历史传统的一部分。"①此观点已为中外学术界广泛接受,具有相当的权威性。倘若与此相对照,我们发现宫体诗通过《玉台新咏》的编纂,已经完成了它的经典化之路,形成了新的诗歌经典序列。这种经典性因素的获取,除"新变派"理论提倡之外,更多源自对既往文学传统的认同。当时以萧纲为首的主流文化圈子通过遴选"往世名篇",建构出一个历史悠久、规模宏大、特色鲜明的艳诗传统,而与《文选》重复选录的64首诗歌则充分印证了这个传统公正合理。此群体又将他们引以为傲的"当今巧制"承接其后,成为该历史传统中不可分割的组成部分。

梁中大通三年(531年),随着皇太子萧统的离世以及晋安王萧纲入主东宫等政治事件的发生,京师盛行的主流文体文风也在悄然发生变化。这种变化的直接原因在于,萧纲将其喜好的艳诗创作从地方移至京师。由于东宫的特殊政治地位,萧纲周围很快便聚集一批有着相似审美风尚的文士,宫体因之而盛行。宫体诗风的蔓延让梁武帝萧衍颇为不满,遂召见宫体诗风得以形成的核心人物兼萧纲的侍读——徐摛加以责备。虽然后来徐摛以"应对明敏,辞义可观"使得梁武帝甚为叹服,宠爱弥盛,但后者对宫体诗风的不满并未消除。梁武帝的这种态度无疑对萧纲产生了直接影响,也使其感到巨大的政治压力。但萧纲对文学尤其是诗歌创作,有着自己独到的见解。他要为这种顺应时代发展的新诗风找到存在的历史依据,于是授意徐陵编纂《玉台新咏》,进而实现"以大其体"的意图。徐陵名为撰录古今艳歌,实则旨在建构一种新的诗歌传统,为当前盛行的宫体诗风张本。倘若将备受争议的宫体诗风置于该传统之中,彰显其独特的价值与魅力,则其体自大,其意自安。要之,此举无疑成功地说服了萧衍。因为萧衍不仅同意《玉台新咏》的编纂,甚至还默许他们将自己的部分诗歌收录其中,

---

① 转自〔加〕斯蒂文·托托西:《文学研究的合法化》,马瑞琦译,北京:北京大学出版社,1997年版,第43页。

并甘愿成为该历史传统的组成部分。这种新的诗歌传统——艳诗传统的合法性与合理性建立,离不开经典作家作品的参与。虽然以萧纲为首的宫体诗人力倡"新变",竭力克服影响焦虑进而超越传统,但并不敢弃传统于不顾。诚如美国学者约翰·杰洛瑞认为:"如果说新的诗人有可能改变不朽作品的现有秩序,也就是说,有可能加入到经典作家行列中的话,那么,他们就必须表现出一致的举止。"①《玉台新咏》正是通过那些"往世名篇",使这些"当今巧制"获取了经典的意蕴,并完成经典化历程。这或是《玉台新咏》与《文选》重复选诗多达64首的真正原因。从这些重复选录的诗歌中可以看出,《玉台新咏》中的"往世名篇"具有典范与秩序的双重价值,但它们的入选是为了衬托"当今巧制"的合法性地位,为新经典的诞生提供历史空间。当然,这样的新经典远离对现实人生的关注,缺乏风雅兴寄精神,亦有违言志载道的文学传统,因而其经典性注定不会长久。诗歌史的发展证明,宫体诗很快便遭到隋唐时期有识之士如李鄂、王通、李百药、魏征等的否定②,遂丧失经典价值并走上解构之路。正如文学经典的形成离不开建构一样,解构也是文学经典的本质属性之一,我们对此自无须悲喜。

---

① 〔美〕约翰·杰洛瑞:《文化资本——论文学经典的建构》,江宁康等译,南京:南京大学出版社,2011年版,第134~135页。
② 按当时李鄂、王通、李百药、魏征等均有对宫体诗风的否定论述,参见钱志熙:《中国诗歌通史·魏晋南北朝卷》,北京:人民文学出版社,2012年版,第9~11页。

附录　新时期中国古典文学领域文学经典化研究成果概览

文学经典化问题是文学研究中的重要问题。自1993年荷兰学者杜威·佛克马（Douwe Fokkema）和E.蚁布思（Elrud Ibsch）在北京大学举办系列讲座论及中国文学经典化问题以来，学术界贤达纷纷撰文讨论，至今方兴未艾。此学术视角与研究方法，在其肇始之时即已影响到中国古典文学领域，新世纪以来更是成为前沿理论课题。当前，中国古典文学领域关于文学经典化问题的探讨已有近三十年的成果积淀。这些成果根据其研究对象，主要集中在《诗经》、汉赋、陶渊明、唐诗、宋词、明清长篇小说等方面，基本涵盖了中国古典文学研究的各个方面。为简明扼要地展示学术界现有成果，兹将其归纳为《诗经》及早期儒家典籍的经典化研究、汉赋的经典化研究、陶渊明的经典化研究、唐诗的经典化研究、宋词的经典化研究、明清小说的经典化研究、其他内容的经典化研究、专著及硕博士学位论文等八个方面：

一、《诗经》及早期儒家典籍的经典化研究

1. 董运庭：《论"六经"的经典化过程》，载《西北师大学报》，1998年第1期。

2. 王中江：《经典的条件：以早期儒家经典的形成为例》，载《中国哲学史》，2002年第2期。

3. 刘冬颖：《上博竹书〈孔子诗论〉与〈诗三百〉的经典化源流》，载《学习与探索》，2004年第4期。

4. 曾军：《从"注经"到"论文"——刘勰的儒家典籍文学经典化策略》，载《社会科学辑刊》，2005年第3期。

5. 古风：《从"诗言志"的经典化过程看古代文论经典的形成》，载《复旦学报》，2006年第6期。

6. 赵德坤：《〈诗三百〉的经典化及其影响》，载《西华师范大学学报》，2007年第3期。

7. 郭持华:《从〈诗〉的早期传播看〈诗〉的经典化》,载《湖南城市学院学报》,2007 年第 4 期。

8. 郭持华:《汉儒的〈诗经〉阐释与"诗"的经典化》,载《杭州师范学院学报》,2007 年第 5 期。

9. 郭持华:《孔子释"诗"与"诗"的经典化》,载《齐鲁学刊》,2007 年第 5 期。

10. 张瑞:《从〈关雎〉看〈诗经〉在传播中的两个经典化过程及其意义》,载《山东理工大学学报》,2008 年第 1 期。

11. 浅野裕一、陈威瑨:《儒家对〈易〉的经典化》,载《周易研究》,2009 年第 2 期。

12. 王景凤、冯维林:《汉代帝王诏书用典与〈诗经〉的经典化》,载《临沂大学学报》,2012 年第 2 期。

13. 李树军:《〈左传〉引诗与〈诗〉的经典化》,载《社会科学家》,2012 年第 12 期。

14. 刘玉平:《〈诗·关雎〉经典化路径多样性研究》,载《西华师范大学学报》,2013 年第 2 期。

15. 魏家川:《〈诗〉的经典化》,载童庆炳、陶东风主编《文学经典的建构、结构和重构》,北京:北京大学出版社,2007 年版。

16. 蔡宗奇等:《诗歌与意识形态:〈诗经〉在汉代的经典化》,载《长江学术》,2015 年第 2 期。

17. 王燕华:《经典的翻译与传播——〈诗经〉在英国的经典化路径探析》,载《上海翻译》,2016 年第 2 期。

18. 邹志远:《经典诠释与制度重建——〈公羊传〉"母以子贵"传文的制度渊源及其经典化意义》,载《社会科学》,2017 年第 3 期。

19. 周晓琳:《〈论语〉文学经典化考论》,载《西华师范大学学报》,2018 年第 2 期。

20. 胡士颖:《孔子对〈周易〉的经典性阐释与经典化建构》,载《周易研究》,2018 年第 2 期。

21. 马君毅:《文学史教科书中的〈左传〉书写及其文学经典化——以民国时期为例》,载《北京社会科学》,2018 年第 4 期。

22. 王国雨:《经学传承与哲学诠释:〈诗〉儒家经典化的途径》,载《江苏大学学报》,2019 年第 2 期。

23.丁四新:《"数"的哲学观念与早期〈老子〉文本的经典化——兼论通行本〈老子〉分章的来源》,载《中山大学学报》,2019 年第 3 期。

二、汉赋的经典化研究

1.张新科:《汉赋的经典化过程——以汉魏六朝时期为例》,载《人文杂志》,2004 年第 3 期。

2.张新科:《唐宋时期汉赋的经典化过程》,载《陕西师范大学学报》,2008 年第 1 期。

3.张新科:《汉赋在明代的经典化途径》,载《文学评论》,2012 年第 3 期。

4.张新科:《古代赋论与赋的经典化》,载《陕西师范大学学报》,2013 年第 2 期。

5.张新科:《元代科举对汉赋经典化的影响》,载《南京大学学报》,2015 年第 1 期。

6.刘彦青:《汉代史传文学在汉赋经典化过程中的作用——以〈史记〉〈汉书〉为中心》,载《云南师范大学学报》,2016 年第 2 期。

7.张文东:《〈文选〉与汉赋作品的经典化》,载《天中学刊》,2017 年第 5 期。

8.徐昌盛:《论赋体概念的融合及其经典化》,载《东方论坛》,2018 年第 5 期。

三、陶渊明的经典化研究

1.鲁克兵:《论〈闲情赋〉的经典化》,载《玉溪师范学院学报》,2002 年第 6 期。

2.周远斌:《陶渊明在宋代被空前接受原因之探究》,载《文史哲》,2003 年第 4 期。

3.袁行霈:《论和陶诗及其文化意蕴》,载《中国社会科学》,2003 年第 6 期。

4.李小均:《走向经典的必由之路——以陶潜与多恩为例》,载《中国比较文学》,2004 年第 1 期。

5.张永蕾:《隐士·隐逸诗人·经典诗人——陶渊明形象经典化解读》,载《浙江社会科学》,2007 年第 4 期。

6. 蒋寅:《陶渊明隐逸的精神史意义》,载《求是学刊》,2009 年第 5 期。

7. 卞东波:《谁是陶渊明,谁的陶渊明?——陶渊明之谜与陶渊明经典之变迁》,载《古典文学知识》,2012 年第 6 期。

8. 周晓琳:《"悠然望南山"与"悠然见南山"——陶渊明诗歌经典化中的"苏轼效应"》,载《西华师范大学学报》,2013 年第 3 期。

9. 郭世轩:《陶渊明经典化过程的三阶段》,载《江西社会科学》,2015年第 1 期。

10. 潘磊:《〈宋书·隐逸传〉的隐逸观与陶渊明形象的经典化》,载《北京社会科学》,2019 年第 5 期。

11. 叶丹丹、张喜贵:《论中国古典文学经典化与后世书写——以陶渊明文学经典地位建构为例》,载《大众文苑》,2019 年第 8 期。

四、唐诗的经典化研究

1. 程千帆:《张若虚〈春江花月夜〉的被理解和被误解》,载《文学评论》,1982 年第 4 期。

2. 魏景波:《诗学经典的遴选与确立——北宋诗坛宗尚杜诗的纵向考察》,载《陕西师范大学学报》,2006 年第 4 期。

3. 吴中胜:《严羽与杜诗的经典化》,载《赣南师范学院学报》,2006 年第 4 期。

4. 邓新跃:《〈沧浪诗话〉与盛唐诗歌的经典化》,载《江汉论坛》,2007年第 2 期。

5. 张海鸥、誉高槐:《李白诗歌在唐五代时期的经典形成》,载《中山大学学报》,2008 年第 2 期。

6. 誉高槐、廖宏昌:《〈乐府诗集〉与李白乐府的经典确认》,载《北方论丛》,2009 年第 4 期。

7. 陈文忠:《唐诗的两种辉煌——兼论唐诗经典接受史的研究思路》,载《安徽师范大学学报》,2010 年第 5 期。

8. 袁晓薇:《〈辋川集〉的经典化和辋川模式的建立》,载《深圳大学学报》,2011 年第 1 期。

9. 誉高槐、廖宏昌:《从〈万首唐人绝句〉看李白绝句的经典化历程》,载《文艺评论》,2011 年第 4 期。

10. 张伯伟:《典范之形成:东亚文学中的杜诗》,载《中国社会科学》,2012 年第 9 期。

11.高微征、李志忠:《"前后七子"推动唐诗经典化的路径及其特征》,载《中北大学学报》,2015年第6期。

12.杨凯:《李白诗歌在英语世界的译介与经典化历程》,载《南京师范大学文学院学报》,2017年第3期。

13.詹福瑞:《唐宋时期李白诗歌的经典化》,载《文学遗产》,2018年第5期。

14.丁放:《唐诗选本与李、杜诗歌的经典化——以唐代至明代唐诗选本为例》,载《文史哲》,2018年第3期。

15.曾绍皇:《手批杜诗:杜诗经典化的重要一环》,载《中国文化研究》,2018年第3期。

16.韩宁:《清初唐诗选本与杜诗的经典化》,载《河北学刊》,2018年第5期。

17.许一飞:《唐诗在西班牙语世界的经典化路径探析》,载《中国翻译》,2019年第2期。

18.芦燕:《王维诗歌在唐宋时期的经典化》,载《河北北方学院学报》,2019年第2期。

19.唐亚:《"扬州梦"戏曲创作母题的形成与杜牧艳诗经典化》,载《中国韵文学刊》,2019年第2期。

20.唐亚:《"三生杜牧"的典故化与杜牧诗歌经典化》,载《嘉兴学院学报》,2019年第5期。

五、宋词的经典化研究

1.程晶晶:《"新妇相思"词的经典化进程——李清照〈一剪梅〉接受史》,载《兰州学刊》,2005年第1期。

2.谭新红:《李清照词的经典化历程》,载《长江学术》,2006年第2期。

3.王兆鹏、郁玉英:《宋词经典名篇的定量考察》,载《文学评论》,2008年第6期。

4.郁玉英、王兆鹏:《宋词第一名篇〈念奴娇·赤壁怀古〉经典化探析》,载《齐鲁学刊》,2009年第6期。

5.郁玉英、王兆鹏:《清人词学视野中的宋词经典》,载《江海学刊》,2009年第1期。

6. 王兆鹏:《宋词经典的建构》,载《古典文学知识》,2011 年第 1 期。

7. 郁玉英:《姜夔词史经典地位的历史嬗变》,载《文学评论》,2012 年第 5 期。

8. 董希平:《论经典形成中标准的变化及其身份认定:以宋词为例》,载《社会科学战线》,2012 年第 9 期。

9. 郁玉英:《试论文学经典化过程中的本事效应——以宋词为中心》,载《三峡论坛》,2013 年第 5 期。

10. 夏明宇:《柳永词在宋代的传播与经典化》,载《中国韵文学刊》,2015 年第 11 期。

11. 秦军荣:《文学史书写与〈窦娥冤〉的经典化》,载《江苏师范大学学报》,2016 年第 1 期。

12. 叶晔:《明人分调编次观与唐宋词的分调经典化》,载《文学评论》,2016 年第 1 期。

13. 陈柏桥、李惠玲:《从〈花间集〉历代序跋看其经典化进程及意义》,载《燕山大学学报》,2016 年第 3 期。

14. 张刚:《李清照词作经典化历程及启示》,载《湖北民族学院学报》,2016 年第 3 期。

15. 高莹:《经典化:苏轼中秋词新赏》,载《名作欣赏》,2019 年第 15 期。

16. 郑庆民:《漱玉词经典化艺术再探析——以〈声声慢〉为核心》,载《名作欣赏》,2019 年第 21 期。

六、明清小说的经典化研究

1. 吴子林:《文化的参与:经典再生产——以明清之际小说的"经典化"进程为个案》,载《文学评论》,2003 年第 2 期。

2. 童庆炳:《〈红楼梦〉、"红学"与文学经典化问题》,载《中国比较文学》,2005 年第 4 期。

3. 吴子林:《明清之际小说经典化的文化空间》,载《文艺理论研究》,2006 年第 3 期。

4. 樊宝英:《金圣叹的选本批评与文学的经典化》,载《聊城大学学报》,2008 年第 1 期。

5. 安载鹤:《经典化过程中的〈聊斋志异〉女性形象研究》,载《东北师大学报》,2008 年第 1 期。

6.竺洪波:《水浒传与小说的经典化和学术化》,载《文艺理论研究》,2008年第5期。

7.翁再红:《文体的合法化与经典的建构——中国古典小说从"幕后"到"台前"》,载《北方论丛》,2009年第5期。

8.李建武、辛雅静:《论〈西游记〉400年经典化过程中的坐标轴》,载《楚雄师范学院学报》,2013年第1期。

9.秦军荣:《文学史书写与〈儒林外史〉的经典化》,载《江淮论坛》,2015年第1期。

10.李建武:《〈金瓶梅〉经典化历程中的两大坐标轴》,载《天中学刊》,2016年第3期。

11.翁再红:《言语媒介系统与文本的经典化——以〈三国演义〉的传播路径为例》,载《天津社会科学》,2016年第11期。

12.冯保善:《明清通俗小说江南传播及其经典化进程》,载《南京师大学报》,2017年第4期。

13.张丹丹:《英语世界〈红楼梦〉经典化历程扫描》,载《红楼梦学刊》,2018年第2期。

14.苏琴琴:《"五四"文学革命与〈红楼梦〉的经典化阐释》,载《红楼梦学刊》,2019年第4期。

七、其他题材的经典化研究

1.高洪岩:《论唐宋八大家散文选本经典化与文论的演进》,载《沈阳师范大学学报》,2003年第2期。

2.谢贵安:《明代的〈汉书〉经典化与刘邦神圣化的现象、原因与影响》,载《长江大学学报》,2008年第2期。

3.刘向斌:《两汉时期屈原的崇高化与〈离骚〉经典化历程》,载《西北大学学报》,2008年第4期。

4.邱才祯:《陆机〈平复帖〉经典化历程与晚明鉴藏家的趣味和观念》,载《文艺研究》,2010年第2期。

5.夏汉宁:《从历代古文选本看欧阳修散文的经典化过程》,载《江西社会科学》,2010年第3期。

6.张宏生:《晚清词坛的自我经典化》,载《文艺研究》,2012年第1期。

7. 何如月:《汉碑的经典化进程及其影响——以蔡邕碑文为例》,载《陕西师范大学学报》,2012年第4期。

8. 张新科:《〈史记〉文学经典的建构过程及其意义》,载《文学遗产》,2012年第5期。

9. 沙先一:《论词绝句与清词的经典化》,载《江苏师范大学学报》,2013年第3期。

10. 陈文忠:《"长篇之圣"的经典化过程——〈孔雀东南飞〉1800年接受史考察》,载童庆炳、陶东风主编《文学经典的建构、结构和重构》,北京:北京大学出版社,2007年。

11. 杨贵环:《从曹植〈赠白马王彪〉的历代选评看名篇的经典化》,载《理论家》,2014年第11期。

12. 周晓琳:《文学史书写与古代文学经典化路径的重塑——以关汉卿[南吕·一枝花]〈不伏老〉为考察中心》,载《甘肃社会科学》,2015年第2期。

13. 孙少华:《文本层次与经典化——〈文选〉左思《蜀都赋》注引扬雄《蜀都赋》相关问题》,载《中南民族大学学报》,2015年第3期。

14. 朱泽宝:《论诗绝句与清诗经典化进程》,载《南京师范大学文学院学报》,2015年第4期。

15. 霍建波:《论〈庄子〉隐士文献的经典化》,载《苏州大学学报》,2015年第4期。

16. 曹明升:《论朱彝尊在清代词坛的接受及其经典化过程》,载《南京大学学报》,2015年第6期。

17. 曹明升、沙先一:《统序的建构与清代词坛的经典化进程》,载《文艺理论研究》,2016年第5期。

18. 裴云龙:《理学视域下的多维解读——欧阳修散文经典化历程考论(1127—1279)》,载《求是学刊》,2016年第5期。

19. 王晓玲:《论金圣叹在〈史记〉文学经典化中的贡献》,载《西安交通大学学报》,2016年第4期。

20. 郭宝军:《试论〈文选〉经典化之可能与生成》,载《文学遗产》,2016年第5期。

21. 张新科:《汉魏六朝:〈史记〉文学经典化的起步》,载《甘肃社会科学》,2016年第6期。

22. 沙先一、赵玉民：《定庵诗的经典化历程及其文学史意义》，载《暨南学报》，2016 年第 8 期。

23. 裴云龙：《苏轼散文的经典化历程及其文化内涵——以 1127—1279 年为中心》，载《文学评论》，2015 年第 2 期。

24. 王顺贵：《历代宋诗选本与"江西诗派"的经典化》，载《社会科学战线》，2017 年第 3 期。

25. 朱佳艺：《论民间文学的"经典化"建构及其对文学主体的影响》，载《民族文学研究》，2017 年第 5 期。

26. 高岩：《论元曲的自我经典化》，载《民族文学研究》，2017 年第 3 期。

27. 王允亮：《扬雄官箴创作及经典化问题探讨》，载《暨南学报》，2017 年第 8 期。

28. 陈书录：《中国民间歌谣文学经典化的路径与价值》，载《河北学刊》，2018 年第 1 期。

29. 罗军凤：《忠孝两全颍考叔：史传人物经典化过程之考察》，载《孔子研究》，2018 年第 1 期。

30. 裴云龙：《"三苏"并称与苏洵苏辙散文的经典化历程考论——以公元 1127—1279 年为中心》，载《北京师范大学学报》，2018 年第 3 期。

31. 翟新明：《推溯源流与经典化：魏晋南北朝文论对汉代五言诗史的重构》，载《新疆大学学报》，2018 年第 6 期。

32. 安生：《抒写与回应：韩愈〈别知赋〉的经典化内生机制》，载《北京社会科学》，2018 年第 12 期。

33. 柏俊才：《〈木兰诗〉的作时与文本经典化》，载《上海大学学报》，2019 年第 1 期。

34. 刘成国：《文以明道：韩愈〈原道〉的经典化历程》，载《文史哲》，2019 年第 3 期。

35. 朱德印：《从历史到小说——论"草船借箭"的文学经典化》，载《湖北文理学院学报》，2019 年第 4 期。

36. 张学松：《论中国古代流寓文学经典之产生机制——以苏轼、杜甫为中心》，载《清华大学学报》，2019 年第 4 期。

37. 李小荣：《胡僧憨松：文化意象的唐宋变迁——兼论〈憨寂图〉的经典化》，载《武汉大学学报》，2019 年第 4 期。

38. 伏蒙蒙:《纳兰词:从晚清的再发现到民国的经典化》,载《福建论坛》,2019 年第 5 期。

39. 孙歌:《科举考试对〈文选〉经典化之影响——以"元嘉三大家"作品为例》,载《古籍整理研究学刊》,2019 年第 5 期。

八、专著及硕博士学位论文

1. 孙康宜:《文学经典的挑战》,南昌:百花洲文艺出版社,2002 年。

2. 吴子林:《经典再生产——金圣叹小说评点的文化透视》,北京:北京大学出版社,2009 年。

3. 李爱红:《〈封神演义〉的艺术想象与经典化研究》,济南:齐鲁书社,2011 年。

4. 李祥伟:《走向"经典"之路:〈古诗十九首〉阐释史研究》,广州:暨南大学出版社,2011 年。

5. 许育龙:《蔡沈〈书集传〉经典化的历程:宋末至明初的观察》,台北:万卷楼图书有限公司,2014 年。

6. 边利丰:《隐逸诗人的历史影像——陶渊明经典化研究》,新北:花木兰文化出版社,2014 年。

7. 崔存明:《荀子与儒家六艺经典化——出土文献视野下荀子与儒家经典生成研究》,新北:花木兰文化出版社,2015 年。

8. 〔日〕谷中信一:《"老子"経典化過程の研究》,东京:汲古书院,2015 年。

9. 郁玉英:《宋词经典的生成及嬗变》,北京:中国社会科学出版社,2016 年。

10. 郭持华:《经典与阐释:从"诗"到"诗经"的解释学考察》,杭州:浙江大学出版社,2017 年。

11. 董灏智:《"四书化"与"去四书化":儒学经典在"近世"中日两国的不同际遇》,北京:中国社会科学出版社,2018 年。

12. 袁愈宗:《宋人论陶与陶诗经典化》,湖南师范大学 2003 年硕士学位论文(指导老师:赖力行)。

13. 郭持华:《〈诗经〉经典化历程中的阐释与意义生成》,中国人民大学 2005 年硕士学位论文(指导老师:金元浦)。

14. 谢凝:《从史到经——儒家六经在先秦时代的经典化历程》,郑州大学 2005 年硕士学位论文(指导老师:史建群、姜建设)。

15. 唐沙:《〈左传〉故事"经典化"探研》,西南大学 2006 年硕士学位论文(指导老师:熊宪光)。

16. 黄旭建:《唐宋杜诗经典化历程研究——以儒家文学经典的生成方式为中心》,广西师范大学 2010 年硕士学位论文(指导老师:殷祝胜)。

17. 束舒娅:《君子儒的文化用心——〈诗〉经典化及其审美文化意义》,安徽师范大学 2012 年硕士学位论文(指导老师:陈文忠)。

18. 刘鹏:《〈西厢记〉经典化研究》,福建师范大学 2012 年硕士学位论文(指导老师:李连生)。

19. 王骞:《宋诗经典及其经典化研究》,武汉大学 2012 年博士学位论文(指导老师:王兆鹏)。

20. 佘卉囡:《梦窗词在清代词学中的接受与经典化》,江南大学 2013 年硕士学位论文(指导老师:孙虹)。

21. 韩婷:《王国维〈人间词话〉的经典化历程研究》,济南大学 2014 年硕士学位论文(指导老师:陈静)。

22. 靳小蓉:《传统戏曲的经典化与再生产——以〈赵氏孤儿〉为中心》,武汉大学 2014 年博士学位论文(指导老师:程芸)。

23. 董梁:《曹魏四言诗的经典化》,陕西师范大学 2015 年硕士学位论文(指导老师:张新科)。

24. 张芳芳:《〈赵氏孤儿〉经典化研究》,山西师范大学 2016 年硕士学位论文(指导老师:张勇风)。

25. 许瑜娜:《〈古诗十九首〉经典化过程——以代表性诗人的拟古诗为研究视角》,陕西师范大学 2016 年硕士学位论文(指导老师:张新科)。

26. 焦玉:《文化记忆理论下孙悟空英雄形象的经典化过程和原因》,吉林大学 2017 年硕士学位论文(指导老师:张羽)。

27. 肖虹:《〈牡丹亭〉的经典化历程》,天津师范大学 2018 年硕士学位论文(指导老师:盛志梅)。

28. 王慧:《中国古代的文学教育与中国古代文学经典化研究》,西华师范大学 2018 年硕士学位论文(指导老师:周晓琳)。

29. 石欣:《中国古代女性文学作品经典化研究》,西华师范大学 2018 年硕士学位论文(指导老师:周晓琳)。

30. 白翊暄:《南宋理学家对曾巩散文的接受及曾文的经典化》,内蒙古师范大学 2018 年硕士学位论文(指导老师:周子广)。

31. 钟成:《阮籍"咏怀诗"在唐前文献中的记述与经典化》,北京外国语大学 2018 年硕士学位论文(指导老师:蒋文燕)。

32. 智旭华:《周邦彦令词经典化研究》,云南师范大学 2019 年硕士学位论文(指导老师:傅宇斌)。

33. 许海月:《从宋明清古文选本看〈史记〉的文学经典化》,陕西师范大学 2019 年硕士学位论文(指导老师:张新科)。

34. 王秀玲:《骆宾王文的接受及其经典化》,广西师范大学 2019 年硕士学位论文(指导老师:莫道才)。

35. 王腾:《王勃骈文的接受及经典化研究》,广西师范大学 2019 年硕士学位论文(指导老师:莫道才)。

36. 孙艳平:《卢照邻文的接受与经典化研究》,广西师范大学 2019 年硕士学位论文(指导老师:莫道才)。

参考文献

[1] (唐)孔颖达.周易正义[M].《十三经注疏》标点本.北京:北京大学出版社,1999.

[2] (唐)孔颖达.春秋左传正义[M].《十三经注疏》标点本,北京:北京大学出版社,1999.

[3] (唐)孔颖达.礼记正义[M].《十三经注疏》标点本,北京:北京大学出版社,1999.

[4] (唐)孔颖达.毛诗正义[M].《十三经注疏》标点本,北京:北京大学出版社,1999.

[5] (宋)朱熹.诗集传[M].北京:中华书局,1958.

[6] 程俊英、蒋见元.诗经注析[M].北京:中华书局,1991.

[7] 杨伯峻.春秋左传注[M].北京:中华书局,2009.

[8] (汉)司马迁.史记[M].北京:中华书局,1982.

[9] (汉)班固.汉书[M].北京:中华书局,1962.

[10] (南朝宋)范晔.后汉书[M].北京:中华书局,1965.

[11] (晋)陈寿.三国志[M].北京:中华书局,1982.

[12] (唐)房玄龄.晋书[M].北京:中华书局,1974.

[13] (梁)沈约.宋书[M].北京:中华书局,1974.

[14] (梁)萧子显.南齐书[M].北京:中华书局,1972.

[15] (唐)姚思廉.梁书[M].北京:中华书局,1973.

[16] (唐)姚思廉.陈书[M].北京:中华书局,1972.

[17] (唐)魏征等.隋书[M].北京:中华书局,1973.

[18] (唐)李延寿.南史[M].北京:中华书局,1975.

[19] (唐)李延寿.北史[M].北京:中华书局,1974.

[20] (唐)许嵩.建康实录[M].北京:中华书局,1986.

[21] (宋)司马光.资治通鉴[M].北京:中华书局,1997.

[22] (清)王鸣盛.十七史商榷[M].南京:凤凰出版社,2008.

[23] (清)钱大昕.廿二史考异[M].南京:凤凰出版社,2008.

[24]（清）赵翼.廿二史札记[M].南京:凤凰出版社,2008.

[25]钱穆.国史大纲[M].北京:商务印书馆,1996.

[26]吕思勉.两晋南北朝史[M].上海:上海古籍出版社,2005.

[27]陈寅恪.金明馆丛稿初编[M].北京:生活·读书·新知三联书店,2001.

[28]陈寅恪.金明馆丛稿二编[M].北京:生活·读书·新知三联书店,2001.

[29]万绳楠.陈寅恪魏晋南北朝史讲演录[M].贵阳:贵州人民出版社,2008.

[30]唐长孺.唐长孺社会文化史论丛[M].武汉:武汉大学出版社,2001.

[31]唐长孺.魏晋南北朝史论丛[M].北京:中华书局,2011.

[32]唐长孺.魏晋南北朝史论丛续编[M].北京:中华书局,2011.

[33]唐长孺.魏晋南北朝史论拾遗[M].北京:中华书局,2011.

[34]周一良.魏晋南北朝史札记[M].北京:中华书局,2007.

[35]周一良.魏晋南北朝史论集[M].北京:北京大学出版社,2010.

[36]田余庆.秦汉魏晋史探微[M]重订本.北京:中华书局,2004.

[37]田余庆.东晋门阀政治[M].北京:北京大学出版社,2012.

[38]阎步克.士大夫政治演生史稿[M].北京:北京大学出版社,1996.

[39]蒙思明.魏晋南北朝的社会[M].上海:上海人民出版社,2007.

[40]王伊同.五朝门第[M].北京:中华书局,2006.

[41]余英时.士与中国文化[M].上海:上海人民出版社,2003.

[42]毛汉光.中国中古社会史论[M].上海:上海书店出版社,2002.

[43]杨联陞.东汉的豪族[M].北京:商务印书馆,2011.

[44]陈鼓应.老子注译及评介[M].北京:中华书局,2009.

[45]（清）郭庆藩.庄子集释[M].北京:中华书局,1961.

[46]黄晖.论衡校释[M].北京:中华书局,1990.

[47]王明.抱朴子内篇校释[M].北京:中华书局,1985.

[48]杨明照.抱朴子外篇校笺[M].北京:中华书局,1991.

[49]王利器.风俗通义校注[M].北京:中华书局,2010.

[50]杨伯峻.列子集释[M].北京:中华书局,1979.

[51]余嘉锡.世说新语笺疏[M].北京:中华书局,2007.

[52]许逸民.金楼子校笺[M].北京:中华书局,2011.

[53]王利器.颜氏家训集解[M].北京:中华书局,1993.

[54](梁)萧统.文选[M].(唐)李善注.上海:上海古籍出版社,1986.

[55](梁)萧统.文选[M].(唐)六臣注.北京:人民文学出版社,2008.

[56](清)吴兆宜.玉台新咏笺注[M].北京:中华书局,1985.

[57](唐)欧阳询.艺文类聚[M].上海:上海古籍出版社,1982.

[58](唐)徐坚等.初学记[M].北京:中华书局,2004.

[59](宋)郭茂倩.乐府诗集[M].北京:中华书局,1979.

[60](清)陈祚明.采菽堂古诗选[M].上海:上海古籍出版社,2008.

[61]逯钦立.先秦汉魏晋南北朝诗[M].北京:中华书局,1983.

[62](清)严可均.全上古三代秦汉三国六朝文[M].北京:中华书局,1958.

[63]殷孟伦.汉魏六朝百三家集题辞注[M].北京:人民文学出版社,1960.

[64](宋)洪兴祖.楚辞补注[M].北京:中华书局,1983.

[65]邓安生.蔡邕集编年校注[M].石家庄:河北教育出版社,2002.

[66]黄节.曹子建诗注(外三种)[M],北京:中华书局,2008.

[67]赵幼文.曹植集校注[M].北京:人民文学出版社,1998.

[68]吴云.建安七子集校注[M].天津:天津古籍出版社,1991.

[69]楼宇烈.王弼集校释[M].北京:中华书局,1980.

[70]黄节.阮步兵咏怀诗注[M].北京:中华书局,2008.

[71]陈伯君.阮籍集校注[M].北京:中华书局,1987.

[72]戴明扬.嵇康集校注[M].北京:人民文学出版社,1962.

[73]刘运好.陆士衡文集校注[M].南京:凤凰出版社,2007.

[74](晋)陆云.陆云集.黄葵点校[M].北京:中华书局,1988.

[75]袁行霈.陶渊明集笺注[M].北京:中华书局,2003.

[76]龚斌.陶渊明集校笺[M].上海:上海古籍出版社,2011.

[77]黄节.谢康乐诗注[M].北京:中华书局,2008.

[78]叶笑雪.谢灵运诗选[M].北京:古典文学出版社,1957.

[79]顾绍柏.谢灵运集校注[M].郑州:中州古籍出版社,1987.

[80]逯钦立.逯钦立文存[M].北京:中华书局,2010.

[81]沈玉成.沈玉成文存[M].北京:中华书局,2006.

[82]程千帆.程千帆全集[M].石家庄:河北教育出版社,2001.

[83]周勋初.周勋初文集[M].南京:江苏古籍出版社,2000.

[84]朱光潜.诗论[M].上海:上海古籍出版社,2005.

[85]宗白华.美学散步[M].上海:上海人民出版社,2005.

[86]范文澜.文心雕龙注[M].北京:人民文学出版社,1958.

[87]詹锳.文心雕龙义证[M].上海:上海古籍出版社,1989.

[88]罗宗强.读文心雕龙手记[M].北京:生活·读书·新知三联书店,2007.

[89]许文雨.锺嵘诗品讲疏[M].成都:成都古籍书店,1983.

[90]王叔岷.锺嵘诗品笺证稿[M].北京:中华书局,2007.

[91]曹旭.诗品集注[M].上海:上海古籍出版社,2011.

[92]张伯伟.钟嵘诗品研究[M].南京:南京大学出版社,1993.

[93]曹旭.诗品研究[M].上海:上海古籍出版社,1998.

[94]曹旭.中日韩《诗品》论文选评[M].上海:上海古籍出版社,2003.

[95]王利器.文镜秘府论校注[M].北京:中国社会科学出版社,1983.

[96](明)胡应麟.诗薮[M].上海:上海古籍出版社,1979.

[97](清)何文焕.历代诗话[M].北京:中华书局,1981.

[98]丁福保.历代诗话续编[M].北京:中华书局,1983.

[99]刘师培.中国中古文学史[M].北京:商务印书馆,2010.

[100]汤用彤.魏晋玄学论稿[M].北京:生活·读书·新知三联书店,2009.

[101]萧涤非.汉魏六朝乐府文学史[M]增补本.北京:人民文学出版社,2011.

[102]王瑶.中古文学史论[M].北京:商务印书馆,2011.

[103]王运熙.乐府诗述论[M].上海:上海古籍出版社,1996.

[104]曹道衡.汉魏六朝文学论文集[M].桂林:广西师范大学出版社,1999.

[105]曹道衡.中古文学史论文集[M].北京:中华书局,2002.

[106]曹道衡.中古文学史论文集续编[M].北京:中华书局,2011.

[107]曹道衡、沈玉成.中古文学史料丛考[M].北京:中华书局,2003.

[108]王钟陵.中国中古诗歌史[M].北京:人民出版社,2005.

[109]罗宗强.魏晋南北朝文学思想史[M].北京:中华书局,1996.

[110] 吴小平.中古五言诗研究[M].南京:江苏古籍出版社,1998.

[111] 钱志熙.魏晋诗歌艺术原论[M]修订本.北京:北京大学出版社,2005.

[112] 林继中.文化建构文学史纲:魏晋—北宋[M].北京:北京大学出版社,2005.

[113] 梅家玲.汉魏六朝文学新论——拟代与赠答篇[M].北京:北京大学出版社,2004.

[114] 孙明君.两晋士族文学研究[M].北京:中华书局,2010.

[115] 葛晓音.汉唐文学的嬗变[M].北京:北京大学出版社,1990.

[116] 葛晓音.先秦汉魏六朝诗歌体式研究[M].北京:北京大学出版社,2012.

[117] 朱国华.权力的文化逻辑:布迪厄的社会学诗学[M].上海:上海人民出版社,2016.

[118] 〔日〕冈村繁.汉魏六朝的思想和文学.陆晓光译[M].上海:上海古籍出版社,2002.

[119] 〔日〕川胜义雄.六朝贵族制社会研究.徐谷芃等译[M].上海:上海古籍出版社,2007.

[120] 〔日〕宫岐市定.九品官人法研究——科举前史[M].韩昇等译.北京:中华书局,2008.

[121] 〔日〕吉川忠夫.六朝精神史研究[M].王启发译.南京:江苏人民出版社,2012.

[122] 〔美〕宇文所安.中国早期古典诗歌的生成[M].田晓菲等译.北京:生活·读书·新知三联书店,2012.

[123] 〔德〕H.R.姚斯、〔美〕R.C.霍拉勃.接受美学与接受理论[M].周宁等译.沈阳:辽宁人民出版社,1987.

[124] 〔荷〕D.佛克马、E.蚁布思.文学研究与文化参与[M].俞国强译.北京:北京大学出版社,1996.

[125] 〔加〕斯蒂文·托托西.文学研究的合法化[M].马瑞琦译.北京:北京大学出版社,1997.

[126] 〔法〕布尔迪厄.文化资本与社会炼金术[M].包亚明译.上海:上海人民出版社,1997.

[127] 〔美〕勒内·韦勒克、奥斯汀·沃伦.文学理论[M].刘象愚等译.南京:江苏教育出版社,2005.

[128]〔美〕哈罗德·布鲁姆.影响的焦虑:一种诗歌理论[M].徐文博译.北京:中国人民大学出版社,2019.

[129]〔法〕费尔南·布罗代尔.论历史[M].刘北成等译.北京:北京大学出版社,2008.

[130]〔英〕R.利维斯.伟大的传统[M].袁伟译.北京:生活·读书·新知三联书店,2009.

[131]〔英〕柯林伍德.历史的观念[M].何兆武等译.北京:北京大学出版社,2010.

[132]〔美〕哈罗德·布鲁姆等.读诗的艺术[M].王敖译.南京:南京大学出版社,2010.

[133]〔法〕布尔迪厄.艺术的法则:文学场的生成与结构[M].刘晖译.北京:中央编译出版社,2011.

[134]〔美〕约翰·杰洛瑞.文化资本——论文学经典的建构[M].江宁康等译.南京:南京大学出版社,2011.

[135]〔美〕哈罗德·布鲁姆.西方正典:伟大作家和不朽作品[M].江宁康译.南京:译林出版社,2011.

[136]〔英〕T.S.艾略特.传统与个人才能[M].卞之琳等译.上海:上海译文出版社,2012.

[137]〔美〕戴维·斯沃茨.文化与权力:布尔迪厄的社会学[M].陶东风译.上海:上海译文出版社,2012.

[138]〔美〕蔡宗齐.汉魏晋五言诗的演变四种诗歌模式与自我呈现[M].北京:北京大学出版社,2015.

[139]王宁.文学经典的构成和重铸[J].当代外国文学,2002(3).

[140]王宁.文学的文化阐释与经典的形成[J].天津社会科学,2003(1).

[141]高楠.文学经典的危言与大众趣味权力化[J].文学评论,2005(6).

[142]朱国华.文学"经典化"的可能性[J].文艺理论研究,2006(2).

[143]刘象愚.经典、经典性与关于"经典"的论争[J].中国比较文学,2006(2).

[144]董乃斌.论文本与经典——关于文学史本体的思考[J].陕西师大学报,2006(4).

[145]黄大宏.重写:文学文本的经典化途径[J].陕西师大学报,2006(6).

[146] 陶东风.精英化——去精英化与文学经典建构机制的转换[J].文艺研究,2007(12).

[147] 詹冬华.时间视域中的文学经典[J].文学评论,2009(4).

[148] 吴承学、沙红兵.中国古代文学的经典与反经典[J].文史哲,2010(2).

[149] 张德明.文学经典的生成谱系与传播机制[J].浙江大学学报,2012(6).

[150] 李蕊芹.近二十年文学经典化研究述评[J].文艺评论,2012(6).

[151] 张静.并非悖论:符号化与经典化的融合[J].文艺理论与批评,2014(4).

[152] 赵沛霖.文学经典的价值及其研究意义[J].北京大学学报,2014(5).

[153] 詹福瑞.试论中国文学经典的累积性特征[J].文学遗产,2015(1).

[154] 郭宝军.试论《文选》经典化之可能与生成[J].文学遗产,2016(6).

[155] 郁玉英.试论文学经典化的动力机制[J].兰州学刊,2017(1).

[156] 王寰鹏、张洋."文学经典化"问题的哲学反思[J].东岳论丛,2018(2).

[157] 普慧.文学经典:建构、传播与诠释[J].文学遗产,2018(4).

后　记

　　眼前这本小书，经由我的博士论文修改而成，并于2017年度获得国家社科基金后期资助项目立项资助。原有博士论文和攻读博士学位期间的全部学习成果，包括笔者近年来围绕"中古五言诗的经典化"所进行的各类专题研究，都是在导师徐兴无教授的指导或启发下完成的。

　　十年前，蒙兴无师不弃，我得以忝列门墙。虽然此前与兴无师只在博士面试时见过一面，但其眼界之高、气度之大和学问之渊综广博，我则早有耳闻。为了给他留下勤奋好学的印象，我在第一次师门读书会时主动呈上《萧综生卒年考》（载《文学遗产》，2009年第5期）、《萧综〈听钟鸣〉〈悲落叶〉诗版本考辨》（载《南京师范大学文学院学报》，2011年第4期）两篇习作，当时情况是前者已发表、后者录用待刊。然而我等来的不是赞许、鼓励的言辞，而是彻头彻尾的训斥。记得兴无师当时曾正色说道："你年纪轻轻的，为什么要做这种饾饤学问？还有，明明三百字就能说清楚的问题，为什么要用三千字来表达？你读没读过顾炎武的《日知录》，为什么不能取法乎上？以后不要再写这种文章了！"面对老师怒不可遏的神情，我竟无言以对，只好低下头暗自责备自己，为什么非要带这两篇论文过来，聪明反被聪明误，白白挨一顿骂。留下好印象已绝无可能，我甚至一度怀疑自己就是师门中最差的那一个。但现在想来，老师的做法不正是禅宗面对初学者时惯用的"当头棒喝"吗？如果不是这番暮鼓晨钟式的怒斥，我又怎会痛彻心扉，并立志从对考据之学的学术憧憬中悄然离去？

　　兴无师事实上并不是真的反对考据，而只是希望我们不要早早沉溺其中而放弃对思想的追问。果不其然，他很快便给我们这些新入学的弟子指示具体的问学门径，一方面敦促我们研读《诗经》《左传》《楚辞》《文选》《文心雕龙》等基本典籍，另一方面则利用各种机会推荐西方学者在文学、历史学、哲学、社会学等领域的经典论著，试图拓宽视野，启迪心智。以我为例，在兴无师指导下，入门不久我就开始精读韦勒克和沃伦的《文学理论》、布鲁姆的《影响的焦虑》、柯林伍德的《历史的观念》、海登·怀特的《元史学》、布尔迪厄的《艺术的法则：文学场的生成与结构》《文化资本与社会炼金术》、雅斯贝斯的《历史的起源与目标》、马克思的《路易·波拿巴的雾月十八日》、海德格尔的《林中路》等名著,其他泛读之书还有三十几种。虽然阅读的过程很痛苦,虽然我的阅读充其量也就是囫囵吞枣,虽然我对文本的理解远不足以与兴无师探讨交流,但不得不说,这些书籍极大地提升了我的理论水平与思辨能力,让我见识到更为丰富多彩的学术世界。我对西方文学经典化问题的了解与关注,正是源自对斯蒂文·托托西的《文学研究的合法化》、约翰·杰诺瑞的《文化资本——论文学经典的建构》等著作的阅读训练。

在每周一次的师门读书会上,我们常常带着对某个问题的一知半解向老师请益。但在我的印象中,兴无师很少会对学生的问题作具体的解答。他要么指示你去读什么书,要么用更大、更有价值的问题去回应,逼着我们自己去翻书,去思考。当然对那些不像问题的问题,兴无师一贯的做法是轻则"哂之",重则训斥,使得我们同门诸生从来不敢"率尔而问"。博士二年级上学期的一次读书会上,我向兴无师请教:"为什么汉末袁绍、刘表这样的正统士大夫不热衷创作五言诗?"兴无师随即反问道:"那你有没有想过,后来南朝擅长作诗、引领潮流的基本上都是士大夫,中古诗歌史为什么会出现这种情况?作为社会主流文化群体的士族怎样介入五言诗的创作之中?你能把这些问题搞清楚也是很有意义的。"同时提醒我要细读陈寅恪、唐长孺、周一良、田余庆等中古史研究名家的论著。看似简单的问题,经兴无师点化,竟蕴含着如许深邃的意义。这就是我当初博士论文选题的缘由。换句话说,本书在某种程度上正是为了回答老师当初的问题,是一篇迟交的作业。十年来,我努力探索,怎奈天性愚钝,不堪教化,驽马虽已十驾,但与老师最初的期望仍相差甚远。每每念及此,未尝不黯然神伤。

从兴无师那里学到的治学方法很多,其中最重要的一条就是写论文要有明确的问题意识。他向来厌恶"剪刀加浆糊"式(柯林伍德语)的虚假学问,并时常告诫我们不要走这样的"捷径"。为此,本书采用专题研究的方式结构全文,结合西方文论中对"文学经典化"内涵的相关表述,将"中古五言诗的经典化"这一宏观课题聚焦到六个专题上来,有针对性地回答了文学经典化研究中的四个核心要素:1.发生在特定的历史时期;2.此时期存在一个社会主流文化群体;3.被遴选出的作家作品得到该群体普遍认同;4.建构相对稳定的文学传统。本书试图在回归中国语境的前提下,将五言诗发展演进置于中古历史文化的大背景下予以重新观照,进而与西方文学经典化理论进行平等的对话。

本书的诸多章节已陆续在一些学术刊物上发表。兹按时间顺序列举如下：

1.《再论曹丕〈典论·论文〉的写作时间及缘起》，《文学评论丛刊》，2013年第1期；

2.《经典化过程绝非一帆风顺》，《中国社会科学报》，2013年9月16日；

3.《钟嵘生平三事考释——兼论〈诗品〉的撰写动机》，《社会科学论坛》，2014年第1期；

4.《诗歌史的隐性坐标——论魏晋南朝时期的"新诗"》，《福建师范大学学报》，2014年第1期；

5.《汉末士人群体分流与"三曹"建安诗坛领袖地位的确立——兼对曹植"辞赋小道"说这一学术公案的新思考》，《文学研究》，2015年第1期；

6.《钟嵘〈诗品〉与中古五言诗经典谱系的建构》，《文学遗产》，2017年第4期；

7.《东晋玄言诗的第三种价值——从"孙许优劣"论谈起》，《福建师范大学学报》，2017年第5期；

8.《魏晋南朝"势族"内涵变迁考论》，《淮阴师范学院学报》，2018年第3期；

9.《南朝社会"素族"概念的使用语境及历史源流考察》，《淮阴师范学院学报》，2019年第5期；

10.《魏晋南朝六代正史引五言诗考论》，《文学研究》，2019年第2期（人大复印资料《中国古代文学、近代文学》2020年第4期全文转载）。

这些论文刊发后，我仍觉得尚有修改或补充之处，故最终定稿时又对各篇进行修订。饮水思源，我想对上述刊物的编辑老师与外审专家致以崇高的敬意，尽管素昧平生，但你们曾为这一篇篇粗浅不堪的文章提供发表机会，激励一个默默无闻的年轻人在学问之路上奋然前行。衷心感谢安徽大学出版社与本书责任编辑李加凯老师。他用极其敬业的态度，纠正文中各类错误数处，为提升本书质量付出了辛勤的劳动。本书最终能顺利出版，还得到淮阴师范学院文学院院长许芳红教授的支持，并得到国家一流专业汉语言文学专业经费的资助。蓦然回首，要感谢的师长友朋实在太多了，此处不再一一列举，但情谊必当铭记。

尽管这本小书的出版姗姗来迟，但我仍颇感欢欣。它有效缓解了我因虚度光阴而积压于胸的焦虑。流年似水不舍昼夜,假如有人问我过去十年都在忙什么,此书或许就是答案。古诗说"人生非金石,岂能长寿考",又云"人生忽如寄,寿无金石固"。生命短暂易逝,贤愚心共此理。平凡如我,从未奢望过什么立言不朽。我只想本本分分做人,认认真真工作,踏踏实实治学,开开心心生活。但在充斥着喧哗与骚动的时代里,获得一张平静的书桌恐怕并不容易,我们终究要沦陷于柴米油盐。最后,我要特别感谢我的妻子王圆媛。因为爱情,她义无反顾地接纳了我的清贫与耿直,给我一个幸福的家。作为理学博士的她对古代文学研究并无兴趣,自己也有繁重的科研任务,平日里却甘愿花时间听我倾诉写作中的喜怒哀乐。我还愿意把这本小书赠送给我的两个孩子——葛鸣谦、葛覃兮两位小朋友,不管他们将来志向如何,我坚信他们一定能从这些枯燥的文字中读懂父亲曾经的艰辛与执着。

感谢兴无师拨冗为本书撰写序言。他的提携、关爱与谬赞,足见其仁者之心。

葛志伟
辛丑年冬月于淮安多勤阁